W0408681

APOLLO :
MISSION MEURTRIÈRE

Chris Hadfield

Apollo : mission meurtrière

traduit de l'anglais (Canada)
par Laurence Blais et Fanny Houle

Fayard

Couverture : Le Petit Atelier
Illustration de couverture : © Gl0ck/Shutterstock

Cet ouvrage est la traduction intégrale
du livre de langue anglaise :
THE APOLLO MURDERS
édité au Canada par Random House Canada,
une division de Penguin Random House Canada Limited, Toronto.

© 2021, Chris Hadfield.

© Éditions Libre Expression – Montréal, Canada, 2023,
pour la traduction française.

ISBN : 978-2-213-72529-1
Dépôt légal : janvier 2024

À Helene,
qui fabriqua de ses mains le bureau
multicolore sur lequel j'ai écrit ce livre,
tout comme l'entièreté de notre vie commune.

Plusieurs personnages dépeints
dans ce roman sont tirés de la vraie vie.
Plusieurs incidents narrés ici
ont réellement eu lieu.

PROLOGUE
Baie de Chesapeake, 1968

C'est lors d'une magnifique matinée d'automne que j'ai perdu mon œil gauche. Il n'y avait pas un nuage dans le ciel.

Je pilotais un F-4 Phantom, un avion de chasse lourd et imposant surnommé le *Double Ugly*, dont le nez conique venait d'être modifié pour y loger des caméras de reconnaissance. Comme l'air s'écoulait de manière différente autour de sa forme nouvellement renflée, j'effectuais un vol d'essai au-dessus de la baie de Chesapeake pour recalibrer son système de détection de la vitesse.

J'adorais piloter le Phantom. La puissante propulsion instantanée ressentie dans mon dos quand je poussais les manettes des gaz vers l'avant, l'arc que décrivait le nez de l'appareil vers l'azur infini lorsque je tirais avec fermeté le manche de commande... J'avais l'impression de piloter un vénérable oiseau préhistorique, s'esclaffant avec grâce et liberté dans l'espace en trois dimensions.

Ce matin-là, je rasais la surface de l'eau dans le but de mesurer ma vitesse. En comparant les valeurs affichées sur les cadrans de l'habitacle avec les données mesurées par les techniciens postés sur la rive, nous pouvions mettre à jour les instruments de l'aéronef pour constater les effets réels de la nouvelle forme du nez.

Alors que je passais en rase-mottes, j'enfonçai le petit bouton sous mon pouce gauche et annonçai dans le micro de mon masque à oxygène :

— Préparation au dernier passage, à 550 nœuds.

J'entendis tout de suite la voix de l'ingénieur principal grésiller dans les écouteurs de mon casque :

— *Roger*, Kaz, on est prêt.

Je tournai complètement la tête pour distinguer les balises, de grands triangles réfléchissants orangés juchés au sommet de tiges qui émergeaient de l'océan. Je fis rouler le Phantom vers la gauche, puis tirai pour le virer et l'aligner avec la bonne route au sol. Je poussai ensuite les manettes vers l'avant jusqu'au point qui précède la postcombustion, réglant ma vitesse à 550 nœuds. Je filais à près de 15 kilomètres par minute, soit 305 mètres à chaque tic de l'aiguille des secondes sur ma montre.

À ma droite, les arbres qui longeaient la baie n'étaient qu'une bande floue alors que je descendais l'avion en douceur. Il fallait que je traverse l'axe des caméras de mesure à exactement 15,24 mètres de la surface de l'eau. Un très rapide coup d'œil sur les instruments du tableau de bord m'indiqua une vitesse à 540 et une altitude de 22,9 mètres. J'augmentai la puissance d'un poil et repoussai à peine le manche avant de stabiliser l'appareil. Je vis la première balise disparaître sous le nez du Phantom, puis j'enfonçai le bouton radio pour annoncer :

— Paré.

— *Roger*, Kaz.

Alors que j'étais sur le point de franchir la deuxième tour de signalisation, j'aperçus le goéland.

Une simple tache gris-blanc… droit devant. Mon premier réflexe aurait été de caler le manche vers l'avant pour éviter l'oiseau, mais à seulement 15 mètres au-dessus de l'eau, ce n'était pas une bonne idée. J'ai plutôt crispé mon poing de toutes mes forces sur le manche pour l'immobiliser.

Percevant l'imminence de la catastrophe, le goéland invoqua les millions d'années d'évolution qui guidaient son instinct et plongea pour éviter le danger… seulement il était trop tard. Je volais plus vite que n'importe quel oiseau, et de loin.

La collision fut inévitable.

Les techniciens à bord de la tour de mesure étaient si concentrés sur leur matériel d'observation qu'ils n'ont rien remarqué. Ils se demandèrent sans doute un bref moment pourquoi je n'avais pas dit « Paré » une seconde fois, puis « Marqué » après avoir dépassé la troisième tour, mais ils n'en firent pas de cas. Ils détachèrent simplement leur regard des instruments lorsque l'ingénieur principal communiqua d'une voix calme :

— C'était la dernière donnée mesurée, Kaz. Bien piloté. On se rejoint au débrief.

Dans l'habitacle, l'impact fut dévastateur. L'oiseau percuta l'avion un peu à ma gauche, fracassant la verrière telle une grenade. Le vent déferlant à 885 kilomètres-à-l'heure, emportant des tripes de goéland et des tessons de plexiglas, heurta mon torse et mon visage de plein fouet. Je sentis sa force déchaînée m'écraser contre le siège éjectable, puis me secouer d'un côté et de l'autre, malgré mon harnais, comme une poupée de chiffon. Je tirai le manche vers moi à l'aveuglette pour gagner de l'altitude et m'éloigner de la surface de l'eau. Je ne voyais absolument rien.

Ma tête retentissait d'une douleur lancinante, comme si j'avais reçu un solide coup de poing dans l'œil gauche. Je clignai des yeux pour tenter de m'éclaircir la vue, sans succès. Comme l'appareil montait toujours, je reculai les manettes des gaz à mi-chemin pour ralentir puis me penchai en avant contre mes sangles pour me soustraire au vent qui me flagellait. Je portai une main à ma figure pour enlever la substance visqueuse de mes yeux, frottant vigoureusement, à gauche, à droite, m'efforçant de nettoyer suffisamment mon œil droit pour apercevoir l'horizon. Continuant son ascension, le Phantom dérivait lentement vers la droite. Je ramenai le manche de commande pour le stabiliser. Je m'essuyai de nouveau les yeux et les baissai vers mon gant... Le cuir brun clair était imbibé de pourpre.

Je parie que le sang ne vient pas seulement du goéland.

Ôtant brusquement le gant souillé, je luttai contre le vent tambourinant pour tâter mon visage de ma main dénudée. Mon œil droit paraissait normal, mais ma joue gauche engourdie me semblait lacérée, et l'œil de ce côté ne percevait rien du tout et me faisait maintenant souffrir le martyre.

Mon masque à oxygène en épais caoutchouc vert, retenu par les robustes attaches jugulaires de mon casque, était toujours en place sur ma bouche et mon nez. En revanche, ma visière vert forêt s'était envolée, emportée par le choc et le vent. J'attrapai l'arrière de mon casque pour le ramener vers l'avant et le recentrer. Il fallait que je contacte quelqu'un, et vite.

— *Mayday, mayday, mayday !* hurlai-je en pressant le bouton radio de mon pouce ensanglanté. Ici Phantom 665, j'ai subi un impact d'oiseau. Ma verrière a éclaté.

Ma vision n'était pas assez bonne pour me permettre de changer de radiofréquence et j'espérais vraiment que l'équipage à bord de la tour d'observation était toujours à l'écoute. Le grondement du vent dans l'habitacle était si assourdissant que je n'entendis aucune réponse.

J'essuyai le sang qui ne cessait d'envahir mon orbite droite et appuyai fermement la base de ma paume contre mon œil gauche mutilé. En alternant ces gestes, je réalisai que je parvenais à voir suffisamment pour piloter. Je baissai la tête vers la baie de Chesapeake pour m'orienter : l'embouchure de la rivière Potomac se définissait avec netteté sous mon aile gauche. Je suivis la côte du Maryland pour atteindre un lieu sûr : les pistes familières de la base aéronavale de Patuxent River.

Puisque l'oiseau s'était écrasé sur la gauche du Phantom, je savais que le moteur de ce côté risquait d'être endommagé après avoir aspiré des débris. J'essayai de lire mes instruments et constatai avec soulagement qu'aucun voyant jaune de mise en garde n'était allumé. *De toute façon, un seul moteur suffit*, pensai-je, avant de me préparer à atterrir.

Je m'inclinai carrément à gauche et sentis le souffle de la turbine me balayer le visage, empêchant le sang de s'écouler dans mon seul œil fonctionnel. Je lançai un nouvel appel à l'aide :

— *Mayday, mayday, mayday !* Ici Phantom 665 en approche directe, atterrissage d'urgence avec arrêt complet, sur piste 31.

Je priais pour que quelqu'un m'entende et que les autres appareils me laissent la voie libre.

Voyant Pax River s'approcher, j'enlevai la main de mon œil sanguinolent pour régler les manettes des gaz au ralenti, afin de libérer le train d'atterrissage. L'anémomètre, comme tout le reste, était brouillé, mais lorsque je parvins à deviner que l'aiguille affichait une vitesse inférieure à 250 nœuds, je saisis la grosse poignée rouge du train et l'abaissai violemment. Le Phantom émit les bruits sourds et les vibrations habituels, tandis que ses roues descendaient de ses entrailles métalliques et se verrouillaient en position.

J'étirai ensuite ma main loin à gauche et claquai brusquement la poignée des volets et des becs, combattant le vent tournoyant dans l'habitacle qui formait toujours une mini-tornade localisée. Toujours penché à gauche, j'essuyai une dernière fois mon œil droit et ramenai les manettes approximativement aux deux tiers. Puis je pressai une fois de plus ma paume contre mon orbite gauche maculée de sang, pour enfin aligner l'avion sur la piste.

Le F-4 est doté, près du pare-brise, de petits voyants rouges qui s'illuminent lorsque l'angle est approprié pour atterrir. Il émet aussi un timbre sonore régulier et rassurant qui confirme que l'avion conserve un régime constant. En me préparant de manière maladroite à atterrir, je louai en silence les ingénieurs de McDonnell Aircraft pour leur prévenance. Étant donné que ma perception de profondeur était complètement déréglée, je visai un atterrissage approximatif au tiers de la piste et jugeai ma vitesse verticale de descente au mieux de mes capacités. Le sol approcha, puis bang ! Je me posai en plissant les yeux au maximum pour tenter de voir et de maintenir le Phantom au milieu de la piste. Je réglai la manette des gaz au ralenti et agrippai la poignée de libération du parachute de freinage, qui ralentit ma course aveugle.

Je tirai à fond le manche vers moi pour ajouter à la friction de l'air et contribuer à l'arrêt de l'avion à réaction de 17 tonnes, enfonçant les freins et essayant d'aligner l'extrémité lointaine de la piste au centre de mon champ de vision. Comme je semblais m'en rapprocher à trop grande vitesse, j'écrasai la pédale des freins de tout mon poids tout en tirant le manche à corps perdu.

Puis, d'un coup, mon calvaire se termina. L'avion finit par s'arrêter, ses turboréacteurs au ralenti. Je vis les camions de pompiers jaunes s'engager sur la piste et foncer vers moi.

Quelqu'un avait dû entendre mes appels radio. Tandis que les véhicules d'urgence s'approchaient, je changeai de main pour couvrir mon œil blessé, relevai la tirette de manette des gaz et coupai les deux turboréacteurs.

Soulagé, je m'adossai contre le siège éjectable et fermai mon œil épargné. L'adrénaline quittait peu à peu mon corps, remplacée par une insupportable douleur qui rongeait mon orbite gauche comme un incendie insatiable. Le reste de mon corps était engourdi, nauséeux, trempé à l'os et tout à fait amorphe.

J'entendis le chef des pompiers dresser son échelle contre le flanc du Phantom puis lancer :

— Seigneur, Jésus…

VERS LA LUNE

CHAPITRE 1
Houston, janvier 1973

Le paysage était plat.

Plat à perte de vue.

L'avion venait tout juste de descendre sous les nuages, et l'air brumeux et humide du sud du Texas semblait écourter les distances. Kaz se pencha vers l'avant pour bien voir son nouveau lieu d'affectation. Assis dans le Boeing 727 depuis près de quatre heures, son cou ankylosé craqua lorsqu'il le tendit. Sous lui, une voie navigable se faufilait à travers un labyrinthe industriel de raffineries de pétrole et de grues installées sur ses rives. Son front toucha la fenêtre lorsqu'il inclina la tête pour suivre le trajet du cours d'eau vers la baie de Galveston, une étendue d'eau brunâtre huileuse qu'il distinguait, floue à travers le smog, se déversant dans le golfe du Mexique à l'horizon.

Pas tout à fait le paradis sur terre.

À mesure que l'avion s'approchait de la piste, il nota chaque petite correction des pilotes, évaluant machinalement leur technique d'atterrissage sous le crissement des pneus au contact de la piste de l'aéroport intercontinental de Houston. *Pas mal.*

La voiture de location d'Avis l'attendait. Il lança sa valise trop pleine et son porte-documents dans le coffre, puis déposa délicatement sa guitare par-dessus. « J'ai trop de bagages », marmonna-t-il. Cependant, comme son séjour à Houston allait durer quelques mois, il avait essayé de tout prévoir en conséquence.

Kaz consulta sa montre, désormais réglée à l'heure du Centre, et monta dans la voiture. Il ne devrait pas y avoir trop de trafic en ce dimanche midi. En démarrant, il remarqua le nom du modèle sur le porte-clés. Kaz sourit. On lui avait loué une Plymouth Satellite argent.

*

L'accident n'avait pas seulement coûté un œil à Kaz. À cause de la perte de sa vision binoculaire, on lui avait retiré son certificat médical comme pilote d'essai et aspirant astronaute sélectionné pour le MOL ou Manned Orbital Laboratory, le futur laboratoire orbital habité de l'armée conçu à des fins d'espionnage. Son travail et ses rêves avaient été emportés dans un tourbillon de plumes sanglantes.

Pendant sa convalescence, la US Navy l'avait envoyé suivre une formation en électro-optique spatioportée à l'école d'études supérieures, puis avait mis son expertise analytique au profit de la NSA, la National Security Agency, et de la CIA. La complexité du travail, qui avait consisté à participer à l'élaboration de politiques, lui avait plu, mais il avait tout de même observé avec une sourde envie d'anciens pilotes de l'armée prendre part à des missions Apollo et marcher sur la Lune.

Pourtant, la politique changeante de Washington l'avait amené ici, à Houston. Le président Nixon sentait le vent tourné en cette année électorale ; certains districts croyaient avoir déjà remporté la course à l'espace, et on observait une augmentation de l'inflation et du taux de chômage. Nixon avait sur le dos le département de la Défense dont la direction demeurait incertaine alors que la guerre du Vietnam tirait à sa fin. De plus, on continuait de lui reprocher l'annulation du programme MOL : le National Reconnaissance Office l'avait convaincu que les nouveaux satellites Key Hole Gambit-3 pouvaient prendre de meilleures photos d'espionnage et à moindre coût que les astronautes d'une station spatiale.

Toutefois, Nixon, un politicien de carrière, avait facilement trouvé un juste milieu avantageux : offrir aux Américains un dernier vol vers la Lune aux frais du département de la Défense, qui disposait de ressources budgétaires considérables.

Financée par la Défense, la mission Apollo 18 devint le premier vol spatial américain avec un équipage entièrement militaire, et la US Air Force devait décider de son objectif classifié. Fort d'une rare expérience combinant les vols d'essai, une formation dans le programme MOL ainsi qu'un travail au sein d'agences de renseignement à Washington, Kaz avait été envoyé par la US Navy au Texas comme agent de liaison militaire avec l'équipage.

Son rôle était de veiller à ce que tout se passe bien.

Pendant qu'il roulait sur la I-45 vers le sud, Kaz fut tenté de se rendre directement au MSC ou Manned Spacecraft Center de la NASA pour avoir un aperçu, mais il décida finalement de continuer un peu plus à l'ouest. Avant de quitter Washington, il avait fait quelques appels et trouvé un logement qui semblait tout à fait acceptable près d'une petite ville nommée Pearland. Il suivit les indications vers Galveston, puis quitta l'autoroute à la sortie vers la FM 528.

Le relief était aussi plat que ce qu'il avait vu des airs. La route à deux voies était entourée de pâturages vert brunâtre des deux côtés. Pas de stations-service, pas de circulation. Le panneau indiquant la bretelle de sortie était si minuscule que Kaz faillit ne pas le voir. Bienvenue à Polly Ranch Estates.

Il s'engagea sur le chemin en terre, les pneus de la voiture faisant craquer les morceaux de coquillages parsemés sur la chaussée. La Plymouth gronda quelques secondes en roulant sur le grillage à bétail, bordé de part et d'autre d'une clôture en fil barbelé rouillé s'étendant jusqu'à l'horizon. Kaz vit, au loin, deux maisons isolées sur de petits promontoires. Une camionnette était immobilisée devant l'habitation la plus proche. Il se stationna dans l'autre entrée, vérifia dans le rétroviseur que son œil de verre était bien en place, puis ouvrit la portière. En se levant, il arqua son dos courbaturé et s'étira en comptant jusqu'à trois. Trop d'années passées dans des sièges éjectables inconfortables.

De construction récente, les deux bungalows de style ranch étaient flanqués de garages étrangement hauts et larges. Kaz porta son regard à gauche, puis à droite ; la route continuait tout droit sur plusieurs milliers de mètres. *Parfait*.

Il s'avança vers la maison où était garée la camionnette. La porte s'ouvrit pendant qu'il gravissait le perron. Un homme de petite taille, mais musclé, vêtu d'un polo de golf Ban-Lon vert délavé, d'un jean et de bottes brunes à bout pointu, sortit sur le palier. Il arborait des cheveux en brosse grisonnants et son visage était déjà sillonné de rides même s'il n'avait guère plus que la mi-cinquantaine. Il s'agissait sans doute de Frank Thompson, le propriétaire. Au téléphone, il avait parlé de son ancienne vie de pilote d'Avenger. Aujourd'hui, il était commandant de bord pour la Continental Airlines.

— Kaz Zemeckis ?

Kaz opina de la tête.

— Moi, c'est Frank, dit-il en tendant la main. Bienvenue à Polly Ranch ! Pas eu trop de difficulté à trouver l'endroit ?

— Non, merci. Vos indications étaient claires, répondit Kaz en lui serrant la main.

— Attendez une minute, dit Frank en rentrant dans la maison.

Il en ressortit avec une clé toute neuve, guida Kaz vers le bas des marches et le fit traverser la pelouse fraîchement installée entre les deux demeures. Il déverrouilla la porte d'entrée, s'effaça pour laisser pénétrer son nouveau locataire puis lui tendit la clé.

Un long plafond en pente reliait le salon, la salle à manger et la cuisine. Les planchers étaient couverts de carrelage en terre cuite et l'espace, tout lambrissé de bois sombre, était fenestré en abondance à l'avant comme à l'arrière. Un couloir menait vers la gauche, sans doute vers les chambres. Une légère odeur de vernis flottait encore dans l'air. La maison était toute meublée, exactement ce qu'il fallait à Kaz. L'endroit lui plut et il le fit savoir à Frank.

— Allons voir la pièce de résistance de cette maison, invita Frank.

Il se dirigea au fond du salon, ouvrit une porte de bois surdimensionnée et alluma les lumières.

Les deux hommes entrèrent dans un hangar de taille impressionnante : 15 mètres de largeur et 18 de profondeur, avec un plafond à 4 mètres. Il y avait des portes de garage à l'avant et à l'arrière, ainsi qu'un sol de béton tout à fait lisse. Au centre du bâtiment, scintillant sous les rangées de tubes fluorescents, trônait un Cessna 170B orange et blanc entièrement métallique, posé avec délicatesse sur son train avant en porte-à-faux et sa roulette de queue.

— Frank, cet appareil est magnifique. T'es sûr que tu me fais assez confiance pour me laisser le piloter ?

— Avec ton expérience, aucun doute. Ça te dirait de le sortir maintenant pour un vol d'essai ?

La seule réponse possible à cette question : oui.

Frank appuya sur le bouton pour ouvrir les portes du hangar et Kaz rangea sa voiture de location à l'intérieur, sur le côté. Ils poussèrent ensuite le Cessna à l'extérieur jusqu'à la route.

Ils firent ensemble une rapide inspection de l'engin. Kaz vérifia le niveau d'huile, préleva une petite quantité de carburant dans un tube transparent pour détecter la présence d'eau, puis la versa avec soin sur une mauvaise herbe qui poussait sur l'accotement. Tous deux grimpèrent à bord, et Frank passa en revue avec Kaz la liste de vérification élémentaire : mettre le moteur en marche, surveiller les jauges de pression et de température, contrôler les commandes. Kaz remonta la route jusqu'à son extrémité, qui disparaissait dans un bouquet d'arbres. Avec un effleurement du frein gauche et un surcroît de puissance, Kaz fit adroitement virer l'avion pour l'aligner avec la piste longue et étroite.

Il vérifia les magnétos et haussa les sourcils en regardant Frank, qui pencha la tête en signe d'approbation. En poussant doucement la manette des gaz jusqu'à l'arrêt complet, Kaz testa les jauges, les pieds qui dansaient sur les pédales de direction pour maintenir le positionnement de l'avion exactement au centre de la piste, large de 6 mètres. Il devait sans cesse tourner le torse à gauche et à droite afin de voir avec son bon œil les deux bords de la piste. Il tint le volant de gauchissement à la position avant maximale pour soulever la queue, puis le relâcha tranquillement. Le Cessna s'éleva sans effort à une vitesse de 90 kilomètres-à-l'heure. Ils volaient.

— On va où ? demanda Kaz en haussant la voix pour couvrir le bruit du moteur.

D'un geste, Frank indiqua l'avant et la droite, et Kaz inclina l'appareil vers l'est, dans la direction opposée aux deux maisons. Il suivit la route FM 528 et survola l'autoroute 45, puis vit à l'horizon, pour la deuxième fois cette journée-là, les eaux brunâtres de la baie de Galveston.

— C'est là que tu vas travailler ! cria Frank en pointant légèrement à gauche.

Kaz regarda par le hublot latéral et découvrit le Manned Spacecraft Center de la NASA, à la fois quartier général du programme Apollo, de la formation des astronautes et du centre de contrôle de mission. C'était bien plus vaste que ce qu'il avait imaginé : des centaines d'hectares de pâturages inoccupés qui s'étendaient vers l'ouest et des dizaines de bâtiments blancs et bleu pâle cernés de parkings, vides pour la plupart puisqu'on était le week-end. Au centre se trouvait un long parc vert ponctué d'étangs circulaires et sillonné de sentiers pédestres reliant tous les édifices environnants.

— On dirait un campus d'université, lança Kaz à Frank.

— Ils l'ont conçu comme ça pour pouvoir le rendre à l'Université Rice quand ils en auront fini avec les missions sur la Lune.

Pas si vite, pensa Kaz. S'il faisait bien son travail et que la mission Apollo 18 se déroulait comme prévu, l'armée de l'air pourrait convaincre Nixon de poursuivre l'exploration spatiale avec Apollo 19.

*

Une fois l'appareil posé au sol, Kaz régla la manette des gaz au ralenti et coupa le mélange. Le moteur du Cessna toussa puis s'arrêta, l'hélice de bois devenant tout à coup visible sous leurs yeux. Le cliquètement des interrupteurs était anormalement bruyant quand Kaz éteignit les circuits électriques.

— Génial, ton avion, Frank.

— Tu le pilotes mieux que moi. Même si c'est une piste étroite, tu donnes l'impression que c'est facile du premier coup. Content de voir qu'il va servir davantage. Bien mieux pour le moteur. Je suis trop souvent absent.

Frank montra à Kaz l'emplacement du cylindre de carburant sur le côté du hangar. Ils traînèrent le long tuyau à l'intérieur et firent le plein des réservoirs d'aile. Tout près de la porte, une planchette à pince pendait d'un crochet. Kaz y inscrivit la date, le temps de vol et la quantité de carburant utilisée. Les deux hommes se retournèrent pour contempler l'avion immobile, partageant en silence la joie de voler. Depuis qu'il était pilote, Kaz avait le sentiment de ne pas vraiment comprendre la disposition d'un endroit avant de l'avoir vu du haut des airs, telle une carte vivante se dessinant sous lui. C'était comme si la troisième dimension ajoutait une pièce manquante et formait dans sa tête un sens intuitif des proportions.

— Je vais te laisser t'installer, lui lança Frank avant de rentrer chez lui.

Kaz referma la porte du hangar et déchargea la voiture.

Il trimbala sa lourde valise le long du couloir en L, puis la posa sur le lit de la plus grande chambre, ravi de constater que c'était un *king size*. À gauche se trouvait une vaste salle de bains attenante.

Avec l'étrange impression de s'installer dans une chambre d'hôtel, Kaz ouvrit sa valise trop pleine et commença à ranger ses effets. Il suspendit dans le placard ses deux complets, l'un gris, l'autre noir, ainsi qu'un blazer à carreaux, une demi-douzaine de chemises polo, blanches et bleu pâle, des pantalons et deux cravates. Une paire de mocassins propres et une paire d'Adidas. Il mit les vêtements décontractés et d'entraînement dans la commode, avec les chaussettes et les sous-vêtements. Il posa deux romans et son réveil de voyage sur la table de chevet et plaça ses trousses de rasage et de soins oculaires sur le comptoir de la salle de bains.

Au fond de sa valise, il ne restait plus que sa combinaison de vol orange décoloré de la US Navy et ses bottes lacées en cuir. Il effleura l'insigne d'épaule noir et blanc : le crâne souriant et les os en croix emblématiques du VF-84 *Jolly Rogers*, souvenir de l'époque où il faisait décoller des F-4 du porte-avions

USS Independence. Juste en dessous était cousu l'emblème beaucoup plus formel de la USN Test Pilot School où il avait obtenu son diplôme et fini premier de classe. Il caressa du pouce les ailes dorées de son insigne de pilote aéronautique – un témoignage permanent et durement gagné de ses compétences –, puis retira la combinaison de la valise, l'accrocha sur un cintre dans le placard et glissa ses bottes de vol brunes en dessous.

*

Kaz fut tiré de son sommeil par l'assourdissante sonnerie du réveil. Son œil de verre lui sembla rugueux contre ses paupières lorsqu'il cligna des yeux en regardant le lever du soleil. Son premier matin sur la côte du golfe du Texas.

Il sortit du lit mollement et se rendit à la salle de bains d'un pas feutré, pieds nus sur le carrelage froid. Après avoir uriné, il examina son reflet dans le miroir : 1,83 mètre, 78 kilos (*faut vraiment que j'achète une balance*), poils foncés sur le torse, teint pâle. Ses parents, des Juifs originaires de Lituanie, avaient émigré à New York quand Kaz était bébé pour fuir la menace grandissante du nazisme en Allemagne. De son père, il avait hérité un front large, de grandes oreilles, une large mâchoire et un menton creusé d'un léger sillon vertical. D'épais sourcils surmontaient ses yeux bleu pâle, dont l'un était artificiel. Difficile de distinguer le vrai du faux : l'ocularisme avait réussi à bien reproduire la couleur de son œil véritable. Il tourna la tête vers la droite et se pencha en direction du miroir, en tirant un peu la peau de ses joues vers le bas. Les cicatrices étaient toujours là, mais s'étaient presque complètement estompées. Au bout de plusieurs interventions (*cinq ou six ?*), le chirurgien avait reconstruit presque à l'identique l'orbite et la pommette.

Du beau travail pour un hôpital public.

Kaz suivit méthodiquement sa routine matinale – cinq minutes d'étirements, de redressements assis, d'extensions du buste et de pompes –, faisant travailler son corps jusqu'à ce que ses muscles s'en plaignent. On récolte ce que l'on sème.

Détendu, il prit une douche, se rasa, puis se brossa les dents. Il farfouilla dans sa trousse et en sortit un flacon. Kaz fit basculer sa tête vers l'arrière et versa quelques gouttes de larmes artificielles dans sa prothèse oculaire. Il cligna rapidement des yeux devant son reflet. Son bon œil avait une acuité visuelle de 20/12, ce qui en avait impressionné plus d'un lors de la sélection de l'équipage. *Un œil de faucon*.

CHAPITRE 2
Manned Spacecraft Center

— Houston, on a un problème électrique dans le module lunaire.

Luke Hemming, le pilote d'Apollo, décrivait d'une voix posée le désastre qui se jouait devant lui.

— *Roger*, Luke, on regarde ça de plus près.

La voix du capcom, qui provenait du centre de contrôle de mission situé dans l'édifice 30 du Manned Spacecraft Center, était tout aussi calme, faisant écho à l'insistance froide de Luke.

Sur le tableau de bord devant Luke, le voyant de l'alarme générale brillait d'un rouge éclatant près de la fenêtre, là où il serait impossible de le manquer lors de l'imminente mission sur la Lune. Il appuya sur le voyant rouge pour l'éteindre, réinitialisant ainsi l'alarme en vue de défaillances subséquentes. Sur le panneau d'alarme et d'avertissement, plusieurs témoins de toutes les couleurs étaient toujours allumés.

Le commandant de mission, Tom Hoffman, se pencha pour jeter un coup d'œil. L'espace était si restreint dans l'habitacle que ses épaules touchaient celles de Luke.

— Qu'est-ce que tu vois, Luke ?

— Ça me semble être un capteur de tension défectueux, répondit Luke. Zéro-hors échelle basse, mais l'ampérage semble bon.

Tom considéra les indicateurs autour de lui et approuva d'un hochement de tête.

Les microphones de l'équipage étant ouverts, le capcom put entendre la conversation.

— *Roger*, Luke. Nous confirmons. Poursuivez l'activation du vol vers la Lune.

Tom et Luke s'exécutèrent. Ils comptaient mettre à profit les trois jours suivant le lancement, qui s'annonçaient plutôt tranquilles et pendant lesquels ils parcourraient les quelque 386 000 kilomètres séparant la Terre de la Lune.

Luke sortit un crayon de sa poche d'épaule pour inscrire une note dans le petit carnet qu'il avait attaché au tableau de bord. Le seul moyen pour lui de ne pas perdre le fil était de noter les défaillances des systèmes à mesure qu'elles survenaient, surtout en cas de pannes multiples. L'explosion d'Apollo 13 avait démontré toute la complexité du vaisseau spatial et la rapidité avec laquelle les choses pouvaient très mal tourner.

Tom examina la liste qu'il avait rédigée à la main.

— Donc, on a une soupape de décharge de pressurisation qui colle, un disjoncteur mal configuré, une défaillance du système de télémétrie biomédicale... et maintenant, un capteur de tension défectueux. Je pense qu'on peut continuer selon le plan de vol complet. Houston, vous confirmez ?

— *Roger*, *Bulldog*, on va surveiller la tension. Il y aura probablement des mesures à prendre plus tard, mais vous êtes toujours en bonne voie pour l'insertion sur l'orbite lunaire et l'alunissage.

C'était Luke, un commandant du US Marine Corps, qui avait donné le surnom de *Bulldog* au solide petit vaisseau spatial, en l'honneur de la mascotte de longue date des Marines.

Tom et Luke finirent de repasser leur liste de vérification, désactivèrent le module lunaire, puis sortirent par le tunnel en refermant la porte d'écoutille derrière eux.

De son siège de pilote du module de commande, Michael Esdale les accueillit avec un large sourire. Michael allait graviter autour de la Lune pendant que Tom et Luke en fouleraient la surface.

— Je croyais que je ne vous reverrais plus, tous les deux, fit Michael. J'ai préparé un casse-croûte. Je me suis dit que vous seriez affamés après avoir appuyé sur tous ces boutons.

Tom se fraya un chemin jusqu'au siège à la gauche de Michael, tandis que Luke prit place à sa droite.

— Et *Pursuit*, il fonctionne ? demanda Tom.

— Comme une Timex, répondit Michael.

Le nom du module de commande venait de Michael, pilote d'essai de la US Navy. À titre de premier astronaute noir de l'histoire, il avait baptisé l'engin en l'honneur des pilotes de chasse afro-américains de la Seconde Guerre mondiale, les aviateurs de Tuskegee, et de leur *Pursuit Squadron*, le 99e Escadron de chasse.

— Plutôt… simple comme casse-croûte, fit remarquer Luke en enfournant un biscuit Ritz garni d'un morceau de fromage.

— Ration de soldat façon NASA, répliqua Michael. Tu veux du Tang pour faire descendre tout ça ?

Malgré les publicités télé, les astronautes n'avaient pas bu de Tang dans l'espace depuis la mission Gemini au milieu des années 1960. L'un des premiers astronautes, victime du mal de l'espace, avait affirmé que la boisson, qu'il avait vomie, goûtait encore plus mauvais en ressortant.

Tom appuya sur le bouton d'émission.

— Quelle est la prochaine étape, Houston ?

— Faites une pause pipi de quinze minutes pendant qu'on redémarre le simulateur. On va reprendre à la préparation pour l'insertion lunaire.

— Entendu, répondit Tom.

Il appuya sur un petit bouton de sa montre, et l'équipage d'Apollo 18 sortit du simulateur de module de commande.

*

Dans la pièce voisine, Kaz surveillait les hommes sur les multiples consoles installées dans le poste d'instructeurs. Lui aussi aurait pu se trouver dans le simulateur à s'entraîner pour la mission Apollo 18, mais il chassa cette pensée de son esprit. Il avait quitté Patuxent River avec Luke et Michael, également pilotes d'essai, et avant l'accident, les trois se voyaient presque tous les jours pour le travail et allaient boire une bière ensuite. Il observa les experts simuler une série d'anomalies pour l'équipage – il était impératif qu'avant le lancement

Tom, Luke et Michael connaissent tous les scénarios possibles et sachent comment s'en sortir – et se sentit un peu honteux en pensant à la surprise qu'il leur réservait, le plus grand défi de l'histoire des missions spatiales.

Une fois la pause terminée, Kaz vit Michael et Luke regagner directement le simulateur ; Tom, quant à lui, décida plutôt de faire une vérification rapide auprès des instructeurs. Lorsqu'il aperçut Kaz, il se dirigea vers lui, un grand sourire au visage.

— Tiens, regardez qui est là ! Kazimieras Zemeckis ! T'es encore plus laid que dans mes souvenirs.

Kaz serra la main de son ami en lui rendant son sourire. Il n'était pas aussi proche de Tom que de Luke et Michael, mais les deux hommes avaient fait partie du même groupe à l'école des pilotes d'essai de la base Edwards, dans le désert de Mojave en Californie.

— Content de te voir, Tom, dit Kaz. Vous faites du bon travail tous les trois.

— Ouais, on va être prêts pour le départ. Nos tortionnaires sont là pour s'en assurer.

— Il faut que je vous parle après la simulation… Des nouvelles de Washington, ajouta Kaz.

Le front de Tom se plissa. En tant que commandant d'équipage, il n'aimait pas particulièrement les surprises. Il jeta un coup d'œil à sa montre, puis baissa brusquement la tête.

— D'accord. Pour l'instant, je dois y retourner. On se revoit au débrief.

*

En sortant de l'édifice 5 où se trouvait la salle de simulation, Kaz dut s'arrêter un moment pour s'orienter. Il balaya du regard le parking et le bâtiment rectangulaire de neuf étages à sa droite. L'image du territoire qu'il avait survolé à bord du Cessna lui revint en mémoire. Il tourna à droite, traversa le quadrilatère ouvert central et marcha en direction du centre de contrôle de mission.

De l'extérieur, le CCM n'avait rien de spécial : un simple immeuble de trois étages, couvert de stuc et percé de fenêtres teintées pour bloquer les rayons du soleil texan. Il suivit l'allée menant jusqu'à l'entrée de l'édifice que l'architecte avait tenté, sans grand intérêt, de concevoir à l'image que la nation se faisait du programme spatial : des formes de béton angulaires fixées à des cubes inspirés du brutalisme postmoderne. *Affreux. Comme tous les édifices gouvernementaux.*

Kaz sortit de la poche de son blazer le nouveau badge d'identification que la NASA lui avait remis ce matin-là. Le gardien assis devant trois lourdes portes argent prit son badge, vérifia le code d'accès à l'immeuble et le lui rendit. Il l'accueillit d'un ton affable en appuyant sur un bouton :

— Bienvenue au CCM.

La porte se déverrouilla en faisant un bruit sourd. *On se croirait dans la chambre forte d'une banque*, pensa Kaz. *Je me demande quels objets de valeur se cachent à l'intérieur.*

L'intérieur se révéla tout aussi décevant que l'extérieur. Des couloirs gris pâle éclairés par des tubes fluorescents, un plancher en linoléum fonctionnel et, sur les murs, des photos délavées de la Terre et de la Lune dans leur cadre noir bon marché. Kaz suivit les flèches sur les petits écriteaux indiquant le chemin vers le CCM. L'un des ascenseurs étant en panne, Kaz regarda autour de lui et prit l'escalier.

Il montra son badge à un autre gardien, qui lui désigna la porte derrière lui avec son pouce, sans se retourner. Kaz fut surpris par le poids de la porte, qu'il dut pousser avec force, pour ensuite la refermer délicatement en essayant de ne pas faire de bruit. Il se trouva tout à coup plongé dans le centre nerveux des vols spatiaux habités. Les experts étaient tous à l'ouvrage.

Dans la pièce s'alignaient des rangées de consoles vert pâle disposées en gradins, comme dans un théâtre. Les postes de travail faisaient tous face aux trois écrans géants à la gauche de Kaz, sur lesquels s'illuminaient des nombres, des sigles et des schémas jaune orangé au sens obscur. Derrière chaque console, Kaz put voir, voilé par un nuage de fumée de cigarette, un visage éclairé par la lueur de l'affichage. Les spécialistes portaient tous un casque-micro, ce qui leur permettait d'entendre à la fois les conversations radio et les discussions de leurs collègues. Sur les murs étaient accrochés les emblèmes des missions spatiales effectuées depuis Gemini 4.

Kaz observa l'équipe de contrôle de vol en pleine communication avec l'équipage d'Apollo 18, de retour au travail dans l'édifice 5. Il aperçut alors un visage familier aux yeux bleus et aux cheveux brun cendré : Chad Miller, un confrère pilote d'essai, qui lui fit signe de s'approcher en levant la main. En s'efforçant de ne pas déconcentrer les contrôleurs de vol, Kaz monta les gradins jusqu'à la console du capcom. Il échangea une poignée de main avec Chad Miller, le commandant remplaçant de la mission Apollo 18.

— Bienvenue à Houston, souffla Chad. T'étais avec l'équipage ?

Kaz approuva.

— Ils font du bon boulot.

Les deux hommes observèrent les experts à l'œuvre pendant un moment. Une illustration animée du module *Pursuit* se déplaçait sur l'écran géant central à l'avant de la pièce. Puisque le vaisseau s'apprêtait à disparaître derrière la Lune, Chad proposa à Kaz d'aller prendre un café. Ils sortirent discrètement de la salle.

À l'instar des autres membres des deux équipages d'Apollo 18, l'équipage principal et celui de réserve, Chad Miller était pilote d'essai militaire. D'une tenue impeccable – polo bleu rentré avec soin dans son pantalon gris, ceinture brune et mocassins assortis –, il portait une montre surdimensionnée fabriquée spécialement pour l'armée de l'air. Kaz ne put s'empêcher de remarquer son corps athlétique à la taille mince et ses bras musclés lorsqu'il versa le café dans deux tasses émaillées blanches.

— Lait ? Sucre ?

— Noir. Merci.

Chad tendit un café à Kaz et le dirigea vers une salle de réunion, où les deux hommes s'installèrent confortablement derrière une longue table. Ils s'étaient un peu côtoyés à l'époque où ils étaient tous deux pilotes d'essai. Cependant, comme Chad avait travaillé à la base aérienne Edwards et Kaz, à Patuxent River, ils n'avaient jamais volé ensemble. Dans leur petite communauté, Chad s'était forgé une réputation de pilote accompli aux aptitudes inégalées qui condamnait de manière impitoyable toute forme d'incompétence, tant chez lui-même que chez les autres. Kaz admirait ce trait de caractère, que nombre d'astronautes partageaient d'ailleurs. Des gars qui savaient faire leur boulot.

Kaz profita d'une pause dans la conversation pour poser la question inévitable pour tout membre de l'équipage de réserve :

— Tu crois que tu participeras à la mission ?

Chad éclata de rire :

— Non. Tom pète la forme. Et il paraît qu'il n'y aura pas d'autre mission Apollo après la 18. Ça aurait été ma dernière chance de marcher sur la Lune. C'est mon rêve depuis que je suis enfant.

Kaz fit un signe d'approbation.

— Je comprends ce que tu veux dire. Moi, c'est fini l'époque où je pouvais piloter des engins haute performance. La US Navy privilégie les pilotes qui ont leurs deux yeux.

— Logique, il me semble. Avec un peu de chance, la NASA va te laisser voler à l'arrière d'un T-38 pendant ton séjour.

Kaz acquiesça, puis jeta un regard furtif par la porte ouverte pour s'assurer que personne dans le couloir ne les écoutait.

— Tu viens au débrief après la simulation ?

Chad fit signe que oui.

— Il faut qu'on discute d'un truc…

Kaz s'arrêta, puis reprit.

— Les Russes préparent quelque chose.

CHAPITRE 3
Berlin-Est, 1957

Le froid envahissait la sacristie de la cathédrale orthodoxe russe. Le hiéromoine Ilarion remonta les épaules de sa soutane pour couvrir sa nuque, se félicitant d'avoir enfilé une seconde couche de sous-vêtements longs ce matin-là.

Assis sur un haut tabouret, le père Ilarion lisait sous la lueur hivernale qui traversait le vitrail à proximité. Il poursuivait son examen de la liste partielle de *Wolfskinder* – ces orphelins allemands adoptés par des GI après la Seconde Guerre mondiale – dressée par l'armée américaine.

Le processus pour obtenir cette liste polycopiée avait failli venir à bout de la patience légendaire du prêtre : celui-ci avait passé plus d'une année à tenter de s'y retrouver dans la paperasserie militaire étrangère ainsi que toutes les questions de confidentialité qui s'y rattachaient. Ilarion avait rédigé neuf lettres, toutes traduites avec soin par un lecteur débutant anglophone de la cathédrale, et s'était déplacé à deux reprises pour rencontrer les prêtres œcuméniques de la Mission américaine à Berlin. L'embarras inavoué des Américains devant les milliers d'enfants illégitimes engendrés par leurs soldats vainqueurs en Allemagne avait compliqué la situation, qui devenait de plus en plus difficile à gérer à mesure que montaient les tensions entre les États-Unis et l'Union soviétique.

Enfin, la liste lui avait été livrée par la poste. Le cœur battant la chamade, il avait ouvert l'enveloppe du gouvernement américain, mais avait constaté avec déception que les données personnelles des familles d'adoption avaient été caviardées. En buvant son thé à petites gorgées, il avait lentement fait glisser son pouce le long de chaque page en s'attardant à chaque nom. Il essayait de trouver d'autres pistes après douze années de vaines recherches depuis la fin de la guerre.

Tous les matins, Ilarion rendait grâce dans ses prières pour sa nouvelle vie de hiéromoine, une existence simple, paisible et profondément contemplative, qui lui servait de rempart contre son enfance tumultueuse dans un Berlin déchiré par la guerre où il avait été aux premières loges des pires atrocités. Pourtant, la culpabilité le rongeait depuis la disparition de son jeune frère. Il avait manqué à la promesse faite à ses défunts parents de le protéger, et il voulait le retrouver et lui venir en aide, s'il en avait besoin.

Grâce à sa maîtrise rudimentaire de l'anglais, il réussit tout de même à deviner la signification de chaque colonne : le nom, le sexe, l'âge, la couleur des cheveux et des yeux, la date de naissance si connue, de même que la date et le lieu d'adoption. Nombre des enfants de la liste étaient si jeunes à l'époque qu'on n'indiquait que leur prénom, voire aucun nom. En contrepartie, la population russe était peu nombreuse à Berlin avant la guerre ; il s'agissait principalement d'émigrés qui, comme ses parents, avaient fui le régime communiste. Il les remercia en silence d'avoir donné à leurs fils des noms russes : il ne devrait pas être trop ardu de repérer un « Iouri » au milieu des « Hans » ou des « Wilhelm ». Toutefois, la liste n'était pas classée par ordre alphabétique de nom ni par date de naissance ou d'adoption. Le père Ilarion avait l'impression qu'elle avait été dressée à partir d'une pile de documents d'adoption assemblés au hasard et il songea qu'il n'avait aucun moyen de savoir s'il manquait une page ou si une adoption avait été omise. Il soupira, puis poursuivit ses recherches.

L'étonnement lui coupa le souffle lorsqu'il arriva à une ligne décrivant un garçon nommé Iouri. Incrédule, il parcourut promptement les informations du regard. Et si c'était son frère ?

La date de naissance était inconnue, mais on avait estimé l'âge de l'orphelin à sept ans. Il avait été adopté en 1947. Impossible cependant de savoir quand le garçon avait quitté Berlin ni quand les documents avaient été remplis. Trop jeune pour être son frère, qui était né en 1935. Le père Ilarion mit tout de même un point d'interrogation au crayon à côté de l'inscription.

Un autre Iouri, un autre point d'interrogation. En fin de compte, quatre pistes s'offraient à lui, mais seulement aucune n'était parfaite. Il se rendit alors compte qu'il avait omis les nombreux enfants anonymes. Un peu exaspéré, il s'attarda cette fois-ci aux garçons orphelins de Berlin nés vers 1935. Le processus, plus lent, fut terminé au bout d'une demi-heure. Le père Ilarion feuilleta à la hâte les pages de la liste et dénombra vingt-trois possibilités. Il secoua légèrement la tête. Non, pas des possibilités. Des enfants.

Il décida de faire une courte pause pour préparer plus de thé. Pendant que l'eau chauffait, il s'étira le dos et fit pivoter ses hanches pour soulager sa jambe plus courte, vestige de l'accident à l'origine de la disparition de son frère. Le père Ilarion s'était gravement blessé sur un chantier de construction où il travaillait comme maçon, métier qu'il avait appris de son père. Il n'avait pas pu avertir son frère cadet de son hospitalisation et, lorsqu'il avait enfin pu regagner le sous-sol où ils s'étaient réfugiés tous les deux, Iouri avait disparu, tout comme l'unique photographie qu'il leur restait de leur mère et le médaillon qu'elle chérissait. Il avait tenté en vain de retrouver Iouri dans le chaos de la ville où sévissait la guerre. Après des années à éplucher les certificats de décès à la recherche d'un indice quelconque, il avait compris que Iouri avait peut-être été adopté et s'était lancé dans de nouvelles recherches. Ilarion approcha ses mains de la bouilloire et se délecta de la chaleur qui en émanait, puis plaça ses paumes chaudes sur sa cuisse blessée, qui lui faisait toujours mal par temps froid ou humide. La bouilloire se mit à siffler. Il prit un biscuit dans la boîte en métal sur la tablette, versa l'eau bouillante sur son sachet de thé utilisé, puis retourna à son bureau.

C'était le moment de jouer au détective. Iouri s'était volatilisé au cœur de Berlin. Comme il était né en 1935, il avait neuf ans au moment de sa disparition, mais étant donné sa petite taille, les autorités lui en avaient peut-être donné sept ou huit. Autre certitude : il avait les yeux bleus et les cheveux châtain clair.

Le père Ilarion songea alors que les Américains utilisaient parfois différentes orthographes pour écrire les noms étrangers. Il lui faudrait donc vérifier si la liste contenait des « Yuriy », des « Juri » ou d'autres noms semblables. Il pinça les lèvres à l'idée du travail supplémentaire qui l'attendait, puis sourit en se remémorant une citation tirée du confort infini de sa religion : « Vous ne sauriez apprendre l'humilité avant d'avoir beaucoup souffert dans votre cœur. »

Le moine repassa la liste en revue selon un ordre de priorité. De cette nouvelle vérification ressortirent deux pistes prometteuses, soit deux Iouri aux cheveux bruns et aux yeux bleus, sept peut-être utiles et onze incertaines. Il leva à la hauteur de ses yeux les deux pages comportant les descriptions les plus susceptibles de correspondre à son frère pour examiner de près chaque parcelle d'information et fit une découverte : le fonctionnaire de l'armée qui avait biffé les renseignements sur la famille avait manqué de rigueur. Certains traits noirs étaient minces ou déviaient suffisamment pour qu'une partie des lettres soit visible. Le père Ilarion se rendit à la fenêtre, appuya le recto des deux feuilles contre la vitre et copia tout ce qu'il était en mesure de déchiffrer.

Il put ainsi obtenir quelques détails supplémentaires sur les parents adoptifs. Toutefois, il ne pourrait pas aller plus loin sans l'aide d'un atlas et d'un anglophone. Il examina les sept meilleures pistes suivantes, puis ajouta les renseignements à sa propre liste. Prochaine étape : solliciter l'assistance du lecteur débutant anglophone pour rédiger une lettre, accompagnée de la liste, à l'Église orthodoxe russe aux États-Unis, pour demander qu'elle communique avec les églises à proximité de l'emplacement possible de chaque garçon. Il était plausible que les églises locales fussent au courant de l'adoption d'un orphelin allemand russophone. Après tout, c'était là l'occasion de réintégrer dans le giron orthodoxe des enfants perdus depuis longtemps. De faire découvrir à chacun d'eux la culture et la religion de leurs parents russes. De redresser les torts causés par la guerre.

De retrouver son frère.

CHAPITRE 4
Simferopol, République socialiste soviétique d'Ukraine, 1973

Cette machine n'avait rien d'élégant.

On eût dit une baignoire trapue en métal qui reposait lourdement sur huit roues à rayons. Deux instruments scientifiques, issus, aurait-on dit, d'un croisement entre un canon à rayons et un ornement de Noël, étaient montés à l'avant. Les caméras vidéo stéréo évoquaient des yeux de homard.

Même son nom était plus descriptif que poétique : *Lunokhod* ou « Jeep lunaire ». Bref, un produit typique de l'ingénierie soviétique, pour qui l'aspect pratique l'emportait sur l'aspect esthétique. Pour l'apparence, on repassera, mais pour la robustesse, tout y était.

Lunokhod venait tout juste de se poser sur la Lune.

Gabdulkhai Latypov, Gabdul pour les intimes, essuya ses paumes moites sur son pantalon en réfléchissant à la séquence d'opérations pour faire descendre la machine sur la rampe et la diriger sur la surface de la Lune. Il replaça le manuel de procédures sur la console et fit craquer ses épaisses jointures. Il s'assura que tous les voyants de contrôle étaient verts, puis tendit le bras et saisit délicatement le contrôleur manuel. Il se pencha, les avant-bras bien appuyés sur la console pour plus de stabilité, et amorça la descente de l'engin en fixant le moniteur.

Il fit basculer le contrôleur manuel légèrement vers l'avant, pressa sur le bouton de commande puis le relâcha. La console transmit une impulsion électrique jusqu'à l'antenne parabolique géante à l'extérieur de l'immeuble, laquelle pointait directement vers la Lune. Le signal parcourut les quelque 384 000 kilomètres entre la Terre et son satellite en 1,25 seconde pour atteindre la courte antenne pointue de *Lunokhod*.

Cette impulsion fut à son tour acheminée au processeur du robot, qui la décrypta et alimenta brièvement ses huit roues.

Lunokhod eut quelques légers soubresauts vers l'avant puis s'immobilisa, tel un chien parfaitement dressé qui obéit à son maître, même loin de chez lui.

Les deux caméras du robot prirent une photo du paysage aride et les envoyèrent à près de 400 000 kilomètres, jusqu'à l'immense antenne parabolique à Simferopol. L'image floue apparut en noir et blanc sur l'écran de Gabdul.

Dix secondes après avoir relâché le contrôleur manuel, Gabdul constata que *Lunokhod* avait bougé.

— *Jivoï !* s'exclama-t-il d'un ton triomphant. Il est vivant !

Il put entendre les murmures étouffés de soulagement et d'enthousiasme de l'équipe des opérations derrière lui.

Gabdul poussa délicatement le contrôleur vers l'avant de nouveau, plus longtemps cette fois, en suivant le protocole mis en place pour faire descendre l'engin sur la Lune. Et commencer le travail.

*

Gabdul avait grandi près de Simferopol, dans la péninsule de Crimée. Tout chez lui trahissait ses origines tatares : son épaisse chevelure foncée, ses larges pommettes, de même que les consonnes glottales de son nom aux multiples syllabes. Adolescent, il avait observé avec émerveillement la course de Spoutnik dans le ciel crépusculaire de la Crimée, preuve visible des exploits et de la domination techniques de l'Union soviétique. Quatre ans plus, quand Iouri Gagarine partit en mission autour de la Terre, Gabdul voulut devenir cosmonaute. Comme un million d'autres jeunes hommes au pays.

Dès sa sortie de l'école secondaire, il s'enrôla dans les forces aériennes soviétiques, qui l'enverraient, l'avait-il espéré, suivre une formation en génie aéronautique dans un collège technique, puis dans une école de pilotage. Toutefois, ses origines lui fermèrent les portes les unes après les autres. Gabdul avait cru que la déportation, sous les ordres de Staline, de deux cent mille Tatars criméens vers l'Ouzbékistan après la Grande Guerre patriotique appartenait à l'histoire ancienne. Or, le sectarisme était bien ancré dans l'armée et c'était particulièrement le cas, avait-il observé, au fur et à mesure que l'on se rapprochait de Moscou. Son statut de membre d'une minorité ethnique originaire de la frontière de l'Union soviétique avait fait de lui un citoyen de seconde classe dans une société sans classes sociales.

Même s'il avait obtenu son diplôme au premier rang de sa promotion, il s'était fait couper l'herbe sous le pied par d'autres étudiants avantagés par un patronyme comme « Ivanov » ou « Popov ». À vingt-cinq ans, après s'être vu refuser à plusieurs reprises une formation de pilotage, Gabdul fut nommé lieutenant dans l'armée de l'air soviétique, où il occupa le poste d'ingénieur technicien novice dans une station terrienne de communications spatiales près de Chtchiolkovo, en banlieue lointaine de Moscou.

Puis il eut un jour une discussion avec son commandant dans le couloir pendant une pause cigarette. Les deux hommes se tenaient côte à côte, admirant par la fenêtre à double vitrage la neige dansant autour de l'imposante silhouette des antennes paraboliques.

— Gabdulkhai Gimad'ovich, avait commencé avec solennité le commandant, un nouveau programme est sur le point d'être lancé et on a besoin d'ingénieurs électroniciens jeunes et brillants. C'est confidentiel pour le moment, mais apparemment ça va exiger beaucoup de formation supplémentaire et de déplacements. Ça vous intéresse ?

Le commandant connaissait déjà la réponse.

Quelques semaines plus tard, Gabdul se rendit à l'usine de construction de machines OKB-52 à Moscou pour une entrevue et un test d'aptitudes. Il prit place dans le couloir avec plusieurs autres jeunes ingénieurs qui attendaient en dissimulant leur nervosité derrière un visage impassible. On lui posa des questions assez simples portant sur sa carrière, ses centres d'intérêt et sa famille. Gabdul s'assura de dire à quel point il était fier du service militaire de son père et de mentionner son rêve de participer au programme spatial soviétique, qu'il caressait depuis toujours.

Le test pratique se révéla plus difficile, déroutant même. On le fit manœuvrer, lors d'un test chronométré, un chariot élévateur sur un parcours réglementaire aménagé sur le sol de l'usine. On attacha ensuite une remorque au chariot, que Gabdul dut alors faire reculer en tournant un coin. Il remercia en silence son père de lui avoir légué cette aptitude en lui apprenant à conduire à Simferopol.

Par la suite, l'un des évaluateurs prit le volant pendant que Gabdul l'observait conduire le chariot élévateur sur un moniteur et lui transmettait des instructions par radio. Le test fut repris à faible éclairage, puis en cachant l'écran avec une planchette à pince, ne laissant voir l'image de la caméra à Gabdul que toutes les cinq secondes. S'il n'était pas certain de ce qu'on évaluait, il tenta tout de même de se mettre dans la peau du conducteur et de lui donner les instructions qu'il souhaiterait entendre s'il était aux commandes du véhicule.

Personne ne lui donna d'explication et il sentit le stress le gagner de nouveau à son départ de l'usine, lorsqu'on lui interdit de souffler mot de l'entretien à qui que ce soit.

Après une semaine d'inquiétude, Gabdul reçut la visite de son commandant dans la salle de contrôle, pendant son quart de travail.

— Gabdulkhai Gimad'ovich !

— *Da ?*

Gabdul se leva sous le regard des autres ingénieurs.

— Vous nous quittez. Les forces aériennes soviétiques, dans leur infinie sagesse, ont jugé que vous aviez communiqué avec un nombre suffisant de satellites. Dans deux jours, vous serez sous les ordres de l'ONG Lavotchkine à Reoutov, lui annonça le commandant en le regardant droit dans les yeux. On ne m'a pas dit ce en quoi consisterait votre travail. Ça doit donc être très important, si important, en fait…

Le commandant s'interrompit pour fouiller dans la poche de son pantalon et en tira deux épaulettes rigides bleu foncé ornées d'une fine rayure bleu pâle et de trois étoiles.

— … que vous êtes promu au grade de lieutenant principal !

Il s'avança vers Gabdul pour lui enlever ses vieilles épaulettes délavées, qu'il remplaça par les nouvelles. Il recula et rendit à Gabdul, abasourdi, son salut militaire.

Un large sourire s'afficha sur le visage du commandant, qui tourna la tête vers les autres et lança :

— *Rebïata ! Sto gram !* Une telle nouvelle, ça se fête avec de la vodka !

*

Au départ, toutefois, le nouveau poste de Gabdul ne lui parut pas important. À son arrivée à l'usine de Reoutov, il fut accueilli, avec dix-huit autres apprentis, par un haut fonctionnaire qui leur fit un sermon sur la confidentialité. Les nouveaux employés furent ensuite dirigés vers une salle blanche où on leur fit enfiler une casquette et une blouse de travail. Ils durent ensuite se rapprocher de techniciens qui s'affairaient à assembler un engin destiné à se rendre sur la Lune. Le fonctionnaire fit des gestes en direction de l'imposante machine couleur argent, presque aussi haute que lui. Il en décrivit les fonctions et la complexité, et expliqua aux nouvelles recrues leur rôle au sein de l'équipe triée sur le volet chargée de la manœuvrer.

Gabdul ne savait que penser. Son rêve de s'envoler vers l'espace était en train de s'écrouler, perdu à jamais. Néanmoins, il prendrait peut-être plaisir à être aux commandes de cette bête qui foulerait le sol lunaire à sa place.

À la première pause cigarette, l'un des apprentis dit tout haut ce que plusieurs autres pensaient tout bas :

— Je ne suis pas venu ici pour conduire un jouet, moi. Je croyais qu'on serait cosmonautes !

Gabdul compatit, mais remarqua qu'il était le seul Tatar du groupe. Ce n'était pas rien.

Bientôt, la déception en poussa plusieurs à démissionner, tandis que d'autres échouèrent à la formation étonnamment complexe et rigoureuse. Gabdul sentit monter en lui une émotion qui s'apparentait à l'orgueil. Des deux cent quarante millions de citoyens soviétiques, lui et les membres de cette petite équipe d'élite seraient les seuls à effectuer ce dur boulot. À mesure que s'accumulaient les échecs de la fusée à charge lourde N1, les chances qu'un cosmonaute soviétique puisse un jour marcher sur la Lune s'amenuisaient à vue d'œil, jusqu'à devenir quasi nulles. En revanche, *Lunokhod*, c'était du concret, et il allait prochainement s'envoler vers l'espace. Mieux encore, le nouveau terrain de simulation lunaire et le centre de contrôle de mission étaient en cours de construction dans sa ville natale de Simferopol.

Il s'agissait d'un défi unique qui ferait la fierté de sa famille : lui, un Tatar, participait au programme spatial soviétique dans sa Crimée natale.

Un autre que lui marcherait sur la Lune, mais qu'importe : Gabdulkhai Latypov, fils de Gimadutine, allait d'ici peu laisser sa trace sur le sol lunaire par l'entremise d'un robot sur roues.

Il était devenu explorateur de la Lune.

CHAPITRE 5
Washington, 1973

Comme à son habitude, Jim Schlesinger était en rogne.

Debout à la fenêtre de son bureau du septième étage, il fixait, furieux, le barrage de Little Falls sur le fleuve Potomac, au-delà de la George Washington Memorial Parkway. En tant que nouveau directeur de la Central Intelligence Agency, il voulait du changement, mais celui-ci tardait à se produire.

— Richardson ! rugit-il sans se retourner.

Dès son entrée en poste, il avait viré la secrétaire de l'incapable qui l'avait précédé et il attendait maintenant sa successeure avec impatience. La porte s'ouvrit pour laisser pénétrer une grande femme au visage posé, carnet et stylo à la main.

— Oui, monsieur ?

Pendant ses dix-huit ans à la CIA, Mona Richardson avait gravi les échelons au service de patrons en tous genres. Elle parvenait rapidement à comprendre comment travailler efficacement avec eux.

Sans la regarder, le directeur aboya, en levant le menton :

— Regardez-moi ça !

Mona le rejoignit à la fenêtre. Il scrutait la circulation en contrebas.

— C'est là qu'ils doivent poser le panneau de signalisation de l'agence. Pourquoi il n'y a encore rien de fait ?

— J'ai vérifié hier auprès du Service des travaux publics du comté de Fairfax, monsieur. Ils m'ont confirmé qu'ils avaient imprimé le panneau tel que vous l'aviez demandé. Ils prévoient l'installer aujourd'hui, mais je vais refaire un suivi.

Schlesinger pivota sur lui-même pour la dévisager, les yeux assombris sous ses épais sourcils. Puis il secoua la tête. Il était primordial d'avoir un panneau pour indiquer aux gens où se trouvait l'organisme national de renseignements !

— Apportez-moi un autre café, je vous prie.

Mona acquiesça, puis disparut sans un mot.

Schlesinger se retourna vers la fenêtre. Il sortit une pipe de la poche de son veston en tweed et la coinça fermement entre ses dents. De son autre poche, il récupéra son briquet, puis alluma sa pipe. Il tira plusieurs bouffées, la fumée s'exhalant longuement de ses narines. Nixon avait raison, comme toujours. La garde prétorienne d'espions dépassés, archaïques et hautains dont il avait hérité était prétentieuse et égoïste. Il fallait séparer le bon grain de l'ivraie, et il était l'homme de la situation.

Schlesinger prit une liste sur son bureau et la lut.

Il avait congédié 837 personnes. La plupart faisaient partie de la prétendue Direction de la planification (l'organe clandestin de la CIA), dont il avait personnellement aboli une douzaine de postes de haute direction. Il l'avait ensuite renommée « Direction des opérations » puis en avait éliminé le bois mort, en s'assurant que les gens qui restaient ne baiseraient pas Nixon. Ni le pays.

À l'époque où il travaillait pour la RAND Corporation et au Bureau de la gestion et du budget de la Maison-Blanche, il avait constaté l'influence que peut avoir la technologie sur le monde. Ses deux années à la présidence de la Commission de l'énergie atomique avaient confirmé la puissance de cette forme d'énergie. Ce n'est pas en recourant à de vieilles méthodes que les États-Unis allaient remporter la Guerre froide. *Une destruction réciproque assurée ?* Il secoua la tête. Le magazine satirique *MAD* avait raison ! Le pays méritait mieux. Si elle voulait recueillir des renseignements qu'aucun autre État ne pouvait se procurer, la CIA devait repousser les limites de cette nouvelle technologie… Avant qu'il soit trop tard.

L'homme regagna la fenêtre et leva les yeux vers le ciel bleu. *Nos chasseurs et nos avions-espions ne suffisent plus, eux non plus. Nous continuons de faire ce que nous avons toujours fait. Il faut que quelqu'un donne un grand coup de pied dans la fourmilière. Et dégage les parasites au passage.*

Mona cogna deux fois à la porte puis attendit, ainsi qu'on le lui avait demandé. Comme elle ne recevait pas de réponse, elle entra et déposa avec délicatesse le café fraîchement préparé sur le bureau. Elle risqua un coup d'œil vers Schlesinger, qui contemplait toujours la vue : grand, doté d'une chevelure épaisse tirant sur le gris, front large et fossette au menton. *Un homme séduisant. Dommage qu'il soit un trou de cul arrogant.*

L'homme en question lui adressa la parole sans la regarder.

— Téléphonez à Sam Phillips et passez-le-moi.

*

À 37 kilomètres au nord-est, au neuvième étage d'un immeuble rectangulaire franchement hideux de la National Security Agency situé sur la base militaire de Fort Meade, le général Sam Phillips examinait un modèle réduit d'avion qu'il conservait sur l'étagère de son bureau : le P-38 *Lightning*. C'était le chasseur qu'il avait piloté au-dessus de l'Allemagne pendant la guerre.

Il était toujours aussi émerveillé par sa conception : deux gros moteurs V12 Allison à turbocompresseurs de suralimentation générant 1 600 chevaux et tournant dans des directions opposées pour réduire le couple au minimum. Il avait adoré la sensation de pousser les manettes de gaz jusqu'aux butées, laissant les gigantesques hélices tractives l'entraîner de plus en plus vite vers l'avant. Il l'avait propulsé à plus de 645 kilomètres-à-l'heure une fois lorsque, à court de munitions, il tentait de distancer un Me-109 pour aller se réfugier au plus vite en Angleterre.

L'homme se pencha et scruta pour une énième fois le modèle réduit, de face cette fois. Il admira une fois de plus la façon dont l'avion semblait pratiquement disparaître sous cet angle. C'était ce que voyait le vent. *Pas étonnant qu'il soit si rapide.* Une merveille d'ingénierie, servant un but précis. L'équipe Skunk Works de Lockheed et lui avaient la même manière de voir les choses : c'est le résultat qui compte.

Il regarda la photo encadrée qu'il conservait du drapeau américain fièrement planté sur la Lune. Chaque membre de l'équipage d'Apollo 11 l'avait autographiée pour lui, et Neil Armstrong avait ajouté cette dédicace : « Au général Sam Phillips, avec tous mes remerciements. Sans vous, ce drapeau n'aurait pas pu parvenir jusqu'ici. » Puis le travail le tira de sa rêverie.

— Appel pour vous, Général, lança sa secrétaire depuis la pièce voisine. C'est le directeur de la CIA, M. James Schlesinger, ligne sécurisée n° 1. Êtes-vous disponible ?

Exactement ce dont j'ai besoin, pensa-t-il en soupirant.

— Oui, passez-le-moi, Jan, s'il vous plaît.

Le téléphone beige posé sur son bureau se mit à sonner. Phillips décrocha le combiné et enfonça le bouton qui clignotait de manière insistante.

— Directeur Phillips à l'appareil.

— Sam, il faut qu'on parle de certaines choses.

— Bonjour, Jim. Que puis-je faire pour t'aider ?

— M'aider ? Ce n'est pas de moi qu'il faut se préoccuper. C'est de ce fiasco qui se prépare en Russie.

Sam Phillips sonda vite son esprit. Quel fiasco ? Qu'est-ce qui importait aux yeux du nouveau directeur de la CIA ?

Il devina la réponse.

— Le lancement imminent de la fusée Proton ?

Schlesinger souffla bruyamment par le nez.

— On ne peut rien te cacher. Que disent tes gars des ROEM ?

Phillips secoua la tête. La NSA fournissait des renseignements d'origine électromagnétique au département de la Défense et non à la CIA. Il avait eu vent que Schlesinger souhaitait rassembler toutes les agences de renseignements du pays sous l'autorité de la CIA – sous SON autorité –, y compris les organismes militaires. Tôt ou tard, il devrait mener ce combat, mais pour l'instant il se contentait d'offrir une collaboration prudente. Après tout, le président avait délibérément choisi Schlesinger pour ce poste.

— Rien d'important depuis le dernier briefing de la Maison-Blanche avec le Comité des chefs d'état-major interarmées.

C'était vrai, en grande partie.

Phillips sentit grimper la pression artérielle de son interlocuteur, qui lui lança :

— Ton travail, Sam, c'est de récolter les renseignements, pas de juger de ce qui est important ou non ! Donne-moi les dernières nouvelles.

Phillips décida de submerger l'homme de renseignements pas si confidentiels, espérant que ça suffirait à le satisfaire :

— Tu sais que les Soviétiques ont récemment fait atterrir leur minirobot sur la Lune, à un endroit qu'ils n'ont pas révélé à l'avance à la communauté scientifique. Eh bien, ils viennent aussi de finir l'assemblage et la vérification de leur nouvelle station spatiale. Ils l'appellent publiquement Saliout 2. Comme tu le sais, ils ont dû désorbiter Saliout 1 il y a dix-huit mois lorsqu'elle est tombée en panne de carburant. L'équipage d'un Soyouz en visite est mort à cause d'une défaillance pendant la rentrée dans l'atmosphère. Après ça, ils ont cloué leurs actifs de ravitaillement au sol. On pense que Saliout 2 est en fait une station militaire d'espionnage nommée *Almaz*. Nos sources ont détecté des livraisons d'appareils inhabituelles et la mise en place de niveaux de sécurité supplémentaires. On présume qu'ils construisent l'équivalent de ce qu'on voulait créer avec le MOL, le laboratoire orbital habité : une énorme caméra, essentiellement. Un engin qu'ils peuvent orienter un peu partout sur Terre pour en tirer des images détaillées d'une résolution inédite.

Comme il entendait Schlesinger inspirer – il se préparait à parler –, Phillips s'empressa de poursuivre :

— Tant qu'on n'aura pas vu la station transportée sur rail entre des immeubles que nous avons identifiés sur le site de lancement de Baïkonour, on ne connaîtra pas avec certitude le moment du lancement. Des gens et des actifs du renseignement sont affectés à sa surveillance, et guettent particulièrement le moment où les Soviétiques l'accoupleront à la fusée Proton. Notre hypothèse la plus plausible, c'est un lancement au début d'avril. Donc, notre objectif fixé à la mi-avril pour le départ d'Apollo 18 tient toujours la route.

Comme il l'avait espéré, le largage d'info suffit à calmer Schlesinger.

— C'est bon, Sam. Le président et moi-même, on veut être mis au courant dès que vous avez une confirmation visuelle.

Il voulait de toute évidence faire étalage de ses relations étroites avec le président. Il ajouta :

— Si les Soviétiques placent cette *Almaz* en orbite en avril, comment allez-vous préserver le secret de ce qui se passe dans la Zone 51 ? Ils vont voir non seulement tout ce qui est garé dans l'aire de trafic, mais surtout les essais du *Have Blue*.

Le temps est venu de partager les responsabilités, se dit Phillips.

— Je suis d'accord, Jim. Nous n'aurons pas le choix de modifier les manœuvres, d'utiliser des abris de camouflage, d'installer des modèles grandeur nature et d'interdire les vols lorsque *Almaz* passera au-dessus de la Zone 51. Ça nous obligera à interrompre nos activités quelques fois par jour pendant environ cinq minutes.

Schlesinger ne releva pas l'ironie. Pour lui, les concepts de « nous » et de « nos » n'existaient pas. Phillips perçut le cliquetis de sa pipe entre ses dents.

— Tu disposes aussi d'une autre option, Sam : les empêcher de voir les États-Unis, ou n'importe laquelle de nos installations, depuis l'orbite.

Phillips raccrocha et réfléchit pendant une bonne minute. Puis il saisit de nouveau le combiné pour donner un coup de fil à Kaz Zemeckis.

CHAPITRE 6
Centre de contrôle de mission, Houston

Gene Kranz, un gars bourru mais compétent couronné d'une coupe en brosse, observa tour à tour les membres de l'équipe réunis dans la salle de conférences. De jeunes hommes pour la plupart et quelques femmes. À titre de directeur de vol principal affecté à la mission Apollo 18, il fit un résumé de la journée de travail. Trois mois à peine avant le lancement, il se réjouissait qu'aucun d'entre eux – ni l'équipage composé entièrement de recrues ni l'équipe du centre de contrôle – n'ait commis de bévues majeures pendant la simulation de six heures. Gene occupait le poste de directeur de vol depuis la première mission Gemini et, après six alunissages réussis, il considérait presque cette mission Apollo comme de la routine, même s'il savait que le moindre détail pouvait tout faire rater.

— Avez-vous des questions ? demanda-t-il au groupe.

Kaz leva la main.

— Chef, est-ce que je pourrais vous parler, à vous et à l'équipage, après le débrief ?

Gene regarda chacun des ingénieurs dans les yeux au-delà de leur console. Il ne décela aucun signe d'interrogation sur leur visage.

— Bien sûr, je crois que c'est le moment. Merci à tous. Les autres, vous pouvez disposer.

Les techniciens du centre de contrôle de mission quittèrent la salle aussi vite que des étudiants à la fin d'un cours. Restaient uniquement Tom, Luke et Michael, qui formaient l'équipage principal, ainsi que Chad, le commandant de réserve. Sous le regard attentif de l'équipage, du commandant et du directeur de vol, Kaz se dirigea vers le tableau noir à l'avant de la salle et saisit un morceau de craie.

— Vous êtes tous au courant que les Russes viennent de faire atterrir un minirobot sur la Lune, hein ? dit-il. Eh bien, ils s'apprêtent à lancer un engin en orbite, une station spatiale conçue exclusivement à des fins d'espionnage, ce qu'aurait dû être le projet MOL. Il s'agit du programme Almaz.

Il se retourna pour écrire ce nom sur le tableau puis reprit son explication.

— Si on en croit nos meilleures sources, la caméra de cette station serait assez puissante pour distinguer facilement de l'espace des détails de la taille d'une petite voiture.

Il laissa à ses collègues le temps de bien mesurer les implications d'une telle nouvelle pour la sécurité nationale. Tous ces militaires, y compris Gene, avaient piloté des chasseurs en Corée. Ils étaient au courant des essais secrets qui se déroulaient hors de vue dans les aérodromes d'endroits reculés, comme la base aérienne Edwards, en Californie, et la Zone 51, au Nevada.

— Selon nos sources, les Russes seraient prêts à lancer la station inhabitée au début d'avril. Dès qu'ils se seront assurés qu'elle est tout à fait fonctionnelle, ils y enverront un équipage de cosmonautes à bord d'un Soyouz. Et c'est là qu'ils commenceront à prendre des photos.

Kaz se tut brièvement pour laisser son équipe absorber le choc. Puis il commença à définir sa mission :

— Avec l'approbation du président, les chefs d'état-major interarmées veulent utiliser Apollo 18 pour observer *Almaz* de plus près en orbite terrestre avant que l'équipage soviétique s'y rende. L'armée de l'air vient d'en aviser la NASA vendredi et j'ai été envoyé ici de toute urgence pour vous briefer.

— Attends…, s'inquiéta Tom, l'air troublé. Est-ce qu'on ira quand même sur la Lune ?

— Oui.

Kaz dessina un grand cercle sur le tableau.

— Voici la Terre, précisa-t-il.

Il ajouta ensuite tout autour du cercle ce qui ressemblait à un hula-hoop difforme et pointa le sommet de la courbe avec sa craie.

— Les Soviétiques lanceront *Almaz* ici, à Baïkonour. À 52 degrés au nord de l'équateur.

Il traça la courbe avec son doigt, indiquant l'endroit où elle disparaissait derrière le globe, puis réapparaissait au sud.

— Apollo 18 doit s'aligner sur cette orbite, ce qui signifie qu'après le lancement vous devrez dévier pour suivre la côte de la Floride.

— Impossible, Kaz, protesta immédiatement Gene. Si on ne dirige pas la Saturn V vers l'est tout de suite après son lancement de Cap Canaveral, on ne pourra pas profiter de la vitesse additionnelle fournie par la rotation de la Terre. La fusée est trop lourde. Même là, on y arrive de justesse.

— C'est vrai, concéda Kaz.

Il esquissa rapidement le lanceur, le module de commande et le module d'exploration lunaire, en position repliée pour le lancement.

— Pour l'alléger, il va falloir qu'on retire tout ce qui n'est pas absolument nécessaire à la mission.

Il traça un X sur le module lunaire.

— Ça veut dire qu'on ne fait aucune expérience pendant cette mission et que *Bulldog* passera un temps minime sur la surface de la Lune.

Un autre X vint éliminer *Bulldog*.

— Et on ne transportera pas d'astromobile.

Kaz observa les membres de l'équipe l'un après l'autre puis marqua le module de commande et la fusée d'un X.

— Seulement le strict minimum dans *Pursuit*, et il faudra aussi dépouiller la Saturn V. On devra être créatifs. Washington s'en remet à vous pour trouver d'autres idées. Selon nos estimations les plus fiables, on peut y arriver.

Michael résuma, en regardant le tableau :

— Donc, si je comprends bien, on décolle et on longe la côte Est, mais au lieu de se diriger vers la Lune, on reste sur l'orbite terrestre assez longtemps pour repérer cette *Almaz*.

Il se tourna vers Kaz, puis continua :

— On traîne un peu, le temps de prendre des photos, et après on est parés pour la TLI ?

La TLI, c'était *la trans-lunar injection*, c'est-à-dire la mise à feu du moteur de la fusée qui lui permettrait d'échapper à la vélocité causée par la transition de l'orbite terrestre et d'être propulsée sur une orbite de transfert vers la Lune.

— Exactement, confirma Kaz.

Luke Hemming s'exprima d'une voix incrédule :

— Si on n'a aucune expérience à mener ni aucun mini-robot, qu'est-ce qu'on va faire sur la Lune, Tom et moi ?

— J'en venais justement à ça, répondit Kaz. Étant donné le temps et le carburant nécessaires pour intercepter *Almaz*, votre temps sur la Lune a été réduit pour vous permettre d'accomplir uniquement les opérations militaires prioritaires. Elles viennent de changer, d'ailleurs.

— Merde ! marmonna Tom.

Il pensa à la pression qui s'ajoutait sur les épaules de son équipage pendant les trois prochains mois, laquelle serait d'autant plus intense en raison des niveaux de confidentialité qui se multiplieraient de manière inévitable.

— Les Soviétiques ont fait atterrir leur astromobile dans un cratère qu'on appelle « Le Monnier », aux abords de la mer de la Sérénité, reprit Kaz.

Il traça un deuxième cercle pour représenter la Lune puis, en haut à droite à l'intérieur, deux cercles plus petits, qu'il nomma respectivement « Serenitatis » et « Le Monnier ».

— C'est à environ 160 kilomètres au nord de l'endroit où Apollo 17 a aluni. Ce n'est pas ce qu'avaient annoncé les Soviétiques. Le département de la Défense veut que vous alliez découvrir pourquoi les Russes ont choisi ce lieu.

Il s'adressa directement à Tom et à Luke :

— Messieurs, vous partirez donc pour *Mare Serenitatis* : la mer de la Sérénité.

Luke leva les yeux au ciel en marmonnant :

— Bande d'idiots.

— Donc, tout ça se résume à deux nouveaux objectifs principaux, récapitula Gene. Le premier : rejoindre *Almaz* et s'en approcher. Le second : rester assez longtemps pour atteindre les objectifs fixés par le Département.

Il réfléchit un instant, puis demanda :

— As-tu une idée de ce qu'ils estiment réussi ? Quel genre de manœuvres ça va supposer ? Et de combien de temps on va disposer ?

— Environ une heure, peut-être deux, répondit Kaz. Il va falloir brûler du carburant si vous voulez positionner *Pursuit* de façon à prendre des photos détaillées. Réussir, ce serait vous en approcher suffisamment pour y jeter un coup d'œil, mais pas assez pour que les Soviétiques vous considèrent comme hostiles.

— Ensuite, on atterrit dans le cratère… Le Monnier, dit Gene en lançant un regard oblique vers le tableau. On va faire combien d'EVA ?

— À première vue, nos réserves de carburant et d'oxygène vont nous permettre une seule sortie extravéhiculaire, évalua Kaz.

Gene fixa le vide pendant plusieurs secondes, les calculs se succédant dans son esprit. Ce n'était pas en faisant des hypothèses quelconques qu'ils avaient sauvé Apollo 13.

— On verra en temps et lieu, dit-il. Pour l'instant, on prévoit de faire une seule EVA. Mais qu'est-ce que le Département veut que Tom et Luke fassent exactement sur la Lune ?

Kaz énuméra ses attentes en comptant sur ses doigts :

— Une inspection détaillée de l'endroit. Un plan rapproché du robot soviétique pour examiner ses capteurs les plus récents et déterminer la raison de sa présence. Des prélèvements d'échantillons de roche et de poussière lunaires, pour comprendre pourquoi les Russes s'intéressent autant à cet endroit.

— Michael pourra prendre une belle série d'images du lieu lorsqu'on le survolera, affirma Gene. On descendra notre orbite le plus près possible de la surface.

— J'aurai besoin d'un autre téléobjectif pour l'Hasselblad, ajouta Michael.

Gene approuva de la tête.

Kaz promena un regard distrait sur le groupe, perdu dans ses pensées pendant qu'il revoyait, replanifiait, modifiait leurs options. *Pareils à cinq superordinateurs.*

Tom brisa le silence :

— J'ai une question fondamentalement opérationnelle, Kaz : qui a échafaudé ce plan et qui en est responsable, en fait ?

Kaz ne répondit pas tout de suite. Tout comme les vols d'essai, la navigation spatiale dépendait du sentiment de contrôle de l'équipage. Al Shepard, le premier astronaute des États-Unis, avait donné le ton à ce principe lorsqu'il avait dit, du haut de sa fusée Mercury après des heures d'attente : « Réglez donc votre petit problème et allumez cette chandelle ! » On ne peut pas dire à un astronaute ou à un pilote d'essai que son opinion compte moins que celle des gens aux commandes. Et encore moins à un directeur de vol, surtout s'il est aussi expérimenté que Gene Kranz.

— On veut qu'Apollo 18 reste autant que possible l'équivalent d'une mission normale. Comme d'habitude, la NASA s'occupera de l'entraînement, de la mise au point, du lancement, des opérations aériennes et du retour sur Terre. C'est plutôt sur le plan de la gestion que ça va changer. En plus de votre service des opérations aériennes, ici à Houston, l'armée de l'air, la National Security Agency et la Maison-Blanche vont travailler ensemble. Leurs représentants vont arriver ici plus tard cette semaine et ils resteront sur place tout au long du vol.

Chad, qui avait été silencieux jusqu'à présent, pouffa de rire. Kaz savait que leurs années de service militaire leur avaient inculqué une profonde méfiance à l'égard de l'ingérence politique, surtout si des agents secrets de la NSA venaient s'en mêler.

Luke secoua la tête et résuma la situation dans des mots propres aux Marines américains :

— Sacré bordel.

Tom jeta un regard encourageant sur son équipage, puis lança :

— En fait, ça promet d'être plutôt intéressant, les gars. On conserve les éléments de mission pour lesquels on s'est entraînés, mais on a des tâches en plus, qui sont tout à fait appropriées à des astronautes militaires comme nous. On a l'occasion d'accomplir des choses qu'aucun autre équipage d'Apollo n'a faites jusqu'ici : rejoindre une cible étrangère insubordonnée sur l'orbite terrestre et mener essentiellement une opération de reconnaissance militaire sur la Lune.

Chad intervint :

— On devra exploiter à fond nos talents de pilotage. Il faudra aussi réduire au minimum les marges de réserves de carburant qu'on avait déterminées lors des missions précédentes.

Il darda les yeux en direction de Michael, pilote du module *Pursuit*. Ce dernier acquiesça sobrement.

— Alors, Kaz, quel est ton rôle dans tout ça, au juste ? interrogea Gene.

— Ils m'ont envoyé ici à titre d'agent de liaison, autrement dit pour vous transmettre les attentes de la Maison-Blanche envers vous et pour informer celle-ci de ce que vous êtes en mesure de faire. Mon objectif, c'est de vous libérer l'esprit pour que vous puissiez vous concentrer sur votre entraînement pendant que je me charge de traiter avec la direction.

Ce fut au tour de Luke d'éclater de rire :

— La *mauvaise* direction !

— Kaz, tu dois être au courant de tout pour que ce plan fonctionne, reprit Gene. On va être noyés dans les détails et occupés à décortiquer le problème pour planifier quelque chose qui se tient. À partir de maintenant, j'ai besoin que tu restes au centre de contrôle et que tu assistes à toutes les simulations.

— Bien sûr, Gene, consentit Kaz. Je m'attendais à ce que tu me le demandes et c'est ce que j'ai dit aux gens de Washington.

— Kaz, quand tu dis « Washington », de qui parles-tu, exactement ? s'enquit Tom. Ça fait… quoi, cinq ans que tu as eu ton accident à Pax ? Pour qui tu travailles ces jours-ci ?

— C'est compliqué… Légalement, je suis encore au service de la Navy, qui a payé mes études supérieures au MIT après mon rétablissement. Mais pendant mon service, l'armée de l'air a commencé à solliciter mon avis sur des questions liées au MOL et aux ROEM. Ça m'a amené à communiquer souvent avec la NSA. J'ai ensuite été contacté pour briefer la Maison-Blanche et la CIA, et évaluer les biens spatiaux des Soviétiques. Je relève directement du vice-chef des opérations navales et je fais de mon mieux pour garder l'œil, au sens propre, sur la situation globale, mais il m'affecte régulièrement à d'autres organismes, où je passe beaucoup de temps.

Après s'être assuré d'avoir l'attention de tous, Kaz poursuivit :

— Dernière chose : les briefings officiels avec les gens de la NASA se dérouleront ici à partir de demain. Ce que je viens de vous dire doit rester entre nous. S'il vous plaît, n'en parlez à personne, même pas à vos épouses.

Les hommes acquiescèrent de la tête. Parmi eux, seuls Gene, Tom et Michael étaient mariés.

Kaz effaça avec méticulosité le tableau pour faire disparaître toute trace de ce qu'il y avait écrit. Pour l'instant, ça allait. Toutefois, il savait à quel point les choses se compliqueraient. Il se doutait que Washington leur avait révélé à peine la moitié de ce qui les attendait.

*

En sortant du parking, Kaz se rappela que le réfrigérateur de son bungalow à Polly Ranch était vide. Il se mit donc en quête d'un restaurant. Il repéra un immeuble bas de couleur rouge, si délabré qu'on aurait dit que le magicien d'Oz l'avait largué dans un espace gazonné. Les premiers clients de la soirée avaient stationné avec soin leurs véhicules par ordre d'arrivée, comme s'il s'agissait d'un terrain de stationnement. Parmi ces voitures se trouvait une Corvette Stingray dorée à bandes noires. Kaz en avait vu une semblable dans le magazine *LIFE*. Depuis le programme Mercury, un détaillant Chevrolet avait pris l'habitude d'offrir des Corvette aux astronautes en échange d'un dollar symbolique, ce qu'il considérait comme de la publicité gratuite. *Celle-là doit appartenir à un gars d'Apollo venu casser la croûte.* Il alla se garer.

Comme il sortait de sa voiture, Kaz remarqua la petite enseigne peinte à la main indiquant le nom du resto

– *The Universal Joint* –, suivi de l'inscription *Best TX BBQ since 1965.*

Le meilleur barbecue au Texas ? Parfait.

L'entrée était gardée par des demi-portes battantes rembourrées et cloutées à l'effigie de cowgirls et recouvertes de simili cuir rouge. Il poussa les cowgirls et entra dans une salle tamisée qui semblait taillée à la hache. Kaz s'avança avec précaution sur le plancher inégal et prit place sur un tabouret rembourré, rouge lui aussi, devant un long bar en bois. Le juke-box, assourdissant, crachait la chanson à succès des Three Dog Night *Eli's Coming*, parvenant tout juste au fameux crescendo où les trois voix s'unissaient. Kaz attira l'attention de la barmaid, pointa l'enseigne Budweiser et leva un doigt. Elle confirma la commande, puis plongea la main dans une glacière pour en tirer une bouteille, qu'elle décapsula en revenant vers lui. Elle lui tendit un menu plastifié et usé avec un petit sourire.

Une porte menant directement à l'extérieur s'ouvrit derrière elle, et Kaz réalisa que la cuisine se réduisait à un barbecue au charbon de bois planté sur la véranda arrière. Il jeta un œil sur le menu et arrêta son choix sur le hamburger texan au fromage tout garni. *Allons-y pour leur spécialité.* Il fit signe à la serveuse, puis lui indiqua son choix sur le menu. Kaz prit une longue gorgée de sa bière fraîche, accueillant avec plaisir les harmonies plus douces de la chanson *A Horse with No Name.*

Les murs de bois du U-Joint étaient tapissés de témoignages sur l'histoire locale récente : un collage désordonné d'images de missions spatiales, de photos où figuraient des équipages d'astronautes, d'affiches publicitaires en immobilier et d'annonces de recrutement de l'armée de l'air de l'aérodrome Ellington Field avoisinant. Un mannequin portant un casque et une combinaison de vol des courses aériennes de Reno était suspendu au plafond, couvert de poussière. Un groupe d'ingénieurs de la NASA se délassait du travail en jouant une partie de billard à l'unique table éclairée par une lampe suspendue affichant une publicité pour la bière Coors. L'endroit était bondé de petites tables carrées, chacune encadrée de quatre chaises bon marché qui étaient presque toutes occupées. Les cowgirls des portes battantes continuaient leur va-et-vient incessant. *Le resto du coin des travailleurs de l'espace*, se dit Kaz.

— Janie, du café, s'il te plaît.

Kaz tourna la tête pour dévisager son interlocuteur, un homme petit à la chevelure et aux lunettes noires, appuyé contre le bar.

Il consigna dans un coin de son cerveau le nom de la barmaid à la queue de cheval : Janie. *Bon à savoir*.

— Je peux m'asseoir ici ? lui demanda l'homme en désignant le siège vide à ses côtés.

— Volontiers.

L'homme le remercia d'un signe de tête et se hissa sur le tabouret.

Janie déposa devant lui une tasse émaillée remplie de café fumant.

— Noir pour vous, Doc, c'est ça ?

— Bien vu.

Il y trempa les lèvres pour en apprécier le goût, puis imita Kaz, qui observait la salle.

— Sacré bouge, commenta Kaz.

L'homme le dévisagea pendant un moment puis demanda :

— C'est vous Kazimieras Zemeckis ?

Kaz inclina la tête, surpris.

— On s'est déjà rencontrés ?

Le visage de l'inconnu fit un sourire navré.

— Je me présente : J. W. McKinley. Je suis un des médecins de la NASA. Le QG médical nous a fait parvenir votre dossier de la Navy au cours du week-end et, en voyant votre œil de verre, j'ai tout simplement fait le lien.

— Il n'y a que l'agence du revenu et mes tantes lituaniennes qui m'appellent Kazimieras. Tous les autres m'appellent Kaz.

— Enchanté de vous rencontrer, Kaz. On me surnomme JW, ou J-Dub, si vous êtes pressé.

Comme ils trinquaient à leur nouvelle rencontre, Kaz nota le roulement des épaules densément musclées du médecin sous sa chemise à col boutonnée.

— Vous faites des haltères ?

— Juste assez pour ne pas devenir trop gros. Dans ma famille, les hommes ont tous un physique de borne d'incendie.

Il se tut alors que Rod Stewart commençait à chanter *Maggie May*, puis reprit :

— L'impact d'oiseau qui vous a coûté votre œil a dû être assez impressionnant.

— Ça s'est mal terminé pour la mouette, plaisanta Kaz.

Mais sa boutade habituelle n'eut aucun effet sur le médecin. En répondant aux questions amicales de JW, Kaz se surprit à parler de son accident comme jamais auparavant, confiant ses impressions sur ses chirurgies et sur toutes les sensations étranges que lui procurait sa prothèse oculaire.

— Vous ne donnez pas votre place comme confident de bar, docteur, termina Kaz. À votre tour maintenant : parlez-moi de vous.

JW lui décocha un sourire, avant de confier modestement :

— Pas grand-chose à dire. Je suis un gars typique du Midwest. L'armée de l'air a payé l'ensemble de mes études de médecine, j'ai fait de la trauma pendant quelque temps et ça fait maintenant quatre ans que je suis médecin de l'air pour la NASA.

— Quelle école ?

— Stanford.

Il n'y avait pas mieux.

— Et pour la traumatologie ? renchérit Kaz.

— J'ai passé un an et demi à la clinique Cleveland et, de là, j'intervenais dans tous les coins de l'État par hélicoptère.

Kaz émit un faible sifflement.

— Je parie que vous avez vu des trucs plutôt troublants.

— Oh oui ! Accidents de la route, brûlures, fusillades… Même des noyades dans le lac Érié.

— Qu'est-ce qui vous a amené à Houston ?

— J'aime l'espace, confia JW en souriant à nouveau. Le programme Apollo, ça a été quatre années extraordinaires pour moi.

Kaz détourna la tête en entendant un rire sonore. Il aperçut près du mur un petit homme bronzé aux incisives centrales écartées et au crâne de plus en plus dégarni, qui amusait la galerie.

JW suivit son regard.

— Pete Conrad, commandant d'Apollo 12 et astronaute. Il a marché sur la Lune. Il est de la Navy aussi. Vous le connaissez ?

— Je crois avoir vu sa Corvette dehors. J'étais encore à l'école de pilotage quand il a quitté la Navy pour rejoindre la NASA. Je ne l'ai jamais rencontré, mais j'ai toujours eu l'impression de marcher sur ses traces, une décennie plus tard. Avant ma rencontre avec la mouette, bien sûr.

— Il s'est éjecté d'un T-38 l'année dernière, raconta JW. C'était la nuit, la météo s'était dégradée… Il a perdu un générateur, a manqué de carburant en tentant de gagner Bergstrom. Son parachute l'a largué à une centaine de mètres de la base d'opérations. Pas une égratignure.

— Vaut mieux être chanceux que talentueux, répliqua Kaz. Dans le cas de Pete, c'est plutôt les deux.

Le médecin jeta un regard discret à son œil de verre et lui demanda :

— Alors, comment vous êtes-vous retrouvé dans la ville magnifique de Houston-sur-Mer ?

— Après mon accident, les gars de la Navy ont songé à me laisser piloter des avions de transport, mais je leur ai dit qu'il n'en était pas question, expliqua Kaz. J'ai demandé à retourner aux études et ils m'ont envoyé au MIT. Ensuite, j'ai passé quelque temps à Washington et, maintenant, je suis ici pour travailler avec l'équipage d'Apollo 18.

— Qu'est-ce que vous avez étudié au MIT ?

— J'avais déjà une maîtrise en génie aérospatial de la Naval PG School de Monterey. J'ai vraiment aimé le domaine des capteurs et de l'électro-optique, alors j'ai décidé de poursuivre dans cette branche au laboratoire Lincoln, à Boston.

— Attendez… Vous avez un doctorat du MIT ? s'étonna JW.

Kaz répondit d'un haussement d'épaules.

— Vous avez aussi mentionné Washington. Qu'est-ce que vous avez fait là-bas ?

— Je ne peux pas entrer dans les détails puisque c'est confidentiel, mais j'ai abouti à la National Security Agency, confia Kaz avant de caler sa bière. Il semblerait que le directeur de la NSA a piloté des P-38 pendant la guerre et qu'il a dirigé le programme d'exploration lunaire de la NASA durant les années 1960. C'est lui qui s'est intéressé à mon travail.

JW le fixa, impressionné, et s'exclama :

— Wow ! C'est de Sam Phillips que vous parlez. Une vraie légende ! Vous travaillez pour lui directement ?

Le visage de Kaz se fendit d'un sourire et il approuva de la tête.

— N'allez pas raconter ça à tout le monde, prévint-il. Je suis juste un ex-astronaute borgne qui essaie d'aider à envoyer Apollo 18 sur la Lune.

En recevant son hamburger, Kaz constata à quel point il était affamé. Avant de prendre sa première bouchée, il demanda à JW :

— Vous mangez un morceau ?

— Non, je dois rentrer. Ferne m'a gardé une assiette. Elle doit déjà avoir donné à manger aux deux petits. Content de vous avoir rencontré, docteur Zemeckis, le salua-t-il.

Il vida sa tasse de café et se laissa glisser du tabouret.

Kaz rit et saisit son hamburger.

— Moi de même.

CHAPITRE 7
Laboratoire de réception lunaire, Houston

Kaz se sentit stupide. Il avait demandé à rencontrer les experts de la NASA à 8 heures pour discuter des intentions des Soviétiques sur la Lune, et il n'arrivait même pas à trouver l'immeuble.

Il regarda sa montre : six minutes avant la réunion.

Il s'engagea de nouveau sur une route droite divisée à l'intérieur du Manned Spacecraft Center, en étirant le cou pour repérer le bon numéro d'édifice. Il finit par apercevoir le numéro « 37 » dans l'ombre d'un porte-à-faux. Kaz se rendit alors compte qu'il avait dépassé le parking et dut faire le tour pour dénicher l'entrée. Il gara rapidement sa Satellite entre deux vieilles Coccinelle – *Les chercheurs préfèrent les Volkswagen ?* –, prit son sac et courut jusqu'à l'entrée.

Des gens pénétraient déjà dans la salle de conférences attenante au vestibule principal ; Kaz observa les aiguilles noires de l'horloge murale. De toute évidence, la NASA ne plaisantait pas avec l'heure. Kaz avait deux minutes d'avance ; il suivit ses collègues et se rendit jusqu'à l'avant de la salle, puis déposa son sac sur la longue table vernie où avaient pris place les chercheurs. Il sortit un carnet de notes de sa poche arrière et passa vite en revue les points qu'il souhaitait éclaircir, puis leva la main pour attirer l'attention des participants. Toute la salle se tut.

— Bonjour à tous. Je me présente : Kaz Zemeckis.

Redoutant de contrarier les chercheurs, il s'abstint de faire mention de son grade militaire.

— J'ai été astronaute pour le projet MOL et j'ai récemment été affecté au poste de liaison militaire avec l'équipage d'Apollo 18. Merci d'avoir accepté mon invitation.

Il balaya la salle en regardant ses collègues dans les yeux. *Plus de poils au visage qu'à l'habitude*, lui sembla-t-il. *Plus de femmes, aussi.* Il aperçut Chad Miller et le salua discrètement. Une des tâches de ce dernier, à titre de commandant de réserve, consistait à remplacer Tom Hoffman quand celui-ci n'avait pas le temps d'assister aux briefings.

— Il y a encore beaucoup de détails à venir, dont la plupart sont classés secret, mais je tenais tout de même à vous informer de la révision de l'objectif scientifique d'Apollo 18. J'aimerais en savoir plus sur les roches lunaires et on m'a dit que c'était le bon endroit pour m'éduquer à ce sujet.

Il eut droit à quelques gloussements et hochements de tête polis. Le laboratoire de réception lunaire avait été bâti spécialement pour isoler les astronautes à leur retour, dans l'éventualité où ils auraient ramené avec eux quelque fléau interplanétaire. L'équipage des trois premières missions Apollo n'avait toutefois montré aucun signe de maladie – comme prévu, la Lune ne comportait aucune forme de vie, pas même une bactérie unicellulaire – et on avait levé la période de quarantaine. Néanmoins, l'édifice 37 avait aussi été conçu pour conserver les roches et la poussière lunaires. *Non, pas de la poussière : du régolithe*, se corrigea Kaz. Quelque part à l'intérieur étaient entreposés une multitude de morceaux de Lune, 382 kilos au total, qui étaient protégés avec le même zèle que s'il s'agissait des joyaux de la Couronne. En fait, à poids égal, les roches lunaires avaient coûté davantage.

Kaz fit un résumé du plus récent échéancier d'Apollo 18 pour le groupe et décrivit le nouveau site d'alunissage, sans toutefois expliquer la raison du changement. Il comprit en voyant leurs visages impassibles que les chercheurs étaient déjà au courant. Le MSC était une petite communauté, au sein de laquelle les spécialistes en recherche lunaire formaient un sous-groupe encore plus soudé. Ils avaient l'habitude des changements motivés par la politique.

— Donc, reprit Kaz, qu'est-ce que les images orbitales, les échantillons rapportés par Apollo et entreposés ici ou ceux recueillis par les robots soviétiques nous ont appris et en quoi cela pourrait-il nous inciter à explorer un site lunaire où on n'a jamais mis le pied ?

La salle réfléchit en silence. Les Russes avaient réussi à rapporter de petits échantillons de régolithe lunaire lors des missions sans équipage Luna 16 et 20. Ils avaient dû forer un trou d'une trentaine de centimètres de profondeur pour extraire moins de 500 grammes. Malgré les quelques articles publiés dans les revues scientifiques, personne ne savait avec certitude ce que les Soviétiques avaient trouvé.

Une femme de grande taille aux longs cheveux noirs rebelles leva la main :

— Astronaute Zemeckis, vous permettez ?

— Je vous en prie, appelez-moi Kaz.

Elle esquissa un léger sourire.

— Laura Woodsworth, cosmochimiste au laboratoire.

Kaz la salua poliment. Femme svelte à la peau bronzée, Laura portait une robe sans manches à imprimé fleuri ainsi qu'une chaîne en or à laquelle pendait une petite croix.

— Nous en avons appris plus sur la Lune au cours des quarante derniers mois qu'en quarante mille ans. La datation radiométrique des échantillons de missions a révélé que la Lune s'est formée il y a plus de quatre milliards d'années, soit à peu près en même temps que la Terre. On sait aussi que le régolithe lunaire n'a rien à voir avec la poussière terrestre, qui a été érodée par la pluie et le vent. Après des milliards d'années d'impacts de fragments de météorites, le régolithe s'apparente plutôt à des morceaux de verre cassé.

Chad prit la parole.

— Une vraie cochonnerie, ce truc, Kaz. On dirait des grains de papier émeri. Très mauvais pour la machinerie et les combinaisons spatiales. Nos gars reviennent dans le module lunaire avec de la poussière collée à leur combinaison. Ça les fait tousser quand ils enlèvent leur casque.

Kaz lança un regard à Chad en se demandant pourquoi il avait cru nécessaire d'intervenir, mais Laura acquiesça et expliqua :

— En examinant la composition chimique des roches et de la poussière lunaires, on s'aperçoit que l'intérieur de la Lune ressemble à celui de la Terre, plus qu'on l'avait cru. Les deux ont un noyau central lourd entouré de magma plus léger, et sont recouvertes d'une croûte. Elle est du même gris que la Lune.

Kaz eut l'impression qu'elle le croyait totalement ignorant, mais il était tout de même reconnaissant qu'elle lui rafraîchisse la mémoire. Sans compter que c'était une bonne façon d'établir un rapport avec les chercheurs.

— Autre chose avant de répondre à votre question, poursuivit Laura. L'« Homme sur la Lune », les formes sombres que l'on voit, sont d'anciennes coulées de lave. La roche gris pâle de la croûte est de l'anorthosite, et les zones sombres sont du basalte. De plus, il faut se rappeler que la Lune est soumise au verrouillage gravitationnel. Vous savez ce que ça veut dire ?

Kaz secoua la tête.

— Ça veut dire que la Lune présente toujours la même face vers la Terre. Seuls vingt-quatre humains, tous des astronautes du programme Apollo, ont vu la face cachée de la Lune.

— Pourquoi ne voit-on qu'une seule face ? s'enquit Kaz.

— L'attraction gravitationnelle de la Terre est suffisante pour que la Lune saillisse un peu vers nous, comme une marée de pierres qui monte et descend. Au fil du temps, la friction interne a ralenti la rotation de la Lune jusqu'à ce qu'elle atteigne un parfait équilibre et que, comme par magie, on ne voie qu'une seule face.

Kaz leva les mains et fit tourner lentement une Lune imaginaire.

— Alors, à quoi sont dues les phases de la Lune ?

— La Lune fait le tour de la Terre en 27,3 jours. Selon sa position durant la période lente de son orbite, la Lune est éclairée sur le côté et forme un croissant, ou est invisible.

— Donc, si la Lune ne fait une rotation complète autour de son axe que tous les vingt-sept jours environ, demanda Kaz, un astronaute sur sa surface se trouverait dans la lumière du Soleil pendant deux semaines, puis dans l'obscurité pendant deux semaines ?

Le visage de Laura s'éclaira.

— Exactement !

— Et la température ?

— Elle monte à environ 127 degrés Celsius au midi lunaire, et à moins 173 à minuit.

Kaz siffla de surprise.

— C'est bon à savoir.

Un homme vêtu d'une chemise hawaïenne et arborant des favoris à la Elvis Presley, effet gâché par une calvitie précoce, prit la parole.

— Salut, Kaz. Don Baldwin, chef de service. J'ai réfléchi à votre question sur ce qu'on a appris dernièrement. Il y a quelques trucs, en fait.

Il fit glisser une main sur sa tête, de l'avant vers l'arrière, en aplatissant les quelques cheveux qui lui restaient.

— Des impacts d'astéroïdes récents ont formé des trous assez profonds qui n'ont pas encore été recouverts de poussière. Ça me semble des endroits intéressants pour étudier la roche qui se trouve en dessous, à une profondeur qu'on n'a pas encore été capables d'atteindre. Il faudrait se procurer des images dans notre photothèque, qui correspondent aux nouvelles coordonnées, pour vérifier s'il y a de nouveaux cratères à proximité.

Baldwin fit une pause et dévisagea Kaz. Le message était clair : son équipe n'avait pas choisi le nouveau site d'alunissage, mais elle en tirerait le meilleur parti possible. Baldwin regarda ensuite Laura.

— Il y a autre chose. Laura a fait une découverte surprenante, récemment. Tu veux bien lui en parler ?

Elle fixa Kaz.

— Une anomalie a attiré mon attention pendant que j'examinais des images haute résolution de la surface lunaire. Comme une tache sombre sur le film. J'ai dû revérifier avec une loupe pour m'assurer de ce que je voyais. C'était… un trou.

— Quoi ?

— Le trou semble assez gros, peut-être 91 mètres de diamètre. J'ai une image ici.

Laura feuilleta les pages de son dossier, puis fit circuler une photo grand format en noir et blanc autour de la table jusqu'à Kaz, qui étudia le cliché au fini lustré de son œil valide.

Un trou tout à fait ordinaire. Un cercle quasi parfait dont le fond était partiellement éclairé par l'angle des rayons du Soleil, comme si quelque chose avait creusé une lucarne.

Kaz leva les yeux d'un air perplexe.

— Comment c'est arrivé ?

Laura laissa la parole à son supérieur.

— On ne sait pas trop, répondit Baldwin. Si ce trou était sur la Terre, la meilleure explication serait un tunnel de lave, creusé par le magma et qui se serait ensuite affaissé. Cependant, on n'arrive pas à comprendre comment ça a pu se produire sur la Lune. On formule des théories.

Kaz examina l'image de plus près.

— Selon vous, quelle est la profondeur du trou ?

Cette fois, Laura choisit de répondre.

— Il va falloir d'autres photos pour en être certains, mais selon l'angle du Soleil à ce moment de la journée lunaire, il serait assez profond, environ 191 mètres.

Kaz considéra le trou avec respect.

— Si quelqu'un sautait dans le trou, la chute serait lente, avec la faible gravité de la Lune, environ onze secondes. Toutefois, il atteindrait le fond à 64 kilomètres-à-l'heure. J'ai fait le calcul, précisa Laura en souriant.

Chad prit de nouveau la parole.

— Je sais que je suis seulement un remplaçant, mais je ne me risquerais pas à essayer. Pas envie d'abîmer ma combinaison.

Kaz rendit la photo à Laura.

— Donc, ce que vous voulez, dit-il, c'est voir une coupe transversale du substrat rocheux d'un cratère d'impact récent et en apprendre plus sur ce trou. Il y en a d'autres ?

— Probablement, répondit Baldwin. On réexamine toutes les images. C'est grâce à l'œil de lynx de Laura qu'on a pu repérer ce trou-là, mais maintenant, on sait ce qu'on cherche.

— Autre chose ? questionna Kaz.

Un jeune homme à lunettes, aux cheveux mi-longs et à la moustache clairsemée et pendante prit la parole.

— Et les KREEP ?

Kaz le dévisagea.

— De quelles crêpes vous parlez ?

— K-R-E-E-P. K pour potassium, REE pour *rare earth elements*, ou terres rares, et P pour phosphore.

Il lança un regard à Kaz, qui lui fit comprendre qu'il savait ce qu'étaient les terres rares.

— En fait, elles ne sont pas si rares que ça, excepté que c'est difficile d'en trouver des concentrations. Elles sont réparties uniformément dans la croûte terrestre en raison de leur composition chimique. Cependant, on croit que sur la Lune, elles se sont solidifiées pour former une couche riche sous la croûte. Beaucoup de roches lunaires conservées ici contiennent des KREEP.

Kaz réfléchit.

— D'accord, mais pourquoi la découverte de KREEP sur la Lune serait-elle si importante ?

— En théorie, les KREEP devraient être parfois enrichis d'uranium et de thorium par le même processus qui a produit leur concentration. Il se peut qu'on soit capables d'extraire des éléments radioactifs sur la Lune. C'est donc dire qu'on pourrait alimenter une colonie lunaire.

Kaz prit soin de cacher son enthousiasme. De l'uranium sur la Lune ? Et si c'était ce que les prospecteurs robotisés soviétiques avaient découvert ? Ça expliquerait le choix du site d'alunissage de *Lunokhod*. En sachant ce que les Soviétiques cherchaient, on pourrait établir avec précision l'objectif d'Apollo 18. Il demanda :

— Vous avez d'autres informations pour moi ?

Don Baldwin interrogea son équipe du regard.

— Je crois que c'est tout, Lieutenant-commandant.

Baldwin venait de signifier subtilement à Kaz qu'il avait effectué ses recherches et qu'il savait que l'armée était impliquée. Kaz ne mordit toutefois pas à l'hameçon.

— Dans ce cas, merci à tous. Très instructive, cette réunion. Chad et moi, nous allons informer l'équipage et je vous tiendrai au courant à mesure que nous terminons la planification de la mission.

*

En quittant la salle de réunion, Kaz rejoignit Laura.

— Pensez-vous découvrir d'autres trous ? demanda-t-il.

Laura se tourna vers lui en promenant son regard de l'œil droit à l'œil gauche de Kaz, puis fixa son œil droit de nouveau.

— Sans doute. S'il en existe un, il y en a probablement d'autres. Plutôt excitant de participer à une telle découverte.

— J'ai hâte de connaître vos prochaines trouvailles. Et si je vous donnais mon numéro ? Je ne suis pas encore dans l'annuaire du MSC.

— Bien sûr.

Kaz prit son carnet de notes et inscrivit son numéro de téléphone sur une page vierge, qu'il arracha ensuite délicatement pour la remettre à Laura.

— À ce rythme, dit-elle, on devrait avoir des résultats d'ici quelques jours.

Lorsque Kaz vit qu'elle n'allait pas lui rendre la pareille, il décida de se lancer.

— Si jamais vous avez envie d'un tour d'avion, j'ai accès à un petit appareil tout près, juste à l'ouest. C'est agréable par une journée ensoleillée.

Laura le dévisagea en réfléchissant à sa proposition.

— Ça pourrait être amusant, répondit-elle enfin. Je vous passe un coup de fil.

Kaz opina de la tête.

— À plus tard, alors.

Laura lui sourit, tourna les talons, puis traversa le couloir. Kaz la suivit du regard pendant qu'elle s'éloignait d'un pas décidé, son épaisse chevelure noire flottant derrière elle.

Il repensa à son geste en se disant qu'il n'avait pas l'habitude d'être aussi spontané. Il était fiancé au moment de son accident, mais la relation n'avait pas survécu à sa convalescence, ou plutôt à ces quelques mois sombres où il avait perdu tout espoir en l'avenir. Depuis, il hésitait à s'engager dans une relation amoureuse.

Toutefois, quelque chose chez Laura lui plaisait.

CHAPITRE 8

Loubianka, Moscou

L'espionnage, tout comme les échecs, est un jeu de patience et de concentration. On doit déplacer les pièces de manière réfléchie vers des positions de plus en plus fortes, essuyer des revers, attendre que l'adversaire nous ouvre la porte et, enfin, passer à l'attaque.

Vitali Kalugin, pour qui l'espionnage n'avait plus de secret, prit place à son bureau pour préparer sa journée. Contrairement aux trois hommes avec qui il partageait le cabinet, Vitali gardait son espace de travail bien rangé. À côté du support à stylo, un plateau en bois servait à recueillir la correspondance entrante. Avant de rentrer chez lui le soir, il veillait toujours à déposer dans l'autre boîte destinée au courrier sortant les télex et rapports qu'il avait lus et annotés, et qui devaient être distribués par les coursiers aux noms figurant sur les longues listes de diffusion. Le KGB, unique agence de sécurité pour l'ensemble de l'Union soviétique, gérait les renseignements nationaux et étrangers ainsi que le contre-espionnage, en plus de lutter contre les activités dissidentes et antisoviétiques. En somme, beaucoup de lecture chaque jour.

Vitali avait placé son téléphone beige à sa gauche de façon à pouvoir tenir le combiné tout en écrivant de sa main droite. À l'extrémité droite du bureau se trouvait un cendrier vide. Quant à ses allumettes et cigarettes, Vitali les conservait dans la poche de son veston. Il déverrouilla les tiroirs du bureau et déposa sa boîte à goûter dans le tiroir le plus profond, à côté d'une bouteille de vodka Moskovskaya à moitié vide. Irina lui préparait toujours des pirojkis farcis à la viande et aux légumes, un bloc de fromage russe pâle et des cornichons ou des tomates. Il mangeait un repas chaud à la cantine du bureau, la *stolovaya*, mais il avait bon appétit et la nourriture supplémentaire l'aidait à passer au travers des longues journées.

Il réservait la vodka pour les occasions spéciales, qui se faisaient rares depuis un certain temps.

Vitali sortit du tiroir du centre un cahier de notes recouvert de feutrine verte, qu'il déploya bien droit devant lui. Des dizaines de cahiers identiques dormaient dans son classeur, tous fournis par le KGB, et chacun portait au dos les dates de début et de fin écrites avec soin à la main. Il ouvrit le cahier à une page blanche, inscrivit la date dans le coin supérieur droit, puis consulta rapidement les notes de la veille pour se rafraîchir la mémoire. Il se leva, se prépara un thé, ajouta deux sachets de sucre, prit deux tranches de pain à la cannelle et aux raisins dans la boîte commune, qu'il déposa dans la soucoupe, et se rassit à son bureau pour dépouiller le courrier du jour.

Le service de traduction du KGB était lent, mais rigoureux. Il fournissait continuellement à son équipe des revues et des périodiques spécialisés de l'étranger, et Vitali était sur la liste de distribution de plusieurs d'entre eux. Quand les publications lui parvenaient, elles dataient en général de quelques mois. Néanmoins, ce délai ne nuisait pas à ses objectifs stratégiques. Elles lui offraient également une lecture intéressante : Vitali pouvait se renseigner non seulement sur les activités de l'ennemi, mais aussi sur la façon dont celui-ci les expliquait à ses citoyens.

Il saisit une liasse de feuilles polycopiées sur le dessus de la corbeille. Il s'agissait du *Stars and Stripes*, le journal de l'armée américaine publié depuis de nombreuses années. Il le parcourut très vite pour en dégager des particularités. Les négociations de paix avec le Vietnam et les présidentielles américaines occupaient toute la une. Rien de très utile. Vitali humecta son pouce et son index, et tourna la page en veillant à ne pas étaler l'encre bon marché. En page deux, une photo attira son attention : trois hommes vêtus de différents uniformes posant à côté d'un imposant modèle de fusée blanche. Il lut la manchette.

DES ASTRONAUTES MILITAIRES
EN ROUTE POUR LA LUNE !

L'armée de l'air des États-Unis et la National Aeronautics and Space Administration (NASA) ont aujourd'hui conjointement nommé l'équipage d'Apollo 18, qui sera composé du lieutenant-colonel Thomas H. Hoffman (armée de l'air), du lieutenant Michael H. Esdale (US Navy) et du commandant Lucas B. Hemming (corps des Marines). Il s'agit de la dernière mission lunaire planifiée. Hoffman, commandant, et Hemming, pilote du module lunaire, exploreront la surface de la Lune, tandis qu'Esdale, pilote du module de commande, mènera d'importantes expériences scientifiques dans l'orbite de la Lune. Diplômé en chimie, Esdale deviendra le quatrième titulaire d'un doctorat à participer à une mission lunaire, en plus d'être le premier astronaute noir.

Le lancement d'Apollo 18 est prévu pour avril 1973. Le site d'alunissage n'a pas encore été déterminé. La mission de douze jours poursuivra les efforts pour relever des données scientifiques tant sur la surface de la Lune qu'en orbite. L'équipage restera sur la Lune pendant soixante-huit heures tout au plus, et trois périodes d'explorations d'un maximum de sept heures chacune sont possibles. Un équipement sélénographique sera déployé. Par ailleurs, une cartographie de la Lune et plusieurs expériences scientifiques seront réalisées depuis l'orbite lunaire. Esdale quittera le vaisseau spatial pour récupérer les pellicules des appareils photo du module de service pendant le trajet de retour vers la Terre.

L'équipage de réserve est composé de Chad Y. Miller (armée de l'air), du lieutenant Robert L. Crippen (US Navy) et du commandant Robert F. Overmyer (corps des Marines).

Vitali relut le nom et la surprise lui donna le tournis. *Ma source est affectée à un vol spatial d'Apollo !* Kalugin avait placé les pions sur l'échiquier plus de dix ans auparavant. Néanmoins, il fut tout de même abasourdi de lire la nouvelle écrite noir sur blanc. Les pensées se bousculaient dans sa tête. Il but une gorgée de thé pour cacher son émoi à ses collègues.

La source de Vitali Sergeievich Kalugin ! Jusqu'alors, il s'était refusé à caresser de tels espoirs, même après l'annonce du lancement du programme MOL. L'accès que les Soviétiques auraient à des informations inédites sur le matériel et les opérations de vol du programme spatial américain serait sans précédent. Qui plus est, cette affectation signifiait que sa source grimperait rapidement les échelons au sein de l'armée ; en effet, plusieurs astronautes ayant participé aux premiers vols étaient aujourd'hui généraux. Cette source serait aussi aux premières loges des futures missions spatiales américaines, y compris celles réalisées avec la navette spatiale réutilisable que le président avait récemment annoncée et la station Skylab.

Pour la stratégie à long terme, c'était là une *excellente* nouvelle. Vitali sortit la bouteille de vodka de son tiroir.

CHAPITRE 9
Aérodrome d'Ellington, Houston

Kaz et Chad se tenaient côte à côte à l'aérodrome d'Ellington, la base aérienne de l'armée de l'air américaine située à huit kilomètres du Manned Spacecraft Center. Ellington appartenait à l'armée depuis 1917. Sa proximité était d'ailleurs l'une des raisons pour lesquelles le MSC se situait à Houston.

Les deux hommes portaient des lunettes de soleil et de lourds protège-oreilles noirs à cause des tourbillons de poussière et du bruit.

— C'est fou, cet engin ! cria Kaz.

Chad inclina la tête et leva les pouces en signe d'approbation. C'était à son tour de prendre les commandes du véhicule d'entraînement à l'atterrissage lunaire, une sorte de machine digne de l'inventeur et caricaturiste Rube Goldberg que l'on avait déjà qualifiée de « sommier volant ». Le surnom était resté. Le *Flying Bedstead* était doté d'un moteur à réaction, qui pointait vers le haut, et de propulseurs au peroxyde d'hydrogène, orientés dans tous les angles, sur un châssis d'aluminium disgracieux. Le siège du pilote était à ciel ouvert, fixé de façon incongrue à une extrémité, comme la cabine d'un grutier. Le véhicule, qui servait à entraîner les astronautes d'Apollo à l'alunissage, avait été conçu et assemblé à la hâte, et ça se voyait. Tom Hoffman, soulevé à 60 mètres dans les airs par la puissance brute de poussée vers le bas du turboréacteur, pratiquait l'atterrissage, pendant que les propulseurs au peroxyde crachaient de la fumée sur les côtés.

On dirait un dragon nerveux, pensa Kaz.

Les hommes au sol observaient Tom suivre la liste de vérification, ralentir la vitesse avant au fur et à mesure de la descente, puis poser en douceur les quatre pattes d'insecte de l'appareil directement sur le « X » peint sur la piste, de la fumée s'échappant très vite des réacteurs. Pour les ingénieurs et les formateurs de la NASA, c'était ce qui se rapprochait le plus du sixième de la gravité terrestre que l'on retrouvait sur la Lune.

Tom décolla de nouveau et se rendit quelques centaines de mètres plus loin pour se préparer à un nouvel essai. Peu après, un chasseur d'interception F-101 Voodoo de la Garde nationale aérienne décolla avec vacarme sur la piste principale voisine. Les deux hommes suivirent instinctivement l'engin du regard. Comme tout bon pilote, ils aimaient les avions.

Chad donna des explications à Kaz qui n'avait jamais vu le véhicule d'entraînement en action.

— Tom est en train de régler le moteur principal pour tenir à cinq sixièmes du poids. Ensuite, il va utiliser seulement les propulseurs au peroxyde pour avoir la même sensation que dans le module lunaire sur la Lune. Les contrôleurs manuels sont semblables à ceux du module lunaire et les parois de polystyrène bloquent le champ de vision de Tom, comme dans le module.

Kaz se pencha vers Chad.

— Combien d'accidents, jusqu'à maintenant ? Trois ?

— Ouais, mais aucun blessé. Cet engin a un bon siège éjectable, un zéro-zéro, comme tu le sais probablement.

Kaz fit oui de la tête.

Le siège éjectable avait été conçu pour sauver le pilote, même à zéro altitude et à vitesse nulle, à la différence des parachutes des sièges des chasseurs à réaction qui requéraient une vitesse longitudinale et une altitude suffisantes pour se déployer adéquatement.

Tom exécuta un atterrissage parfait sur la cible, non sans quelques légers rebondissements de l'appareil. Chad et Kaz purent voir ses mains réaliser les manœuvres supplémentaires pour éteindre le moteur. Les membres du personnel de piste, vêtus d'un lourd équipement de protection blanc, s'approchèrent pour sécuriser les systèmes. Ils dirigèrent le camion ravitailleur près de l'appareil et déroulèrent le tuyau pour remplir le réservoir. Un camion d'incendie rouge de l'armée de l'air attendait à 30 mètres de là, prêt à intervenir au besoin.

Chad et Kaz, heureux que le bruit se soit arrêté, retirèrent leur protège-oreilles. Chad mouilla son index et le tint en l'air.

— Pas trop venteux. Mes vols aussi devraient bien se passer.

*

Tom le rejoignit, son casque blanc sous le bras. Il avait retiré son harnais de torse couleur olive, qui se fixait solidement au siège éjectable. Il avait revêtu la même combinaison de vol blanche que Chad, qui était faite de Nomex, une épaisse fibre aramide destinée à protéger le pilote si le véhicule d'entraînement prenait feu. Il avait abaissé son capuchon blanc, qui offrait une protection supplémentaire pour la nuque en cas d'incendie. Sous sa combinaison, Tom portait un long sous-vêtement en coton. C'était plutôt chaud, mais une protection tout de même utile. Le lancement aurait lieu dans moins de dix semaines, et le pilote pouvait être interdit de vol pour la moindre blessure.

Les trois hommes échangèrent une poignée de main.

— Pas mal pour un vieux, Tom, plaisanta Chad d'un ton légèrement acerbe.

Il avait un an de moins que Tom, dont il avait imité le parcours professionnel au sein de l'armée de l'air.

— J'ai un peu rebondi au dernier atterrissage, dit Tom.

— C'est comment de piloter cet engin ? s'informa Kaz.

Tom pouffa de rire :

— C'est comme se tenir en équilibre sur un manche à balai. Ça ressemble un peu à un hélicoptère, mais sans rotor pour créer le couplage transverse et les effets d'inertie. Assez stable, en fait. Et soudain, ça ne l'est plus. En mode simulation d'alunissage, le moteur à réaction pivote sur les cardans. Ça aide à combattre les rafales et à maintenir le vecteur poussée à la verticale. Il peut être assez agité. Selon les autres astronautes d'Apollo, le vrai module lunaire est beaucoup plus stable.

Tom jeta un regard à Chad et sourit.

— Je vous dirai ce qu'il en est à mon retour.

Chad sortit de sa poche de minces gants de vol en cuir brun pâle.

— Au tour du pilote chevronné, maintenant !

Il fit un clin d'œil à ses deux collègues, prit le sac contenant son casque et se dirigea d'un pas confiant vers l'appareil.

— Amuse-toi bien, lança Tom.

Pendant un moment, Tom et Kaz observèrent Chad, portant son harnais vert, au bas de l'échelle jaune.

Tom se tourna vers Kaz.

— Qu'est-ce que tu en penses ?

Kaz comprit tout de suite l'allusion.

— Je connais tes deux coéquipiers depuis longtemps. Michael est un peu trop familier par moments, mais il connaît *Pursuit* comme le fond de sa poche. Je ne suis pas inquiet pour lui. Luke est très intelligent et te sera utile à bord de *Bulldog* et une fois sur la Lune. Tout le monde a l'air de bien progresser.

Tom opina de la tête en soutenant son regard, et attendit la suite.

— Mais ?

Les deux hommes observèrent Chad en train de s'attacher au siège éjectable.

— Mais… on ne sait toujours pas exactement quand les Russes vont lancer *Almaz*. Il semble que ce sera au début d'avril. Et on ignore jusqu'où ils iront en orbite. Cependant, il y a de fortes chances que ce soit assez bas pour permettre une meilleure résolution d'image, et c'est possible d'y arriver avec le lanceur Saturn V allégé. En plus, on ne sait pas au juste ce que fait *Lunokhod* dans la mer de la Sérénité. Notre source au centre de contrôle de mission à Moscou n'est pas très fiable, mais on sait qu'ils ont instauré des mesures de sécurité supplémentaires. Tout porte à croire que ce n'est pas une mission scientifique lunaire comme les autres.

Kaz surveilla Chad de nouveau. Son collègue effectuait les manœuvres de redémarrage sur le *Bedstead*.

— On ne sait pas combien de temps on pourra étouffer l'affaire, poursuivit Kaz. Pour l'instant, la presse n'a pas encore remarqué que cette mission Apollo est différente, mais beaucoup de gens le savent : des ingénieurs, des chercheurs, des techniciens. Bon Dieu, même le personnel d'entretien au bâtiment d'assemblage du lanceur s'est sûrement rendu compte qu'il n'y a pas de robot sur le module cette fois-ci ! Bientôt, ta sale gueule fera la couverture de *Newsweek* avec le titre : « Mission militaire secrète Apollo ». Les Soviétiques vont commencer à nous avoir à l'œil.

Tom réfléchit avant de répondre :

— Sans compter tout le retard dans l'entraînement pour intercepter *Almaz* et le changement de dernière minute du site d'alunissage.

Il fixa Kaz d'un air sérieux, puis ajouta :

— Ça ne me plaît pas du tout.

Kaz compatit.

— L'armée de l'air te met la pression aussi ? demanda-t-il.

Kaz savait très bien que le Pentagone avait ses propres intérêts, renforcés par une suffisance inattaquable. De plus, ses représentants se croyaient autorisés à communiquer directement avec les anciens astronautes du projet MOL, ce qui n'était pas le cas avec les équipages d'Apollo ordinaires.

— Je reçois régulièrement des coups de fil de Washington, admit Tom. Mais notre secrétaire n'a pas son pareil pour donner des réponses évasives tout en restant polie. Al a entraîné tout son personnel à faire ça, et ça marche.

Il parlait d'Al Shepard, directeur du Bureau des astronautes. L'un des « Mercury 7 », le premier Américain à voyager dans l'espace et un astronaute qui avait foulé le sol lunaire à titre de commandant d'Apollo 14. Il connaissait mieux que quiconque les pressions externes que subissaient les équipages de vol et dirigeait ses équipes comme le célèbre contre-amiral de la Navy qu'il était.

Kaz insista.

— Qu'est-ce que Washington te veut, au juste ?

— Oh, plusieurs choses. L'armée de l'air est en plein recrutement, surtout à cause du bordel au Vietnam. Des hauts gradés veulent que je sois le porte-parole de leur campagne « Partez à la conquête du ciel », dit Tom en souriant. Al m'aide à les tenir à distance. Ils vont devoir se contenter des renseignements fournis par les relations publiques de la NASA.

Il secoua légèrement la tête.

— Ils veulent aussi savoir ce que je compte faire après. Ils ont peut-être l'intention de me nommer commandant de l'Air Force Academy, ou de l'école de pilotes d'essai de la base Edwards, mais il faudrait qu'ils me donnent une promotion. En vérité, je préférerais rester ici si ça marche. Les enfants aiment leur école et Margaret se plaît beaucoup plus à Houston qu'à Edwards, dans le désert. Je vais peut-être quitter l'armée de l'air et intégrer directement la NASA pour travailler sur Skylab et la navette spatiale. Si tout se passe bien, peut-être même que je retournerais dans l'espace comme civil, dit Tom, en esquissant un sourire.

Kaz fit un geste de la tête. À sa place, il ferait pareil.

À ce moment, Chad redémarra le *Bedstead*, dont le grondement fit grimacer les deux hommes, les forçant à remettre leur protège-oreilles.

CHAPITRE 10

Manned Spacecraft Center

— Bonjour, Lieutenant-commandant Zemeckis, ici la Dre Laura Woodsworth.

Kaz était plongé dans l'examen des systèmes du module lunaire, pour se préparer à appuyer l'équipage en vue de la prochaine simulation, lorsque son téléphone de bureau s'était mis à sonner. Il en avait distraitement décroché le combiné, les yeux toujours rivés sur la page.

Woodsworth ? Wow, elle a donc décidé de m'appeler !

— Bonjour, docteure Woodsworth, répondit-il. Avez-vous découvert d'autres trous sur la surface de la Lune ?

— Eh oui, confirma Laura à l'autre bout du fil. Quatre, jusqu'à maintenant ! Tout le monde au labo est plutôt emballé. J'ai cru que ça valait peut-être le coup de vous montrer les photos.

Kaz regarda sa montre puis proposa :

— Ça vous irait au déjeuner ? Disons, dans l'édifice 3, à midi ?

*

À son entrée dans la cafétéria, Kaz s'avança vers la table à vapeur en choisissant les mets au fur et à mesure. Il dut admettre que la vue du logo de la NASA imprimé sur son plateau – cette boule bleue emblématique marquée d'un vaisseau spatial stylisé qui traverse une orbite – le remplissait d'une joie disproportionnée. Il était réellement ici, à Houston !

Il paya à la caisse et balaya les tables du regard. Il distingua facilement Laura parmi tous les ingénieurs de sexe masculin, attablée près de la fenêtre dans sa blouse de soie blanche et sa jupe plissée bleu pâle.

— Content de te voir, Laura. On peut se tutoyer ?

Laura fit signe que oui et Kaz déposa le contenu de son plateau sur la table.

— Merci de t'être libérée en si peu de temps.

— Une fille doit bien se nourrir, répliqua-t-elle.

Avant de récupérer son sandwich, elle lui tendit une pochette contenant les photos qu'elle avait apportées. Kaz les scruta une par une.

— On dirait que les trous sont quasi identiques, remarqua-t-il.

— Oui, la ressemblance nous a étonnés aussi, confia Laura. Ils semblent tous avoir été créés de la même manière, mais on ne sait pas encore comment.

Elle pointa du doigt la photo qu'il était en train d'examiner, puis reprit :

— Tu vois, il n'y a pas d'éjectas autour du trou, ce qui élimine la possibilité d'un impact.

Kaz approuva de la tête en enfournant une cuillerée de soupe.

— As-tu une carte qui montre l'emplacement exact de ces trous ?

— J'avais hâte que tu me le demandes.

Laura ouvrit le classeur à trois anneaux posé près d'elle et en sortit une feuille imprimée, qu'elle déposa à côté des photos.

— Les triangles verts marquent les sites d'alunissage des missions Apollo, expliqua-t-elle, en touchant chacun de son ongle écarlate. Les jaunes correspondent à l'emplacement de nos sondes *Surveyor* inhabitées et les carrés noirs tracés à la main indiquent l'emplacement des trous.

L'un d'eux se situait à proximité de l'endroit où s'était posé le vaisseau Apollo 17.

— Ce trou est-il aussi près du site d'Apollo 17 qu'il en a l'air ? Sais-tu si l'équipage a remarqué quelque chose ?

— Il se trouve à des dizaines de kilomètres au-delà de la limite atteinte par l'équipage à bord de l'astromobile.

Dommage qu'on n'ait pas repéré ces trous avant qu'ils partent pour l'espace.

Laura mordit dans son sandwich en attendant que Kaz lui pose la question qui allait indéniablement suivre.

— À quelle distance se trouve-t-il du site d'alunissage prévu d'Apollo 18 ?

— Assez près pour que Tom et Luke puissent y jeter un œil s'ils disposent d'assez de temps sur la surface. Est-ce qu'on va leur en accorder ? demanda Laura.

Kaz lança un regard insistant vers la foule rassemblée pour l'heure du midi et répondit :

— C'est le département de la Défense qui peut divulguer cette info, s'il le décide et quand. Désolé.

Laura le dévisagea pendant de longues secondes, puis haussa les épaules en souriant.

— On peut attendre. On est patients, nous, les géologues.

Kaz convint qu'il était temps de changer de sujet :

— Qu'est-ce qui t'a amenée à la NASA, Laura ?

Elle hésita un moment et croisa son regard.

— Je souhaite devenir astronaute. Et cet endroit, c'est la Mecque des astronautes.

Elle s'interrompit, mesurant manifestement l'étendue de ce qu'elle comptait lui dire.

— J'étais encore une lycéenne quand Kennedy a prononcé son discours sur la course à la Lune, reprit-elle. Je savais que les femmes n'avaient pas le droit de devenir pilote de chasse, mais je me suis dit que l'exploration lunaire nécessiterait d'autres compétences. Le corps des astronautes est encore entièrement masculin. Cependant, le fait que Schmitt a piloté le module lunaire d'Apollo 17 montre que j'ai au moins à moitié raison.

Kaz savait qu'Harrison Schmitt, docteur en géologie, avait été choisi en 1965 pour intégrer la mission sous la nouvelle catégorie de scientifiques-astronautes. Il perçut l'ardeur qui couvait dans la voix de Laura :

— Il y a dix ans, Valentina Terechkova est partie seule vers l'espace et elle y a passé trois jours. Elle a prouvé que les femmes peuvent le faire aussi bien que les hommes.

Comme la loi sur les droits civiques de 1964 nous offre une protection juridique contre la discrimination fondée sur le sexe, la NASA devra se résoudre à recruter des femmes astronautes. J'ai l'intention d'être l'une d'elles.

Son visage se fendit d'un sourire espiègle et elle haussa les sourcils en sa direction.

— Bon, tu l'as, ta réponse !

Kaz comprenait trop bien ce qu'elle ressentait. Dès l'instant où Iouri Gagarine et Al Shepard avaient ouvert la voie en 1961, il avait sans cesse été poussé par son désir de s'envoler vers l'espace. C'était la principale raison qui l'avait incité à s'inscrire à l'école de pilotes d'essai et, n'eût été l'accident, il aurait suivi cette trajectoire. De toutes les femmes qu'il avait rencontrées, Laura était la première qui nourrissait une passion aussi fervente que la sienne à l'idée de devenir astronaute – ou du moins, la première qui la lui exprimait. Il tenta de l'encourager.

— Ça fait plus d'un an que Nixon a annoncé le programme de la navette spatiale. J'ai eu vent que l'équipage serait composé de sept personnes et il me semble avoir entendu le président mentionner « les hommes *et les femmes* qui travailleront dans l'espace » dans son discours. Ça risque de se réaliser plus tard que ce que le gouvernement prévoit, mais je parie que c'est là ta chance. En tout cas, tu auras mon vote.

— Toute assistance est bienvenue, affirma-t-elle en riant.

— La NASA a obligé Jack Schmitt à apprendre à piloter ses avions à réaction avant de l'autoriser à faire voler l'Apollo, ajouta Kaz. Il semble aussi que la navette sera davantage un engin de pilote que ne le sont les capsules Apollo. As-tu piloté souvent ?

Le visage de Laura se rembrunit.

— Non. Même si j'ai reçu quelques bourses, j'ai dû payer moi-même mes neuf années d'études à la UCLA. J'ai commencé à suivre des cours de pilotage ici, à Houston, mais c'est cher, et avec les missions Apollo qui s'enchaînent sans relâche, je n'ai pas pu y consacrer beaucoup de temps.

— N'oublie pas ma proposition de sortie aérienne, lui rappela Kaz. Le bungalow que je loue vient avec un petit avion-école Cessna rangé dans le hangar. Le proprio est ravi de me laisser le piloter. La rue au bout de mon entrée sert aussi de piste. Ça me ferait plaisir de t'emmener faire un tour.

Le regard de Laura passa malgré elle de l'œil humain à l'œil de verre de son interlocuteur. Puis elle baissa la tête, se rendant soudain compte de son indiscrétion. Pour la sortir de l'embarras, mais aussi pour évacuer la question, Kaz lança :

— Parlons tout de suite du fait que je suis borgne. Je pilote des avions de chasse et d'essai avec la Navy depuis l'université, et la NASA me laisse parfois occuper la banquette arrière des T-38. Tu peux me faire confiance, je sais piloter un Cessna. On pourra passer en revue les notions de base que tu apprendras à l'école de pilotage.

Laura le fixa intensément, puis accepta d'un signe de tête.

— C'est vraiment gentil de ta part, reconnut-elle. J'adorerais ça.

Kaz jeta un regard sur sa montre, puis vers la fenêtre. Le temps était encore radieux. *Pas de meilleur moment que le moment présent.*

— Le soleil se couche un peu après 18 heures ces jours-ci, déclara-t-il. As-tu le temps pour un vol tout de suite après le travail ? Si on partait d'ici à 16 h 30, peut-être ?

— Aujourd'hui ? s'étonna Laura une fraction de seconde, avant de prendre promptement sa décision. Toi et le Cessna, vous habitez où, au juste ?

*

Kaz venait de retourner l'avion dans l'entrée du hangar lorsqu'il aperçut une Coccinelle décapotable blanche qui ralentissait pour traverser la barrière à bétail. Tout en s'essuyant les mains dans un chiffon, il observa Laura enchaîner avec précipitation les vitesses sur la ligne droite, puis freiner brusquement et faire une courbe élégante dans l'allée de son bungalow. Il fit signe à sa conductrice de se garer sur le côté pour permettre à l'avion de s'engager sur la piste.

Puis il sourit. *C'est donc vrai que les scientifiques aiment les Volks !*

Comme Laura descendait de sa voiture, Kaz constata qu'elle avait écourté sa journée de travail pour finir plus tôt : elle portait maintenant un jean à pattes d'éléphant. Il se rendit soudain compte qu'il était nerveux, ce qui ne lui était pas arrivé depuis longtemps.

— Je t'ai trouvé ! s'exclama fièrement la jeune femme. C'est la première fois que je m'aventure dans le coin.

— Bien joué ! la félicita Kaz en consultant sa montre. On a environ une heure avant le coucher du soleil. Alors, on va se dépêcher de décoller. La piste n'est pas éclairée, ici. Il faudra atterrir avant qu'il fasse trop noir.

Ils firent le tour de l'avion qui reposait sur sa roulette de queue, le nez pointé vers le ciel.

— Il est équipé d'un atterrisseur arrière, constata Laura. J'ai seulement piloté des avions avec une roue avant.

— Ce type d'avion offre certains avantages, la rassura Kaz. La roulette de queue agit comme une ancre qui maintient l'appareil en ligne droite, surtout quand on atterrit sur le gazon. En plus, on ne traîne pas le poids d'une grosse roue lourde à l'avant. Par contre, il faut jouer davantage du pied sur les pédales de direction.

Ils grimpèrent à bord par leur porte latérale respective, et Kaz montra à Laura comment avancer son siège. En aidant son apprentie à dégager le baudrier et à le boucler sur ses épaules, il avait conscience de chacun des mouvements de ses mains. Il savourait candidement la proximité que leur imposait l'étroit habitacle. Kaz décrivait toutes ses actions à voix haute, tandis que l'appareil roulait dans l'entrée. Il alluma le moteur, vérifia les instruments de bord et s'aligna pour le décollage.

Il regarda sa copilote alors qu'elle s'étirait pour effleurer du doigt l'indicateur de pression d'huile et les instruments de température.

— Prête ? lui lança-t-il.

Laura inspecta méthodiquement le tableau de bord, dénicha puis observa avec attention l'anémomètre, l'altimètre et le tachymètre.

— Prête ! répondit-elle.

Kaz approuva de la tête, puis poussa la manette des gaz jusqu'au fond. L'avion se mit à rouler. Comme les roues se détachaient du sol et que le Cessna entamait son ascension, Kaz se tourna vers Laura qui rayonnait de bonheur. Ses yeux sautaient d'un instrument à l'autre, puis se projetaient vers l'extérieur, alors que le sol s'éloignait sous eux.

L'air était doux en ce début de soirée. Kaz fit virer l'appareil vers le MSC, le stabilisa. Par la suite, il montra à sa copilote les étapes fondamentales de pilotage du Cessna. Il lâcha ensuite les commandes et lui annonça :

— À toi de piloter.

Elle se redressa sur son siège et fixa le regard droit devant. Sous la supervision de Kaz, elle fit quelques virages à faible inclinaison et se détendit peu à peu. Son compagnon de vol lui pointa le Spacecraft Center, puis les villes de Seabrook et de Kemah, tandis qu'ils survolaient le rivage de la baie de Galveston.

— Tu veux faire un truc aussi amusant que magnifique ? lui demanda-t-il.

— Bien sûr, souffla Laura en ouvrant de grands yeux.

— Je vais reprendre les commandes.

Kaz abaissa le nez pour gagner de la vitesse, puis tira doucement mais fermement la manette vers le haut et la droite jusqu'à voir l'eau en contrebas, au-delà de l'aile. Ils allaient maintenant à la vitesse minimale de vol. Le nez du Cessna suivit tranquillement l'arc descendant, puis Kaz refit la manœuvre dans la direction opposée, en activant les inverseurs de poussée. Le contraste entre la ruée assourdissante de la descente et la remontée accentua la grâce et le silence de la figure, alors que l'avion s'élevait. Kaz effectua un dernier virage à droite et Laura plongea le regard dans les sombres profondeurs de la baie. Elle se tourna ensuite vers le pilote.

— C'est sublime, Kaz ! On dirait une feuille qui tombe !

— C'est ce qu'on appelle une chandelle, expliqua Kaz. Ça nous rappelle qu'on est dans les airs, non ?

Il stabilisa l'appareil et lâcha les commandes.

— À toi de piloter, Laura. Faisons demi-tour pour rentrer.

Laura fit virer l'avion vers l'ouest et Kaz abaissa les pare-soleils pour les protéger contre l'astre flambant à l'horizon. Comme chaque fois qu'il les réalisait, ces acrobaties aériennes de base le rendaient hyperconscient et le remplissaient d'un sentiment de liberté tridimensionnelle. Il se pencha en avant pour désigner le MSC du menton, son épaule frôlant celle de Laura dans l'habitacle exigu.

— Personne là-bas n'a vécu de pareille expérience, remarqua-t-il.

La jeune femme suivit son regard, sans se détacher de lui.

— Quelle chance on a, soupira-t-elle. Merci de m'avoir invitée à voler avec toi.

— Laura, c'est toi qui pilotes !

CHAPITRE 11
Simferopol, République socialiste soviétique d'Ukraine

À l'époque du chaos primordial, une ancienne étoile, brûlant d'une chaleur qui s'intensifiait à mesure que s'épuisait son combustible, explosa en une supernova aveuglante et cataclysmique. Cette gigantesque déflagration d'énergie se propagea telle une onde de choc jusqu'aux confins de la galaxie qu'on appelle désormais Voie lactée. Les vagues d'une incommensurable puissance traversèrent des nuages primitifs d'hélium et d'hydrogène, les dispersant et les poussant les uns contre les autres, comme des débris ballottés sur un océan interstellaire.

Au cours des cent millions d'années qui suivirent, ces nuages se transformèrent en amas de plus en plus gros sous l'action de leur minuscule force gravitationnelle, dérivant, tournoyant et se rassemblant en masses plus denses dans un ballet fastidieusement lent. D'innombrables molécules d'hydrogène et d'hélium, s'entrechoquant avec une force grandissante, s'échauffèrent, menant de manière progressive à la naissance d'une protoétoile centrale. Puis, il y a quelque 4,6 milliards d'années, les pressions et les températures à l'intérieur de l'étoile en formation atteignirent des valeurs critiques : les atomes se combinèrent les uns aux autres, libérant des énergies de liaison et provoquant une soudaine fusion thermonucléaire.

Et la lumière fut.

Les rayons de ce Soleil nouvellement formé illuminèrent un titanesque disque plat et tourbillonnant, constitué de débris intersidéraux – du gaz, de la poussière et des résidus rocheux d'explosions stellaires précédentes – qui gravitaient et se groupaient de plus en plus vite dans les ténèbres. Les basses températures permettaient aux composés volatils, hors de portée du Soleil, de rester gelés, sous forme de glace. Ils entraient perpétuellement en collision, s'agglomérant en masses qui ne cessaient de croître, puis fusionnèrent peu à peu pour former quatre gigantesques planètes gazeuses : Jupiter, Saturne, Uranus et Neptune.

En revanche, à proximité du Soleil, la chaleur rayonnante transforma les masses glacées en comètes en vaporisant les gaz gelés. Il en resta une multitude de roches qui se fracassèrent les unes contre les autres pour former des protoplanètes dont la taille ne faisait qu'augmenter. Certains astéroïdes étaient constitués d'un dense amalgame de roches et de métaux, alors que d'autres, plus lointains, étaient des boules irrégulières de débris maintenus ensemble par de l'eau glacée. Au fil de millions d'années, ces astéroïdes vrillèrent et se percutèrent, prenant un à un le rang des gagnants de cette partie de billard stellaire : les planètes telluriques internes Mercure, Vénus, Mars et la Terre.

Toutefois, la force gravitationnelle immense de Jupiter et de Saturne, les deux plus grosses planètes, déclencha une résonance et des perturbations dans toute la galaxie. Elle arrachait des rochers à la ceinture d'astéroïdes et aux régions éloignées de la ceinture de Kuiper, dont certains avaient la taille des planètes internes, et les balançait sur des orbites instables en direction du Soleil. Les collisions qui en résultèrent furent d'une puissance colossale.

La Terre n'était à ce moment qu'une boule à demi en fusion de roche tournoyante, bombardée à répétition par des astéroïdes de plus en plus gros. Au fil du temps, la taille des débris diminua et l'assaut s'estompa. Mais le coup le plus grandiose resta à venir.

Il y a 4,5 milliards d'années, lors d'une journée comme les autres de sa jeune vie, la Terre subit un impact sans précédent : une planète de la taille de Mars la heurta de plein fouet à une vitesse de 14 500 kilomètres-à-l'heure.

La glace et la roche qui la composaient s'enfouirent profondément dans le manteau terrestre, fusionnant à jamais les deux corps célestes en une seule planète. Le choc fit valser la Terre comme une toupie, à une vitesse telle que chaque jour à sa surface ne durait que cinq heures. Des débris jaillirent du point d'impact et furent projetés très haut dans le proche espace, avant de retomber sur l'ensemble de la surface planétaire, telle une pluie de pierres en fusion. Cependant, l'inertie du corps impacteur était suffisante pour catapulter dans l'espace de grands fragments détachés des deux planètes fusionnées. Un anneau de débris orbitant autour de la planète s'amoncela rapidement pour former une boule en fusion d'un diamètre de plus de 3 200 kilomètres, illuminant le ciel nocturne.

La Terre était désormais nantie d'une Lune.

Et, au cœur de cette Lune, une profusion incalculable de minéraux surgirent, s'enfoncèrent et se malaxèrent à mesure qu'ils refroidissaient.

*

— Qu'est-ce que c'est ? Là, à gauche.

L'opérateur de Gabdul tapa légèrement du doigt l'écran de la caméra de navigation de *Lunokhod*.

Les deux hommes se penchèrent pour examiner de plus près l'image figée en noir et blanc sur le petit écran. Gabdul avait commandé à *Lunokhod* de s'arrêter.

Il balaya l'image granuleuse des yeux pour tenter de la décrypter.

— Ça ressemble à une roche et son ombre, conclut-il.

— C'est ce que je pense aussi, grogna l'opérateur.

Il lança un regard aux autres membres de l'équipe scientifique, qui approuvèrent tous d'un geste.

— Donnez-moi une minute pour vous calculer un nouvel itinéraire, puis on ira voir.

Lunokhod était équipé de trois caméras de télévision à basse résolution dont l'équipe scientifique se servait pour naviguer sur la surface lunaire. Le véhicule était également muni de quatre caméras à haute résolution, d'un photomètre à ultraviolet, d'un photodétecteur, d'un spectromètre à fluorescence X et de détecteurs de rayons cosmiques. Il disposait même d'un pénétromètre qu'il pouvait planter dans le sol pour en mesurer la dureté.

Ça serait une vraie partie de plaisir de démolir cette roche !

L'opérateur parcourait très vite les images abîmées de la zone prises en orbite, de même que les photos flambant neuves capturées lors des missions Apollo 15 et 17 et glanées quelques semaines auparavant à Moscou, lors d'un congrès international sur l'exploration planétaire. Sans s'en rendre compte, un scientifique américain avait remis les clichés ainsi qu'une carte topographique lunaire de la Defense Mapping Agency à un ingénieur principal de *Lunokhod*. Exceptionnellement détaillées, ces nouvelles images permettaient à l'opérateur d'orienter Gabdul avec une assurance renouvelée. Il établit en vitesse l'itinéraire pour trouver une position près de la roche qui permettrait une bonne collecte de données scientifiques, puis le traduisit en une séquence de commandes pour l'opérateur.

Gabdul répéta brièvement les mouvements, positionna le contrôleur manuel sur le côté et enfonça le bouton de commande. Il le relâcha après six secondes et toute l'équipe riva les yeux sur l'écran.

L'image se rafraîchit et montra la roche obscure qui se dressait maintenant au centre du champ d'observation. Le navigateur fit un signe de tête à Gabdul et celui-ci dirigea le robot droit devant, puis reporta les yeux sur l'écran. Il répéta trois fois la manœuvre, jusqu'à ce que la roche soit parfaitement positionnée au bas de l'image transmise par la caméra de navigation surélevée. Ensuite, il envoya à *Lunokhod* la commande de basculer vers les caméras panoramiques inférieures.

L'équipe de scientifiques avait l'habitude des longues pauses entre chaque commande et le retour d'image. Celles-ci étaient devenues partie intégrante de leur rythme de travail et leur donnaient l'occasion de discuter de ce qu'ils voyaient. C'était comme démanteler les rouages du tour de magie avant même que le magicien tire le lapin du chapeau. Ensemble, ils débattaient des raisons pour lesquelles cette roche arborait une couleur différente du régolithe environnant. Peut-être avait-elle été larguée là.

— C'est peut-être une crotte extraterrestre ! s'esclaffa l'opérateur adjoint.

Le groupe ricana, puis reporta son attention sur l'écran.

La disposition écarquillée des deux caméras inférieures, écartées comme une paire d'yeux humains, offrait une perception stéréoscopique de la profondeur. L'opérateur examina avec minutie la nouvelle image, réévalua la distance puis transmit à Gabdul un nouvel ordre. Celui-ci bougea délicatement la manette, et *Lunokhod* s'avança d'un mètre et demi.

— Parfait ! marmonna l'opérateur avec satisfaction dès que l'image apparut.

Il se rassit, son devoir accompli.

C'était au tour des scientifiques de se mettre au travail. Ils enregistrèrent les images transmises par les caméras sur vidéo, puis saisirent la bande de papier sur laquelle étaient inscrites les données provenant des photomètres. Aucune surprise jusqu'à maintenant : une simple roche, comme tant d'autres.

Ils envoyèrent ensuite des commandes au spectromètre à fluorescence X RIFMA-M, installé sous le couvercle à l'avant de *Lunokhod* de façon à rappeler des mandibules d'insecte. La porte de l'instrument s'ouvrit en pivotant, découvrant de petits échantillons radioactifs de tungstène et de zirconium, qui projetèrent un cône invisible de particules alpha et bêta sur la surface de la Lune. Le faisceau de lumière concentrée excita les éléments minéraux enfouis dans la roche, poussant chaque atome à émettre des rayons X fluorescents. Le capteur retourna les signaux électroniques complexes générés par le photomètre par-delà le vide jusqu'à Simferopol, et l'équipe put les visualiser sous forme de tracés distincts sur un oscilloscope. Les scientifiques imprimèrent une copie papier des données afin de pouvoir observer plus en détail la signature unique de cette roche. Ils détectèrent principalement du magnésium, de l'aluminium, du silicium et quelques autres minéraux. Bien que les proportions fussent un peu inusitées, le bilan était plutôt similaire à celui des autres roches.

Gabdul haussa les épaules et proposa :

— Pourquoi ne pas essayer le magnétomètre ?

Ses collègues levèrent le pouce.

Gabdul lança la commande et une tige délicate fixée sur le couvercle de *Lunokhod* se mit à pivoter lentement vers le sol, s'arrêtant à quelques centimètres au-dessus de la roche. Le minuscule dispositif en forme de croix à son extrémité détectait la force et l'orientation de tout champ magnétique local. Là encore, les mesures acquises n'indiquaient rien d'extraordinaire.

Enthousiaste, la scientifique principale se frotta les mains de délectation et entama les préparatifs pour le prochain test. Depuis le tout début de ses études de géologie à l'Université de Moscou, elle rêvait de faire ce genre de travail d'exploration pure : étudier un fragment de Lune qu'aucun être humain n'avait vu. C'était vraiment l'apothéose du travail de terrain. Les découvertes de l'équipe qu'elle dirigeait feraient l'objet d'un nombre incalculable d'articles scientifiques... Et elle corédigerait chacun d'entre eux. Elle aurait la chance d'assister à des congrès internationaux, peut-être même d'aller en Amérique.

Pour l'instant, elle ordonna d'une voix posée, conformément aux attentes de ses collègues :

— Voyons ce que nous montre le compteur Geiger.

Elle observa le lourd appareil tourner en position au-dessus de la roche. *Nous n'aurions pas pu faire ça sur Vénus*, pensa-t-elle. Seule la gravité de la Lune, qui équivaut à un sixième de celle de la Terre, pouvait permettre à des tiges aussi délicates de supporter le poids du capteur.

L'équipe manœuvra le compteur plus près du sol, petit à petit, jusqu'à ce que la scientifique principale s'écrie :

— Arrêtez ! Activez-le, maintenant.

Son technicien obéit et envoya la commande. Tous les yeux étaient rivés sur le cadran. Dix secondes s'écoulèrent, puis le signal leur fut retourné, indiquant...

Rien. Aucune radioactivité.

La chercheuse principale fronça les sourcils, dubitative.

— Impossible, contesta-t-elle. C'est sûr qu'il y a au moins des rayonnements de fond. Renvoyez la commande.

Cette fois, le signal revint à bon port : l'aiguille bondit pratiquement à la valeur maximale affichée sur le cadran. Les yeux écarquillés, la géologue sentit une vague de fébrilité déferler dans tout son corps

— *Bojé moï !* C'est radioactif !

CHAPITRE 12
Aérodrome d'Ellington, Houston

— Est-ce que mon palmier hystérique est prêt à décoller ?

Le commis aux opérations leva les yeux vers le visage hilare de Tom Hoffman. Comme tout pilote d'avion de chasse, Tom nourrissait depuis longtemps un mépris de bas étage pour les hélicoptères. Seule la perspective de marcher sur la Lune l'aidait à accepter l'idée qu'il devait apprendre à piloter un hélico en vue de s'exercer à faire atterrir l'un de ces engins d'entraînement de réserve… Alors il tolérait l'exercice.

— Certainement, Tom.

Le commis lui tendit l'épais registre de sortie qui contenait l'attestation quotidienne d'aptitude au vol du Bell 47G. Tom parcourut rapidement des yeux la liste des interventions de maintenance effectuées sur l'appareil. Comme il ne constatait rien de nouveau, il griffonna sa signature à côté de la date. Il récupéra son casque et ses gants sur le comptoir, puis sortit dans l'aire de trafic de l'aérodrome d'Ellington.

Le ciel était parsemé de cumulus cotonneux, les vents soufflaient du sud et le pâle soleil qui surplombait la ville dégageait une chaleur surprenante pour un jour de mars à Houston. Tom allait sans doute suffoquer dans la bulle toute de plexiglas à l'avant de l'hélico, mais il s'était heureusement arrêté à la fontaine pour boire une dernière gorgée.

Le technicien aéronautique charria un énorme extincteur rouge près de l'hélicoptère, une mesure de sécurité répétée chaque fois qu'un moteur était mis en marche. Tom jeta son casque sur le siège de droite, enfila ses gants et fit un tour rapide de l'appareil. Il aperçut Luke au loin, qui montait à son tour dans le *Bedstead*, et décida de le survoler en hélico pour assister un peu au spectacle.

Tom se hissa sur son siège, boucla le harnais à quatre points, mit son casque et y brancha son câble de communication. Il sortit de sa poche la liste de vérification des manœuvres de prédécollage et la lut rapidement. Il leva ensuite son index en l'air et fit un cercle à l'intention du personnel de piste, puis actionna le moteur et vérifia que tous les systèmes fonctionnaient. Satisfait, il exécuta un salut militaire et attendit que le technicien éloigne l'extincteur.

Tom revérifia attentivement chaque instrument du tableau de bord – piloter ces engins lui semblait toujours aussi peu naturel et il préférait redoubler de prudence –, puis communiqua avec l'équipe au sol d'Ellington par radio. Dès qu'il obtint l'autorisation de circuler, il entama la danse du pilote qui permet à un hélicoptère de s'envoler.

Il serra la manette des gaz dans sa main gauche et lorsqu'il la tordit, comme on tord une poignée de moto, le moteur se mit à vrombir. Le Bell 47G ne pouvait générer que 175 chevaux. Avec un moteur si faible pour alimenter les deux grosses pales du rotor au-dessus de lui, Tom savait qu'il était un peu trop facile de le surmener et d'en pousser les composants mécaniques à un sur-couple.

La manette était montée à l'extrémité d'un long manche dont la base était reliée au reste du système. Lorsqu'il redressait le levier, l'angle auquel les pales du rotor attaquaient l'air changeait, donnant la possibilité de soulever l'appareil avec plus de puissance. Sa conception était simple et intuitive : tirer le levier pour monter, l'abaisser pour descendre. C'était la commande de pas collectif, appelée ainsi parce qu'elle permettait de mouvoir les deux pales du rotor en même temps. Avec le moteur réglé au ralenti, Tom redressa et abattit le levier une autre fois afin de s'assurer qu'il bougeait de manière fluide.

De sa main droite, il tenait ce qui lui rappelait le manche à balai d'un avion. Quand il le déplaçait, l'angle d'incidence de chaque pale du rotor était modifié individuellement, autorisant le pilote à basculer l'hélicoptère vers l'avant et l'arrière, et à effectuer des translations à gauche et à droite. Il s'agissait de la commande de pas cyclique, nommée ainsi en raison de l'influence du manche sur la position du disque rotor – et ainsi, de la pale – tout au long de son cycle de 360 degrés.

En enfonçant les pédales de direction à ses pieds, il pouvait contrôler le rotor fixé à l'extrémité de la longue poutre de queue. Cette petite hélice fournissait une force latérale suffisante pour contrecarrer le couple du rotor principal et permettre à l'hélicoptère de voler en ligne droite.

Tom regarda tout autour une dernière fois pour s'assurer que personne ne se tenait à proximité. Puis il tira sur la commande de pas collectif tout en tordant la manette des gaz pour augmenter la puissance du moteur. Il enfonça ensuite le pied gauche pour empêcher l'engin de tourner, tandis que la rotation des pales du rotor soulevait les patins du tarmac. Sa main droite bougeait constamment le manche cyclique pour garder l'appareil en parfait équilibre. Apprendre à maintenir un hélicoptère en vol stationnaire avait exigé beaucoup d'entraînement auprès d'un instructeur patient, mais désormais, Tom y excellait, pourvu qu'il se concentre.

Il éloigna l'hélicoptère de l'aire de trafic et changea de radiofréquence.

— Tour de contrôle d'Ellington, ici NASA 948, annonça-t-il. J'aimerais m'approcher pour observer le véhicule d'entraînement et voler ensuite vers l'est pendant une trentaine de minutes.

— Bien reçu, 948. La voie est libre, aucun trafic signalé sur le circuit, crépita une voix dans ses oreilles.

Tom appuya deux fois sur le bouton de son micro pour signaler son approbation, puis vira à droite. Il fila directement vers Luke, qui était tout juste en train de décoller dans le véhicule d'entraînement, paré pour une autre simulation d'atterrissage lunaire.

— Luke, ici Tom, à bord de la bulle. Permission de rester sur le côté et d'observer ?

— Accordée, Tom. Je vais juste effectuer les opérations habituelles.

Tom fit les manœuvres nécessaires pour éviter que le sillage de son rotor cause des turbulences susceptibles de nuire à son coéquipier. Pendant que Luke accomplissait chaque étape du profil d'atterrissage, Tom reproduisait ses actions dans l'hélico. Au moment du véritable alunissage, ce serait lui, Tom, qui serait aux commandes du module, et Luke, assis à sa droite, l'assisterait.

Luke posa délicatement son véhicule au sol. Tom activa son sélecteur de radiocommunication pour le féliciter :

— Pas mal, pour un marine.

— Merci, chef.

— Si tu as besoin des conseils d'un officier supérieur, appelle-moi. Je m'en vais à l'est.

— Compris. Bonne balade.

Tom ricana, puis fit un signe de tête à Kaz qui se tenait debout un peu plus loin pour observer la séance d'entraînement de Luke. Kaz leva le pouce et Tom accéléra en direction de la baie de Galveston.

Sous lui défilaient des centaines d'hectares de pâturages où paissaient des vaches, à quelques kilomètres à l'est d'Ellington Field. C'était l'endroit idéal pour voler sans déranger quiconque, mis à part quelques Texas Longhorn. Il s'éleva à 300 mètres d'altitude, malmené par les turbulences causées par la chaleur de la journée qui brouillait l'air. Il suait à grosses gouttes. Lorsqu'il piloterait le véritable module lunaire, les ordinateurs de guidage l'amèneraient automatiquement près de la surface de la Lune. Il reprendrait le contrôle manuel au point *Low Gate* à partir duquel commencerait la phase d'alunissage, soit à 150 mètres du sol et à plus de 600 mètres du site d'alunissage, tandis que son véhicule irait à 65 kilomètres-à-l'heure. Tom manœuvra l'hélicoptère pour reproduire ces conditions. Il regarda au loin et sélectionna une vache solitaire au milieu d'un pré, qui ferait office de site d'atterrissage prévu.

L'hélicoptère était maintenant secoué dans l'air instable, mais Tom combattit les turbulences afin de respecter les paramètres exacts. Il tira légèrement sur la commande de pas collectif pour ralentir sa descente, puis relâcha en douceur le manche cyclique pour atteindre une vitesse de 65 kilomètres-à-l'heure. Ses pieds dansaient sans arrêt sur les pédales de direction afin de maintenir la trajectoire de l'aéronef directement vers la vache. Il contre-vérifia sa vitesse et son altitude, puis prononça à voix haute les mots que lui et son partenaire échangeraient dans le module :

— Houston, ici *Bulldog*, à 150 mètres – il consulta le variomètre pour revérifier sa vitesse vertical –, descente à 15.

Il relâcha un peu le collectif pour descendre et poussa doucement le manche cyclique, les yeux rivés sur le bovin qui se trouvait à 600 mètres, droit devant.

Tout à coup, son appareil subit une secousse étonnamment violente, comme s'il avait frappé un trou d'air, et Tom se sentit tomber en chute libre.

— Merde !

Ces satanées turbulences sabotaient sa simulation ; il n'y aurait aucun courant descendant sur la Lune. Il pressa avec force le manche cyclique vers l'avant pour maintenir sa vitesse de déplacement.

C'était un réflexe propre à un pilote d'expérience d'avion à réaction, mais la pire chose à faire aux commandes d'un hélicoptère. Une erreur de débutant.

Le système qui reliait sa main aux pales tournoyantes du rotor était complexe. Le manche de commande de pas cyclique était fixé à une série de charnières et de tiges poussoir qui s'étiraient sous ses pieds, remontaient dans son dos et ressortaient par le dessus de la bulle. Elles étaient liées par-dessus le moteur à un guignol de pas qui dépassait de l'arbre de transmission principal tourbillonnant, lequel était fixé au rotor par des biellettes de changement de pas. Lorsque Tom poussa le manche de commande de pas cyclique, celui-ci poussa également le guignol, faisant basculer le mécanisme à la base du disque rotor et changer l'angle d'incidence des pales.

Mais ce que Tom croyait être de la turbulence était plutôt l'effet de desserrement de l'un des écrous de fixation retenant une biellette de pas. Un écrou qui n'avait pas été assez vissé. La force centrifuge et la vibration s'étaient alliées pour le desserrer de plus en plus vite, jusqu'à ce qu'il s'enlève complètement, débranchant aussitôt la biellette de la pale qu'elle maintenait en place. Privée de contrôle, la pale du rotor s'était aplanie, faisant soudainement chuter à zéro sa capacité à soulever l'appareil.

L'hélicoptère se maintenait désormais dans les airs grâce à la rotation d'une seule pale.

Tandis que Tom poussait avec violence le manche de commande de pas cyclique vers l'avant et tirait sur le collectif, la pale restante mordait vigoureusement l'air, engendrant une vibration qui l'ébranla jusqu'à la moelle, mais aussi une force démesurée pour la cellule. Le couple entraîna le nez vers le sol à une vitesse trop rapide pour que les grandes pales puissent compenser, la longue poutre de queue pivotant bientôt vers le haut. En une fraction de seconde, les pales qui tournaient à près de 200 mètres par seconde frappèrent la queue, leurs extrémités heurtant de plein fouet l'arbre de transmission du rotor de queue. Celui-ci ne put soutenir l'impact et se détacha.

Tom sentit l'hélicoptère commencer à tournoyer sur lui-même. Le petit moteur Franklin continuait de fournir de l'énergie à pleine puissance, alors que Tom tordait la manette des gaz au maximum et confrontait le couple aux pales toujours en mouvement, faisant culbuter le fuselage de plus en plus vite. Mais le Bell 47G était tout à coup privé de portance et se retrouvait sans commande de direction. Il dégringola d'une altitude de 150 mètres, telle une immense pierre tourbillonnante. Les mains de Tom actionnaient toujours les commandes à la recherche de portance, ses pieds martelant les pédales pour contrer le tournoiement, lorsque son hélicoptère endommagé s'écrasa dans le pâturage déserté. L'engin heurta violemment le sol à plus de 320 kilomètres-à-l'heure.

Comme il n'avait été en vol que onze minutes, les deux réservoirs de carburant oblongs étaient encore presque pleins. Le choc les projeta hors de leur support, pulvérisant une pluie de fines gouttelettes de carburant d'aviation d'indice d'octane 80/87 sur le moteur brûlant. La bruine s'embrasa aussitôt et ne tarda pas à se répandre, gagnant rapidement les réservoirs fendus…

Déjà lourdement fracturé par la violence de l'impact, le corps du pilote était toujours sanglé à son siège au moment où l'hélicoptère explosa dans un rugissement de flammes.

CHAPITRE 13
Aérodrome d'Ellington

Luke fut le premier à apercevoir l'épaisse colonne de fumée noire qui s'élevait dans la direction où s'était rendu Tom. Quand il voulut signaler l'incident par radio, le contrôleur aérien principal était déjà au téléphone avec les services de secours de l'aérodrome d'Ellington, tandis que son second alertait le service d'incendie du comté de Harris.

Le site du crash – en pleine région agricole – en compliquait l'accès. Les véhicules de secours de la base durent se rendre à l'est de l'aérodrome, ouvrir un grand portail, puis rouler en direction de la fumée sur un chemin cahoteux. Les camions de pompiers du comté de Harris zigzaguèrent, sirènes hurlantes, sur les routes graveleuses desservant les puits de pétrole. Les deux équipes durent couper des clôtures de barbelés pour s'approcher. L'équipe d'Ellington, la première à s'être rendue sur les lieux, mit quatorze minutes à y parvenir. Le carburant avait presque entièrement brûlé. Les bêtes s'étaient dispersées en bordure du terrain et observaient la scène, l'air confus et inquiet.

L'hélicoptère de Tom s'était écrasé au sol à la verticale, mais le patin d'atterrissage s'était affaissé sur un côté sous la force de l'impact. L'engin était donc incliné latéralement. Les rotors s'étaient brisés à leur axe central et gisaient en forme de grand V inversé parmi les décombres. La poutre de queue était toute tordue, tel un pylône électrique qui avait ployé avant de s'effondrer.

Des flammes orange enveloppaient toujours le bloc central carbonisé du moteur et de la transmission, et la chaleur avait brûlé l'herbage environnant. Les pompiers d'Ellington arrosèrent le site avec l'eau de leur camion, puis progressèrent. L'un d'eux sortit du véhicule avec un extincteur portatif pour éteindre les dernières flammes. Par la suite, le chef de l'équipe incendie et son ambulancière principale s'approchèrent de la cabine de pilotage.

Le corps de Tom était toujours affalé sur son siège, maintenu en place par les sangles diagonales de son harnais. Sa combinaison de vol ignifuge bleu pâle était seulement noircie, tout comme son casque, toujours vissé sur sa tête. Le chef d'équipe s'avança et détourna vite le regard en apercevant ce qu'il y avait dessous ce dernier.

L'équipe incendie du comté de Harris arriva au moment où la technicienne médicale de la base d'Ellington vérifiait les signes vitaux de Tom. Elle leva les yeux vers les deux équipes et secoua la tête : il était trop tard. Comme il n'y avait plus personne à sauver, l'urgence de la situation décrut, et ils concentrèrent plutôt leurs efforts sur la préservation de la zone du crash pour les enquêteurs et le médecin légiste du comté.

*

Après avoir alerté les pompiers, le contrôleur aérien avait appelé le service des opérations de la NASA, dont le chef avait dépêché une camionnette et des techniciens de cellule sur les lieux. Luke avait fait atterrir le véhicule d'entraînement du module lunaire à la hâte et se tenait aux côtés de Kaz, abasourdi. Les deux hommes espéraient une issue heureuse, mais craignaient le pire. Kaz fit signe à la camionnette de la NASA et monta à l'arrière avec Luke.

Luke fixa la colonne de fumée qui s'estompait devant lui, et se tourna vers Kaz, qui tentait tant bien que mal de se contenir pendant que le véhicule rebondissait sur le sol accidenté.

— Qu'est-ce que tu as vu ? s'écria Kaz par-dessus le bruit.

— Seulement de la fumée.

Comme tous les pilotes d'essai, ils savaient que les crashs mortels étaient fréquents dans leur métier et qu'il était donc particulièrement important d'en découvrir les causes. L'enquête allait occuper leur esprit, ce qui les aiderait à ne pas s'appesantir sur leur drame personnel et leur chagrin.

— Inutile de faire des suppositions tant qu'on n'en saura pas plus, affirma Kaz. Avec un peu de chance, Tom pourra nous éclairer.

— Merde, Kaz, le lancement est dans un mois.

D'un air triste, ce dernier leva ses doigts croisés. Avant même que le véhicule se soit immobilisé, ils devinèrent le sort de leur compagnon en constatant l'absence d'agitation sur le lieu du crash. Le chef des pompiers d'Ellington se dirigea vers la camionnette d'un air grave.

— Je suis désolé, mais le pilote ne s'en est pas tiré. Comme on se trouve sur une propriété du comté et non sur la base, je vous demande de ne pas vous approcher jusqu'à l'arrivée des policiers.

Une sirène se fit entendre au loin.

— Justement, les voilà.

Comme il était le plus haut gradé sur place, Kaz s'adressa au chef des opérations de la NASA :

— Il faut qu'on informe tout de suite le chef du Bureau des astronautes, le directeur du Centre, le Bureau de liaison de l'armée de l'air et le quartier général de la NASA.

Il jeta un coup d'œil vers Luke et soutint son regard.

— Et la famille de Tom. Je peux utiliser votre radio ?

*

Les hommes se réunirent dans la salle de conférences du Bureau des astronautes, située au troisième étage de l'édifice 4 du Manned Spacecraft Center. Tous les astronautes disponibles de la NASA et du programme MOL y étaient, en plus de Gene Kranz et du Dr McKinley. Comme Kaz s'était déplacé sur le site du crash, Al Shepard lui donna la parole en premier. Kaz prit une profonde respiration avant de s'adresser à ses collègues.

— Comme vous le savez, Tom Hoffman a été tué ce matin durant un vol d'hélicoptère en solo, juste à l'est d'Ellington. Je me suis rendu sur les lieux avec Luke vingt minutes après l'accident et on n'a trouvé aucune cause apparente. Luke étant l'officier chargé des pertes militaires désigné de Tom, il est donc allé chez les Hoffman pour annoncer la nouvelle à Margaret. J'ai demandé au docteur McKinley, ici présent, de venir vous parler, étant donné qu'il revient tout juste du site du crash et qu'il s'est entretenu avec le médecin légiste du comté.

Kaz invita JW à prendre la parole.

— Le médecin légiste présentera son rapport d'ici un jour ou deux. Néanmoins, il ne fait aucun doute que c'est l'impact qui a causé la mort de Tom. Son cou et son dos étaient fracturés, et ça s'est produit rapidement. L'hélicoptère a pris feu après le choc, mais Tom était déjà mort.

JW échangea un regard avec les personnes présentes. Plusieurs manifestèrent un certain réconfort dans le fait que Tom n'avait pas souffert. Tous avaient l'habitude de la mort, mais le feu les terrorisait. L'onde de choc provoquée par l'incendie qui avait brûlé vif l'équipage d'Apollo 1 durant une simulation se faisait toujours sentir, même six ans plus tard.

Gene Kranz prit la parole.

— Messieurs, c'est une journée tragique. Il faut déterminer ce qui a causé le crash de l'hélicoptère, sans toutefois perdre de vue qu'un lancement est prévu pour le 16 avril. Toute cette affaire m'attriste au plus haut point, mais la vérité, aussi dure soit-elle, c'est que nous avons des équipages de réserve justement pour des situations comme celle-ci.

Il chercha Al Shepard du regard.

— La gestion d'Apollo 18 est très complexe, et il faut prendre une décision le plus vite possible quant au changement d'équipage et se préparer à sprinter.

Shepard acquiesça, et Kranz ajouta, pour s'assurer de s'être bien fait comprendre :

— On doit nommer les nouveaux membres de l'équipage, et tout le Centre devra travailler jour et nuit pour qu'ils soient prêts à se rendre sur la Lune dans trente et un jours.

Une fois la réunion terminée, Al Shepard convoqua six des astronautes dans son bureau. Il referma la porte derrière lui et déclara :

— Les gars, on a beaucoup de pain sur la planche, mais tout d'abord, on va observer trente secondes de silence à la mémoire de Tom Hoffman.

Certains inclinèrent la tête pour prier, alors que d'autres fixèrent l'horizon. Kaz eut un pincement au cœur en se souvenant d'avoir dit à Tom qu'il ferait la couverture d'un magazine. Ça ne se produirait pas.

Shepard releva la tête.

— Merci, les gars.

Tous se tournèrent vers Shepard, qui compta sur ses doigts les étapes à venir.

— Premièrement, on a déjà amorcé l'enquête sur l'accident, et on va avoir besoin de la participation d'un astronaute. Bean, comme tu as pris part à l'enquête sur Cernan, ce sera toi.

Al Bean, qui avait participé à la mission d'Apollo 12 et marché sur la Lune, approuva. L'astronaute Gene Cernan avait survécu au crash d'un hélicoptère deux ans auparavant en volant trop près du sol à Cap Canaveral, et Bean avait aidé à établir la cause de l'accident tout en permettant à Cernan de poursuivre sa carrière d'astronaute, ce qui avait plu à Shepard.

Il continua :

— Deuxièmement, Luke est allé annoncer la mauvaise nouvelle aux Hoffman. Néanmoins, à compter d'aujourd'hui, je veux qu'il se concentre de façon exclusive sur Apollo 18. Donc, Kaz, tu vas le remplacer à titre d'officier chargé des pertes militaires.

— Sans problème, répondit Kaz.

— Troisièmement, Gene a raison. Il faut désigner un nouvel équipage pour la mission, et tout de suite. C'est ce qu'on a fait après d'autres crashs survenus durant un entraînement, et après l'incendie d'Apollo 1, et aussi quand TK a été interdit de vol pour Apollo 13.

L'astronaute TK Mattingly avait été exposé de manière accidentelle à la rougeole trois jours avant le lancement d'Apollo 13 et avait dû être relayé à la dernière minute par Jack Swigert.

— Je ne suis pas très chaud à l'idée de nommer des astronautes du MOL, ajouta Shepard, mais je suis convaincu que Washington et l'armée de l'air vont suivre mes recommandations.

Shepard posa d'abord son regard sur Chad Miller, puis sur Michael Esdale.

— Comme il reste peu de temps avant le lancement, ce sera plus simple pour tout le monde de ne pas remplacer l'ensemble de l'équipage. Donc, je suggère de garder Luke et Michael. Chad, tu succéderas à Tom à titre de commandant.

Chad demeura impassible. Cependant, Kaz put déceler l'enthousiasme dans ses yeux. Le nouveau commandant se contenta de remercier Al.

— J'ai déjà donné l'ordre à l'équipe d'entraînement de revoir le déroulement jusqu'au lancement pour qu'on s'assure que Chad, Luke et Michael suivent tout l'entraînement. Les hélicos resteront au sol pendant un certain temps, mais autrement, on va continuer les entraînements et les simulations comme prévu. L'équipage doit se rendre à Cap Canaveral le 26 avril, donc, ça nous laisse…

Tous se retournèrent pour vérifier le calendrier mural.

— … encore dix jours ici au MSC. Des questions ?

Shepard fixa un à un les hommes, qui secouèrent tous la tête. En bons militaires, ils s'étaient recueillis durant un moment pour honorer la mémoire du disparu, mais ils devaient désormais exécuter les nouveaux ordres.

— Très bien, termina Shepard. Allons préparer le lancement d'Apollo 18.

CHAPITRE 14
Timber Cove, Houston

— Qu'est-ce que tu comptes faire, Kaz ?

Assis du côté passager de la Satellite, JW feuilletait le dossier de formulaires du Bureau des astronautes que Tom avait remplis en cas de décès. Kaz prit une profonde inspiration, suivie d'une longue expiration.

— Je prends les devants. On doit libérer Luke pour qu'il retourne au travail et veiller à ce que Margaret aille aussi bien que possible dans les circonstances. C'est d'ailleurs pour ça que je t'ai demandé de m'accompagner. Et puis il faudra répondre à toutes ses questions concernant l'accident et la suite des choses.

JW opina de la tête en continuant de feuilleter le dossier.

— J'ai rencontré Margaret à quelques reprises et j'ai vu son fils et sa fille une fois quand ils sont venus à la clinique.

Il se tourna vers Kaz d'un air sinistre.

— C'est vraiment une sale journée.

Kaz quitta la NASA Road 1 pour s'engager sur Kirby et vira ensuite à droite sur Old Kirby Road. La plupart des astronautes habitaient l'un des trois quartiers riverains aménagés durant la construction du Manned Spacecraft Center. Les Hoffman avaient choisi Timber Cove, où leur douillette maison de plain-pied en blocs de béton faisait face au lac Taylor. Kaz gara la voiture sur le bord de la route, à l'ombre de quelques chênes. L'automobile de Luke se trouvait dans l'entrée, derrière la familiale de Margaret.

Kaz et JW sonnèrent à la porte et furent accueillis par Luke dans la demeure sombre et silencieuse. Celui-ci escorta les deux hommes vers la salle de séjour, dont les larges fenêtres en baie étaient orientées en direction du lac à l'eau boueuse, qui rappelait celle des bayous. Les meubles donnaient une bonne idée de la vie qu'avait eue Tom au sein de l'armée de l'air : un canapé et des chaises dépareillés mais confortables, une desserte en châtaigner jaune clair ainsi qu'un paravent rapporté d'un voyage à Okinawa. Les murs étaient ornés de photos de famille et d'images de vol, prises en des temps plus heureux. Un imposant meuble en acajou, renfermant une chaîne stéréo haute-fidélité et un téléviseur, était placé contre le mur lambrissé. Sur le dessus trônait une photo de mariage : Margaret était vêtue de blanc et Tom portait l'uniforme bleu du Reserve Officers' Training Corps. Les jeunes mariés étaient tout sourires, un peu penchés sous une arche d'épées brandies par les frères d'armes de Tom.

Assise sur le canapé, Margaret fixait le lac. Ses yeux étaient rougis par les larmes, mais elle ne pleurait plus. Elle étreignait ses deux enfants blottis contre elle. L'aînée sanglotait doucement, alors que son petit frère s'était assoupi. Margaret ne sembla pas remarquer l'arrivée de Kaz et de JW.

Luke fit signe aux deux hommes de le suivre dans la cuisine et remplit la bouilloire.

— J'avais demandé à Dorothy, la femme de Michael Esdale, d'aller chercher les enfants à l'école. Elle va revenir dès que Margaret sera prête. C'est moi qui réponds à la porte et au téléphone. Tous les voisins sont passés pour offrir leur aide. La nouvelle s'est répandue comme une traînée de poudre. Margaret tient le coup. Je ne lui ai pas donné de détails. Je me suis contenté de lui dire que l'hélicoptère de Tom s'est écrasé et qu'il ne s'en est pas sorti.

Il sortit deux tasses de l'armoire et un pot de Nescafé.

— Servez-vous.

JW prit une cuillerée de café instantané, puis versa l'eau bouillante dans une tasse, qu'il tendit à Kaz.

— Al ne voulait pas changer tout l'équipage, dit Kaz, après un court silence. Chad est votre nouveau commandant.

Luke approuva de la tête.

— C'est logique. Ça évite de trop chambarder la mission. Mais personne ne peut remplacer Tom Hoffman, observa-t-il d'un air sombre.

Kaz acquiesça.

— On m'a demandé de te relayer comme officier chargé des pertes militaires pour que tu puisses reprendre l'entraînement.

Il fit une pause.

— Ça te va ? Tu crois que Margaret va être d'accord ?

Luke haussa les épaules.

— Quand Tom m'a demandé d'être son officier chargé des pertes militaires, jamais on n'aurait cru…

La voix de Luke se brisa. Il détourna le regard, prit deux grandes inspirations et poursuivit :

— Bon. Si on veut finir par aller sur la Lune, je vais devoir me remettre au boulot. Allons prévenir Margaret.

*

En ce jour de mars, la météo reflétait l'humeur des trois hommes : des nuages gris en provenance du golfe du Mexique s'amoncelaient à basse altitude dans le ciel. En début de soirée, la pluie tombait sans vouloir s'arrêter, se transformant en averses torrentielles au passage d'épais nuages. Le vacarme métallique des grosses gouttes, qui tombaient sur le toit de tôle du U-Joint, accompagnait la veillée funèbre organisée en l'honneur de Tom Hoffman après le travail.

Le Manned Spacecraft Center de la NASA s'apparentait à une usine, où l'on prenait les matériaux bruts inusités dont sont fabriqués les rêves. On y ajoutait de l'ingéniosité et de la ténacité humaines, puis on faisait passer le tout sur une longue chaîne d'assemblage, de développement, d'essais et d'entraînement. Au bout, on obtenait des astronautes et des équipes de soutien prêts à conquérir l'espace. Une machine réglée comme une horloge, la meilleure au monde.

Lorsqu'un accident survenait, la chaîne de montage s'arrêtait de manière brutale. Pour pouvoir redémarrer les machines, il fallait procéder à des inspections et à des essais internes, durant lesquels les travailleurs, désœuvrés, devaient mettre en suspens leur créativité et leurs compétences.

La surface d'herbe mouillée, qui tenait lieu de terrain de stationnement du U-Joint, était couverte de voitures. À l'intérieur, la hiérarchie sociale se manifestait tout naturellement : les astronautes d'Apollo étaient attablés, tandis que les jeunes ingénieurs se tenaient debout, par respect pour les voyageurs de l'espace et leur volonté de prendre des risques.

Les membres de l'équipage d'Apollo 18 – Chad, Luke et Michael – avaient leur propre table, dont la quatrième chaise était vide. Ils ne payaient rien. Janie se contentait de leur apporter des consommations, aux frais de la maison.

Chad se pencha vers ses deux confrères, les coudes sur la table, le menton posé sur ses mains croisées. Malgré la tragédie, il devait tout de même assumer son nouveau rôle de commandant sur-le-champ, et lui et ses hommes allaient bientôt participer ensemble à une mission très dangereuse et exigeante. Il se permit un léger sourire, puis, dans une tentative d'amorcer une nouvelle relation, demanda :

— Dites, les gars, ça remonte à quand notre première rencontre, au fait ?

Michael laissa échapper un gloussement.

— Pax River. Luke et moi, nous étions encore à l'école des pilotes d'essai. Toi et Tom, vous étiez les as de l'armée de l'air et vous veniez tout juste d'être choisis pour le programme MOL. Vous étiez venus briefer notre classe.

Luke leva le regard des cernes laissés par les bouteilles sur la table.

— En fait, pour être plus précis, on s'est rencontrés au Green Door.

Le Green Door était l'équivalent du U-Joint à la U.S. Navy, un bar country dans le sud du Maryland très prisé par les pilotes d'essai.

— Une soirée mémorable.

— Ouais, t'as raison, je m'en souviens maintenant.

Le sourire crispé de Chad s'effaça.

— Tom était avec nous ce soir-là. Il le sera toujours.

À cet instant, les portes battantes s'ouvrirent avec fracas : Kaz et JW venaient d'entrer, trempés jusqu'aux os, et se secouaient pour essayer de se sécher.

Chad leur fit signe de la main et pointa la chaise vide à leur table. JW jeta des yeux interrogateurs à Kaz, qui pour toute réponse prit une chaise sur la pile près du juke-box et la transporta au-dessus de sa tête. En apportant une autre tournée à la table, Janie aperçut les deux hommes et s'arrêta pour ajouter deux whiskeys, une bière et un café sur son plateau. Une fois tous assis, Luke prit la parole en premier :

— Comment se porte Margaret ?

— Aussi bien qu'on peut s'y attendre dans les circonstances. Dorothy est allée la rejoindre.

Kaz prit une gorgée et balaya le bar du regard.

— C'est bondé aujourd'hui.

Chad fit un signe de tête.

— C'est l'heure du discours.

Il repoussa sa chaise et grimpa dessus, verre à la main. La foule se tut et tous les yeux se tournèrent vers lui. Quelqu'un baissa le volume de la chanson triste que crachait le juke-box.

— Levez votre verre. Aujourd'hui, nous avons perdu l'un des nôtres. Regardez autour de vous, dit Chad, en tournant lentement la tête. Les murs sont tapissés de souvenirs de notre histoire et de nos héros. Certains sont allés dans l'espace, d'autres ont même marché sur la Lune. Et beaucoup sont morts en tentant d'y parvenir. Les vols spatiaux sont difficiles et exigent le meilleur de nous, et parfois, même le meilleur ne suffit pas. Ce matin, nous avons perdu un ami, un pilote d'essai, un mari, un père et un sacré bon astronaute qui s'apprêtait à s'envoler vers la Lune.

Chad croisa le regard de JW qui tenait toujours le dossier de Tom. Le médecin en sortit une photo grand format sur papier glacé prise par la NASA et la remit à Chad, qui la leva au-dessus de sa tête pour que tous puissent la voir.

— Ce soir, honorons la mémoire de Tom Hoffman !

Il descendit de son perchoir et s'approcha du mur réservé aux portraits d'astronautes disparus. Il fixa soigneusement la photo de Tom sur un espace vide avec des punaises. Il leva son verre en direction de Tom et murmura :

— Je te donne ma parole que l'équipage d'Apollo 18 fera tout pour te rendre fier.

Chad se tourna vers la foule.

— Mes amis, buvons à la mémoire d'un homme disparu trop tôt. Sa mort ne sera pas vaine. Je vous demande donc de porter aussi un toast à la réussite de mon équipage.

Chad fit une pause.

— À Tom Hoffman !

Les « À Tom Hoffman ! » fusèrent de toutes parts.

Comme il était trop loin d'eux, Chad ne remarqua pas que Luke et Michael avaient un peu tiqué en l'entendant dire « mon équipage ».

Constatant que le silence s'installait, Luke, pour alléger l'atmosphère, s'exclama :

— Tom adorait les fêtes, et maintenant que sa photo est sur le mur, il ne manquera pas celle-ci. Buvez, tout le monde !

La musique du juke-box retentit de nouveau, la mélodie rythmée de *Crocodile Rock* d'Elton John accompagnant les bavardages de la foule et la pluie qui tambourinait sur le toit.

*

Kaz aperçut Laura à travers le nuage de fumée et la masse ; il prit sa bière et se faufila jusqu'à elle. En le voyant, elle lui décocha un sourire, qui disparut lorsqu'elle se rappela les circonstances.

— Je suis vraiment désolée pour ton ami, Kaz.

— Merci, répondit-il. C'est horrible. Je peux t'offrir un verre ?

Elle lui montra sa pinte presque pleine, et Kaz trinqua avec elle.

— À Tom.

Ils avalèrent tous deux une gorgée.

— Je n'ai pas eu l'occasion de te remercier pour le tour d'avion, dit Laura. Je sais que tu as l'habitude de voler, mais pour moi, c'est un plaisir rare.

Elle observa le groupe de chercheurs d'un air penaud.

— J'ai ennuyé tout le monde avec les détails… enfin, jusqu'à aujourd'hui.

— Ta présence m'a permis de me rappeler à quel point l'aviation me passionne.

— Tant mieux, dit Laura.

Elle contempla sa pinte de bière pendant un moment, puis leva les yeux vers Kaz.

— Tu crois que la mort de Tom va retarder la mission ?

Kaz prit conscience que la plupart des gens dans le bar se posaient sans doute la même question.

— Non. L'équipage et le nouveau commandant seront prêts à temps.

Il regarda vers la table de l'équipage, où Chad était désormais assis seul. Le commandant fixait la photo de Tom qu'il venait de punaiser au mur. C'était la première fois que Kaz voyait Chad perdu dans ses pensées.

C'est normal, raisonna-t-il. *La réalité commence probablement à le rattraper.*

Il chercha Luke et Michael autour de lui et les vit parler avec un groupe d'anciens astronautes qui buvaient tous de façon résolue.

Laura fronça les sourcils.

— Comment tu fais ?

— Qu'est-ce que tu veux dire ? interrogea Kaz d'un air perplexe.

— Pour t'en remettre aussi vite ? Même au labo, on a été sonnés toute la journée. C'est pour ça qu'on est venus ce soir, en fait.

Kaz détourna le regard.

— C'est dur pour tout le monde, soupira-t-il en observant de nouveau Laura droit dans les yeux. Bon, Chad a fait son discours, et je sais que t'as pas vraiment envie de cette bière. Si on s'en allait ?

Elle regarda vers ses amis, puis fit signe que oui.

— Tu es venue dans ta Coccinelle ?

— Oui. Heureusement, j'ai remonté le toit.

— On se retrouve chez moi, alors ?

Laura le dévisagea durant quelques secondes.

— Bien sûr, pourquoi pas ?

*

Ils furent trempés par la pluie en courant de leur voiture jusqu'à la maison. Une fois à l'intérieur, ils s'assirent sur le canapé, une serviette autour du cou. Kaz ouvrit une bouteille de chianti, dont les arômes riches et réconfortants leur firent oublier le déluge qui faisait rage à l'extérieur.

Laura but une gorgée, puis poussa un soupir.

— Alors ? Tu vas répondre à ma question ?

Kaz avait pris le temps d'y réfléchir.

— La vérité, c'est qu'on finit par s'y faire.

Il contempla la nuit par la fenêtre ruisselante de gouttes de pluie.

— Mon premier mort, c'était un bon ami de l'escadron. Je ne parvenais pas à l'accepter. Il était bien meilleur pilote que moi, incroyablement compétent et beaucoup plus expérimenté. Puis un jour, pendant un vol, son avion est sorti d'un nuage à faible altitude. Il est tombé du ciel à haute vitesse et s'est écrasé dans l'eau. Il ne restait plus rien.

Kaz marqua une pause.

— J'étais vraiment en colère. Je voulais pouvoir jeter le blâme sur quelque chose ou quelqu'un. Donc, j'ai fait une enquête : j'ai recréé l'accident, consulté les registres d'entretien de l'avion et examiné les rapports d'activité de la flotte à la recherche d'incidents semblables. J'ai échafaudé quelques théories plausibles. Ensuite, j'ai fini par comprendre que parfois, il n'y a tout simplement pas de réponse. Le métier de pilote d'avion à haute performance est dangereux, et il arrive que certains y laissent leur peau.

Il inclina la tête.

— Le chagrin, il est toujours là. Tom va toujours me manquer. Il devrait être là, en train de profiter de la vie. On aurait dû vieillir ensemble. C'est injuste. Pire encore : ça n'a aucun sens.

Il avala lentement une gorgée de chianti.

— Quand j'ai perdu un autre ami, le vide était aussi grand, mais plus facile à gérer. Je savais ce que je pouvais faire et ne pas faire. Ce matin, après l'accident de Tom, j'ai ressenti le même chagrin, le genre qui ne nous quitte jamais, et une vague de colère m'a envahi parce que j'avais peut-être oublié quelque chose qui aurait pu prévenir le crash. J'ai besoin de savoir ce qui s'est passé pour que ça ne se reproduise plus, et j'ai besoin de m'occuper de sa famille.

Il se tourna vers Laura.

— La plaie est tout aussi profonde, mais on dirait qu'elle cicatrise plus vite pour que je puisse aller de l'avant. Ils vont tous me manquer, aussi longtemps que je vivrai. Seulement, moi, je suis encore là. Si c'était moi qui avais péri dans un accident, je voudrais qu'ils se concentrent sur ce qu'ils ont à faire et qu'ils profitent de la vie.

Laura leva son verre.

— À tes amis, ces bonnes personnes que tu as perdues. En particulier Tom.

Ils trinquèrent et avalèrent la dernière gorgée.

D'un air pensif, Kaz sortit sa Gretsch acoustique Archtop, une guitare qu'il avait achetée d'occasion lorsqu'il était étudiant et qu'il emportait partout où l'envoyait la US Navy. Cet instrument l'aidait beaucoup à vivre ses deuils.

Dans la pénombre, Kaz exécuta plusieurs de ses morceaux préférés en chantant doucement et Laura l'accompagnait quand elle connaissait les paroles. Même s'il tentait d'éviter les chansons tristes, il lui sembla que chaque morceau portait un bout de texte qui lui rappelait la mort de Tom.

Il acheva d'interpréter *Fire and Rain* et les mots de James Taylor résonnèrent dans la pièce. Kaz plongea son regard dans celui de Laura dans le faible éclairage, s'approcha pour l'étreindre, puis posa ses lèvres sur les siennes.

CHAPITRE 15
Washington, D.C.

Le 727 se posa avec un bruit sourd sur la piste de béton de l'aéroport Washington National. Il n'était que midi, mais Kaz était déjà épuisé : il avait quitté Polly Ranch avant l'aube, et les passagers bruyants du vol d'Eastern Airlines, qui était complet, l'avaient empêché de trouver le sommeil. Même son œil valide lui semblait irrité.

Il monta dans un taxi qui traversa le pont de la 14e Rue en direction sud, en passant devant le Jefferson Memorial et le Washington Navy Yard. Le véhicule atteignit finalement le Maryland et roula vers Baltimore, en serpentant dans la forêt du Patuxent Research Refuge. Toute la matinée, Kaz s'était demandé pourquoi Phillips l'avait convoqué à une rencontre. Seul le décès de Tom, survenu trois jours plus tôt, était venu bouleverser la mission. La nomination d'un nouveau commandant avait fortement bousculé les plans des formateurs de la NASA. Cependant, il n'y avait pas de quoi inquiéter le directeur de la National Security Agency. À moins, bien sûr, qu'il se tramât quelque chose dont il n'était pas au courant.

Kaz se rappela alors que Sam Phillips en savait toujours plus que lui, étant donné le déluge de renseignements qu'il recevait chaque jour de multiples sources et les progrès technologiques constants. La façon dont les renseignements d'origine électromagnétique étaient recueillis pouvait s'avérer tout aussi importante que les renseignements eux-mêmes. Le directeur de la NSA devait ensuite séparer le bon grain de l'ivraie et transmettre les informations, observations et recommandations cruciales en remontant la chaîne jusqu'à l'armée qui, elle, les faisait parvenir, par l'intermédiaire des chefs d'état-major, au président et à d'autres agences fédérales.

La CIA, par exemple.

Kaz regarda les arbres défiler par la fenêtre du taxi en plissant les yeux. Il avait entendu parler du nouveau directeur de la CIA, James Schlesinger. Un éléphant dans un magasin de porcelaine, selon les dires. Était-ce donc la raison de sa convocation ? Nixon et son directeur à la CIA cherchaient-ils à tirer un avantage tactique supplémentaire des objectifs militaires d'Apollo 18 ?

*

— Entre, Kaz !

Le général Phillips sourit avec chaleur à son invité, puis contourna son bureau pour échanger une poignée de main. Le mince visage affable du général Phillips était bien assorti à sa silhouette élancée. Un bloc-notes et un crayon étaient rangés dans la poche avant de sa chemise blanche à manches courtes. Son étroite cravate brune, maintenue en place par une pince, était surmontée d'un nœud Windsor parfaitement exécuté. Son pantalon taille haute froncé en laine peignée était retenu par une fine ceinture en cuir brun assortie à ses chaussures cirées. En somme, un militaire qui avait le souci du détail, même dans sa tenue civile.

Jan fit irruption dans la pièce avec deux cafés, qu'on ne lui avait pourtant pas demandés. Kaz la remercia et se servit, reconnaissant pour la dose de caféine. Phillips saisit l'autre tasse et invita Kaz à s'asseoir à la petite table de réunion, sur laquelle était déjà déposé un dossier vert avec la mention « ULTRACONFIDENTIEL » inscrite en lettres rouges sur le dessus.

— Le Texas vous plaît ? s'enquit Phillips.

— C'est plat, chaud et humide, dit Kaz en souriant. Mais j'ai pu faire quelques vols, et je suis content de pouvoir travailler de nouveau avec Luke et Michael.

Phillips se pencha sur la gauche pour interpeller Jan, qui se trouvait de l'autre côté de la porte :

— Jan, Mo est arrivé ?

Kaz réfléchit ; il s'agissait sans doute de l'amiral Maurice Weisner, vice-chef des opérations navales et responsable de l'ensemble du volet militaire d'Apollo 18.

— Je lui prépare un café à l'instant, Général, répondit Jan.

On frappa sur le cadre de porte.

— Permission de monter à bord, Sam ?

Mo Weisner entra, sourire aux lèvres et café à la main. Kaz se leva pour serrer la main de l'amiral, à qui Phillips fit signe de prendre place à la table. Weisner avait été officier subalterne pendant la Seconde Guerre mondiale. Les Japonais avaient torpillé et coulé son navire, causant ainsi la mort de deux cents membres de l'équipage. Après s'être reconverti en pilote, il avait à son tour torpillé un destroyer d'escorte japonais, puis avait été promu commandant de trois escadrons. Au-dessus de son badge, sur la chemise à manches courtes de son uniforme, étaient soigneusement épinglées ses ailes d'or de la US Navy, ses Croix du service distingué dans l'Aviation et d'autres décorations.

Après s'être assis, il tourna son regard aux paupières alourdies vers Kaz.

— Vous avez fait bon voyage ?

Chaque voyelle était allongée sous l'influence de son accent du Tennessee, sa terre natale.

— Oui, monsieur. J'ai pris le vol Eastern du matin, répondit Kaz en levant sa tasse. C'est mon quatrième café aujourd'hui.

— J'ai lu le rapport préliminaire de l'accident, enchaîna Weisner en coupant court au bavardage, son intense regard posé sur Kaz. Aucune cause apparente. On m'a dit que vous y étiez. S'agit-il d'un problème mécanique ou d'une erreur de la part de Tom ?

— La météo était favorable, aucun autre avion ne volait à proximité, et on n'a constaté aucun signe de collision avec un oiseau. Selon moi, il y a eu une défaillance technique. La commission d'enquête examine les preuves.

Hochement de tête de Phillips et de Weisner. Tous deux étaient pilotes d'aéroplane à voilure fixe, et les hélicoptères ne leur inspiraient guère confiance.

— Et comment s'en tire Miller ? questionna Phillips.

— Comme vous le savez, monsieur, il s'est entraîné avec l'équipage pour parer à une telle éventualité. Il a tout de suite assumé son rôle et il est tout à fait compétent, expliqua Kaz.

— Je veux bien, mais vont-ils y arriver ?

Weisner, qui avait dirigé des troupes en temps de guerre, venait de soulever la question la plus importante.

— Tom était un gars spécial et il était très proche de Luke et de Michael. Cependant, Chad saura relever le défi. Apollo 18 sera prêt pour le lancement.

Le lancement… ce fameux jour où le nouvel équipage quitterait la Terre pour obéir aux ordres de ces deux officiers supérieurs.

Weisner tourna son regard vers Phillips, qui prit alors la parole :

— Nous avons reçu de nouveaux renseignements sur *Almaz*. Il semble qu'on ait beaucoup amélioré les dispositifs optiques.

Il tendit la pochette vert pâle à Kaz.

Le dossier contenait des photos, dont certaines comportaient des flèches et des notes inscrites à l'encre argent et noire. Kaz saisit la première et la tint face à la fenêtre, dans la forte lumière du soleil. Dans sa thèse au MIT, il avait inclus une analyse des biens spatiaux soviétiques, et il se rappelait fort bien les dessins originaux de la station spatiale.

— Ils ont modifié la ligne de moulage, observa-t-il en glissant son doigt le long de la nouvelle forme de la coque du vaisseau spatial.

Il scruta avec attention les autres clichés, en s'attardant particulièrement sur l'image la plus agrandie.

— La fenêtre optique est différente et on a déplacé le radiateur.

Kaz leva les yeux.

— Vous avez raison, Général. On a entièrement modifié la capacité.

Après avoir réfléchi un moment, il poursuivit :

— Les équipes au sol vous ont donné des renseignements sur la performance ?

Phillips et Weisner échangèrent un regard, et le premier prit une fois de plus la parole.

— La CIA a reçu des informations indiquant que les Soviétiques ont d'autres fournisseurs de pièces et qu'ils ont dépêché du nouveau personnel scientifique à l'usine de montage de Moscou.

— On croit qu'ils ont grandement perfectionné le concept original, dit Weisner.

Kaz acquiesça en visualisant les composants des différents systèmes.

— La taille brute des dispositifs optiques d'*Almaz* va surpasser celle de leurs satellites-espions non habités, ça ne fait aucun doute.

Il examina encore les photos.

— D'après la nouvelle forme extérieure, je dirais que les Soviétiques ont ajouté des dispositifs optiques réfléchissants qui utilisent la totalité du diamètre intérieur pour la distance focale.

Kaz fit le calcul mentalement et précisa :

— Ça veut donc dire qu'ils pourraient obtenir une précision submétrique. Peut-être même jusqu'à une trentaine de centimètres.

Il leva le regard vers Phillips et Weisner.

— En gros, cette version de station orbitale serait capable de vous repérer en train de marcher sur le trottoir et de vous identifier.

— C'est ce que mes analystes ont conclu, répondit Phillips. Ça signifie qu'on doit repenser nos biens déployés dans le monde : sur les ponts des navires, dans les activités de nos bases éloignées, et même à l'endroit où on gare la voiture du président. Le programme Almaz va nous forcer à changer et à limiter nos activités. On sera peut-être contraints d'exécuter nos opérations critiques la nuit, ce qui va augmenter le niveau de difficulté et réduire nos chances de réussite.

Weisner renchérit :

— Comme vous le savez, on utilise des technologies de pointe dans le désert qui vont changer de manière radicale la stratégie militaire, mais seulement si on peut les tester et en prouver l'efficacité dans le plus grand secret. Kaz, tu as été pilote d'essai. Tu sais à quoi ressemblent les premiers vols dans un nouveau modèle. Impossible de voler dans l'obscurité.

Kaz détourna son attention des détails techniques et déposa les photos. Il savait où les deux hommes voulaient en venir.

— Quelle est la date du lancement d'*Almaz* ?

— On a observé les préparations habituelles pour le lancement de la fusée Proton, répondit Phillips. Selon nos estimations, il aura lieu dans environ deux semaines. Donc, au cours de la première semaine d'avril.

— Ils vont avoir besoin de temps pour lancer *Almaz* en orbite, réfléchit Kaz. Un appareil photo aussi sophistiqué sera trop difficile à charger, à pointer et à faire fonctionner à distance à partir du sol. Donc, pour obtenir la fonctionnalité qu'ils recherchent, ils devront envoyer un équipage dans un Soyouz à la station pour mettre en marche le système. Les images seront prises sur des pellicules grand format, qu'ils devront désorbiter dans des boîtes de métal ou garder à bord jusqu'au retour de l'équipage, peut-être après un ou deux mois.

Kaz s'adressa au chef de la National Security Agency.

— Avez-vous remarqué un signe quelconque de préparation en vue du lancement d'un Soyouz ?

— Pas encore. Nous avons toujours bon espoir qu'Apollo 18 précédera le premier équipage du Soyouz pour *Almaz*.

— Donc, vous aurez compris que c'est là notre créneau : quand la station *Almaz* sera inhabitée, en orbite, en attendant son équipage, expliqua Weisner.

Il dévisagea Kaz avec insistance et lâcha les mots clés :

— Sans défense.

Kaz le fixa du regard à son tour. Les ordres étaient sous-entendus, mais sans équivoque, et stupéfiants.

— Donc, on ne se contentera plus de prendre des gros plans d'*Almaz*.

Weisner et Phillips secouèrent la tête.

— Vous donnez l'ordre à l'équipage d'Apollo 18 de désactiver un vaisseau spatial soviétique ?

Ils acquiescèrent.

Kaz eut des frissons dans le dos.

— Alors, dit-il, pour la première fois de l'histoire, les États-Unis vont mener une opération militaire hostile dans l'espace.

CHAPITRE 16
Quartier général du MSC, Houston

— On va faire quoi ? s'étrangla Luke, à la fois en colère et incrédule.

Kaz avait pris la liberté de passer un coup de fil aux premiers concernés avant de quitter Washington. Les trois membres d'équipage s'étaient réunis en urgence avec Al Shepard dans le bureau de Gene Kranz, la porte close.

Kaz avait rapporté le dossier ultrasecret à Houston, et les hommes autour de lui examinaient à leur tour les nouvelles photos d'*Almaz*.

— L'ordre vient directement des chefs d'état-major, avec l'approbation de la Maison-Blanche, les informa-t-il. Apollo 18 a désormais la mission de désactiver *Almaz* avant l'arrivée de son équipage.

Luke prit une des photos et la fixa d'un air désemparé.

— Comment est-ce qu'on est censés faire ça ?

— Bonne question, répondit Kaz. L'équipe des opérations de la NSA a suggéré qu'on sabote quelques dispositifs vulnérables au moyen d'un outil de découpe : les câbles des antennes, les circuits de refroidissement du radiateur, les câbles des panneaux solaires, les cibles d'amarrage, les conduites de carburant... Pour faire ça, il faudra manœuvrer très près de la station et se préparer pour une sortie extravéhiculaire.

— Ils se rendent compte de ce qu'ils nous demandent ? s'insurgea Chad. C'est une mission extrêmement dangereuse !

— Je sais, je leur ai dit la même chose, mais ils m'ont répondu que Washington veut qu'on fournisse « le maximum d'efforts possible », assura Kaz en mimant les guillemets pour appuyer ses mots. Schlesinger, le nouveau directeur de la CIA, a mis cette mission en haut de sa liste de priorités et il a l'oreille du président.

Gene Kranz réfléchissait déjà aux détails pratiques :

— On a des petits coupe-boulons dans notre équipement de sortie extravéhiculaire, mais il faudra peut-être en prévoir des plus gros. On ne pourra rien couper qui est alimenté à l'électricité. En revanche, on pourrait sectionner des câbles de communication ou les conduites de refroidissement. Peut-être même les tuyaux de carburant.

Chacun soupesait cette option.

Ce fut Michael qui posa la question qui brûlait toutes les lèvres :

— Qui va sortir ?

— Au départ, toi, tu devais aller récupérer les cartouches de film externes de Pursuit à notre retour de la Lune, songea Gene à voix haute. Par contre, c'est déjà plutôt juste du point de vue des marges de poids. On n'aura pas le choix d'abandonner cette tâche si on veut accomplir le nouvel objectif.

— C'est que je serai déjà occupé à piloter *Pursuit* assez près d'*Almaz* pour qu'on réussisse, protesta Michael en secouant la tête. Je ne pourrai pas sortir dans l'espace en même temps...

Ses collègues constatèrent son dépit alors qu'il réalisait ce qu'il venait de dire : sa chance de sortir dans l'espace venait de lui glisser entre les doigts.

— En effet, acquiesça Gene en remuant la tête. Il ne reste que Luke ou Chad. Je ne crois pas qu'on puisse vous envoyer tous les deux dans l'espace. Nos réserves pour alimenter l'épurateur de CO_2 ne seront pas suffisantes. De plus, Michael aura besoin d'aide pour manœuvrer si près d'un autre vaisseau.

Il regarda les deux hommes, en analysant mentalement les paramètres du compromis.

— Il faut que ce soit Luke, déclara Al Shepard. Michael est le pilote du module de commande et Chad doit rester à bord pour diriger toutes les étapes de déplacement en tant que commandant de mission.

Luke maîtrisait si bien ses expressions faciales que Kaz ne parvenait pas à deviner ses pensées. S'il avait été à sa place, il aurait été aussi terrifié qu'exalté.

Chad dévisagea Al, la mâchoire crispée.

— Je n'aime pas ça, gronda-t-il. C'est le troisième changement de plan, et le lancement est dans moins d'un mois ! On n'a aucun moyen de simuler les manœuvres pour nous approcher de si près d'*Almaz*, et on manque de temps pour rédiger et appliquer de nouvelles procédures. On risque de tout foutre en l'air avant même de quitter l'orbite terrestre !

Al opina de la tête, l'air grave.

— Tu as raison, concéda-t-il. Il se peut même que vous n'arriviez pas à désactiver le vaisseau-espion des Soviétiques, peu importe ce que vous faites. Mais ce type d'opération est la raison exacte pour laquelle le programme MOL a été mis sur pied, et vous trois, vous avez été précisément choisis comme équipage militaire pour accomplir des tâches militaires. Voilà la réalité. Ces ordres proviennent des chefs d'état-major et de la Maison-Blanche.

L'astronaute chevronné sonda à tour de rôle le regard de chacun des hommes et reprit fermement :

— Cette mission est désormais notre priorité absolue. Au minimum, on va rapporter des gros plans précis de cet engin. Et avec un peu de chance, Luke fera assez de dommages à *Almaz* pour nous permettre de protéger les secrets américains pendant un certain temps.

— On dispose des procédures de plusieurs missions Gemini pour rejoindre très vite des cibles insubordonnées, et on a fait des essais de pilotage et de sortie extravéhiculaire en orbite dans le cadre d'Apollo 9, ajouta Gene. Le matériel de simulation est toujours entreposé sur place. Donc, il est possible d'en rassembler assez pour atteindre un certain réalisme et s'exercer un peu. Ce ne sera pas joli, mais je crois qu'on pourra être prêts.

Kaz crut bon de soulever une question cruciale :

— Les photos que vous avez en main sont hautement confidentielles. On ne pourra parler d'aucun changement dans l'entraînement et il faudra conserver un silence radio total face aux médias pendant nos opérations sur *Almaz*.

— Exact, approuva Gene. Je vais réduire l'équipe au minimum et interdire les visiteurs et les couvertures télé.

Puis, après réflexion, il poursuivit :

— Des curieux vont se rassembler en Floride pour assister au lancement, comme d'habitude, mais je crois qu'il vaut mieux censurer tout le vol après le décollage, pas seulement la manœuvre vers *Almaz*. Les RP de la NASA et le représentant de l'armée de l'air peuvent se charger de répondre aux questions à notre place, en invoquant la sécurité nationale s'il le faut.

Chad arborait encore l'expression d'un gars qui vient de croquer dans un citron.

— On va le faire, annonça-t-il. Cela dit, quand on y sera, je veux que Michael maintienne *Pursuit* à une distance sûre jusqu'à ce qu'on ait déterminé ce qu'il est *réellement* possible de faire. Et si on voit que c'est impossible, tout le monde devra se contenter des belles photos qu'on ajoutera au dossier de Kaz.

La réunion prit fin et Chad fut le premier à se lever. Il s'empressa de quitter la pièce, Michael et Luke sur ses talons.

CHAPITRE 17
Aérodrome d'Ellington

Il ne restait que dix-huit jours avant le lancement d'Apollo 18 et le temps était venu de déplacer les opérations du Texas à la Floride. Les astronautes allaient s'y rendre par avion.

Attaché au siège éjectable d'un avion à réaction T-38 bleu et blanc de la NASA, Chad s'inclina vers la gauche pour attirer le regard du chef du personnel de piste. Puis il leva la main droite haut au-dessus de l'habitacle et fit tournoyer son doigt en l'air. Michael et Luke, chacun assis dans son propre T-38, aperçurent son signal et l'imitèrent.

À côté de chacun des trois avions se trouvait un groupe de démarrage pneumatique, ou *huffer*, que le personnel de piste avait raccordé par son long tuyau à une petite porte dans la partie inférieure du fuselage. Au triple signal des trois astronautes, les membres de l'équipe au sol réglèrent le débit d'air des *huffers* à puissance maximale, déclenchant une poussée d'air fortement comprimé dans les turboréacteurs. Les turbines se mirent à vriller telles des éoliennes en pleine tempête. Lorsque les turboréacteurs commencèrent à tourner assez vite, les pilotes mirent les manettes des gaz au ralenti, permettant au carburant d'être vaporisé dans les chambres de combustion. Les bougies d'allumage produisirent une étincelle qui fit exploser le mélange d'air et de carburant, ravivant les turbines en aspirant une plus grande quantité d'air par l'entrée d'air avant des moteurs. Le personnel au sol débrancha ensuite les *huffers*, et les moteurs des T-38 atteignirent bientôt leur vitesse de vol.

Assis derrière Chad pour profiter du vol vers Cap Canaveral, Kaz observait le tableau de bord s'animer. Le Dr McKinley, médecin de l'air de l'équipage, était monté derrière Luke, tandis que Michael transportait un photographe de l'armée de l'air, déjà à l'œuvre. Muni de son appareil, ce dernier capturait les procédures de décollage.

Chad lança un regard vers les deux autres pilotes, qui lui répondirent en levant le pouce. Puis il activa son micro pour annoncer :

— Ellington Sol, ici NASA 18, escadrille de trois, prêts à circuler.

Luke et Michael actionnèrent brièvement le bouton de leur micro et Kaz entendit deux courts grésillements dans son casque, signe que tout le monde était sur la bonne fréquence.

— Bonjour, escadrille NASA 18, crépita une voix en réponse. Calage altimétrique à 30.12, affichez 1818, autorisé, circulez sur 35 gauche. Bon vol spatial.

— Bien reçu, confirma Chad, 30.12, 35 gauche, afficher 1818. Merci, on y compte bien.

Les trois pilotes hissèrent leurs deux mains bien haut et pointèrent leurs pouces vers l'arrière afin de signaler aux chefs d'équipe de retirer les cales des roues principales. Une fois en sécurité au-delà des extrémités des ailes, les membres de l'équipe au sol se mirent au garde-à-vous et exécutèrent un salut militaire. Les pilotes leur rendirent leur salut, puis redressèrent les manettes des gaz pour évacuer l'aire de trafic.

Luke suivit Chad, avec Michael dans son sillage, leurs avions légèrement décalés les uns des autres afin d'éviter le souffle de leurs turboréacteurs. Ils quittèrent l'aire de trafic, tournèrent à droite en rang serré, puis se dirigèrent le long de la voie de circulation en direction de la piste 35 gauche.

Kaz se contentait d'observer en silence. Certains pilotes aimaient faire la conversation, mais pas Chad. Avec lui, c'était strictement professionnel. Son avion atteignit le large revêtement au bout de la piste, et les deux autres s'approchèrent à sa hauteur. Kaz jeta un regard vers JW. Malgré le casque, le masque à oxygène et les lunettes de soleil qui cachaient en partie le visage du médecin, il pouvait voir son sourire rayonnant et savait ce qu'il était en train de penser : son équipage allait se rendre sur la Lune, et il se trouverait au cœur même de l'action.

Chad se pencha en avant pour vérifier si Luke et Michael étaient prêts, et vit leur signe de tête. Les vérifications étant faites, tout le monde était paré pour le décollage.

— Tour de contrôle Ellington, ici NASA 18, escadrille de trois, parés au décollage sur 35 gauche, annonça Chad.

— *Roger*, escadrille NASA 18. Vent 350 à 11, vous êtes autorisés à décoller. Bon vent.

Chad appuya deux fois sur le bouton de son micro, puis rabattit la verrière au-dessus de leur tête. Il guida le trio le long de la piste, Luke aligné sur son aile droite et Michael, sur sa gauche. Une fois en position, les deux pilotes levèrent le pouce.

Chad fit un signe vers le haut avec son doigt, puis, imité par ses coéquipiers, poussa les manettes des gaz vers l'avant pour les engager dans un cran, déclenchant une pleine poussée des turboréacteurs sans toutefois atteindre la postcombustion. Il regarda à gauche et à droite ses deux coéquipiers, releva le menton, puis l'abaissa. À ce signal, les trois pilotes relâchèrent les freins en bout de pied et coincèrent leurs manettes complètement vers l'avant : poussée maximale pour le décollage.

Les turboréacteurs J85 réagirent instantanément. Des étincelles jaillirent et, tel un gigantesque chalumeau, le carburant brut s'enflamma dans les réchauffes, faisant projeter une flamme jaune doré visible hors de la tuyère d'éjection. Maintenant propulsés par une poussée de plus de 2 700 kg/seconde, les T-38 commencèrent à accélérer sur la piste.

Chad tira un peu sur ses manettes pour donner à ses coéquipiers une marge de manœuvre supplémentaire, afin qu'ils maintiennent leur alignement sur ses ailes. En apercevant l'aiguille de l'anémomètre progresser rapidement jusqu'à plus de 140 nœuds, il relâcha en douceur le manche, ce qui fit lever le nez de l'aéronef vers le ciel. En regardant à l'extérieur, Kaz constata que Michael et Luke effectuaient la même manœuvre. À 160 nœuds, les ailes minces et courtes de l'avion généraient un courant ascendant assez puissant pour soulever les roues principales de la piste. Après quelques secondes, Chad dressa les leviers de commande de train et volets. Les yeux rivés sur lui afin de conserver leur position,

Michael et Luke trouvèrent leurs poignées à l'aveuglette dans leur habitacle et les dressèrent à leur tour. Chaque pilote observait les roues des deux autres se rétracter hors de vue avec netteté, les trappes qui les abritaient se refermant d'un claquement vif.

La transition était complète : les T-38 n'étaient plus des bêtes clouées au sol, mais bien des oiseaux du ciel, filant avec grâce dans leur milieu naturel.

L'escadrille se mit confortablement en position, maintenant naturellement une formation serrée. Un triangle de métal rugissant qui grimpait dans le ciel méridional de Houston, orienté un peu au sud-est en direction du cap Canaveral… et de l'aire de lancement.

*

Les pilotes stabilisèrent leur appareil à 11 300 mètres, les eaux azurées du golfe du Mexique étincelant très loin en dessous. Luke et Michael avaient un peu dévié pour adopter une formation plus détachée. Les T-38 ne disposaient pas d'un pilote automatique, et les corrections incessantes qui étaient requises pour maintenir le cap, l'altitude et la vitesse propre finissaient par devenir éreintantes. C'est pourquoi peu de temps après, Chad proposa à son passager :

— Kaz, veux-tu piloter ?

— Avec plaisir.

Ce dernier posa avec délicatesse les mains sur le manche et la manette des gaz, puis consulta la carte de navigation posée sur son genou pour s'orienter.

— Super, merci, souffla Chad, soulagé. Prends les commandes.

— J'ai les commandes, confirma Kaz.

La confirmation verbale était devenue une pratique courante à la suite de plusieurs incidents survenus lorsque des pilotes avaient cru par erreur que leur collègue avait pris les commandes. Kaz secoua très légèrement le manche en guise de seconde confirmation et sentit le T-38 tressauter en retour.

En raison du tumulte assourdissant de l'air propulsé et des turboréacteurs, et du fait qu'on doit toujours tendre l'oreille vers les crépitements continus du contrôle de la circulation aérienne, les conversations dans un avion à réaction biplace sont surréalistes et fragmentées, mais étrangement intimes. Comme les deux pilotes regardent vers l'avant, ils ne peuvent pas voir lorsque l'autre prend la parole : les mots surgissent simplement dans leur casque, comme s'il s'agissait de leurs propres pensées.

Kaz avait laissé dériver les siennes vers le vol, et aussi vers Laura, lorsque la voix de Chad le tira d'un coup sec de sa rêverie :

— Kazimieras Zemeckis, c'est pas commun comme nom. D'où vient ta famille ?

— De Lituanie, répondit Kaz. C'est un nom litvak. Juif lituanien, si tu préfères. Je suis né à Vilnius juste avant de la guerre. Ma famille a réussi à fuir sur l'un des derniers passages vers New York.

Kaz se tut brièvement et les deux hommes écoutèrent les sons assourdis de l'appareil en vol.

— Heureusement qu'ils ont réussi, reprit-il enfin. En 1942, les nazis avaient tué soixante-quinze mille Litvaks : presque toute la communauté.

— Donc, t'es juif ?

— Oui, mais non pratiquant.

Pourquoi Chad lui demandait ça ?

— Ma mère espère encore que je trouve une bonne fille juive pour me remettre sur la bonne voie, plaisanta Kaz pour détendre l'atmosphère.

Le contrôle de la circulation aérienne leur donna la consigne de changer de fréquence, les transférant de Houston à La Nouvelle-Orléans, tandis qu'ils volaient vers l'est. Le soleil matinal projetait une lumière aveuglante dans l'œil de Kaz, le forçant à baisser sa visière teintée devant son visage.

— Sais-tu si d'autres juifs font partie du programme ? persista Chad.

Kaz était abasourdi. Les astronautes n'avaient pas l'habitude de discuter de religion. Il est vrai que l'équipage d'Apollo 8 avait lu des passages de la Genèse à la veille de Noël pendant son voyage de retour de la Lune et que Buzz Aldrin avait communié sur la surface lunaire... Cependant, il s'agissait d'une question bizarre à poser dans l'habitacle d'un avion à réaction.

— Euh..., pas que je sache, finit-il par répondre.

Il savait que Chad avait été élevé dans le Midwest, mais d'où sortait cette question ?

— Les Soviétiques en ont un, lança Chad. Boris Volynov. Il a été retiré de son premier vol au sein de la mission Voskhod en 1964, mais il a fini par aller dans l'espace en 1969.

Kaz secoua la tête, perplexe. *Qu'est-ce que tout ça avait de si important ? Et, plus étrange encore, pourquoi Chad aurait-il retenu ces détails ?*

— Hmm, marmonna-t-il. Je l'ignorais.

— Ça t'est déjà arrivé de te voir refuser une occasion parce que t'es juif ? renchérit Chad.

— Non, fit Kaz, maintenant déterminé à égayer la conversation. Je me suis seulement assuré de me classer le premier à toutes les occasions, pour que personne ne puisse me dire « non ». Et me voilà aujourd'hui, volant aux côtés d'un commandant d'Apollo en route vers le lancement !

Chad grogna, puis se tut.

Kaz se promit de vérifier auprès de Luke et Michael si leur commandant leur avait fait de tels commentaires inhabituels. Chad était un excellent pilote, mais il avait peut-être davantage le profil d'un *redneck* que Kaz ne l'avait d'abord cru.

À leur gauche, en contrebas, défilaient les longues traînées limoneuses du delta du Mississippi, véritable réseau de bancs de sable dessinant une patte d'oie qui s'étirait dans le golfe du Mexique. Kaz vira légèrement au-dessus de la pointe sud, à 100 degrés, pour suivre la voie aérienne supérieure. Puis la voix de Michael fit irruption :

— Hé, chef, le photographe veut des plans de nos T-38 en formation, avec La Nouvelle-Orléans en arrière-plan. Ça vous va de vous rapprocher, Luke et toi ? Je vais me déplacer autour de vous pour lui offrir de belles prises de vue.

— Bien sûr, accepta Chad.

Luke vint repositionner son T-38 en formation serrée. Kaz observa l'avion de Michael virevolter autour d'eux, au grand plaisir du photographe qui exploitait les différentes perspectives. L'escadrille avait traversé la moitié du golfe lorsqu'il décida qu'il avait pris assez de photos.

Chad reprit les commandes du T-38 et ordonna aux deux autres pilotes de resserrer la formation, car ils pénétraient dans une zone de cirrus vaporeux qui ne cessaient de s'épaissir.

Tandis qu'ils traversaient la côte de la Floride, il sélectionna la radiofréquence des opérations de la NASA, régla l'éliminateur de bruit de fond, puis communiqua :

— Ici l'escadrille NASA 18, à 195 kilomètres. On devrait arriver dans quinze minutes.

Une voix éraillée de statique lui répondit :

— Bonjour, escadrille 18, nous vous attendons. La météo est clémente, prévoyez atterrir sur 31.

— *Wilco*, merci, répondit Chad.

Il choisit de nouveau la fréquence du contrôle de la circulation aérienne et demanda l'autorisation d'entamer sa descente. La Floride se déroulait rapidement sous eux. Les trois pilotes se concentraient pour maintenir la formation, alors qu'ils plongeaient dans les nuages puis en émergeaient, leurs appareils rendus hypersensibles en raison de leur vitesse, qui atteignait presque celle du son. Comme ils survolaient Orlando, Chad sélectionna une fois de plus la radiofréquence des opérations.

— NASA, ici l'escadrille 18, annonça-t-il. Arrivée dans cinq. On demande l'autorisation de faire quelques passages au-dessus de la plateforme pour prendre des photos avant d'effectuer la manœuvre de dégagement sur 31.

— *Roger*, escadrille 18, approuva la voix râpeuse. Aucun trafic en vue, autorisé à atterrir.

Tandis que Merritt Island et les immeubles surdimensionnés du Kennedy Space Center surgissaient à l'horizon, Chad donna aux T-38 l'instruction d'entamer leur descente. En portant le regard vers la côte, Kaz aperçut l'imposante fusée

Saturn V noir et blanc, dressée avec fierté à côté de la charpente orange du portique de sa tour de lancement.

Michael écarta un peu son avion pour offrir une bonne prise de vue au photographe, pendant qu'il filait au-delà de la plateforme de lancement, à quelques dizaines de mètres au-dessus de la tour haute de plus de 150 mètres. Il effectua un large virage à 180 degrés au-dessus des rivages de l'océan Atlantique, longeant la côte pour se préparer à un deuxième passage.

Comme les trois T-38 allaient bientôt manquer de carburant, Chad suivit le trajet le long du littoral et vira pour aligner son appareil avec la piste 31. Il fit signe à ses coéquipiers de se disposer en échelons, Luke décalé derrière lui et Michael fermant la marche, comme les trois derniers doigts de sa main droite. Ils s'élancèrent en formation serrée le long de la côte, descendirent vers la piste et la traversèrent à une vitesse fulgurante. Chad rompit ensuite la formation en s'élevant brusquement vers la gauche, survolant la petite foule de journalistes et de membres de l'équipe de soutien de la NASA qui les attendait. Luke compta « mille et un » puis remonta son avion de manière abrupte vers la gauche pour le suivre. Michael les imita pour clore le dégagement en une séquence impeccable. Chacun ralentit puis libéra le train d'atterrissage et les volets, alors qu'ils revenaient en vent arrière. Ils atterrirent enfin sur la piste de 3 kilomètres, parfaitement alignés l'un derrière l'autre.

Chad ralentit jusqu'à la vitesse de roulage pour permettre à ses collègues de le rattraper. Les trois T-38 avancèrent en formation jusqu'au personnel de piste qui faisait le pied de grue. Ils virèrent dans l'entrée, se rangèrent côte à côte en une file bien définie et, au signal de Chad, coupèrent les gaz d'un même mouvement sec. Très vite, les turboréacteurs ralentirent et les pilotes soulevèrent leur verrière. Puis, subitement, le silence s'installa. Ils commencèrent à ôter leurs gants et leur casque, sentant avec joie la brise saline de la Floride sur leur visage.

Ils étaient parvenus à destination, et leur fusée, juchée sur sa plateforme et le nez pointé vers le ciel, était prête à les accueillir.

CHAPITRE 18
Baïkonour, République socialiste soviétique du Kazakhstan

Le fleuve Syr-Daria serpente sur 2 250 kilomètres à partir de sa source dans les Tian Chan, les monts célestes de la République kirghize, jusqu'aux steppes planes du sud du Kazakhstan, et se déverse enfin dans la vaste mer d'Aral. Ses eaux d'amont alimentées par la glace luisent d'un bleu ciel irréel, transportant le limon miroitant et finement érodé des glaciers. Les Perses anciens le surnommaient « fleuve de perle ». Toutefois, au fil des sillons qu'il dessine à travers les villages, les réservoirs et les innombrables systèmes d'irrigation agricole, ses eaux s'opacifient en une étendue huileuse et brunâtre. Serpentin aqueux d'une couleur indéfinissable, il livre ses eaux boueuses pour apaiser la soif des bêtes nomades à deux bosses que sont les chameaux de Bactriane.

Les fontes et les barrages de glace au printemps entraînent souvent l'inondation de ses berges, répandant son limon partout sur les terres grises environnantes et transformant ainsi le sol en une terre brune riche et fertile. Les fermiers kazakhs font pousser leurs cultures et paître leurs moutons, leur bétail et leurs chevaux sur ses rivages. Le mot qui désigne le sol fertile bordant la rivière est le même que porte le village situé dans une longue courbe déferlante du fleuve…

Baïkonour. La « richesse brune », terre fertile.

Cependant, il n'y a pas que le fleuve qui est arrivé de l'est. L'héritage de l'invasion de la Horde d'or de Gengis Khan qui a jadis conquis la région est toujours visible dans les hautes pommettes, les cheveux noir de jais et l'épicanthus des fermiers kazakhs.

Lorsque fut inauguré le Transaral en 1906, la voie ferrée reliant Orenburg à Tachkent, une nouvelle vague d'envahisseurs différents déferla du nord-ouest : les Russes, un groupe ethnique aux yeux ronds et à la peau pâle.

En 1955, l'immensité plane des terres méridionales du Kazakhstan capta l'attention du programme spatial soviétique. Le concepteur et ingénieur en chef Sergeï Korolev ordonna alors la construction du cosmodrome de Baïkonour. Un nouveau mot, créé pour correspondre à une idée révolutionnaire. Baïkonour n'était pas qu'un aérodrome. C'était aussi un *cosmodrome* : un portail vers le cosmos.

À peine deux ans plus tard, Spoutnik décolla de la plateforme de lancement du cosmodrome en un rugissement retentissant et atteignit l'orbite terrestre, la flamme jaune de sa fusée se mirant dans les eaux du Syr-Daria. Six ans après, en 1961, le vaisseau Vostok 1 transportait Iouri Gagarine autour du monde en cent huit minutes.

Toutefois… Une douzaine d'années s'étaient écoulées depuis ce jour triomphant; des années au cours desquelles la domination des Soviétiques dans la course à l'espace avait décliné, où le règne résolu de la cité lointaine de Moscou s'était peu à peu éteint. Même la première sortie spatiale en orbite, menée par le cosmonaute Alexeï Leonov, fut très vite éclipsée par les Américains mettant le pied sur la Lune.

Vladimir Tchelomeï, constructeur général et directeur actuel du bureau d'études expérimentales OKB-52, fixa pendant un bon moment le cuir fin de ses chaussures, au-delà de l'arête longue et affûtée de son nez pointu. Il tira une dense bouffée de cigarette, inspirant avec avidité sa fumée âcre jusqu'aux profondeurs de ses poumons.

— *Desyat lyet*, marmonna-t-il pour lui-même.

Dix ans. *Dix années, dont sept se sont écoulées depuis la mort de Korolev*. Tchelomeï secoua lentement la tête. Désormais, c'était à lui de reprendre le flambeau de feu son rival, dès que la station spatiale militaire *Almaz* serait lancée en orbite.

Au début des années 1960, son équipe et lui avaient conçu la fusée qui allait rendre ce lancement possible. Celle-ci devait constituer la riposte soviétique à la fusée Saturn V d'Apollo, un moyen de remporter la course à l'espace et de garantir que le premier homme sur la Lune serait russe. Après tout, Gagarine avait été le premier à atteindre l'espace. Un Soviétique aurait donc dû être le premier à laisser ses empreintes de pas sur la surface lunaire.

Cependant, les politiciens ne sont pas des ingénieurs et ils avaient misé sur une fusée différente : la N-1 ridicule de Vassili Michine, alourdie de ses quarante-deux moteurs-fusées. Sans surprise, ce fut un échec total, qui s'échelonna sur quatre tentatives successives d'une inutilité insupportable. Un fiasco qui causa même la destruction de la plateforme de lancement de Baïkonour ! Tchelomeï avait fait tout en son pouvoir pour changer le destin de sa nation, allant jusqu'à solliciter Khrouchtchev lui-même… Néanmoins, Michine avait eu le dessus grâce à ses relations politiques.

L'arrogance mal placée de la Russie lui avait coûté la Lune.

Pas cette fois, se résolut Tchelomeï. Ils allaient remporter cette seconde course à l'espace, pas uniquement pour la science, mais aussi pour la sécurité nationale de la mère patrie.

Almaz. Un puissant télescope soviétique manœuvré par des cosmonautes, qui sera lancé en orbite pour des missions d'espionnage.

Tchelomeï se tenait à côté de la fusée destinée à soulever le vaisseau spatial de sa conception vers l'orbite terrestre. Elle mesurait 60 mètres de longueur, et sa taille éléphantesque semblait amplifiée par le fait qu'elle était allongée sur ses autorails. En attendant que le train de la plateforme de lancement se mette en branle, l'homme se mit à marcher tranquillement le long des six énormes tuyères d'éjection, puis longea la silhouette impressionnante du mastodonte.

L'UR-500K, fusée monstrueuse qu'on avait surnommée la Proton, avait déjà fait ses preuves. *Sa* fusée. Il s'arrêta pour embrasser son chef-d'œuvre du regard, admiratif. La Proton était pour l'instant vide et légère ; ses gigantesques réservoirs de carburant seraient remplis d'hydrazine volatile lorsqu'elle adopterait la position verticale sur la plateforme de lancement. Tchelomeï connaissait de manière intime chaque millimètre de l'engin. Après tout, il avait été au cœur de chacune des milliers de décisions qui lui avaient fait voir le jour. Ses ingénieurs et lui avaient résolu ses problèmes les uns après les autres. Ils avaient même réussi à l'adapter aux autorails afin qu'elle puisse se frayer un chemin dans les tunnels ferroviaires, entre l'usine de Moscou et l'aire de lancement de Baïkonour.

Tchelomeï se dirigea vers l'extrémité pointue de la Proton pour observer la véritable raison d'être de toute cette ingénierie : *Almaz*. Son bébé, qu'importe sa longue période de gestation, était enfin en position. Des boulons explosifs le rattachaient au troisième étage de la fusée qui le propulserait jusqu'à atteindre sa vitesse orbitale. Le constructeur se tourna vers la gauche. L'ensemble de cette plomberie complexe deviendrait alors un amas de rebuts : les premier et deuxième étages dégringoleraient dans les steppes de l'Altaï et du Kazakhstan, et le troisième étage s'écraserait dans l'océan Pacifique.

Ses yeux suivirent vers la droite la forme lisse de la coiffe protectrice jusqu'à la pointe de métal qui fendrait l'air. La coiffe ne remplissait pas seulement une fonction aérodynamique ; elle était destinée à déguiser la silhouette d'*Almaz*, afin de soustraire ses nombreux secrets aux regards curieux des invités et des caméras qui seraient présents au lancement. Ou à la vue des satellites américains qui épiaient du haut du ciel.

Un bruit de klaxon interrompit le fil de ses pensées. Il perçut les cris empressés des travailleurs qui bordaient la fusée, suivis du tonnerre caverneux de la locomotive diesel-électrique jaune et verte qui envahit la vaste salle. L'immense porte au-delà des tuyères de la fusée commença à coulisser lentement sur ses rails. Tchelomeï pressa le pas vers l'ouverture, prêt à participer au spectacle du dévoilement de sa fusée sous les rayons du soleil de cette fin de mars.

*

En entendant sonner son téléphone, le général Sam Phillips saisit le combiné et enfonça le bouton clignotant de l'une des trois lignes sécurisées.

— Phillips.

— Bonjour Sam, ici John McLucas. J'ai de bonnes nouvelles.

McLucas était le directeur du NRO, le National Reconnaissance Office.

— On dirait que les Ruskovs ont sorti leur dernière Proton sur la plateforme de lancement de Baïkonour. On a eu de la chance : en lançant le satellite KH-9 juste à temps, on a pu les surprendre en train de dresser la fusée à la verticale sur le pas de tir. On est presque certains qu'il s'agit du lancement dont vous parliez, Schlesinger et toi.

Phillips compta prestement les jours sur le calendrier posé sur son bureau, puis inclina la tête de satisfaction. La date prévue pour Apollo 18 convenait toujours.

Feu vert pour le lancement.

*

Ils formaient un drôle de petit groupe.

Trois hommes, une femme et un garçon, somnolant sur les banquettes de deux véhicules en piteux état. Un quatrième homme veillait à l'extérieur, appuyé contre le pare-chocs avant rouillé de son camion ZIL-157 vert olive, les yeux perdus dans le ciel. De temps à autre, il jetait un regard furtif sur sa vieille montre et portait à son visage une paire de puissantes jumelles, observant avec intensité l'horizon à l'ouest.

C'était le moment idéal pour se reposer. Bientôt, ils allaient devoir travailler dur.

Son camion à six roues était muni d'un lourd treuil fixé au pare-chocs. Un assortiment de bonbonnes d'acétylène, de chalumeaux, de machines à découpe, de marteaux et de clés à molette était sanglé sur la plateforme de chargement recouverte à l'arrière.

Le second véhicule était une fourgonnette de camping UAZ-452 à quatre roues motrices, qu'on surnommait *bukhanka* en raison de sa ressemblance inesthétique avec une miche de pain. Elle était dotée d'un équipement de cuisine rudimentaire, de lits de camp pliables et d'un petit radiateur pour se préserver des nuits froides. En ce début d'avril, la température dépassait rarement le point de congélation. C'est pourquoi ils somnolaient emmitouflés dans de nombreuses et volumineuses épaisseurs de vêtements de laine et chaussés de leurs lourdes bottes de caoutchouc doublées de feutre valenki douillet.

Le vigile, Chot, aspira une profonde bouffée de sa cigarette, sentant avec gratitude la chaleur de la fumée brûler ses poumons. Il descendait des premiers habitants des contreforts septentrionaux de l'Himalaya qu'il foulait à l'instant. Ses traits reflétaient l'histoire des quatre pays dont les frontières se rejoignaient, juste au sud de l'endroit où leurs camions étaient garés : la Mongolie, la Chine, le Kazakhstan et l'Union soviétique. Il était soviétique de nationalité, mais altaïque de cœur, et fier de l'être.

— *Oi !* lança-t-il après un coup d'œil sur sa montre.

Sa femme, ses frères et son fils commencèrent à remuer, tirés de leur sommeil. Il était 14 heures à Baïkonour. C'était l'heure de lancer une fusée.

Depuis le lancement de Spoutnik, la trajectoire de vol de chaque fusée soviétique en route vers l'espace avait survolé directement l'oblast de l'Altaï. À mesure que les fusées grossissaient, les constructeurs de Moscou les munissaient de plusieurs étages : des sections conçues pour propulser l'engin plus haut et plus vite, qui, vidées de leur carburant, se détachaient ensuite pour retomber sur Terre. Une pluie de tuyères, de pièces électroniques, de métal et de lourds cylindres de réservoirs sous pression s'abattait régulièrement sur le sol. Les Soviétiques savaient à peu près où surviendraient les impacts et prévenaient les villages menacés par la trajectoire de vol prévue, les sommant d'évacuer au besoin. En réalité, ils tentaient leur chance et misaient sur la faible densité de la population éparse et l'insignifiance politique de ces régions pour qualifier tous dommages collatéraux d'anodins. Lorsque la défaillance d'une fusée remplie de carburant causait une explosion qui entraînait des pertes de vies, Moscou offrait une compensation pécuniaire aux familles des défunts et s'assurait que l'événement ne ferait pas les manchettes. Une assurance peu coûteuse pour permettre la bonne marche du programme spatial.

Chot braqua ses jumelles vers l'horizon. Il avait assisté à de nombreux lancements et savait exactement où regarder. Parfois, le soleil et les nuages s'alignaient de façon qu'il puisse voir la flamme et la fumée de la fusée, surtout celles des plus gros modèles. Et aujourd'hui s'envolait le modèle suprême : une Proton. Au cours de la nuit précédente, Chot avait observé les couches supérieures de nuages et les vents de surface. Il avait estimé les répercussions qu'auraient ces paramètres sur la trajectoire de la Proton et, d'après son expérience, le deuxième étage de la fusée chuterait près de l'endroit où il s'était positionné avec sa famille. S'il se trompait, un autre groupe trouverait l'épave et la revendiquerait. Il espérait vraiment ne pas se tromper. Le métal valait une petite fortune et sa famille avait réellement besoin de l'argent qu'il pourrait en tirer.

Là !

À travers les jumelles, il aperçut la traînée de fumée que laissait la fusée dans son sillage et, en plissant les yeux, il distingua faiblement l'éclat d'une flamme. *Parfait. Cette fois, aucun retard.* Il consulta sa montre de nouveau puis passa en revue la séquence des événements. Le deuxième étage se dissocierait après environ cinq minutes et retomberait sur Terre environ neuf minutes plus tard. Dans quatorze minutes, ils sauraient.

— Démarrez les moteurs ! ordonna Chot à ses frères, les jumelles toujours rivées sur le ciel pour déceler les changements de fumée survenant quand les étages se détachaient.

C'était son rôle de repérer les restes de la fusée. Une course effrénée s'ensuivrait pour atteindre le site du crash, car quiconque s'y rendait le premier héritait du droit de les récupérer. Le petit groupe transportait aussi un fusil dans chaque véhicule, juste au cas où.

Chot vit le changement tant attendu dans la fumée et sut que sa récompense serait bientôt à portée de main. Il délaissa le mince filet de fumée issu du détachement qui disparut hors de vue à l'est, se concentrant plutôt sur l'endroit où s'effondrerait vraisemblablement le troisième étage de la fusée.

L'homme ajusta un peu ses jumelles, espérant entrevoir un miroitement. Il arrivait parfois que l'épave reflète des éclairs de lumière pendant sa chute…

Un éclat ? Avait-il bien vu ? Chot n'en était pas certain, mais cette lueur soudaine provenait exactement du lieu où devait s'écraser la section. Il sentit son cœur s'emballer. Les autres membres de sa famille avaient eux aussi le visage levé vers le ciel, chacun s'efforçant de repérer les débris en premier.

Son jeune garçon, qui avait la vue la plus aiguisée, proclama de sa voix aiguë :

— Je le vois !

Il leva le doigt en l'air, légèrement au sud de l'endroit où ils se trouvaient.

— Ne le lâche pas des yeux ! l'intima son père d'une voix tendue par l'expectative.

L'air fut balayé par un hurlement de vent étrange, celui d'une traînée laissée par un objet filant à grande vitesse, suivi de l'écho sourd d'un impact. La famille vit s'élever un nuage de terre gelée projetée sous la force de l'impact.

— On est tout près ! hurla Chot en notant mentalement la direction à prendre.

Il sauta dans le siège passager du ZIL et orienta son frère vers l'épave.

J'espère qu'elle a pris feu, se dit-il. La fumée leur servirait de balise.

La voilà ! Une colonne de fumée mince et sombre s'élevait, tandis que les dernières gouttes de carburant hypergolique, relâchées dans l'air par l'impact, se consumaient peu à peu. Son frère l'aperçut aussi et lança le camion au maximum de sa capacité, le faisant violemment rebondir sur le sol rugueux. La fourgonnette disparut dans son sillage.

Chot balaya les environs du regard et ne vit personne. *Quelle journée exceptionnelle !* Son expérience et son caractère astucieux lui permettraient de pourvoir aux besoins de sa famille.

Ils contournèrent un bosquet de sapin et aperçurent l'épave, intacte en majeure partie et prostrée à flanc de colline, sa fumée se dissipant à vue d'œil. Ils étaient seuls sur les lieux ; les débris leur appartenaient !

Le frère de Chot freina et coupa le moteur, en prenant soin de s'arrêter dans le sens contraire du vent pour éviter les émanations toxiques. Ils pouvaient voir la *bukhanka* au loin qui suivait leur trace. La chasse était officiellement terminée. Le groupe pouvait maintenant se mettre à l'ouvrage et dépouiller la carcasse.

Chot leva les yeux vers le ciel. Il ignorait où se dirigeait cette fusée, ce qu'elle transportait et même si elle était habitée. En vérité, il s'en fichait. Il était simplement heureux que l'Union soviétique dispose d'un programme spatial qui lui donnait la possibilité de nourrir sa famille.

CHAPITRE 19
Beach House, Cap Canaveral, Floride

— *Pull !*

Kaz avait déjà préparé le mécanisme du projecteur en le faisant basculer vers l'arrière contre le lourd ressort. Au signal de Luke, il tira doucement sur la corde de nylon. Un disque d'argile orange s'envola alors, décrivant un arc en passant devant la maison de bord de mer.

Pan !

Le violent vacarme du fusil de chasse calibre 12 se répercuta bruyamment sur le bardage en bois de la maison et sur la plage, pour s'éteindre dans le ressac de l'océan Atlantique. Le pigeon d'argile éclata en mille morceaux. Il fallait de la concentration pour toucher une telle cible en plein envol, mais c'était là un divertissement idéal pour trois hommes qui s'apprêtaient à participer à une mission militaire sans précédent dans l'espace.

— Quatre pigeons morts sur cinq. Essayez de battre ça, les gars ! s'exclama Luke.

Il se tourna vers la terrasse en bois où Michael et Chad se prélassaient sur leur chaise longue. Ils pouvaient entendre le bruit du mixeur : JW était dans la cuisine en train de préparer des margaritas.

Michael avala sa dernière gorgée de bière, se leva, saisit le fusil et le cache-oreilles que lui tendait Luke pour relever le défi.

— Cinq de plus, ça te va ? lança-t-il à Kaz.

— Je suis prêt !

Kaz, qui se tenait dans l'ombre près du coin de la maison, fit un salut, bouteille de bière à moitié vide à la main.

Michael posa le cache-oreilles sur sa tête en le mettant par-dessus ses lunettes de soleil. Il chargea le canon de deux nouvelles cartouches, cala son pied gauche, arma le fusil, le hissa à la hauteur de son épaule et cria :

— *Pull !*

Le pigeon prit son envol et Michael le suivit du bout de son long canon, en essayant de prévoir son trajet. Puis il tira sur la détente. Le fusil heurta violemment son épaule et sa joue sous le recul. Le disque orange continua sa trajectoire et s'écrasa sur le sol au milieu des palmiers nains.

— Oups, raté ! se moqua Luke.

— Je commence à peine à ajuster ma vision.

Michael reprit sa position et hurla de nouveau :

— *Pull !*

Cette fois, il réussit à toucher les deux pigeons suivants et obtint un score de trois sur cinq.

— La médaille d'argent pour moi, on dirait bien, se plaignit Michael. À ton tour, chef.

Chad promena avec lenteur son regard sur les deux hommes.

— Vous oubliez une chose, les p'tits gars : j'ai grandi sur une ferme. Tirer sur la vermine, ça me connaît.

Il déposa le verre de margarita que JW venait de lui donner puis allongea la main :

— Donne-moi ce fusil.

Pendant que Chad chargeait l'arme, JW descendit l'escalier de la véranda pour rejoindre Kaz. Il lui tendit une margarita et trinqua avec son verre de thé glacé.

Chad se pencha par-dessus la rampe.

— Dites, vous êtes prêts ?

— Prêts, Commandant ! annonça Kaz.

— *Pull !* s'écria Chad, qui pivota et appuya doucement sur la détente, faisant éclater le pigeon d'argile.

Cinq sur cinq. Il se tourna vers ses comparses, l'air satisfait.

— Et voilà comment on fait, les p'tits gars.

Luke et Michael levèrent leur verre en signe de défaite, et Chad rangea l'arme dans son étui avant de reprendre place dans sa chaise longue. Kaz les interpella :

— Le soleil se couche dans environ une heure. Vous venez faire une promenade sur la plage avec moi et JW ?

— Non, je suis bien ici, répondit Chad d'un geste de la main. Allez-y sans moi.

*

L'étroit chemin de sable traversait la broussaille de palmiers nains et d'avoine sauvage sur une soixantaine de mètres, avant d'aboutir sur la vaste étendue de sable pâle de Neptune Beach, sur la côte Atlantique. Cet endroit avait abrité un lotissement de maisons de villégiature en bord de mer dans les années 1950, mais l'armée de l'air et la NASA avaient acquis ces terres en vue de l'expansion de leurs installations spatiales pour le projet Apollo. On avait démoli le petit magasin, la station-service, ainsi que toutes les maisons en bardage de bois, sauf une. Un représentant du gouvernement prévoyant, qui avait remarqué sa solide fondation et sa construction récente, l'avait sauvée des bulldozers. La NASA l'avait ensuite baptisée le Centre d'entraînement et de réadaptation des astronautes pour satisfaire aux exigences de supervision fiduciaire de l'inspecteur général. Cependant, tous la connaissaient sous le nom de Beach House, une propriété privée où les équipages pouvaient se détendre avant un lancement. Un havre de paix où n'existait aucune responsabilité et qui permettait d'oublier la tension croissante et le risque extrême sur lequel on préférait ne pas s'attarder.

Kaz était soulagé que Chad ne les accompagne pas pour la promenade. Leur conversation pendant le vol de Houston à Cap Canaveral l'avait quelque peu perturbé, et il était reconnaissant de pouvoir s'éloigner de lui. Lorsque les hommes s'arrêtèrent pour admirer l'océan, Kaz demanda, aussi nonchalamment que possible :

— Alors, comment ça se passe avec Chad ?

Luke et Michael échangèrent un regard.

— C'est différent d'avec Tom, répondit Michael en haussant les épaules. Mais on se débrouille.

— Chad est aussi bon pilote que tireur, ajouta Luke.

— Mais il n'est pas Tom, rétorqua Kaz, et il a été intégré à la mission seulement trois semaines avant le lancement. J'imagine que c'est difficile.

Luke ramassa un oursin plat, qu'il fit rebondir sur les vagues.

— Eh bien… disons qu'il est un peu plus soupe au lait que Tom.

Michael approuva de la tête.

— C'est vrai. Et puis, on peut sortir le gars du Wisconsin, mais…

— Y a-t-il quelque chose qu'on devrait savoir, le Doc et moi ?

Michael observa la maison de bord de mer au loin.

— On trouve beaucoup de *rednecks* et de chiqueurs de tabac, là-bas. Parfois, cette attitude tend à remonter à la surface.

Luke se pencha pour ramasser un autre dollar des sables puis se tourna vers Kaz.

— Chad sait se maîtriser la plupart du temps. Ce n'est pas un concours de popularité. Certains des premiers astronautes étaient de vrais cons, mais ils faisaient bien leur boulot. Michael et moi, on a une bonne carapace et on se concentre sur notre travail.

Kaz insista.

— Quelque chose à ajouter, Michael ? S'il y a quoi que ce soit, ce serait bien que je sois mis au courant avant que vous partiez pour l'espace.

Michael secoua la tête avant d'ajouter, après un court silence :

— J'aimerais bien qu'il arrête de m'appeler « mon gars ». Seulement, c'est comme ça qu'il a été élevé. On va s'habituer.

Luke fit signe qu'il était de cet avis en fixant l'océan.

— Tout va bien se passer, mais ça aurait été vraiment chouette de partir avec Tom.

CHAPITRE 20

Aérodrome d'Ellington, Houston

Comme c'était souvent le cas, personne ne se réjouissait de la visite de l'enquêteur.

Après le crash de l'hélicoptère de Tom Hoffman, la NASA avait tout de suite mis sur pied une commission d'enquête menée par le directeur du Bureau des astronautes, Alan Shepard. Les sept membres n'avaient pas traîné : ils avaient établi un périmètre de sécurité autour du site de l'accident, pris des photos, puis recueilli et conservé en lieu sûr tous les éléments de preuve potentiels. On leur avait donné libre accès aux dossiers médicaux de Hoffman, tant à l'armée de l'air qu'à la NASA, de même qu'au rapport du médecin légiste. Ils avaient également saisi les registres d'entretien et d'autorisation quotidiens de l'hélicoptère, en plus des carnets de bord et des enregistrements des conversations radio de la tour de contrôle d'Ellington. Le véhicule ravitailleur avait été confisqué et on avait prélevé un échantillon de carburant aux fins d'analyse pour détecter toute contamination possible. Le centre de contrôle de la circulation aérienne de Houston avait fourni les renseignements de poursuite radar du transpondeur de l'hélicoptère, qui indiquaient la vitesse et l'altitude exactes. Par la suite, ils avaient consulté le registre du bureau de météorologie d'Ellington pour connaître les conditions météo, y compris la température et les vents, informations d'une importance capitale pour les vols à bord d'un aéronef à voilure tournante.

Une fois le corps de Tom retiré du lieu du crash, les techniciens d'entretien de la NASA avaient répertorié et récupéré tous les débris. En raison de la vitesse élevée au moment de l'impact et de la chute à la verticale, les restes de l'hélicoptère étaient éparpillés sur une surface étonnamment restreinte.

L'incendie subséquent les avait, pour la plupart, réduits en cendres et en fragments, y compris la cabine en métal léger et la verrière bulle. Cependant, les sièges, le châssis du rotor de queue ainsi que le centre du moteur et la transmission en métal lourd étaient demeurés relativement intacts.

Un à un, les morceaux d'épave avaient été méthodiquement photographiés, étiquetés et chargés dans une camionnette, puis transportés dans une section fermée et à la propreté immaculée d'un hangar secondaire. On avait tracé la silhouette de l'hélicoptère sur le sol et, à mesure que chaque morceau était identifié, on le plaçait avec minutie à son emplacement original.

Malgré son travail méticuleux, la commission d'enquête sur les accidents de la NASA n'avait pas réussi à déterminer la cause du crash. Les techniciens d'entretien d'hélicoptères de l'aérodrome d'Ellington avaient analysé chaque morceau carbonisé sans trouver d'explication apparente. Un pilote en bonne santé et un aéronef en état de voler étaient inexplicablement tombés du ciel.

Devant ces résultats peu concluants, Al Shepard avait été gagné par la frustration. Le programme Apollo tirait à sa fin, mais Skylab et la navette spatiale américaine en étaient encore à leurs balbutiements. Il devait empêcher toute rumeur négative de s'ébruiter, afin d'éviter que les protestations du public devant les pitreries d'astronautes casse-cou ou les processus d'entretien bâclés ne justifient d'autres diminutions du budget des programmes spatiaux. Il devait aussi fournir des réponses à la famille de Tom, qui ne méritait pas de subir à jamais le déshonneur d'une « erreur probable du pilote ». Cependant, la réalité demeurait : son équipe n'avait découvert aucune preuve tangible parmi les décombres.

Résolu à élucider l'affaire, Shepard avait mis de côté son aversion à élargir l'équipe d'enquête et fait appel à ses anciens contacts de la US Navy au National Transportation Safety Board, qui lui envoyèrent leur enquêteur le plus chevronné : un ancien sergent-chef et instructeur principal du centre d'inspection et de sécurité de l'armée de l'air, spécialisé dans les hélicoptères. Un Houstonien pur jus.

*

Miguel Fernandez inspectait les morceaux de métal noircis et tordus disposés sur les deux silhouettes peintes au sol. Des projecteurs d'appoint fixés à des supports portatifs jetaient un éclairage cru sur les débris angulaires, créant des ombres menaçantes.

On dirait une libellule tombée dans un feu de camp, songea-t-il.

Fernandez était venu de la base aérienne de Kirtland à Albuquerque la veille en soirée, profitant du voyage pour passer la nuit chez sa mère. Son laissez-passer d'invité de la NASA l'attendait à son arrivée au hangar d'Ellington. Comme c'était en général le cas dans de telles circonstances, l'accueil au bureau des opérations avait été plutôt froid. L'équipe d'Ellington risquait d'être mal perçue si Fernandez découvrait quelque chose qui lui avait échappé. L'officier de service avait escorté l'enquêteur jusqu'au site d'entreposage des débris, lui avait apporté le café demandé, puis l'avait laissé seul.

Fernandez soupira et but une gorgée de l'épais liquide noir et amer. Personne ne voulait jamais rester pour le voir à l'œuvre.

Il avait profité du vol vers Houston pour lire les notes préliminaires de la commission d'enquête et s'était interrogé sur les causes probables que les enquêteurs auraient pu laisser passer. Il marcha lentement parmi les débris, en s'accroupissant à l'occasion pour chercher des preuves susceptibles de corroborer ses théories. Après une première inspection rapide, il avala ce qu'il restait dans son gobelet en polystyrène et sortit une planchette à pince, un crayon et des gants de caoutchouc de son sac. Les crashs d'aéronefs n'avaient plus de secret pour lui et, au fil de ses enquêtes, il avait mis au point une méthode qui lui permettait de garder les idées claires sans que rien ne lui échappe. Il s'était déjà libéré l'esprit de toutes les distractions de la matinée et se concentrait à présent sur les détails.

Après quarante-cinq minutes à s'arrêter, à se pencher, à saisir des pièces et à les examiner à travers ses puissantes lunettes de lecture, Fernandez s'éloigna de la silhouette de la poutre de queue : il était presque certain d'avoir trouvé la cause de l'accident.

Il rangea sa planchette dans son sac, retira ses gants et se rendit vers le bureau des opérations pour remplir son gobelet de café.

L'officier de service le dévisagea longuement, cherchant à déterminer si l'enquêteur avait fait quelque découverte.

— Alors ? Comment ça se passe ? demanda-t-il enfin.

Fernandez décida de tempérer l'atmosphère hostile.

— Rien de concluant pour l'instant. Vos gars ont accompli du bon boulot avec les débris. De toute évidence, ce sont des professionnels. Les meilleurs que j'ai vus de toute ma carrière.

C'était faux, mais un pieux mensonge n'avait jamais fait de mal à personne. L'officier de service esquissa un sourire en entendant le compliment.

— Merci. Je leur transmettrai le message.

Miguel retourna tranquillement au travail et repassa dans sa tête son inspection de chaque pièce tout en sirotant son café. Il déposa sa tasse par terre et sortit les notes préliminaires de la NASA de son sac. Après avoir relu la reconstitution du profil de vol juste avant le crash, il hocha la tête. À présent, tout était clair.

Il avala la dernière goutte de café et attrapa son Canon F-1 équipé d'un objectif macro 50 mm, en plus de sa loupe et d'une nouvelle paire de gants. Il accrocha l'appareil photo autour de son cou et s'approcha des grosses pièces : le moteur, la boîte de transmission et le moyeu de rotor. Il s'arrêta pour les prendre en photo, enfila ses gants, puis s'inclina pour examiner de près la pièce qu'il avait remarquée plus tôt.

Elle était très endommagée. Sous la force de l'impact, le boulon et le mécanisme s'étaient brisés, et la violence de l'incendie, juste à côté des réservoirs de carburant, en avait noirci et tordu les restes. Un tel détail pouvait facilement échapper à quiconque n'avait jamais rien vu de semblable et ne savait pas quoi chercher.

Fernandez prit plusieurs clichés des pièces en gros plan et sur différents angles, puis saisit une des pièces et fit d'autres photos. Avec sa loupe, il observa le plan de cisaillement du boulon cassé, de même que les marques révélatrices sur le filetage qui avait résisté à l'impact. Il compara alors le boulon avec celui, identique, qui se situait à l'autre extrémité du mécanisme. Il scruta attentivement le sol autour de lui pour vérifier si la pièce manquante se trouvait quelque part.

Une idée lui vint alors : il se dirigea vers le rectangle peint, où l'équipe de reconstitution avait étalé les débris non identifiés, et passa en revue chacune des pièces, par précaution. Non, elle n'y était pas.

L'écrou de maintien de la biellette de commande de pas était introuvable.

Sans cette pièce, le pilote n'avait sans doute pas été capable de manœuvrer l'hélicoptère. À mesure que l'écrou s'était desserré, l'hélico avait probablement perdu de la stabilité et vibré davantage, et le pilote n'avait plus été apte à effectuer une stabilisation en tangage et en roulis une fois l'écrou tombé. Les preuves étaient là : les rotors avaient heurté la poutre de queue. L'accident était inévitable.

Cependant, pourquoi l'écrou avait-il lâché ? De telles composantes essentielles étaient vissées selon un couple précis et fixées avec un câble de sécurité. L'écrou à l'autre extrémité, même s'il était endommagé, était toujours solidement en place.

Il avait eu sa réponse en examinant la pièce avec sa loupe, et les photos viendraient confirmer son hypothèse. Le câble n'était nulle part. Et la vitesse à laquelle l'écrou s'était dévissé ne laissait planer aucun doute : il avait été mal fixé dès le départ.

Fernandez balaya du regard le hangar bien ordonné et professionnel de la NASA, les T-38 bleu et blanc montés sur des supports, entourés de techniciens en combinaison blanche qui s'affairaient à l'entretien.

Deux possibilités lui venaient en tête.

Hypothèse n° 1 : quelqu'un avait négligé des étapes-clés pendant l'installation de l'écrou, et cet oubli n'avait pas été relevé lors de la vérification de l'intégrité et de l'approbation. Très peu probable : la NASA et l'armée de l'air réalisaient des inspections indépendantes dans le cadre de leurs procédures habituelles, justement pour éviter de telles omissions.

Hypothèse n° 2 : quelqu'un avait eu accès à l'hélicoptère après l'inspection quotidienne et avait délibérément retiré le câble de sécurité et desserré l'écrou. Et il s'agissait d'une personne qui avait toute la confiance de la NASA.

C'était la cause la plus plausible : ce sabotage avait entraîné la mort du pilote.

La NASA espérait une réponse simple afin de pouvoir prendre les mesures nécessaires et de poursuivre les missions spatiales. Dans le meilleur des cas, il était question d'un homicide involontaire et, dans le pire, d'un meurtre. Par ailleurs, cette affaire relevait de plusieurs instances : la NASA, l'armée de l'air et le National Transportation Safety Board, sans compter le service de police local. Quand les médias, fascinés par les astronautes, auraient vent de l'histoire, les choses ne feraient qu'empirer.

Le travail de Fernandez était terminé et il n'avait aucun doute sur ses conclusions. Il se demanda lequel de ses supérieurs il allait appeler. Il n'allait certainement pas aviser qui que ce soit ici, à Ellington.

Il était temps de mettre cette affaire entre les mains de quelqu'un de plus haut placé – et de mieux payé – que lui.

CHAPITRE 21

Quartiers des astronautes, Kennedy Space Center

— Du steak, des œufs et des tartines ? T'es sûr, chef ?

Michael considérait avec appréhension l'assiette débordante de Chad. Il s'efforçait de ne pas imaginer de quoi toute cette bouffe aurait l'air si elle remontait.

— De toute ma vie, j'ai jamais eu le mal des transports et c'est pas aujourd'hui que ça va commencer, assura Chad, confiant.

Il glissa un œuf au miroir sur le steak et déposa le tout sur la tartine beurrée, avant d'en couper une grosse bouchée, qu'il enfourna.

— C'est le dernier repas décent avant un bout de temps, argumenta-t-il en mâchant.

Luke haussa les épaules et rétorqua :

— Un vieil officier marinier m'a un jour donné ce sage conseil : mieux vaut manger de la nourriture homogène quand on est en mer, c'est plus facile à vomir.

En tant que marines avisés, Michael et lui s'étaient contentés chacun d'une banane, qu'ils avaient fait descendre avec de l'eau et du café.

Médusé, Al Shepard observait Luke s'en verser une autre tasse et l'avertit :

— N'abusez pas des bonnes choses, marine. Lors de mon premier vol, j'ai bu tellement de café que j'ai dû pisser dans ma combinaison pressurisée et rester allongé dans ma flaque en attendant le lancement.

Le souvenir le fit sourire.

— Une première glorieuse dans l'histoire de l'aérospatiale, ajouta-t-il.

Convaincu, Luke reposa sa tasse.

— C'est bientôt l'heure de s'habiller, les amis, les enjoignit Kaz après avoir consulté sa montre.

Luke et Michael se levèrent de table et entrèrent dans la cuisine pour serrer la main des cuisiniers. Chad, quant à lui, engloutit une dernière bouchée avant de se lever à son tour et de leur emboîter le pas dans le couloir.

Al lui tapota l'épaule en arrivant à sa hauteur.

— Assure-toi que ton équipage passe pisser une dernière fois avant d'enfiler les combinaisons.

*

Un vaisseau spatial est essentiellement une bulle d'air terrestre flottant dans le vide de l'espace. Sa fine coque d'aluminium retient la pression interne contre le néant, donnant aux astronautes la chance de travailler dans le confort de leurs vêtements ordinaires, sans masque à oxygène. Malgré tout, ceux-ci doivent se munir d'une couche de protection supplémentaire pour les étapes plus risquées du vol, dont le lancement et l'atterrissage, où une soudaine secousse pouvait faire éclater un joint d'étanchéité de la coque. C'est pourquoi, depuis le premier vol spatial d'Al Shepard, chaque astronaute portait une combinaison pressurisée – sa propre bulle d'oxygène – juste au cas où.

Trois de ces combinaisons Apollo, fabriquées sur mesure pour chacun des membres d'équipage, étaient suspendues à des cintres dans la salle d'habillage. Elles étaient d'un blanc immaculé afin de réfléchir la chaleur intense du Soleil. Chad et Luke revêtiraient cette même combinaison pour leur sortie sur la Lune, dans le but d'économiser du poids et de l'espace de rangement dans le vaisseau.

Michael se dandina hors des toilettes, attriqué d'un étui pénien urinaire, d'un sous-vêtement d'absorption maximale, de capteurs médicaux adhésifs et d'un survêtement intégral de refroidissement comportant des tubes où circulait de l'eau. Luke surgit à sa suite.

— Hé, Michael, ton cul a l'air énorme, se moqua-t-il.

— Tu t'es regardé ? T'as l'air d'un serpent qui aurait avalé un crapaud !

Ils marchèrent à petits pas vers les techniciens qui attendaient patiemment de les aider à enfiler leur combinaison, dont les multiples parties encombraient des tables à proximité. Un haut panneau couvert de cadrans et de molettes de réglage se dressait un peu plus loin, prêt à contrôler la mise sous pression et les dispositifs de communication des combinaisons.

Michael, le plus grand des trois, eut toute la misère du monde à s'introduire dans son vêtement d'une pièce qui s'ouvrait dans le dos par une lourde fermeture éclair. Il inclina la tête et resserra les épaules pour s'y faufiler, puis étira ses mains et ses pieds dans les manches et les jambes. Il se redressa enfin de toute sa hauteur et sa tête émergea de l'anneau de col, tandis que ses pieds se glissaient dans les bottes intégrées.

Il porta son regard vers Chad et Luke, qui se tortillaient avec effort pour enfiler leur attirail, et leur avoua :

— J'ai l'impression d'être un bébé qui remonte dans le ventre de sa mère chaque fois que j'enfile ça.

Luke éclata de rire :

— Freud s'en donnerait à cœur joie avec toi.

Michael tira avec force la longue sangle tissée qui lui passait entre les jambes, s'en servant pour remonter la glissière rigide dans son dos, jusqu'à ce que tout soit étanche. Son technicien lui mit un bonnet de tissu noir et blanc, puis Michael resserra étroitement la mentonnière et installa les cache-oreilles antibruit. Il saisit les deux perches micro flexibles et les tordit en position près des commissures de ses lèvres, car une fois son casque enfilé, il serait impossible de les ajuster.

Le technicien haussa les sourcils et lui demanda :

— Paré pour l'air ?

Michael opina de la tête, déjà en état de surchauffe dans la combinaison étanche de caoutchouc. Le technicien accrocha un tuyau à la valve correspondante sur le torse de l'astronaute, puis actionna un interrupteur sur le panneau de commande. Michael sentit ensuite un souffle d'air frais et sec s'insinuer dans sa combinaison et circuler vers le haut jusqu'autour de son cou.

— Beaucoup mieux, apprécia-t-il.

Il attacha sa montre Omega Speedmaster à son poignet avant d'enfiler de minces gants de coton blancs.

Par la suite, Michael avança ses doigts et son pouce dans le gant épais de caoutchouc noir que lui tendit le technicien. D'une main experte, le technicien fixa l'anneau scellant du gant à l'anneau bleu correspondant de la manche gauche. Il fit de même avec l'autre gant, qu'il vissa à l'anneau rouge de la manche droite de Michael.

— C'est un code de couleur pour qu'on différencie notre droite de notre gauche ? plaisanta l'astronaute.

C'était une blague vieille comme le monde. Le technicien fit tout de même l'effort de rire de la plaisanterie pour l'homme qui était sur le point de s'envoler à bord de la plus grosse fusée du monde.

— C'est l'heure de respirer de l'oxygène ? devina Michael après un coup d'œil sur l'horloge du mur.

Le technicien approuva et prit le casque de l'astronaute sur la table. On aurait dit un bocal à poisson inversé avec un pan de tissu collé sur le côté. Michael le lui enleva des mains et le tortilla pour l'enfoncer sur sa tête, le pan de tissu bien positionné à l'arrière. Il prit bien soin de ne pas s'écorcher le nez avec l'anneau de verrouillage métallique à sa base. Il avait vécu cette expérience désagréable une fois à l'entraînement et avait retenu la leçon.

Le technicien débrancha la circulation d'air de refroidissement de la combinaison, boucla les sangles du casque et connecta les conduites servant à faire circuler l'oxygène pur et l'eau de refroidissement. Michael dépendait désormais de cette machine pour respirer, et ce, jusqu'à la fin de la mission, lorsqu'il heurterait la surface de l'océan à son retour sur Terre, plus d'une semaine plus tard.

L'entraînement et les exercices interminables étaient chose du passé. Il allait bientôt se jeter dans le feu de l'action. Lui, Michael Henry Esdale, un gars ordinaire du sud de Chicago, nommé en l'honneur de ses deux grands-pères, était sur le point de monter à bord d'une fusée et de s'élever de la surface terrestre. Au cours de sa vie, tant de personnes lui avaient craché « non » au visage, à lui, un Noir qui tentait de réussir dans le monde des Blancs. Il avait sué des années durant pour être toujours le premier, pour ne laisser aucun doute sur ses compétences… Malgré cela, certains lui disaient qu'il en était rendu là uniquement grâce à la libéralisation de la politique raciale, qu'il n'avait pas mérité les occasions qui se présentaient à lui et qu'on les lui avait offertes à titre de quelconque faveur. Michael secoua la tête pour chasser ces sombres pensées. Non, il avait gagné sa place. Et c'était lui qui allait piloter cet engin.

Le goût de l'oxygène pur était net et sec sur sa langue. Michael sentit son esprit s'éclaircir à mesure que son corps absorbait le gaz. Au cours des quelques heures qui allaient suivre, l'oxygène remplacerait peu à peu l'azote contenu dans son sang. Cette procédure visait à éviter que l'azote dans ses vaisseaux sanguins se mette à bouillonner subitement et lui donne la maladie des caissons une fois en orbite, lorsqu'il retirerait son casque dans l'atmosphère à basse pression composée exclusivement d'oxygène. Comme le savaient les plongeurs autonomes, les bulles dans le sang étaient néfastes et causaient des douleurs atroces aux articulations, peut-être même la mort.

Michael se cala dans un des La-Z-Boy en cuir brun mis à leur disposition pendant que le technicien augmentait la pression de sa combinaison, à la recherche de fuites. Tandis que sa tenue spatiale gonflait, l'anneau de col de son casque remontait jusqu'à sa bouche : inconfortable mais acceptable. C'est ainsi qu'il se sentirait en cas de désorbitation et d'amerrissage d'urgence. L'astronaute bougea les bras et plia les doigts, visualisant la façon dont il allait combattre la résistance et la rigidité de la combinaison pour atteindre les interrupteurs. Le regard concentré du technicien passait des jauges de pression au chronomètre qu'il tenait dans la main. Il finit par approuver l'opération d'un air satisfait. Il tourna ensuite une grosse molette dans le sens antihoraire. Michael sentit avec soulagement la combinaison s'assouplir et son anneau de col retrouver sa position normale. Ayant eu la confirmation que sa combinaison était en parfait état, il sortit sa liste de vérification des urgences au lancement et la feuilleta de ses doigts gantés de noir.

Soudain, la voix de Luke se fraya un chemin jusqu'à son oreille par la ligne de communication :

— Alors, il y a du neuf ?

Michael se tourna vers lui, légèrement embarrassé.

— Jamais trop tard pour vérifier.

En vérité, Luke était heureux de constater la vigilance de son coéquipier. Michael avait hérité de la part du lion dans le pilotage qui suivrait le lancement. Ils allaient devoir se diriger tout de suite vers *Almaz*, et Chad serait occupé à préparer Luke et tout son attirail en vue de la sortie spatiale. De plus, il s'agissait de leur premier vol dans l'espace pour tous les trois, et la pression de bien faire les choses était presque insoutenable.

La voix de Chad surgit dans leur casque :

— Comment ça se passe pour vous, les gars ?

Luke s'inclina vers l'avant et se tordit dans sa combinaison pour apercevoir son commandant vautré dans son fauteuil inclinable.

— Aucune fuite, chef, répondit-il.

Alors que le technicien rangeait les dernières listes de vérification et l'équipement de sûreté dans les poches de sa combinaison spatiale, Luke ajouta :

— On doit se rapprocher du moment fatidique.

— Je suis prêt aussi, Chad, renchérit Michael en levant le pouce. Ma combinaison me va comme un gant.

— Surtout les gants, s'esclaffa Luke.

Leur travail accompli, les techniciens reculèrent vers les consoles. JW s'équipa d'un casque d'écoute pour effectuer une dernière évaluation de l'état de santé de chacun des astronautes, pendant qu'un photographe de la NASA arpentait la pièce, armé de son appareil.

Par la suite, la voix d'Al Shepard s'éleva, dominant la ligne de communication :

— Alors, messieurs, prêts à voir votre vaisseau spatial ?

Trois mains se dressèrent en un instant, le pouce levé.

— Bien. C'est l'heure du lancement.

*

Le trajet de près de 15 kilomètres vers l'aire de lancement traversait une brousse de palmiers et un ensemble d'immeubles surdimensionnés destinés à l'assemblage de la fusée. Tandis que la fourgonnette roulait doucement sur le revêtement couleur corail, Chad aperçut par sa fenêtre un pygargue à tête blanche. L'oiseau plongea avec majesté en déployant toutes grandes ses ailes, puis se posa dans son nid imposant, à la cime d'un pin à longues feuilles.

Comme à la maison, songea le commandant. Lorsqu'il était petit, il adorait observer les oiseaux à la ferme. Il enviait leur grâce aisée. C'était en partie pour cette raison qu'il s'était enrôlé dans l'armée de l'air... et aussi pour se prouver sa valeur et remplir ses parents de fierté. Aujourd'hui, il était sur le point de se tailler une place parmi les grands. Il baissa les yeux vers sa combinaison pressurisée, un sourire satisfait aux lèvres. *Je vais laisser les empreintes de mes pas sur la Lune.*

La voix d'Al Shepard vint couper court à ses pensées :

— Messieurs, si vous me permettez.

Il leva la main pour attirer l'attention de l'équipage.

— Il est temps de réciter la prière de l'astronaute, reprit-il.

Chad n'en avait jamais entendu parler et ses coéquipiers non plus, à en juger par l'expression sur leurs visages. Al regarda chacun des astronautes un à un avec intensité, puis il inclina la tête et déclama :

— Seigneur, je vous en prie, faites que ces hommes ne fassent pas foirer la mission.

Il releva son menton avec un air mesquin, et tous les hommes présents unirent leur voix à la sienne pour prononcer le « Amen » final.

C'était une blague, mais c'était aussi une vérité.

La fourgonnette ralentit enfin pour s'arrêter en marge d'un long édifice blanc de quatre étages : le centre de contrôle du lancement ou LCC. Al se leva, serra la main des astronautes en commençant par le commandant et leur souhaita bonne chance, tout de suite imité par JW et Kaz. Les trois hommes descendirent ensuite du véhicule. Ils allaient assister au lancement par les fenêtres du quatrième étage du LCC, avant de repartir tout de suite au Texas à bord d'un avion à réaction

Gulfstream de la NASA. Ils devaient atteindre le centre de contrôle de mission juste à temps pour assister au rendez-vous d'Apollo avec *Almaz*. Chad, quant à lui, se réjouissait de les voir partir. C'était sa mission à lui, désormais.

Tandis que la fourgonnette faisait marche arrière et revenait sur la route, le technicien responsable de leurs combinaisons agita la main pour capter leur attention, et indiqua droit devant. Il savait à quel point la vue serait saisissante. L'équipage ne pouvait pas manquer ça, et il voulait s'en assurer.

Le véhicule suivit le virage puis, tout à coup, Chad aperçut la plateforme de lancement. Encore lointaine à près de 5 kilomètres, mais nettement visible au-dessus de la plaine inondable, la fusée Saturn V rappelait un ancien monument égyptien érigé en l'honneur des dieux. Elle se tenait fièrement dressée aux côtés du portique du pas de tir 39A, opalescente sous le soleil matinal.

Leur fusée. *Sa* fusée.

— Regardez-moi ça ! s'émerveilla Michael d'une voix assourdie par son casque.

Le caractère on ne peut plus réel de cette vision frappa Chad comme une claque au visage. Finies les simulations. Finis l'entraînement et les exercices interminables. Le moment était venu pour lui de montrer au monde de quoi il était capable.

La fourgonnette franchit le portail à la base de la plateforme et le conducteur rétrograda pour permettre au véhicule de grimper la longue pente inclinée menant à la fusée. L'aire de lancement était quadrillée de plaques de métal et de voies ferrées qui firent vibrer le petit camion sur son passage. Le conducteur fit un large virage, s'arrêta, avant de s'approcher à reculons du haut portique. Il actionna le frein, descendit et fit le tour de la fourgonnette pour ouvrir la large portière arrière face à l'ascenseur qu'emprunterait l'équipage pour atteindre la capsule au sommet de la fusée.

Michael fut le premier à s'extirper avec maladresse de l'ouverture. Le conducteur lui tendit la main et lui demanda, avec gravité :

— Votre carte d'embarquement ?

Son air sévère laissa très vite place à un sourire guilleret en voyant l'expression de Michael. Il s'avança pour serrer la main de l'astronaute et lui souhaita jovialement :

— Bon vol, monsieur !

Il répéta sa blague à Luke, qui émit un rire obligeant. Chad descendit à son tour, donna une poignée de main au conducteur et se pencha ensuite en arrière pour admirer la Saturn V dans toute sa longueur. La fusée colossale crépitait et se désenfumait sous l'effet de l'oxygène hyper refroidi injecté dans ses réservoirs. L'énorme dragon taciturne était sur le point de vomir des flammes et de se hisser loin de l'aire de lancement, dans l'azur du ciel de la Floride.

Pendant qu'il se pâmait, un technicien vêtu de blanc retenait patiemment la porte de l'ascenseur. Chad s'arracha au spectacle, tentant d'imprimer cette image à jamais dans son esprit, puis guida son équipage vers l'ascenseur.

*

La Saturn V atteignait 111 mètres, soit l'équivalent d'un immeuble de trente-quatre étages. L'ascenseur, conçu pour transporter de la marchandise, comportait une simple armature de métal en guise de murs. Les astronautes purent donc voir défiler la fusée à vive allure pendant leur montée.

Le premier étage était dense, faisant 10 mètres de large. Il était trop volumineux pour être transporté par la route ou le chemin de fer. Il avait donc fallu le déplacer de l'usine à La Nouvelle-Orléans jusqu'au KSC sur une barge, un voyage de 1 600 kilomètres qui avait duré dix jours. Désormais, près de 2,2 millions de kilos d'oxygène et de kérosène y étaient stockés. Une fois les moteurs allumés, tout ce carburant serait brûlé à un débit de près de 15 000 kilos par seconde.

La robe d'ivoire de la fusée, enveloppée d'une fine pellicule de glace, avait une apparence rugueuse. L'oxygène liquide refroidi qu'elle contenait frigorifiait l'ensemble de la fusée, et l'air humide de la Floride s'y condensait en formant de la glace sur sa surface.

Fraîche comme une bonne bière, se dit Luke, admiratif.

Toute cette glace volerait en éclats à l'allumage des moteurs.

L'ascenseur les soulevait avec grand bruit, dépassant prestement le motif d'échiquier noir et blanc de la vaste cloison circulaire à rainures métalliques qui protégeait les cinq moteurs du deuxième étage et raccordait les deux sections de fusée. Comme le premier étage allait propulser l'appareil à 160 millions de chevaux, ce cerceau de métal devait être assez solide pour résister à la force et à la vibration.

Ils dépassaient à présent la marque des vingt étages. La circonférence de la fusée se rétrécit à sa troisième section, ses réservoirs d'oxygène et d'hydrogène alimentant un seul moteur qui les pousserait hors de l'orbite de la Terre vers son satellite naturel. Les deuxième et troisième étages de la fusée avaient été fabriqués en Californie, puis avaient traversé le canal de Panama par bateau jusqu'au pas de tir.

Luke se risqua à se pencher pour regarder en bas… *Waouh !* Un vertige inattendu le saisit. L'ascenseur ralentit en atteignant le niveau du module de commande. Luke dirigea son regard vers la Beach House pour réguler son gyroscope interne. Il pouvait apercevoir la fine langue de sable brun pâle qui se déroulait au-delà contre les vagues de l'Atlantique.

Les portes de l'ascenseur s'ouvrirent avec un fracas métallique. Chad saisit son système de survie de base et sortit le premier à grandes enjambées, suivi de près par Michael, puis Luke. Ils longèrent un garde-corps externe et pénétrèrent dans le portique pour ressortir sur une dernière passerelle d'accès menant au vaisseau spatial.

Michael rapprocha sa tête casquée de celle de Luke et cria :

— Pareil à la planche du condamné sur un bateau pirate !

Chad s'était déjà engagé sur la longue et étroite passerelle d'accès, un treillis de métal peint de couleur orangée, sans murs ni plafond, qui surplombait de presque 100 mètres la plateforme de lancement. La grille métallique de la surface sur laquelle ils marchaient était recouverte de tapis de caoutchouc pour bloquer la vue étourdissante.

Luke cria à son tour :

— T'es le prochain, Michael ! C'est maintenant ou jamais !

Ils pouvaient apercevoir une petite enceinte au bout de la passerelle, semblable à une tente blottie contre le flanc incliné du vaisseau spatial. Elle était couverte de tissu blanc et, victime du flair artistique caractéristique de la NASA, était surnommée la chambre blanche. Elle était tout juste assez grande pour permettre aux techniciens de préparer la combinaison d'un membre d'équipage à la fois. Dès que Chad s'y engouffra, Michael entama la traversée de la passerelle, se tenant en plein centre afin d'éviter de se faire projeter contre les rails latéraux par le vent. Comme la plupart des pilotes, il détestait les hauteurs lorsqu'il n'avait pas une paire d'ailes pour le soutenir. Il concentra son regard sur la porte de la chambre blanche, sa destination, et se sentit irrationnellement plus en sécurité lorsqu'elle s'ouvrit et qu'il put y entrer. Chad, lui, s'était déjà hissé dans les entrailles obscures de la capsule.

À l'autre bout de la passerelle, Luke risqua quelques pas et balaya l'horizon en attendant son tour. Il suivit des yeux la longue trace de gravier pulvérisé qu'avait laissée le gigantesque tracteur à chenilles en transportant la fusée vers la plateforme. À l'extrémité de cette piste s'élevaient le bâtiment d'assemblage de lanceurs et le centre de contrôle du lancement. Il les scruta avec intensité, s'imaginant les centaines d'ingénieurs et de techniciens penchés sur leurs consoles qui lui renvoyaient sans savoir son regard par les fenêtres.

En regardant à gauche, il put discerner le drapeau américain ainsi que la foule massée sur le site de la NASA réservé à la presse. En plissant les yeux, il put distinguer la forme basse rectangulaire de l'horloge numérique donnant le compte à rebours. À l'extrême gauche, au-delà de la rivière Banana, il percevait les éclats de lumière réfléchis par les milliers de voitures garées. Leurs propriétaires jouaient du coude sur la plage en vue d'occuper une place de choix pour assister au spectacle. Ses parents étaient quelque part au milieu de cette masse de gens. Il leva la main et l'agita en leur direction, songeant aux sentiments qui devaient les habiter à ce moment. Il leur adressa des remerciements silencieux.

Luke aperçut ensuite un mouvement du coin de l'œil. La porte s'était ouverte et un technicien lui faisait signe d'approcher. Il se hâta pour franchir la passerelle d'accès.

Il entra à son tour dans la chambre blanche et subit l'examen prompt et méthodique des techniciens. Il leur tendit son système de survie de base et souleva ses pieds un à un afin qu'ils lui retirent ses bottes protectrices en caoutchouc jaune. Puis il empoigna la barre au-dessus de la porte d'écoutille et balança ses jambes à l'intérieur, se débattant avec sa combinaison encombrante. Chad était déjà sanglé à son siège à gauche et un technicien s'affairait à resserrer les ceintures de Michael, calé dans le siège à droite. Puisqu'il effectuerait la sortie extra-véhiculaire vers *Almaz* peu de temps après le lancement, Luke occupait le siège du milieu. C'était la position la plus près de la porte d'écoutille, ce qui simplifierait la configuration de sa liaison ombilicale et lui permettrait de s'extraire efficacement de la capsule. Luke se souleva et se glissa sur le dos dans son siège entre ses deux collègues.

Le technicien pencha son visage à quelques centimètres du sien et lui ordonna de retenir son souffle afin qu'il puisse échanger les tuyaux de son système de survie de base contre les conduites intégrées du vaisseau. Luke pouvait le sentir connecter les câbles lorsqu'il entendit un crépitement dans son casque d'écoute. Le technicien s'inclina dans son champ de vision.

— Un, deux, trois. Tu me reçois, Luke ?

— Cinq sur cinq, merci.

Le technicien boucla ses ceintures, s'assura une dernière fois que les listes de vérification étaient bien agrippées au velcro et fixées en position, puis essuya sa visière d'un coup de chamois. Il fixa Luke dans le blanc des yeux.

— Prêt ?

— Paré, répondit Luke.

Pendant que le technicien récupérait son équipement et faisait un dernier examen rapide de l'habitacle, Luke lança un regard à la ronde. Étendu sur le dos, il pouvait faire pivoter sa tête soutenue par le casque, à droite et à gauche. Il percevait le faible chuintement de l'oxygène du vaisseau qui circulait dans sa combinaison jusqu'à sa nuque. Le flux constant sur son visage évitait que son souffle embue sa visière. Luke dévia ses yeux vers Chad puis vers Michael, qui affichaient tous deux un air strictement professionnel. Les rayons solaires filtrés par les fenêtres au-dessus d'eux les éclairèrent, tandis qu'ils se concentraient sur leurs instruments et passaient en revue les listes de vérification affichées devant eux.

En face des trois astronautes se déployait un éventail complexe de plus de six cents interrupteurs, instruments et indicateurs grâce auxquels ils pouvaient manœuvrer le vaisseau spatial, qui leur était maintenant aussi familier que n'importe quel avion qu'ils avaient piloté au cours de leur vie. Comme aucun d'entre eux n'avait accès à l'ensemble des interrupteurs, chacun assumerait des responsabilités précises. Droit devant Luke se trouvaient le système de propulsion, le contrôle d'atmosphère et l'ensemble de voyants d'urgence qui clignotaient d'une lumière jaune ou rouge pour signaler un problème. Comme le véhicule spatial n'était pas tout à fait prêt pour le lancement, quelques-uns des voyants étaient encore allumés. Luke s'assura mentalement que tout était normal.

Il sentit un tapotement sur son casque et releva la tête. Le technicien haussait les sourcils vers lui en une interrogation polie. Luke lui répondit d'un pouce levé avant de l'observer pendant qu'il vérifiait si Michael et Chad étaient prêts. Enfin, le technicien leur fit un dernier salut de la main et se dégagea avec soin de la capsule. Il ferma la porte d'écoutille derrière lui.

Luke consulta la minuterie numérique encastrée droit devant lui, qui affichait le compte à rebours de la mission : deux heures et dix minutes avant le lancement.

*

À presque 25 kilomètres vers l'est, un croiseur guettait avec patience. Le *Kavkaz* n'était pas particulièrement gros et sa coque était davantage adaptée aux eaux enclavées de la mer Noire qu'à la vaste immensité de l'Atlantique. Cependant, il était modelé selon la conception classique du chalutier de type Maïakovski ; il pouvait donc composer assez bien avec des eaux plus tumultueuses. D'une longueur modeste de 85 mètres, il était constitué d'un barrot d'une amplitude plus que suffisante de 14 mètres. Son unique hélice alimentée par un moteur diesel de 2 200 chevaux pouvait le propulser sur l'eau à une vitesse pratique, mais peu impressionnante, de 12,5 nœuds.

Cela dit, le principal mérite du *Kavkaz* n'était pas sa coque ni son moteur. Il résidait plutôt dans le dôme blanc et les multiples tours d'antenne installés sur ses ponts supérieurs. C'était un navire de reconnaissance de la classe Primorié doté d'un réseau de transmission par satellite haute vitesse relié à l'Union soviétique. Il patrouillait maintenant la côte de la Floride en marge des 12 milles nautiques qui dessinaient la frontière maritime américaine. Et le QG de Leningrad lui avait assigné la mission d'observer le dernier lancement Apollo.

Le capitaine était satisfait. Il s'agissait d'une mission peu complexe et la chaleur floridienne de la mi-avril offrait à son équipage un répit des plus appréciés. Ils avaient passé les deux mois précédents dans la mer du Nord. Donc, lorsqu'ils avaient reçu l'ordre de voguer vers le sud, tout l'équipage s'était réjoui. C'était le douzième lancement Apollo, et tous les précédents avaient été virtuellement identiques. *Procheh parevoï repeh*, se dit-il. Plus élémentaire qu'un navet étuvé.

Il avait demandé au chef de service des communications d'acheminer le compte à rebours de la NASA vers les haut-parleurs du navire, et chaque homme d'équipage dont la présence n'était pas requise sous le pont était maintenant accoudé à la lisse. La plupart d'entre eux avaient des jumelles et un appareil photo pendus au cou.

— Ici le contrôle de lancement de la Saturn Apollo, résonna une voix à l'accent américain à bord du navire soviétique. Nous avons dépassé le cap des trente-six minutes dans notre compte à rebours et terminé les vérifications des commandes de sécurité. Tout se déroule bien jusqu'à présent. Il y a quelques instants, le responsable des essais du lanceur Skip

Chauvin a demandé au commandant Chad Miller si l'équipage était confortable là-haut. Chad a répondu qu'ils se sentaient bien et que c'était une belle matinée.

Le capitaine du *Kavkaz*, qui parlait assez bien l'anglais, posa son regard au-delà des eaux paisibles de l'océan vers la côte floridienne. *J'approuve, camarade capitaine, c'est une très belle matinée.*

À moins d'un kilomètre, le navire *Steadfast* de la Garde côtière des États-Unis filait le croiseur soviétique, veillant à ce qu'il ne dérive pas trop près de la frontière. Les deux navires s'étaient pourchassés ainsi de nombreuses fois auparavant, et ils s'adonnaient à ce jeu du chat et de la souris en toute tranquillité. L'entente bilatérale américano-soviétique récemment signée sur les incidents en mer, l'*Incidents at Sea Agreement*, avait établi des règles claires pour les deux parties : chacune devait suivre la réglementation et s'abstenir de jouer dans la cour de l'autre. Et, bien sûr, point le plus important, l'une comme l'autre ne devait en aucun cas commettre des actes pouvant être considérés comme hostiles.

Le capitaine regarda sa montre : 15 heures à Moscou, 8 heures en Floride. Plus qu'une trentaine de minutes avant le lancement. Il s'assura que ses jumelles et son appareil photo fonctionnaient bien. Il ne voulait surtout pas manquer ça.

*

Le petit téléviseur portatif noir et blanc détonnait dans la somptueuse cathédrale berlinoise. C'était Alexandre, maintenant lecteur principal pour le père Ilarion, qui l'avait apporté et installé dans la sacristie à sa demande. Il étira les deux antennes argentées, les tortilla et les inclina jusqu'à ce qu'il reçoive une image nette de la station locale. Tout en écoutant la voix de l'annonceur de la NASA, il régla le volume en tournant les boutons sur le dessus de la télévision. Il fit ensuite un pas de recul pour évaluer l'image, mais celle-ci s'effaça. Il réajusta les antennes en grommelant, puis se recula derechef. Cette fois, l'image se stabilisa.

En vérité, Alexandre se réjouissait de sa chance de voir le dernier lancement d'Apollo, la dernière mission d'exploration lunaire habitée qu'avaient prévue les États-Unis.

Il entendit les pas du hiéromoine retentir dans le vestibule et revérifia que l'image du téléviseur était toujours nette.

— *Potchti parah ?* Est-ce bientôt l'heure ? s'enquit le père Ilarion en s'asseyant sur l'une des deux chaises placées devant l'écran par Alexandre.

— *Da. Minout pietnadset.* Oui. Environ quinze minutes.

La voix étrangère du porte-parole de la NASA se fit entendre :

— Le compte à rebours se déroule comme prévu. Les astronautes ont eu l'occasion de se reposer un peu à bord du vaisseau au cours des dernières minutes. Pendant ce temps, nous avons effectué les dernières vérifications des radiophares de poursuite dans le bloc d'équipements, qui servira de dispositif de guidage durant la phase propulsée du vol.

— *Chto skazal ?* Que dit-il ? interrogea le hiéromoine.

Sa compréhension de l'anglais demeurait rudimentaire. Alexandre lui résuma ce qu'ils venaient d'entendre pendant que le porte-parole continuait à parler. Ilarion s'avança pour mieux voir le minuscule écran lorsque s'afficha un plan rapproché de la fusée sur le pas de tir. Il fronça les sourcils, puis se demanda à haute voix :

— Qu'est-ce que cette vapeur qui sort du vaisseau ?

Comment suis-je censé le savoir ? songea Alexandre, légèrement exaspéré. *Pourquoi les gens pensent-ils que les interprètes ont toutes sortes de connaissances qui dépassent la langue ?*

— Il s'agit du carburant excédentaire qui s'échappe puisqu'ils remplissent les réservoirs à ras bord, supposa-t-il.

— Quel engin incroyable ! s'extasia le père Ilarion.

Alexandre leva une main ouverte pour enjoindre son compagnon à se taire et tous deux tendirent l'oreille pendant que le centre de contrôle de mission de Houston commençait à vérifier la qualité des communications avec la capsule.

— Apollo 18, ici Houston sur les bandes S et VHF. Vous me recevez ? À vous.

Ils retinrent leur souffle pour entendre la voix qui crépita en réponse, à des milliers de kilomètres de là :

— Houston, ici Apollo 18. On vous reçoit cinq sur cinq.

Un sourire émerveillé étira lentement les lèvres du père Ilarion.

*

— Ici le contrôle de lancement de la Saturn Apollo. Nous avons franchi la marque des onze minutes. Tout est toujours en ordre pour le lancement. Le vaisseau est désormais entièrement alimenté par ses réservoirs de carburant. Le commandant a actionné son contrôleur manuel des mouvements de rotation, et le système de détection de pannes est maintenant en mode automatique. Nous prévoyons encore le décollage à l'heure H, à 8 heures plus 32 minutes.

La voix résonna en écho métallique, projetée par la multitude de petits haut-parleurs fixés à des poteaux le long du pont-jetée de la rivière Banana. Des milliers de voitures étaient stationnées en désordre sur l'étroite bande qui séparait la route de la plage. L'imminence du lancement avait fait disparaître les files d'attente qui s'étaient formées plus tôt devant les camions-restaurants et les toilettes chimiques. Tous les visages étaient dorénavant tournés vers la plateforme de lancement, à 11 kilomètres au nord. Les rayons éblouissants du matin dardaient leur chaleur déjà appréciable sur les chaises pliantes, les couvertures et les lunettes de soleil de la foule enthousiaste.

Laura était assise sur le pare-chocs arrière d'une fourgonnette Dodge, tenant un café noir d'une main et frottant de l'autre ses yeux bouffis de la veille. Elle et trois de ses collègues du laboratoire de réception lunaire avaient décidé à la dernière minute de se rendre au cap pour assister au lancement : un long périple de quinze heures à travers cinq États sur les autoroutes I-10 et I-75. Leurs insignes de la NASA leur avaient donné un accès privilégié au pont-jetée le jour précédent, et ils avaient passé la nuit dans leur véhicule garé en marche arrière, directement sur la plage. Laura avait maintenant une vue tout à fait dégagée de la Saturn V de l'autre côté de la lagune.

Affublé d'une chemise hawaïenne ornée de nuages et de fusées, Don Baldwin était assis à ses côtés.

— On a de la chance avec la météo.

Laura parcourut des yeux le ciel bleu et l'écume légère que formait le vent sur l'eau, puis reporta son regard loin vers la fusée.

— Ravie qu'on ait fait le voyage, affirma-t-elle.

C'était en partie pour s'en convaincre, car la nuit avait été déplaisante. Difficile de dormir quand on est aussi mal installés. Lorsque l'annonceur déclara « Lancement dans H moins dix minutes, le décompte se poursuit », elle secoua la tête et se redressa pour s'éclaircir les idées.

Les haut-parleurs beuglèrent le dialogue familier du *go no-go* tandis que le Spaceport Technology Center – ou STC – interrogeait chacune des consoles du centre de contrôle de lancement pour confirmer que tout était prêt. Comme de nombreux problèmes étaient signalés, Laura sentit son stress augmenter puis baisser, alors que le STC les réglait un par un. Elle attendait le feu vert de Chad Miller, mais ce fut une voix différente qui s'éleva :

— Apollo 18, ici le directeur des opérations de lancement. L'équipe de lancement vous souhaite bonne chance et bon vent.

Laura consulta sa montre : quatre minutes avant le lancement. Son cœur battait la chamade. Certaines de ses expériences allaient décoller avec cette bête, et elle avait contribué à entraîner son équipage. Elle saisit son appareil photo et enfonça le bouton d'obturateur à mi-course pour faire la mise au point de l'objectif sur la fusée. Ensuite, d'une légère poussée du doigt, elle prit la photo. Elle fit avancer le film en tendant le ressort du levier de son pouce.

Vas-y chérie. Nous, les scientifiques, on est prêts ! C'est à vous, les ingénieurs, de vous mettre au travail. Faites décoller le monstre du sol !

*

Les moteurs F-1 de la Saturn V étaient de véritables monstres investis d'une puissance que le monde n'avait jamais vue. Cinq d'entre eux patientaient au pied de la fusée dans un sommeil agité, leurs vaisseaux sanguins asséchés, leur cœur et leur ventre vides. Affamés, prêts à dévorer le carburant et à accueillir l'étincelle qui leur donnerait vie.

Dix minutes avant le lancement, trois valves des réservoirs situés plus haut s'étaient ouvertes, libérant le kérosène et l'oxygène refroidi, qui commençaient à se déverser. Cette puissance explosive latente ne demandait plus qu'à se mélanger. Une seule valve l'empêchait maintenant d'éclater en une tempête de feu à peine maîtrisée qui propulserait la masse monumentale de la fusée haut dans le ciel.

Luke avait conscience que les prévalves étaient ouvertes ; il connaissait toute la séquence par cœur. Leur gigantesque dragon se réveillait. Il s'était demandé un nombre incalculable de fois comment il se sentirait à quelques secondes du lancement. *Aucunement effrayé*, constata-t-il. Bien. Soit ça fonctionne, soit ça foire. Il se sentait… prêt.

Un mouvement à sa droite capta soudain son attention. Le genou gauche de Michael tressautait, exutoire inconscient d'une énergie et de sentiments refoulés. Luke se réjouissait de voir que ses propres genoux demeuraient immobiles.

Il regarda l'horloge : encore une minute. Soixante tics de l'aiguille des secondes… et les jeux débuteraient. Il observa Chad s'étirer pour enfoncer le bouton qui alignait les gyroscopes, donnant à la fusée un dernier aperçu de la direction à prendre pour assurer l'exactitude de la navigation. Il s'agissait de la dernière étape que devait accomplir l'équipage avant le lancement.

Luke tourna la page de sa liste de vérification et posa le pouce à côté des premiers éléments du tableau. Chad et Michael surveilleraient les voyants et les instruments, et lui serait chargé de comparer l'altitude à la vitesse. La séquence des onze minutes et trente-neuf secondes qui allaient suivre était détaillée dans le tableau. Lorsque son pouce atteindrait le bas de la liste, ils auraient gravi 150 kilomètres, à une vitesse de 7 800 mètres par seconde. Plus de 28 000 kilomètres par heure. Huit kilomètres par seconde.

CHAPITRE 22

Plateforme de lancement 39A, Kennedy Space Center

Démarrer le moteur le plus puissant du monde n'était pas une mince tâche. Le processus prenait environ neuf secondes, soit à peu près le temps qu'un sprinteur olympique met à parcourir 100 mètres… ou le temps de lacer une seule chaussure.

Les neuf secondes les plus dangereuses du vol.

La quantité de carburant nécessaire pour faire décoller la fusée Saturn V avait de quoi donner le tournis : 12 870 gallons par seconde. Il fallait des pompes à combustible munies de leurs propres moteurs à réaction uniquement pour les faire tourner assez vite. La fusée était équipée de cinq de ces moteurs qui acheminaient le kérosène et l'oxygène vers les chambres, où ils se mélangeaient et provoquaient une explosion, pour ensuite être recrachés par les tuyères d'éjection hautes de 3,7 mètres. Un brasier de 3 200 degrés Celsius d'une puissance de 160 millions de chevaux.

L'équipage avait les yeux rivés sur les instruments moteurs. Le compte à rebours achevait.

— H moins dix, neuf, séquence de mise à feu amorcée.

Quatre feux d'artifice s'allumèrent dans chaque moteur : deux pour faire tourner la pompe à combustible, et deux pour brûler le gaz inflammable restant dans la tuyère d'éjection.

— Six, cinq, quatre…

Deux grandes valves s'ouvrirent, et l'oxygène liquide quitta le réservoir pour se déverser jusqu'au vaisseau, en passant par la pompe, et finalement gicler de l'immense tuyère, entraîné par son propre poids, telle une chute d'eau blanche écumeuse. Deux autres valves, plus petites celles-là, s'ouvrirent à leur tour pour alimenter les moteurs à réaction avec le cocktail de kérosène et d'oxygène, en faisant tourner les pompes à vive allure. La pression dans les conduites de carburant principales bondit tout à coup à 2 620 kilopascals.

Les conditions étaient à présent réunies. Tout était prêt pour faire démarrer les moteurs-fusées. Il ne manquait plus qu'un liquide plus léger.

Deux petits disques éclatèrent sous la forte pression du carburant, qui poussa un mélange de triéthylborane et de triéthylaluminium vers les chambres des moteurs-fusées remplies d'oxygène. Dès qu'ils entrèrent en contact, les liquides provoquèrent une explosion, à la manière de la plus puissante bougie d'allumage qui existe.

— Trois, deux…

Le moteur du milieu s'alluma en premier, rapidement suivi des quatre autres. S'ils s'étaient tous allumés en même temps, la puissance de l'explosion aurait mis en pièces la fusée et l'aire de lancement. Une quantité supplémentaire de kérosène sous haute pression s'échappa de deux autres grandes valves pour se déverser dans le mélange explosif qui enflait de plus en plus.

Luke sentit les vibrations traverser son dos par vagues, puis entendit le grondement sourd qui résonnait 90 mètres sous lui. *Rien à voir avec le simulateur !* Il suivit le regard de Chad vers la gauche : les cinq témoins des moteurs s'étaient éteints, ce qui confirmait la pleine poussée.

— Un, zéro, décollage à 7 h 32, heure normale de l'Est.

L'enfer se déchaîna, créant une poussée de 635 000 kilogrammes dans chaque moteur, une puissance suffisante pour faire lever un poids de trois millions de tonnes métriques. Le soulevé de terre le plus impressionnant jamais réalisé.

Les derniers cordons ombilicaux qui alimentaient le vaisseau à partir du sol se détachèrent avec un claquement sec. Les quatre lourds bras de retenue qui maintenaient la base du lanceur sur la plateforme émirent un sifflement d'air, puis se dégagèrent en pivotant.

La Saturn V était enfin libre.

Chad promena son regard sur le tableau de bord pour confirmer. Le petit témoin carré « LIFT OFF » était allumé. Il put sentir l'appareil bouger alors que la minuterie de mission numérique faisait défiler les chiffres en progressant.

— Le chrono tourne, Houston.

La mission Apollo 18 était lancée.

*

Le père Ilarion en demeura bouche bée. Ce qu'il voyait sur le petit écran semblait se dérouler dans un univers parallèle. Pourtant, il pouvait en ressentir toute la puissance et tout le danger.

Au cours des trente dernières secondes du compte à rebours, il saisit la main d'Alexandre. Quand la voix annonça qu'il ne restait que dix secondes, il la serra plus fort, tellement que son bras trembla lorsqu'il vit les flammes des moteurs envahir l'écran et la fusée s'élever de la plateforme. Tout semblait se passer si lentement !

— *Slavou Bogou !* s'exclama Ilarion, émerveillé.

Bonté divine ! Ses yeux demeurèrent fixés sur l'image vacillante, mais il ne comprenait pas ce que disait l'annonceur.

— Tout se déroule encore comme prévu, n'est-ce pas, Alexandre ?

— Oui, mon père, le lanceur fonctionne très bien. Les astronautes sont en train de faire le voyage de leur vie.

Il dégagea sa main engourdie et la secoua.

Les deux hommes continuèrent d'admirer le spectacle en silence, l'écran de télévision jetant une lumière bleutée étrange sur les icônes accrochées aux murs de plâtre nus. L'image rétrécit, pour ne montrer qu'une flamme vacillant dans le ciel.

*

— Activation de la phase de roulis-tangage, Houston.

Les trois hommes surveillaient les instruments avec intensité. La fusée avait franchi le sommet de la tour de lancement, puis avait effectué un virage vers la côte Est. Ils purent en constater la précision grâce aux mouvements de la boule noire et blanche de l'horizon artificiel. Pendant que Chad communiquait les manœuvres prévues par radio à Houston, Luke remarqua les variations d'angle des rayons du soleil par les fenêtres, signe que le vaisseau était sur la bonne trajectoire.

— *Roger*, Apollo 18. La poussée est bonne sur les cinq moteurs.

Les astronautes furent rassurés en entendant la voix du capcom. Ils savaient qu'une équipe d'experts comparait l'altitude et la vitesse prévues à celles que le vaisseau maintenait et que tout concordait.

Luke fit glisser son pouce le long des éléments de sa liste de vérification pour confirmer les renseignements de Houston. Les vrombissements puissants et les secousses rapides et nerveuses faisaient trembler sa main. Il avait du mal à distinguer les nombres. Le vacarme cacophonique du grondement incessant des moteurs qui retentissait dans la cabine se mêlait aux communications succinctes avec l'équipe au sol.

Luke pencha la tête vers l'avant, en résistant à la poussée des moteurs, et croisa le regard de Michael.

— Pas mal, ce *cat-shot*, non ? ricana-t-il en parlant de la catapulte de lancement autrefois utilisée pour propulser leurs appareils à partir des porte-avions.

— Beaucoup mieux ! répondit Michael, avec un grand sourire.

La fusée s'allégeait à mesure que le carburant brûlait et continuait à prendre de la vitesse en traversant l'air qui se raréfiait. La force d'accélération croissante repoussa la tête et les bras de Luke, qui se pressa contre son siège, l'appui-tête bourdonnant sous les vibrations de la navette qui filait dans l'atmosphère.

Il vérifia les jauges.

— La pression cabine est en train de chuter.

Les valves ouvertes permettaient à l'air de pénétrer dans la cabine par la conduite à mesure que la pression autour du véhicule baissait et que l'altitude augmentait. Les astronautes avaient laissé la pression tomber à 34 kilopascals, puis avaient fermé les valves pour la maintenir et utiliser de l'oxygène pur pour le reste du vol. Une manœuvre élégante pour purger la navette de l'air de la Floride.

— Allez, vas-y bébé ! dit Michael, dont la voix tremblotait légèrement sous l'intensité des vibrations.

L'air opposait une résistance pendant que la navette prenait de la vitesse et que la pression sur la structure de la fusée ne cessait d'augmenter. Dans le milieu de l'ingénierie aérospatiale, on appelait ce phénomène « Q », et les astronautes venaient tout juste d'atteindre la vitesse et l'altitude où cette pression était à son maximum. *Max Q*. À partir de ce moment, les forces allaient chuter, l'air se raréfiant très vite à mesure que la navette gagnait de l'altitude. C'était la pression maximale que la structure pouvait supporter. Luke, soulagé que tout se soit passé comme prévu, leva les deux pouces vers le haut en regardant Michael.

Le capcom confirma la bonne nouvelle :

— Apollo 18, autorisation de procéder à la séparation d'étages.

Bientôt, le premier étage du lanceur allait être à court de carburant, s'éteindre et se détacher, pour ensuite plonger dans l'océan Atlantique. D'ici là, cependant, les membres de l'équipage subissaient toujours une force équivalente à près de quatre fois leur poids, force qui approchait de la limite structurelle du lanceur. Plutôt que de couper brusquement les cinq moteurs en même temps, l'ordinateur arrêta le moteur central pour réduire la puissance, pendant que les quatre autres brûlaient ce qu'il restait de carburant.

— Moteur central coupé, annonça Chad.

Luke sentit tout de suite son corps s'alléger, comme si une personne de moins était assise sur lui. Toutefois, la pression demeurait, avec les quatre moteurs qui tournaient toujours. Le véhicule s'allégeait et la force d'accélération grimpa de nouveau rapidement.

— Nom de Dieu ! grogna Luke.

Malgré son expérience de pilote de chasse, il ne parvenait pas à s'habituer à la force d'accélération à bord d'un vaisseau spatial et il éprouvait du mal à respirer.

— Accrochez-vous ! s'écria Chad.

Vlan ! Les quatre moteurs s'arrêtèrent et les astronautes furent soudainement propulsés vers l'avant, retenus par les sangles. Le premier étage, maintenant vide, venait de se détacher.

Boum ! Le deuxième étage s'alluma, et cinq nouveaux moteurs démarrèrent en trombe. Les membres de l'équipage furent repoussés dans leur siège, comme s'ils avaient été emboutis par l'arrière.

— Bordel ! s'exclama Luke.

Des astronautes vétérans l'avaient averti de la violence de la séparation des étages, mais elle s'avérait beaucoup plus intense que prévu. L'équivalent de frapper un mur à pleine vitesse.

— Les cinq moteurs semblent tourner, commenta Michael.

Les moteurs du deuxième étage avaient démarré correctement et amorçaient leur poussée de six minutes vers une vitesse quasi orbitale.

L'annonceur de la NASA prit la parole :

— Apollo 18 se trouve maintenant à 46 milles marins d'altitude, et à 80 milles marins du lieu de lancement. Largage de la tour amorcé.

Ils n'avaient plus besoin de la tour de sauvetage montée à l'avant du lanceur et qui aurait servi à arracher la capsule de la Saturn V en cas d'urgence près du sol. À la pointe, un petit moteur-fusée s'alluma pendant une seconde, puis détacha la tour qui plongea, inutilisée, dans l'océan.

En voyant la tour se séparer du lanceur dans un éclat de lumière, Luke se rappela que lui et les autres membres de l'équipage se situaient maintenant à 80 kilomètres au-dessus de la surface de la Terre. Ils venaient d'atteindre la frontière imaginaire où s'arrêtait l'atmosphère terrestre, comme l'avait décrété juridiquement l'armée de l'air. Luke posa son pouce en regard de l'altitude critique sur sa liste de vérification.

— Messieurs, nous sommes officiellement dans l'espace. Félicitations !

— Pas trop tôt, grommela Chad.

*

Le capitaine du *Kavkaz* était aux premières loges pour admirer le magnifique spectacle du lancement. Ses hommes avaient spontanément crié de joie lors du décollage de la fusée américaine, puis encore une fois en l'entendant gronder une minute plus tard. Dans un mouvement synchronisé de leurs jumelles et de leurs appareils photo, ils la suivaient alors qu'elle grimpait dans les cieux presque à la verticale, pour ensuite basculer et poursuivre son chemin.

Le capitaine fronça les sourcils en observant la scène avec ses jumelles. Il avait positionné son navire presque parfaitement à l'est de l'aire de lancement, de façon à se situer directement sous la trajectoire de la fusée. À son grand étonnement, celle-ci avait plutôt bifurqué vers la droite et se dirigeait vers le nord.

Les capteurs fixés aux antennes de son navire enregistraient différentes fréquences, y compris les transmissions provenant du vaisseau en pleine ascension. Ses capteurs optiques suivaient également les lumières vives des moteurs. Il se tourna vers son officier des communications :

— Est-ce qu'on a un bon verrouillage directionnel des transmissions de la fusée ?

— *Da*.

— Trouvez-moi son azimut de lancement.

L'officier des communications se mit au travail. Il traça rapidement l'angle et la distance estimée de la Saturn V par rapport au navire, dessinant une série de points sur la carte. Un verrouillage radar sur la fusée aurait également été utile, mais le navire ne pouvait pas émettre d'impulsions énergétiques vers le vaisseau. Toutefois, avec assez de points de tracé, l'officier allait sûrement être en mesure de déterminer la trajectoire d'Apollo 18. Il s'attendait à ce qu'elle se dirige principalement vers l'est, comme pour tous les lancements d'Apollo, mais à mesure qu'il ajoutait des marques au crayon sur la carte, le résultat du tracé ne faisait aucun doute : le lanceur se dirigeait vers le nord-est.

Dès qu'il fut certain de ses résultats, l'officier aligna le côté droit de son rapporteur d'angle sur les points de la carte pour calculer la dispersion moyenne. Il traça une ligne délicate, qui s'inclinait vers le haut à partir de la côte de la Floride. Il prolongea le tracé et constata, intrigué, qu'il était presque parallèle à la côte des Carolines.

L'officier retourna le rapporteur d'angle, nota l'angle exact à l'intersection des lignes du quadrillage de la latitude et de la longitude, puis s'arrêta un moment pour observer le tracé allongé jusque vers l'équateur. Il vérifia les données, puis se tourna pour donner son rapport. Il avait mis moins de quatre-vingt-dix secondes à faire le calcul.

— Alors ? s'enquit le capitaine.

— Apollo 18 a décollé du Kennedy Space Center à une inclinaison de cinquante-deux degrés par rapport à l'équateur. C'est l'inclinaison orbitale de nos lancements à partir de Baïkonour.

L'officier des communications s'y connaissait bien : il avait travaillé avec la flotte de satellites soviétiques.

Le capitaine opina de la tête.

— Préparez un message crypté pour transmission basse fréquence immédiate au QG à Severomorsk.

Il dicta le message, relut la transcription de l'officier et l'approuva pour une transmission urgente.

— Cette information doit demeurer strictement confidentielle, avertit le capitaine.

Il contempla de nouveau la traînée de fumée dans le ciel. *Où vas-tu, cher collègue ? Te diriges-tu réellement vers la Lune ? Ou est-ce une autre étoile qui te guide ?*

*

— Apollo 18, ici Houston. Autorisation d'entrer en orbite. Je répète : autorisation d'entrer en orbite.

Le lanceur se trouvait maintenant à 1 770 kilomètres du Kennedy Space Center, à une altitude de 177 kilomètres, et il continuait à prendre de la vitesse.

— Heureux de l'entendre, Houston, répondit Chad.

Le deuxième étage avait parfaitement effectué son travail, et le troisième en était à la phase des ajustements, qui allait amener le vaisseau tout juste à l'altitude et à la vitesse nécessaires pour intercepter *Almaz*. L'équipage volait depuis plus de onze minutes, et le dernier étage les propulsait prudemment, avec une puissance d'à peine plus de 0,5 G, la moitié de l'accélération de la pesanteur à la surface de la Terre.

— On y est presque, les gars, annonça Michael, concentré sur l'affichage numérique et le minuteur.

Ils atteignaient une vitesse de plus de 7,6 kilomètres par seconde.

Enfin, ce fut terminé. Le troisième étage s'éteignit exactement au moment prévu, et la poussée tout en douceur de son unique moteur s'arrêta d'un coup. Pour la première fois de leur vie, les trois hommes se trouvaient en apesanteur.

— Ça y est ! s'écria Luke en éclatant de rire.

Il détacha sa liste de vérification du velcro et la fit tourner doucement devant lui.

— Regardez ça !

Michael se pencha vers l'arrière pour observer par le hublot au-dessus de lui, admirant le noir profond de l'espace et la courbe bleutée de l'océan Atlantique Nord.

— Sainte Marie, mère de Dieu ! s'émerveilla-t-il.

— On a du boulot, les p'tits gars, intervint Chad, tirant ses collègues de leur contemplation.

Chacun tourna la page de sa liste de vérification, puis entama les étapes urgentes qui allaient convertir leur lanceur en vaisseau spatial.

— Houston, on est prêts pour les étapes de la liste de lancement, page 2-10, dit Chad.

Aucune réponse.

— Houston, vous me recevez ?

L'appel de retour était brouillé.

— Je crois l'avoir entendu répéter à la fin qu'on était autorisés à entrer en orbite, dit Michael.

— C'est ce que j'ai compris aussi. Probablement une mauvaise transmission par le navire relais sur l'Atlantique Nord, expliqua Chad en consultant son plan de vol. On récupérera la transmission par le navire sur le Pacifique sud dans environ une heure.

Il lança un regard à ses deux collègues.

— Étape un terminée, les p'tits gars. Maintenant, allons trouver ce satellite-espion.

CHAPITRE 23
Kennedy Space Center

Les pales de l'hélicoptère blanc et bleu de la NASA tournaient au ralenti en attendant le départ, dans une zone ceinturée sur la pelouse à proximité du centre de contrôle de lancement. Kaz s'arrêta pour lever la tête et vit la traînée de fumée de la Saturn V se dissiper dans le ciel. Il saisit la rampe et prit place sur le siège passager à l'arrière, à côté d'Al Shepard. JW était déjà attaché sur son siège à l'autre bout.

— Incroyable, comme lancement ! s'exclama Kaz.

JW afficha un grand sourire et Al acquiesça d'un signe de tête en détachant le casque d'écoute de la cloison. Celui-ci boucla ensuite sa sangle sous-abdominale, se préparant pour le court trajet jusqu'à l'avion qui les ramènerait à Houston, au centre de contrôle de mission.

Le vrombissement des moteurs s'intensifia, puis les rotors se mirent à tourner plus vite. Le pilote, un vétéran de la guerre du Vietnam, fit décoller l'hélico avec adresse et accéléra vers le sud, en direction de la base aérienne Patrick.

Kaz regarda par la fenêtre latérale. Les routes étaient déjà congestionnées par les voitures et les vans de camping qui revenaient de la digue. Il se dit que Laura se trouvait quelque part dans cet embouteillage. Peut-être un jour allait-il la voir s'envoler dans l'espace à son tour. L'idée le fit sourire.

L'hélicoptère parcourut dans un temps bref les quelque 40 kilomètres du trajet, traversant Banana River et longeant Cocoa Beach. Bientôt, les habitations de l'armée de l'air et les larges pistes de la base Patrick apparurent dans le pare-brise. Le pilote fit rapidement s'approcher l'hélicoptère, exécuta un arrondi puis posa en douceur l'aéronef à côté du Gulfstream G-II de la NASA, qui attendait Kaz et JW. Il se tourna vers les deux hommes et inclina la tête nonchalamment.

— Bien exécuté, complimenta Al Shepard.

Kaz vit le cou du pilote s'empourprer. Nul doute que le vétéran allait se vanter d'avoir reçu des éloges du premier Américain dans l'espace jusqu'à la fin de ses jours.

À la descente de l'hélicoptère, Al leva son index en direction de Kaz.

— Dites-leur de m'attendre avant de décoller, je dois passer un appel, lança-t-il avant de se diriger d'un bon pas vers le hangar.

Kaz et JW prirent les valises et montèrent à bord du G-II.

L'avion se remplit très vite, à mesure que le personnel principal de la mission Apollo arrivait à la base Patrick. Lorsque Al traversa de nouveau l'aire de trafic pour monter à bord, il ne restait plus qu'un siège libre, à côté de Kaz. Le mécanicien de bord releva l'escalier, et l'avion s'avança sur la piste.

Pendant le décollage, Al fixait l'horizon sans parler. L'appareil traversa le golfe pour se diriger vers l'ouest, en direction de Houston. Il se tourna enfin vers Kaz d'un air grave.

— Racontez-moi encore ce que vous avez vu le jour de l'accident de Tom Hoffman, sur le lieu du crash. À partir du moment où vous êtes arrivé à l'aérodrome.

Kaz se garda de demander la raison de cette question, mais il devinait que l'appel qu'Al venait de passer y était pour quelque chose. Il s'efforça de s'en tenir aux faits, fouillant sa mémoire pour se souvenir de la chronologie exacte des événements, la liste des personnes qu'il avait vues et à quel moment. Ce matin-là, à son arrivée à Ellington, il avait traversé le hangar, puis était monté dans une camionnette, avec le personnel du bureau des opérations, pour aller assister au vol du véhicule d'entraînement. Il fut interrompu par Al avant de pouvoir lui faire part de ses observations quand Tom avait volé au-dessus de lui.

— En vous rendant sur le site d'entraînement, avez-vous remarqué si l'hélico de Tom était au sol ?

Kaz réfléchit.

— Pas vraiment. La météo était favorable, et plusieurs avions volaient ce jour-là. L'aire de trafic était à moitié pleine, je dirais.

Al hocha la tête.

— Avez-vous aperçu quelqu'un sur l'aire de trafic ?

Avant que Kaz ait le temps de répondre, Shepard ajouta :

— Y êtes-vous allé vous-même ?

— Moi ? s'étonna Kaz. Non, je n'y suis pas allé, et je ne me souviens de rien d'anormal.

Il ferma les paupières pour se remémorer la scène.

— Un T-38 était sur le point de décoller, et il y avait deux techniciens de piste, comme d'habitude : un devant et l'autre près de la queue.

Kaz rouvrit les yeux.

— Et aussi un camion-citerne à carburant.

— Qu'est-ce qu'il ravitaillait, ce camion ? interrogea Al en le dévisageant.

Kaz secoua légèrement la tête.

— Je n'en sais trop rien. Il roulait en direction de l'hélico de Tom, mais j'ignore quel appareil il allait ravitailler.

— Qui avez-vous croisé au bureau des opérations et dans le hangar ? insista Al.

Kaz repassa le film dans sa tête.

— Un gardien à l'entrée, quelques pilotes instructeurs. Chad était là, il avait piloté le véhicule d'entraînement avant Luke. Je me rappelle aussi qu'il y avait un groupe de visiteurs en compagnie d'un type de la sécurité de la NASA. Des visages connus aux opérations et à l'entretien.

Kaz haussa les épaules.

— Désolé, chef, je n'ai rien noté d'anormal.

Il fit une pause, puis demanda :

— Pourquoi cette question ?

Al balaya l'avion du regard. Tous les autres passagers s'étaient assoupis, épuisés par le lancement. Il se pencha vers Kaz et l'informa des conclusions de l'enquêteur de l'accident.

Kaz siffla d'étonnement. Un boulon s'était dévissé ? Quelqu'un avait sérieusement merdé. Ou pire encore… Il dévisagea Al, laissant son regard lui poser la question évidente.

— Je ne crois pas qu'il soit nécessaire d'aviser l'équipage, qu'en pensez-vous ? se contenta de dire Al.

Kaz approuva de la tête et ajouta :

— Ni la famille de Tom, du moins jusqu'à ce que la cause de l'accident soit confirmée. Ce serait probablement une bonne chose que Gene Kranz soit mis au courant, sinon ça peut attendre jusqu'au retour de nos gars.

Le visage d'Al se décrispa un peu. Il descendit le store de son hublot et inclina son siège.

— Bien vu. Je lui dirai. À présent, je vais dormir jusqu'à notre arrivée à Ellington. Les prochaines heures seront très chargées. J'ai hâte qu'ils aient fini de s'occuper d'*Almaz* et qu'ils puissent mettre le cap sur la Lune, termina-t-il d'un ton las.

L'orbite de l'œil de verre de Kaz était irritée par la fatigue et l'air sec dans l'avion. Il inclina son siège à son tour et tenta de trouver une position assez confortable pour faire un somme, en essayant de chasser de son esprit toutes les conséquences troublantes de l'enquête.

Les pilotes de la Navy doivent apprendre à s'endormir n'importe où et n'importe quand. Bientôt, Al et Kaz sombrèrent tous deux dans le sommeil.

*

À Severomorsk, base principale de la flotte nordique soviétique, une machine beige émit un bruyant cliquetis en imprimant le télex d'une page en provenance du *Kavkaz*. L'opérateur des communications navales attendit que le bruit cesse, puis se courba pour vérifier la cote de sécurité et la destination imprimées dans le haut du document. Il écarquilla les yeux et les détourna tout de suite, évitant délibérément de lire le contenu du télex qu'il détacha avec grand soin du rouleau de papier.

Il le glissa ensuite dans une enveloppe de courrier interne rosâtre portant la mention « ОСОБОЙ ВАЖНОСТИ ». *Ultraconfidentiel*. Il se rendit au bureau de son supérieur au fond du couloir, frappa quelques coups à la porte et déposa rapidement l'enveloppe dans la corbeille d'arrivée, comme pressé de s'en débarrasser. Détournant toujours le regard, il se retira très vite, heureux d'avoir bien accompli sa part du travail et, surtout, soulagé que ce télex ne soit plus sous sa responsabilité.

Son supérieur laissa échapper un bâillement en lisant le message d'un commandant qui ramenait son sous-marin en cale sèche. Il s'agissait essentiellement d'une liste énumérant les principaux systèmes à réparer. *Nos poissons sont rapides, mais ils ne durent pas*, pensa-t-il en soupirant. Il griffonna sa signature sur l'enveloppe d'acheminement, l'adressa au quartier-maître de Severomorsk, y inséra le document de plusieurs pages et mit le tout dans la corbeille de sortie. Il inscrivit ensuite une note dans le tableau de suivi de son cahier en feutre vert, avant de saisir le document qu'on venait de lui apporter.

Une enveloppe rose. ULTRACONFIDENTIEL. *Atlitchna !* Enfin, quelque chose d'intéressant, du moins l'espérait-il.

Il ne s'était pas enrôlé dans les communications navales et qualifié à la plus haute cote de sécurité pour passer sa vie à faire circuler des listes de courses, comme un misérable commis d'entrepôt. Il déroula la corde qui retenait le rabat et sortit la feuille de l'enveloppe.

Il lut le message du capitaine du *Kavkaz* une première fois, puis une deuxième, plus attentivement. Il réfléchit un instant et vérifia à quel destinataire le message devait être livré. Il ouvrit son cahier à la dernière page, où se trouvait la liste des services des forces navales et des responsables de liaison avec d'autres agences gouvernementales.

Il inscrivit rapidement quelques notes d'une écriture soignée sur l'enveloppe d'acheminement pour souligner l'urgence de son contenu et ajouta le nom du destinataire suivant. Avant de remettre la page dans l'enveloppe, il s'arrêta un instant et revérifia l'heure et la date du message. D'un air soucieux, il consulta sa montre, chercha de nouveau dans la liste à la fin de son cahier et composa un numéro.

Ce message ne pouvait pas attendre la prochaine ronde du messager. Il s'agissait d'une possible menace en temps réel pour la mère patrie, menace qui ne relevait pas de la compétence des forces navales.

Pendant qu'il entendait la sonnerie à l'autre bout du fil, il relut le message en préparant ce qu'il allait dire.

*

Il fallut trois appels de plus et un total de trente-six minutes pour obtenir l'autorisation que le message du *Kavkaz* quitte Severomorsk et passe par les multiples strates bureaucratiques, pour enfin parvenir jusqu'à Vladimir Tchelomeï, directeur du programme Almaz. Le haut-parleur en métal sur son bureau vibra au son des mots du capitaine du *Kavkaz*, qui lui étaient rapportés textuellement, y compris l'heure et la date. Peu à peu, Tchelomeï saisit toute la portée de cette information, de cette petite pièce de casse-tête qu'avait découverte l'officier des communications de la flotte nordique.

Ces salauds d'Américains se dirigent vers mon vaisseau !

*

Gene Kranz s'adossa contre sa chaise et s'adressa à l'officier de l'instrumentation et des communications.

— INCO, pourquoi 18 ne nous entend pas ?

Sa voix résonna dans le casque d'écoute de chaque membre du personnel du centre de contrôle de mission. Cependant, comme il s'agissait d'une mission militaire, elle était confinée au bâtiment.

— Pas certain, FLIGHT. Sûrement un problème avec le navire relais. On n'a jamais eu à en poster un aussi loin vers le nord. Il a une bonne antenne de suivi du signal, mais la transmission de la voix est intermittente. Ça ira sans doute mieux avec le navire dans le Pacifique Sud, à soixante-douze minutes.

Gene réfléchit.

— FDO, comment ça se passe ?

Il s'adressait à l'officier de dynamique de vol, ou *flight dynamics officer*, qui était chargé de localiser le vaisseau.

— Comme sur des roulettes, FLIGHT. Les conditions sont idéales pour le rendez-vous.

Gene opina du chef et ajouta :

— On va travailler avec le suivi à jour et commencer à recueillir les données préliminaires pour la première mise à feu.

Apollo avait effectué une entrée en orbite en alignement parfait avec *Almaz*, soit en dessous et derrière, et la rattrapait. Deux mises à feu exécutées avec précaution seraient nécessaires pour surélever l'orbite et faire voler le vaisseau aux côtés d'*Almaz*.

— Pour le moment, INCO, vérifiez bien les communications à bord jusqu'à maintenant pour vous assurer qu'il n'y a pas de problème avec les instruments de 18.

— Bien reçu, FLIGHT. On s'y met.

Gene jeta un coup d'œil sur les horloges numériques de l'écran avant, puis s'adressa à toute la salle :

— Quand on rétablira les transmissions au-dessus du Pacifique Sud, Luke va préparer sa combinaison pour sa sortie, et on va devoir veiller à ce que tous les systèmes soient bien prêts. On aura cinquante minutes à partir de la première mise à feu. On aura donc besoin du suivi à jour pour avoir les bonnes données à bord. Tenez-vous prêts, tout le monde. Cette mission Apollo n'a rien à voir avec les autres.

*

La technicienne de Motorola maniait le fer à souder comme personne. Elle avait acquis son talent dans le garage de son père à Phoenix, où ils assemblaient ensemble des radios et des amplificateurs Heathkit. Le père admirait la stabilité de la main de sa fille et son imperturbable concentration pendant qu'elle utilisait la quantité minimale de métal et de flux, créant ainsi des raccords électriques soignés.

Quand Motorola l'avait embauchée, père et fille avaient appris avec fierté qu'on allait lui confier l'assemblage des instruments de communication d'Apollo. La complexité des circuits exigeait un travail manuel méthodique et de grande précision, afin d'établir le câblage et de souder chaque couche. La perfection était non négociable et nécessitait des inspections particulièrement rigoureuses. Après s'être penchée pour accomplir sa tâche, fixant avec intensité ses mouvements à travers ses lunettes de protection, elle se poussa pour laisser un superviseur vérifier la qualité du travail. Couche par couche, une connexion soudée après l'autre, on avait assemblé les principaux blocs de communication des modules de commande et de service d'Apollo.

La technicienne portait une combinaison de coton par-dessus ses vêtements et ses cheveux étaient attachés sous un bonnet pour éviter que des mèches rebelles ou des fibres ne touchent les circuits. Un masque couvrait sa bouche et son nez, l'empêchant ainsi de souffler des gouttelettes d'humidité sur les circuits. Les techniciens dans la salle ressemblaient à des robots sans personnalité, de pâles silhouettes bleues anonymes inclinées sur des tables recouvertes d'appareils électroniques, concentrées sur leur travail.

Pendant qu'elle réalisait un raccord, son masque se plissa un peu sous son nez. Elle ne se laissa toutefois pas distraire et continua de maintenir la pointe du fer à souder bien en place, afin de chauffer les fils exposés. Le picotement du masque fit froncer son nez et elle remua ses lèvres pincées. Rien à faire : elle réprima un éternuement, comme elle l'avait déjà fait, et s'efforça de garder ses mains stables.

Une fois sa tâche terminée, elle admira son travail. Elle sourit de fierté derrière son masque. C'était parfait. Elle recula un peu sa chaise pour permettre à l'inspecteur d'effectuer sa vérification. Comme à l'habitude, il se montra satisfait et cocha un élément de sa longue liste. Elle ajusta son masque pour dégager ses narines et poursuivit sa tâche.

Mais elle ne savait pas…

Elle ne savait pas qu'en refoulant un éternuement, son bras avait bougé, créant ainsi une imperfection sous le raccord. Tel un caillou, une petite bille de soudure isolée avait refroidi, s'était logée et cachée sous un mince fil. Une minuscule sphère de métal maintenue en place, défiant la gravité.

*

Pursuit était le dernier module de commande d'Apollo à prendre son envol, et l'ensemble de l'équipement n'avait pas été soumis à des essais rigoureux, contrairement aux premières missions. Le processus de qualification était déjà bien établi et le budget, plus restreint que jamais. Les tests sur les vibrations intenses d'autrefois avaient fait place à un simple essai d'endurance aux secousses en laboratoire. L'imperfection de la soudure n'avait pas été relevée, et le transpondeur avait passé haut la main la vérification de fonctionnement pour être ensuite installé avec soin dans la case à équipements de *Pursuit*.

Cependant, la bille de soudure n'avait pas résisté aux vibrations et à l'accélération du lancement. Le mince fil métallique de couverture s'était tendu sous les puissantes forces d'accélération à la pression maximale, puis la bille était tombée à la suite du choc de la séparation des étages. L'accélération des moteurs du deuxième étage avait poussé la bille de soudure jusque dans la carte de circuit imprimé adjacente, où elle était restée. Un petit bout de métal, écarté de tout danger, avait été retenu en place par la poussée des moteurs pendant le lancement.

Une fois le moteur du troisième étage coupé, le vaisseau spatial entra soudain en apesanteur, gravitant autour de la Terre. La minuscule sphère de métal s'échappa en douceur de son lieu de repos et devint un petit ballon conducteur sur le terrain de jeu que formaient les circuits.

De petits propulseurs s'allumèrent pour orienter *Pursuit* dans la bonne direction. Il accéléra légèrement et bifurqua sur le côté. La bille flotta vers une autre partie du système de circuits du transpondeur. En appuyant sur le bouton de communication, Chad activa le système et deux fils subirent un court-circuit en la touchant, et elle se souda alors en place. Le courant descendit bien en deçà de la normale, empêchant ainsi la transmission du signal. La voix de Chad demeurait prisonnière de la boîte.

Un éternuement réprimé dix-neuf mois plus tôt à Phoenix, en Arizona, avait causé une défaillance dans le circuit vocal principal de *Pursuit*, le module de commande d'Apollo.

L'équipage parlait dans le vide.

*

Ultraconfidentiel
AGENCE CENTRALE DE RENSEIGNEMENTS
— ÉTATS-UNIS D'AMÉRIQUE
Briefing quotidien du président

- Addendum -

16 avril 1973 — 8 heures (HNE)
POUR LE PRÉSIDENT SEULEMENT
PRINCIPAUX DÉVELOPPEMENTS — Addendum

La NASA rapporte la réussite du lancement d'Apollo 18 ce matin à 7 h 32 (HNE). L'équipage entièrement militaire est sous la direction du vice-chef des opérations navales, l'amiral Maurice Weisner, et du Comité des chefs d'état-major interarmées. Les tâches initiales de la mission soutiennent les activités de la National Security Agency et de la CIA. Elles consistent à réaliser une documentation photo du satellite-espion *Almaz* (« Diamant ») et, si possible, à le désactiver. *Almaz* a été lancé le 3 avril à partir de Baïkonour, en URSS. Il s'agit du satellite-espion orbital doté des meilleures capacités optiques parmi tous les vaisseaux, tant soviétiques qu'américains. On estime qu'il est en mesure de reconnaître des objets mesurant aussi peu que 0,30 mètre. En cas d'activation du satellite, cette capacité serait susceptible d'entraîner des conséquences négatives graves sur les SIGINT* aux États-Unis.

Des cosmonautes doivent faire fonctionner *Almaz* en temps réel à bord, charger, décharger et traiter le film et le désorbiter, puis finalement le retourner en URSS. Pour le moment, *Almaz* est inhabité et donc préopérationnel. Aucun renseignement obtenu par la CIA ou la National Security Agency ne confirme la date de lancement de la mission des cosmonautes.

À environ 10 h 35 aujourd'hui, le capitaine d'Apollo 18, Lucas Hemming, USMC, effectuera une sortie dans l'espace pour photographier et désactiver *Almaz*, en coupant des câbles externes et/ou des conduites de refroidissement ou de carburant. Contrairement aux missions Apollo précédentes, une interruption complète des communications radio publiques et du suivi des activités de l'équipage est possible pendant et après cette phase du vol d'une durée de deux heures.

Une fois les opérations sur *Almaz* terminées, Apollo 18 quittera l'orbite terrestre pour se diriger vers la Lune à environ 11 h 30 (HNE). Le transit vers la Lune durera trois jours. À compter de ce moment, le profil de vol d'Apollo 18 se conformera davantage aux missions précédentes.

- Fin de l'addendum -

* SIGINT, pour *signals intelligence*, ou renseignements d'origine électromagnétique (ROEM).

CHAPITRE 24
Module Pursuit, orbite terrestre

— Ouh là ! Désolé les gars, je viens de lâcher une vraie bombe puante !

Durant le lancement, la pression de l'air dans la cabine avait chuté graduellement, comme prévu, et se maintenait dorénavant au tiers de la pression en Floride. Les gaz ayant pris de l'expansion dans leurs intestins, les trois astronautes souffraient de flatulences.

Michael fit une grimace.

— Merde, Luke, ça t'ennuierait de garder ça dans ta combinaison ?

— Comment se passe l'alignement, Michael ?

Chad avait largué les couvertures extérieures qui protégeaient les systèmes optiques pendant le lancement, et Michael regardait les images des caméras intégrées en manœuvrant avec prudence *Pursuit*, pour l'aligner avec des étoiles précises. Lorsqu'il fut certain d'avoir un alignement juste, il saisit les données dans l'ordinateur de navigation. Il fallait une orientation précise pour exécuter la manœuvre imminente, qui consisterait à surélever l'orbite du module de commande pour l'amener à la même altitude qu'*Almaz*.

— Ça me semble bon, chef. Les étoiles ont exactement la même position que dans le simulateur.

— Bonne nouvelle, fit Luke, soulagé. On peut dire que la Saturn V nous a offert un sacré tour de montagnes russes !

Il rabattit son siège de lancement pour faire de la place en vue de sa sortie dans l'espace.

— Je me sentais comme un mannequin d'essai de collision ! concéda Michael.

— Les p'tits gars, il y a des accrocs dont on devrait parler à Houston ? interrompit Chad.

Luke et Michael secouèrent la tête. Chad était toujours attaché au siège de gauche. Établir un contact visuel en apesanteur était nouveau pour eux, car ils n'avaient ni haut ni bas comme point de repère.

Chad confirma que le système de communication en bande S était en mode émission-réception. En s'inclinant à droite, il vit la force du signal radio monter en flèche : le vaisseau captait à présent les fréquences du navire relais *Rose Knot*, 257 kilomètres plus bas, au large de la côte australienne. Chad appuya sur le bouton de transmission du levier.

— Houston, Apollo 18 est de retour.

Silence radio.

Chad vérifia les interrupteurs, puis le panneau de communication secondaire, pour s'assurer que tout était réglé correctement. Il lança un nouvel appel à Houston. Toujours pas de réponse. L'inquiétude gagna Chad. Michael s'approcha en flottant et tapota le clavier-écran qui affichait l'activité de liaison montante provenant du navire.

— Le flux des données semble normal, chef.

La voix du capcom retentit.

— Apollo 18, ici Houston, vous me recevez ?

Les deux hommes poussèrent un soupir de soulagement.

— Utilise ton microphone pour répondre, conseilla Chad à Michael, qui pressa sur le bouton.

— Cinq sur cinq, Houston. Et de votre côté ?

Pas de réponse.

Michael visualisa mentalement le système de communication dans sa tête et réfléchit aux causes possibles du problème :

— Les données sont bonnes des deux côtés, et on entend bien le capcom. Le problème se situe donc dans le signal vocal de liaison descendante.

Chad acquiesça.

— Houston, si vous nous entendez, on va passer en VHF.

Il étira le bras pour pousser l'interrupteur et sélectionner le système radio de bord habituel en aviation, le plus simple, et appela encore.

— Houston, ici 18 en très haute fréquence, comment vous nous recevez ?

Un léger bourdonnement de parasites crépita dans les casques d'écoute. Luke s'arrêta pour regarder ses confrères tenter de régler le problème, qui était d'un seul coup passé de contrariant à sérieux, et proposa :

— On pourrait envoyer une commande de données nulle pour leur indiquer qu'on les entend ?

— Bonne idée, répondit Chad.

Il réfléchit un instant, tapa cinq zéros et appuya sur la touche Entrée. L'ordinateur rejeta la commande, le témoin d'erreur de l'opérateur s'alluma. Il entra alors « 11111 », choisit une fois de plus le système de communication en bande S et attendit un appel de Houston.

— Apollo 18, ici Houston, nous avons reçu votre entrée nulle. Vous nous recevez bien ?

Chad pressa sur la touche Entrée, et le voyant d'erreur de l'opérateur s'éclaira de nouveau.

— T'es en train de créer un code ! s'exclama Michael, un sourire au visage.

— Attendons de voir s'ils vont saisir, dit Chad en haussant les épaules.

Il vérifia le plan de vol.

— Il nous reste à peu près seulement quatre-vingt-dix secondes de communication par ce navire.

— Apollo 18, ici Houston. Si vous nous entendez, tapez de nouveau une série de « 1 » et appuyez sur Entrée.

— Bingo ! s'écria Chad en tapant les chiffres.

Le soulagement se fit entendre dans la voix du capcom.

— Bien reçu, 18, merci. Tous les systèmes semblent fonctionner, à part la communication vocale en liaison descendante. Il s'agit peut-être d'un signal d'émission faible. On va donc réessayer avec la grosse antenne parabolique à White Sands dans vingt-deux minutes et on va penser à autre chose d'ici là. Si vous nous recevez, entrez une série de « 0 » et pressez sur Entrée.

Chad obtempéra.

— Bien reçu, 18. Si vous avez un problème majeur à bord, tapez une série de « 1 ». En cas de problème mineur, tapez une série de « 0 ».

Chad envoya une commande de cinq zéros.

— Très bien, 18, merci. On vous contacte de nouveau dans vingt minutes.

Chad s'adressa alors à ses collègues.

— On a un moyen de communication pour le moment, mais c'est rudimentaire. Luke, continue les préparatifs pour ta sortie dans l'espace. Michael, trouve-moi le schéma du système de communications. Hors de question qu'un simple problème de comm nous empêche d'aller sur la Lune.

Michael se tenait près du hublot, le visage éclairé par une faible lueur.

— Je m'en occupe. Mais avant, les gars, prenez le temps de regarder notre premier lever de soleil dans l'espace.

Chad et Luke levèrent les yeux vers les hublots et admirèrent le soleil levant, dont ils s'approchaient à 8 kilomètres par seconde. La douce lueur mauve de l'horizon nocturne fit vite place à l'aube.

Le soleil apparut et Luke en eut le souffle coupé.

— Je n'ai jamais rien vu d'aussi beau, dit Michael avec admiration. On dirait que quelqu'un vient de peindre un arc-en-ciel aux frontières de la Terre.

— Très joli, répondit Chad. Cependant, ça veut dire qu'il reste seulement quatre-vingt-dix minutes. Au prochain lever de soleil, on devrait avoir *Almaz* dans notre mire.

— Oui, bien sûr, concéda Luke, qui se remit au travail.

— La préparation pour ton EVA, ça avance ?

— Oui, chef. Ma longue liaison ombilicale est attachée au sac à dos. Tu vas pouvoir la dérouler à mesure que j'avance. Mes surgants et ma visière externe sont prêts.

Luke fouilla dans un étroit casier pour en sortir un imposant appareil photo Hasselblad carré, doté d'un objectif court, monté sur une poignée revolver. Il fixa l'appareil photo à l'armature intégrée sur la poitrine de sa combinaison, prêta l'oreille pour entendre le déclic, puis le détacha pour le ranger avec le reste de l'équipement. Il saisit ensuite un coupe-boulon orange long d'un mètre, qu'il s'était procuré avec un technicien en activités extravéhiculaires dans une quincaillerie de Houston après les changements apportés à la mission.

Ils avaient attaché un petit anneau de métal à l'une des manches pour que le coupe-boulon ne parte pas à la dérive dans l'espace pendant la sortie. Luke glissa l'outil sous un câble élastique, à côté de l'appareil photo.

Michael avait extrait de son épaisse liste de vérification le schéma du système de communications. Il traça du doigt les câbles sur l'illustration, à la recherche de causes possibles.

— Chef, dis-moi ce que tu en penses : le problème de communication vocale se situe des deux côtés et seulement en liaison descendante. Donc, ça doit être une défaillance précise dans un emplacement commun, expliqua-t-il en pointant un rectangle sur le schéma. Selon moi, c'est dans le transpondeur principal du système USB.

Il passa à la page suivante.

— On peut l'atteindre par la case à équipements si nécessaire, mais il va falloir démanteler quelques trucs pour y arriver.

— Attendons de voir ce qu'en pense Houston, dit Chad en consultant sa montre. En parlant du loup…

Une voix surgit du haut-parleur de la cabine et interrompit la conversation :

— Apollo 18, ici Houston via White Sands, vous me recevez ?

— Cinq sur cinq, Houston. Et de votre côté ? s'enquit Chad après un court silence.

L'équipage retint son souffle.

— Dix-huit, ici Houston. Le signal est faible, mais on vous entend. On confirme le suivi à l'instant, et vous aurez sous peu les données de la manœuvre de mise à feu pour le rendez-vous avec *Almaz*.

— Bien reçu, Houston.

Un signal faible n'était pas l'idéal, toutefois, ça irait pour le moment.

*

Gene Kranz voulait s'adresser à tous les employés du centre de contrôle de mission.

— Écoutez-moi bien, tous. Ici FLIGHT. Donnez-moi le feu vert quand vous serez prêts.

Sur sa console, il y avait de petits carrés, chacun correspondant à un des officiers, qui appuyèrent tour à tour sur un bouton. Lorsque tous les voyants verts furent allumés, Kranz sut qu'il avait l'attention de tous.

— INCO, avez-vous trouvé une solution pour le problème de communication avec 18 ?

La manœuvre de mise à feu approchait à grands pas, et il fallait des réponses.

— FLIGHT, le signal de retour est faible sur la boucle vocale. Ça semble être un court-circuit partiel, probablement dans les connecteurs ou dans le transpondeur du système USB. Pour l'instant, on est en mesure d'avoir des communications passables par les grosses antennes à Madrid et à Canberra, et, de notre côté, aux États-Unis. Pour tous les autres sites, on aura une pleine communication, sauf un retour du signal vocal. Après le rendez-vous avec *Almaz* et la manœuvre de mise sur trajectoire lunaire, on aura des instructions de réparation pour l'équipage, qui devraient régler le problème.

Le mot « devraient » n'était pas suffisant pour Gene.

— INCO, à quel point êtes-vous certain que ces mesures de réparation vont fonctionner ?

À moins que la probabilité de réussir à corriger la défaillance du système de communication soit très élevée, Kranz refusait d'allumer le gros moteur qui allait propulser le vaisseau hors de la zone relativement sécuritaire de l'orbite terrestre, pour l'envoyer sur une trajectoire de trois jours vers la Lune, sans arrêt possible, dans le vide. En comptant trois jours pour l'aller et autant pour le retour, il mettrait en jeu la vie de l'équipage pendant une semaine, pour ainsi dire. Il fallait absolument faire fonctionner le système de communication.

— FLIGHT, dans le pire des cas, on aura des communications faibles, mais compréhensibles, comme ce qu'on vient d'observer avec White Sands. À mesure que le vaisseau va s'éloigner de la Terre, le signal va s'améliorer, comme on sera à la portée d'une ou deux grosses antennes terrestres en tout temps. Aucune interruption. Ensuite, le déploiement de l'antenne à gain élevé sur *Pursuit* va lui aussi améliorer le signal.

Gene acquiesça. Néanmoins, une dernière question cruciale le taraudait.

— Vous croyez que le module lunaire aura le même problème ?

— Négatif, FLIGHT. Le module a un système indépendant.

— On va bientôt communiquer avec 18 via Madrid, puis on va procéder à la première mise à feu pour le rendez-vous, dit Gene en parcourant la salle du regard. Des objections ?

Silence.

Pas le scénario idéal, songea Gene, *mais on a vu pire. Si on a été capables de ramener l'équipage d'Apollo 13 sain et sauf, on devrait pouvoir résoudre ce petit problème.*

— Bon travail, INCO, reprit Kranz. Écoutez, tout le monde : je veux qu'on transmette les données du rendez-vous en liaison montante dès que possible. Aussitôt que l'équipage les reçoit, j'attendrai le feu vert de chacun de vous pour la manœuvre.

Gene leva les yeux vers l'écran avant, où était projetée la silhouette blanche du vaisseau Apollo qui traversait l'Atlantique Nord, à l'ouest de l'Irlande. Un rectangle rouge se trouvait juste devant et suivait la même courbe autour du globe.

Je ne sais pas quels secrets tu caches, Almaz, *mais on va bientôt les découvrir.*

*

— Tout est prêt pour l'allumage, Luke ?

Luke s'accrochait à l'appui-tête du siège de Chad, admirant le paysage aride et orange du désert du Sahara par le hublot.

— Tout à fait, chef. Prêt pour la balade.

Michael vérifia les instruments devant Chad.

— L'attitude semble bonne, chef, annonça-t-il à la satisfaction de Chad.

Le vaisseau avait pivoté dans l'espace, suivant parfaitement les instructions du centre de contrôle de mission. L'équipage recevrait les communications subséquentes lorsqu'il survolerait Madagascar. Cependant, la mise à feu des moteurs pour surélever l'orbite du vaisseau et atteindre celle d'*Almaz* aurait lieu entre deux stations au sol. Aucun témoin, hormis les astronautes.

— Michael, tout de suite après l'allumage, je vais quitter le siège de gauche et tu pourras prendre les commandes de *Pursuit*.

— Compris. Je suis prêt.

Les deux hommes fixèrent le compteur numérique.

— Dix secondes, Luke, avertit Michael.

— Parfait, merci.

De sa main libre, Luke immortalisait le spectacle à travers le hublot avec son Hasselblad, doté d'un système de rebobinage électrique qui gémissait après chaque photo.

— Vous voyez le Nil ? Absolument incroyable.

— Trois, deux, c'est parti, annonça Chad.

Un grondement sourd se fit sentir depuis la coque. À une trentaine de mètres au-dessous, le moteur à hydrogène liquide J-2 s'anima, générant aussitôt une poussée de 90 000 kilos. Le corps de Luke trembla contre la cloison arrière.

— Waouh ! s'exclama-t-il en tentant d'empêcher l'appareil photo de heurter le hublot.

— Je t'avais dit de bien te tenir ! dit Chad.

Une liste de vérification se détacha du velcro avec un bruit de déchirement et flotta près de la tête de Michael. Luke la saisit et la rendit à son collègue.

— La température et la pression semblent normales, le moteur tourne bien sur les cardans, observa Michael.

Le moteur J-2 pivotait de façon parfaite sur son support, projetant *Pursuit* vers sa destination. Dans son siège, l'astronaute pouvait sentir les vibrations et les légers changements de direction.

— Arrêt du moteur dans quinze secondes, ajouta-t-il.

Chad pointa les manomètres de son index droit.

— Trois, deux, un.

Le compteur et les voyants lumineux confirmèrent l'arrêt.

— Arrêt réussi.

— Les gars, quand vous aurez une chance, venez regarder par le hublot. On a une vue de la vallée du Grand Rift jusqu'à la Corne de l'Afrique !

Chad sécurisa les interrupteurs, détacha ses sangles et s'éleva avec prudence au-dessus de son siège.

— J'arrive. Michael, à toi les commandes.

— Oui, chef ! Je prends le contrôle.

Michael s'installa dans le siège de gauche et boucla de manière lâche ses ceintures. Le vaisseau suivait à présent une orbite ovale, dont le sommet était aligné avec l'altitude d'*Almaz*. Après un dernier allumage au-dessus du Pacifique, leur orbite concorderait parfaitement avec l'orbite circulaire du satellite-espion soviétique. *Almaz* serait à portée de vue, ce qui permettrait à Michael d'exécuter la délicate manœuvre d'approche. Il s'y était entraîné sans relâche dans le simulateur, dès que Kaz leur avait rapporté les ordres de Washington. Aujourd'hui, c'était le jour J. Il essuya ses mains moites sur l'épais tissu de sa combinaison, puis saisit délicatement les contrôleurs manuels, en visualisant les mouvements qu'il allait exécuter.

— Hé, Luke, c'est quoi déjà, la prière de l'astronaute ? demanda-t-il.

Luke s'esclaffa.

Michael expira, puis essaya de se concentrer.

Seigneur, faites que je ne fasse pas foirer la mission.

*

Comme Chad avait jusque-là concentré toute son attention sur les commandes du vaisseau, sanglé sur son siège, il n'avait pas encore pris la pleine mesure de l'apesanteur. Il avait l'impression de participer à une simulation très réaliste plutôt qu'à un vol spatial. Mais alors qu'il se dégageait en flottant du siège pour céder sa place à Michael, il fut frappé de plein fouet par la réalité de ce qui l'entourait.

Wow ! Son sens de l'équilibre cherchait désespérément à comprendre ce qui arrivait. Il étira le bras vers la main courante qui flanquait le hublot, passa avec maladresse à côté, puis l'agrippa avec force pour se stabiliser. Une vague de vertige s'empara aussitôt de lui, brouillant pour un moment sa vision. Il ferma les yeux en espérant que ça allait disparaître.

— Ça va, chef ? s'inquiéta Luke, qui flottait à côté de lui.

— Ça ne pourrait pas aller mieux, répondit Chad d'une voix catégorique en fixant l'horizon.

Les toubibs l'avaient prévenu qu'il risquait de souffrir du mal des transports, mais fort de ses dix ans d'expérience à piloter et à tester des avions de chasse, il avait balayé leurs inquiétudes du revers de la main. Comme tout bon pilote militaire, il tirait une grande fierté de son estomac d'acier.

Pour le distraire, Luke montra quelque chose du doigt par le hublot.

— Tu penses qu'il y a des gens qui vivent sur cette miette ?

Ils survolaient une minuscule île volcanique circulaire, son ombre allongée par le soleil couchant. Chad fit pivoter tout son corps peu à peu, en raidissant le cou pour empêcher sa tête de bouger. Il baissa son regard vers la particule perdue dans l'océan Indien.

— Un vrai p'tit paradis, grogna-t-il avant de refermer les yeux, très lentement.

Tandis qu'ils naviguaient dans l'obscurité orbitale, la lumière qui les baignait passa rapidement d'une blancheur aveuglante à un orangé qui vira au rouge sang, telle une fusée éclairante dont les flammes illumineraient leurs visages.

Tout à coup, Chad eut un haut-le-cœur et tout son corps se convulsa en tentant de le contenir. Il fouilla à tâtons dans sa poche et y retira un sac vomitoire qu'il posa juste à temps contre sa bouche, pour contenir le steak et les œufs qui en jaillissaient avec la puissance d'un raz-de-marée. Aux premières loges du spectacle, Luke grimaça et se tira le long de la porte d'écoutille pour gagner l'autre hublot. Il toucha Michael du doigt et désigna en silence leur commandant du menton.

Fallait-il absolument que le sac soit transparent ?

Tous deux plissèrent le visage de dégoût et, possédés d'une fascination morbide, observèrent Chad alors qu'il était secoué d'un second haut-le-cœur. Le contenu de son estomac ricocha au fond du sac et revint gracieusement éclabousser son visage, envahissant l'habitacle d'une odeur âcre.

Luke extirpa un mouchoir en coton de sa poche d'épaule et l'agita silencieusement dans l'apesanteur pour attirer l'attention de Chad.

Celui-ci le prit sans hésitation. Il referma le sac vomitoire d'une main et s'essuya le visage de l'autre, du front au menton.

Michael se risqua à plaisanter :

— Bon, maintenant au moins, on ne sentira plus les pets de Luke.

Chad passa une dernière fois le mouchoir sur son visage avant de le fourrer dans le sac souillé, qu'il enroula et scella à l'aide de l'attache rouge intégrée. Ensuite, il tira son propre mouchoir de sa poche avant pour nettoyer les dernières traces de son visage et de ses mains.

— Je vais te chercher de l'eau, le rassura Luke.

Il se faufila pour contourner Chad et actionner l'interrupteur de mise sous pression, puis sortit le pistolet distributeur d'eau et en fit gicler un peu sur le mouchoir de son commandant.

— Merci, marmonna ce dernier en repassant le tissu humide sur son visage.

Il souleva le sac à demi plein de vomi à la hauteur de ses yeux d'un air écœuré.

— Qu'est-ce qu'on fait avec ça pour le reste de la semaine ? demanda-t-il d'une voix alourdie de répulsion.

— Je vais m'en débarrasser en sortant, proposa Luke. Ou bien je pourrais m'en servir pour saboter *Almaz*.

— Très drôle, grommela Chad en fixant le sac à un velcro tout près de la porte d'écoutille.

Au moins, il se sentait beaucoup mieux maintenant que son estomac était vidé. Il respira profondément et jeta un coup d'œil sur sa montre :

— Il faudra bientôt commencer la dépressurisation de l'habitacle pour l'EVA, annonça-t-il avant de regarder Luke. C'est l'heure de mettre ta tenue de combat.

*

— Apollo 18, ici Houston, grésilla la voix du capcom. Contact rétabli via Madagascar. L'allumage semble avoir tout à fait réussi. On recueille maintenant les données préliminaires pour le deuxième allumage.

La voix s'interrompit brièvement puis reprit :

— Tapez cinq zéros si vous recevez.

Ayant déjà préparé la réponse numérique, Michael enfonça le bouton Entrée pour l'envoyer.

— Bien reçu. Tous vos systèmes semblent opérationnels. Si vous avez des problèmes, entrez cinq un.

Au fond, ce n'est peut-être pas si terrible, se dit Gene Kranz, campé sur sa chaise de directeur de vol. *C'est peut-être même préférable pour tout le monde s'ils sont incapables de nous dire exactement ce qu'ils font quand on sera près d'* Almaz.

ALMAZ

CHAPITRE 25
Rendez-vous, orbite terrestre

À bord d'Apollo, les astronautes avaient remis leur casque et leurs gants. Ils sentaient leur combinaison se raidir, tandis que la pression interne de la capsule chutait en prévision de la sortie extravéhiculaire de Luke. Ce dernier observait le sac vomitoire se gonfler, ses parois repoussées par l'air piégé à l'intérieur, en espérant qu'il n'allait pas fuir ou éclater une fois qu'ils allaient atteindre l'ultravide.

— Comment tu te sens, chef ? demanda-t-il.

— Je vais bien, affirma Chad. Michael, comment a été l'allumage ?

— Pile au bon moment, répondit celui-ci. On devrait bientôt voir apparaître *Almaz* au loin. La station va être au-dessus de nous.

Aussitôt qu'il apercevrait leur cible, Michael devrait manœuvrer manuellement *Pursuit* pour s'en rapprocher. Il devait tenter de synchroniser à la perfection sa vitesse et celle du vaisseau soviétique pour permettre à Luke de l'atteindre.

Une manœuvre délicate, certes, mais Michael était prêt. Il avait discuté avec des astronautes qui avaient accompli le même type d'exploit pendant le programme Gemini, dont Wally Schirra. Celui-ci avait réussi à s'approcher à moins de 30 centimètres d'un autre vaisseau Gemini et à maintenir sa position.

Pour l'instant, Michael était flanqué de ses deux coéquipiers, chacun flottant devant un hublot, le regard perdu dans l'obscurité à contempler l'horizon courbé d'un violet faiblement lumineux.

— On a le couvert de la nuit pendant encore quelques minutes, déclara Chad. Je ne vois toujours pas *Almaz*. Combien de temps avant qu'on rétablisse le contact avec Houston ?

Michael prit le plan de vol avec son gant gauche boursouflé et fit maladroitement courir son doigt le long de la colonne.

— On va ravoir le signal dans une dizaine de minutes, évalua-t-il.

— Le plan, c'est d'attendre le feu vert de Houston pour ouvrir la porte d'écoutille, résuma le commandant après y avoir réfléchi. Mais je ne vais pas rater l'occasion si on rejoint *Almaz* en avance.

Luke s'écarta de la fenêtre pour offrir une vue dégagée à Michael, puis s'agrippa à la poignée de la porte d'écoutille de *Pursuit* en affirmant :

— Je suis prêt.

*

La porte de bois du centre de contrôle de mission s'ouvrit brusquement pour laisser entrer Al Shepard à grandes enjambées. Kaz la retint puis la referma en douceur derrière JW et lui. Lors de son appel au centre des opérations à Ellington, Al avait été mis au courant des problèmes de communication de *Pursuit* et il en avait ensuite informé ses collègues. Les trois hommes montèrent les gradins pour rejoindre les officiers au poste qui leur était assigné. JW et Kaz se placèrent côte à côte aux postes de SURGEON et de CAPCOM, au deuxième niveau. Al gravit deux autres niveaux pour gagner, au fond de la salle, son poste central de directeur des opérations de vol. Chacun prit un casque d'écoute dans un tiroir sous sa console et le brancha pour se mêler au bourdonnement des opérations.

Gene Kranz attendit que les trois nouveaux venus soient bien installés. Puis il résuma l'état d'avancement de la mission à l'intention de tous :

— Comme vous le voyez à l'écran, Apollo 18 survole maintenant le milieu du Pacifique. Les membres d'équipage ont sans doute procédé au deuxième allumage, ce qui les aurait amenés à l'angle zénithal d'*Almaz*. Ils ont leur combinaison et Luke Hemming est paré pour l'EVA. La dépressurisation de l'habitacle doit être sur le point d'atteindre le vide poussé.

Ils attendent notre feu vert pour ouvrir la porte d'écoutille. SURGEON, dès qu'on rétablit le contact via la Californie, je veux une mise à jour immédiate des données de télésurveillance de la combinaison de Luke.

Son regard s'arrêta sur GUIDO, l'agent de guidage, assis à la première rangée :

— Je vais avoir besoin de la trajectoire aussitôt qu'on la reçoit, ordonna-t-il. Je veux m'assurer que le deuxième allumage s'est bien passé et effectuer les calculs pour celui qui permettra le transfert d'Apollo en orbite lunaire. On doit transmettre ces données à bord avant de perdre la liaison montante et on n'a vraiment pas beaucoup de jeu. L'injection translunaire va se faire hors de portée de nos systèmes de communication. C'est pourquoi on doit donner à l'équipage tout ce dont il a besoin pendant qu'on a le contact.

Gene consulta l'horloge numérique posée à l'avant de la pièce et ajouta :

— On va pouvoir établir le contact avec Apollo dans dix minutes. La mise sur trajectoire lunaire est prévue dans trente minutes. Soyez prêts : la prochaine demi-heure est cruciale.

Il dirigea son regard vers Al Shepard en haussant les sourcils. L'astronaute en chef approuva d'un hochement de tête et dressa la main droite en l'air, le pouce levé.

— OK, au travail, tout le monde, conclut Gene Kranz. On doit réussir.

*

— La voilà ! s'écria Michael d'une voix aussi concentrée qu'émerveillée. Pile au bon moment !

Almaz apparut au centre des hublots de *Pursuit*, sa silhouette soudain illuminée par le Soleil levant, comme si un manteau opaque en avait été subitement retiré. Chad aligna une petite règle transparente sur sa longueur et démarra le chronomètre, qu'il avait fixé à un velcro sur le cadre du hublot. Il transmit ensuite à Michael la distance calculée qui les séparait de leur cible :

— On est à 335 mètres. Je te donne la vitesse d'approche sous peu.

— *Roger*, répondit Michael, activant avec prudence les moteurs de contrôle d'orientation pour maintenir *Almaz* au centre du hublot. Je pense qu'on est un peu plus près que 335 mètres. Je vois qu'on a une vitesse d'approche acceptable.

Chad réfléchit, les yeux rivés à la petite aiguille du chronomètre.

— Luke, tu dois être en position dans une dizaine de minutes, commanda-t-il enfin. On va tout de suite ouvrir la porte d'écoutille.

— Bien reçu, chef, répondit Luke, les mains déjà en place. Je m'en occupe.

Il s'assura que l'interrupteur rotatif était bien en position « UNLATCH », puis commença à abaisser la poignée de façon rythmée. À chaque mouvement, les quinze roulettes de caoutchouc qui gardaient la porte hermétiquement close pivotaient pour l'éloigner peu à peu de la structure du module.

Pendant ce temps, Chad fit un autre calcul minutieux à l'aide de sa règle, puis le vérifia en consultant le chronomètre.

— Il semble qu'on soit à un peu plus de 240 mètres, à une vitesse d'approche de… 1,5 mètre par seconde, ajouta-t-il après un autre calcul.

Il fronça les sourcils, incertain.

— Il me faut quelques marques d'étalonnage de plus avant d'être sûr de la vitesse que je te donne, prévint-il.

— Compris, acquiesça Michael d'un ton léger.

Il se réjouissait de constater que ce qui se déployait devant ses yeux était identique à ce qu'il avait vu dans le simulateur visuel configuré pour lui à Houston. Aucune surprise.

— Tous les verrous sont rétractés, la porte est dégagée, annonça Luke. Je l'ouvre.

Il s'appuya sur le siège de Michael de sa main gauche pour se stabiliser et fit pivoter la porte d'écoutille sur ses gonds, la rabattant vers l'extérieur. Il leva les yeux pour observer avec soulagement que le sac à vomi était toujours bien protégé sur son velcro. En traversant l'habitacle, ses pieds décrivirent une vive rotation et heurtèrent Chad, le faisant culbuter de manière accidentelle.

— Fais attention ! s'écria ce dernier en s'agrippant à l'une des rampes de la cloison pour se repositionner en face de son hublot.

— Désolé, chef, s'excusa Luke.

Il ramena prudemment ses pieds entre les deux sièges avant de commencer à se hisser vers le néant.

Une voix fit irruption dans leur casque d'écoute :

— Apollo 18, ici Houston, vous me recevez ?

Michael activa l'interrupteur du micro pour répondre :

— Cinq sur cinq, Houston. Et vous, vous nous recevez ?

*

Ils n'entendirent qu'un crachotement statique.

— Vous avez compris ? interrogea Gene Kranz.

— Non, FLIGHT, désolé, dit le capcom. Incompréhensible.

Il fixa l'écran à l'avant de la salle, puis reprit :

— Ils sont toujours à portée maximale d'antenne. Le signal devrait s'améliorer au fur et à mesure qu'on approche.

— Bien reçu, confirma Gene.

Il consulta les agents postés aux autres consoles et fut soulagé de voir que la trajectoire se dessinait comme prévu. La consommation de carburant due au pilotage se révélait même inférieure à la valeur prévue.

— FLIGHT, ici SURGEON, intervint JW. La respiration et la fréquence cardiaque de Luke sont élevées. Je pense qu'il a déjà amorcé sa sortie spatiale.

Gene interrogea du regard l'agent responsable des systèmes de contrôle environnemental, qui confirma :

— FLIGHT, selon la télésurveillance, les microcontacts de la porte d'écoutille sont activés et l'habitacle est en vide poussé. L'EVA est bien commencée.

— CAPCOM, dites-leur qu'ils ont le feu vert pour l'EVA, commanda Gene après un coup d'œil sur l'horloge murale.

*

En entendant les informations que transmettait la voix du capcom dans son casque d'écoute, Chad renifla.

— Sans blague, Sherlock, railla-t-il d'un ton agacé.

Le coup de pied involontaire de Luke avait ravivé son malaise. Il essaya de se soulager en se concentrant afin de prendre une autre mesure de distance.

— Bordel, c'est magnifique ! s'extasia Luke.

Il avait sorti la tête et les épaules par l'écoutille, ses jambes et son torse toujours à l'intérieur.

— Avant toute chose…

Il se retourna lentement et replongea la main dans la capsule. Puis il délogea le sac à vomi et le lança en ligne droite, à l'inverse de leur trajectoire, pour qu'il puisse rejoindre une orbite inférieure.

— Largué ! cria-t-il.

Il vérifia que son coupe-boulon, solidement attaché à une laisse, avait bien flotté hors de l'écoutille. Puis il s'assura que son appareil photo était sécurisé et s'accrocha à la main courante la plus proche.

— Chef, cette vue… T'en reviendrais pas ! continua-t-il, admiratif devant l'infini étoilé. Je suis prêt à y aller, si tu veux bien me donner du mou à mesure que j'avance.

— Michael, j'en suis à 152 mètres et 91 centimètres par seconde, dit Chad au pilote. Tu approuves ?

— Ouep, ça concorde avec ce que je vois, approuva ce dernier.

— OK, Luke, je suis avec toi, reprit le commandant d'une voix tendue. Ton ombilical est dégagé.

Luke se hissa complètement hors de la capsule, se retourna et se plaqua contre le module, tel un alpiniste obèse. Il avança en s'agrippant aux mains courantes de *Pursuit* pour atteindre le module de service. À son extrémité se trouvait un cale-pied où il pouvait fixer ses bottes et ainsi libérer ses mains.

Dans la capsule, Michael rapporta la situation au capcom, au cas où il les entendrait :

— Houston, ici 18. On est à 122 mètres à une vitesse d'approche de 76 centimètres par seconde. Luke vient de sortir et est en train de s'arrimer au cale-pied.

Aucune réponse.

Michael releva les yeux vers *Almaz*, tentant de jauger la vitesse à laquelle il dérivait vers la station.

— Tu as une nouvelle donnée mesurée pour moi, chef ? demanda-t-il en glissant un regard vers Chad.

Chad ne répondit pas. Luke et Michael comprirent pourquoi quelques secondes plus tard, lorsqu'ils entendirent l'écho de ses vomissements dans leur casque d'écoute.

Régurgiter dans une combinaison spatiale étanche était tout ce qu'il y a de plus atroce. Des astronautes d'expérience leur en avaient déjà décrit les conséquences : la puanteur, la visière maculée, l'acide gastrique s'immisçant dans leurs yeux, les efforts pour éviter d'inhaler la bile et les morceaux en suspension…

Désireux de se changer les idées, Michael scruta longuement *Almaz*, évaluant leur vitesse d'approche. Il envoya deux légères impulsions de décélération aux moteurs à l'aide du contrôleur manuel et fut satisfait du résultat.

— Luke, comment ça va dehors ? lança-t-il.

— Michael, c'est de toute beauté ici ! s'émerveillait Luke. Mais j'ai du mal à me tourner pour accrocher mes pieds. Peux-tu vérifier si mon ombilical ne serait pas coincé quelque part ?

Michael regarda Chad. Constatant que son commandant ne réagissait toujours pas, il relâcha les commandes et se contorsionna sur son siège, en étirant le bras le plus loin possible à la recherche du cordon. Celui-ci était tendu contre le mécanisme de la porte d'écoutille et, pour le dégager, Michael le secoua vigoureusement comme un tuyau d'arrosage. Il sentit enfin la résistance faiblir et une partie de la forme serpentine défiler sur sa main.

— Ça a marché, merci ! confirma Luke. J'accroche mes pieds.

Michael relâcha le câble et laissa ses ceintures le recentrer en position. Puis il risqua un autre regard vers Chad.

— Chef ? Ça va ?

— Ça va aller, le rassura Chad d'un ton pesant.

— *Roger*. Si tu peux me fournir une autre donnée mesurée, ce serait apprécié, ajouta-t-il, espérant que cette tâche aiderait l'autre à surmonter son malaise.

— Apollo 18, ici Houston, intervint la voix du capcom. Vérification des transmissions.

— On vous reçoit cinq sur cinq, Houston. Et vous ? interrogea Michael, avant de reporter son attention vers le vaisseau soviétique.

Il corrigea sa trajectoire, dont il avait commencé à s'écarter pendant qu'il débloquait la liaison ombilicale.

Ses yeux captèrent alors un mouvement inattendu. *C'est quoi, ça ?* Un panneau du réseau solaire qui pivote ? Une antenne de télécommunication qui les piste, peut-être ?

La voix de Luke surgit dans ses oreilles, dissipant ses pensées :

— Hé ! Mon pied gauche refuse de… ah… allez, rentre là-dedans !

Toute son attention était dirigée vers sa botte, qu'il essayait de fixer au cale-pied.

Michael observa intensément *Almaz*, tentant de comprendre ce qu'il voyait.

— Houston, vous entendez Luke ? s'assura-t-il. Il est presque en position. Distance et approche adéquates.

C'est quoi, ça ?

*

Au centre de contrôle de mission, le capcom adressa un regard gêné à Gene :

— Désolé, FLIGHT, je n'ai pas trop compris.

La voix transmise de *Pursuit* leur parvenait de façon saccadée.

Kaz enfonça le bouton de son micro, puis affirma :

— FLIGHT, je pense avoir entendu Luke dire quelque chose et Michael a confirmé une bonne distance et vitesse d'approche, j'en suis quasi certain.

Gene acquiesça d'un signe de tête.

— Contentons-nous d'analyser les données, conclut-il enfin. Ils sont assez occupés sans devoir répondre à nos vérifs.

JW prit alors la parole, sa voix lestée d'une légère inquiétude :

— FLIGHT, ici SURGEON. La fréquence cardiaque de Luke et sa respiration viennent de décupler.

— *Roger*, SURGEON. Gardez-le à l'œil et avisez-moi si ça devient trop anormal.

*

Luke parvint enfin à arrimer son pied.

— Voilà ! lâcha-t-il en une longue expiration que Chad et Michael entendirent, mais qui se perdit dans la mauvaise connexion avec Houston. La simulation était bien plus simple, en tout cas. Je me recule, là.

Il baissa le regard et vérifia l'appareil photo sur sa poitrine.

— L'Hasselblad est réglé, confirma-t-il. C'est le temps de le mettre à l'œuvre.

Luke dut bouger tout son corps pour braquer l'appareil vers *Almaz*, 60 mètres plus haut. Alors qu'il levait les yeux pour parfaire l'alignement, il fut un moment aveuglé par l'éclatante blancheur réfléchie par les radiateurs externes. Il plissa les yeux, se détournant pour se préserver de la réflexion et tâcher de photographier l'une des extrémités du vaisseau soviétique…

Sa forme n'était pas celle à laquelle il s'attendait.

— Hé, Michael, c'est quoi le truc conique au bout d'*Almaz* ? On dirait un genre d'annexe… Ce n'est pas ce qu'on a vu au briefing.

Il enfonça le bouton déclencheur de l'obturateur et entama une rotation vers la droite pour faire, comme prévu, le relevé photographique complet de l'extérieur.

— Ça pourrait être une sorte de capsule de rentrée ? proposa-t-il.

Chad se tenait toujours aussi immobile, luttant contre l'emprise de la nausée. Les mains rivées sur les manettes, Michael manœuvrait pour ralentir la vitesse d'approche de *Pursuit* et le conduire tout près de l'autre vaisseau. Il avait étudié du regard chaque contour d'*Almaz* pour évaluer sa vitesse et ses angles, tout en essayant de déterminer ce qu'il avait vu à la base du panneau solaire.

Puis soudain, Luke, agité, lança d'une voix forte :

— Les gars ! Il y a deux cosmonautes en EVA sur *Almaz* ! Houston, *Almaz* est habité ! Il y a des cosmonautes à bord, deux d'entre eux sont dehors !

Une fraction de seconde s'écoula, puis il comprit :

— On dirait qu'ils nous attendaient !

CHAPITRE 26
Almaz, orbite terrestre

— Houston, ici 18, est-ce que vous recevez Luke ? demanda Michael d'une voix où retentissait l'urgence.

Silence radio.

Bon Dieu ! Qu'est-ce qu'on fait, maintenant ?

— Chef, tu vois ça ? s'écria-t-il, angoissé.

Chad se tourna pour lui faire face. Sa visière était maculée de vomissures. Le mouvement brusque déclencha une fois de plus ses haut-le-cœur et il se plia en deux, son corps en apesanteur pulsant sous les vagues de régurgitation.

Gagné par la frustration, Michael secoua la tête et reporta son regard en direction du hublot. Il ralentit son approche, son véhicule dérivant à moins de 15 mètres de la station spatiale.

La voix de Luke retentit dans son casque d'écoute :

— OK, j'ai fini le relevé photographique. Les cosmonautes n'ont pas l'air de bouger. Ils sont peut-être juste censés nous observer ?

Michael les observa à son tour. Leur visière était braquée sur son vaisseau et tous deux s'accrochaient à une main courante d'*Almaz*.

— Peut-être bien, Luke, admit-il sous toutes réserves. Je vais m'approcher un peu plus et passer lentement en dessous sur toute sa longueur. Tu vas pouvoir prendre des photos plus définies. Il te reste assez de pellicule ?

— Oui, plus qu'assez, valida Luke.

Il se tut brièvement, scrutant les cosmonautes sentinelles.

— Je ne devrais pas saboter leur vaisseau, convint-il après réflexion. Vous êtes d'accord ?

Michael glissa un regard vers Chad, toujours recroquevillé sur lui-même. Un pouce levé émergea de la figure pelotonnée.

— Chad est d'accord, et moi aussi, répondit Michael. Prends seulement les gros plans et, quand ce sera fait, je vais nous éloigner d'*Almaz*.

Luke approuva, ajusta le zoom de son objectif et fit la mise au point.

— Ils vont peut-être nous saluer en chemin, lança-t-il nerveusement.

*

— *Almaz, Almaz*, vous m'entendez ? crachota la voix de Tchelomeï dans le casque d'écoute du cosmonaute Andrei Mitkov.

— Nous vous entendons avec clarté, camarade directeur. Le vaisseau américain est à 10 mètres et se rapproche lentement. L'écoutille est ouverte et il y a un astronaute à l'extérieur. Il a un gros outil avec lui, qui ressemble à un coupe-boulon. Ils sont en train de manœuvrer pour se repositionner vers notre capsule de rentrée.

Ce rapport confirmait les pires soupçons de Tchelomeï : ces hommes avaient été envoyés pour attaquer son vaisseau.

— Mitkov ! aboya-t-il. Soyez prêts à empêcher les Américains d'endommager *Almaz*. Prenez toutes les mesures nécessaires.

— Entendu. Nous avançons tous les deux vers la capsule.

Tchelomeï tourna la tête vers le directeur de vol et cria :

— Où est la transmission vidéo ?

— Notre antenne-relais cible un signal solide à l'instant, camarade directeur. Nous le verrons à l'écran principal dans quelques secondes.

Comme par enchantement, une image floue en noir et blanc apparut à côté de la carte de la Terre à l'avant de la salle. Elle montrait une section de la coque incurvée d'*Almaz*, découpée contre le néant ténébreux de l'espace au-dessus de l'arc déployé du globe terrestre.

— Où est le vaisseau américain ? s'énerva Tchelomeï. Nous devons virer pour y faire face !

Il avait un plan, mais, pour l'exécuter, *Almaz* devait être correctement alignée par rapport à ses agresseurs.

Le directeur de vol adressa un geste impatient au technicien des communications, qui s'empressa de contacter l'équipage :

— *Almaz*, nous avons besoin de mises à jour sur la position relative de l'autre vaisseau, en coordonnées orbitales.

Mitkov se déplaçait le long de son vaisseau, une main après l'autre. Il interrompit sa progression en relâchant une main pour se retourner tout à fait et sonder l'espace, son collègue cosmonaute immobilisé derrière lui.

— Ils sont coalignés à 5 mètres maintenant, derrière et en dessous de nous, rapporta Mitkov. Leur capsule de commande accoste notre capsule de retour par le travers. Ils maintiennent la distance et dérivent lentement vers l'avant.

— Bien reçu, déclara le technicien.

Celui-ci se retourna et lança un regard lourd de questions au directeur de vol, qui levait les deux mains pour mieux visualiser l'orientation. L'homme tourna un de ses poignets pour convenir de la rotation désirée, puis donna ses instructions d'urgence à l'agent chargé de la commande d'orientation d'*Almaz* :

— Amorcez un taux de tangage maximal en descente absolue et soyez prêt à interrompre le mouvement et à les pister dès qu'ils apparaissent dans le champ d'observation.

Assis à sa console, l'agent tapa rapidement sur son clavier. Il s'arrêta un instant, faisant défiler son doigt sur l'écran en vérifiant. Ensuite, il hissa la main en suivant une gracieuse arabesque et appuya sur le bouton d'émission de fréquence.

Tous les yeux se rivèrent sur le grand écran en guettant l'apparition du vaisseau américain assaillant, en plein dans le champ de vision d'*Almaz*.

*

— Merde ! Michael, ils se déplacent ! prévint Luke d'une voix altérée par un stress incoercible.

Michael n'avait pas quitté les cosmonautes soviétiques des yeux pendant que *Pursuit* frôlait la coque d'Almaz en une progression lente et pénible.

— Oui, je les vois, dit-il, ayant de toute évidence mal compris. On dirait qu'ils ont des unités dorsales sur leur combinaison, donc pas d'ombilical.

— Pas eux, le vaisseau au complet ! répliqua Luke, au bord de la panique. Je viens d'apercevoir les propulseurs s'allumer. Il s'aligne vers nous !

Michael bougea la tête dans tous les sens pour pouvoir jauger la pleine mesure du vaisseau, dont la partie arrondie était en train de s'incliner vers le bas. L'astronaute fit basculer avec soin sa manette vers l'avant pour se coordonner au taux de tangage d'*Almaz*. Il tapota ensuite le contrôleur manuel pour diriger *Pursuit* vers l'arrière, frôlant toujours son rival soviétique.

— Je le vois, affirma-t-il. J'ajuste pour faire correspondre à son taux de tangage. Tu devrais pouvoir entreprendre ta dernière série de photos quand tu veux.

Luke lança un dernier regard aux cosmonautes qui descendaient vers lui, telles deux colombes sur le dos d'un éléphant. Puis il se concentra sur les réglages de son appareil photo.

— *Roger*, annonça-t-il. J'ai leur capsule pointue dans mon champ de vision. Je commence les photos.

Il enfonça le déclencheur d'obturateur, tordant prudemment sa combinaison pour centrer l'image.

La voix du capcom fit irruption :

— Apollo 18, ici Houston. Pas besoin de répondre, mais on a les données finales de la mise sur trajectoire lunaire. Le nouveau moment de l'allumage est déterminé à 3:25:00. Luke doit rentrer au préalable. Vous devriez survoler Le Cap, en Afrique du Sud, durant l'allumage.

Après un bref instant de silence, le capcom ajouta :

— Vous avez le feu vert pour l'injection translunaire.

Chad releva aussitôt le pouce pour signifier muettement son accord.

— Roger, Houston, répondit Michael, 18 est GO pour la TLI.

Un coup d'œil sur l'horloge numérique lui fit comprendre qu'ils ne disposaient que de quatorze minutes. Il scruta *Almaz* en mouvement par le hublot, son cerveau calculant à vitesse grand V.

— Luke, t'as bien reçu ? questionna-t-il. Il va falloir que tu te dépêches de rentrer dès que tu finis avec ça si on veut fermer l'écoutille avant l'allumage.

— Bien reçu, *wilco*, t'inquiète.

Luke se tut, puis reprit :

— Hé, Michael, c'est moi ou *Almaz* tangue plus vite ?

— J'y travaille, rétorqua Michael, les yeux rivés à l'extérieur.

Les mains collées aux manettes, il avait envoyé quelques impulsions supplémentaires au moteur pour ajuster le taux de tangage de *Pursuit* à celui d'*Almaz*. *Que mijotent les Soviétiques ?*

La voix alarmée de Luke s'éleva encore dans son casque, plus haut perchée :

— Hé, les cosmonautes se rapprochent dangereusement. Y en a un qui tient une grosse clé anglaise et l'autre a un truc… On dirait une perceuse !

Chad se redressa enfin et annonça d'une voix râpeuse :

— Je vais sortir la tête, pour voir.

Il se déplaça avec précaution jusque sous l'ouverture, en prenant garde de ne pas déclencher d'autres nausées. Il pivota tout son corps pour hisser sa tête et ses épaules de l'écoutille.

— C'est quoi ce bordel ? s'étrangla Luke, incrédule. Ces trous de cul sont après moi ou quoi ?

— Qu'est-ce qui se passe ? s'inquiéta Michael.

Son hublot ne lui montrait que la vaste section du fuselage du satellite soviétique.

— Le cosmonaute principal s'est poussé d'*Almaz*, relata Chad.

Il regarda avec stupéfaction le cosmonaute léviter vers *Pursuit* et se cramponner à une main courante à proximité de Luke. Le Russe se rapprocha de lui, puis balança la clé anglaise en direction de sa visière.

— Luke, attention ! Sur ta gauche ! hurla Chad.

Les bottes verrouillées dans le cale-pied, Luke parvint tout de même à dévier l'assaut avec son avant-bras ganté, puis rendit le coup avec son coupe-boulon.

— Salaud ! vociféra-t-il.

Le cosmonaute releva le bras juste à temps pour protéger sa propre visière, faisant rebondir l'outil.

À ce moment, son camarade bondit de la station spatiale et amorça une manœuvre pour atteindre Luke par l'autre flanc. Celui-ci commença à bouger d'avant en arrière, les bottes toujours fixées dans le cale-pied, tout en agitant son coupe-boulon en un arc pour tenir ses deux ennemis en respect et en gardant sa main libre bien haute pour parer leurs coups.

Prisonnier aux commandes, Michael pouvait entendre Luke grogner et haleter.

— Chef, il faut qu'on rentre Luke, tout de suite ! paniqua-t-il.

— Oui, tout de suite ! approuva Chad. Luke, décroche tes pieds de là, je vais te tirer hors de portée !

Michael écrasa son bouton d'émission, appelant à l'aide :

— Houston ! Si vous m'entendez, les cosmonautes sont sur nous ! Ils attaquent Luke !

*

— Augmentez la vitesse de rotation ! s'égosillait Tchelomeï. Ce vaisseau doit être devant nous !

— Entendu, camarade directeur, obéit l'agent de pointage.

Il transmit une nouvelle commande, allumant pour la énième fois les propulseurs d'*Almaz*. Il vérifia ensuite les valeurs mises à jour et annonça :

— Nous avons maintenant atteint le taux de tangage maximal que peuvent supporter les panneaux solaires.

Tous les regards scrutèrent l'écran à l'avant pour voir se dresser au bas de l'image la pointe blanche conique de la capsule d'Apollo.

— Armez le R-23 ! ordonna Tchelomeï en indiquant l'écran du doigt.

L'agent chargé des mécanismes, assis une rangée devant lui, répondit :

— J'envoie la commande tout de suite.

Comme *Almaz* pivotait, les astronautes en sortie extravéhiculaire se révélèrent à l'écran : trois silhouettes corpulentes engagées au ralenti dans une danse lente et disgracieuse, résolues à se détruire les unes les autres. Les cosmonautes se cramponnaient solidement aux mains courantes de *Pursuit* et battaient le vide avec leurs armes de fortune, tandis que l'astronaute brandissait son coupe-boulon, un pied toujours amarré au module.

Tchelomeï sentit la bile lui remonter dans la gorge. Son vaisseau, *son Almaz*… Si performant, si menaçant que les Américains avaient décidé de l'attaquer sous ses yeux ! Il savait que ça pouvait se produire… Et il s'était préparé en conséquence.

Il saisit le casque d'écoute sur le bureau et rugit dans le micro :

— Mitkov ! Retournez tous les deux à *Almaz*. Vous devez vous dégager du vaisseau américain, vite !

Les grognements des cosmonautes en plein combat étaient transmis en continu, bloquant ainsi la communication en provenance de la Terre.

Tchelomeï ne se laissa pas démonter :

— Mitkov, vous m'entendez ? Retournez à *Almaz* !

Aucune réponse. Le technicien répéta les mots du directeur à multiples reprises, tentant désespérément de joindre les cosmonautes.

Ils entendirent enfin la voix de Mitkov :

— Je vous entends, Moscou ! Nous revenons au vaisseau !

Tchelomeï se tourna vers le directeur de vol et l'interrogea :

— Combien de temps nous avons ?

— Environ trente secondes, camarade directeur, quarante-cinq maximum avant d'être hors de portée d'antenne.

Ils observèrent l'écran, le centre toujours occupé par le vaisseau Apollo, tandis que l'opérateur de console renversait les propulseurs d'*Almaz* pour stabiliser la station. Ils pouvaient voir l'un des astronautes à moitié sorti de *Pursuit*, tenant l'ombilical de son collègue, qui avait libéré ses deux pieds et flottait maintenant vers *Almaz*. L'un des cosmonautes traversait l'espace qui séparait les deux vaisseaux pendant que l'autre s'agrippait toujours à *Pursuit*, prêt à se pousser hors d'atteinte.

Tchelomeï lança un ordre d'une voix assez forte pour que tous puissent l'entendre sans casque d'écoute :

— À quinze secondes, transmettez le signal. Déchargez le R-23 ! Tirez toutes les munitions !

Le vaisseau qu'avait envoyé Vladimir Tchelomeï dans l'espace n'était pas sans défense.

*

Le R-23M *Kartech* était un canon d'une conception unique.

À l'origine, il avait été conçu pour la tourelle de queue du bombardier supersonique Tu-22 et comportait un seul canon court, afin d'éviter d'être endommagé par les turbulences provenant de l'aéronef. Pendant que les balles étaient déchargées, le gaz en expansion provoqué par l'explosion poussait non seulement le projectile hors du tube, mais faisait aussi pivoter le mécanisme revolver à quatre chambres, où se chargeait la prochaine cartouche. À pleine vitesse, le canon tournait à 2 600 tours par minute, à un rythme foudroyant de quarante-trois rotations par seconde.

C'était le canon à tube unique doté de la cadence de tir la plus rapide de l'Union soviétique : petit, léger et conçu dans un but bien particulier. Afin d'en limiter la longueur, les chambres se chargeaient de façon inusitée, par le devant. Les balles ogivales pointues étaient gainées de chemises cylindriques d'acier galvanisé, tels des tubes argentés de rouges à lèvres meurtriers.

Pour pouvoir le caser sur *Almaz*, les ingénieurs avaient dû le réduire et l'alléger d'autant plus, choisissant des balles de calibre 14,5 mm, qui exigeaient un tube et un cylindre rotatif plus minces. Ainsi modifiée, l'arme spatiale chargée de ses trente-deux munitions ne pesait que 32 kilos. Voulant ensuite réduire au minimum son poids et sa complexité, les concepteurs avaient retiré la monture de visée du canon R-23M et avaient simplement boulonné l'arme à la coque d'*Almaz*. C'est pourquoi ils devaient faire pivoter l'ensemble de la station spatiale de 20 tonnes lorsqu'ils voulaient orienter l'arme vers une cible.

La cadence de tir permise par cette conception révisée atteignait 1 800 tours par minute, ce qui signifiait que les trente-deux balles pouvaient être tirées en une seconde. Une brève rafale d'acier trempé crachée dans la vacuité de l'espace, chaque projectile filant en vrille à plus de 610 mètres par seconde.

Il ne manquait qu'une personne pour presser la détente.

*

Il ne restait que quinze secondes avant que les cosmonautes soient hors de portée d'antenne. Le technicien de Moscou appuya sur le bouton de sa console pour donner l'ordre de tir. Le signal traversa l'atmosphère par un satellite relais, redescendit vers le navire relais posté dans le nord de l'Atlantique, puis rejoignit directement l'antenne de réception d'*Almaz*. Le démultiplexeur du vaisseau achemina le signal vers ses circuits et l'amplifia en un signal électrique que le R-23M put reconnaître comme une commande de feu. Il envoya également une commande aux propulseurs du vaisseau, ordonnant la mise à feu des moteurs d'orientation en vue de contrer le recul imminent de l'arme.

Lorsque le signal électrique atteignit sa destination, le canon spatial s'activa, aussitôt opérationnel.

Le percuteur vint frapper l'amorce à percussion à la base de la première munition, déclenchant instantanément une explosion qui enflamma sa charge principale de nitrocellulose. La déflagration qui s'ensuivit éjecta la balle à toute volée du canon rayé et fit pivoter le cylindre rotatif pour accueillir la munition suivante. Chaque explosion consécutive accéléra la rotation jusqu'à ce que le canon tourne à pleine vitesse.

*

Une fois expulsées de leur chambre, les cartouches, désormais vides, formèrent une traînée de minuscules satellites dégringolant lentement au fur et à mesure que leur orbite se décomposait, pour finalement se consumer et disparaître dans l'atmosphère.

La seizième cartouche demeura toutefois coincée.

Il s'agissait d'un problème de conception du projectile. Pour le maintenir bien en place dans sa douille au design inhabituel, une machine spéciale à l'usine OKB-16 avait compressé l'acier galvanisé des deux côtés du projectile. Sous la seizième cartouche se trouvait un morceau de rondelle de frein en acier durci, passé inaperçu, que la machine avait soudé dans la douille. La cartouche semblait normale, mais l'amorce avait presque été transpercée.

Le dispositif d'entraînement poussa de force la cartouche défectueuse dans la chambre du canon. La douille s'écrasa, faisant éclater l'amorce. La cartouche explosa alors sous la chaleur et la friction. La charge principale détona, et la soudaine expansion de gaz fit voler en éclats le revolver.

Des débris de l'arme volèrent dans toutes les directions, tel un virevent mortel projetant des fragments d'acier. Certains dérivèrent dans l'espace sans dommages. D'autres, toutefois, furent projetés avec violence dans la coque de haute pression d'*Almaz*, transperçant sans effort la mince couche d'aluminium de leurs bords dentelés. L'air de la cabine principale du vaisseau s'échappa par les trous.

L'un des fragments prit une trajectoire particulièrement malencontreuse. Des conduites et des câbles fixés à l'intérieur de la coque, rassemblés pour faciliter l'entretien, transportaient du glycol refroidissant et du courant électrique. Un morceau d'acier de la taille d'un doigt déchira les câbles et les conduites, coupant ainsi le courant de plusieurs systèmes d'*Almaz*. Immédiatement, le liquide gicla dans le vaisseau, où la pression se mit à chuter à une vitesse vertigineuse.

Telle une baleine mécanique, *Almaz* avait été atteinte à mort par son propre harpon explosif.

Les quinze balles que le canon avait réussi à tirer s'étaient dispersées plus que l'avaient prévu les ingénieurs. Douze d'entre elles dépassèrent Apollo et les astronautes, et allaient au bout du compte plonger vers la Terre et se désintégrer dans la haute atmosphère.

Une des cartouches entailla le bord de l'écoutille ouverte, créant une incision dans le métal et emportant avec elle un petit morceau du joint en caoutchouc que les techniciens de la North American Aviation avaient soigneusement ajusté et collé sur le pourtour de l'ouverture.

Une autre entra en collision avec l'adaptateur de la liaison ombilicale d'oxygène et de courant de Luke, qui était attaché à sa combinaison juste sous sa poitrine. La balle, qui filait à 850 mètres par seconde, vint déchirer le régulateur, les câbles et les soupapes à pression.

Le vétéran cosmonaute Andrei Mitkov, qui essayait de rejoindre *Almaz*, fut touché par la troisième balle, qui pénétra en plein au-dessus de la visière de son casque, avec autant de précision que si elle avait été lancée par un tireur d'élite. Un point séparait à présent les lettres « CC » et « CP » sur son front.

Le projectile de 175 grammes, conçu pour pénétrer le métal, transperça sans trouver de résistance les couches de fibre de verre, de chair, d'os et de cerveau. L'orifice de sortie à l'arrière du casque de Mitkov était à peine plus large que l'orifice d'entrée. En sortant du casque, la cartouche entraîna avec elle un léger jet rouge et gris, qui se dispersa et se volatilisa très vite dans le vide spatial.

Le corps de Mitkov culbuta vers l'arrière comme une poupée de chiffon sous la force du choc avant de percuter *Almaz*, les bras inertes du cosmonaute grands ouverts comme pour un ultime adieu. Sa combinaison Yastreb ivoire se dégonfla, et Mitkov dériva en silence dans l'obscurité.

L'autre cosmonaute, qui s'accrochait toujours à *Pursuit*, observait la scène d'un air horrifié.

*

Avalé par les ténèbres du crépuscule orbital, *Almaz* disparut lentement dans l'espace. Les ingénieurs de Tchelomeï avaient improvisé, en essayant de contrecarrer les effets du tir au moyen des propulseurs automatisés. En réalité, les forces de l'impact s'étaient combinées pour ajouter un dernier effet de couple avant que le vaisseau s'éteigne à jamais.

La pression chuta rapidement à zéro dans la coque perforée. Contrairement à la capsule Apollo, la section principale d'*Almaz* n'avait pas été conçue pour fonctionner dans le vide spatial. Le glycol s'était échappé des conduites de refroidissement en un amas de bulles, pour ensuite s'évaporer, comme si on avait fait bouillir le liquide. Les cartouches de films, sur lesquels se trouvaient les précieuses images captées au prix de lourds efforts, exposées avec soin puis enregistrées sur les larges bandes de cellulose, s'étaient ouvertes. La température avait vite chuté, et les systèmes automatisés du vaisseau, qui tentaient en vain de maintenir les composants indispensables au chaud grâce à une alimentation par batterie, s'éteignirent un à un.

Derrière *Almaz*, une mince traînée se forma, l'oxygène évacué crachant de petits fragments et du liquide à mesure que tombait la pression, et la coque en rotation dessina un arc dans l'obscurité. Un observateur à l'œil aiguisé aurait pu suivre la longue trace jusqu'au corps sans vie du cosmonaute, qui culbutait dans le vide.

À Moscou, tous s'étaient tus derrière leur console. Tchelomeï regarda autour de lui, furieux. Il avait été impossible de confirmer à temps qu'on avait tiré le canon, et le navire de communication suivant était à quarante minutes de là, dans le Pacifique Sud.

Une question taraudait le directeur : avait-il pris la bonne décision ? Cette attaque était l'œuvre des Américains ! C'étaient *eux* qui avaient délibérément intercepté *son* vaisseau. Ils avaient envoyé un astronaute à l'extérieur, armé d'un coupe-boulon, preuve irréfutable de leurs intentions de sabotage.

La mâchoire de Tchelomeï se crispa. Il avait seulement cherché à défendre *Almaz*, mesure qui avait été autorisée. Il avait eu raison d'armer le vaisseau qui, il le savait bien, constituait un atout précieux que quelqu'un allait peut-être chercher à attaquer. Ses craintes s'étaient révélées fondées.

Le compteur de l'écran principal indiquait qu'il restait trente-huit minutes avant de pouvoir communiquer de nouveau avec *Almaz* et l'équipage, ce qui lui donnait un peu plus d'une demi-heure pour mettre de l'ordre dans ses idées et se préparer à l'inévitable avalanche de questions.

Il formula ses réponses. Les États-Unis d'Amérique avaient attaqué l'Union soviétique dans l'espace ; il s'agissait d'une nouvelle escalade délibérée et dangereuse des hostilités de la guerre froide. Les Soviétiques avaient pu se préparer à une telle attaque et y répliquer grâce à *sa* prévoyance. Tchelomeï opina du chef, comme pour se rassurer lui-même. Il était dans son droit et avait agi en soldat.

Qu'on lui pose des questions ; il n'avait rien à se reprocher.

Mais il lui fallait d'abord parler à l'équipage pour connaître le résultat des ordres qu'il avait donnés. Ensuite, tous pourraient voir comment *Almaz*, ou plutôt Vladimir Tchelomeï, avait changé le cours de la conquête soviétique de l'espace.

*

— Qu'est-ce qui se passe ? s'écria Michael.

Almaz avait viré trop vite pour que la capsule puisse la suivre, et le vaisseau tournait maintenant autour de son axe de roulis. L'astronaute avait envoyé des impulsions aux propulseurs pour s'éloigner et fixait à présent le compte à rebours de la manœuvre d'injection translunaire qui les projetterait vers la Lune.

— Les salauds nous ont tiré dessus ! siffla Chad en réprimant une nouvelle nausée.

— *Quoi ?* s'étonna Michael en vérifiant rapidement les jauges. Je ne vois aucun système essentiel touché, la température et la pression sont normales.

Il regarda le compteur.

— Il faut fermer l'écoutille. Luke, tu es rentré ?

— Presque, grogna Chad.

Michael vérifia les données sur le petit écran du terminal DSKY, en orientant *Pursuit* en vue de la manœuvre. Du coin de l'œil, il vit Chad tirer Luke vers le centre de la capsule et refermer la porte de l'écoutille derrière lui.

— On n'a plus le temps de pressuriser la cabine, les gars, prévint Michael. Dès que l'écoutille sera verrouillée, accrochez-vous. C'est presque l'heure de la manœuvre. Chad, j'ai besoin que tu viennes surveiller les jauges avec moi.

Le commandant expira bruyamment en tournant la poignée de porte de l'écoutille.

— Combien de temps avant qu'on rétablisse le contact ?

Son gant toujours gonflé par l'absence de pression dans la cabine, Michael détacha tant bien que mal sa liste de vérification du plan de vol du velcro.

— On aura la communication via l'Afrique du Sud une minute après le début de la manœuvre. Je ne crois pas qu'on va nous entendre, par contre.

Chad grommela en guise d'acquiescement, puis s'installa dans le siège de droite.

Le regard de Michael passait d'un instrument à l'autre, tel un faucon guettant sa proie.

— Mise à feu dans quarante-cinq secondes. L'attitude semble bonne, température et pression normales.

Chad faisait les mêmes vérifications de l'autre côté de l'habitacle.

— Attitude OK, 180, 312, 0.

Sa voix était rauque. Toutefois, il semblait avoir retrouvé la maîtrise de lui-même.

— Mise sur trajectoire lunaire confirmée à 3 157,6 mètres par seconde, durée de cinq minutes cinquante et une secondes.

Il fit une pause.

— Préparation de la fusée de tassement.

— Mise à feu dans dix secondes.

Michael aperçut Luke flotter près du hublot, où il pouvait voir l'horizon.

— Accroche-toi, Luke, avertit Michael avant de se concentrer de nouveau sur les jauges.

— Trois, deux, un, c'est parti !

Le moteur-fusée J-2 reprit vie dans une explosion, se préparant à propulser le vaisseau jusqu'à la vitesse de libération qui lui permettrait de quitter l'orbite terrestre et de se diriger vers la Lune.

— Vire, bébé, vire, marmonna Michael.

Repoussé sur son siège, il sentit le système de guidage ajuster la direction du tuyau d'échappement du moteur, contrant ainsi le ballottement du carburant dans les réservoirs.

— Pression des réservoirs OK, annonça Chad. Toujours pas de communication.

L'aveuglante lumière du coucher du soleil apparut dans le hublot au fur et à mesure que le vaisseau approchait de la côte de l'Afrique centrale.

Michael se tourna vers Luke.

— Enfin débarrassés d'*Almaz* ! Tu peux la voir dans le rétroviseur ?

Luke, dont le corps était pressé contre la cloison arrière de *Pursuit* sous la force de l'accélération, ne répondit pas.

— Luke, qu'est-ce qui s'est passé dehors ? On aurait dit un foutu rodéo !

Toujours pas de réponse.

Les deux hommes se retournèrent et Michael saisit le pied de Luke pour essayer de le tirer vers lui, malgré la poussée des moteurs.

— Sa combinaison s'est dégonflée ! s'alarma-t-il.

Chad attrapa l'autre pied et les deux astronautes se hâtèrent de ramener Luke vers eux. Michael vit alors les dommages causés par la balle.

— Sa liaison ombilicale a été touchée !

Le corps de Luke pivota. Michael tenta de voir le visage de son collègue même si de la buée recouvrait la visière de son casque.

— Ses yeux sont fermés.

— Merde ! vociféra Chad avant de reprendre enfin son rôle de commandant. Les interrupteurs sont de ton côté. Amorce une mise sous pression d'urgence ! Je m'occupe de la mise à feu.

Michael ouvrit les soupapes pour laisser entrer l'oxygène dans la cabine. Il surveilla l'indicateur de pression, s'apprêtant à retirer le casque de Luke lorsqu'elle serait suffisante.

La pression était toujours à zéro. Michael tapota l'indicateur du doigt ; le mécanisme était peut-être simplement coincé.

Mais l'aiguille refusait de bouger.

— Chef, je crois qu'il y a une fuite dans la cabine !

Les deux astronautes échangèrent un regard au-dessus du corps inerte de Luke, qui flottait toujours entre eux. Les idées se bousculèrent dans leur esprit.

— La porte de l'écoutille est mal fermée ou alors une balle a perforé la coque, spécula Chad. Commençons par vérifier la porte, c'est plus rapide, proposa-t-il en observant Michael à travers les traces de vomissures sur sa visière. Assure-toi qu'elle est bien fermée et verrouillée pendant que je continue la manœuvre.

Michael défit son harnais et, contre la poussée du moteur, ferma les interrupteurs d'oxygène et saisit la poignée de la porte, puis la tourna aussi vite que possible pour rouvrir l'écoutille. Les cylindres mécaniques se rétractèrent et Michael poussa la porte dès qu'ils furent relâchés. Il eut de la difficulté à bien voir le joint d'étanchéité en caoutchouc, à cause du contraste entre l'obscurité de l'espace et l'éclairage de la cabine.

En examinant rapidement la bordure de l'écoutille, il remarqua une égratignure sur le métal, là où une balle avait effleuré le vaisseau. La vue du caoutchouc déchiré lui retourna l'estomac.

— Chad, un morceau du joint a été arraché ! Je vais chercher la trousse de réparation. Je pense que ça pourra tenir.

Michael repoussa le corps de Luke pour accéder à l'armoire de rangement arrière et maugréa en cherchant la trousse. Il la trouva, en sortit un lourd bloc d'une matière semblable à de la pâte à modeler. Il retourna vers l'écoutille et appliqua une épaisse couche de mastic à l'endroit où la balle avait enlevé le caoutchouc et l'étendit sur le métal avec son pouce. Soudain, la trousse s'échappa par l'écoutille et partit à la dérive dans l'espace. *Merde !* Michael considéra la qualité de son travail.

— OK, Chad, j'ai mis un bon morceau, ça devrait faire l'affaire. Je referme l'écoutille !

Michael empoigna puissamment la porte et la tira vers lui, en gardant l'œil sur sa retouche pour s'assurer qu'elle reste bien en place.

Quelque chose l'empêcha toutefois de fermer la porte de l'écoutille. Il redoubla de force, puis se pencha un peu vers l'arrière pour scruter la circonférence de la porte.

Michael n'en crut pas ses yeux : une main gantée s'accrochait entre la porte et la structure de *Pursuit*.

Quelqu'un tentait d'entrer dans le vaisseau.

COSMONAUTE

CHAPITRE 27
Pursuit, pendant la manœuvre d'injection translunaire

— Comment ça se passe ?

L'urgence se faisait sentir dans le ton de Gene Kranz. Apollo 18 venait tout juste d'arriver à portée de l'antenne parabolique du Deep Space Network de la NASA, près de Johannesburg, en Afrique du Sud. Les données de liaison descendante commençaient à s'afficher à l'écran des consoles du centre de contrôle de mission. Gene voulait savoir de toute urgence comment se déroulait la manœuvre d'injection translunaire.

— La manœuvre est en cours, FLIGHT.

L'opérateur de la dynamique de vol fit une pause pour analyser les rangées de chiffres devant lui.

— Tout semble se dérouler comme prévu.

L'officier à la régulation du milieu ambiant prit la parole, légèrement surpris :

— FLIGHT, ici EECOM, l'équipage est toujours en vide poussé.

Gene réfléchit un moment. Comme le temps était compté, l'équipage n'avait sans doute pas voulu se laisser distraire par la repressurisation qu'après la mise à feu.

— Bien reçu, EECOM.

Kranz essaya de s'imaginer ce qui pouvait bien se passer.

— Confirmez la fermeture de l'écoutille.

— *Roger*, FLIGHT.

Donc, l'équipage était bien à l'intérieur, le vaisseau se comportait bien et se dirigeait vers la Lune, comme prévu. *Il ne reste qu'à régler ce fichu problème de communication.*

— CAPCOM, dites-leur qu'on est là et que les données de la manœuvre sont encourageantes jusqu'à présent.

Avant que le capcom ait pu répondre, l'officier à la régulation du milieu ambiant prit la parole.

— Attendez, FLIGHT !

Gene leva les yeux vers l'officier, qui s'était retourné pour établir un contact visuel direct :

— L'écoutille est ouverte. Ils ouvrent la porte durant la manœuvre TLI !

Gene se tourna vers JW.

— SURGEON, vous recevez encore les données de Luke ?

JW secoua la tête.

— Son signal est intermittent, FLIGHT. Je ne sais pas trop quoi en penser.

Gene fronça les sourcils. Les capteurs de données biomédicales avaient la réputation d'être peu fiables, d'autant plus que les membres de l'équipage n'aimaient pas que tous puissent suivre leur fréquence cardiaque et n'installaient pas leurs électrodes avec beaucoup de soin. Il fixa l'écran à l'avant de la salle. Il restait trois minutes à la manœuvre et, bientôt, l'équipage serait hors de portée de l'antenne. Il faudrait attendre vingt-trois minutes avant de pouvoir communiquer de nouveau avec le vaisseau par l'Australie.

— CAPCOM, attendons qu'il reste quarante-cinq secondes en portée d'antenne pour aviser l'équipage de ce qu'on vient de voir.

Kaz, qui se tenait derrière le capcom, acquiesça d'un signe de tête. Ils laisseraient l'équipage s'occuper du problème. Cependant, ils lui enverraient les dernières données du centre de contrôle de mission avant de perdre la communication une fois de plus.

— Votre attention, tout le monde, dit Gene, qui s'arrêta le temps que cessent les conversations. On se dirige vers la Lune, mais avec de mauvaises communications et peut-être un problème d'écoutille. D'ici à ce que la communication bidirectionnelle soit rétablie, l'équipage va effectuer l'extraction du module lunaire et la séparation de l'étage S-IVB. Il faut aider nos gars, tout en évitant de se mettre en travers de leur chemin jusqu'à la fin de la phase.

Il s'interrompit un instant et balaya du regard son équipe.

— Dans vingt minutes, je veux une mise à jour précise pour l'équipage. Mettez-moi au courant de toutes les anomalies de systèmes et de tout changement au plan de vol.

Il se tourna vers l'officier de l'instrumentation et des communications.

— INCO, rétablissez la communication dès que possible. On doit ramener ce vol à la normale.

*

Le gant du cosmonaute, blanc et lisse et aux doigts caoutchoutés gonflés par la pression, s'accrochait au vaisseau spatial qui continuait de prendre de la vitesse.

— Chad ! Un des cosmonautes essaie d'entrer !

— Quoi ? Merde !

Chad se retourna avec peine dans sa combinaison, repoussant Luke, qui demeurait immobile. Il posa encore les yeux sur les instruments du moteur.

— Il reste une minute à la manœuvre et il faut donner de l'air à Luke au plus vite. Fais entrer le cosmonaute, on doit réactiver l'alimentation en oxygène tout de suite !

Michael ouvrit complètement l'écoutille et tendit la main. L'autre bras du cosmonaute surgit des ténèbres pour la saisir. Usant de toutes ses forces contre l'accélération de la fusée, Michael fit glisser le cosmonaute dans la cabine exiguë. Il retira l'équipement autonome de survie du Soviétique auquel étaient reliés les flexibles, puis se faufila derrière lui pour s'assurer que le mastic sur le joint d'étanchéité était toujours en place. Enfin, il s'empressa de refermer la porte et tourna rapidement la poignée en comptant les tours.

Dès que la porte fut verrouillée, Michael activa la mise sous pression de la cabine pour faire pénétrer le précieux oxygène. Il reprit place dans son siège, trempé de sueur.

— Trois, deux, un… Manœuvre TLI terminée, annonça Chad.

Désormais en apesanteur, les hommes étaient enfin libres, comme s'ils venaient de traverser un grand coup de vent.

Michael fixait la jauge de pression cabine, dont l'aiguille s'approchait avec rapidité de 34,5 kilopascals.

— Le joint de l'écoutille tient le coup, dit-il.

Dès que la pression fut passée à 20 kilopascals, il se pencha sous le cosmonaute pour enlever le casque de Luke, que Chad était déjà en train de détacher. Michael souleva lentement le casque, retira son gant droit et posa un doigt sous la mâchoire de Luke pour vérifier son pouls.

Rien.

Avec son pouce, il leva la paupière de Luke. Son œil ne bougeait pas. Il plaça alors sa paume devant le nez et la bouche de son collègue.

Rien.

Michael ôta son propre casque, saisit la mâchoire de Luke avec sa main gauche, toujours gantée, inclina sa tête vers l'arrière de l'autre main et pressa ses lèvres contre la bouche froide de son coéquipier, soufflant avec force dans ses poumons. Il tourna la tête et entendit le râle de l'expiration, puis souffla de nouveau.

Toujours rien.

Tenant Luke d'une main, il frappa avec force sa poitrine dans l'espoir de redémarrer son cœur, mais l'épaisse combinaison spatiale absorbait les coups. Le corps des deux hommes en apesanteur rebondit sur les cloisons.

— Viens m'aider, Chad ! s'écria Michael.

Tous deux se relayèrent pour donner des coups de poing dans la poitrine de Luke, et Michael continuait de souffler de l'oxygène dans les poumons de son collègue inanimé.

Néanmoins, le teint de Luke ne rosissait pas, et ses yeux demeuraient clos. Un filet de salive collant s'échappait de sa bouche ouverte.

Luke Hemming, pilote du module lunaire, capitaine du United States Marine Corps, vétéran de trois heures de vol spatial et d'une sortie dans l'espace, s'était éteint.

Dans l'étroite cabine, le cosmonaute soviétique se heurtait contre les deux Américains. Il détacha ses gants et déverrouilla son casque blanc, qui portait le sigle « CCCP » en grosses lettres rouges.

Michael attrapa les gants qui dérivaient et aida le Soviétique à retirer son casque.

Le cosmonaute dégrafa la mentonnière de son micro-casque en cuir brun pour l'enlever, et ses cheveux bruns mi-longs se mirent à onduler dans l'apesanteur.

La confusion se lisait sur le visage de Michael. L'épaisse chevelure, qui s'était emmêlée pendant la sortie dans l'espace, était coupée en une frange carrée qui encadrait un visage sans barbe ni favoris. Les yeux bruns qui dévisageaient Michael avec défiance et circonspection n'avaient rien de masculin.

Le cosmonaute était une femme.

— *Spassiba*, dit-elle en hochant un peu la tête.

Elle ajouta, avec un fort accent russe :

— Merci.

Chad, qui se tenait de l'autre côté de la cabine, se retourna. Il avait ôté son casque, et l'odeur âcre de ses vomissures l'entourait.

— Nom de Dieu, c'est une femme ! Merde, qu'est-ce qu'on va faire d'elle ?

Il gesticula pour montrer l'espace restreint de la cabine où flottaient de multiples objets. Il n'y avait pas de place pour la nouvelle membre de l'équipage dans le vaisseau déjà surchargé.

Michael dressa un bilan de la situation.

— Luke est mort, la manœuvre TLI est terminée, on continue le trajet vers la Lune, les communications sont toujours mauvaises, et maintenant on a une passagère clandestine communiste à bord !

Qui regardait les deux hommes avec méfiance.

— Il faut rétablir la communication au plus vite.

Chad consulta le plan de vol, puis regarda le compteur numérique.

— La prochaine communication va s'établir via l'Australie dans quatre minutes. Avec un peu de chance, ils vont nous entendre cette fois.

— Je dois extraire le module lunaire du S-IVB, dit Michael. Et il faut décider de ce qu'on va faire de… cette femme.

Il s'adressa à la cosmonaute en pesant chaque mot.

— Je m'appelle Michael.

Il désigna du doigt la cosmonaute.

— Quel est votre nom ?

La femme soutint son regard.

— Moi, Svetlana.

Elle se tourna vers Chad, attendant qu'il se présente.

— Chad.

Il pointa l'index en direction de la cosmonaute et lui fit signe de ne pas bouger.

— Restez là. Michael et moi, on a du travail.

Chad et elle échangèrent un long regard. *Cette fille doit être fichtrement forte pour avoir réussi à rester accrochée dehors.*

— Michael, commence les manœuvres d'extraction du module. Avant de faire quoi que ce soit, je dois nettoyer ma combinaison.

Michael porta son regard sur son collègue, sur la cosmonaute, puis sur le corps inerte de Luke.

— Quel merdier !

*

La technicienne de Honeysuckle Creek attendait ce moment depuis longtemps. En cette nuit du mardi 17 avril, 2 h 20, la température extérieure avait chuté tout juste au-dessus du point de congélation, signe que l'hiver australien approchait à grands pas. Après avoir allumé les appareils de chauffage du système d'antenne et configuré le suivi automatisé, elle revérifia l'heure sur sa montre.

Apollo 18 serait la toute dernière mission lunaire, et comme elle n'avait pas eu la chance de collaborer aux missions précédentes, elle était ravie de faire partie de cet ultime vol. Son rôle se limiterait à appuyer sur quelques interrupteurs, et elle ne parlerait pas directement aux astronautes, mais ce n'était pas grave. Elle tint le Pocket Instamatic de Kodak à bout de bras pour s'assurer de bien cadrer son visage et la console d'opérateur, afficha un sourire rempli de fierté et pressa sur le déclencheur.

Le flash illumina la pièce vide. Elle imaginait déjà la joie sur le visage de sa mère lorsqu'elle lui montrerait la photo.

La technicienne déposa l'appareil sur le bureau, consulta de nouveau le compteur numérique et appuya sur le bouton de son casque-micro.

— Houston NETWORK, ici Honeysuckle Creek, prête pour le passage d'Apollo 18.

— *Roger*, Honeysuckle, grésilla la voix, captation du signal à 02:25:30, votre fuseau horaire. Merci d'être là à cette heure de la nuit.

L'Australienne était emballée à l'idée de communiquer directement avec le centre de contrôle de mission à Houston. Elle écouta le rapport d'état.

— FLIGHT, Honeysuckle est prête, le signal devrait être capté à l'heure prévue.

— Bien reçu, NETWORK, merci.

Un frisson parcourut la technicienne. *Je viens de parler à Gene Kranz, l'homme qui a sauvé Apollo 13 !*

Elle jeta un coup d'œil sur l'oscilloscope à sa gauche, attendant la pointe indiquant le retour d'Apollo lorsqu'elle apparaîtrait à l'horizon. Exactement à l'heure, la courbe de l'affichage bondit. La technicienne s'efforça de garder un ton calme, comme celui de l'officier de Houston.

— NETWORK, ici Honeysuckle. Je vois Apollo sur l'oscilloscope. Vous devriez avoir une communication et des données sous peu.

— Ouais, on la voit, merci, répondit Houston après un moment.

La voix du capcom avait presque fait le tour du globe pour parvenir jusqu'aux oreilles de l'Australienne.

— Apollo 18, ici Houston. Contact rétabli via l'Australie. Vous me recevez ?

La technicienne ne perçut qu'un crépitement de sons confus.

— Dix-huit, ici Houston. Il y a un peu de parasites, mais on vous reçoit. Ça devrait se régler quand vous vous serez débarrassés du S-IVB et que l'antenne à gain élevé sera déployée. On évalue la trajectoire. Pour le moment, tout semble OK pour l'extraction du module. Si vous me recevez, tapez une série de zéros.

Après un instant, Houston reçut le code.

— OK, 18. Bien reçu, merci.

La technicienne de Honeysuckle afficha un air perplexe. Elle avait écouté d'une oreille distraite la conversation au sujet d'un problème de communication. Cependant, elle ignorait que l'équipage ne pouvait pas parler à Houston.

— Ça par exemple ! murmura-t-elle.

*

— Dix-huit, ici Houston. Début de la manœuvre d'extraction du module à 3 plus 55 plus 27, séparation dix minutes plus tard.

Michael vérifia le compteur et envoya une série de zéros pour confirmer.

— Début de la manœuvre dans quatre-vingt-dix secondes, Chad.

Chad acquiesça pendant qu'il nettoyait avec soin sa combinaison à l'aide de biocide.

L'exigence de la tâche aida Michael à se concentrer. Il lui fallait appareiller *Pursuit*, le retourner et l'amarrer au module lunaire, qui reposait toujours dans le S-IVB, pour enfin extraire l'engin d'alunissage. Il s'était entraîné à réaliser cette séquence difficile des milliers de fois, mais jamais de cette façon. Il mima les mouvements qu'il allait exécuter sur les contrôles manuels, ignorant délibérément les pieds de Luke flottant à ses côtés et la cosmonaute, qui effleurait son épaule à l'occasion.

— Apollo 18, la manœuvre d'extraction du S-IVB semble terminée. Feu vert pour la transposition et l'amarrage.

Il allait enfin constater si toutes ces heures d'entraînement avaient porté fruit. Michael appuya sur le bouton de lancement de la séparation du véhicule.

Boum ! De longs câbles explosèrent en une assourdissante détonation pour défaire la structure métallique qui les reliait à la fusée. Michael sentit la panique gagner Svetlana.

— Tout va bien, dit-il en mettant ses deux pouces en l'air pour la rassurer.

Va savoir si les Russes comprennent ce signe.

Chad regarda par le hublot au-dessus de sa tête : des morceaux de métal et des panneaux de revêtement s'étaient détachés et dérivaient lentement.

— La séparation s'est bien passée, on dirait.

— OK, on y va.

Michael fit basculer le contrôleur manuel vers lui et *Pursuit* répondit à la commande, traçant doucement un demi-cercle pour s'aligner en vue de l'amarrage. La courbe terrestre apparut dans son champ de vision lorsqu'il essaya de centrer le module lunaire dans son hublot, le module que Luke avait surnommé *Bulldog*. Il chassa cette pensée.

— Je m'approche.

Il poussa l'autre manette, et les petits propulseurs de *Pursuit* s'allumèrent. De petits bruits secs se firent entendre dans la cabine, comme si quelqu'un tapait sur la coque avec un marteau.

— Dix-huit, ici Houston. Déployez l'antenne à gain élevé dès que vous le pouvez. Ça devrait régler notre problème de communication.

À présent que la fusée s'était détachée, il y avait suffisamment d'espace pour déployer les quatre antennes paraboliques.

— *Roger*, on s'y met.

Chad pressa sur les interrupteurs pendant que Michael scrutait l'extérieur par le hublot du dessus et approchait *Pursuit* de la cible d'amarrage. Il aperçut de minuscules débris et des morceaux de glace défiler lentement devant le vaisseau.

— Beaucoup de petits morceaux sur notre chemin, mais *Bulldog* semble intact, annonça Michael.

Le dessus du module lunaire émergea du corps de la fusée sous la lumière crue de l'aube.

Aucune réponse de Houston. Chad vérifia de nouveau les instructions de déploiement de l'antenne.

— Je passe l'antenne en REACQ, affirma-t-il en pesant sur l'interrupteur pour amorcer la réacquisition, forçant ainsi l'antenne à chercher automatiquement le signal radio en provenance de la Terre.

— On y est presque, Chad, dit Michael, toujours concentré pour atteindre la cible en plein centre.

Les yeux rivés sur le hublot, il exécuta de légers mouvements avec les contrôleurs manuels, son champ visuel monopolisé par *Bulldog*.

Un raclement métallique se fit entendre et l'équipage sentit une faible mais soudaine décélération qui projeta Luke et Svetlana vers l'avant.

— Capture en cours, Houston ! signala Michael avec satisfaction.

À la pointe de la sonde d'amarrage de *Pursuit*, trois petits loquets s'accrochèrent au mécanisme d'amarrage de *Bulldog*. Les indicateurs sur le panneau passèrent de l'aiguille zébrée à la grise. Les deux vaisseaux étaient à présent soudés mécaniquement l'un à l'autre.

Michael poussa un discret soupir de soulagement avant de rétracter la sonde d'amarrage pour bien accrocher les deux modules ensemble. L'engrenage émit un grondement sourd. Il ne restait plus qu'à détacher *Bulldog* du corps de la fusée. Michael allait ensuite faire reculer le vaisseau pour dégager le module lunaire. À ce moment, Houston pourrait allumer les propulseurs de la fusée et l'éloigner en toute sécurité.

— Amarrage réussi, Apollo 18. Bien joué. Faites une vérification audio, s'il vous plaît.

Le capcom s'efforça de ne pas laisser transparaître l'importance cruciale de cette vérification.

Chad lança un regard vers Michael, inspira profondément et appuya enfin sur le bouton de communication.

— Houston, ici Apollo 18, vous me recevez ?

Le soulagement dans la voix du capcom fut palpable :

— Cinq sur cinq, 18 ! Et vous ?

— Cinq sur cinq de notre côté aussi, Houston. Heureux de vous entendre de nouveau.

Chad marqua une pause et reprit d'un ton neutre :

— Je dois parler seul à seul avec le directeur des opérations de vol dès que possible.

Il posa les yeux sur le corps de Luke, puis sur la cosmonaute.

— On a de sérieux problèmes.

CHAPITRE 28
Centre de contrôle de mission, Houston

Kaz appuya sur le bouton « haut-parleur » du téléphone beige posé sur le bureau de la salle d'observation du directeur des opérations de vol. En entendant la tonalité, il composa le numéro pour joindre Washington. Il observa par la paroi vitrée les agents postés à leur console ainsi que les autres hommes dans la pièce avec lui.

Tous les visages étaient tendus. Deke Slayton, astronaute du programme Mercury et directeur des opérations de vol, était assis au bureau, visiblement affligé et indigné par la perte d'un autre confrère. Debout, Al Shepard avait les yeux fixés sur l'écran géant qui dominait le centre de contrôle de mission. À ses côtés se tenait le directeur du Manned Spacecraft Center, Chris Kraft, son front large luisant de sueur après le sprint qu'il avait fait depuis son bureau au quartier général.

Le téléphone sonna encore quelques fois, puis une voix féminine répondit :

— National Security Agency, bureau du général Phillips.

— Salut Jan, ici Kaz, à Houston. Passez-moi le général tout de suite si possible, on doit absolument lui parler.

— Il est en réunion. Attendez un instant, je vais le chercher.

Ils pouvaient entendre la voix discordante du capcom qui s'entretenait avec l'équipage d'Apollo par le haut-parleur en métal posé sur le bureau de Deke. En attendant les prochaines instructions, Chad et Michael procédaient à l'ouverture de l'écoutille entre *Bulldog* et *Pursuit*, conformément au programme de la mission.

Le téléphone à haut-parleur émit un cliquètement soudain :

— Kaz, ici Sam Phillips. Qu'est-ce qui se passe ?

Kaz inspira profondément, précisa vite l'identité des gens dans la pièce, avant de résumer la séquence des événements insensés qui venaient de se produire en orbite.

En tant que directeur du programme Apollo, Phillips avait essuyé la perte de plusieurs de ses confrères astronautes dans des crashs d'avion, en plus de l'incendie qui avait emporté l'équipage d'Apollo 1. Il savait ce que la mort de Luke signifiait aux yeux de ces hommes.

— Deke, Al, Chris, je suis si triste d'apprendre ça, dit-il, avec une colère à peine contenue. Nos services de renseignements ont mal, mais très mal effectué leur travail. Personne ne se doutait qu'*Almaz* était habitée, et on ignorait aussi qu'elle était armée. À titre de directeur de la NSA, je considère que c'est ma faute et j'assume l'entière responsabilité de la mort du capitaine Hemming. Je vous offre mes plus sincères condoléances.

Il y eut un bref silence pendant que Phillips réfléchissait.

— Embargo média complet jusqu'à ce qu'on s'entende sur la suite des choses, reprit-il. Je vais de ce pas appeler le chef d'état-major des armées. Il voudra qu'on briefe immédiatement le Conseil de sécurité nationale et le président.

Al Shepard prit la parole :

— Sam, on est en train de déterminer quoi faire avec le corps de Luke et comment l'équipage devrait traiter la cosmonaute. La seule bonne nouvelle, c'est que nos vaisseaux sont en bon état et qu'on a encore un peu de temps pour se ressaisir durant le trajet de trois jours vers la Lune.

Il s'interrompit et ajouta, en lançant un regard vers Kraft et Slayton :

— Excepté qu'on a besoin d'un nouveau plan d'action pour déterminer ce qu'on fera une fois rendu.

— Ouais, Al, tout à fait d'accord, approuva Sam à l'autre bout du fil. Avec ce qu'il s'est passé, il y aura plus de nez fourrés dans l'affaire qu'on l'aurait souhaité. Si ça vous convient, je voudrais que Kaz nous tienne informés et qu'il transmette les instructions confidentielles à l'équipage.

Al et Deke opinèrent de la tête. Ça leur paraissait logique.

— Kaz, je vais avoir besoin de toi au téléphone d'ici peu pour faire un topo à la réunion du Conseil de sécurité avec le président, conclut Sam Phillips.

— Bien sûr, Général, consentit Kaz. En attendant, j'aimerais vous proposer quelques sujets à aborder avec les chefs d'état-major.

Voilà pourquoi Phillips l'avait recruté.

— Je t'écoute, lui dit ce dernier.

— On a désespérément besoin de limiter les dégâts avec la Russie. Pour l'instant, personne en dehors du centre de contrôle de mission ne sait ce qui s'est produit, pas même les Soviétiques, du moins j'imagine. Ils ignorent encore sans doute dans quel état se trouvent leurs deux cosmonautes. On doit se dépêcher de les informer qu'un de leurs membres d'équipage est en vie et leur offrir des excuses nuancées pour le cauchemar qui s'est passé avec *Almaz*, en leur concédant un avantage potentiel. Leur donnant une option qu'ils peuvent acheminer à Brejnev, pour compenser les mauvaises nouvelles.

Il s'interrompit pour réfléchir, puis poursuivit :

— On a un véhicule orbital et un atterrisseur, tous deux en bon état, trois personnes vivantes en route vers la Lune et deux combinaisons : celles de la cosmonaute et de Luke. L'équipage a confirmé que seul l'ombilical de Luke a subi des dommages, la combinaison est OK. Michael Esdale peut piloter *Pursuit* autour de la Lune comme prévu, et Chad Miller a reçu l'entraînement complet pour faire alunir *Bulldog*.

Kaz regarda tour à tour chacun des trois hommes à ses côtés dans la pièce exiguë.

— La cosmonaute devrait accompagner Chad à bord de *Bulldog* pendant que Michael est en orbite dans *Pursuit*. On peut aider les Soviétiques à envoyer la première femme sur la Lune.

*

C'est le moment d'ôter ma combinaison, décida Svetlana.

Les deux astronautes avaient déjà enlevé la leur et avaient ouvert l'écoutille supérieure de leur capsule donnant sur le tunnel de communication qui la reliait au module lunaire. Le Blanc costaud – *il a dit s'appeler Tchad et agit comme le commandant* – s'y était déjà engouffré. L'astronaute noir – *Mikhail* – parcourait des yeux une liste de vérification et surveillait les jauges de pression.

Le troisième, vêtu de sa combinaison et de son casque, et sanglé au siège voisin, était mort. Comme Andrei. Une vague de colère déferla en elle, mais elle secoua la tête pour la repousser.

— *Pajiviom, oovidim*, marmonna-t-elle.

Je suis toujours en vie. Voyons la suite.

Elle déconnecta les deux tubes attachés à son équipement autonome de survie et les coinça – avec son casque, ses gants et son bonnet de communication – entre la structure et l'appui-tête du siège de Mikhail. Concentré sur l'activation du module lunaire, il l'ignora.

Elle exécutait chaque geste consciencieusement. Sur l'ordre de Tchelomeï, Andrei et elle étaient sortis armés d'*Almaz* dans le but de la défendre. Svetlana palpa avec discrétion la jambe de sa combinaison pour s'assurer que son arme était toujours bien dissimulée dans sa poche à rabat. *Mieux vaut garder le secret pour l'instant.*

La combinaison spatiale Yastreb était souple. Elle était constituée d'une combinaison thermique externe et d'un vêtement de pressurisation interne double couche en caoutchouc. Svetlana défit la longue fermeture éclair sur le devant et le rabat de velcro, puis entreprit de dénouer avec minutie les lacets en dessous, comme sur des patins.

Elle plongea la main dans l'ouverture frontale ainsi dégagée et récupéra près de son ventre un col tronqué en caoutchouc, fermé étroitement par des élastiques enroulés deux fois. Elle sortit le col et déroula les élastiques pour l'ouvrir, le secouant pour le déployer, tel l'embout d'un gros ballon. La cosmonaute dégagea ensuite ses bras des manches, s'inclina loin vers l'avant tout en forçant l'anneau de col au-dessus de sa tête. Elle émergea enfin de la combinaison par l'ouverture frontale. S'extirper de ce col lui donnait chaque fois l'impression de se mettre au monde. Elle rabaissa la partie supérieure de sa combinaison jusqu'à ses hanches, puis en libéra ses jambes, en pivotant gracieusement dans l'apesanteur.

Elle ne portait désormais que son *bielio* – un long sous-vêtement en coton blanc – et une paire de chaussettes. Après avoir réfléchi une minute, Svetlana décida d'enfiler la combinaison thermique qu'elle venait d'enlever. *Plus confortable.* Elle enroula serré le vêtement de pressurisation interne de façon à placer l'arme au milieu et le rangea à côté de son casque.

Après deux semaines dans l'espace, Svetlana se déplaçait avec aisance en apesanteur. Elle tournoya lentement, s'accrocha à la poignée d'une entretoise de soutien et flotta en silence vers Michael, en repliant les poignets de sa combinaison thermique trop grande.

Michael lui jeta un regard en coin.

— Tout est OK ?

Elle confirma d'un signe de tête.

— *Da*, OK.

*

— Comment ça se déroule, Chad ? l'interpella Michael de l'autre bout du tunnel menant au module lunaire.

— Tous les verrous semblent fonctionnels. Je pense qu'on est parés pour larguer le S-IVB.

Michael appuya sur le bouton pour contacter le centre de contrôle :

— Houston, ici 18. Tout semble bon pour la séparation.

— *Roger*, 18, c'est confirmé, répondit le capcom. Vous avez le feu vert pour armer les charges pyro et extraire *Bulldog*.

Michael fut rassuré par le jargon technique familier et les gestes souvent répétés. Il régla les interrupteurs pour alimenter les quatre charges explosives qui allaient rompre les charnières unissant le troisième étage de la fusée aux modules de commande et de service, et pousser le module lunaire à une distance sécuritaire.

— Chad, t'es prêt ? demanda-t-il.

— Prêt.

Observé de près par Svetlana, Michael se courba en avant, souleva le rabat protecteur et releva l'interrupteur S-IVB SEP. Ils entendirent un bruit sourd, puis leurs corps furent légèrement poussés en avant par l'accélération, tandis que des ressorts et de petits propulseurs dégageaient *Bulldog* de la fusée de lancement. Par le hublot supérieur, Michael contempla les deux vaisseaux qui s'éloignaient silencieusement l'un de l'autre.

— Le voilà parti, Houston, commenta-t-il. La séparation me paraît réussie.

— *Roger*, Michael, bonne nouvelle, se réjouit le capcom. Donne-nous quelques minutes et on va le manœuvrer hors de portée.

Michael se tourna vers la cosmonaute et lui adressa un bref signe de tête en levant le pouce. Elle le fixait, impassible.

Je me demande si c'est la première fois de sa vie qu'elle voit un Noir.

La voix du capcom, empreinte d'une nonchalance affectée, interrompit ses pensées :

— Apollo 18, le directeur de vol aimerait vous parler, si ça vous convient.

Chad sortit la tête hors du tunnel menant à Bulldog et fit signe à Michael de répondre.

— *Roger*, Houston, on vous écoute, lança ce dernier.

Il prit conscience que Svetlana n'était pas munie d'un casque d'écoute. *C'est probablement mieux comme ça. Elle comprend peut-être l'anglais.*

La voix familière de Gene Kranz s'immisça dans leurs oreilles :

— Chad, Michael, on est sur une boucle de communication discrète, donc on a un peu d'intimité. Je vais commencer par vous féliciter pour la manœuvre TLI et la séparation du S-IVB. Malgré tout ce qui s'est passé, vous êtes en route pour la Lune. La perte de Luke est un événement tragique, et je suis de tout cœur avec vous. Personne ici ne se doutait qu'il y avait un équipage à bord d'*Almaz*, encore moins que la station était armée. La façon dont vous avez réagi a fait honneur aux services militaires. Et vous pouvez être sûrs que le corps des Marines va rendre un hommage éternel à Luke en tant que premier homme tombé au combat dans l'espace. Prenez le temps qu'il faut pour faire votre deuil. Quand vous serez prêts, on a quelques points au programme.

— On apprécie, Gene, le remercia Chad.

Celui-ci interrogea Michael du regard, qui haussa les épaules. La mort, bien que regrettable, n'était pas pour eux une expérience inédite.

— On est tous les deux d'accord pour faire ce qui doit être fait, assura Chad.

— Parfait, merci, approuva Gene. Comme vous vous en doutez sûrement, Washington va bientôt s'en mêler et on doit encore déterminer comment procéder en arrivant près de la Lune : soit se mettre en orbite et atterrir, ou juste la contourner grâce à l'appui gravitationnel et revenir directement sur Terre. Ces décisions vont être difficiles à prendre. Al, Deke et Kaz sont en train d'y réfléchir.

Chad et Michael approuvèrent sans dire mot, laissant Gene poursuivre :

— Pour l'instant, il faut décider comment nous allons disposer du corps de Luke. L'équipe est en train de considérer les différentes options, mais on vous recommande de le laisser scellé dans sa combinaison jusqu'à nouvel ordre.

Le message était clair : le corps en décomposition de Luke allait saturer les purificateurs d'air du vaisseau.

— Compris, Gene, merci, répondit Chad. Sa combinaison semble toujours étanche à l'air. Je recommande qu'on reste en orbite lunaire et qu'on maintienne la trajectoire d'atterrissage pour le moment. Mieux vaut s'en tenir au planning pour garder un maximum d'options.

Michael lui adressa un regard ironique. *Pas question pour Chad de perdre sa sortie sur la Lune.*

— Bien pensé, répliqua Gene. Est-ce que la cosmonaute nous entend ? Est-ce qu'elle parle anglais ?

— Elle n'a pas de casque d'écoute, et on dirait qu'elle connaît seulement quelques mots, l'informa Michael.

— Très bien, approuva Gene en hochant la tête. Pour l'heure, je vous conseille de la traiter simplement comme une nouvelle membre d'équipage. Montrez-lui les éléments importants pour la sécurité et les opérations, et surveillez-la pour éviter qu'elle vous cause des ennuis.

Constatant qu'ils l'observaient tous deux, Svetlana leur lança un regard interrogateur.

— Entendu, répondit Chad. On va voir comment ça se passe et on te tient au courant.

— Très bien. Sachez qu'on a décrété un embargo média complet jusqu'à avis contraire.

Cela signifiait qu'ils n'avaient pas à être attentifs à ce qu'ils se disaient par radio.

— Avez-vous des questions ?

Chad lança un regard à Michael, qui secoua la tête.

— Non, merci du topo, confirma-t-il.

— Dix-huit, on est de retour avec vous, intervint le capcom. Si vous pouvez reprendre au point 3-9 du plan de vol, on aimerait connaître la pression différentielle entre *Bulldog* et le module de commande. Il faudrait aussi remettre en marche le filtre de ventilation de l'habitacle.

— *Roger*, Houston, on s'y met, déclara Michael.

Il tourna la page de la liste de vérification et risqua un coup d'œil vers la cosmonaute. Elle l'observait calmement puis se tourna vers Chad. Michael vit qu'elle fronçait les sourcils.

Il regarda aussi son commandant et aperçut l'ombre d'un sourire sur son visage. *Pourquoi ce sourire ?*

*

À Moscou, le téléphone de la console du directeur de vol se mit à sonner. Ce dernier décrocha et écouta avec attention en griffonnant des notes dans son journal de bord. Il intervint quelques fois pour vérifier des détails, avant de reposer lentement le combiné.

Enfin, il s'adressa à Tchelomeï.

— Camarade directeur, commença-t-il, comme vous le savez, nos stations terriennes sont à l'écoute pour repérer toute transmission provenant de la capsule Apollo.

Il sentit le regard bouillant de Tchelomeï le transpercer. Ils avaient perdu toute communication depuis qu'ils avaient commandé à *Almaz* de faire feu. La station avait depuis parcouru une orbite complète… Et aucun de leurs navires relais n'avait réussi à capter la moindre donnée de télémesure de base en provenance d'*Almaz*. Pire encore : ils n'avaient reçu aucune nouvelle de l'équipage.

— *Khvatit !* éructa Tchelomeï. Crachez le morceau !

— Il semblerait que les Américains ont aussi eu un problème de communication et qu'ils viennent tout juste de le régler, expliqua le directeur. Nos interprètes peuvent maintenant entendre l'équipage d'Apollo avec netteté.

L'homme prit une profonde inspiration, puis résuma en rafale :

— L'affrontement près d'*Almaz* a entraîné la mort d'un astronaute et d'un cosmonaute, et semble avoir sérieusement endommagé notre vaisseau. Les Américains l'ont qualifié de… « traînée de débris », rapporta-t-il après avoir brièvement consulté ses notes.

Tchelomeï se mordit les lèvres.

— Le module de commande d'Apollo a subi des dommages, mais il a été réparé. Les astronautes ont allumé leur moteur pour quitter l'orbite terrestre et se rendre vers la Lune. Ils ont extrait leur module lunaire du reste de la fusée, conformément au déroulement normal. Après avoir défendu *Almaz*, un de nos cosmonautes a réussi à se cramponner au vaisseau américain pendant qu'il pivotait vers la Lune et est depuis monté à bord.

Tchelomeï se redressa sur sa chaise, suspendu aux lèvres de son informateur.

— Camarade, le capitaine Andrei Mitkov est mort. Tombé au combat. Son corps est parti à la dérive. C'est la lieutenante principale Svetlana Gromova qui est montée à bord du vaisseau Apollo.

Tchelomeï avait envie de hurler. Almaz *réduite à une traînée de débris. Et Mitkov, décédé ? Tout est la faute des Américains !* Il darda un regard furieux au-delà du directeur de vol. Ses pensées se bousculaient.

Il inspira profondément, retint son souffle puis expira pour purger son esprit. Il visualisa ce qui allait en toute logique se passer. Puisque les Américains avaient quitté l'orbite terrestre, ils avaient toujours l'intention d'atterrir sur la Lune. Et comme ils n'étaient désormais plus que deux, l'un allait devoir piloter le module lunaire et l'autre, rester en orbite dans la capsule.

Dans ce cas, où se retrouverait Gromova ?

Que ferais-je à la place des Américains ? Il hocha la tête, songeur. Permettre à Gromova d'aller sur la surface de la Lune serait plus sûr que d'y envoyer un astronaute en solo ; une paire de mains supplémentaire serait sans doute bienvenue. Il réexamina la situation en détail, soupesant les avantages, et arriva à la même conclusion. Les Américains devaient avoir eu le même raisonnement.

Une Soviétique sur la Lune : un désastre qui se transforme en triomphe potentiel !

Malgré tout, les Soviétiques étaient à la merci des Américains. Ils ne pourraient même pas parler à Gromova sans la permission de la NASA. Tchelomeï passa en revue les atouts dont il disposait ainsi que les scénarios possibles. Il commença à dresser dans sa tête une liste de ce dont il aurait besoin et des personnes qui pourraient l'aider. En consultant sa montre, il réalisa que la soirée n'était pas terminée. Il saisit le téléphone de la console du directeur de vol et se mit au travail.

CHAPITRE 29
La Maison-Blanche

Les veines de son front saillant sous son impeccable coupe en brosse, Bob Haldeman se tenait au bout de la longue table d'acajou, dans une salle de l'aile ouest de la Maison-Blanche. En tant que chef de cabinet du président Nixon, il était d'une loyauté implacable qui faisait de lui un patron inflexible. La réunion du Conseil, convoquée à la hâte, tardait à s'ouvrir et il sentait l'impatience s'emparer de lui.

Sam Phillips était venu de son bureau de la NSA, à l'autre bout de la ville, tandis que le chef d'état-major des armées et le secrétaire d'État étaient déjà attablés. Henry Kissinger, conseiller à la sécurité nationale, venait de prendre place dans sa chaise désignée dans un coin. Le directeur de la CIA, James Schlesinger, se tenait debout, la pipe à la main, et conversait avec Nixon. Haldeman déposa un téléphone à haut-parleur en face de la chaise présidentielle pour la communication avec Houston puis annonça :

— Messieurs, veuillez vous asseoir s'il vous plaît.

Après un regard vers Haldeman, Nixon gagna sa place au centre de la table, flanquée du drapeau présidentiel et de celui des États-Unis. Il regarda le téléphone posé à côté de son cendrier avant de se tourner vers Kissinger pour l'inviter à débuter.

— Monsieur le Président, nous faisons face… à une *situation*… très tendue dans l'espace, commença Kissinger de sa voix graveleuse.

Il parlait en segments comme s'il dictait une lettre, d'un ton sérieux relevé d'un fort accent allemand. Son visage demeurait impassible derrière ses lunettes cerclées d'une épaisse monture.

— Je vais laisser Sam Phillips résumer ce qui est survenu, mais aujourd'hui, nous devons décider comment informer les

Soviétiques et comment renverser la situation à notre avantage.

Sam Phillips donna à tout le monde le temps de méditer sur ces mots avant de prendre la parole. Puis il relata les événements qui s'étaient enchaînés dans l'espace plus tôt ce matin-là. Les visages des hommes s'assombrirent au fil de son récit.

— Sales chiens ! maugréa Schlesinger.

Sam poursuivit, ignorant la remarque acerbe :

— J'ai parlé avec les gars du NORAD. Ils suivent plusieurs objets à proximité de la station spatiale *Almaz*, ce qui confirme un genre d'éclatement. Ils estiment que les morceaux plus légers vont se détériorer et brûler assez vite et que le vaisseau lui-même va rentrer dans l'atmosphère terrestre dans environ six semaines. Quelques morceaux compacts vont sans doute atteindre la surface terrestre, mais selon toute probabilité, ils vont tomber quelque part dans l'océan.

Phillips regarda Nixon dans les yeux :

— Monsieur le Président, si vous êtes d'accord, j'aimerais qu'on parle à notre représentant du centre de contrôle.

Le président fronça les sourcils, agacé. Il détestait les surprises et les réunions *ad hoc*. Haldeman et Kissinger lui rédigeaient des rapports quotidiens détaillés, ce qu'il trouvait beaucoup plus facile à gérer. Cette réunion portait toutefois sur un événement inattendu et grave, qui exigeait une intervention immédiate.

— Établissez la communication, ordonna-t-il.

Haldeman contourna la table et se pencha avec précaution à côté du président pour appuyer sur le bouton clignotant du téléphone. Le haut-parleur se mit à crachoter.

— Kaz, je suis avec le président et les membres du Conseil de sécurité nationale, déclara Sam Phillips. Tu nous entends ?

— Oui, chef, cinq sur cinq.

— Je leur ai fait le compte rendu de ce dont on a parlé tous les deux, reprit Phillips en fixant l'administrateur de la NASA, James Fletcher, assis en face de lui. On a maintenant besoin de connaître les dernières infos et recommandations de la NASA.

Kaz se trouvait dans la salle du directeur des opérations de vol d'où il observait, à travers une cloison de verre, les techniciens du centre de contrôle de mission en poste de l'autre côté. *Je vais m'adresser au président !* Son cœur battait la chamade, mais sa voix demeura calme, s'harmonisant à celle de Sam :

— Monsieur le Président, ici le lieutenant-commandant Kazimieras Zemeckis, astronaute du programme MOL et agent de liaison militaire avec Apollo 18. Comme vous l'avez sans doute appris du général Phillips, le module de commande et le module lunaire sont tous deux en bon état et sont en route vers la Lune. Ils vont arriver en orbite dans… soixante-neuf heures, précisa-t-il après un regard au compteur de l'écran principal. Un peu moins de trois jours. L'équipage demande des instructions sur plusieurs points essentiels, et la NASA doit prendre certaines décisions sous peu, des décisions qui dépendent entièrement de vous, monsieur.

Avant l'appel, Kaz avait tenté de visualiser les hommes auxquels il allait s'adresser et d'évaluer leurs préoccupations.

— Il y a une question fondamentale : est-ce qu'on va se poser sur la Lune ou pas ? continua-t-il. L'objectif militaire de l'alunissage demeure valable : déterminer ce que les Soviétiques ont repéré avec leur robot télécommandé *Lunokhod*. Leur découverte pourrait avoir une importance tactique et scientifique cruciale pour les États-Unis.

Nixon lança un regard vers le chef d'état-major des armées, le général Moorer, qui approuvait, tandis que Kaz poursuivait :

— Avec la mort du capitaine Hemming, on a perdu le pilote désigné du module lunaire. En revanche, le commandant Miller est en mesure de le piloter et peut faire une sortie lunaire en solo, si nécessaire. Le lieutenant Esdale se chargerait de manœuvrer le module de commande en orbite, comme prévu. L'inconnu, c'est ce qu'il faut faire de la cosmonaute. Apparemment, elle ne parle pas un mot d'anglais, mais l'équipage parvient à communiquer avec elle par signes.

Kaz se tut, jugeant qu'il avait partagé assez d'informations pour l'instant.

Les hommes rassemblés autour de la table regardaient chacun dans une direction différente, réfléchissant aux options. Le directeur de la CIA délogea sa pipe éteinte d'entre ses dents et affirma sur un ton impératif :

— Lieutenant-commandant Zemeckis, ici Jim Schlesinger. Je veux entendre *vos* recommandations.

Non, c'est incroyable, se dit Kaz, sidéré. *Je suis un simple pilote !* Il prit une profonde inspiration puis se lança :

— Monsieur, je pense qu'on devrait se poser sur la Lune et envoyer la cosmonaute sur la surface avec le commandant Miller. On peut se servir de sa combinaison pour entreposer le corps du capitaine Hemming, comme un sac mortuaire. L'équipage me dit qu'elle a à peu près la même taille que Luke et qu'elle pourrait porter sa combinaison. Elle serait plus utile dans le module lunaire qu'en orbite avec le lieutenant Esdale.

Il opta pour la franchise :

— On ne sait rien d'elle et elle pourrait compromettre la mission, qu'on se pose ou non sur la Lune, mais de cette façon on suit le plan original aussi fidèlement que possible. Ça nous donne aussi de meilleures chances d'atteindre nos objectifs principaux.

Phillips se tourna vers le président et ajouta :

— Monsieur, Kaz m'a également fait comprendre qu'envoyer la cosmonaute sur la Lune nous offrirait un avantage pour négocier avec les Russes. On pourrait troquer leur silence sur ce qui s'est vraiment passé avec *Almaz* contre l'occasion d'avoir une collaboration américano-soviétique publique.

Kissinger hocha lentement la tête, puis s'adressa à Nixon :

— Nous sommes en train d'organiser votre sommet de juin avec Brejnev pour prévenir la guerre nucléaire. Cette situation nous fournirait un excellent avantage.

Haldeman, qui était le plus politisé de tous les fidèles de Nixon, plongea son regard dans celui du président et choisit ses mots avec soin.

— Considérant la décision de la Cour suprême dans la cause *Roe vs Wade* et le fait que vous avez entériné la loi *Title IX* contre le sexisme, les sympathisants de la condition féminine vont vous *adorer* si vous devenez le président qui a permis à une femme de marcher sur la Lune.

Il omit de mentionner les récents et troublants développements de l'enquête sur les événements du Watergate en présence de l'assemblée. Cependant, Nixon reconnaissait autant que lui le besoin pressant d'accroître l'appui populaire.

La voix profonde et rationnelle de Kissinger intervint de nouveau :

— Je peux appeler Dobrinine maintenant pour organiser une réunion d'urgence avec Brejnev.

Anatoli Dobrinine était l'ambassadeur de l'URSS à Washington depuis plus de dix ans, et Kissinger et lui se rencontraient souvent.

Tout en sondant ses propres pensées, Nixon fit glisser son regard dans la salle, attendant de voir si quelqu'un avait un détail à rajouter. La situation était merdique... mais s'ils jouaient bien leur jeu, Nixon pourrait recueillir le genre d'appuis dont il avait bénéficié naguère quand il avait félicité Armstrong et Aldrin en direct à la télévision nationale, lorsqu'ils étaient sur la Lune. Ils pourraient embellir les circonstances de la mort de l'astronaute, la présenter comme une tragédie survenue alors qu'ils portaient secours à un vaisseau russe défaillant. Tout le pays le considérerait comme un héros. De plus, le fait que les Soviétiques aient ouvert le feu et tué un astronaute qui ne faisait que prendre des photos pourrait devenir un outil crucial de négociation avec le Politburo. Et le monde entier saurait que les Russes n'auraient pas pu marcher sur la Lune sans l'aide des États-Unis.

Une solution gagnante pour tous. Un regard autour de la table lui confirma que tous les hommes attendaient qu'il prenne la parole.

— Messieurs, ne gâchons pas notre chance. Nous devons contrôler avec soin l'information et inciter les Russes à adhérer au plan dans les plus brefs délais. Je veux que la NASA réduise au minimum nos risques en maintenant la mission aussi courte que possible, tout en répondant aux besoins militaires. Mais allons-y, allons poser Apollo 18 sur la Lune, avec une cosmonaute à bord.

*

C'est dément, tout ça, pensa Kaz en récupérant ses documents pour retourner dans la salle du centre de contrôle de mission. Il remplit sa tasse de café dans le couloir, bâillant et secouant la tête pour chasser l'épuisement et l'adrénaline, et réfléchit aux mesures qu'exigeait ce revirement de situation.

L'équipage a besoin d'un interprète.

Kaz grimpa les gradins pour aller à la rencontre de Gene Kranz. Il croisa le regard d'Al Shepard derrière la console des opérations de vol et avisa les deux hommes du feu vert de Nixon. Lorsqu'il mentionna la nécessité de faire appel à un interprète, Gene sourit :

— C'est déjà fait.

Kranz pointa du menton la console du capcom où se tenait une femme aux longs cheveux blonds, l'air mal à l'aise.

— C'est Galena Northcutt. Elle travaille dans la salle de planification de mission. Elle a une formation en mathématiques et parlait le russe à la maison quand elle était jeune. Je lui ai demandé de nous prêter main-forte jusqu'à ce que le département d'État nous envoie quelqu'un.

Le capcom fit asseoir Galena et lui montra comment communiquer avec l'équipage. Kaz contourna la console de Gene et s'approcha pour se placer derrière elle, puis brancha son casque-micro pour écouter le briefing de Gene à toute la salle.

— Messieurs… madame, dit Gene en se tournant vers Galena, la seule femme présente. On vient tout juste de recevoir le feu vert du président pour poursuivre la mission Apollo 18 comme prévu. On doit le confirmer auprès des Soviétiques, mais pour le moment, la cosmonaute à bord – Kranz vérifia le nom sur sa feuille –, Svetlana Gromova, va prendre la place de Luke Hemming. Je veux que TELMU effectue la vérification et l'ajustement de la combinaison, et que l'équipe des opérations et procédures commence à revoir les listes de vérification pour que le commandant puisse piloter le module lunaire sans l'aide habituelle et réduire le temps de mission au minimum.

TELMU était l'officier responsable de la combinaison spatiale de sortie sur la surface lunaire. Les techniciens opinèrent de la tête, et Gene poursuivit.

— Heureusement, on a déjà une russophone parmi nous pour aider le capcom à communiquer avec l'équipage.

Galena salua avec timidité ses collègues de la main.

— On va nous envoyer un autre interprète sous peu, et il y aura sans aucun doute des changements au plan lorsque les Russes vont s'en mêler.

Kranz s'adressa ensuite à JW.

— SURGEON, je veux que vous trouviez une façon de transférer la combinaison de la cosmonaute sur le corps du capitaine Hemming.

JW approuva d'un signe de tête. Il avait déjà commencé ses recherches sur la décomposition du corps et les problèmes engendrés par l'évacuation des gaz dans un espace de vie restreint.

— C'est tout pour le moment, conclut Kranz. Il faut revoir nos hypothèses en fonction des nouvelles circonstances, réviser le plan pour fournir à l'équipage ce dont il a besoin et permettre à Apollo 18 d'aller sur la surface de la Lune et de revenir sur Terre en toute sécurité. CAPCOM, dites à l'équipage de réorganiser le planning et offrez-lui l'aide de Mlle Northcutt pour communiquer avec la cosmonaute. Kaz peut discuter directement avec nos gars à ce sujet ; c'est lui qui a les dernières infos.

Le capcom acquiesça.

— Prête ? s'enquit Kaz.

Les yeux de Galena trahissaient sa nervosité, mais elle hocha la tête.

Kaz appuya sur le bouton d'émission.

— Apollo 18, ici Houston, vous me recevez ?

— Cinq sur cinq, Houston, répondit Chad.

— Dix-huit, continuez à suivre le programme de la mission, mais on a trouvé une interprète. Je suggère de donner un casque-micro à la cosmonaute, et de notre côté on pourra servir d'intermédiaire dans la conversation.

— Bien reçu, Houston, on s'y met.

Svetlana, qui flottait près de Michael, l'observait avec intérêt pendant qu'il orientait le vaisseau et entrait méthodiquement l'angle des étoiles dans l'ordinateur. Les similitudes du système avec celui d'*Almaz* l'intriguaient. Elle sentit alors le commandant tirer sur sa manche.

— Mets ça, ordonna-t-il en lui tendant un casque-micro muni d'un long fil blanc.

Elle soutint le regard de Chad un instant avant de saisir le casque, plaçant l'écouteur sur son oreille et le micro devant sa bouche. Svetlana fronça les sourcils en se demandant qui serait son interlocuteur.

— Houston, la cosmonaute porte maintenant un casque-micro, elle devrait pouvoir vous entendre.

Chad indiqua à Svetlana le bouton du volume du côté habitacle du panneau. Elle fit signe qu'elle comprenait et le tourna légèrement.

— Répétez simplement en russe ce que je dis, d'accord ? expliqua Kaz à Galena, qui acquiesça en pressant avec nervosité le bouton d'émission.

— Svetlana, ici le centre de contrôle de mission à Houston. Vous m'entendez ?

Galena traduisit :

— *Priviet Svetlana, zdiess tsenter upravlenia poliotami ve Houstonieh. Kak nas slouchetieh ?*

Svetlana parla avec une certaine hésitation.

— Elle a dit : « Houston, ici la lieutenante principale Svetlana Gromova, je vous entends bien. »

— Très bien, présentez-vous et dites-lui que vous êtes contrôleuse de vols de la NASA et que vous parlez le russe. Vous êtes là à titre d'interprète pour la communication entre elle et l'équipage ainsi qu'avec nous, au centre de contrôle de mission. Dites-lui aussi qu'on va contacter son équipe à Moscou pour qu'elle puisse lui parler dès que possible.

Galena cligna des yeux en signe d'assentiment. Le capcom glissa une feuille et un stylo devant elle. Elle griffonna les principaux points pour ensuite les transmettre à Svetlana.

La cosmonaute répondit après un moment. Galena prit des notes et les traduisit :

— Elle veut savoir ce qui est arrivé à son coéquipier et à *Almaz*, et surtout ce que vous comptez faire maintenant.

Kaz échangea un regard avec Gene, puis avec Al Shepard, qui haussèrent tous deux les épaules, comme pour suggérer de dire sans détours la vérité. Kaz appuya une fois de plus sur le bouton d'émission.

— Apollo 18, pour simplifier les choses, on va se limiter aux communications habituelles et laisser le temps à Galena de traduire au fur et à mesure, phrase par phrase.

Il se tut pendant que Galena traduisait.

— Lieutenante principale Gromova, ici le lieutenant-commandant Kaz Zemeckis. Désolé de vous l'annoncer, mais votre coéquipier est mort et votre vaisseau a subi des dommages irréparables. Cela dit, on est heureux que vous ayez survécu et que vous soyez saine et sauve à bord d'Apollo. Pour l'instant, la mission vers la Lune se poursuit comme prévu. On vous fournira plus de détails dès que possible.

Après que Galena eut transmis l'information en russe, Svetlana demeura silencieuse un moment puis prononça tout bas :

— *Spassiba*.

— Elle a dit « Merci », expliqua l'interprète.

Gene se pencha vers la console d'Al en secouant la tête. Pendant la guerre froide et en Corée, les deux hommes avaient effectué des missions de combat en tant que pilotes d'avions à réaction, et les communistes étaient leurs ennemis jurés.

— Si on m'avait dit que je verrais ça un jour, murmura Gene.

CHAPITRE 30
Centre de contrôle de mission

JW retira son casque-micro et se dirigea vers le directeur de vol, qui lui accorda toute son attention. SURGEON ne venait guère lui parler directement. Gene fit signe à Kaz et à Al Shepard de les rejoindre.

— J'ai vérifié les taux de décomposition post-mortem, annonça JW. Le corps du capitaine Hemming est actuellement en autolyse, ou autodigestion. Ses membranes et ses cellules se dégradent. Les gaz produits par les bactéries et la décomposition vont vite augmenter, surtout dans ses intestins. Son corps pourrait se gonfler jusqu'au double de son volume normal, et les gaz vont s'échapper par l'anus et l'œsophage. L'odeur de putréfaction sera extrêmement incommodante.

JW formulait les faits sans émotion, mais Kaz dut s'efforcer d'oublier qu'il s'agissait de Luke.

— De plus, le corps va bientôt se raidir, poursuivit JW. La rigidité cadavérique va se manifester d'abord dans le cou et le torse. Ça devrait durer environ vingt-quatre heures. D'ici une ou deux heures, les membres et les articulations vont être trop rigides pour transférer le corps dans l'autre combinaison. Oh, et à ce moment-là, les intestins et la vessie vont s'être vidés. Il va y avoir de l'urine et sans doute des excréments.

Gene fit signe à JW de s'arrêter. *Ces médecins…*

— Si je comprends bien, le temps joue contre nous. Votre recommandation ?

— Il faut transférer le corps de Luke dans la combinaison de la cosmonaute et la sceller aussitôt que possible. L'équipage devra le ranger quelque part, idéalement dans un endroit frais pour ralentir l'activité bactérienne. Il faudrait peut-être même placer le corps sous vide, si possible, pour tuer les bestioles.

— Qu'est-ce que vous diriez de lui faire des obsèques en mer ? suggéra Al Shepard. Ce serait honorable de laisser la dépouille de Luke sur la surface de la Lune. *Bulldog* a sûrement une marge de poids suffisante pour son corps. Sans compter que garder le corps de Luke dans *Pursuit* jusqu'au retour sur Terre représente des risques supplémentaires : contamination de l'air ambiant, poids et équilibre à la rentrée…

Gene lui donna raison. Il remercia le médecin puis se tint bien droit devant la console pour s'adresser à la salle.

— Écoutez, tout le monde, l'équipage doit transférer le corps du capitaine Hemming dans la combinaison pressurisée de la cosmonaute avant d'aller dormir. Je sais qu'on a tous eu une longue journée, mais on n'a pas le choix : une fois la rigidité cadavérique commencée, le transfert sera trop difficile. CAPCOM, avisez l'équipage, et faites traduire mes ordres pour la cosmonaute.

Kaz retourna à sa console et, après s'être assuré que Galena était prête, interpella l'équipage :

— *Pursuit*, ici Houston. Faites-moi signe quand vous aurez une minute.

Autrement dit : *Répondez vite, c'est urgent.*

Les oreilles de Michael se dressèrent et il croisa le regard de Chad.

— Houston, ici *Pursuit*, on vous écoute.

Kaz expliqua le plan et sa justification aux deux hommes. Il fit ensuite traduire les détails importants par Galena, en particulier l'utilisation prévue de la combinaison de la cosmonaute.

Svetlana scruta l'endroit où était rangée sa combinaison et remua la tête avec vigueur.

— Bien reçu, Houston, merci, répondit Michael d'un ton pessimiste.

Svetlana apparut soudain devant lui, l'air désapprobateur. Elle agita l'index et secoua la tête en vociférant en russe. Le seul mot que Michael comprit fut « *niet* ».

Galena écouta la voix agitée de la cosmonaute et traduisit sa salve de paroles à l'intention de tout le centre de contrôle de mission.

— Elle dit qu'elle ne peut pas laisser qui que ce soit utiliser sa combinaison. Celle-ci est faite sur mesure et elle va en avoir besoin pour la rentrée et l'atterrissage. Elle exige de parler à la haute direction à Moscou, sans quoi elle refuse d'autoriser le transfert.

La salle se tut un instant pour digérer cette réponse.

— Galena, déclara Gene Kranz d'un ton irrité, dites-lui qu'on tente de contacter Moscou aussi vite que possible, mais qu'elle ne doit pas oublier qu'elle est passagère d'un vaisseau américain et que nos besoins opérationnels sont plus importants que ses inquiétudes. Dites-lui qu'on aura une combinaison pressurisée pour la protéger pendant la rentrée. Et répétez en anglais pour l'équipage.

Galena transmit les paroles de Gene, auxquelles Chad répondit tout de suite :

— Houston, tout ça nous met dans un sale pétrin. La cosmonaute est furieuse et elle nous empêche de nous approcher d'elle. Je devrai peut-être l'éloigner de force pendant que Michael attrape sa combinaison.

Kaz leva la main pour attirer l'attention de Gene.

— Chad, ici Kaz. Ça va prendre un certain temps pour sortir Luke de sa combinaison. Je vous suggère de commencer tout de suite et, avec un peu de chance, on aura des nouvelles de Moscou entre-temps. Svetlana va sans doute avoir un moment de distraction, vous en profiterez pour vous emparer de la combinaison.

Kaz termina en haussant les épaules et Gene signifia son accord d'un pouce en l'air.

— Entendu, Houston. On s'y met sur-le-champ.

*

À Moscou, le technicien des communications du TSOUP, le centre de contrôle des vols habités, écoutait les discussions des Américains à bord d'Apollo.

— Elle leur demande de la laisser nous parler, camarade directeur. Elle refuse de leur permettre d'utiliser sa combinaison Yastreb.

Le technicien, qui n'entendait pas la transmission de Houston, essayait de comprendre la conversation à sens unique, l'air déconcerté.

Tchelomeï le dévisagea, pensif. *Sa combinaison ? Qu'est-ce qu'ils pourraient bien vouloir en faire ? Il y a un problème avec la leur ?*

Il expira bruyamment par le nez. *Merde, il faut vraiment que je lui parle !* Il consulta sa montre : presque minuit. Encore une fois, il passerait la nuit sur le lit de camp dans son bureau.

— Je reviens demain matin, annonça-t-il sèchement au directeur de vol. S'il y a d'autres développements, envoyez quelqu'un me chercher sans tarder.

Il tourna les talons sans attendre de réponse et quitta le TSOUP, le bruit de ses pas résonnant dans le couloir carrelé.

Il lui faudrait faire intervenir très vite la haute diplomatie. Dès le réveil de Moscou, il appellerait ses contacts au Kremlin.

*

Michael ôtait les liaisons ombilicales de la combinaison de Luke.

— Regarde ça, Chad, c'est ça qui l'a tué, dit-il en montrant du doigt le métal déchiré où la balle avait perforé la conduite d'oxygène et le régulateur.

Chad jeta un œil mauvais en direction de la cosmonaute, qui lui rendit la pareille en s'accrochant avec force à l'appui-tête derrière lequel elle avait rangé sa combinaison enroulée.

— Regarde-moi un peu l'ourse russe. Aucune gratitude, grommela-t-il d'un air dégoûté. Dire qu'on lui a sauvé la vie après qu'ils ont ouvert le feu sur nous et tué Luke.

Michael retira les gants des mains pâles et inertes de Luke, qui commençaient déjà à se couvrir de taches.

— Aide-moi à enlever le casque, dit Michael en défaisant le loquet sur le collier.

Ils soulevèrent à deux le casque, dont la visière était toujours embuée. Apparurent alors les yeux sans vie de Luke, grands ouverts et injectés de sang.

— Bon Dieu ! maugréa Chad en détournant la tête.

Michael ferma doucement les paupières du défunt.

— Désolé, mon vieux.

Il fit alors pivoter le corps, détacha la fermeture en velcro et les boutons, et ouvrit la combinaison le long du joint d'étanchéité.

Il inséra un bras dans la combinaison autour du corps de Luke, le faisant pencher à la taille, et retira le haut du vêtement de ses épaules. Il fit passer le collier autour de la tête de Luke, dont les bras glissèrent hors des manches de la combinaison. Son torse fut alors libéré, ondulant dans l'apesanteur telle une poupée à ressort jaillie d'une boîte à surprise, et se heurta contre la structure de l'étroit habitacle.

— Seigneur, Luke, tu m'as fait peur ! se força à plaisanter Michael pour calmer sa nervosité.

Svetlana se blottissait à l'autre bout de la cabine, cherchant à s'éloigner le plus possible des Américains et tenant bien fort sa combinaison sous son bras.

Chad tira vers lui les bottes de Luke, en s'avançant dans le tunnel vers le module lunaire. Michael débrancha la tuyauterie interne et les câbles électriques rattachés au corps de Luke, puis aida à sortir les jambes de la combinaison.

Tout un fouillis de corps et d'équipement flottait à présent dans l'habitacle.

— Je vais ranger la combinaison dans le module, décida Chad en transportant le casque et les gants dans le tunnel.

En retirant le long sous-vêtement de Luke, muni d'un système de refroidissement liquide, Michael sentit le besoin de s'excuser auprès de son ami. *J'ai l'impression de violer son intimité.* Il baissa la longue fermeture éclair et enleva le vêtement en tissu rigide parcouru de tubes. Il constata avec soulagement que Luke n'avait pas déféqué, sans doute parce qu'il avait ingéré peu de fibres avant le lancement. Le sous-vêtement était trempé d'urine, mais allait sécher avant que la cosmonaute l'enfile. *C'est tolérable.*

— Qu'est-ce que tu fous ? demanda Chad à Svetlana en revenant dans l'habitacle.

Elle avait partiellement déroulé sa combinaison et la tendait devant elle avec un sourire gêné.

Chad fronça les sourcils.

— Ah, t'as changé d'idée, c'est ça ?

— Peut-être qu'elle comprend mieux maintenant qu'on a ôté la combinaison de Luke, observa Michael.

— Ouais, possible.

Chad allongea la main vers Svetlana, qui lâcha enfin sa combinaison et la poussa vers lui. Le commandant compara d'un coup d'œil le corps de la cosmonaute avec celui de Luke.

— Espérons que ça ira.

Les deux astronautes déroulèrent la combinaison et en examinèrent les différences de conception.

— On dirait bien que les Russes revêtent leur combinaison par l'avant, en passant par cette ouverture, remarqua Michael.

Il adressa un regard interrogateur à Svetlana, qui confirma son observation d'un signe de tête. Les deux hommes glissèrent avec peine les jambes de Luke dans le vêtement, qu'ils remontèrent par-dessus ses épaules. Chad dut forcer pour passer le collier du casque autour de la tête de Luke, dont le corps se raidissait. Il y parvint en tirant et en poussant.

Svetlana lui présenta alors son casque, que Chad posa sur la tête de Luke, en prenant soin de bien le placer sur le joint d'étanchéité. Il souleva et referma le loquet de décentrage qui se trouvait sur le côté, puis s'assura que le casque était bien verrouillé.

— Donne-moi les gants, dit-il en faisant signe à Svetlana.

La cosmonaute sortit les gants de sous son siège et Chad les enfila sur les mains molles de Luke puis verrouilla le mécanisme.

Pendant ce temps, Michael tentait de comprendre le fonctionnement du joint d'étanchéité qui se situait à l'avant de la combinaison.

— Je pense qu'il faut refermer l'enceinte étanche interne, mais qu'est-ce qui la tient en place ?

— *Vapross ?* s'enquit Svetlana.

— Ouais, montre-nous comment s'y prennent les Russes.

La cosmonaute s'approcha et replia le morceau de caoutchouc en plusieurs couches d'une main, extirpant le surplus d'air de la combinaison de l'autre. Deux attaches de caoutchouc se défirent et Svetlana, visiblement expérimentée, les enroula autour des plis, formant deux œillets identiques avec chacune des extrémités gonflées. Elle glissa ensuite l'extrémité à double fermeture hermétique dans le tissu de la combinaison, à côté du corps de Luke.

Michael contempla le résultat avec admiration.

— Plutôt simple.

Il remonta le tissu extérieur, puis noua d'une main ferme les lacets jusqu'en haut du torse.

Chad, de son côté, examinait les liaisons ombilicales en les tapotant de son doigt.

— Espérons que ces valves unidirectionnelles vont garder la combinaison étanche.

*

Le moment était venu pour Svetlana de passer à l'action. Le commandant était dans le tunnel et Mikhaïl lui tournait le dos. Elle en profita pour saisir l'arme cachée dans sa combinaison et la ranger près du sac de son système de survie, bien attachée dans le tissu isolant pour éviter le cliquetis du métal sur du métal. Elle échangea alors le sac contre celui qui se trouvait sous le siège, vérifiant que l'arme était bien dissimulée.

Lutcha sinitsa ve roukak tchem juravel ve nieba. Elle ignorait ce qui allait se produire, mais un tiens valait mieux que deux tu l'auras.

Elle soupçonnait qu'on lui mentait et que personne n'allait communiquer avec Moscou. Si tel était le cas, soit, mais pourquoi ? Elle, une cosmonaute, était prisonnière d'un vaisseau appartenant à des Américains capitalistes. On allait l'offrir en spectacle, l'exploiter et l'utiliser comme monnaie d'échange.

Mieux valait être préparée.

Mieux valait être armée.

*

Michael traversa le tunnel en tirant le corps de Luke pour le disposer dans le module. Dans l'accalmie soudaine, Chad constata qu'il avait faim. Et soif. La nausée l'avait quitté, et son organisme réclamait de la nourriture.

Il fouilla dans le garde-manger à la recherche des paquets qui lui étaient réservés, ceux marqués d'un petit carré de velcro rouge. Il finit par dénicher un brownie emballé sous vide ainsi que le contenant à ustensiles où étaient rangés les ciseaux. En ouvrant le sachet, il remarqua le regard de Svetlana posé sur lui. Elle n'avait sans doute rien mangé depuis un certain temps.

— T'as faim ? demanda-t-il en montrant le brownie.

Elle confirma d'un signe de tête. Chad lui tendit le sachet et alla s'en chercher un autre. Tous deux grignotèrent en silence.

Chad sortit ensuite un long sac transparent rempli d'une poudre granuleuse. Il empoigna le distributeur d'eau, tourna la vanne papillon rouge et injecta lentement de l'eau par un trou au fond du sac. Il agita ensuite le sac pour dissoudre la poudre et déroula avec précaution le tube pour boire, mordant l'extrémité entre chaque gorgée.

Il remplit un second sac, qu'il fit flotter jusque vers Svetlana.

— Ananas et pamplemousse. Tu vas adorer.

La cosmonaute imita les gestes de Chad et déroula le tube à son tour.

— Tiens, tu vas pouvoir te débrouiller seule.

Chad prit l'un des sachets qui appartenaient à Luke et le tendit à Svetlana. Il indiqua du doigt le carré de velcro, puis la désigna.

— Toi : bleu. Moi : rouge.

Il pointa ensuite le pouce en direction du module lunaire.

— Michael : blanc. Ironique, non ? Tu comprends ?

Elle fit signe que oui de la tête et saisit le sachet en frottant le velcro bleu avec son pouce.

— Svetlana : « blou ». *Spassiba*.

Le mot « bleu », qui lui était totalement inconnu, lui laissa un goût tout nouveau dans la bouche.

— Ouais, ouais, de rien.

Elle fit monter le jus dans le sac avec ses doigts, aspira les dernières gouttes, puis froissa ensemble les deux paquets vides.

— *Kouda ?* s'enquit-elle.

— Juste là, répondit Chad.

Il montra une ouverture couverte dans la cloison de tribord. Elle jeta les sachets de plastique en poussant les autres déchets et allongea ensuite la main pour signifier à Chad de lui donner les siens.

— Tu veux t'en occuper ? À ta guise, beauté, dit-il en faisant flotter ses sachets jusqu'à elle.

Après avoir tout mis aux ordures, elle regarda Chad droit dans les yeux.

— *Toualiet ?* fit-elle en désignant son abdomen, mimant un mouvement d'évacuation avec ses doigts.

— Toilette ? Ah, oui, ça doit faire un moment que tu n'y es pas allée.

Il réfléchit un instant. La NASA avait fourni un adaptateur semblable à un préservatif pour que les hommes puissent pisser, remplissant ainsi un sac d'urine. Quand venait le temps de déféquer, les astronautes se soulageaient dans un sac de plastique qu'ils collaient sur leur derrière nu. Pour s'essuyer, ils disposaient de rouleaux de papier hygiénique et de serviettes humides.

Chad haussa les épaules : elle comprendrait bien comment ça marche. Il sortit un adaptateur et un sac de plastique du casier de rangement, que Svetlana compara à l'équipement soviétique, somme toute assez semblable. *Mujchini !* Les hommes !

Elle se rendit au fond de l'habitacle, tourna le dos à Chad et commença à défaire sa combinaison.

— Hé ! Ho ! protesta-t-il. Pas envie de te voir chier, moi !

Il se retourna pour faire face à la cloison bâbord et reporta son attention sur la révision de la liste de vérification d'atterrissage.

— Tâche de ne pas faire empester le vaisseau.

Svetlana balaya les alentours du regard. Un des astronautes se trouvait dans le module, et l'autre lui tournait volontairement le dos. Le panneau de commande était juste devant elle. *Excellente façon d'avoir un peu d'intimité.*

Elle en aurait peut-être besoin.

CHAPITRE 31
Centre de contrôle de mission, Houston

EECOM avait surveillé les effets de la lumière directe des rayons du Soleil sur le flanc du vaisseau, et la température approchait dangereusement de la limite acceptable. En temps normal, pour pallier ce problème, on faisait peu à peu pivoter le vaisseau toutes les vingt minutes, telle une brochette sur un barbecue. Toutefois, avec tous les rebondissements, on avait dû retarder la rotation.

— FLIGHT, on doit enclencher le mode « rôtisserie » avant que l'équipage aille se coucher.

— INCO, est-ce que ça risque de nuire aux communications ? demanda Gene.

— FLIGHT, l'antenne à gain élevé ne captera pas le signal durant la rotation, la communication va donc s'arrêter et reprendre.

INCO jeta un coup d'œil par-dessus sa console.

— Si FDO est d'accord, on peut stopper la rotation si on a besoin de parler à l'équipage.

L'officier de dynamique de vol consulta un tableau de données sur son écran.

— Ça va exiger un peu plus de carburant, mais on a une bonne marge de manœuvre.

La période de sommeil officielle des astronautes n'arriverait pas avant plusieurs heures. Cependant, ils devaient se lever à 3 heures pour le lancement à l'aube. Selon l'emploi du temps, ils disposaient de quatre-vingt-dix minutes pour faire une sieste, et Gene savait qu'ils en auraient besoin après la baisse d'adrénaline qui suivrait les multiples incidents survenus pendant la mission. Une pensée lui traversa alors l'esprit. Il fit s'approcher Kaz, et Al Shepard les rejoignit.

— Pour le sommeil, on fait quoi ? Tu crois qu'un des deux devrait rester éveillé pour surveiller la cosmonaute ? demanda Gene.

— Absolument, confirma Al. Pas question qu'une communiste se promène dans notre vaisseau sans supervision.

— Je suggère d'établir un nouveau système d'alternance des périodes de sommeil, dit Kaz. Il faut que Chad soit frais et dispos pour sa sortie lunaire, c'est la priorité. Je présume que la cosmonaute est sur le fuseau horaire de Moscou, soit neuf heures d'avance sur nous. Elle est sans doute fatiguée, elle aussi.

Gene acquiesça.

— Conservons l'horaire de Chad tel quel. Michael va faire le guet pendant qu'il dort.

— Je propose que *Bulldog* serve d'aire de repos pour les astronautes, ce sera plus tranquille, ajouta Kaz. La cosmonaute peut tout simplement se débrancher et dormir dans *Pursuit*, aux côtés de l'astronaute qui sera de garde à ce moment-là.

Gene enfonça le bouton de son micro.

— EECOM, vous avez le feu vert pour enclencher la thermorégulation passive.

Il reporta son regard vers Kaz et lui dit :

— Avisez l'équipage du nouveau plan.

Kaz hocha la tête et retourna à la console du capcom. Al et Gene le suivirent des yeux. En tant que pilote de la Navy, Al lançait volontiers des piques aux autres forces armées, et Gene faisait partie de l'armée de l'air.

— Pas mal pour un marin borgne, plaisanta-t-il.

*

Chad étudia les nouvelles annotations au crayon qu'il venait de griffonner sur le plan de vol, après avoir reçu les instructions de Kaz.

— Dormir ? Comment je pourrais dormir ? s'indigna-t-il. Ils peuvent bien me dire d'aller me coucher, eux qui sont bien en sécurité à Houston, à siroter leur café, mais c'est ridicule ! Je n'arriverai jamais à me reposer avec le cadavre de Luke qui flotte à côté de moi, et avec *elle* qui se promène partout !

Svetlana l'observait, se demandant d'un air perplexe ce qui pouvait bien le mettre en colère. L'interprète n'avait pas traduit la longue conversation que les Américains venaient d'avoir avec Houston.

Michael, pour sa part, s'était habitué au tempérament colérique de Chad.

— Pas le choix, chef. C'est ce qu'il y a de mieux à faire. Je te veux en pleine forme pour aller sur la Lune, et surtout pour surveiller la Russe. J'aurai tout le temps de reprendre mes heures de sommeil une fois qu'on aura appareillé.

Svetlana regardait les deux hommes en train de converser.

— C'est bon, on fait comme ça, capitula Chad, dont la colère se lisait encore sur son visage. Besoin d'aide pour la rotation ?

Michael se pinça le nez en parlant.

— Voyageurs, ici votre capitaine. Je vais maintenant mettre l'avion en mode « bercement » pour vous aider à vous endormir. Veuillez baisser l'obturateur de hublot, et je vous souhaite de bien vous reposer. À votre réveil, l'hôtesse de l'air – il pointa Svetlana – vous servira un délicieux repas emballé sous vide. Faites de beaux rêves. Nous arriverons à destination en un rien de temps.

— Espèce de clown, dit Chad en souriant malgré lui.

Michael tapota l'écran de données :

— Je te suggère d'emporter d'autres vêtements au cas où. C'est un peu plus frisquet dans le vaisseau.

Chad acquiesça et prit une veste dans le casier, puis s'engagea dans le tunnel en direction du module lunaire.

Mais de quoi parlaient-ils ? s'interrogea Svetlana. Elle jeta un coup d'œil vers le tunnel et échangea ensuite un regard avec Mikhaïl, qui lui mima une personne en train de dormir, les mains jointes sous sa tête inclinée. Il désigna alors la couchette vide.

Il veut que j'aille me coucher ? Sa montre indiquait 1 heure. La cosmonaute prit le temps d'analyser les sensations dans son corps et constata que la fatigue venait de la gagner. Michael se concentrait de nouveau sur le panneau de commande. Svetlana lança un regard furtif vers son système de survie, toujours bien caché sous son siège.

Un peu de repos ne pouvait pas lui faire de tort. *Tiki tchass.* C'était l'heure de la sieste.

Elle s'installa sur la couchette de droite, attachant lâchement les sangles pour se retenir. Elle regarda une dernière fois en direction de Michael avant de fermer les yeux. Elle ne mit que quelques secondes avant de sombrer dans le sommeil.

Michael lorgna la cosmonaute assoupie, puis se pencha vers le tunnel obscur. Il éteignit ensuite les lumières du plafond de la cabine et tapa un code hexadécimal sur son clavier pour qu'une sonnerie le réveille dans trente minutes, au cas où il s'endormirait.

Bon, on se dirige toujours vers la Lune, et je pilote le vaisseau seul. Quand même… quel foutu bordel !

*

Après avoir passé des centaines d'heures avec Luke dans le simulateur, Chad connaissait l'intérieur du module lunaire comme le fond de sa poche. Pourtant, en apesanteur, tout prenait une allure étrange, comme s'il flottait dans l'épave d'un navire gisant au fond de l'eau. En l'absence de gravité, il n'y avait ni haut ni bas, et il se sentait désorienté même si l'espace était restreint. Il parcourut du regard le module, éclairé par la lumière crue du Soleil, et laissa son cerveau s'adapter. *On se croirait dans un labyrinthe de miroirs déformants.*

Michael avait attaché le corps de Luke au plafond avec un des hamacs qui, en temps normal, servaient de lits. Il avait abaissé la visière au reflet doré du casque de son ancien coéquipier pour couvrir son visage. *Voilà qui est mieux*, pensa-t-il.

Il plaça ensuite un pare-soleil sur les deux grands hublots triangulaires. Les interrupteurs, recouverts d'une peinture luminescente, brillaient dans l'obscurité. Chad sortit l'autre hamac et un sac de couchage qu'il enroula autour de lui, puis s'attacha à une main courante pour ne pas dériver. Dans un effort conscient, il détendit ses muscles, inspira profondément et expira avec lenteur. Au moins, il n'avait plus le mal des transports.

Il se rappela alors que la NASA avait encouragé l'équipage à emporter quelques petits objets à valeur sentimentale. Pour sa part, il traînait sur lui une copie de la photo de mariage de ses parents, qu'il sortit de sa poche en prenant soin de ne pas l'abîmer.

Les douces lumières des panneaux éclairaient la photo en noir et blanc, dont Chad examina les visages. Son père, dont il ne conservait qu'un vague souvenir, le regardait d'un air confiant, les cheveux fraîchement coupés et vêtu d'un habit foncé mal ajusté avec un pantalon trop court, de toute évidence emprunté pour l'occasion. L'argent était rare à l'époque.

— Auriez-vous imaginé une telle chose, père ?

Comme d'habitude, toutefois, son regard fut attiré de manière inévitable vers sa mère. Elle portait sa plus belle robe à imprimé foncé ornée d'une large boucle à l'encolure. Sa tenue était agrémentée d'un long voile blanc qui descendait jusqu'aux mollets. Chad frotta la photo avec son pouce. Les chaussures noires bien cirées de sa mère reluisaient par-dessus ses bas foncés. Elle tenait un bouquet de roses rouges, que Chad compta pour la énième fois. Six étaient clairement visibles, et une autre était en partie cachée. Un nombre impair de roses, pour la chance, que cet homme avait achetées à cette femme pour une journée remplie de promesses.

Chad scruta la photo de plus près. Avant tout, c'était l'expression sur le visage rond aux pommettes hautes de sa mère qui le captivait.

Ses grands yeux fixaient directement l'appareil photo. La joie qu'elle avait ressentie ce jour-là était palpable dans sa posture altière. Le voile ne lui appartenait pas, elle en était bien consciente, mais elle était la reine de la journée, et un avenir heureux se dessinait avec l'homme qu'elle venait d'épouser. Ses lèvres pulpeuses formaient un large sourire, doux et entendu, dont Chad conservait toujours un souvenir vivace.

Il effleura le visage de sa mère. *Ses yeux, ils étaient bruns, ou plutôt bleus comme ceux de père ?* Il aurait aimé s'en souvenir.

Il tâta la mince chaîne sur sa poitrine pour trouver le médaillon de sa mère qui flottait au bout, près de ses épaules, puis le tint entre ses doigts en le retournant lentement. Un pendentif en argent tout ce qu'il y avait de plus ordinaire, gravé d'un hellébore. Il posa encore son regard sur le couple de jeunes mariés. *C'est vous qui lui aviez acheté ce médaillon, père ?* Chad revit sa mère le porter autour de son cou, contre la chaleur de sa peau. Il embrassa le pendentif et l'enfouit à nouveau sous son tee-shirt.

Avec un long soupir, il rangea avec soin la photo dans sa poche et ferma la glissière. Il détendit ses bras, quelque peu étonné de les voir ondoyer en apesanteur. Ses yeux se dirigèrent alors sur le corps de Luke, suspendu au-dessus de lui.

Chad avait toujours su bien garder ses secrets, et il éprouvait une certaine fébrilité à l'idée que personne n'avait jamais remis en question son identité de fils de fermier du Wisconsin obsédé par la réussite, Américain jusqu'à la moelle. Même le couple qui l'avait élevé semblait avoir oublié qu'il avait sauvé ce petit garçon russe des décombres de Berlin. Les parents adoptifs de Chad avaient seulement cherché à faire amende honorable après les horreurs de la Seconde Guerre mondiale. Ils s'étaient convaincus que son traumatisme avait causé un blocage psychique qui lui avait fait oublier toute la violence vécue dans son enfance, avant son arrivée en Amérique, même s'il avait déjà neuf ans au moment de son adoption. De toute façon, mieux valait ne pas se souvenir, surtout dans ce pays profondément anticommuniste.

Chad aurait peut-être fini par oublier lui aussi, n'eût été Oleg. Son frère, qu'il croyait avoir perdu à la guerre, l'avait laissé seul, si seul après la mort de leurs parents. Toutefois, Oleg avait retrouvé la trace de Chad pendant sa première année d'université. Il avait éprouvé un réel choc en entendant la voix de son frère, même par l'intermédiaire d'un interprète. Chad ne parlait plus le russe avec autant d'aisance qu'auparavant, mais la compréhension de sa langue maternelle lui était revenue avec une facilité stupéfiante. Cachottier de nature,

Chad avait veillé à ne pas montrer tout ce qu'il savait ; la Russie était l'ennemie, et son frère était devenu un étranger pour lui, en quelque sorte. Il était plus sage de maintenir une certaine distance grâce à l'interprète. Plus sage de ne rien dévoiler de son lien avec la mère patrie, ni à ses parents ni à quiconque. Sa décision lui avait semblé d'autant plus justifiée lorsque son rêve d'intégrer l'armée de l'air s'était concrétisé et qu'il se préparait à voyager dans l'espace.

Et la cosmonaute ne se doute même pas que je parle le russe. Mieux encore : personne ne le sait. Ce sentiment de pouvoir fit naître un sourire sur son visage camouflé par l'obscurité. L'arrivée de Svetlana avait ouvert une boîte de Pandore ; une occasion inespérée lui était offerte sur un plateau d'argent. Maintenant qu'elle l'accompagnerait sur la Lune, il lui suffisait d'ouvrir l'œil et de décider comment cette situation pourrait le servir.

Pendant une ou deux heures après la mort de Luke, il avait cru que tous ses sacrifices seraient vains, que ses supérieurs allaient faire avorter la sortie lunaire et les forcer à revenir sur Terre. Sa maîtrise des événements n'avait tenu qu'à un fil, mais le vent tournait de nouveau en sa faveur.

Cette fille, c'est mon joker.

CHAPITRE 32
Surface lunaire

La roche gisait sur la surface de la Lune depuis la profondeur des siècles, bien avant que l'humanité commence à mesurer le temps.

Depuis l'avènement des écrits historiques, de petits astéroïdes et météoroïdes dérivaient d'un bout à l'autre du système solaire et s'écrasaient sur le satellite naturel en soulevant une poussière fine qui retombait lentement dans la faible gravité, créant une plage sèche et unie autour de cette petite roche protruse si particulière.

Jusqu'à tout récemment.

Au cours des semaines suivant la détection de radioactivité, la plaine lisse avait peu à peu pris l'allure d'un circuit de motocross. Après tout, la découverte d'une source potentielle d'énergie nucléaire sur la Lune représentait pour les Soviétiques une occasion rêvée de prendre les devants dans la course à l'espace.

C'est pourquoi Gabdul et son équipe de Simferopol avaient tant de fois fait reculer puis s'approcher *Lunokhod*, ses huit roues à rayons métalliques broyant le régolithe pour photographier et analyser cette roche des plus intrigantes. La longue nuit lunaire les avait ralentis, car ils avaient dû refermer *Lunokhod* pendant deux semaines pour le maintenir au chaud. Cependant, le récent lever du Soleil avait déclenché une frénésie renouvelée d'activité.

La roche qui émergeait de la poussière avait environ la taille de deux poings. Ils l'avaient surnommée *Ugol*, l'équivalent russe de « tison », pour qualifier son incandescence éternelle. En prenant soin de ne pas la déplacer, Gabdul en avait rapproché les caméras et instruments scientifiques aussi près qu'il était sécuritaire de le faire pour l'observer sous tous ses angles. Ses collaborateurs et lui-même s'étaient tous demandé si elle constituait la pointe d'un plus gros rocher caché sous le régolithe. Comme le compteur Geiger n'avait détecté aucune radiation importante aux alentours, ils avaient conclu que le sol lunaire était peut-être un meilleur isolant qu'ils l'avaient d'abord cru. Et après de longues discussions de nature scientifique et opérationnelle, l'équipe avait convenu d'un plan.

Gabdul allait faire buter *Lunokhod* contre la roche.

Ce n'était pas la tâche la plus simple. Personne n'avait songé à couvrir ses roues d'ailes protectrices, puisque l'intention avait été d'éviter de heurter quoi que ce soit. Si *Ugol* se révélait être la partie émergée d'une roche mère plus profonde, une collision contre sa surface immobile risquait de causer des dommages permanents à *Lunokhod* ou à l'un de ses instruments essentiels, ce qui ce serait désastreux.

C'est pourquoi l'équipe de Simferopol avait profité des treize jours d'obscurité de la nuit sélène pour passer de longues heures sur le terrain de simulation lunaire, à tester différentes options avec la réplique grandeur nature du robot soviétique. La tâche était d'autant plus compliquée que ses caméras étaient fixes. En effet, si on approchait *Lunokhod* assez pour frapper *Ugol* de son lourd châssis, Gabdul perdrait la roche de vue.

Les scientifiques décidèrent donc de la toucher fermement avec une roue. Les jantes de titane et les pneus en mailles d'acier inoxydable étaient robustes. Si *Ugol* reposait simplement sur la surface, ils devraient être en mesure de déloger la roche. Cependant, une telle manœuvre était délicate et *Lunokhod* était lourd, même sur la Lune.

L'équipe attendit donc plusieurs jours après la fin de la nuit lunaire, car Gabdul avait insisté pour effectuer la manœuvre lorsque le Soleil serait à son zénith, afin de réduire au minimum les ombres allongées et d'empêcher que ses rayons n'éblouissent les caméras.

Sur le terrain de simulation lunaire, Gabdul avait fait reculer *Lunokhod* en position et avait répété l'approche un nombre incalculable de fois. Il avait déterminé la distance précise à parcourir à l'aide des plans de caméra, de même que la durée exacte pendant laquelle il devait manier le contrôleur manuel avant d'envoyer la commande de pleine marche arrière, puis de tout lâcher. De toutes les manœuvres qu'il avait testées, celle-ci donnait la plus grande impulsion à la roche, tout en limitant les risques d'endommager le robot.

Il avait dû user de patience… mais le jour tant attendu était enfin arrivé.

Assis à sa console, Gabdul se pencha en avant, stabilisant son bras. Il interrogea son pilote des yeux, qui approuva d'un signe de tête. Un regard vers l'écran lui confirma que *Lunokhod* était en position exacte. Gabdul articula un compte à rebours silencieux :

— *Tri, dva, adin, pusk !*

Il poussa avec délicatesse le contrôleur manuel jusqu'au fond, le tint bien en place en comptant mentalement, puis le ramena tout à fait en marche arrière en un mouvement rapide, avant de le relâcher. Tous les yeux se rivèrent sur le minuscule écran de télévision, attendant que l'image se rafraîchisse peu à peu pour leur révéler ce qui s'était passé.

Les dix secondes parurent interminables. Tendu comme un arc, Gabdul marmonnait : *Davai, davai !* Allez, allez !

L'écran afficha la nouvelle image granuleuse. On n'y voyait rien de remarquable : uniquement le sol qui s'étendait au-delà de la roche et une pointe de l'horizon. Toutefois, l'image correspondait exactement aux résultats de la simulation. Tout était toujours au niveau, rien de visiblement anormal. Gabdul se tourna vers le technicien des systèmes, qui analysa d'un air soucieux les données actualisées avant d'annoncer :

— *Pa pariadkeh.* Tout semble en ordre.

Gabdul opina de la tête et ramena en douceur le contrôleur, ordonnant à *Lunokhod* de reculer assez loin pour que ses caméras captent le résultat de la manœuvre. Après avoir compté jusqu'à trois, il le relâcha une fois de plus. Si tout s'était déroulé comme dans la simulation, l'image révélerait la position d'*Ugol* et, si la roche avait bougé, l'équipe serait en mesure de la distinguer dans la poussière environnante.

Depuis le début de la manœuvre, la scientifique principale s'était tenue en retrait, mais cette fois elle agrippa le dossier de la chaise de Gabdul et s'inclina pour regarder la nouvelle image apparaître. Elle tenait l'image imprimée de la capture précédente à côté de l'écran pour la comparer avec celle nouvellement affichée. Ses yeux passaient de l'une à l'autre pour déceler les différences.

La nouvelle marque de pneu était flagrante. Là où reposait auparavant une pellicule inaltérée de poussière se trouvait maintenant une sombre empreinte gaufrée, le sol retourné par le recul brusque. Gabdul effleura le contour de la roche sur l'image papier, puis toucha le même endroit à l'écran.

— Je crois qu'elle a bougé ! s'exclama-t-il, triomphant.

La scientifique se pencha plus près pour inspecter ce qu'il désignait du doigt. Le rebord d'*Ugol* était à peine perceptible contre le régolithe. Cependant, sous le feu aveuglant du Soleil, une bande plus sombre trahissait sa présence.

— Je crois que vous avez raison, Gabdul. *Ugol* a bougé !

La scientifique fit un pas en arrière et se redressa, croisant les bras sur sa poitrine. Ainsi, *Ugol* n'était *pas* un affleurement radioactif. Ce bloc énigmatique de roche n'était pas lié à un filon principal. Elle reporta toute son attention sur l'écran, le menton dans la main, en tapotant sa haute pommette du bout du doigt. *Comment t'es-tu retrouvée là, petite pierre ? Serait-ce un lourd impact qui t'a exhumée du plus profond de la Lune pour te jeter à la surface ? As-tu des consœurs qui attendent juste en dessous ?*

C'était là le rêve de tout astrogéologue. *Dis-moi*, Ugol, *qu'es-tu donc ? D'où viens-tu ? Et que peux-tu nous apprendre sur l'Univers ?*

CHAPITRE 33
Centre de contrôle de mission, Houston

C'était l'heure du changement de quart et le nombre de personnes au centre de contrôle de mission avait doublé. Chaque console était occupée par deux opérateurs, tandis que les agents entrants écoutaient les détails des derniers événements, prenaient des notes et posaient des questions afin d'assurer la relève sans heurt. Les missions Apollo étaient semblables à une course à relais de neuf jours où chacun devait transmettre les renseignements techniques et les prises de décision au suivant, sans rien laisser tomber.

À la console du capcom, Kaz s'affairait à informer son remplaçant pour le prochain quart. Le bureau local du département d'État leur avait fourni les services d'un interprète russe, qui se tenait calmement à leurs côtés et absorbait le nouveau jargon.

Gene Kranz prit la parole juste avant que les membres de son équipe retirent leur casque d'écoute :

— Bravo tout le monde, c'était une sacrée journée. Vous avez réglé beaucoup de problèmes graves, dont certains sont sans précédent dans toute l'histoire des vols spatiaux habités.

Il observa chacune des personnes derrière les consoles.

— On doit encore se remettre de la tragédie et gérer la complexité d'avoir à travailler avec une nouvelle membre d'équipage étrangère qui ne parle pas anglais, continua-t-il. Mais ce qui compte, c'est qu'on a un lancement réussi, un équipage en train de se reposer, un vaisseau en bon état et une mission claire. Le vrai travail vient à peine de commencer, alors profitez-en pour vous détendre. On se rejoint ici dans… quinze heures, conclut-il après avoir consulté sa montre.

*

Sur le chemin du retour, Kaz avait longuement hésité en passant devant le U-Joint. Le simple fait, cependant, d'imaginer l'ambiance bruyante du bar avait suffi à le dissuader, sans compter que la photo d'un autre astronaute d'Apollo 18 allait bientôt rejoindre celle de Tom sur le mur dédié aux défunts. Il s'était plutôt arrêté à l'épicerie pour faire des provisions. Ce qu'il voulait maintenant, c'était une séance d'étirements suivie d'un petit jogging, prendre une bouchée avec une bière en toute tranquillité, et peut-être passer un peu de temps avec Laura.

Il se gara dans l'entrée de son bungalow de Polly Ranch, descendit de la voiture en regardant sa montre, puis referma la portière. Laura avait dit qu'elle tenterait d'aller le retrouver après l'interminable trajet qui la ramenait de la Floride. Autour de 20 heures, probablement.

Parfait.

Il lança son sac sur le sofa et rangea la nourriture dans le frigo, retroussant les narines au contact de l'air renfermé de la maison. *L'odeur classique d'un appartement de célibataire qui n'est jamais là.* Il ouvrit les fenêtres à moustiquaire pour faire entrer la brise de début de soirée et enfila ses vêtements d'entraînement.

Le soleil atteignait l'horizon lorsqu'il sortit dans la cour et amorça son programme d'étirement 5BX, composé de cinq exercices de base. L'emploi du temps chaotique du cap et les longues périodes assises avaient raidi ses membres, mais il avait appris qu'il valait mieux ne pas y penser. Et simplement soumettre son corps aux dix minutes d'exercices isométriques, travailler les muscles en douceur jusqu'à leur limite en ignorant les craquements. Laisser son esprit se dissocier et vagabonder.

Malgré tous ses efforts, les événements de la journée se bousculaient dans sa tête. Alors qu'il passait des étirements aux exercices abdominaux, il visualisait les gestes que l'équipage effectuait dans la capsule. Il se doutait que les astronautes auraient du mal à dormir. Chad et son tempérament impulsif, qui réagissait mal au moindre changement de plan… et Michael, qui tentait d'exercer une influence apaisante en veillant au bon état du vaisseau et au bon déroulement de la mission. Tous les deux à cran, avec le cadavre de Luke flottant sous leurs yeux… Et une cosmonaute dans les pattes.

Beaucoup de tensions à bord.

Kaz se releva pour enchaîner avec les extensions lombaires, grimaçant. Il tâcha de se distraire en considérant la situation selon la perspective de la cosmonaute. *Quel calvaire venait-elle de vivre ?* Son compagnon cosmonaute tué, *Almaz* anéantie et abandonnée, la cavalcade effrénée qu'elle avait dû subir, accrochée à l'extérieur d'un vaisseau spatial avec le moteur en marche… *Comme Slim Pickens dans* Docteur Folamour. *Débile !*

Il se remémora ce qu'il savait des femmes cosmonautes. Un seul nom lui venait en tête, étrangement facile à mémoriser en raison de sa musicalité : Valentina Terechkova. Qu'est-ce qu'elle faisait déjà, parachutiste et officière dans l'armée de l'air ? Elle avait accompli un court vol en solo dix ans plus tôt, à une période où les Soviétiques mettaient le paquet avec la propagande. Svetlana, toutefois, était sans doute très différente. Membre d'un équipage d'espionnage militaire, participant à une mission secrète de longue durée… Ce serait une erreur de la sous-estimer.

Il sentit la morsure de l'asphalte sous ses paumes alors qu'il se mettait en position pour les pompes, qu'il fit au ralenti afin d'en tirer un maximum de bénéfices. La traction douloureuse qui tiraillait ses pectoraux et ses épaules était presque agréable, lui rappelant indéniablement qu'il frôlait sa limite et travaillait ses muscles jusqu'à ressentir sa propre force.

Demain, ça devrait être plus relax. L'équipage allait voyager vers la Lune, peut-être allumer une fois les moteurs pour peaufiner l'exactitude de sa trajectoire. Ce serait une occasion pour eux de s'adapter à leur nouvelle réalité et de commencer à se concentrer sur la réorganisation de l'alunissage qui approchait.

Une journée tranquille ne serait pas de refus.

Kaz se redressa et jogga aisément le long de la cour avant de tourner sur la piste. Il vérifia l'heure sur sa montre. *Une petite course de quarante-cinq minutes devrait suffire*. Il adopta un rythme qu'il savait susceptible d'élever sa fréquence cardiaque à environ 145, puis s'engagea dans la course.

*

Il venait de se doucher et décapsulait une bouteille de Lone Star, les cheveux encore humides, lorsqu'il perçut le son d'un petit moteur gravissant l'entrée de sa cour. Un sourire aux lèvres, il ouvrit une seconde bouteille et se dirigea vers la porte.

— Je suis si contente d'être enfin revenue, soupira Laura avec un sourire las en sortant de sa Coccinelle.

Elle portait un nouveau tee-shirt de Walt Disney World à l'effigie de Minnie Mouse qui posait timidement dans une robe rouge. Son sac de voyage à l'épaule, elle le rejoignit sous le porche et prit la bière qu'il lui tendait. Elle cogna sa bouteille contre la sienne et, assoiffée, avala une longue gorgée.

Comme ses yeux retrouvaient leur éclat habituel, elle lança :

— Si tu avais de quoi manger en plus, tu serais vraiment l'homme parfait.

— Qu'est-ce que tu dirais d'un sandwich grillé au thon avec des cornichons ? proposa Kaz, tout sourire.

Il prit son sac, lui tint la porte avec galanterie et la guida jusqu'à la cuisine.

— Et alors, comment tu as trouvé le lancement ? lui demanda-t-il en préparant les sandwichs.

— On a fait le compte à rebours tous ensemble, lui révéla-t-elle avec un sourire enchanté. Et quand cette Saturn V s'est élevée du sol… Wow, quel vacarme !

Laura secoua la tête, éberluée.

— J'avais l'impression que mon cœur battait hors de ma poitrine, raconta-t-elle. Et cette lumière, si brillante ! C'était comme voir un deuxième Soleil !

Kaz emporta les sandwichs et vint s'asseoir à table avec elle, savourant le déferlement d'émotion pure qui semblait la posséder. Pour sa part, isolé dans le centre de contrôle de lancement, il avait été préservé de tout ce tumulte et si accaparé par les détails techniques, si constamment aux aguets de tout danger, qu'il avait l'impression d'avoir raté ce qu'elle avait vu. En plus d'être passé à côté du partage complice de cette expérience d'une exceptionnelle rareté.

— J'aurais aimé y assister avec toi, admit-il, un peu penaud.

Elle plongea ses yeux dans les siens, ses lèvres trahissant un demi-sourire.

— Eh bien, tu avais des trucs importants d'astronaute à faire, l'excusa-t-elle. Moi, je n'étais qu'une géologue lunaire qui y assistait pour le simple plaisir.

Laura prit une impressionnante bouchée de son sandwich, qu'elle fit descendre avec le reste de sa bière.

— Tu en as d'autres comme ça ? s'enquit-elle.

Alors que Kaz ouvrait le réfrigérateur pour en sortir une bouteille, Laura enfourna un cornichon, ce qui ne l'empêcha pas de parler :

— Comment se déroule la mission ?

Kaz lui servit sa bière, pensif. Comme elle était la géologue principale du vol, il n'avait pas d'autre choix que de l'informer de la mort de Luke et du fait qu'une cosmonaute allait accompagner Chad sur la Lune. Néanmoins, il garda le silence un moment, souhaitant pouvoir faire durer son état d'émerveillement, ne serait-ce que quelques secondes de plus.

Lorsqu'il lui délivra enfin la nouvelle, ses yeux s'arrondirent d'horreur.

— Quoi, Luke est mort ? Tué dans l'espace ? Oh non… J'ai du mal à réaliser à quel point c'est horrible… Toi, est-ce que ça va ?

En voyant Kaz hausser les épaules et acquiescer en silence, elle comprit :

— C'est vrai qu'on a déjà eu cette conversation, la nuit de la mort de Tom.

Elle plissa le front en réfléchissant aux conséquences de cette tragédie.

— Ça veut dire qu'on change complètement le plan des opérations sur la surface lunaire. J'ai l'impression que la science va encore en faire les frais.

Kaz confirma d'un signe de tête.

— Tu as vu juste. On doit établir un nouvel échéancier demain, que Chad va pouvoir suivre seul, avec peut-être une assistance minimale de Svetlana, la cosmonaute.

— Il y a au moins ça de bon : une première femme sur la Lune, soupira Laura.

Tous deux imaginèrent cet exploit sans dire un mot. Puis Laura bâilla à s'en décrocher la mâchoire, vaincue par la fatigue.

— La journée commence à me rattraper, déclara-t-elle en se frottant les paupières.

Elle se leva de table et transporta son assiette et sa bouteille à demi vide vers l'évier. Elle se retourna ensuite pour croiser le regard de Kaz.

— Je vais prendre une douche rapide. Rejoins-moi après, si ça te dit ?

CHAPITRE 34
Le Kremlin

Vitali Kalouguine allait rarement au Kremlin. Il était encore plus rare qu'on l'y convoque pour une réunion urgente.

Le vaste ensemble n'était pas très loin de son bureau du KGB : en partant de la Loubianka, il dépassait les faîtes à bulbes ornementés de la cathédrale Saint-Basile, à l'angle de la place Rouge, puis pénétrait par l'entrée principale de la *Spasskaïa Bachnia* – la tour du Sauveur. Une simple marche d'un quart d'heure. En cette belle matinée d'avril, cependant, il s'y rendit en douze minutes. Cette réunion était d'une importance capitale. Un regard à l'immense horloge de la tour lui confirma qu'il était 11 h 40. Il ne serait pas en retard.

Longeant les murs de brique rouge de 4,5 mètres d'épaisseur, Vitali se dit que le Kremlin portait infailliblement bien son nom de « forteresse ». Il présenta son insigne du KGB au garde posté à la base de la tour de l'horloge et entra. Il suivit le chemin traversant le profond portail, puis tourna à droite.

L'allure bucolique de l'enceinte de cette forteresse le surprenait chaque fois. Les fleurs printanières s'épanouissaient, et le long boisé, dont chaque arbre était serti d'une petite enseigne à la mémoire d'un héros soviétique, commençait à faire éclore ses bourgeons. Le train-train terne et cacophonique de la vaste cité semblait tout à coup distant, et l'immensité de la mère patrie, qui se désengourdissait toujours de l'hiver, difficile à imaginer.

Vitali vérifia l'heure encore une fois en arrivant à l'édifice 14, un bâtiment de quatre étages peint en jaune et blanc où siégeait le Praesidium. *Il faut que je me calme !* Il ralentit le pas avant de pénétrer par les larges portes de bois et de grimper les marches de pierre vers la salle de réunion.

Les dossiers se trouvaient dans le porte-documents qu'il serrait fermement dans la main gauche.

Considérant l'immensité de cette machine bureaucratique axée sur la paperasse, les nouvelles s'étaient très vite propagées. L'équipe d'administration de nuit de Loubianka avait répondu à l'appel exigeant les renseignements du KGB sur une cosmonaute, la lieutenante principale Svetlana Evguenievna Gromova, et deux astronautes militaires américains : Michael Esdale et le major Chad Miller. La consultation du gigantesque système de classement avait permis d'extraire des fiches, qui avaient conduit à des dossiers conservés dans un dédale d'entrepôts souterrains. On avait alors fait des photostats, identifié les officiers responsables et distribué des documents. À son arrivée à son bureau du KGB ce matin-là, aussi tôt qu'à l'habitude, Vitali avait trouvé le dossier sur Miller au sommet de sa pile de courrier entrant. Un signet rouge portant la mention *Srotchna*, « Urgent », était agrafé sur la page du dessus.

Il avait lu la note d'accompagnement, puis avait réfléchi aux mesures à prendre en sirotant sa première tasse de thé. Il avait ensuite entamé une avalanche d'appels téléphoniques révélateurs, qui avaient abouti à cette réunion.

La porte du couloir était ouverte. Après une courte hésitation, Vitali entra dans la salle de conférences.

Le mur du fond, couvert de fenêtres s'élevant de la rangée de radiateurs jusqu'au plafond, laissait la lumière naturelle inonder la pièce. Toutefois, l'effet était en quelque sorte gâché par la vue morne qu'elle offrait sur une pièce identique, de l'autre côté d'une petite cour intérieure. Des plantes araignées posées sur le rebord des radiateurs ajoutaient une touche de verdure naturelle. Une jeune *pomojnitsa* déposait verres d'eau et tasses de thé en face de chaque chaise de la longue table qui s'étirait parallèlement aux fenêtres. Autrement, Vitali était seul.

Il résista à l'envie dévorante de consulter de nouveau sa montre. Il choisit une place discrète à un coin éloigné de la table, déposa son porte-documents et alla à la fenêtre. Une employée installa une desserte roulante le long du mur près de la porte, puis quitta la salle sans un mot.

Vitali contempla la lumière dorée en passant mentalement chaque détail en revue. Il se rendit compte que cette réunion pourrait bien devenir un moment décisif de sa carrière. Sentant son cœur s'affoler, il s'empressa de se sermonner. *Uspokoïsia !* Calme-toi !

Un roulement de voix profondes lui parvint depuis le couloir, précédant l'entrée de trois personnes, dont un grand homme aux épaules larges vêtu d'un complet gris qui marchait en avant. Ses cheveux peignés vers l'arrière découvraient un front ample dominant des lunettes épaisses à fine monture métallique qui grossissaient ses yeux épuisés.

Vitali fut estomaqué. Andropov ! Le président du KGB en personne ! La rumeur disait qu'il allait bientôt devenir membre à part entière du Politburo. Que faisait-il ici ? On lui avait dit au téléphone qu'un représentant de la haute direction participerait à la réunion, mais jamais il n'aurait imaginé qu'il s'agirait de Iouri Vladimirovitch lui-même. *Bojé moï ! Suis-je vraiment prêt pour ça ?*

Vitali inclina respectueusement la tête en masquant sa nervosité.

— *Dobri dien, zaslujeni Predsedatel.* Bonjour, honorable Président.

Andropov le jaugea par-dessus ses lunettes.

— *Kalouguine, da ?* lui demanda-t-il.

— *Da.* Vitali Dmitriyevich, agent de contre-espionnage des Services spéciaux II.

Andropov opina de la tête, puis somma :

— *Saditiess.* Asseyez-vous.

Vitali obéit.

Le président du KGB s'assit au bout de la table puis désigna les deux autres hommes du menton, en prononçant très clairement leur nom de son accent cultivé :

— Vladimir Alexandrovitch Krioutchkov. Vladimir Nikolaïevitch Tchelomeï.

Il supposa avec justesse que Vitali connaissait déjà ces noms.

Celui-ci croisa le regard des deux hommes et baissa à nouveau la tête en signe de respect. Tchelomeï était directeur principal du programme spatial soviétique et Krioutchkov, président de la Première direction générale du KGB, gérait toutes les opérations de renseignement extérieur, y compris les services spéciaux. Ce dernier avait un visage rond surmonté d'un haut front bombé, caractérisé par un nez écrasé qu'il s'était fracturé longtemps auparavant. Comme il était le patron de Vitali, ce fut lui qui prit les devants :

— Veuillez nous résumer la situation, Vitali Dmitriyevich.

L'emploi du patronyme était destiné à combler le fossé hiérarchique, ce qui contribua à mettre Vitali à l'aise.

Il prit une profonde inspiration pour se donner de l'aplomb. Ses interlocuteurs étaient des hommes brillants, accomplis et puissants. *Par où commencer ?*

D'abord, il rendit compte rapidement des événements survenus en orbite au cours des vingt dernières heures. Durant son récit, il risqua plusieurs coups d'œil vers Tchelomeï pour confirmer qu'il relatait bien les faits. Les sourcils froncés et les lèvres pincées de l'homme ne révélèrent rien. Néanmoins, son supérieur ne le contredit pas non plus. *Jusqu'ici, tout va bien.*

Passant ensuite en terrain plus connu, il enchaîna avec un condensé expéditif des renseignements sur la cosmonaute et l'astronaute américain, Esdale. Leur dossier était vierge, les fiches à leur sujet ne comportant rien de suspect. Donc, aucun avantage à tirer de ces deux-là.

Les trois hauts gradés l'écoutaient avec attention, le visage impassible. Ils savaient qu'il gardait l'information déterminante pour la fin.

— La troisième personne dans l'espace, reprit Vitali, le major de l'armée de l'air américaine Chad Miller, est celui qui nous offre le plus grand avantage.

Sa fréquence cardiaque décéléra, tandis qu'il racontait en détail la manière dont il avait infiltré des agents au cœur de l'Église orthodoxe russe des quatre coins du monde, à la recherche d'ouvertures et de voies d'accès vers l'Occident. Il révéla à ses supérieurs les détails du dossier de Miller, en commençant par son adoption à Berlin. Andropov approuva lentement du chef, alors que Vitali expliquait comment il avait utilisé un agent, l'interprète de l'église, pour qu'il envoie de l'argent au pilote américain sous prétexte que cette somme provenait de son frère depuis longtemps perdu, animé du désir fervent de l'aider à payer ses dépenses lorsque ses parents adoptifs – des fermiers, apparemment – avaient manqué de ressources.

Et Miller n'avait jamais refusé ces aumônes.

Le président du KGB interrogea Krioutchkov du regard, qui hocha la tête.

— Cette information nous place en position de force, déclara Andropov. *Spassiba*, Vitali Dmitriyevich. Ce Miller ne voudrait sans doute pas que les Américains découvrent d'où provenait réellement cet argent.

Vitali fut exalté en entendant Andropov prononcer son nom.

Le président se tourna ensuite vers Tchelomeï.

— Vladimir Nikolaïevitch, commença-t-il sobrement, j'en sais très peu sur l'espace. Je compatis avec vous pour la perte de notre station spatiale *Almaz*, mais aussi pour la mort tragique du cosmonaute Mitkov. Il s'agit d'actes flagrants d'agression de la part des Américains, qui nous aideront à établir notre plan d'action.

Ses yeux âgés clignèrent derrière les verres épais de ses lunettes.

— *Niet houda biez dobra*, affirma-t-il.

À quelque chose malheur est bon.

— De quel autre outil de négociation disposons-nous ? s'informa-t-il ensuite.

— Respectable Président, en dépit de la nature tragique des événements d'aujourd'hui, j'apporte de bonnes nouvelles du programme spatial soviétique, proclama Tchelomeï.

Sa formulation délibérément formelle amplifiait la portée de ce qu'il disait.

— Au vu de ce que nous venons d'apprendre de l'agent Kalouguine, ici présent, et d'une découverte capitale que l'équipe d'exploration lunaire a faite pas plus tard qu'hier grâce à *Lunokhod*, je crois que nous nous trouvons face à une rare occasion à saisir.

Comme il avait maintenant l'attention de tous les hommes présents, il exposa son plan.

Fort de l'expérience que lui offrait toute une vie de machinations et de diplomatie, Krioutchkov évalua promptement l'idée décrite, étudiant ses points faibles en frottant de son index son nez déformé.

— Nous devons établir une communication avec la cosmonaute, décida-t-il enfin. Une communication *privée*. Est-ce possible ?

— *Da*, Vladimir Alexandrovitch, confirma Tchelomeï.

Les deux hommes travaillaient dans des domaines différents, mais ils détenaient une autorité à peu près équivalente. Tchelomeï, qui était parvenu plus tôt à la même conclusion et avait déjà transmis ses ordres, ajouta :

— J'ai pensé à une façon de la joindre.

Andropov se leva et annonça :

— Je vais transmettre ceci au Politburo et au secrétaire général.

À titre de protégé de longue date et de président du KGB, Andropov était le plus fidèle allié de Brejnev. Il regarda chacun des trois hommes et conclut :

— Les Américains nous contacteront d'ici peu, ça ne fait aucun doute. Assurons-nous d'être prêts.

*

— Père Ilarion, j'ai une nouvelle insolite à vous apprendre.

Alexandre, l'interprète du diocèse, parlait d'une voix basse, sachant que c'était là le meilleur moyen d'attirer l'attention du hiéromoine le matin, après les prières et l'eucharistie.

Ilarion achevait son déjeuner frugal et tapotait sa petite assiette pour faire glisser les dernières miettes de son pain grillé dans sa tasse de thé, à dessein de ne rien gaspiller.

— Une bonne nouvelle, Sacha ? s'enquit-il, levant un regard curieux vers le jeune homme. De quoi s'agit-il ?

— Les faits d'armes de votre frère ont retenu l'attention de l'Église, à Moscou, rapporta Alexandre. Un de mes collègues interprètes là-bas collaborait avec des fidèles rattachés à l'ambassade américaine et m'a appelé pour que je vous en informe. Ils disent que ses exploits vous font grandement honneur, à vous et votre famille. Ils en ont même discuté avec des responsables du programme spatial soviétique.

Les yeux d'Ilarion s'agrandirent.

— Selon toute apparence, l'Église souhaite vous inviter à Moscou. Ils ont obtenu pour vous la permission de vous rendre au centre de contrôle de mission, où vous pourrez parler directement à votre frère pendant qu'il sera sur la Lune. C'est en effet un grand honneur réservé à peu de gens, et ce sera une merveilleuse surprise pour lui de vous entendre.

Le père Ilarion semblait confondu par la perspective d'un voyage à Moscou et d'une occasion de s'adresser à son frère, loin dans l'espace. Il se caressa la barbe en soupesant la chose, battant rapidement des paupières derrière ses épaisses lunettes.

— Ils m'ont informé qu'il y a un vol direct quotidien d'Interflug partant de l'aéroport de Schönefeld jusqu'à Moscou-Cheremetievo, le pressa Alexandre. Le programme spatial assumera tous les frais de transport et d'hébergement.

Le visage du prêtre se rembrunit.

— Mon frère ne voudra sans doute pas qu'une surprise interrompe ce qu'il fait. Il sera trop occupé.

Alexandre acquiesça. L'officier du KGB avec qui il s'entretenait avait prévu une telle réaction et l'avait pourvu de suggestions.

— Ils disent qu'ils permettent souvent à des cosmonautes de parler directement avec des membres de leur famille. Ils peuvent se sentir seuls, si loin de chez eux, tenta-t-il d'un ton insistant. Un contact avec leur famille peut fortement améliorer leur moral, leur sérénité psychique.

Il ajouta une phrase qui lui avait été précisément suggérée :

— De toutes les brebis de votre troupeau, votre frère pourrait être la plus lointaine à qui vous ayez jamais eu la chance d'apporter consolation.

Le père Ilarion se détourna, les yeux dans le vague, en essayant d'imaginer ce que voyait son frère. Finalement, il hocha lentement la tête.

— Tu as raison, Sacha, concéda-t-il. La Terre doit lui paraître minuscule en ce moment.

Il se retourna vers Alexandre, les sourcils froncés.

— Mais son russe est rouillé, et je ne parle pas du tout anglais. Je ne suis pas non plus un voyageur. Si j'y allais, viendrais-tu avec moi ?

Alexandre se sentit submergé par un sentiment de victoire. Il réussit cependant à conserver son sang-froid et son expression avenante.

— Oui, mon père, sourit-il avec calme. Les responsables du centre de contrôle de mission ont reconnu la complexité de la situation et ont demandé qu'un interprète vous accompagne. Ce serait un honneur pour moi de vous aider.

CHAPITRE 35
Centre de contrôle de mission, Houston

En fin de compte, il s'était avéré étonnamment simple d'organiser la communication entre Moscou et Houston.

Kaz occupait la console du capcom, le traducteur du département d'État assis à ses côtés. Les médecins confirmaient que les membres d'équipage avaient réussi à bien se reposer, malgré leur horaire de sommeil décalé. Du moins, c'était le cas des astronautes. Ils n'en savaient rien pour la cosmonaute, puisqu'ils n'avaient aucune télésurveillance de sa fréquence cardiaque.

Ils allaient devoir effectuer une correction de mi-parcours sous peu : une brève mise à feu du moteur pour modifier très légèrement la direction du vaisseau, en fonction du suivi méticuleux que faisait Houston de la trajectoire de *Pursuit*. Réaliser cette manœuvre tôt leur permettrait d'économiser du carburant, s'ils s'orientaient de façon à entrer parfaitement dans l'orbite de la Lune.

— *Pursuit*, ici Houston. J'ai les données de l'allumage pour toi, dès que tu seras prêt.

— *Roger*, Kaz, répondit Michael. Prêt à recevoir.

Le plan de vol flottait à la hauteur de ses yeux, son crayon prêt à écrire dans le tableau vide.

— OK, Michael, aligne-toi pour un mouvement prograde à 3,2 mètres par seconde, durée de l'allumage à 0:02, le périlune sera à 53,1…

Kaz continua de réciter scrupuleusement chaque valeur, sachant que les spécialistes du centre de contrôle l'écoutaient avec attention pour prévenir toute erreur. Lorsqu'il eut terminé, Michael répéta exactement ses paroles.

— Tout me paraît bon, Michael, assura Kaz.

Il se tut un instant puis demanda :

— Chad est à l'écoute ?

Michael se tourna vers Chad, assis dans le siège opposé. Svetlana flottait tout près d'un hublot, contemplant tour à tour la Terre et la Lune.

— Il n'a pas de casque d'écoute, mais on peut arranger ça, répondit enfin Michael. Qu'est-ce qui se passe ?

Kaz choisit ses mots avec soin :

— Après l'allumage, on va vous mettre en communication par téléphone avec Moscou, pour leur offrir une chance de parler avec la cosmonaute. On aura une traduction phrase par phrase, pour être sûr que tout est légitime, mais je voulais vous informer d'avance pour vous donner le temps d'y penser.

Michael transmit le message à Chad, qui fronça les sourcils avant d'enfiler son casque d'écoute.

— Kaz, ici Chad, gronda-t-il. Je veux que cette conversation soit maintenue sous contrôle. Qui va l'interrompre si on n'aime pas la tournure qu'elle prend ?

Kaz se tourna vers Gene, assis derrière la console du directeur de vol. Ils en avaient justement discuté.

— On est d'accord, Chad, approuva-t-il. INCO va garder le doigt sur l'interrupteur pour couper les communications à tout moment. On vous recommande de faire pareil.

Chad scruta les commutateurs de son panneau de communication.

— Ouais, je vais débrancher dès que je n'aime pas ce que j'entends, répliqua le commandant.

— C'est bien, affirma Kaz. L'allumage de mi-parcours est dans trois minutes. Peu de temps après ça, on aura le contact avec quelqu'un de leur centre de contrôle de mission.

Chad fixa Svetlana, qui s'était tournée pour lui faire face.

— Bien reçu, répondit-il.

*

Lorsque l'interprète du KGB à ses côtés lui transmit les dernières paroles de Chad, Tchelomeï grogna sourdement.

L'écoute clandestine des transmissions provenant des vaisseaux Apollo n'était en rien une nouveauté. La Russie s'y adonnait depuis le début des missions du programme lunaire. Le Comité central soviétique avait ordonné au NII-885, l'Institut de recherche d'électronique de Moscou, d'ériger la gigantesque antenne parabolique TNA-400 de 32 mètres de diamètre qui dominait de toute sa hauteur le complexe de Simferopol. Sa construction avait exigé des compétences pointues d'ingénierie inverse : les techniciens soviétiques avaient dû expérimenter la captation en traitant les signaux des premiers vols Apollo, démodulant avec soin les fréquences porteuses et sous-porteuses jusqu'à percevoir des voix et des données, et même à accéder aux images télévisées embrouillées transmises par le lointain vaisseau. Ils ne pouvaient pas entendre les transmissions qui y étaient envoyées en liaison ascendante, de Houston vers l'espace, mais pendant les huit heures quotidiennes où la Russie faisait face à la Lune, ils recevaient tout ce que le vaisseau Apollo renvoyait.

Et ce n'était pas tout à fait un secret. La CIA avait découvert la nouvelle antenne lorsque l'avion-espion SR-71 *Blackbird* l'avait survolée et photographiée à haute altitude. Le rapport ultraconfidentiel à ce sujet en faisait le sommaire suivant : *Une antenne parabolique de 32 mètres comme celle-ci pourrait permettre les communications et la réception de télémesures à distance lunaire. L'antenne est opérationnelle.*

Le directeur Tchelomeï venait cependant d'y ajouter une fonctionnalité dont personne à la NASA ou à la CIA n'était au courant. Mais pour qu'elle fonctionne, il devait discerner quelques détails spécifiques durant la liaison téléphonique organisée à la hâte avec Apollo. Et si Houston et l'équipage étaient tous deux parés à couper le contact à la seconde où ils n'aimaient pas ce qu'ils entendaient, il allait devoir user de subtilité. Il prit difficilement son mal en patience pendant que *Pursuit* procédait à l'allumage de correction de sa trajectoire.

*

— La mise à feu me paraît réussie, Apollo, indiqua Kaz. Vous êtes en route.

Michael acquiesça tout en verrouillant les systèmes du moteur :

— Bien reçu, Kaz, merci. Et on a tous les trois un casque d'écoute maintenant. Alors, c'est quand tu veux. Le commandant se tient prêt au panneau 6.

Chad tenait avec fermeté le commutateur de transmission et de réception de la bande S entre l'index et le pouce.

Kaz jeta un coup d'œil sur Gene Kranz, qui inclina le front.

— Moscou, ici le centre de contrôle de mission à Houston. Vérification des transmissions.

De l'autre côté du globe, l'interprète répéta en russe ce que Kaz venait de dire.

Une voix masculine inconnue grésilla en retour dans son casque d'écoute.

— *Zdiess Moskva, kak slouchetieh nas ?*

— Ici Moscou, nous entendez-vous ? traduisit l'interprète.

Kaz se rendit compte qu'il retenait son souffle. Il expira, puis confirma :

— On vous entend parfaitement, Moscou. Restez à l'écoute pour parler avec Apollo 18.

Il fit un signe de tête à INCO qui leva le pouce.

— Apollo 18, ici Houston, appela-t-il. Le centre de contrôle de mission de Moscou est en ligne avec nous. Allez-y, Moscou.

Gene Kranz désapprouva lentement de la tête. *Des foutus communistes qui parlent à mon vaisseau.*

L'interprète traduisit la première rafale de mots russes :

— Lieutenante principale Gromova, ici le centre de contrôle des vols habités, m'entendez-vous ?

— TSOUP, je vous entends bien, répondit Svetlana, aussitôt doublée en anglais par son traducteur.

Assis à la console du directeur de vol à Moscou, Tchelomeï maintenait fermement le combiné contre sa bouche.

— Svetlana Evguenievna, ici le directeur Tchelomeï, annonça-t-il. Nous sommes très contents d'entendre votre voix. Comment vous portez-vous ?

La cosmonaute se mit tout de suite à répondre, mais Chad régla violemment le commutateur de transmission à « réception seulement », levant une main en signe d'arrêt.

— Tu dois attendre la traduction, lui rappela-t-il d'un ton menaçant.

Les deux tendirent l'oreille tandis que l'interprète répétait ce qu'avait dit Tchelomeï.

Chad la toisa avec insistance.

— OK ? questionna-t-il.

— *Da*, OK.

Il remit le commutateur à sa position initiale de transmission et réception.

— *Tovarichtch* directeur, c'est un honneur de vous parler, reprit Svetlana. Je me porte bien, je vous remercie.

Les pauses requises pour la traduction rendaient la conversation pénible.

— Vous ont-ils trouvé un endroit où dormir à bord du petit vaisseau ? s'enquit Tchelomeï.

Une question inoffensive.

— *Da*. Il y a de la place pour deux dans la capsule, assez pour être à l'aise. L'un d'eux dort dans le module lunaire.

Allez, fille, donne-moi des détails ! l'exhorta en silence Tchelomeï.

— Ils alternent et me laissent généreusement mon siège dans la capsule, poursuivit-elle.

Puis, elle ajouta une note personnelle :

— Je commence à m'ajuster au fuseau horaire de Houston.

Tchelomeï approuva de la tête. *Excellent*. Elle avait compris.

Il lui exprima ses plus sincères condoléances pour la mort de son commandant, Mitkov, et la félicita ensuite de la débrouillardise et de la force dont elle avait fait preuve pour monter à bord du vaisseau Apollo.

Svetlana attendit un moment que la traduction leur parvienne, puis adressa au directeur ses remerciements, suivis d'une question :

— Ils ont utilisé ma combinaison pour conserver la dépouille de l'astronaute décédé, et le système autonome de survie PM-9 est désormais rangé. Veuillez confirmer que je porterai leur combinaison à partir de maintenant.

Le visage de Tchelomeï se fendit jusqu'aux oreilles. *Petite futée*. Le PM-9 ne désignait pas l'équipement autonome de survie, mais bien le modèle de l'arme que l'équipage avait apporté à bord d'*Almaz*. Elle avait trouvé un moyen de lui communiquer en secret qu'elle était armée.

Le ton détaché de Tchelomeï ne trahit aucunement sa jubilation :

— *Da*, ils nous ont informés que la taille de leur combinaison allait fonctionner pour vous. Et au cas où vous ne le sauriez pas encore, ils ont prévu que vous la revêtiez dans le module lunaire et que vous ayez l'honneur d'être la première citoyenne soviétique à mettre le pied sur la Lune.

Svetlana s'était doutée qu'il s'agissait là du nouveau plan. Cependant, c'était la première fois que son hypothèse était confirmée. Elle se tourna vers Chad, qui fit signe que oui, et fut surprise de la vague d'excitation qui la submergea soudain. *Je vais marcher sur la Lune !*

Elle répondit d'une voix chevrotante :

— C'est une merveilleuse nouvelle, *tovarichtch* directeur ! Je ferai de mon mieux pour que vous soyez tous fiers de moi.

Tchelomeï repassa mentalement leur échange. Rien de ce qu'ils venaient de dire ne paraissait suspect, et la cosmonaute avait démontré qu'elle pouvait déceler les messages sous-entendus.

Il était temps de capter l'attention de Miller.

— Nous sommes convaincus que vous nous ferez honneur, Sveta, déclara-t-il. Votre frère de Berlin est particulièrement fier de vous.

Tandis que l'interprète traduisait, Chad plissa des yeux méfiants vers Svetlana. *Elle a un frère à Berlin ?* Étrange coïncidence. *Pourquoi Moscou avait mentionné ça ?*

Le visage de la cosmonaute demeura impassible.

— Je me réjouis de l'entendre. Veuillez transmettre mes meilleurs vœux à toute ma famille.

Assez pour l'instant, se dit Tchelomeï. C'était le moment de dire des banalités et de lâcher un dernier indice.

— Nous maintiendrons un contact quotidien avec vous, Svetlana Evguenievna, et nous avons hâte de vous reparler. Vos oreilles pourront se réjouir d'entendre la langue russe si loin de chez vous.

— *Spassiba, tovarichtch* directeur, le remercia Svetlana. À bientôt.

Tchelomeï hocha la tête, satisfait.

— *Do sleduyuchtchey.*

Il raccrocha et examina en détail dans sa tête sa liste de vérification. Tous les messages avaient été envoyés.

Passons maintenant à la prochaine étape.

*

Qu'est-ce qu'ils ont voulu dire, merde ? pensa Chad. La conversation lui avait semblé louche, sans qu'il puisse s'expliquer pourquoi. *Est-ce qu'ils sont au courant pour mon frère ? Non, comment le sauraient-ils ?* Il fixa avec résolution Svetlana qui rangeait son casque d'écoute, mais elle lui renvoya un regard placide.

Il approfondit sa réflexion. *S'ils connaissent l'existence de mon frère, ils savent sûrement que je parle russe.* Il continua de dévisager la cosmonaute, en se remémorant les paroles qui venaient d'être échangées.

Mais elle ne le sait pas.

Il prit une profonde inspiration et expira lentement.

Parfait.

*

— Hé, Chad, interpella Michael d'un ton feutré et détendu. Je viens de remarquer quelque chose.

Il avait assumé la majeure partie du quart de veille afin qu'ils puissent surveiller en permanence la cosmonaute, et il était exténué.

— Ah oui, quoi ?

Chad passait en revue les procédures du module lunaire, modifiant au crayon celles qu'il allait devoir effectuer différemment pour atterrir sur la Lune sans l'aide de Luke.

— Ça dit dans le plan de vol qu'on vient d'arriver exactement à mi-chemin, dévoila Michael. Notre bonne vieille Terre et la Lune sont toutes les deux à… 172 568 kilomètres de *Pursuit*, précisa-t-il après avoir consulté le carnet de bord.

Flottant vers le hublot près de Svetlana, il observa le globe terrestre, puis se contorsionna pour voir son satellite naturel. Il gesticula en tentant d'expliquer le concept à la cosmonaute, allongeant les bras pour définir une ligne, la coupant en deux, pour enfin pointer la Lune et la Terre.

Elle suivit ses mains des yeux, avant de fixer son visage, perplexe.

— Je pense qu'elle ne comprend pas, déduisit Michael. Qu'est-ce qu'ils apprennent à l'école, ces cosmonautes ?

Chad l'ignora, poursuivant sa lecture.

— Je ne sais pas, Michael, continua Michael en imitant la voix de son commandant. Je dirais : la doctrine soviétique, les voies d'invasion, une version blanchie de l'Histoire, un sens de la mode à chier… T'sais, des trucs de communistes.

Il se répondit à lui-même :

— Merci, Chad, de cette profonde réflexion. Je pense que le pilote du module de commande commence à être dans les vapes. Mon tour de dormir un peu.

Chad leva les yeux en entendant le dernier commentaire.

— Tu dors dans *Bulldog* ? demanda-t-il.

Michael le dévisagea, déconcerté.

— Ouais, comme prévu, répliqua-t-il. Si tu es d'accord pour monter la garde ici.

Chad lança un regard à Svetlana, avant de retourner à sa page.

— Ouais, on est bons, assura-t-il.

Michael avertit Houston afin que les médecins puissent surveiller son sommeil. Il traversa ensuite le tunnel en flottant pour émerger dans l'habitacle exigu du module lunaire. Il s'emmaillota dans le sac de couchage et s'arrima au hamac, levant les yeux dans l'obscurité vers la dépouille de Luke.

— Tu me manques, mon ami, murmura-t-il. Ça me désole que tu aies rejoint le monde des morts.

Quel long voyage bizarre…

*

Au TSOUP, l'équipe de nuit, réduite à deux techniciens et un interprète, était attentivement à l'écoute lorsque Michael annonça à Houston qu'il allait dormir. Le directeur Tchelomeï leur avait laissé l'instruction stricte de consigner toutes les communications en provenance du vaisseau Apollo. Il voulait savoir qui dormait, et quand.

Tandis que l'interprète traduisait, le chef de quart reproduisait avec minutie la transmission en caractères cyrilliques dans le grand registre vert qu'ils avaient entamé pour le vol d'aller-retour vers la Lune de la cosmonaute Gromova.

```
  00:30 Heure normale de Moscou
  Esdale dort seul dans module lunaire. Miller
éveillé dans module de commande. Aucune nou-
velle de Gromova.
```

Pas très pertinent.

Mais potentiellement utile.

CHAPITRE 36
Timber Cove, Houston

Le bungalow en forme de A tronqué flanqué d'un garage se situait sur la rive saumâtre du lac Taylor, à dix minutes à l'est du Manned Spacecraft Center. Lorsque Kaz et Al Shepard arrivèrent, une Dodge Polara d'un vilain brun se trouvait déjà dans l'entrée. Les deux antennes et le projecteur du côté conducteur ne laissaient planer aucun doute : il s'agissait d'une voiture de police banalisée, celle du shérif du comté de Harris.

Tous les rebondissements survenus au cours des trente-six heures suivant le lancement avaient forcé Kaz à reléguer au second plan les conclusions de l'enquête sur le crash. Maintenant qu'Apollo 18 avait amorcé son périple vers la Lune en toute sécurité, la réalité le frappait en plein visage : parmi toutes les personnes susceptibles d'avoir saboté l'hélicoptère de Tom, trois des suspects, dont seulement deux étaient toujours vivants, se trouvaient à bord du vaisseau spatial. Al Shepard avait alerté le shérif du comté et accepté, en lui faisant promettre de rester discret, de l'aider à chercher des preuves pour vite disculper les trois astronautes.

Deux hommes descendirent de la Polara au moment où Kaz se garait. Le chauffeur, dans la trentaine et les cheveux en brosse, portait un uniforme. Le passager était un quinquagénaire bien bâti affublé d'un complet froissé et de lunettes à l'épaisse monture. Sa chevelure ondulée lissée vers l'arrière grisonnait sur ses tempes.

Al s'approcha pour lui tendre la main.

— Salut Jack, merci d'être venu.

Jack Heard, chef de police de Houston pendant vingt ans, venait d'être nommé shérif du comté de Harris, dont le territoire englobait l'aérodrome d'Ellington, le lieu de l'accident de l'hélicoptère, et cette maison, celle de Chad Miller.

— Heureux de servir la NASA et un héros américain, Al, complimenta Heard avant de se tourner vers Kaz, qu'il dévisagea de son œil aiguisé de policier à travers ses lourdes lunettes. Lieutenant-commandant Zemeckis, je présume. Désolé pour la mort de votre ami.

Kaz fut saisi : la mort de Luke en orbite n'avait pas encore été rendue publique. Il comprit alors que le shérif parlait de Tom Hoffman, et le remercia en lui serrant la main.

— Je vous présente le shérif adjoint Buddy Beauchamp, dit Heard en pointant son collègue, qui salua Kaz et Al à son tour.

Kaz les guida vers la porte d'entrée, admirant le bardage en cèdre et le verre multicolore de l'entrée.

— C'est la maison du major Miller ? demanda Heard.

— Non, un dentiste l'aurait louée à Chad entièrement meublée, répondit Al.

Kaz ouvrit la porte et alluma. Il eut l'impression de pénétrer dans un autre monde.

Le sol du salon était recouvert de carreaux ocre, et les murs étaient tapissés d'une épaisse moquette dorée montant jusqu'à la hauteur des épaules. Un luminaire fluorescent passait du rouge au jaune, puis au bleu. Le mur du fond, tout en verre, donnait sur une piscine, au-delà de laquelle on pouvait apercevoir le lac Taylor. Une chaise-coquille était suspendue à une longue chaîne fixée au plafond et une cheminée ronde en pierre laquée surmontait le foyer à gaz. Des masques criards ornaient les murs au-dessus du tapis à poil long.

— Original, comme endroit, lança le shérif. Un dentiste, vous dites ?

Kaz, qui n'avait jamais vu où habitait Chad, imaginait mal le militaire aux manières brusques et à la critique facile dans ce décor de *play-boy* hippie, même s'il n'en était que le locataire.

À leur gauche, il y avait une table de billard et un canapé à cadre en bois.

— Asseyez-vous, je vais inspecter les lieux avec Buddy, dit le shérif. On n'en a que pour quelques minutes.

Al et Kaz s'installèrent sur le canapé.

— Heureusement que la clinique des astronautes a ses propres dentistes, observa Al, dont la remarque fit sourire Kaz. Tu m'as bien dit que tu n'as pas aperçu Michael à Ellington le jour du crash ? reprit-il après un moment.

Kaz secoua la tête.

— Non, seulement Luke qui pilotait le véhicule d'entraînement, et Chad qui s'en allait parce qu'il venait tout juste de terminer et de lui céder sa place. Michael avait un examen médical ce matin-là. Je pense qu'on peut rayer son nom de la liste des suspects.

Al approuva de la tête, fixant les masques de gargouilles sur le mur. Les deux hommes réfléchissaient à ce qui était implicite : qu'est-ce qui avait bien pu motiver ce sabotage ?

Heard et le shérif adjoint traversèrent la pièce pour se diriger vers l'escalier en bois qui menait à l'étage. Le shérif, un sourire entendu aux lèvres, désigna du menton la pièce au fond du rez-de-chaussée, derrière la cuisine.

— Si j'étais vous, j'irais jeter un coup d'œil sur la chambre principale.

Al haussa les épaules, puis les deux hommes se levèrent et parcoururent le rez-de-chaussée. Ils passèrent devant les comptoirs en pierre de la cuisine et longèrent un petit couloir jusqu'à l'entrée sans porte de la chambre.

Trois murs étaient recouverts du sol au plafond d'une mosaïque de miroirs à la teinte dorée. Le quatrième mur, face au lac, était entièrement vitré et sans rideau. Des statues grandeur nature de sirènes aux seins nus bordaient le lit *king size* accroché au plafond par de lourdes chaînes dorées. Sur une unité murale encastrée au carrelage en miroirs, chaque étagère était garnie de figurines de femmes nues.

Kaz s'avança vers le placard. En ouvrant les portes coulissantes, il fut quelque peu soulagé d'y voir des vêtements et accessoires tout à fait habituels pour un homme célibataire sur les cintres et les tablettes, ainsi que des chaussures alignées avec soin par terre. Il aperçut une combinaison de vol et quelques vestes, pantalons et chemises bien repassés. Il referma les portes et se tourna vers Al en agitant la tête.

— Cet endroit me donne la chair de poule.

Une voix leur parvint, faisant écho sur le sol carrelé de pierres.

— Hé les gars, revenez ici !

Les deux policiers se tenaient au pied de l'escalier et le shérif escorta les hommes jusqu'à la voiture de Kaz, laissant son adjoint à la porte d'entrée.

— On a trouvé des trucs dans la chambre que le major Miller utilisait comme bureau. Je veux dire, à part la déco du dentiste pervers, précisa Heard. J'ai demandé l'aide de quelques autres shérifs adjoints pour faire une fouille complète ; on aura une voiture banalisée et des hommes en civil pour passer inaperçus le plus longtemps possible. On peut remercier le ciel pour l'embargo médiatique concernant la mission, ajouta-t-il en observant les maisons du voisinage. Lieutenant-commandant, je dois aller inspecter le domicile des autres membres de l'équipage, si vous le permettez.

Kaz acquiesça d'un signe de tête.

— Bien sûr. Al, vous avez informé le shérif de ce qui s'est produit ?

— Ouais, Jack est au courant pour Luke, et il sait que cette info est strictement confidentielle.

Al se tourna vers Beauchamp, toujours devant la porte.

— Personne d'autre n'est au courant.

— Je sais ce que vous pensez, Kaz, intervint Heard. Les choses vont s'envenimer, mais ma mission est claire. Un hélicoptère civil a décollé d'un aéroport du comté de Harris et s'est écrasé sur notre territoire. Le pilote est mort et tout indique qu'il y a eu sabotage. J'enquête donc sur un meurtre. Le fait qu'un des suspects soit mort et que deux autres ne soient pas sur la planète ne me pose pas de problème.

Il réfléchit un court moment.

— Ça m'arrange, même, parce que je sais exactement où ils sont, et quand ils vont revenir.

De son côté, Kaz voyait au-delà de l'enquête : il devait avertir Sam Phillips que l'homme qui s'apprêtait à marcher sur la Lune pour découvrir ce que tramaient les Soviétiques était désormais un suspect potentiel dans une affaire de meurtre.

CHAPITRE 37
Centre de contrôle de mission, Houston

— FLIGHT, ici EECOM.

Gene leva la tête.

— Allez-y.

— FLIGHT, l'équipe de la salle de planification a examiné les données et on a un rapport d'état révisé.

Intéressant... EECOM surveillait la consommation d'oxygène ; Gene attendait de voir si la fuite de la liaison ombilicale de Luke et la nécessité de réparer le joint de l'écoutille allaient nuire à la mission, et dans quelle mesure.

— Je vous écoute, EECOM.

— Maintenant que la température des réservoirs s'est stabilisée et qu'on connaît la consommation actuelle avec l'écoutille du module lunaire ouverte, il semble qu'on a perdu beaucoup plus d'O_2 que ce qu'on pensait. Les réserves sont très limitées pour le reste de la mission.

L'oxygène dans les vaisseaux spatiaux ne servait pas qu'à permettre aux astronautes de respirer : il alimentait également les réservoirs à combustible pour générer de l'électricité.

— Limitées à quel point ?

— Tout dépend de la quantité puisée dans les réservoirs du module. En supposant qu'on continue d'en conserver pour plusieurs sorties spatiales avec deux membres d'équipage, on va tomber facilement dans le rouge.

Comme l'avait prévu Gene, l'armée allait devoir se contenter d'une seule sortie sur la Lune. Une petite sortie.

— Et si on planifie en fonction d'une seule sortie lunaire de cinq heures, où ça nous mène ?

EECOM répondit par une question.

— Avec deux membres d'équipage à l'extérieur pendant tout ce temps ?

Ce qui augmenterait la consommation d'oxygène.

Gene visualisa les tâches probables de Chad et Svetlana sur la Lune. Mieux valait prévoir le pire.

— Oui, dit-il.

EECOM s'entretint un instant avec les techniciens de la salle de planification de la mission.

— FLIGHT, selon le plan révisé, et si on commence tout de suite à utiliser l'oxygène des réservoirs de *Bulldog* pour la cabine, on est bons jusqu'à l'amerrissage.

— Heureux de l'entendre, EECOM, merci.

Kaz s'empressa de prendre la parole.

— FLIGHT, Michael vient de se mettre au lit dans le module lunaire et la soupape de mise sous pression est très bruyante. Si EECOM est d'accord, je pense qu'on devrait attendre qu'il se réveille avant d'utiliser l'oxygène de *Bulldog*.

Gene acquiesça.

— SURGEON, combien d'heures de sommeil il lui faut ?

— Je dirais environ quatre, FLIGHT.

— On peut attendre, confirma EECOM.

Gene consulta le compteur de l'écran principal.

— Très bien. CAPCOM, réveillez le lieutenant Esdale à 37 heures MET.

*

— Houston, ici 18. On a un problème.

C'est bien la dernière chose que je veux entendre. Kaz posa son café à côté du cendrier sur la console et s'efforça de répondre calmement. En tant que capcom, il avait conscience que son ton pouvait affecter l'état psychologique de l'équipage en orbite et de l'équipe du centre de contrôle de mission. Il lui fallait être prudent, d'autant plus qu'une enquête pour meurtre était en cours.

— On est là pour ça, Michael. Je t'écoute.

— Salut, Kaz. Chad et moi, on a remarqué que la combinaison spatiale de Luke est en train de gonfler. Je crois que son corps se décompose et que les gaz s'accumulent. On ne sait pas trop où se trouve la valve d'échappement sur la combinaison de la cosmonaute, mais on veut éviter que ces gaz dégoûtants soient relâchés dans *Bulldog*.

— Bien reçu. Tu as raison, on vérifie.

Chad échangea un regard avec Michael et dit :

— Et si on demandait à Princesse de nous montrer comment retirer la pression excessive de sa combinaison ?

Michael approuva.

— Tu te débrouilles comment en langage des signes ?

*

Svetlana, assoupie du côté droit de l'habitacle, fut tirée de son sommeil par des mains qui la secouaient. En ouvrant les yeux, elle vit le commandant désigner l'autre astronaute, qui s'engageait dans le tunnel menant au module lunaire. Chad lui fit signe de les suivre.

Chto ? Elle lui obéit.

Michael s'approcha du corps de Luke accroché au plafond de *Bulldog*, et Chad prit place à gauche. Svetlana s'installa à droite et fixa les deux hommes d'un air intrigué.

Pendant qu'il parlait, Mikhaïl gesticulait autour de la combinaison Yastreb, qui, comme le constata Svetlana, s'était de toute évidence gonflée. L'astronaute ouvrit ses doigts et émit un sifflement aigu, puis haussa les épaules avec un regard interrogateur. Il pointa les conduites d'oxygène et les fils de communication sur le devant de la combinaison. Tout ce babillage en anglais embrouillait Svetlana.

Mais de quoi il parle ?

L'autre astronaute observait la scène d'un air désapprobateur. À bout de patience, il mima à son tour un éclatement avec sa main, puis lâcha un « Psssss » sonore.

Ah. Je crois que je comprends. La cosmonaute s'avança vers la combinaison, indiqua les deux molettes, grosses comme le poing, sur le côté gauche du torse, et exécuta un mouvement de rotation avec sa main. Elle montra ensuite une valve grise sur le casque, juste sous l'oreille gauche, qu'elle fit semblant de tourner, puis émit le même sifflement que les astronautes.

Michael examina attentivement la combinaison :

— Je crois que ce sont les régulateurs de pression. Il y a des inscriptions en russe et des flèches pour signaler la direction.

Il porta alors son attention sur le casque.

— Et ça, ça semble être une valve de purge toute simple.

De son côté, Chad traduisait dans sa tête les mots en caractères cyrilliques. Sur l'une des valves, on pouvait lire « Dévisser complètement pour le vol » et sur l'autre, « Visser complètement ». Il fit mine de formuler une hypothèse :

— Je parie qu'il y en a une pour la surpression et une autre pour la sous-pression, dit-il.

La valve du casque, toutefois, ne comportait aucune indication.

— Celle-là doit seulement servir d'ouverture et de fermeture manuelle.

— Logique, acquiesça Michael.

Les deux hommes réfléchirent.

— Qu'est-ce qu'on fait si la puanteur s'échappe ? Même mort, Luke nous fait encore subir ses pets !

Chad ignora la tentative de blague de Michael.

— Y a une petite conduite dans le module qu'on peut brancher à la soupape de pression de l'écoutille. On pourrait l'attacher solidement avec du ruban adhésif à la valve sur le casque, ouvrir un peu les autres valves et laisser s'échapper le surplus de pression dans le vide spatial.

Michael esquissa un sourire.

— Ouais, ça devrait marcher. On est en train de devenir des experts du ruban adhésif, ma parole !

Chad plaça le casque d'écoute du module sur sa tête, puis appuya sur le bouton de transmission.

— Houston, on pense avoir trouvé une solution, annonça-t-il avant de faire part de son plan et des explications de la cosmonaute.

— *Roger, Bulldog*. Ça pourrait bien fonctionner, laissez-nous y réfléchir, répondit Kaz.

Gene Kranz prit la parole.

— EECOM, je veux que vous fassiez traduire les instructions par l'interprète et que vous communiquiez dès que possible avec les spécialistes de la combinaison Yastreb à Moscou. Assurez-vous d'obtenir des explications claires sur le fonctionnement de la valve et de l'aide pour mettre la solution de l'équipage à exécution.

Kaz fit signe à l'interprète de s'approcher de la console d'EECOM.

— Pendant ce temps, CAPCOM, reprit Gene, dites à nos gars de commencer à préparer le matériel. On n'a pas une minute à perdre.

*

Les astronautes décrochèrent le corps de Luke, avec autant de précaution que s'il s'agissait d'un ballon fragile, le descendirent et l'attachèrent au plancher du module. Chad vissa un tube de métal à la soupape de pression de l'écoutille carrée, alors que Michael coupait des sections de ruban adhésif d'un gros rouleau pour fixer soigneusement le tube à la valve de purge sur le casque.

Svetlana repassa dans sa tête le fonctionnement de sa combinaison Yastreb. *Si le débit reste faible, ça devrait marcher*. La cosmonaute regarda autour d'elle. Depuis son arrivée, on la confinait à l'autre partie du vaisseau, et pour la première fois elle put prendre le temps d'admirer le module.

Dire que je vais atterrir sur la Lune là-dedans !

Un frisson d'excitation la parcourut. Elle avait été première de classe à l'Institut d'aviation de Moscou, avant de devenir instructrice d'acrobatie aérienne et pilote d'essai à l'école Gromov, en banlieue de la capitale russe. Son père, un pilote de chasse décoré lors de la Grande Guerre patriotique, avait joué de son influence pour que Svetlana devienne cosmonaute.

Papa sera tellement fier de moi !

Elle profita de la distraction des deux astronautes pour examiner les commandes du module lunaire, s'imaginant en train de le piloter. *Ça, à droite, c'est sans doute le contrôleur manuel pour faire tourner le véhicule.* Le manche à balai ressemblait à celui de la capsule de retour d'*Almaz*, où elle s'était entraînée. À sa gauche se trouvait la manette de poussée, une sorte de poignée de tiroir montée sur un petit bâton pivotant dans toutes les directions et qui permettait de manœuvrer le véhicule de haut en bas, et de gauche à droite. *Oui, c'est sûrement ça*. Svetlana s'approcha pour toucher le levier. Chad, le visage pourpre de rage, agita l'index devant elle.

— Hé ! Qu'est-ce que tu fous ? Ne touche à rien, compris ?

Le message était clair ; Svetlana s'éloigna des commandes. Les deux hommes lui jetèrent un regard méfiant.

Peu importe. J'aurais la même réaction si ces Américains étaient dans mon vaisseau.

Elle poursuivit néanmoins son inspection. Devant les deux postes d'équipage, il y avait des horizons artificiels, des boules gris et noir encastrées dans le tableau de bord et entourées de jauges. *Probablement les indicateurs de vitesse, d'altitude et de pression des systèmes*, raisonna-t-elle. Tous les engins volants étaient essentiellement les mêmes : il suffisait de trouver comment les faire démarrer et comment ils tenteraient de vous tuer.

Elle constata que les hublots triangulaires étaient bas, comme dans un hélicoptère, pour permettre aux astronautes de regarder vers le bas pendant l'atterrissage. Elle chercha les sièges mais n'en aperçut aucun. Elle ne vit même pas d'ancrages qui pourraient servir à fixer les sièges au sol. *Ça veut dire qu'on doit piloter ce machin debout !* Un compromis raisonnable pour pallier la faible gravité lunaire, reconnut-elle, mais c'était tout de même étrange.

Svetlana se tourna vers le commandant. *Tchad*. Nul doute qu'il serait son copilote. Jamais on ne confierait une telle responsabilité à un homme noir. *Mikhaïl. Non, Michael*, murmura-t-elle en essayant de prononcer le nom en anglais.

*

La voix de Chad retentit dans les casques d'écoute du centre de contrôle de mission.

— Houston, ici *Bulldog*, on a bien attaché la combinaison au sol, et la valve de purge du casque est fixée à la conduite de l'écoutille. Dites-nous quand ouvrir les valves.

Kaz jeta un coup d'œil sur la console EECOM, où le technicien et l'interprète étaient engagés dans une conversation technique laborieuse avec le TSOUP.

— *Roger*, *Bulldog*. On est en communication avec les spécialistes à Moscou, vous devriez avoir le feu vert sous peu.

— Bien reçu, Houston, mais peu importe ce que dit Moscou, on doit aller de l'avant. La combinaison continue de gonfler et c'est nous qui sommes à risque.

Kaz put entendre le « bande de cons ! » sous-entendu dans la phrase de Chad.

— *Roger*, Chad. On vous avise le plus tôt possible.

Kaz rejoua la phrase dans sa tête. Le concept de ce qui était « possible » avait vite pris une nouvelle tournure.

*

Cinq minutes plus tard, Kaz appuya sur le bouton de communication.

— Dix-huit, ici Houston, Moscou nous a expliqué le fonctionnement des valves. Vous avez le feu vert pour évacuer l'air de la combinaison.

— Merci, Kaz, répondit Michael. Bon, quand faut y aller, faut y aller.

Michael tourna lentement la molette de la valve de purge du casque. Il pouvait apercevoir les grosses lettres rouges « CCCP » du coin de l'œil. Il entendit un léger sifflement lorsque la pression s'équilibra dans la conduite d'évacuation, puis le silence se fit. Il renifla pour vérifier s'il y avait une fuite, mais ne sentit aucune odeur.

— Prêt, chef ? s'enquit-il auprès de Chad.

Curieuse, Svetlana regardait les deux hommes triturer son ancienne combinaison.

— Ouep. Mais referme tout de suite la valve s'il y a quoi que ce soit.

— Compris.

Michael tourna le bouton de la vanne d'évacuation et de décharge de la cabine. Selon les instructions de Houston, il fallait un tour complet pour ouvrir la valve. Michael fit tourner la molette peu à peu entre son pouce et son index, comme un cambrioleur de coffre-fort. Malgré le bruit des ventilateurs de recyclage de *Bulldog*, il perçut un sifflement à peine audible. Il cessa de tourner le bouton, et les trois occupants du module observèrent la combinaison de Luke.

Au début, il ne se passa rien puis, après un moment, le tissu et les coutures se détendirent peu à peu, tel un matelas pneumatique qui se dégonfle. Michael vit avec soulagement l'aiguille de l'indicateur de pression descendre sur le poignet droit de la combinaison.

— Ça semble fonctionner, Houston, annonça-t-il en tapotant la jauge pour s'assurer que l'aiguille n'était pas collée. Dès que la jauge indique zéro pression différentielle, je ferme les valves.

Michael enfonça un doigt dans la combinaison, qui était maintenant beaucoup moins rigide.

— Bien reçu, Michael, confirma la voix de Kaz. N'oubliez pas de refermer d'abord la valve du casque, puis celle de l'écoutille. De cette façon, toute odeur serait aspirée à l'extérieur sans pénétrer dans l'habitacle.

Michael ne voulait pas risquer que la valve de dépression de la combinaison s'ouvre et aspire l'air de l'habitacle. Il tapota plus rapidement sur la jauge, dont l'aiguille s'approchait petit à petit de zéro.

— Je crois qu'on y est.

Il referma la valve du casque, puis la soupape de l'écoutille.

Svetlana pressa légèrement la combinaison près du coude, où il n'y avait pas de structure interne.

— *Prekrassna*, fit-elle en hochant la tête.

Excellent.

Chad s'adressa à Houston.

— C'est fait, Kaz, tout semble OK, mais on va garder Luke branché à la conduite, au cas où il faudrait recommencer l'évacuation de l'air. C'est au tour de Michael d'aller dormir. Je retourne dans *Pursuit* avec la cosmonaute.

— Bien reçu, Chad. Beau travail, les gars. Et toi, Michael, fais de beaux rêves !

*

À Moscou, Tchelomeï s'adressa au directeur de vol.

— Écoutez bien leurs conversations pour savoir quand Michael Esdale se sera réveillé.

Les ingénieurs de l'Institut de recherche d'électronique de Moscou avaient d'abord informé Tchelomeï qu'il leur était impossible d'accéder à sa demande : trop d'impondérables, pas assez de temps et aucune façon de vérifier que l'équipement fonctionnerait correctement. Toutefois, le directeur s'était montré implacable et avait crié :

— Fabriquez-le, l'équipement !

Il détestait la tendance innée des Soviétiques à éviter de contrevenir aux politiques interministérielles. Cette prudence leur avait coûté la course à la Lune au profit des Américains.

Finalement, les ingénieurs avaient installé à la hâte un modulateur de bande S de 13 centimètres d'amplitude en liaison montante à côté de l'équipement d'écoute de l'immense antenne TNA-400. Cette modification permettrait d'entrelacer les transmissions vocales du TSOUP, avec la forte fréquence porteuse projetée directement sur la Lune par l'antenne satellite, en un puissant faisceau d'énergie électromagnétique. Comme un projecteur invisible dans la nuit cherchant les quatre petites antennes de réception circulaires fixées à l'arrière de *Pursuit*.

Avec de la chance, les processeurs du vaisseau américain traiteraient le signal comme ils le feraient avec d'autres. Si la fréquence et la modulation correspondaient suffisamment aux transmissions américaines, elles traverseraient les filtres, et l'onde radio serait transformée en signal électrique transmis au petit haut-parleur dans le casque d'écoute du commandant, au-dessus de son oreille gauche.

Quand le directeur de vol soviétique confirma que l'autre astronaute dormait, Tchelomeï ouvrit son micro. Il espéra que seul le commandant Miller l'entendrait. Toutefois, par précaution, il choisit ses mots avec soin :

— Test de transmission, test de transmission, vous me recevez ?

Il parlait délibérément d'un ton monotone, à la manière d'un opérateur radio qui se contentait d'effectuer son travail. Il ne savait pas si le signal serait retransmis par le vaisseau spatial à Houston, mais ne voulut prendre aucun risque.

Chad, qui consultait la liste de vérification en vue de l'entrée en orbite lunaire le lendemain, se redressa subitement, surpris d'entendre quelqu'un s'exprimer en russe. L'interlocuteur s'était tu, et le commandant lança un regard furtif à Svetlana, qui admirait la Lune grossissante par le hublot. Avait-il imaginé la voix ?

Enfin, Tchelomeï répéta.

— Test de transmission, test de transmission, vous me recevez ?

Il se demanda si la cosmonaute Gromova l'entendait aussi. L'horloge à l'avant de la salle indiquait qu'il restait une fenêtre de trente minutes avant que la rotation de la Terre empêche le satellite de capter le signal du vaisseau.

Patience. Miller a besoin de temps pour décider quoi faire.

Chad se représenta mentalement le système de communication du vaisseau et vérifia de nouveau la configuration des interrupteurs. *Merde, qu'est-ce que ça veut dire ?* Il ne s'agissait pas d'une radio en bande VHF quelconque émettant un signal ordinaire et non réglementé à partir de la Terre. Cette transmission lui parvenait par la fréquence en bande S du vaisseau. Pour qu'il se soit rendu jusqu'à lui, le signal avait dû passer par une modulation particulière. Tout devint clair. *Un Russe veut nous parler !*

Mais qui ? Chad tenta de cacher son émoi, au cas où Svetlana le regarderait.

Tchelomeï fit monter les enjeux.

— Test de transmission, test de transmission. Si vous m'entendez, répondez par deux clics de microphone.

Debout à sa console du TSOUP, il écouta avec attention. Un seul clic ne voulait rien dire, deux clics signifiaient que le geste était délibéré. Trois clics, cependant, éveilleraient les soupçons de Houston.

Tchelomeï attendait toujours.

Malgré son russe un peu rouillé, Chad était certain d'avoir compris : l'interlocuteur voulait qu'il appuie deux fois sur le bouton du microphone.

Une pensée le frappa alors, et en observant la Terre par le hublot, il constata que le vaisseau faisait face à l'océan Atlantique, mais qu'il pouvait voir de l'ouest de la Russie jusqu'à l'est des États-Unis. Quelqu'un dans cette partie du monde avait choisi ce moment pour communiquer avec lui. Comme le côté est de la planète était plongé dans l'obscurité, il pouvait à peine voir la région où se situait Moscou. *Ils savent donc que Michael dort et qu'il n'écouterait pas la conversation ? Mais qui pourrait bien savoir ça ?*

Sa décision était prise. Il fit basculer deux fois l'interrupteur de transmission, puis attendit une réponse.

À Houston, Kaz perçut les clics et tendit l'oreille, sachant que ce son annonçait toujours une transmission du vaisseau. N'entendant aucune voix, il haussa les épaules. *Seulement des parasites, on dirait.*

À l'autre bout du monde, Tchelomeï exultait. *J'ai établi un contact direct avec l'équipage d'Apollo ! Ils m'entendent !* Ses yeux s'illuminèrent, triomphants. Il était temps de faire monter encore un peu les enchères. Il consulta l'horloge.

— J'ai entendu les deux clics. Votre frère aussi. Ne répondez pas. On vous recontacte dans dix-huit heures. Après 16 h 30, heure de Moscou.

Tchelomeï relâcha le bouton du micro et se répéta ses paroles. *Voilà qui devrait le faire réfléchir.*

*

Chad était abasourdi.

« Votre frère aussi » ?

C'était la deuxième fois que les Russes avaient mentionné son frère. De toute évidence, il s'agissait d'une sorte de menace, mais que comptaient-ils faire, au juste ? Chad imagina Oleg – ou plutôt le père Ilarion – dans son église à Berlin-Est et regarda de nouveau par le hublot, cherchant l'Allemagne à travers les nuages amoncelés au nord de l'Europe.

Pourquoi se servent-ils de mon frère pour me menacer ?

Qu'est-ce qu'ils me veulent ?

La voix avait dit 16 h 30, heure de Moscou. Chad songea à la rotation de la Terre et réalisa que le Russe qui avait communiqué avec lui devait attendre que la planète ait suffisamment pivoté sur son axe pour revenir au même point. Avec dix-huit heures devant lui, Chad aurait le temps de réfléchir.

Il parcourut son plan de vol et fit une petite marque à l'heure désignée, qui correspondait justement à la fin de sa prochaine sieste. Bien sûr. Les Russes ne prendraient pas le risque d'appeler pendant que Michael écoutait. Trop difficile à expliquer. *Ils m'ont peut-être entendu dire à Houston que Michael allait dormir.*

Qu'allait-il faire de cette nouvelle information ? Et si son frère était en danger ? Il observa longuement Svetlana, toujours absorbée dans sa contemplation de la Lune. Il comprit.

Oui, c'est sans doute ça.

Mais qu'est-ce qu'ils savent, au juste ?

CHAPITRE 38
Sur l'orbite lunaire

— Bonjour *Pursuit*, ici Houston, tenta Kaz. Désolé de t'avoir réveillé de si bonne heure, Michael, mais c'est aujourd'hui que vous arrivez à destination et j'ai les données pour la LOI quand tu seras prêt.

LOI pour *lunar orbit insertion*, autrement dit la mise sur orbite lunaire. C'était l'étape où les astronautes allumaient le moteur-fusée principal de *Pursuit* pour ralentir le vaisseau, qui, happé par la gravité de la Lune, gagnait ainsi une orbite stable.

L'équipage avait convenu que Svetlana dormirait en même temps que Chad dans *Bulldog*, laissant Michael seul dans le module de commande. Ravi d'avoir *Pursuit* à lui seul, il contemplait tout à tour la Lune, qui grossissait à vue d'œil, et la minuscule Terre dont ils s'éloignaient. À mesure qu'il s'approchait de la Lune, il était fasciné par sa surface courbée ravinée de marques millénaires et d'ombres profondes, beaucoup plus belle et accidentée que ne le laissaient supposer les photos qu'il avait étudiées. Sachant ce qu'ils s'apprêtaient à faire, il se sentait subjugué d'émerveillement.

— Bonjour, Kaz. La Lune a l'air énorme dans mon hublot, souffla-t-il. J'ai mon crayon, prêt à noter les données.

— *Roger*, approuva Kaz. Masse du module à 28 196, Delta-V à 2 911, mise à feu à 75:49:50, durée de l'allumage de six minutes et deux secondes…

Tout en griffonnant les chiffres dans le tableau, Michael vérifia l'horloge : l'allumage était prévu dans trois heures. Plus que cent quatre-vingts minutes avant qu'ils s'engagent à rester en orbite lunaire. Toute la mission reposait maintenant sur le fonctionnement sans faille de ce seul moteur.

Michael relut scrupuleusement les données à Kaz, qui lui répondit, satisfait :

— Superbe retranscription, Michael. Je ne serais pas surpris que tu deviennes un jour un excellent sténographe.

— Bien reçu, Kaz. Content d'avoir une option de rechange si jamais mon emploi d'astronaute finit par foirer.

*

Dans l'apesanteur de *Bulldog*, Chad portait son casque d'écoute et suivait leur conversation, blotti dans son hamac. Svetlana flottait sous lui, toujours endormie au-dessus du corps de Luke, sanglé au plancher.

Tourmenté par des rêves perturbants et des doutes, le commandant n'avait pas réussi à dormir beaucoup. Il consulta les aiguilles luminescentes de sa montre Omega et y additionna mentalement neuf heures pour arriver au fuseau horaire de Moscou. *Ils sont encore à l'écoute en ce moment même.*

Il se rendit soudain compte que, peu importe son impression, c'était *lui* qui avait le contrôle de la situation. Les Soviétiques ne pouvaient communiquer avec Apollo que lorsqu'il leur confirmait que Michael n'était pas à l'écoute. Personne d'autre que lui n'entendrait ce qu'ils diraient. Et il *lui* revenait de choisir quand répondre d'un double clic du micro. Ils n'oseraient pas aller plus loin et risquer de révéler leur communication clandestine à Houston. Les États-Unis ne devaient pas découvrir leur petit secret.

Baissant les yeux vers la pénombre, il observa la cosmonaute endormie, une bulle de bave flottant à la commissure de ses lèvres. Lorsqu'ils seraient prêts à descendre sur la surface lunaire, elle serait munie d'un casque d'écoute. Ça changerait la donne. Il allait devoir penser à un stratagème pour gérer cette nouvelle variable. Mais pour l'instant, Moscou était à sa merci et il pouvait en manipuler les sbires à sa guise.

Interrompant ses machinations, la voix de Michael résonna dans le tunnel :

— Hé les marmottes, c'est l'heure de se lever ! Le déjeuner est prêt. Allez, debout, la Lune vous attend !

*

Tout en mordant dans sa barre de céréales, Michael souleva un sujet qui le tracassait depuis un moment :

— Qu'est-ce qu'on va faire avec le corps de Luke sur la Lune, au juste ?

Chad avala la dernière bouchée de sa galette de saucisse puis dit :

— J'ai quelques questions là-dessus moi aussi.

Comme ils portaient tous deux leur casque d'écoute, Chad régla le commutateur de transmission à ON et lança :

— Houston, ici *Pursuit*.

— Allez-y, *Pursuit*, on vous écoute, répondit Kaz.

— Est-ce que les marges de carburant permettent de transporter le poids supplémentaire de Luke durant l'atterrissage ? Et où vous voulez qu'on mette son corps exactement ?

— On a calculé et recalculé les données ici plusieurs fois, et en tenant compte de tous les scénarios d'atterrissage et d'interruption, on est corrects côté carburant. Le plan à l'heure actuelle, c'est d'attacher son corps derrière vous au-dessus du bâti-moteur, comme centre de gravité.

Chad visualisa l'espace que Luke occuperait. Il jeta un regard en direction de la cosmonaute qui les observait en buvant son thé à petites gorgées.

— Et quand on va le sortir de *Bulldog*, est-ce que la femme reste à l'intérieur ou Washington veut qu'elle ait un moment sur la surface elle aussi ?

Kaz esquissa un léger sourire. Chad avait ses caprices et vivait dans une maison excentrique, mais il n'était certainement pas idiot.

— Bonne question, répliqua-t-il enfin. On a parlé avec les pouvoirs en place et ils trouvent important que ses pieds touchent la surface.

Ce sujet avait fait l'objet de discussions animées au centre de contrôle de mission. Néanmoins, selon Sam Phillips, Kissinger s'était montré catégorique : l'avantage qu'obtiendraient les États-Unis s'ils permettaient à une Soviétique de fouler la surface lunaire était trop substantiel. Ils ne pouvaient passer à côté.

— Elle va te donner un coup de main pour bouger Luke, reprit Kaz. Et on envisage de l'ensevelir sous le régolithe. Tu vas avoir les détails de tout ça dans les nouvelles procédures. Par contre, pour l'instant, il va falloir que vous ajustiez la combinaison de Luke pour la cosmonaute. TELMU est en attente avec des experts, et on a l'interprète ici également. On est là si vous avez besoin d'aide.

Chad vérifia l'heure de nouveau, s'imaginant les agents de Moscou qui écoutaient l'échange. *Jusque-là, ça va.*

— On a un peu de temps avant l'allumage pour la LOI, alors on va faire ça dès qu'elle aura fini de laver la vaisselle, déclara Chad avec un sourire malfaisant.

Je commence à m'amuser.

*

Svetlana jugea que le long sous-vêtement interne parcouru de tubes de refroidissement lui allait plutôt bien. Il était fait d'un tissu extensible et, à part les manches qui étaient un peu trop longues, il épousait parfaitement son corps. Pendant qu'elle se changeait, Michael se retourna avec respect, mais le commandant, lui, la zieuta ouvertement.

Toupitsa. Il n'a jamais rencontré d'hommes russes, ça se voit.

La combinaison était assez semblable à celle des Soviétiques pour qu'elle puisse l'enfiler sans problème. Elle trouvait que le long joint d'étanchéité dans son dos était exagérément compliqué et sujet aux fuites, mais à l'évidence, il était efficace. Les épaules étaient un peu larges, et les deux astronautes raccourcirent les manches en tirant sur des cordelettes et des sangles internes d'extension pour les ajuster à sa taille.

Après avoir porté de nombreuses combinaisons spatiales et de vol, la cosmonaute savait qu'elles étaient toujours conçues pour des hommes et donc mal ajustées pour elle. Dans sa combinaison américaine, les bottes étaient trop grandes, la fourche était un peu haute, et les hanches étaient légèrement serrées, mais ce n'était pas pire que sa combinaison Yastreb.

Avec l'aide de l'interprète, Michael lui montra les commandes rudimentaires et le système d'évacuation sur son torse, la jauge de pression à son poignet et les ombilicaux qui se raccordaient à l'unité dorsale. Elle leva une main à hauteur de ses yeux et bougea les doigts, admirant la dextérité que permettait la conception. *Beaucoup mieux que nos grosses mitaines.*

Michael lui demanda de fléchir les bras, en lui faisant une démonstration.

— OK ?

Elle étira complètement les bras devant elle, puis les recourba pour atteindre les commandes sur sa poitrine. Ses doigts glissaient dans les gants, et ses gestes étaient maladroits, mais elle jugea qu'elle saurait les utiliser malgré tout.

— *Da*, OK, confirma-t-elle enfin.

Michael leva le pouce et elle imita son geste de sa main gantée, un sourire timide au visage. *Un homme digne de confiance.*

Il ouvrit la fermeture éclair en la remontant le long de son dos afin qu'elle puisse se tortiller hors de la combinaison, les fesses en premier, extirpant ses bras puis ses jambes. Comme elle libérait sa tête, elle surprit Chad en train de la fixer. Elle soutint son regard, puis aida Michael à replier la combinaison. Ces yeux calculateurs confirmaient son impression. *Un homme dont je dois me méfier.*

Les deux astronautes affichèrent tout à coup un air un peu distrait et elle comprit que Houston leur parlait. Michael lui tendit le casque d'écoute de Luke et elle le remit en place, percevant tout de suite le flot de mots anglais suivi de la traduction russe de l'interprète.

— Svetlana, s'il vous plaît, confirmez que vous nous entendez bien.

— *Da, slouchaïa.*

C'est quoi cette fois ?

La voix du capcom lui parvint d'abord en une salve incompréhensible, que l'interprète clarifia ensuite :

— Chad, Michael, Svetlana : on va vous communiquer des changements au programme de demain en traduisant à mesure, parce que ça vous concerne tous les trois. N'hésitez pas à nous interrompre en chemin si vous avez des questions. Ça va prendre un bon moment, mais je pense qu'on peut avoir fini bien avant l'allumage pour la LOI.

Svetlana marqua son approbation d'un haussement d'épaules.

Les pensées de Chad galopaient sur un fil parallèle. Il regarda vers le hublot pour corroborer ce que sa montre lui avait révélé : Moscou était bien en vue, vraisemblablement à l'écoute des transmissions de l'équipage. Il avait besoin de clarifier quelque chose.

— Hé, Kaz, interpella-t-il. Pas besoin de traduire, c'est juste une idée, mais si jamais la cosmonaute a une question, est-ce que Moscou est en ligne pour participer au briefing qu'on tient en ce moment ?

Kaz fit signe au traducteur de ne pas répéter ces paroles en russe.

— Non, on a décidé que ce n'était pas nécessaire qu'ils écoutent nos échanges en interne, confirma Kaz.

— *Roger*, merci. Ça me paraît logique.

Il va falloir que je répète les infos importantes.

— On est prêts à recevoir, ajouta Chad.

— Super, affirma Kaz. Je suis à la page 2-5 de la liste de vérification de la surface lunaire. Chad, tu vas t'occuper de toutes les tâches de pilotage du module lunaire. Pour tout ce qui est de l'autre côté de l'habitacle et que seule Svetlana peut atteindre, on a l'interprète qui va se tenir prêt à lui donner les instructions.

Pendant que Kaz relisait méthodiquement les changements page par page et que l'interprète en traduisait les grandes lignes, Chad et Michael les notaient au crayon sur leur propre liste.

— Kaz, tu confirmes que l'heure de désamarrage de *Bulldog* est 08 :43 ? insista Chad.

Il était primordial que les agents à Moscou sachent quand établir le contact. Michael les survolerait en orbite dans *Pursuit* toutes les deux heures. Lorsqu'il serait derrière la Lune, l'astre bloquerait les transmissions de la Terre vers son vaisseau, et alors seul *Bulldog* pourrait entendre Moscou.

— C'est bien ça, Chad, confirma Kaz. 08:43, heure du Centre, MET à 97:12.

MET pour *mission elapsed time*, le temps écoulé depuis le décollage.

— Bien reçu, merci.

Ils reprirent ensuite les modifications comme si de rien n'était.

*

Au TSOUP, c'était l'heure du souper, mais personne ne mangeait. Tchelomeï écoutait attentivement le ton que prenaient les réponses de l'équipage et la traduction qu'en faisait son interprète. Il recueillait des renseignements, essayant de jauger la situation.

Il opina lentement de la tête lorsqu'il entendit le commandant Miller clarifier l'heure de désamarrage. *Ça, c'était à notre intention. Bon garçon.* Il observa le directeur de vol, tandis qu'il inscrivait l'heure de désamarrage sur l'échéancier de mission qu'ils avaient concocté. Son équipe chargée d'établir la trajectoire avait déjà calculé à peu près les périodes d'interruption des communications vers le vaisseau en orbite, lorsqu'il passerait derrière la Lune. Ces périodes allaient être recalculées plus précisément une fois l'allumage de décélération accompli.

Tchelomeï, quant à lui, réfléchissait déjà aux prochaines étapes. Il avait des informations cruciales à communiquer à la cosmonaute. Et il allait devoir se servir de l'homme d'Église pour faire pression sur le major Miller. Mais avant, il devait s'assurer de connaître le plan des Américains.

Par la seule force de sa pensée, il tenta d'obliger la voix dans son oreille à lui dire ce qu'il avait besoin de savoir, les yeux rivés à l'horloge. Il trouvait vraiment frustrant de ne pas être en mesure d'entendre ce que Houston lisait à l'équipage.

Puis la voix de Miller lui parvint à nouveau, suivie de la traduction :

— Bien reçu, Kaz. Je te répète l'heure et la zone d'alunissage prévues.

Ça y est ! Tchelomeï se pencha dare-dare sur sa console et s'arma d'un stylo et d'un bout de papier pour veiller à retranscrire les renseignements clés à mesure qu'ils lui étaient traduits.

— Atterrissage de *Bulldog* à 11:17, heure du Centre, MET à 99:45:40, zone de posé à 25,47° Nord, 30,56° Est, à côté d'une rainure droite près du rebord sud-est du cratère Le Monnier.

Tchelomeï relut les données qu'il avait retranscrites, puis retira son cahier de sa poche de poitrine. Il feuilleta rapidement les pages à l'aide de son pouce, à la recherche des renseignements que lui avaient communiqués les techniciens de Simferopol par téléphone. Il tomba enfin sur sa page de notes et la posa à côté de la feuille sur la console, contre-vérifiant les nombres.

L'endroit décrit était le même.

Les Américains allaient poser Apollo 18 juste à côté de *Lunokhod.*

Excellent.

*

Le moteur-fusée de *Pursuit* était deux fois plus gros que nécessaire. On l'avait conçu longtemps avant que quiconque à la NASA connaisse la poussée exacte requise. Et quand cette donnée fut déterminée, il était devenu trop coûteux de le modifier. Disposer de marges supplémentaires était toutefois une bonne chose, car si le moteur avait une défaillance, l'équipage mourrait. C'était un vrai coup de poker. Un seul moteur à la fois pour ralentir le vaisseau afin de l'insérer dans l'orbite lunaire, puis pour le faire repartir quelques jours plus tard à une vitesse suffisante pour s'en échapper et retourner vers la Terre.

Son nom était on ne peut plus banal : le SPS, pour *service propulsion system* ou moteur du module de service. Banal ou pas, le SPS était sur le point d'être mis à feu et, comme les communications avec Houston étaient pour le moment impossibles, l'équipage devait se débrouiller seul pour la manœuvre LOI.

Svetlana plongeait le regard par le hublot vers la surface de la Lune qui défilait, 80 kilomètres plus bas. Elle souleva une main pour se protéger du Soleil couchant, tandis que *Pursuit* filait vers les ténèbres que projetait l'ombre de la Lune. Les rayons bas du Soleil exagéraient l'ombre projetée par les crêtes et les cratères. La vue s'en trouvait d'autant plus insolite.

— *Bojé moï !* chuchota-t-elle d'un ton chargé de déférence. Mon Dieu.

Est-ce vraiment réel ?

Elle leva les yeux vers l'obscurité profonde du ciel et constata que la Terre n'était plus visible. La Lune s'était interposée. Cela expliquait pourquoi tous les signaux radio étaient maintenant interceptés.

— Trois minutes avant la mise à feu, avertit Michael.

Lâchement sanglé à son siège, il avait les yeux rivés aux instruments, sa liste de vérification fixée à un velcro sur le tableau de bord.

— Températures et pressions normales, renchérit Chad depuis l'autre siège.

Sans l'aide de Houston, c'était à eux deux qu'il incombait d'être prêts à réagir face à tout ce qui pouvait arriver.

Lors de la construction du vaisseau, les ingénieurs en aérospatiale avaient dû surmonter de nombreux problèmes. L'un d'eux avait été de trouver un moyen d'extraire le carburant des réservoirs pour l'injecter dans le moteur du module lorsqu'il serait en apesanteur. Tout un défi, considérant que la gravité était nécessaire pour conserver le liquide à l'entrée des pompes. Ils avaient finalement décidé de pressuriser les réservoirs avec de l'hélium : la pression de 1 206,5 kilopascals poussait le carburant le long des conduites et le maintenait contre les soupapes, qui attendaient le moment de l'allumage pour s'ouvrir.

Les ingénieurs avaient aussi dû choisir un carburant qui allait immanquablement brûler. Ils avaient opté pour l'aérozine 50, un liquide clair hautement inflammable qui dégageait une odeur de poisson. L'oxygène servant à le brûler patientait dans un autre réservoir, dans un liquide d'une légère teinte orange brunâtre, le tétraoxyde de diazote. Lorsque les deux liquides se touchent, ils explosent en une combustion spontanée. Cette réaction hypergolique signifie qu'ils peuvent alors se passer des bougies d'allumage et des composants électriques, un poids supplémentaire devenu inutile, car dès que les deux substances se mélangent, BOUM ! Le moteur prend vie.

Michael tira Svetlana par la jambe pour avoir son attention, puis lui fit signe de s'accrocher à quelque chose. Il voulait éviter qu'elle soit prise de court par l'accélération et précipitée contre eux. Elle acquiesça et s'agrippa solidement à une poignée.

Chad avait le regard fixé sur le compteur.

— Trente secondes, indiqua-t-il.

Michael entra la commande de déclenchement de la mise à feu. Les deux astronautes avaient les yeux rivés aux cadrans, leurs mains serrant convulsivement les listes de vérification d'urgence. Ils se tenaient prêts à réagir à l'instant si le moteur faisait des siennes.

Les chiffres du compteur numérique atteignirent enfin zéro. Les soupapes s'ouvrirent alors, libérant l'aérozine et le tétraoxyde de diazote qui tourbillonnèrent ensemble dans la chambre de combustion, pour ensuite éclater en un incendie dévorant qui dévala la tuyère d'éjection du vaisseau.

— Mise à feu ! annonça Michael, grave et concentré.

Svetlana, qui flottait à ses côtés, prononça en silence l'équivalent russe : *pusk*. Elle se cramponnait avec force, mais l'accélération se révéla moins puissante qu'elle ne l'aurait cru. Elle avait plutôt l'impression de dériver dans un doux courant invisible. Regardant de nouveau à l'extérieur, elle vit le rougeoiement de la flamme qui se réfléchissait sur les surfaces planes du module lunaire.

— LEM, murmura-t-elle, l'acronyme qui désignait le module lunaire revêtant une sonorité étrange dans sa bouche.

— Pression de la chambre à 90, déclara Chad d'un ton lapidaire. Le moteur a l'air de bien rouler.

Michael surveillait les cadrans numériques.

— Les données sont normales, précisa-t-il. On n'a pas encore dépassé les marges serrées.

Les deux fluides brûlaient en une éclatante flamme orange qui rugissait hors de l'énorme tuyère coquetier à l'arrière du vaisseau. Le moteur poussait en direction opposée de la capsule surmontée de l'atterrisseur, la ralentissant peu à peu jusqu'à atteindre une vitesse orbitale autour de la Lune.

Les ordinateurs à bord, recalculant sans arrêt les vitesses, percevaient chaque infime changement de mouvement et ajustaient avec précision les cardans du moteur, les pointant exactement dans la bonne direction.

— Encore quatre minutes, annonça Michael après avoir regardé le compteur.

Durant toute l'année précédente, il avait appris à connaître ce vaisseau de fond en comble, ce *Pursuit*. Et même s'il en était le pilote, son arrivée à bon port dépendait strictement de ce moteur. *Burn, baby, burn*.

Si le moteur du module de service était défaillant, il allait devoir utiliser celui du module lunaire pour corriger le tir tant bien que mal et les ramener en sécurité sur une trajectoire directe vers la Terre. C'est ce qu'ils avaient fait pour Apollo 13 après l'explosion du réservoir d'oxygène, mais l'équipage s'en était sorti de justesse.

Sois attentif! se rabroua-t-il.

— Je vois quatre-vingt-dix secondes, Chad.

— Je confirme, répondit Chad, plus détendu.

D'après son expérience, une fois un moteur allumé, il le restait, en général. Il n'avait plus qu'à s'assurer qu'il s'éteindrait à temps. Ensuite, il pourrait se concentrer sur la véritable raison de sa présence. Fouler la surface de la Lune. Il releva les yeux, puis secoua amèrement la tête. *Avec elle.*

— Cinq, quatre, trois, deux, un, et… Extinction du moteur.

Les yeux de Michael allaient nerveusement d'une jauge à l'autre, souhaitant confirmer que le moteur s'était correctement arrêté. Il analysa avec minutie l'affichage numérique.

— On dirait des petits imbrûlés, constata-t-il. Aucune correction à faire.

Dans le simulateur, lorsque la poussée diminuait, elle laissait souvent dans le moteur de faibles résidus d'imbrûlés indésirables, qu'il devait remettre à zéro manuellement. Ses doigts activèrent les interrupteurs pour verrouiller le système, un sourire triomphant étirant peu à peu ses lèvres.

— On y est ! s'exclama-t-il.

Il leva sa main en l'air, et Chad tapa dans sa paume.

— Ça, mon p'tit gars, c'est simplement notre ruse et notre doigté supérieurs, félicita Chad. Maintenant, on peut passer aux choses sérieuses.

Svetlana capta l'attention de Michael et hissa un pouce hésitant accompagné d'un léger signe de tête, ses sourcils haussés en quête d'une confirmation. L'astronaute éclata d'un rire soulagé.

— *Da*, on a réussi, la rassura-t-il. On est en orbite autour de la Lune !

— *Atlitchna*, se réjouit-elle. Excellent.

Elle devait parler avec ses camarades de Moscou. Elle avait écouté la traduction du briefing que lui avaient fournie les Américains, mais elle voulait maintenant l'entendre directement de la bouche de ses supérieurs. Elle n'avait aucun doute qu'ils avaient d'autres desseins pour elle. Elle allait devoir user de toute sa perspicacité pour comprendre ce qu'ils voulaient, sans vendre la mèche aux astronautes sur la signification réelle des mots traduits par l'interprète.

Mais ils y étaient ! Par un concours de circonstances, elle était devenue la première Soviétique à atteindre la Lune.

Et demain, je vais mettre le pied sur la surface lunaire !

Un élan d'excitation l'électrisa de la tête aux pieds. Elle avait assisté à la quasi-déification de Gagarine, elle avait vu comment il avait été élevé au rang des légendes de l'histoire de la Russie. C'était ce qui allait lui arriver à elle aussi !

Pas tout de suite, cependant. D'abord, elle devait faire ses preuves, comme elle l'avait fait tout au long de sa vie, particulièrement en tant que femme. Cette fois-ci plus que toute autre, même, car elle était sur un vaisseau étranger, engoncée dans une combinaison inconnue, baignant dans une langue qu'elle ne comprenait pas.

Quels étaient les mots du premier Américain qui avait marché ici, en contrebas ? Un petit pas ?

Elle hocha discrètement la tête. *J'en suis capable.* Ce n'était qu'un petit pas de plus.

Mais avant, elle devait attendre des nouvelles de Moscou.

CHAPITRE 39
Moscou

Les deux hommes qui émergèrent dans le hall des arrivées de l'aéroport Cheremetievo de Moscou faisaient une drôle de paire. Le prêtre barbu, tout de noir vêtu, portait un long gilet boutonné par-dessus sa soutane frôlant le sol. À chacun de ses pas se découvraient ses modestes chaussures de cuir, alors qu'un voile traînait dans son sillage, attaché à la haute *kamilavka* sur sa tête. L'interprète de l'église, un peu essoufflé, marchait à ses côtés, lesté d'une valise dans chaque main. Il arborait un complet brun deux-pièces recouvert d'un imperméable brun à mi-cuisse ceinturé à la taille. L'ensemble était complété par des chaussures à bout carré. Il faisait toujours plus frisquet à Moscou qu'à Berlin, et même en avril, le froid pouvait être mordant.

Lorsqu'ils étaient montés à bord du Tu-134 d'Interflug, Alexandre avait pris soin de laisser au hiéromoine le siège près du hublot. Malgré le bruit des moteurs juste derrière eux, le père Ilarion n'avait pas détourné son visage un seul instant de la fenêtre ronde. Fasciné, il avait observé les paysages de Pologne succéder à ceux de l'Allemagne de l'Est, plongeant son regard dans la mer Baltique à proximité de Gdańsk. Tout au long du vol, il était resté muet, absorbé dans ses pensées en découvrant tant de nouveautés. Sa figure avait resplendi d'émerveillement lorsque la vue s'était présentée, à la lisière de l'immensité déserte de l'Union soviétique.

Au moment où Moscou était enfin apparue avec ses basses ombres grises, témoins de l'existence humaine agglutinés le long des sinuosités de la rivière Moskova, Alexandre s'était penché sur le père Ilarion pour contempler la ville, que cerclait le vert tendre de la pelouse et des nouvelles feuilles du printemps. S'était dessinée, sous eux, la forme ovale quasi parfaite du MKAD, le boulevard périphérique qui entourait Moscou en une démarcation tranchée entre ses zones naturelles et urbaines. Les deux hommes avaient observé les longues rangées d'immeubles d'appartements tous identiques, la forme massive des tours de refroidissement des centrales électriques, et le réseau concentrique d'artères urbaines qui découpait une cible autour de la place Rouge et du Kremlin.

— *Kremel*, Sacha ! s'était écrié le hiéromoine en pointant le Kremlin du doigt.

La brique rouge des murs de la haute forteresse se détachait avec netteté contre la rivière scintillante et le pavé sombre de la place Rouge. Aucun d'entre eux n'avait mentionné la piscine publique démesurée qui trônait à l'ouest, construite sur le site où Staline avait fait démolir la cathédrale du Christ-Sauveur, foyer prérévolutionnaire du patriarcat orthodoxe.

Il ne servait à rien de se languir du passé. Ce voyage portait entièrement sur l'avenir.

Le conducteur qui les attendait dans le hall des arrivées n'eut aucun mal à reconnaître le hiéromoine. Il agita la main, délivra Alexandre de ses bagages, puis les escorta vers une Moskvitch familiale aplatie d'un bleu clair. Il prit soin de déposer les valises et s'empressa d'ouvrir la portière arrière pour l'homme d'Église, inclinant poliment la tête. Il avait reçu l'instruction de lui faire sentir qu'il était un invité éminent.

La circulation était fluide sur le MKAD, et le père Ilarion dardait le regard en tous sens, tentant de s'imprégner de la réalité de Moscou à travers les vitres de la petite voiture bruyante et lisant les panneaux de signalisation au-dessus d'eux. Le conducteur emprunta l'autoroute Yaroslavl à droite, en direction du centre de la ville. Au loin, la tour de télévision d'Ostankino dominait la ligne d'horizon, bien distincte avec ses renflements argentés qui se succédaient le long de sa silhouette fuselée. Il s'agissait de la tour la plus haute du monde, un symbole concret de la fierté soviétique et de ses capacités techniques.

Comme ils s'approchaient de la base d'Ostankino, une deuxième tour se dévoila à eux : une forme courbée argentée rappelant un cimeterre au bout de laquelle s'élançait une fusée stylisée. Sans que ses passagers le lui aient demandé, le conducteur gara la voiture dans le stationnement adjacent et s'inclina en avant pour contempler la vue.

— *Pamiatnik pokori'teliam kosmosa*, indiqua-t-il simplement, le Monument aux conquérants de l'espace.

— Aimeriez-vous le voir de plus près, mon père ? proposa Alexandre.

— *Da !* accepta Ilarion en courbant le cou pour apercevoir la structure élancée par la fenêtre. Mon frère est maintenant l'un de ces conquérants.

Il descendit de la voiture.

La longue base pyramidale du monument était ornée de bas-reliefs représentant des figures héroïques de l'Union soviétique, des hommes et des femmes aux bras musculeux et aux visages déterminés, tournés vers un cosmonaute vêtu de sa combinaison qui grimpait les marches menant au paradis.

— Iouri Alexeïevitch Gagarine, premier homme dans l'espace, dit Alexandre en désignant le cosmonaute du doigt.

Le hiéromoine scruta le visage sculpté de Gagarine, puis laissa son regard défiler le long de la courbe majestueuse s'élevant vers le ciel. Aveuglé par l'éclat du soleil sur la structure de titane, il cligna des yeux.

— C'est magnifique, s'exclama-t-il avant de se tourner vers l'interprète. Sacha, j'ai bien hâte de parler à mon frère. Savons-nous quand ce sera possible ?

— Demain, mon père.

Alexandre lui expliqua qu'ils devaient attendre que la Lune soit visible dans le ciel, afin que le signal puisse se rendre jusqu'à son frère et revenir par l'intermédiaire des antennes russes. C'était également le lendemain que son frère allait marcher sur la Lune. Pour ce soir, ils allaient rester dans un logement adjacent au centre de contrôle de mission du TSOUP.

Le lendemain, ce serait la plus grande des journées.

CHAPITRE 40

Bureau du constructeur général, Moscou

— *Allô ? Allô ?*

Tchelomeï se renfrogna de mécontentement, le combiné contre son oreille.

Les Soviétiques peuvent voyager dans l'espace, mais ils ne sont pas foutus de fabriquer des téléphones qui fonctionnent !

Ne lui parvenait qu'une série de cliquetis entrecoupés de parasites.

Les renseignements que lui avait transmis en secret le major Miller avaient confirmé ses soupçons : les Américains avaient obtenu par un moyen quelconque les coordonnées sélénographiques exactes du robot *Lunokhod* et avaient ciblé cet endroit comme site d'alunissage. L'objectif de toute évidence militaire de cette mission américaine était crûment révélé.

Mais pourquoi ? Là était la question. Les Américains ne pouvaient être au courant des découvertes de l'équipe de géologie lunaire ; elles étaient trop récentes. Il aurait fallu qu'ils établissent la trajectoire du vaisseau américain plusieurs semaines d'avance pour permettre l'entraînement adéquat de l'équipage et la synchronisation du lancement. Il reste qu'ils avaient intercepté *Almaz* armés d'outils de sabotage. Il s'agissait ici, sans aucun doute, du même stratagème : ils voulaient inspecter *Lunokhod* de près, voir ce qu'il avait découvert, puis le désactiver. Mettre un terme aux progrès des Soviétiques en matière d'exploration lunaire.

Le briefing que Tchelomeï avait reçu sur la dernière découverte de ses géologues avait considérablement fait monter les enchères. À présent, les Américains risquaient de dérober bien plus que des connaissances sur la Lune et des technologies soviétiques. La présence sur la Lune d'une source de radioactivité d'origine naturelle – si elle était du bon type – était synonyme, notamment, d'approvisionnement en énergie et en chaleur. Cette matière pourrait être à la base de la technologie fondamentale qui favoriserait la colonisation de la Lune. Et cette découverte devait demeurer entre les mains exclusives de l'Union soviétique.

Tchelomeï devait absolument protéger ce qu'avait trouvé *Lunokhod*. La présence d'une cosmonaute à la surface de la Lune lui conférait un avantage phénoménal, ainsi que des possibilités. Mais avant, il devait de toute urgence obtenir certains détails de l'équipe chargée de manœuvrer le robot à Simferopol. C'est pourquoi il attendait si impatiemment au téléphone.

Une voix ténue se fit enfin entendre dans son écouteur :

— Centre de commandement des opérations lunaires de Simferopol. *Allô ?*

— Ici le directeur Tchelomeï. Qui est à l'appareil ?

Gabdul se redressa aussitôt et se présenta en bégayant légèrement :

— L-L-Lieutenant principal Gabdulkhai Latypov, directeur. Je suis le chef de quart actuellement en poste à la console, opérateur principal du *Lunokhod*, détaché par les forces aériennes soviétiques.

Suffit, le bavardage !

— Je suis aussi le chef de l'équipe qui a installé la capacité d'envoi d'un signal vocal vers le vaisseau Apollo, ajouta Gabdul.

Les références sont capitales. Fort de son expérience en communication technique, Gabdul avait joué un rôle crucial dans le fonctionnement de cette liaison montante.

— Très bien, Latypov, confirma Tchelomeï, qui avait entendu son nom lors des modifications à l'antenne. J'ai de nouveaux renseignements à vous transmettre et je veux que votre équipe se tienne prête.

Il résuma rapidement les données concernant l'atterrissage d'Apollo sur la Lune, omettant toutefois le fait qu'une cosmonaute en foulerait aussi la surface. Il valait mieux ne pas surcharger les pilotes du robot d'informations.

— Ils atteindront la surface d'ici vingt-quatre heures, poursuivit-il. Comment *Lunokhod* peut-il se protéger et préserver ce qu'il a découvert ?

Gabdul était sidéré de constater que le directeur lui demandait conseil. Son esprit réfléchissait furieusement à toutes les possibilités.

— Camarade directeur, nous avons laissé des empreintes fraîches tout autour d'*Ugol*. C'est ainsi que nous avons nommé la roche, expliqua le Tatar. Il sera évident que nous l'avons inspectée. Nous pourrions l'enterrer avec une des sondes ? Ou encore la pousser dans la crevasse la plus proche ? Nous devons aussi protéger *Lunokhod*...

Une idée le frappa soudain et il l'exposa en vitesse à Tchelomeï.

Ce dernier y réfléchit puis décida que ce plan convenait pour plusieurs raisons :

— Préparez-vous à l'exécuter, Lieutenant Latypov. Le TSOUP collaborera étroitement avec vous demain pendant que les Américains seront sur la surface.

Tchelomeï raccrocha et consulta sa montre. L'Américain, Esdale, était sans doute sur le point d'aller dormir. Il devait informer Miller et Gromova du nouveau plan, mais il savait que les Américains ne permettaient pas à la cosmonaute d'être constamment à l'écoute.

Il ferma les yeux et se massa le front pour soulager son mal de crâne causé par le manque de sommeil et toutes ces pièces en mouvement sur l'échiquier. Il se leva et quitta son bureau pour aller au TSOUP.

Je dormirai quand tout sera fini.

*

— Test de transmission, test de transmission, vous me recevez ?

Il était passé minuit et l'équipe du centre de contrôle de Moscou était exténuée. Michael Esdale était finalement parti se reposer, maintenant qu'il avait mis son vaisseau sur orbite lunaire en toute sécurité. Malgré l'heure tardive, Tchelomeï avait insisté pour que l'équipe s'arme de patience. Il voulait s'assurer qu'Esdale était profondément endormi pour envoyer un message que seul Miller entendrait. Par excès de prudence, il posa la même question inoffensive qu'auparavant, toujours en russe et toujours d'un ton délibérément blasé.

— Test de transmission, test de transmission, vous me recevez ?

Il dressa l'oreille dans l'attente d'une réponse, puis vérifia le compteur de l'écran principal : plus que deux minutes avant que le vaisseau disparaisse derrière la Lune. Il prit le risque de supposer que le major Miller était à l'écoute, et lui transmit ce qui devait être dit :

— Écoutez-moi bien. Nous avons votre frère Ilarion avec nous et nous souhaitons qu'il reste en sécurité. Vous pourrez entendre sa voix demain. Une fois que vous serez sur la Lune, nous vous informerons, vous et Gromova, des détails précis de ce qui doit être fait.

Tchelomeï était venu à la conclusion que Svetlana l'entendrait lorsqu'ils seraient dans leur combinaison spatiale.

— Si vous comprenez, appuyez deux fois sur le bouton de votre micro.

Le compteur indiquait une minute avant la perte du signal.

De longues secondes s'écoulèrent… Rien.

Puis, enfin : *clic, clic.*

Un sourire digne du chat du Cheshire scinda lentement le visage de Tchelomeï.

— Nous avons reçu votre réponse, confirma-t-il. Nous vous recontacterons demain.

Il décida d'enfoncer un peu plus le couteau dans la plaie.

— Dormez bien.

*

Au centre de contrôle de Houston, Kaz fronça les sourcils. *C'est la deuxième fois que j'entends ça*. Il décida de vérifier auprès de l'équipage :

— Dix-huit, ici Houston. Avez-vous appelé ?

— Non, on n'a pas appelé, rétorqua Chad, manifestement irrité. On essaie de se tenir tranquilles pour laisser Michael dormir.

— Bien reçu, désolé.

Kaz avait pris un ton contrit, mais il se tourna ensuite vers Gene Kranz et haussa les épaules. Tous deux avaient entendu les cliquetis d'un micro.

— INCO, une idée d'où venait ce son ? interrogea Gene.

L'opérateur des communications était en train d'étudier ses écrans.

— Ça semble venir de *Pursuit*, FLIGHT, répondit-il. Peut-être qu'ils ont juste accroché l'interrupteur.

Excuse pitoyable, seulement il ne voyait pas d'autre explication.

— Bien reçu, mais restons aux aguets au cas où ça se répéterait, ordonna Gene. On ne veut pas d'autres surprises avec le système de communication.

Kaz acquiesça, comme l'opérateur, mais n'en fut pas moins tracassé. Appuyer deux fois sur le bouton du micro était un geste que les pilotes faisaient toujours intentionnellement. Pourtant, Chad l'avait nié. Est-ce que Michael était réveillé et tentait de capter l'attention de Kaz ? Pourquoi ferait-il ça ? Était-ce la cosmonaute ? Ou bien Chad était-il en train de mijoter quelque chose ?

*

À Moscou, l'interprète du TSOUP avait traduit la réponse irritée de Miller à Houston.

Bon garçon, pensa Tchelomeï. Toutefois, il allait devoir user d'une extrême prudence. Il ne voulait pas éveiller les soupçons des Américains, du moins pas avant d'avoir atteint son objectif.

Une idée surgit dans son esprit et il afficha un sourire fatigué. Il avait un meilleur plan pour la suite.

CHAPITRE 41
Centre de contrôle de mission, Houston

— Écoutez tout le monde, ici le directeur de vol.

Les conversations se turent et les visages se tournèrent vers Gene Kranz, debout à son poste.

— Voilà une autre excellente journée. On a des vaisseaux spatiaux en bon état en orbite lunaire, avec l'atterrissage et la sortie lunaires prévus demain.

Il continua en regardant chacun des agents derrière les consoles :

— Maintenant, l'équipage a besoin de repos, comme vous, d'ailleurs. Après avoir relayé les infos au quart de nuit, je veux que vous rentriez tous chez vous pour un sommeil bien mérité. Je vous veux en pleine forme pour demain. Faites de beaux rêves et on se rejoint ici demain matin.

Kaz se pencha en arrière pour avoir l'attention de JW.

— Hé, Doc, un burger au U-Joint, ça te tente ?

— Excellent plan, répondit JW en souriant.

Kaz en avait déjà informé Laura et il repéra sa Coccinelle en s'engageant dans le parking du bar. Même si Gene Kranz les avait exhortés à passer une nuit tranquille, Kaz constata que le parking se remplissait très vite. Comme il franchissait les portes battantes, il aperçut la géologue lui faire de grands gestes de la main, l'incitant à s'attabler avec elle devant deux bouteilles de bière fraîchement ouvertes et un café fumant.

— Regarde-toi, un vrai régal pour les yeux, plaisanta Kaz en prenant place.

Elle pouffa de rire et lui tendit sa bière, levant sa bouteille pour porter un toast. Elle ferma ensuite un œil en le jaugeant :

— Tu me sembles aller bien, toi aussi. En mono et en stéréo.

Il se gratta la tête, embarrassé, puis avala une longue gorgée désaltérante.

— J'ai l'air d'un gars qui attendait juste de boire cette bière.

— Je nous ai commandé des hamburgers, et un aussi pour le Doc, annonça Laura en apercevant JW qui entrait.

Elle lui fit signe de les rejoindre.

— Après ça, ils vont dire que les cosmochimistes ne sont pas empathiques, la taquina Kaz.

JW s'assit avec un soupir las. Il remercia Laura d'un signe de tête pour le café, et aspira par la suite une petite gorgée en tenant sa tasse à deux mains.

— On a tous les trois une journée chargée demain, constata-t-il.

— Les gars, ça suffit le guidage de vaisseaux spatiaux et le suivi des fréquences cardiaques. C'est le moment d'en venir à la vraie raison pour laquelle on est là… La géologie extraterrestre ! blagua-t-elle.

Kaz rapprocha sa chaise et se pencha vers Laura et JW. L'embargo média complet au sujet de la mission Apollo 18 était maintenu et il ne voulait pas que quiconque les entende.

— Êtes-vous prêts à gérer tout ce qui pourrait arriver demain ?

Laura fronça les sourcils, soudain inquiète.

— Qu'est-ce que j'ignore, Kaz ?

— En fait, on n'en est pas trop sûr, admit Kaz.

Il commença à énumérer tout ce qui le faisait angoisser :

— On espère atterrir à distance de marche du robot soviétique, pour voir ce qu'ils trouvent si intéressant dans ce coin-là. Mais ça pourrait devenir une vraie excursion, selon l'endroit où Chad réussit à se poser. Et Chad devra passer une partie du temps à surveiller la cosmonaute pour qu'elle reste en sécurité. Elle n'a pas reçu d'entraînement pour une sortie lunaire. Les Russes ont demandé qu'un politicailleur haut placé lui parle pendant qu'elle est sur la surface, ce qui va accaparer les communications pendant un moment. On a préparé un échéancier distinct pour quand on va laisser Luke sur la surface. On a fait des tests ici dans le simulateur, mais on ne sait pas vraiment combien de temps ça va prendre. Et il y a le fait qu'une bonne partie de ce qu'on va dire devra être répétée par l'interprète, ce qui va aussi ralentir le rythme.

Il s'adressa ensuite à JW :

— J'ai oublié quelque chose ?

— Tu parles de ce qui se produirait dans le meilleur des cas, rappela le médecin en déposant son café. On compte sur le fait que Chad va imaginer une façon de collaborer avec Svetlana malgré le stress. Il est le seul qui puisse piloter le vaisseau ou réparer le matériel s'il se casse.

Il regarda Kaz d'un air entendu.

— Et on sait tous les deux que Chad est, disons… perfectionniste.

Peut-être même encore pire, ne put s'empêcher de penser Kaz, qui se raisonna presque aussitôt en se rappelant de garder l'esprit ouvert. Le fait que le shérif avait voulu creuser plus loin ne signifiait pas qu'il doive sauter aux conclusions. Il se tourna vers Laura.

— Je suis désolé, mais tout ça va empiéter sur le temps potentiel qu'on va accorder à la science. Il va vraiment falloir qu'on y aille selon les priorités. D'après toi, de quoi aura l'air le terrain où Chad va marcher ?

Laura le fixa durant un long moment, l'air grave, tandis qu'elle digérait cette énième modification au programme de la mission.

— C'est dans le coin d'un vieux cratère qu'on appelle « Le Monnier », qui a été inondé de lave il y a longtemps. Il ne contient pas un nombre important de cratères météoriques, alors la lave est assez récente, et plate. Tout est sans doute recouvert d'une couche uniforme de poussière, avec des roches éparpillées ici et là provenant d'impacts plus récents. Il ne devrait pas y avoir de problème pour l'alunissage ou la marche.

Elle avala une gorgée de bière et reprit :

— Nos photos orbitales manquent de netteté, mais ce qu'elles montrent de plus intéressant, c'est une rainure : un long arroyo droit et strié dans la plaine de lave, juste à l'ouest.

— Comment c'est arrivé là ? s'enquit JW.

— C'est probablement causé par la contraction de la lave en refroidissant, l'informa Laura. Ça forme parfois des fissures droites, comme la boue quand elle sèche.

Kaz s'était entretemps plongé dans ses pensées.

— Avez-vous fini par découvrir s'il y a un de ces fameux trous lunaires à proximité ? demanda-t-il finalement.

Elle opina du chef.

— Oui, on a pu jeter un œil sur les modèles de formation. Ils ne sont pas communs, mais il y a une bonne chance qu'on en trouve. Si c'est le cas, ils sont simplement trop petits pour être repérés par les appareils photo en orbite.

Kaz hocha la tête. Comme Chad avait participé aux briefings à ce sujet, il saurait à quoi s'attendre s'il en voyait un. Cependant, il valait peut-être mieux en informer la cosmonaute.

— Laura, sais-tu à peu près à quel point les côtés sont escarpés ? s'informa JW, qui songeait déjà au risque de blessures.

— Étant donné que c'est plus une fissure qu'une vallée, la rainure pourrait être assez escarpée, révéla Laura. Toutefois, il est probable que ses rebords aient été érodés au fil de millions d'années par la poussière et la roche. Sauf que s'il y a un trou, ce sera une descente purement verticale. Comme un puits ou une doline de Floride, vous savez, ce qu'on appelle un *sinkhole*. Et on n'a aucune idée de la stabilité des rebords. C'est préférable de demeurer à l'écart.

JW se tourna vers Kaz :

— Avec tout ce qu'ils ont enlevé du vaisseau pour diminuer le poids, quelle visibilité on aura avec les caméras ?

— On a juste la caméra de télévision couleur installée sur le flanc du module pour les voir descendre l'échelle. Ça va être à Chad de la mettre sur un trépied, une fois qu'ils vont être dehors.

Laura étudiait les possibilités, en se rendant compte que seule une infime proportion de l'exploration scientifique qu'elle espérait aurait réellement lieu.

— Combien de temps les laisserez-vous dehors ? demanda-t-elle.

— Ça dépend de la vitesse à laquelle ils consomment leur oxygène, et de la quantité de CO_2 qu'ils expirent et que leur combinaison peut épurer, répondit JW. On a une tonne de données pour Chad, mais rien pour Svetlana, et il se peut qu'elle doive déployer plus d'efforts puisque ce n'est pas sa combinaison. Il se peut aussi qu'elle ne fixe pas correctement ses capteurs biomédicaux, alors c'est possible que les données soient inexactes.

Laura fronça les sourcils insatisfaits. Ce n'était pas vraiment une réponse.

— Donc, combien de temps ? martela-t-elle.

JW et elle braquèrent leurs regards sur Kaz.

— À l'origine, on avait prévu sept heures et demie avec Chad et Luke, comme vous le savez. Maintenant, on en est à cinq heures.

Il lut la déception sur le visage de Laura et ajouta :

— On pourrait prolonger, si on voit qu'ils s'en sortent bien, mais je ne compterais pas trop là-dessus.

L'esprit de Laura était taraudé par un autre souci :

— Kaz, tu n'as peut-être pas le droit de m'en parler, mais est-ce que Chad a des objectifs militaires dont personne n'a informé les géologues ?

Kaz jeta un regard à la ronde pour s'assurer que personne ne les écoutait, puis dévoila :

— Ça va dépendre de ce qu'on voit à l'atterrissage. Ça se peut qu'on s'en tienne purement à la géologie.

Ça m'étonnerait, par contre.

Laura lança un coup d'œil furtif vers JW, qui affichait un air impassible.

— On devrait jouer au poker, tous les trois, railla-t-elle. Je vous plumerais.

Elle sourit en secouant la tête tandis qu'arrivait Janie, les bras chargés de leurs trois assiettes.

CHAPITRE 42
Bulldog, orbite lunaire

Depuis l'appel des Russes, Chad fulminait. Toute la nuit, des vagues de colère l'avaient tourmenté, déferlant en lui pour envahir ses rêves sans jamais retomber, le laissant impuissant.

C'était *lui* qu'on avait choisi pour piloter ce vaisseau spatial. Qui était ce Soviétique pour lui donner des ordres ? Et de quel droit avait-il mêlé son frère à toute cette histoire ? Étendu dans son hamac, il s'efforçait de réprimer ses cris. Il avait suivi son propre parcours et pris ses propres décisions pour atteindre son but. Il avait été le meilleur pilote d'essai de l'armée de l'air et il s'apprêtait finalement à marcher sur la Lune. La voix de cet idiot suffisant à la vision réductrice, qui tentait de le manipuler comme une marionnette, résonnait dans son esprit. « Dormez bien », lui avait dit le salaud arrogant. Quel culot !

Quand Chad parvint enfin à trouver le sommeil, il rêva de Berlin. Ce cauchemar effrayant avait souvent hanté ses nuits.

Les couleurs étaient bizarrement défraîchies, comme dans une vieille séquence d'actualités. Il courait pour rattraper son frère dans les rues où brûlaient et s'effondraient des immeubles. Il entendait les pleurs d'une femme, sans pouvoir dire si elle se trouvait devant ou derrière eux. Essayaient-ils de la rejoindre ou de la fuir ? Où son frère l'emmenait-il ? Plus ils couraient vite, plus son équilibre devenait précaire. Les lamentations de la femme se mêlaient au son de sa propre respiration laborieuse et il sentait le sang marteler ses tempes.

Ils se retrouvaient soudain sur un sentier étroit longeant les vestiges des édifices en flammes. Chad devait déployer des talents d'équilibriste pour suivre son frère, pour éviter les faux pas sans ralentir. Le monde autour de lui disparaissait. Il ne restait plus que l'étroite bande de maçonnerie sous leurs pieds, qui touchait presque le ciel balayé par les faisceaux de projecteurs antiaériens. Plus bas, un voile de fumée recouvrait le sol.

Il ne devait *pas* perdre son frère de vue ! Le danger les guettait à chaque pas, mais Chad s'obligeait à poursuivre sa course, interpellant son frère Oleg : « *Medlenneya !* Ralentis ! S'il te plaît, donne-moi le temps de te rattraper. S'il te plaît, ne me laisse pas seul. » Il poussait ses muscles jusqu'à leur limite, ses pas martelant avec frénésie l'étroit chemin bancal, qui finalement se déroba sous lui, et Chad se mettait à tomber. Impuissant. Immatériel. Perdu.

Puis, comme il le faisait toujours à ce moment du rêve, Chad souleva ses paupières par la seule force de sa volonté. Il refusait de se voir heurter le sol. Le corps flottant en apesanteur, le cœur battant la chamade, il sentit la sueur perler sur son front. Encore une fois, sa conscience l'avait sauvé en le tirant de son cauchemar.

Cette fois, cependant, il n'était pas seul. Quelqu'un le secouait.

— Chad, Chad !

Il sentit l'air froid du module sur sa peau moite.

— Lève-toi, mon gars, fit Michael. On a eu un appel de Houston. C'est l'heure d'entrer dans l'histoire.

*

La liste des préparatifs pour le désamarrage et l'alunissage du module lunaire était interminable. Pendant que Chad et Svetlana engloutissaient vite leur déjeuner, Michael les aidait à revêtir leur combinaison spatiale. Il veilla à bien coller les capteurs de fréquence cardiaque et de respiration sur la peau de Svetlana, puis lui montra à nouveau les principales commandes sur la combinaison. Elle l'observa attentivement, hochant la tête pour signifier qu'elle connaissait bien l'équipement.

Pendant que le duo achevait sa préparation, Michael ouvrit autant d'interrupteurs que possible dans *Bulldog*. Houston avait statué qu'il remplacerait Luke pour l'activation du système du module lunaire, jusqu'à la fermeture de l'écoutille pour le désamarrage. Il attacha Luke au compartiment réacteur, soulagé de voir que le corps n'avait pas relâché d'autres gaz.

Il s'efforçait tant bien que mal de ne pas s'inquiéter pour Chad. À son réveil, celui-ci avait eu le regard fou, grognant de rage au souvenir de son cauchemar. Ayant enfin reconnu Michael, il l'avait remercié et s'était empressé de se mettre au travail. Qu'est-ce qui avait bien pu bouleverser Chad à ce point ? Autre raison de s'inquiéter : Michael ne savait trop ce qui faisait réagir son collègue. Il entendit Chad et Svetlana traverser le tunnel, dont ils effleuraient les parois avec leur encombrante combinaison, et se tassa contre le plafond pour leur permettre de s'installer.

Michael activa le compte à rebours jusqu'au désamarrage sur un petit chronomètre, qu'il fixa au panneau devant avec du velcro. Ils disposaient de trente minutes, ce qui lui donnait le temps de dégager et de fermer l'écoutille. Michael aida Chad et Svetlana à enfiler leur casque et leurs gants. Ils levèrent le pouce, puis il se retira du module lunaire, en veillant à ne pas laisser traîner d'objets ou son câble de communication. Michael fixa l'imposant système sonde-cône en métal qui permettrait d'amarrer *Bulldog* à l'écoutille après la sortie lunaire. Il essuya méthodiquement le joint d'étanchéité en caoutchouc, ferma la porte d'écoutille et relâcha les verrous d'amarrage qui raccordaient les deux véhicules.

En se retournant pour faire face à la capsule, il réalisa soudain qu'il était tout à fait seul. Personne d'autre que lui n'était aux commandes de *Pursuit*, ce module qu'il avait lui-même baptisé. Il sourit en songeant à la réaction des habitants de Bronzeville, dans le sud de Chicago, et à quel point sa famille serait fière. Il ne lui restait qu'à désamarrer *Bulldog* en toute sécurité, et lui, Michael Henry Esdale, serait seul maître à bord de son propre vaisseau en orbite autour de la Lune.

Il parcourut à nouveau son plan de vol et commença à régler les interrupteurs du module lunaire.

— Apollo 18, ici Houston, annonça la voix de Kaz. Avant que vous disparaissiez derrière la Lune, j'ai de bonnes nouvelles pour vous. Vous avez le feu vert pour le désamarrage. Aucun problème observé à l'essai du radar de rendez-vous. *Bulldog*, on n'a pas vu de réinitialisation du bloc de pilotage à commande numérique.

— Merci Kaz, je m'y mets tout de suite, dit Chad. Je calcule quatorze minutes à partir du désamarrage. On se reparle à mon retour.

— Bien reçu, *Bulldog*.

Svetlana se tenait à côté de Chad, tous deux retenus en position verticale par des câbles attachés à des anneaux fixés à leurs hanches. La cosmonaute, qui s'était demandé comment elle et Chad allaient demeurer en place sans sièges, trouvait la solution des Américains d'une impressionnante simplicité. Son regard allait des mains de Chad, qui allumait les interrupteurs, au hublot triangulaire derrière lequel la Lune défilait à vive allure. Le Soleil descendait et Svetlana fut envoûtée par les ombres qui s'étiraient sous elle. Dire qu'elle allait bientôt marcher sur la Lune !

— Chad, quand tu seras prêt, je vais déployer la sonde.

Le désamarrage était contrôlé à partir de *Pursuit*. C'était donc Michael qui allait étendre la sonde d'amarrage, relâcher les verrous et libérer *Bulldog*. Ensuite, il allumerait les petits propulseurs et dégagerait le module en toute sécurité.

— Prêt, Michael. Tu peux nous laisser aller.

En activant l'extension de la sonde, Michael se mit à fredonner « … *let my people go* », qui lui semblait de circonstance. Sa mère adorait la version mélancolique et profonde de Paul Robeson, mais Michael, lui, préférait celle de Louis Armstrong, plus enjouée. Alors que le mécanisme se mettait en marche, repoussant peu à peu *Bulldog*, les paroles du musicien de jazz affectueusement surnommé Satchmo résonnaient dans sa tête.

Go down, Moses, way down in Egypt land
*Tell old Pharaoh, to let my people go**

* « Descends, Moïse, là-bas en terre d'Égypte / Dis au vieux pharaon de laisser partir mon peuple. »

Le bruit des engrenages se tut, et Michael jeta un long regard à *Bulldog* par le hublot, soulagé de le voir bouger en douceur, indépendamment de *Pursuit*. Par précaution, il enfonça le bouton d'extension et tira le levier vers lui durant trois secondes pour reculer davantage du module lunaire. Ensuite, il relâcha les deux commandes, satisfait de voir son vaisseau se séparer nettement du module lunaire. *Exactement comme dans le simulateur.*

— *Bulldog*, vous êtes *libres*.

— La séparation m'a l'air réussie, Michael, observa Chad. J'entame les manœuvres de tangage et de lacet.

Le commandant remua le levier de droite avec prudence pour faire tourner *Bulldog*, afin que Michael puisse en inspecter l'extérieur.

Par le hublot, ce dernier put observer la lumière à l'intérieur de *Pursuit* se réfléchir sur la structure métallique du module.

— Tout semble OK, Chad, les quatre pattes sont déployées, les antennes pointent dans la bonne direction.

— Heureux de l'entendre. Je vérifie le radar de rendez-vous. Ton transpondeur est activé ?

— Ouep. Essaie-le donc.

Chad démarra la poursuite automatique et l'aiguille du signal se mit immédiatement à osciller. Il confirma que les barres d'affichage de poursuite étaient en mouvement et que la plage numérique se mettait à jour. Le radar permettrait aux deux modules de se rejoindre, une fois l'expédition lunaire de *Bulldog* terminée.

— On a un bon retour et un bon suivi, portée de 0,5 kilomètre. Ça correspond à ce que je vois à l'œil nu, dit-il en observant le module s'éloigner lentement.

— Je confirme, Chad.

Michael scruta l'horizon où jaillissaient les premiers rayons du Soleil.

— La communication avec Houston devrait reprendre bientôt. Je serai prêt pour la détection du point de repère.

Le lieu exact de l'atterrissage constituait l'information la plus importante pour les ordinateurs de navigation. Pendant le passage de *Pursuit* au-dessus du lieu d'atterrissage prévu, une orbite avant la descente, Michael allait mesurer les angles exacts avec le télescope de poursuite. Cette information s'ajouterait aux données du radar de rendez-vous et de l'antenne terrestre de poursuite, puis serait saisie dans l'ordinateur de *Bulldog*. De cette façon, le module lunaire disposerait des meilleures données possibles pour amorcer la descente.

Svetlana, qui fixait le lever du Soleil dans l'horizon lointain de la Lune, sentit quelque chose heurter son bras. L'astronaute avait enlevé ses gants et retirait son casque, et lui faisait signe d'en faire autant. Logique : le désamarrage étant terminé, ils n'en avaient plus besoin. Ils profiteraient d'un confort sans contrainte pendant un certain temps, puis remettraient leur équipement pour l'alunissage. Svetlana vit Chad ranger ses gants dans le casque arrimé au sol derrière lui au moyen d'un élastique et l'imita.

Après une œillade furtive, elle le dévisagea plus longuement quand elle constata qu'il était à cent pour cent absorbé par ses instruments. Chad aurait pu être l'un des garçons avec qui elle avait grandi : même visage rond, mêmes pommettes saillantes, mêmes yeux profonds. *D'où vient votre famille, monsieur l'Américain ?* Son nom de famille lui échappait.

Chad se retourna tout à coup vers Svetlana et soutint son regard. Il considéra avec acrimonie la casquette de la NASA sur sa tête et le drapeau américain de Luke sur son épaule.

— Ne t'en fais pas, ma jolie. Je n'oublierai pas qui tu es ni ce que tu fais.

La cosmonaute fronça les sourcils ; elle ne comprenait rien, mais son ton ne lui plaisait pas. Chad eut un petit rire narquois.

— Contente-toi de profiter du voyage et observe comment s'y prennent les meilleurs au monde.

Il fut tenté de glisser un mot russe dans sa phrase pour la désarçonner davantage mais se ravisa. *Mieux vaut cacher mon jeu*, se rappela-t-il. Son atout secret – sa connaissance de la langue russe – pourrait lui servir plus tard.

*

Au centre de contrôle de mission, Kaz surveillait le compteur numérique qui lui indiquerait le moment où *Pursuit* et *Bulldog* surgiraient de la face cachée de la Lune. Selon le plan de vol, on venait tout juste de recevoir les données de poursuite à jour et les vérifications de systèmes pendant la communication. Une fois retourné derrière la Lune, l'équipage de *Bulldog* allumerait le moteur pour amorcer la descente. Il consulta l'horaire : l'alunissage était prévu pour 11 h 17, heure du centre. Ce serait celle du déjeuner à Washington et il serait 20 h 17 à Moscou. Pour parler à leur cosmonaute durant sa sortie lunaire, les Soviétiques allaient devoir veiller tard.

Le moment arriva.

— Apollo 18, ici Houston. Vous devriez voir notre planète maintenant. Vous m'entendez ?

Michael répondit en premier.

— *Pursuit* te reçoit cinq sur cinq, Kaz. Le désamarrage s'est bien déroulé.

— *Bulldog* te reçoit cinq sur cinq aussi, Houston, confirma Chad.

— Le signal est bon des deux côtés. Vous allez survoler le lieu d'atterrissage dans seize minutes si vous voulez avoir une bonne vue. *Bulldog*, on est prêts à vous communiquer les données PDI.

Kaz faisait référence à la *powered descent initiation* ou début de la descente propulsée, soit la mise à feu qui ferait passer l'altitude de *Bulldog* de 97 à 7 kilomètres au-dessus de la surface de la Lune, préparant ainsi le module pour l'alunissage.

Chad saisit sa liste de vérification fixée à la console et le crayon qui y était attaché par une ficelle.

— *Bulldog* t'écoute.

Kaz lut avec attention la longue séquence de chiffres indiquant le moment de la mise à feu, l'orientation du véhicule et l'information en cas d'interruption de la mission. Les ingénieurs de guidage du centre de contrôle de mission écoutèrent consciencieusement la réponse de Chad et répondirent dès qu'il eut terminé.

— FLIGHT, ici CONTROL, bonne relecture, affirma Gene Kranz en levant un pouce vers Kaz.

— Bonne relecture, *Bulldog*. Quand vous serez prêts, on aimerait faire une vérification des transmissions avec la cosmonaute.

Chad regarda Svetlana.

— Elle écoute.

Kaz fit signe à l'interprète.

— Lieutenante principale Gromova, ici Houston, vous me recevez ?

En entendant du Russe dans son casque d'écoute, Svetlana releva la tête. Chad lui indiqua l'interrupteur à allumer sur son panneau de commande.

— *Slichou vam iasna*, répondit-elle.

— Svetlana, on vous entend bien aussi, confirma Kaz après avoir reçu la traduction. L'interprète est à votre disposition en tout temps si vous avez des questions. Quand vous serez sur la surface de la Lune, on vous mettra en communication avec Moscou pour un appel officiel de félicitations.

Svetlana écouta l'interprète, puis répondit.

— *Poniala*.

— « Entendu », traduisit l'interprète.

Svetlana avait été pilote toute sa vie d'adulte et n'aimait pas le bavardage inutile à la radio pendant un vol. Ni dans une conversation normale, d'ailleurs.

Chad l'observait alors qu'elle parlait.

— Vraiment dégueulasse, cette langue, lança-t-il avec mépris.

Svetlana plissa les yeux, ne sachant pas trop ce qu'il désapprouvait au juste.

— *Chto ?*

Chad pouffa d'un rire condescendant et se retourna. Il put apercevoir par son hublot les repères familiers menant au lieu d'alunissage pour lequel l'équipage s'était entraîné. Une grille avait été peinte sur les couches du verre trempé, lui permettant ainsi de confirmer les données de l'ordinateur. Il aligna sa tête suivant les repères et observa les cratères défiler à près de 1,6 kilomètre par seconde.

— Houston, ici *Bulldog*, je vois les cratères à l'horizon. Ça ressemble beaucoup à ce qu'on a vu dans les ordis.

— *Pursuit* les voit aussi, Kaz, intervint Michael. Je me prépare à entrer les données à jour.

— Bien reçu, *Pursuit* et *Bulldog*.

Kaz se tourna vers JW.

— Doc, vous recevez leurs fréquences cardiaques ?

JW crut bon de partager l'information avec toute la salle.

— FLIGHT, ici SURGEON, on a une bonne télémétrie pour la fréquence cardiaque et la respiration des deux membres de l'équipage de *Bulldog*.

— Faites-moi signe s'il y a quoi que ce soit d'anormal, répondit Gene.

Ça risque d'être très important aujourd'hui, songea Kaz.

*

Michael avait installé la lunette d'alignement et le sextant de *Pursuit* et se tenait prêt à inscrire les données lorsqu'il apercevrait le cratère et la rainure. Avec un peu de chance, il verrait peut-être aussi le robot soviétique. Cette information serait d'une importance capitale pour que Chad procède à l'atterrissage manuel.

À mesure que *Pursuit* s'approchait, Michael prit des notes à saisir à l'ordinateur, tout en regardant par l'oculaire sans cligner des yeux. En passant par-dessus la surface, il aperçut brièvement des traces scintillantes et un reflet argenté au beau milieu de la zone cible. *Excellent !*

— Houston et *Bulldog*, ici *Pursuit*. Détection des points de repère d'atterrissage terminée. Bonne nouvelle : *Lunokhod* semble se trouver en plein milieu de la cible.

— Bien reçu, Michael. Bonne nouvelle, en effet. Si tout va bien, Chad n'aura pas à marcher trop longtemps.

— Ici *Bulldog*. Je n'ai rien vu par le hublot, mais je vais faire descendre le véhicule aussi près que possible de *Lunokhod* quand on va repasser.

De son côté, Svetlana tendait l'oreille. Elle était certaine d'avoir entendu à deux reprises le mot « *Lunokhod* », dont la sonorité russe familière détonnait dans la conversation en anglais. Était-ce bien leur destination ? Pourquoi les Américains voulaient-ils atterrir près du robot soviétique ?

Svetlana fouilla sa mémoire à la recherche de détails sur le programme soviétique Luna, en vain. Concentrée sur sa propre mission, elle avait prêté peu d'attention à la recherche de géologie lunaire robotisée. Lors de la réunion de planification de la veille, dont l'information avait été traduite pour elle, personne n'avait fait mention de *Lunokhod*. Avait-elle mal compris ?

La confusion la gagnait de plus en plus. L'astronaute dont elle portait désormais la combinaison avait un coupe-boulon durant sa sortie près d'*Almaz*. De toute évidence, ses intentions étaient hostiles. Vivait-elle la deuxième partie de la même mission ? Les Américains tenteraient donc, au cours de la même mission, d'endommager non seulement la station orbitale, mais aussi le véhicule lunaire soviétique ? Elle balaya le module du regard. Le coupe-boulon était-il rangé ici ? Elle ne l'apercevait nulle part, et la rigidité de la combinaison l'empêchait de tourner la tête pour le chercher.

Elle essaya de deviner ce qui allait se passer après l'atterrissage : on lui avait dit qu'elle sortirait du module par l'échelle et se tiendrait sur la surface lunaire pendant que quelqu'un à Moscou communiquerait avec elle. Que ferait-elle, toutefois, si l'astronaute repérait *Lunokhod* et allait le rejoindre ?

Chad lança un coup d'œil vers Svetlana, visiblement absorbée dans ses réflexions. *Qu'est-ce qu'elle a, tout d'un coup ?* La cosmonaute remarqua le regard inquisiteur de Chad et retrouva tout de suite une expression impassible.

Le commandant rejoua le film de la dernière minute dans sa tête. *Est-ce qu'elle a compris ce qu'on vient de dire ?* Peut-être avait-elle fait semblant de ne pas parler l'anglais pendant tout ce temps. Chad passa en revue les instructions sur le robot soviétique, puis scruta à nouveau la surface de la Lune par le hublot, imaginant le déroulement de la sortie.

Non, il n'aurait pas de problème. Impossible qu'elle connût ses intentions. Même si elle comprenait ce qui se produisait, elle était plus faible que lui. Jamais elle ne pourrait l'arrêter.

S'ils devaient se battre sur la Lune, il l'emporterait.

*

La longue descente progressive s'amorça dans le lourd silence de la face cachée de la Lune. Le moteur ralentissait *Bulldog*, sa légère poussée remontant jusque dans les pieds de Chad et de Svetlana.

Comme Chad ne pouvait plus compter sur l'aide de Luke, Houston avait suggéré qu'il fasse un rapport à Michael afin que quelqu'un puisse confirmer toutes les actions nécessaires et intervenir en cas d'urgence.

Chad s'exprimait d'un ton sec et glacial.

— La vitesse verticale de descente est un peu trop élevée. Le carburant est descendu de 2 %.

Michael réfléchit.

— Ouais, ton altitude était légèrement élevée quand j'ai désamarré le module, donc la vitesse de descente est normale et ça correspond au taux de combustion.

— Je confirme.

— Et du côté de la navigation et du guidage ?

— Les données des systèmes de guidage PGNS et AGS correspondent.

— Bien reçu. Tout semble OK, Chad.

Sur le tableau de bord de *Bulldog*, deux petits témoins s'éteignirent.

— On n'a plus de voyants pour l'altimètre et la vélocité, Delta-H à 1 036. Qu'est-ce que tu en penses ?

Michael consulta sa liste de vérification.

— Je crois que le verrouillage radar sur l'altitude est suffisant, tu peux accepter la différence révisée de 1 036 mètres.

— Entendu. Altitude acceptée. On y va, confirma Chad en appuyant sur la touche de son clavier.

Ça y est ! Je vais enfin aller sur la Lune !

La voix de Kaz lui parvint alors du centre de contrôle de mission, à 400 000 kilomètres de là.

— *Bulldog*, ici Houston. Feu vert dans cinq minutes, vous avez suffisamment de carburant.

Cinq minutes après le début de la descente, l'horloge indiquait qu'il restait sept minutes avant l'alunissage.

Dans la première rangée de consoles, les ingénieurs étaient engagés dans une discussion urgente avec les experts de la salle de planification au sujet de signes d'une erreur de navigation qui prenait progressivement de l'ampleur. L'officier de dynamique de vol fit part de son inquiétude :

— FLIGHT, ici FDO. Le suivi montre que le module va se poser à 915 mètres au sud du site d'atterrissage prévu.

Merde ! jura Kranz. *On ne peut pas se permettre d'atterrir aussi loin !*

— CAPCOM, dites-leur qu'ils devront rediriger le module manuellement.

Kaz acquiesça.

— *Bulldog*, le système de guidage vous dirige à près de un kilomètre vers la gauche dans les contreforts.

Chad avait observé les points de repère prévus et constaté lui aussi que le module allait dans la mauvaise direction.

— En effet, je ne m'attendais pas tout à fait à voir des montagnes. Je vais réorienter le module.

Durant l'entraînement, Chad avait fait voler à maintes reprises une caméra robotisée au-dessus d'une maquette de la Lune de 4,5 mètres sur 4,5 mètres, conçue par l'US Geological Survey. Chad remarqua avec soulagement que la vue de l'autre côté du hublot était quasi identique à celle du modèle. Il fit pivoter le contrôleur manuel pour aligner les marques du hublot suivant les points de repère des cratères. Il s'assura que l'ordinateur avait accepté la mise à jour, puis fixa de nouveau son regard vers l'extérieur.

Je vais leur montrer ce qu'un vrai pilote sait faire !

En surveillant de près les données de liaison descendante, Kaz se demanda ce que Luke aurait dit à Chad.

— *Bulldog*, on voit les données à jour, altitude de 1 524 mètres, moteur à 41.

Près de 2 kilomètres au-dessus de la surface, moteur à 41 % de sa puissance.

— Bien reçu.

Kaz décida alors de donner uniquement l'information essentielle pour éviter de déconcentrer l'équipage.

— Altitude de 610 mètres, 42.

— Bien reçu.

Le directeur de vol sonda la salle ; aucune objection. Tous les systèmes fonctionnaient. Kaz communiqua l'information capitale.

— *Bulldog*, ici Houston. Feu vert pour l'atterrissage.

— Entendu, on amorce l'atterrissage.

Chad sentit son cœur battre à tout rompre, même s'il ne touchait que légèrement les contrôleurs manuels.

Derrière sa console, JW sourit. *Son pouls s'est accéléré.*

La voix de Kaz était calme et posée :

— À 150 mètres, vitesse de descente à 18.

— Bien reçu.

— À 75 mètres, vitesse de descente à 11, 9 % de carburant restants, tout est OK.

— Bien reçu.

Svetlana était fascinée par la complexité de toutes ces manœuvres habiles ; l'incroyable précision de la tâche manuelle lui plaisait au plus haut point. *Je voudrais tant pouvoir piloter cet engin !* De la poussière brune commençait à virevolter dans toutes les directions sous la poussée du moteur. La cosmonaute aperçut alors un objet couleur argent au loin.

— Je peux voir le robot, annonça Chad, dont la voix trahissait la satisfaction.

— Heureux de l'entendre. À 30 mètres, vitesse de descente à 5.

Un nuage de poussière enveloppa *Bulldog*, masquant *Lunokhod* et l'horizon. Chad reporta son attention à l'intérieur de l'habitacle, ses yeux balayant les instruments pour conserver la maîtrise du véhicule et maintenir la vitesse de descente. Il jeta un coup d'œil rapide vers l'extérieur, s'efforçant avec peine de voir les roches au travers de la tempête de poussière et d'estimer la hauteur et la vitesse de marche avant.

J'ai le temps de faire une dernière transmission, songea Kaz.

— À 4,5 mètres, vitesse de descente à 1, 6 % de carburant restants.

Pas de réponse.

Quinze longues secondes s'écoulèrent.

Boum ! La violence de l'impact fit tressauter Svetlana, surprise pendant qu'elle surveillait l'horizon artificiel et l'altitude radar. Même avec son casque, elle pouvait entendre tous les bruits du vaisseau. Elle retint son souffle, s'attendant à ce que des alarmes se déclenchent ou que le module bascule sur le côté.

Rien. Silence total. *Bulldog* se tenait bien droit, toujours intact. De son côté, l'astronaute activait des interrupteurs. Svetlana se pencha pour voir son visage à travers sa visière : un sourire s'était dessiné sur ses lèvres, et une flamme brûlait dans ses yeux.

— Houston, *Bulldog* s'est posé sur la Lune.

LA MER DE LA SÉRÉNITÉ

CHAPITRE 43
Simferopol,
République socialiste soviétique d'Ukraine

Un attroupement s'était formé autour du poste de travail de Gabdul. Tous voulaient bien voir ce qui se passait sur le petit moniteur noir et blanc. La vue était demeurée essentiellement la même durant des mois. On n'apercevait que la plaine unie de la coulée de lave du cratère Le Monnier, quelques roches, de petits cratères et la poussière lunaire grise.

Repérer, manœuvrer, regarder, répéter. Telle était la routine : des géologues remarquaient quelque chose, les pilotes approchaient le robot et les capteurs glanaient toutes les données possibles. Une manœuvre scientifique méthodique, parfaite, qui n'avait cependant rien de passionnant.

Aujourd'hui, toutefois, c'était différent.

Avec un peu de chance, ils pourraient assister à l'alunissage d'un vaisseau spatial. Même le cuisinier et la serveuse étaient rivés sur l'écran depuis leur petite cantine à l'arrière.

Le groupe bombardait Gabdul de questions.

— Où va-t-on voir le vaisseau ?

Il n'en savait trop rien, mais leur dit qu'il apparaîtrait sans doute dans le ciel de la nuit lunaire.

— Comment avez-vous su dans quelle direction pointer ?

Gabdul répondit qu'il avait simplement fondé son hypothèse sur les données de la trajectoire envoyées par le centre de contrôle de mission de Moscou. Un bref silence d'admiration s'installa lorsque le groupe entendit Gabdul mentionner qu'il parlait directement avec Moscou.

— Et si le vaisseau américain atterrit derrière *Lunokhod* ?

— Eh bien, dans ce cas, je vais retourner *Lunokhod*, répondit Gabdul, une pointe d'ironie dans la voix.

— Pourquoi l'image à la télévision reste-t-elle figée aussi longtemps ?

— Parce que ce n'est pas vraiment de la télévision. Ce sont des images fixes et tous les petits uns et zéros mettent un certain temps à parcourir la distance d'environ 400 000 kilomètres de la Lune jusqu'à la grosse antenne à l'extérieur.

— Quand va-t-on l'apercevoir ?

— Bonne question.

Gabdul consulta l'horloge, puis monta le volume du récepteur audio d'Apollo. À l'heure prévue, une voix grésilla dans le haut-parleur sur son bureau.

— Entendu, on amorce l'atterrissage.

On avait confié le rôle d'interprète à l'une des géologues ayant une certaine maîtrise de l'anglais. La voix provenant de la Lune était éraillée, mais elle avait compris le dernier mot de la phrase.

— *Skazali prizemliaïutsia !* Ils ont amorcé leur descente !

Un murmure parcourut les spectateurs, puis tous se concentrèrent à nouveau sur le moniteur.

— Il est là ! s'écria alors Gabdul en pointant tout à coup une petite tache lumineuse sur l'écran.

Tous se penchèrent pour regarder, et Gabdul compta mentalement les dix secondes jusqu'à la prochaine image. La tache était maintenant plus haute et un peu plus grosse. Le vaisseau prenait progressivement forme au fil des minutes.

— On dirait une grosse araignée, dit Gabdul en s'approchant de l'écran.

Une voix retentit alors à la radio. Le groupe surveillait l'interprète, qui s'efforçait à grand-peine de comprendre la conversation, malgré la piètre qualité audio et le jargon qui lui était inconnu.

— Je crois qu'il a vu quelque chose.

Elle répéta les mots en anglais dans sa tête, tentant de les traduire en russe. Soudain, elle comprit.

— Le robot ! Le robot ! Ils parlent de nous ! Les astronautes ont repéré *Lunokhod* !

Wow, s'émerveilla Gabdul. *Les Américains et les Soviétiques face à face sur la Lune.*

L'image suivante était floue, et on distinguait moins bien le vaisseau américain dans l'obscurité lunaire. L'image suivante fut encore pire.

— Que se passe-t-il ?

Gabdul secoua la tête. Il avait redouté qu'une telle chose se produise.

— Le moteur du vaisseau projette de la poussière sur notre robot.

Il appuya sur un bouton pour envoyer une commande qu'il avait préparée et l'image suivante devint complètement noire.

Lorsqu'il se retourna, des regards remplis de déception le fixaient.

— J'ai refermé les bouchons d'objectifs de nos caméras pour les protéger des roches et de la poussière. Lunokhod est solide, mais je ne veux pas risquer d'abîmer les lentilles.

Tous approuvèrent. C'était logique.

— Dès qu'on aura la confirmation que leur vaisseau a atterri, je les enlèverai.

La géologue traduisit les mots de la voix américaine :

— Il ne fait que répéter : « Bien reçu. À vous. »

Le silence s'installa pendant de longues secondes, finalement brisé par un énoncé laconique en anglais, et l'enthousiasme gagna l'interprète.

— Gabdul, enlève les bouchons d'objectifs ! Ils se sont posés sur la Lune !

En envoyant la commande, Gabdul formula une prière silencieuse : *Pourvu que notre caméra pointe dans la bonne direction !*

Le signal voyagea de sa console vers l'immense antenne parabolique à l'extérieur de l'édifice, traversa le firmament jusqu'à la Lune en un peu plus d'une seconde, pour enfin infiltrer les circuits logiques de *Lunokhod*. Deux petits moteurs se mirent à tourner pour retirer les bouchons d'objectifs. Les récepteurs de la caméra captèrent la lumière, puis renvoyèrent l'image numérisée par balayage, une ligne à la fois, à Simferopol. Une fois complète, l'image s'afficha sur l'écran de Gabdul.

L'enthousiasme gagna tous les spectateurs dans la salle. Certains remercièrent le ciel, d'autres s'exclamèrent « Regardez ça ! », mais la plupart poussèrent simplement un soupir d'émerveillement.

Les calculs n'étaient pas tout à fait exacts, mais à la droite de l'écran, qui quelques minutes plus tôt n'affichait qu'un paysage plat et monotone, se trouvait maintenant un vaisseau spatial dont la structure métallique scintillait sous les rayons du Soleil.

Gabdul scruta attentivement l'image. Les Américains mettraient un certain temps à sécuriser le module, à ouvrir l'écoutille, puis à sortir. Il proposa donc :

— Faisons une pause cigarette pour admirer la Lune !

Le groupe éclata de rire, mais plusieurs le prirent tout de même au mot et sortirent. Il était 20 h 20 ; la nuit était belle en Crimée et la Lune, presque pleine. Les conditions étaient idéales pour réfléchir à ce qui venait de se passer.

À l'extérieur, Gabdul alluma une cigarette et leva les yeux. Une autre question le taraudait : il y avait eu beaucoup plus de poussière que prévu, et il lui fallait vérifier si les systèmes de *Lunokhod* avaient subi des dommages. Plus important encore, il se pouvait qu'une partie de la poussière soit tombée sur les panneaux solaires qui alimentaient le robot, ainsi que sur le radiateur d'où s'échappait la chaleur interne, ce qui risquait de faire surchauffer le véhicule ou de causer une panne. Gabdul fixa la Lune pendant un moment, songeant à des façons de chasser la poussière.

Mais avant tout, il fallait s'occuper des Américains. Les astronautes allaient bientôt sortir de leur module et rejoindre le robot.

Qu'ils viennent. Le visage baigné par le clair de Lune, il tira une longue bouffée de sa cigarette au tabac âcre qui lui piquait la gorge. *Je suis prêt.*

CHAPITRE 44

Centre de contrôle de mission, Houston

Au centre de contrôle de mission, les réjouissances avaient été ferventes mais brèves. Après avoir refoulé l'énorme tension des derniers jours, les techniciens avaient manifesté leur joie et leur soulagement en levant le poing et en s'échangeant quelques vigoureuses poignées de main. Ensuite, ils s'étaient remis au travail : il fallait veiller à ce que *Bulldog* soit en bon état et préparer l'équipage, qui devait maintenant enfiler l'équipement complet pour la sortie lunaire. La mission venait de commencer pour vrai.

Conformément aux instructions, Kaz décrocha le combiné du téléphone de sa console pour joindre Washington. Deux sonneries retentirent, puis le claquement caractéristique d'un appareil que l'on décroche.

— National Security Agency, bureau du général Phillips.

— Salut Jan, ici Kaz Zemeckis. Est-ce que je peux parler au général ?

— Bien sûr, Lieutenant-commandant Zemeckis, répondit jovialement la secrétaire. Juste un instant.

Un cliquetis fut suivi de la voix calme et chaleureuse de Sam Phillips :

— Kaz ! T'as de bonnes nouvelles, j'espère ?

— Oui, Général, l'équipage est en sécurité sur la Lune depuis 12 h 17, heure de l'Est, confirma Kaz. Il se prépare pour la sortie lunaire en ce moment même. D'après moi, Chad va être en train de descendre l'échelle dans à peu près trois heures.

— Ils ont pu s'approcher du robot soviétique ?

— On n'est pas encore sûrs de la distance exacte, mais Chad s'est posé assez près pour avoir le robot en vue.

— Excellent ! s'enthousiasma Phillips. Comme l'a fait Pete pour Apollo 12.

En novembre 1969, peu de temps après le départ de Phillips de la NASA, la deuxième mission spatiale habitée des États-Unis s'était posée sur la Lune à 164 mètres de la sonde américaine *Surveyor 3*. L'équipage en avait récupéré des pièces lors des sorties extravéhiculaires.

— Oui monsieur, un pilotage digne de ce nom, acquiesça Kaz.

— Kaz, j'ai fixé la réunion avec le Conseil de sécurité pour 15 h 30, reprit Phillips. L'heure vous convient ?

Kaz consulta le plan de vol et valida :

— Ça devrait convenir, Général. Chad devrait bientôt nous donner une description depuis les hublots, ce qui va nous aider à définir les priorités. L'appel des Soviétiques est prévu à 16 h 30, pour qu'ils félicitent la cosmonaute lorsqu'elle sera sur la surface.

— Très bien, approuva Phillips. Que dirais-tu de me rappeler pour un topo une fois que vous aurez rétabli les priorités ?

— Comptez sur moi, Général.

— Oh, et Kaz… beau travail.

*

La journée s'était révélée longue et mouvementée pour le père Ilarion.

Il avait manqué les chants du carillonneur qui le réveillaient d'ordinaire. Malgré tout, ses yeux s'étaient ouverts par habitude à 5 heures pour les prières matinales. Cloîtré dans sa chambre, il avait lu des passages de son texte liturgique pendant deux heures. Le dimanche des Rameaux marquant la fin de son jeûne de quarante jours à l'occasion du Grand Carême approchait. Comme toujours à cette période, la faim qu'il ressentait lui paraissait profondément purificatrice.

Toutefois, il avait oublié le changement de fuseau horaire et fut surpris de voir Alexandre apparaître sur le pas de sa porte pour lui apprendre qu'il était en fait 9 heures. Il était temps pour eux de partir pour le doyenné Ivanteevsky, l'église orthodoxe dont l'interprète avait prévu la visite avant qu'ils ne se rendent au centre de contrôle de mission en soirée.

Les séminaristes les avaient accueillis à mi-voix, puis avaient invité le père Ilarion à prier. Après avoir pris un moment pour méditer, ils avaient conversé en partageant un maigre repas. Alexandre les avait respectueusement excusés afin qu'ils regagnent leurs quartiers, en encourageant le moine à se reposer. Celui-ci n'avait cependant pas réussi à faire la sieste avant ce qui s'annonçait comme une longue nuit. Il s'était finalement levé pour réciter les vêpres et les matines dans sa chambre, malgré son sentiment qu'il était quelque peu inapproprié de célébrer ces rites seul, si loin de chez lui.

Vers l'heure du repas du soir, Alexandre vint frapper une fois de plus à la porte de sa chambre. Il fallait partir.

À leur arrivée au TSOUP, Ilarion leva la tête pour observer par les vitres de la voiture les quatre étages massifs de cet édifice tout de pierre et de verre que leur voiture longeait, avant de s'arrêter devant les arches à l'entrée.

— Nous sommes arrivés ? Sacha, c'est gigantesque ! souffla le hiéromoine avec admiration.

— Oui, nous sommes arrivés, mon père.

Un homme sans manteau fumait sous l'écriteau affichant la devise *Gloire à la conquête soviétique de l'espace* qui surplombait la double porte. Lorsqu'il repéra le véhicule, il jeta sa cigarette d'une chiquenaude et se dirigea à grandes enjambées en sa direction afin d'ouvrir la portière arrière et d'accueillir les visiteurs :

— Bienvenue au centre de contrôle de mission, père Ilarion. Nous étions impatients de vous voir.

Les yeux du moine s'écarquillèrent comme il suivait l'homme dans l'immeuble. Sur les murs d'un large couloir, il contempla les portraits à l'effigie du directeur Korolev, des cosmonautes Gagarine, Terechkova et Leonov, puis une série de photographies en couleur de la Terre vue de très haut. *C'est notre monde vu du paradis*, s'extasia-t-il.

Ils tournèrent le coin et leur hôte les invita à entrer dans une petite pièce meublée de chaises et d'un sofa qui encerclaient une table basse. Des ampoules fluorescentes clignotantes jetaient leur lumière crue sur le lambris sombre.

— Veuillez vous installer confortablement. Quelqu'un viendra bientôt vous chercher pour vous conduire au TSOUP.

Sur ce, l'homme quitta la pièce en refermant la porte derrière lui.

— Quelle heure est-il, Sacha ? demanda Ilarion, qui avait encore perdu le fil.

— Il est presque 20 h 30, mon père. Nous avons largement dépassé l'heure du repas. Je propose que nous mangions un peu et récitions les complies avant qu'ils viennent nous chercher.

La table était garnie d'un assortiment de pains, de fromages, de charcuteries, de tomates, de persil et de concombres. Alexandre prépara deux petites assiettes et deux verres d'eau, et servit le moine.

— Sacha, mon frère est-il déjà sur la Lune ? s'enquit Ilarion.

Alexandre consulta sa montre et répondit :

— Il devrait se poser très bientôt, mon père. Nous pourrons assister à l'alunissage.

Un sourire enfantin éclaira le visage du hiéromoine :

— Ça me plairait vraiment beaucoup.

Il déposa son assiette et ne prit qu'une petite gorgée d'eau.

— Je suis trop fébrile pour manger, expliqua-t-il.

Il ferma les yeux et tenta de retrouver son calme en récitant une prière à voix basse. Puisque c'était le vendredi du Grand Carême, il prononça les psaumes pénitentiels qu'il connaissait par cœur. En conclusion, il rendit grâce pour avoir le privilège de vivre cette journée et formula des vœux pour la santé et le succès de son frère.

Le moine rouvrait les yeux au moment où on frappa à la porte. Alexandre et lui se levèrent, tandis qu'un homme en complet à l'allure robuste pénétrait dans la pièce, dégageant une autorité et un sentiment d'urgence palpables. Le nouveau venu jeta un simple coup d'œil sur l'interprète avant de fixer son regard sur le hiéromoine.

— Père Ilarion, je suis le directeur Tchelomeï, Vladimir Nikolaïevitch. Je vous remercie d'avoir parcouru tout ce chemin jusqu'ici. C'est un honneur de vous accueillir au centre de contrôle de mission.

Le moine baissa la tête, mouvement amplifié par son voile et sa haute *kamilavka*.

— J'ai le plaisir de vous informer que votre frère est en sécurité sur la Lune.

Ilarion sentit son cœur se serrer à l'idée de n'avoir pu assister à l'alunissage, mais il n'en fit rien paraître.

— Vous aurez sous peu l'occasion de lui parler directement. Auriez-vous maintenant l'obligeance de me suivre ?

Le moine acquiesça et suivit Tchelomeï, Alexandre derrière eux. Ils parcoururent un autre long couloir. Au bout, Tchelomeï s'arrêta devant deux portes en bois avant de se retourner vers ses invités.

— Bienvenue au centre de contrôle des vols habités soviétiques, annonça-t-il formellement.

Il tourna la poignée, poussa la porte et invita le moine à entrer le premier. Ilarion le remercia d'un discret *spassiba*, puis pénétra au cœur du QG du programme spatial de l'URSS.

C'était beaucoup plus vaste qu'il ne l'aurait imaginé. *Comme une cathédrale.* À sa gauche se déployaient des rangées de consoles, toutes occupées malgré l'heure tardive. À sa droite, des chaises placées en demi-cercle étaient réservées aux observateurs. Une poignée de gens y étaient assis. D'un haut-parleur s'élevaient des fragments secs et sporadiques de phrases en anglais. Tchelomeï escorta les deux hommes à droite et enjoignit au moine de s'asseoir.

— Asseyez-vous confortablement, mon père. Vous parlerez à votre frère très bientôt.

Il fit signe à l'interprète de le suivre et gagna rapidement la console centrale. Laissé à lui-même, Ilarion prit place, ses yeux sondant l'étrangeté de ce qui l'entourait.

Un grand écran sombre dominait l'avant de la salle et affichait une carte de la Terre surmontée de plusieurs compteurs numériques. Juste à côté, un écran de télévision encastré montrait l'image granuleuse de ce qu'il devina être la surface de la Lune. Les rangées de consoles disposées en face des écrans luisaient d'une lumière verdâtre, traçant dans la pénombre la silhouette des opérateurs concentrés. Le regard du moine s'arrêta sur le directeur Tchelomeï et Alexandre, debout au milieu de la rangée centrale, qui s'entretenaient avec animation. Tchelomeï semblait mimer la course du vaisseau spatial autour de la Lune avec un poing et l'index de l'autre main. L'interprète approuva de la tête, puis vint rejoindre Ilarion.

— Mon père, il est temps de parler avec votre frère, l'informa-t-il. Malheureusement, le contact radio est limité, alors il ne pourra pas vous répondre… Mais il pourra assurément vous entendre. Le directeur Tchelomeï croit qu'après son long et périlleux voyage votre voix lui apportera réconfort et courage avant sa sortie sur la Lune.

— Il ne pourra pas me parler ? fit le moine, dépité.

Alexandre secoua doucement la tête :

— La Lune est si lointaine, mon père, et il est à bord d'un vaisseau américain, ce qui complique les communications. Vous bénéficiez d'un rare privilège, à peine possible d'un point de vue technique, justifia-t-il.

Il se tourna et désigna l'écran de télévision du doigt.

— Vous pouvez apercevoir son vaisseau, juste là : cette araignée métallique brillante sur la surface lunaire.

Ilarion plissa ses yeux affaiblis par des décennies de lecture sous un faible éclairage, mais il discerna à peine l'éclat d'une réflexion à l'horizon.

Il se demanda soudain pourquoi il était venu jusqu'ici.

— Êtes-vous prêt, mon père ? demanda Alexandre, interrompant ses lugubres pensées. Ce sera une si formidable surprise !

Le moine inspira profondément, se redressa, puis hocha la tête avec résolution.

— Je suis prêt.

*

J'ai réussi ! Le sentiment de triomphe galvanisa Chad avec l'effet d'un incendie. L'astronaute sentit même une érection pointer sous toutes les couches de sa combinaison spatiale. Il se tourna vers Svetlana et s'exclama, rayonnant :

— On y est !

La cosmonaute tourna abruptement la tête vers l'extérieur, mal à l'aise devant l'intensité de son regard. *Ce n'est pas un homme bon, mais c'est un très bon pilote.* Elle étira la main à la dérobée pour palper la forme angulaire de l'arme qu'elle avait transférée dans la poche à rabat sur la jambe de la combinaison, au cas où.

Dehors, la poussière était retombée autour du vaisseau beaucoup plus vite qu'elle ne l'aurait cru. *Ce doit être l'absence d'air*, raisonna-t-elle. Elle fit de petits bonds dans sa combinaison trop grande. La faible gravité lui semblait étonnamment inhabituelle, surtout après des semaines passées en apesanteur. Elle se sentait maladroite.

Ses yeux se posèrent sur *Lunokhod*, dont la silhouette se découpait contre l'horizon aussi noir que l'ombre du robot sous le soleil ardent. Chad regardait aussi dans cette direction et tendit le doigt en s'écriant :

— *Lunokhod !*

Il prononça correctement le nom russe, le son guttural de la syllabe *kho* semblant très familier dans les oreilles de Svetlana. *Qui t'a appris à dire ça ?*

Elle se retourna de nouveau vers le hublot et remarqua un scintillement sur la surface de la Lune. Elle reconnut des empreintes de pneu entrecroisées qui encerclaient le robot argenté et s'estompaient au loin. *Ils se sont affairés dans ce coin-ci, on dirait.*

La voix de Kaz interrompit ses pensées :

— *Bulldog*, vous serez contents d'apprendre qu'on a fait le point avec toutes les consoles et que vous êtes bons pour rester au T-1.

Chaque technicien du centre de contrôle s'était assuré que ses systèmes avaient résisté à l'atterrissage et que les astronautes pouvaient demeurer sur la Lune en toute sécurité pendant le premier tour d'orbite de *Pursuit*, très haut au-dessus d'eux.

D'ailleurs, la voix de Michael leur parvint du module de commande :

— C'est une joie de l'entendre. Restez donc là un moment ! Je peux enfin profiter de l'espace et étirer mes jambes un peu.

Svetlana écoutait passivement, tandis que Chad s'entretenait avec Houston. Il semblait vérifier les mesures de pression tout en actionnant des interrupteurs. Il tendit ensuite le bras derrière elle pour déverrouiller quelque chose et tira le mince tuyau d'un pistolet distributeur d'eau. Il l'inséra dans l'adaptateur sur le côté de son casque, puis tourna la valve rouge du pistolet pour boire de longues gorgées. Il le retira ensuite et l'offrit à la cosmonaute. Elle l'imita, reconnaissante. Elle n'avait pas réalisé à quel point respirer l'oxygène sec de la combinaison l'avait assoiffée. Elle rentra le tuyau et le rangea.

— Merci, dit-elle avec un fort accent russe.

Chad l'ignora, trop concentré à effectuer les procédures avec Houston. Svetlana reporta alors son regard vers le paysage lunaire désertique.

Pourquoi avoir posé Bulldog *si près de* Lunokhod ? Au cours du briefing, l'interprète avait mentionné qu'il y aurait une seule sortie lunaire, ce qui signifiait que ce site d'alunissage devait servir le principal objectif de la mission. Toutefois, la mort de l'astronaute et son arrivée à bord avaient grandement changé la mission originale. Cela voulait-il dire que les Américains avaient modifié leur plan en raison de sa présence ? Elle était déjà parvenue à la conclusion que, même si elle ne connaissait pas leur équipement, les Américains n'auraient pas pris le risque d'envoyer Chad seul sur la surface : il aurait besoin d'aide s'il tombait ou éprouvait des problèmes avec sa combinaison. Mais tout ce qu'ils lui avaient dit, c'était qu'elle allait descendre l'échelle pour toucher la surface lunaire, parler à Moscou, puis retourner dans *Bulldog*. De la poudre aux yeux typique ! Que faisaient-ils vraiment ici ?

La cosmonaute se rendit soudain compte qu'une fois sur la Lune, personne ne pourrait l'empêcher de se déplacer à sa guise. Elle allait se rapprocher de *Lunokhod* pour l'inspecter en détail. Les ingénieurs soviétiques aimeraient sûrement qu'elle leur décrive les effets des longs mois d'exploration lunaire sur le robot. Elle voulait également découvrir la raison qui expliquait toutes ces traces de pneu.

Trouver ce qu'avait cherché *Lunokhod*.

La voix de Michael surgit de nouveau dans son casque d'écoute :

— Hé, *Bulldog* et Houston. *Pursuit* va bientôt disparaître derrière la Lune. Je reviens vers vous dans environ quarante-cinq minutes.

— Bien reçu, *Pursuit*, répondit Kaz. Profite bien de ta solitude. On se revoit à 101:19 de la mission, ce qui veut dire 12 h 40 ici à Houston, l'heure du déjeuner.

Pour toute réponse, Michael appuya deux fois sur le bouton de son micro.

*

Le visage de Tchelomeï s'illumina d'un sourire en entendant le double cliquetis. C'était presque l'heure. Aussitôt que la Lune bloquerait le vaisseau en orbite, il pourrait établir le contact avec l'équipage sur la Lune. Il avait réfléchi avec soin à ce qu'il allait dire et à la façon dont il pourrait utiliser le moine à meilleur escient. Il vit l'interprète et la silhouette drapée de noir qui se frayaient un chemin vers sa console, puis consulta l'horloge du TSOUP. Par précaution, il décida de patienter cinq minutes de plus. Il leva la main, paume ouverte, pour signifier aux deux hommes de s'arrêter là, hors de portée de voix.

*

À bord de *Bulldog*, Chad réfléchit à ce qu'impliquait l'appel de Michael. Il étira le bras et désactiva la fonction automatique des deux micros. Ainsi, s'ils voulaient répondre,

Svetlana et lui allaient devoir enfoncer le bouton d'émission. Il lui fallait gérer ce que dirait la cosmonaute.

Après avoir vérifié la pression de la cabine, Chad enleva ses gants et son casque, invitant Svetlana à faire de même. D'abord, ils devaient manger. Puis ils allaient fixer tout l'équipement supplémentaire requis à leurs combinaisons avant de s'aventurer à l'extérieur. Tout en rangeant ses effets, il passa mentalement en revue les étapes de la sortie lunaire. *Tout dépend de moi.* Voilà pourquoi il avait adoré piloter des chasseurs monoplaces. Seules importaient ses décisions, ses compétences, ses idées, ses actions. Chacun de ces moins que rien à Houston – ceux de Moscou aussi, tant qu'à y être – avait besoin de *lui*. C'était un pouvoir exquis. Il était le seul à voir le tableau dans son ensemble. Tous les autres devaient s'adresser à *lui* pour obtenir ce qu'ils voulaient.

C'est moi qui la contrôle, pensa Chad en regardant la cosmonaute retirer son casque.

Ils entendirent tous les deux la voix russe qui s'immisça dans leurs casques d'écoute.

*

— Test de transmission, test de transmission, vous me recevez ?

Tchelomeï se tut un instant, puis enchaîna :

— Si vous m'entendez, appelez Houston pour une vérification des transmissions.

Svetlana vira brutalement la tête vers Chad.

Il avait déjà les yeux braqués sur elle et affichait un petit sourire suffisant, comme s'il avait prévu sa réaction. Il plissa les yeux et lui cracha un seul mot :

— *Podojdi !*

L'ordre d'attendre, proféré à un subalterne.

Elle était stupéfiée. Venait-il de parler russe ? Elle dut répéter le mot dans sa tête pour parvenir à y croire. Il lui avait *effectivement* donné un ordre en russe, avec netteté et sans accent !

Son regard fixé sur le sien avec intensité, Chad leva un doigt, lui faisant manifestement signe d'attendre avant de faire quoi que ce soit.

Sans la lâcher des yeux, il enfonça le bouton du micro sur le manche de commande.

— Houston, ici *Bulldog*, appela-t-il. Vérification des transmissions.

Kaz répondit par réflexe :

— Cinq sur cinq, *Bulldog*. Et de votre côté ?

Chad sourit avec mépris, ses yeux toujours rivés sur la cosmonaute, et répondit comme si de rien n'était :

— Pareil, merci. Juste pour vérifier.

Ils patientèrent, puis entendirent la voix importune reprendre en russe :

— *Spassiba*. Lieutenante principale Gromova, si vous entendez cette transmission, toussez deux fois.

Chad réfléchit quelques secondes. Il désigna ensuite du doigt Svetlana et pressa sur le bouton de son micro.

Confuse, elle obéit tout de même et toussa à deux reprises, l'esprit chancelant.

Chad relâcha le bouton de son micro pour activer le sien.

— Désolé Houston, elle tousse un peu à cause de l'air sec dans *Bulldog*, justifia-t-il.

— Bien reçu, Chad, comprit Kaz. Avise-nous si ça devient un problème. SURGEON reste à l'écoute.

Tchelomeï était ravi de constater que l'astronaute coopérait, mais savait qu'il ne devait pas s'éterniser.

— Écoutez-moi bien, commença-t-il. Vous constaterez que nous avons posé *Lunokhod* à un endroit très précis. Juste en dessous de l'avant du robot, vous trouverez une roche de bonne dimension. Vous allez la récupérer sans aviser Houston et l'entreposer séparément dans votre vaisseau, pour que vous sachiez la différencier des autres. Si vous comprenez, appuyez deux fois sur votre micro.

Chad obéit.

*

À Houston, Kaz perçut le double cliquetis. L'étonnement le gagna. *Quelqu'un aurait encore accroché l'interrupteur du micro ? Qu'est-ce qui se passe ?*

*

Le Russe s'adressa de nouveau à Chad et à Svetlana :

— Nous avons votre frère ici, Major Miller. Il va bien, mais nous le tenons dans la paume de nos mains, comme une colombe.

Svetlana vit les yeux de Chad se rétrécir. *Que diable se passe-t-il ?*

Au TSOUP, Tchelomeï invita le moine et l'interprète à s'approcher d'un grand signe de la main.

— Voici votre frère, annonça-t-il.

Il tendit le microphone vers le moine et l'activa en faisant un signe de tête.

Comme Ilarion était paralysé par la nervosité, Alexandre l'encouragea d'une voix apaisante :

— Allez-y, mon père. Parlez à votre frère, il a besoin de vous.

Étrangement, le moine sentit un sanglot monter en lui tandis qu'il prenait la parole :

— Iouri ? Iouri, ils disent que tu peux m'entendre, mais que tu ne peux pas me répondre. Ce n'est pas grave.

Il éprouvait le besoin de rassurer son petit frère du mieux qu'il le pouvait.

À bord de *Bulldog*, Svetlana écarquilla les yeux encore plus. *Iouri ?* Cette nouvelle voix avait appelé Chad Iouri… Cet astronaute américain était-il *russe* ?

— Iouri, je suis si fier de toi, s'étrangla la voix, gonflée d'émotion. Ce que tu es en voie d'accomplir est prodigieux, pour toute l'humanité. Tu as pris de grands risques, tu as voyagé si loin, et tes exploits font honneur à notre famille, mais je serai soulagé de te voir regagner la Terre sain et sauf.

Tchelomeï fronça un peu les sourcils et agita son doigt avec agacement. *Finissez-en.*

— Euh… il y a quelque chose que je souhaitais te dire, Iouri, balbutia le hiéromoine, dérouté. Ah oui. Tu auras besoin de beaucoup de courage pour achever ton périple. Sache que tu peux le puiser de moi. Et plus important encore, si notre mère bénie était toujours vivante, elle t'envelopperait de sa fierté.

Alexandre lui dit doucement :

— Il est temps de conclure, mon père.

— Je te bénis, mon cher frère. Que Dieu veille sur toi et garantisse ton retour en toute sécurité. Gloire au Père, et au Fils et au Saint-Esprit, maintenant et toujours, et pour les siècles des siècles. Ainsi soit-il.

Tchelomeï relâcha le bouton du micro et opina de la tête avec satisfaction en regardant l'interprète. Ce discours allait faire l'affaire. Il renvoya le moine et son accompagnateur chacun à leur place, puis enfonça le bouton du micro :

— Nous vous recontacterons officiellement pendant votre sortie, par l'intermédiaire de Houston.

Il repassa vite l'échange dans sa tête pour s'assurer qu'il avait tout dit. Assez pour le moment.

— *Vsyo*, conclut-il, laconique.

*

Chad soutenait le regard de la cosmonaute, les traits indéchiffrables.

Elle n'en revenait toujours pas.

— *Ti… ti gavarich pa russki !* Tu… tu parles russe !

Le visage impassible, il ne lui répondit rien. Il empoigna sa liste de vérification, se détourna et reprit sans un mot le cours des procédures.

Svetlana avait l'impression de tomber dans le vide. *Que vient-il de se passer ?* Elle était certaine de l'identité de la première voix : c'était celle du directeur Tchelomeï.

Comment avait-il réussi à les contacter ? Et pourquoi ne pouvaient-ils pas lui répondre ?

Cet astronaute était-il un espion ? Si c'était le cas, pourquoi donc se servaient-ils de son frère pour le menacer ?

Considère la situation comme n'importe quelle urgence, se ressaisit-elle. *Je suis une pilote d'essai, bon sang ! Qu'est-ce que je sais, quelles mesures dois-je prendre ?*

Elle visualisa le fonctionnement vraisemblable du système de communication en imaginant ce que ses camarades avaient dû faire pour intercepter le signal. Un coup d'œil sur la Terre par le hublot supérieur lui confirma que la Russie leur faisait face, pivotant à l'instant vers la face obscurcie de la planète, hors de vue. Svetlana comprit enfin : ils pouvaient entendre Moscou mais ne pouvaient répondre directement, car les Américains les entendraient.

La résolution de cette petite énigme suffit à la calmer, à regagner un semblant de contrôle.

Pourtant, comment se faisait-il que Chad parlât russe ? Avait-il appris la langue en Amérique ? Peu probable, considérant que son frère était un dévot russe qui l'avait appelé Iouri.

Le commandant l'ignorait toujours, se comportant comme si rien ne s'était produit. Il déboucla son câble de sécurité et commença à récupérer méthodiquement le matériel préalable à la sortie lunaire. Il était clair qu'il n'allait pas daigner s'expliquer. Elle devrait ainsi trouver par elle-même de quelle façon agir : préserver les secrets de Tchelomeï et concocter un stratagème pour accomplir la mission qu'il venait de leur confier. Svetlana détacha à son tour son câble de sécurité et balaya du regard l'intérieur peu familier du module, en réfléchissant aux options dont elle disposait.

Elle n'aurait pas d'autre choix que de compter sur cet astronaute… Mais elle avait eu raison de s'en méfier.

*

Kaz prit une gorgée de café, absorbé dans ses pensées. Ses années à titre de pilote d'essai d'avions de chasse lui avaient enseigné à prêter attention aux moindres ruptures dans toute routine ou mesure prévue, même les plus insignifiantes. Pour quelle raison avait-il entendu un autre double clic ? Puisque Michael était derrière la Lune, il ne pouvait pas être celui qui avait accroché le micro. Le signal pouvait uniquement provenir de *Bulldog* sur la surface lunaire. La cosmonaute essayait-elle d'attirer leur attention ? Étaient-ce les Soviétiques qui double-cliquaient ? Et si c'était Chad, pourquoi ferait-il ça ?

Kaz plissa les yeux pour humecter son œil de verre : l'air climatisé rendait l'air si sec que sa paupière collait. Il consulta le compteur à l'avant de la salle. Deux heures avant l'ouverture de l'écoutille ; le Conseil de sécurité se réunirait peu de temps après. Il posa sa tasse et récupéra la liste de vérification. *Oublions les cliquetis de micro pour l'instant. Il faut que je sois prêt.*

Il vit JW se diriger vers la console du directeur de vol, puis se leva pour les écouter. Le médecin s'adressa aux deux hommes sur le ton de la confidence :

— Il y a quelques minutes, la fréquence cardiaque de Chad et de Svetlana a monté en flèche, sans que je puisse expliquer pourquoi. Comme s'ils avaient été surpris en même temps par quelque chose. Particulièrement celui de la cosmonaute : j'ai vu 140 battements par minute. Pourtant, j'ai vérifié le programme et consulté les autres consoles, et tous les deux étaient simplement debout, à faire la vérif de transmission avec nous et à régler des interrupteurs.

Gene y réfléchit en prenant une longue bouffée de cigarette, qu'il écrasa ensuite dans le cendrier débordant de mégots sur sa console.

— Ils se battaient avec leur casque pour l'enlever peut-être ? suggéra-t-il.

JW secoua la tête :

— On a comparé avec les vols précédents, et ça ne concorde pas, sans oublier que c'était simultané. Comme si les deux avaient tout à coup vu ou entendu une chose à laquelle ils ne s'attendaient pas… On a bien entendu la cosmonaute tousser, mais Chad nous a déjà expliqué pour ça.

Gene ramassa sa copie de la liste de vérification et fit défiler son doigt taché de nicotine le long du tableau. N'y voyant rien d'anormal, il demanda à Kaz :

— T'as une idée ?

— Je n'allais pas nécessairement le mentionner, mais j'ai entendu deux cliquetis de micro à peu près au même moment, révéla Kaz. Je me suis dit que l'un ou l'autre avait dû accrocher l'interrupteur.

Gene se tut, en pleine réflexion.

— Doc, que dit leur fréquence cardiaque maintenant ? s'enquit-il enfin.

— Celle de la cosmonaute est plus élevée qu'au départ mais demeure acceptable. Celle de Chad est redevenue normale.

— Qu'est-ce que vous recommandez ? renchérit le directeur de vol.

— Rien pour l'instant, FLIGHT. Il y a sans doute une explication toute simple. Reste que ça sortait de l'ordinaire, alors j'ai pensé vous en informer.

Il se tourna pour regarder Kaz en fronçant les sourcils. Ce dernier haussa les épaules en un accord tout aussi muet. La situation n'était pas grave au point de les inquiéter, mais ils n'avaient pas d'assez d'informations pour y réagir de quelque façon que ce soit.

— Merci, doc, conclut Gene. Continuez de les surveiller de près, surtout la cosmonaute. On doit se tenir prêt à lui ordonner de rentrer si vous n'aimez pas ce que vous voyez une fois qu'ils sont dehors. Je veux que ni l'un ni l'autre ne s'approche même un peu des limites de refroidissement de la combinaison.

CHAPITRE 45
Bulldog

Chad et Svetlana étaient quelque peu gênés par la présence du corps de Luke pendant qu'ils enfilaient leur tenue spéciale en vue de la sortie spatiale. Chad parlait à Houston tout en s'habillant et chaque fois qu'il récupérait une composante de la combinaison, il devait repousser l'encombrant cadavre. Encombrant mais léger, à un sixième de la gravité terrestre.

Tout en se préparant, Chad pouvait sentir le regard de Svetlana, intense et méfiant, à côté de lui dans l'espace étroit. De temps à autre, il lui tendait un objet en lui indiquant dans quelle poche le ranger, ou bien en lui mimant son fonctionnement ou la façon de le fixer sur la combinaison.

— *Obiasni pa russki !* ordonna-t-elle soudain. Explique-le-moi en russe !

Chad ignora sa requête, préférant la laisser se débrouiller plutôt que de lui révéler tout ce qui lui donnerait un quelconque avantage. *Hors de question que je lui cède le contrôle.*

Une fois arrivé à la préparation des outils, il s'arrêta pour réfléchir un moment. Svetlana avait vu Luke près d'*Almaz*, armé de son coupe-boulon, et elle savait qu'il avait fait alunir *Bulldog* près du robot soviétique à dessein. Nul doute qu'elle avait compris ce qui se tramait, et il n'était pas impossible qu'elle chercherait à se venger. Incapable de sortir le coupe-boulon sans éveiller les soupçons de la cosmonaute, Chad décida d'attendre un peu.

Il inspecta scrupuleusement leurs énormes unités dorsales, qui contenaient tout l'équipement de survie nécessaire durant la sortie lunaire, sans rien pour les rattacher au vaisseau-mère. Ensuite, Svetlana et Chad s'aidèrent mutuellement à les endosser.

— Houston, on met les PLSS, et je m'apprête à raccorder la plomberie. Vous me rappelez la procédure ?

PLSS, pour *portable life support system*, un nom plutôt banal pour désigner leur équipement autonome de survie.

— Entendu, Chad. On est à la page 2-6, on va commencer par les flexibles d'O2.

Pendant que Kaz lisait la liste de vérification, Chad confirmait chacun des raccords et en vérifiait avec minutie la fonction.

La voix de l'interprète leur parvint en russe dans les casques d'écoute :

— Svetlana, vous nous entendez ?

Chad appuya sur l'interrupteur du microphone de Svetlana pour qu'elle puisse répondre :

— Je vous entends très bien. Et vous ?

— Houston vous reçoit très bien aussi. On est là si vous avez des questions.

En entendant l'interprète s'adresser à elle en russe, Svetlana n'y tint plus. Elle saisit l'épaule de Chad et le retourna pour afin qu'ils soient face à face.

— C'est complètement stupide ! Ton frère a dit que tu t'appelais Iouri ! Je sais que tu parles russe, alors arrête de faire semblant ! cracha-t-elle dans sa langue maternelle.

Pour toute réponse, Chad se dégagea de son emprise et fronça les sourcils avec un air d'incompréhension :

— De quoi tu parles, chérie ? railla-t-il en pointant le drapeau des États-Unis sur l'épaule de Svetlana. C'est un vaisseau américain. A-mé-ri-cain. On parle anglais, ici !

Svetlana soupira de frustration. Elle était certaine de l'avoir entendu prononcer des mots russes, et surtout, qu'il avait compris Tchelomeï et la personne qui était supposément son frère. Elle inspira profondément à plusieurs reprises pour se calmer, s'efforçant de réunir les pièces du casse-tête. Chad refusait de l'admettre, mais Tchelomeï avait sans doute de quoi le faire chanter et avait attendu le moment propice pour en profiter. Le contenu de leur échange demeurerait secret. Par ailleurs, elle pourrait utiliser l'information qu'elle détenait sur Chad pour faire tourner les choses en sa faveur.

D'accord, je vais jouer le jeu, résolut-elle. *Pour l'instant.*

Chad tendit son casque à Svetlana, lui indiquant qu'il était temps de le mettre. Elle le fit glisser sur sa tête, et le mécanisme le verrouilla bruyamment sur l'anneau de col. Chad attacha ensuite la visière, puis répéta les mêmes gestes avec son propre casque. Enfin, tous deux enfilèrent leurs gants.

Lorsque Chad alluma des interrupteurs sur le panneau de commande de *Bulldog* et sur leurs combinaisons, Svetlana sentit l'eau de refroidissement circuler dans sa combinaison, et entendit le sifflement continu de la communication entre Chad et Houston résonner dans son casque.

Chad saisit alors le bras de la cosmonaute pour vérifier que ses gants étaient bien fixés à la combinaison, puis activa la mise sous pression. Svetlana sentit l'air circuler et se déboucha les oreilles. *Comme dans la combinaison Yastreb.*

La voix de Kaz retentit dans leur casque d'écoute. Celui-ci voulait s'assurer que les spécialistes de Houston qui surveillaient les données de la combinaison ne voyaient aucune fuite.

— Chad, la pression est bonne dans les deux combinaisons : 26,2 kilopascals delta.

Chad montra du doigt la jauge de pression sur le poignet de Svetlana et lui mima le chiffre à l'aide de ses doigts.

— *Roger*, Kaz. Tout semble stable de notre côté.

— *Bulldog*, bonne nouvelle : vous avez le feu vert pour la dépressurisation.

Ils pouvaient procéder à la dernière étape avant la sortie lunaire : l'évacuation de l'oxygène du vaisseau dans le vide spatial.

— Bien reçu. On y va, répondit Chad en tournant la poignée de pression de l'écoutille.

— *Bulldog*, la pression est en train de baisser. Tout semble OK.

La combinaison de Svetlana devenait rigide, tel un ballon rempli d'air. Elle remua les doigts, émerveillée par la souplesse des gants. *Leur combinaison est mieux conçue que la nôtre.*

La pression de l'habitacle mit trois minutes à tomber à zéro. Chad tapota la jauge du bout du doigt. L'aiguille finit par cesser de bouger.

— Houston, la jauge est à zéro, j'ouvre l'écoutille.

— Bien reçu, *Bulldog*.

Chad acheva de tourner la poignée et tira de toutes ses forces contre la légère pression restante, puis écarta Svetlana pour ouvrir complètement l'écoutille. Leurs pieds baignaient dans la lumière du Soleil qui pénétrait dans le vaisseau.

Chad activa alors le système de refroidissement des combinaisons. Un jet d'eau s'évapora instantanément dans le néant, comme de la sueur, et fit descendre la température des vêtements.

— L'échangeur de chaleur-évaporateur est activé, Houston.

*

Pendant que l'équipage de *Bulldog* se préparait, JW surveillait la fréquence cardiaque de Chad.

— FLIGHT, le pouls de Chad tourne autour de 140. Il a besoin d'une petite pause.

Gene Kranz acquiesça.

— Chad, attends une seconde, on doit fournir des instructions à Svetlana.

D'une pierre, deux coups.

— Svetlana, ici Houston. Chad est sur le point de sortir et de mettre en place les équipements préliminaires, commença l'interprète. Restez où vous êtes jusqu'à ce qu'on vous donne le signal. Si vous avez trop froid ou trop chaud, dites-le-nous. Vous allez quitter le vaisseau vous aussi dans quelque temps. La sortie lunaire va durer cinq heures, tout au plus. Vous comprenez ?

— *Poniala*.

Svetlana recula jusque contre le corps de Luke pour permettre à Chad de se retourner et de se pencher pour sortir.

— Houston, je vais descendre l'échelle, dit Chad qui avait le souffle court à cause de l'effort.

Kaz reçut un signe d'approbation de JW.

— Entendu, Chad, ta fréquence cardiaque convient au doc. Fais-nous signe quand tu vas déployer le MESA.

Une fois relâché, le *modular equipment stowage assembly*, sorte de coffre à bagage, s'ouvrirait à l'extérieur du module pour donner accès aux outils nécessaires et découvrir une caméra vidéo qui transmettrait en direct des images d'Apollo 18 à partir de la Lune.

— OK, Kaz, répondit Chad. Je tire sur l'anneau en D.

Pendant un court moment, on n'entendit que la respiration de Chad.

— C'est fait.

— INCO, je veux des images au plus vite, décréta Gene Kranz.

— Je m'en occupe, FLIGHT.

Tous les regards étaient rivés sur l'écran principal, où apparut soudainement un décor familier : la silhouette blanche granuleuse de l'échelle qui descendait du module et la surface lunaire grise. On pouvait voir les jambes de la combinaison de Chad et ses pieds sur les barreaux.

Dans leur salle de travail, Laura et l'équipe de géologues s'étaient approchées de leurs moniteurs pour bien voir la première image vidéo. En reconnaissant l'endroit précis où le module s'était posé et le paysage environnant, Laura sentit un frisson d'euphorie la traverser. *Enfin ! On y est !*

Un objet blanc puis un deuxième traversèrent tout à coup l'écran et retombèrent avec lenteur.

— Houston, je me suis débarrassé des sacs d'équipement. Je descends, maintenant.

— Entendu, Chad. On te regarde avec la caméra du MESA.

Chad s'arrêta un moment pour prendre une grande inspiration et savourer l'attention dont il faisait l'objet. Oui, ils regardaient tous. Ils le regardaient *lui* ! Empoignant fermement le barreau, Chad s'enivra de la sensation, cette fois bien réelle. Il tourna la tête dans son casque et jeta un regard autour de lui pour bien s'imprégner de l'instant. *Je suis sur le point de marcher sur la Lune, bordel !*

Il rebondit légèrement dans la quasi-absence de gravité, posa les pieds sur le dernier barreau de l'échelle et sauta sur la base circulaire de la jambe de train d'atterrissage du module. Chad lâcha alors une main, se retourna, trouva son équilibre, puis, enfin, fit un pas sur la surface lunaire.

— Houston, un Américain aux yeux bleus vient de mettre le pied sur la Lune.

Il afficha un sourire de triomphe. Tout ce qu'il avait fallu faire, c'était travailler avec acharnement sa vie durant et desserrer un simple boulon.

*

À Washington, les hommes autour de la table fixaient le téléviseur dans le coin.

— Qu'est-ce qu'il fait, maintenant ? demanda Nixon d'une voix rauque.

Sam Phillips, devenu expert de l'espace au Conseil de sécurité nationale après des années à la tête des missions Apollo à la NASA, répondit au président :

— Le major Miller a installé la caméra télé, et il effectue une inspection visuelle autour du module lunaire. Il va bientôt se diriger vers le robot soviétique et ramasser au passage autant de roches que possible pour les faire analyser par nos géologues.

Phillips voulait s'assurer de bien expliquer le contexte au grand patron.

— Et la cosmonaute, elle attend à l'intérieur ?

— Oui, monsieur le Président. Quand on sera prêts à recevoir l'appel de Moscou, elle va pouvoir sortir sur la Lune. Dans environ une heure, ajouta-t-il en consultant sa montre. Entre-temps, Miller va déployer notre drapeau et veiller à ce que le robot soit hors champ pour qu'on puisse rediffuser les images plus tard.

— Monsieur le Président, vous devriez d'abord parler à Miller sans la présence de la cosmonaute, pour bien montrer la suprématie de l'Amérique, suggéra Kissinger de sa voix de baryton.

— C'est bien ce qu'on compte faire, monsieur, intervint Bob Haldeman.

Nixon approuva de la tête et demanda :

— Quelle décision doit-on prendre aujourd'hui ?

Sam Phillips prit la parole :

— On veut éviter à tout prix que les Soviétiques aient le dessus en faisant des découvertes sur la Lune, mais leur nouveau robot est beaucoup plus perfectionné que tout ce que la NASA a envoyé jusqu'à présent. Il pourrait fonctionner pendant des mois, des années même. Son système de chauffage interne au polonium-210 lui permet de résister au froid des nuits lunaires. Quand Miller l'aura bien examiné et photographié sous toutes ses coutures, on est d'avis qu'il devrait le désactiver en ne laissant aucune trace. Ça doit se faire hors du champ de la caméra et à l'insu de la cosmonaute. Il faut que la panne semble avoir été causée par le souffle du moteur de *Bulldog*, et non par un acte délibéré.

Phillips promena son regard autour de la table.

— Les Soviétiques peuvent communiquer avec le robot seulement lorsque leur antenne à Simferopol fait face à la Lune, et ça ne sera plus le cas dans environ une heure. Il y a un coupe-boulon à bord du module, sinon on a d'autres idées qui pourraient bien marcher. Donc, avec l'autorisation du Conseil, monsieur le Président, d'ici à ce qu'Apollo 18 quitte la Lune demain, *Lunokhod* sera mort ou à l'agonie.

Immobile, Nixon attendait tout avis discordant. Silence.

Il fixa longuement Phillips, puis hocha la tête.

— Pas de victoire sans risque, n'est-ce pas, messieurs ? Allez-y.

*

À l'intérieur de *Bulldog*, Svetlana se penchait autant que le lui permettait sa combinaison pour observer Chad par le hublot.

Houston lui avait demandé d'attendre, cependant elle avait reçu des ordres clairs de Moscou : elle devait récupérer une roche bien précise près de *Lunokhod*. Combien de temps lui faudrait-il pour se rendre jusqu'au robot à l'horizon ? Pouvait-elle confier cette mission à l'Américain ?

Non.

Elle l'avait observé pendant qu'il descendait l'échelle. L'écoutille était grande ouverte, mais comment réagirait Houston si elle sortait du module ? Si elle trouvait un moyen d'éviter la caméra, on n'y verrait que du feu.

Une idée lui vint alors. Svetlana examina les interrupteurs et les disjoncteurs de l'habitacle. Sa connaissance de l'anglais était rudimentaire, mais une enseignante prévoyante l'avait forcée à apprendre l'alphabet latin. Svetlana lui en était à présent reconnaissante. Elle lut les noms écrits sur les commandes à la recherche de deux lettres précises, priant pour que les ingénieurs eussent utilisé des indications simples.

— *Tchiort !* grommela-t-elle.

Il y en avait tellement ! Elle regretta de ne pas avoir porté plus d'attention aux interrupteurs que Chad avait touchés avant de sortir. Quelle langue bizarre, l'anglais ! Le « C » était-il dur ou doux ? Elle prononça la lettre des deux façons, et comprit soudain qu'il s'agissait sans doute de l'abréviation de « communications ». Au moins, ce terme technique lui était familier. Heureuse de sa découverte, elle lut le nom de chaque bouton dans la rangée du dessous, jusqu'au dernier à droite. Voilà ce qu'elle cherchait.

TV.

Televizor en russe. Elle se souvint clairement d'avoir vu Chad toucher cet interrupteur. Svetlana vérifia sans tarder le reste des panneaux pour voir s'il s'agissait du seul disjoncteur identifié de la sorte. Elle l'observa de plus près. Le modèle était somme toute assez standard : il lui suffisait de pincer le dispositif avec ses doigts et de tirer. Le signal de la caméra de télévision serait désactivé et Houston ne la verrait pas sortir du module.

Seulement, quand devrait-elle le faire ?

Svetlana regarda par le hublot : aucun signe de Chad. *Bliad !* Il se dirigeait déjà vers *Lunokhod* ?

Elle s'avança davantage et décela du mouvement à la gauche de son champ de vision. Chad était encore tout près, déchargeant de l'équipement à côté d'une des jambes du train d'atterrissage de *Bulldog*, un truc volumineux muni de deux gros pneus en caoutchouc de la taille d'une assiette. L'Américain dépliait de longues poignées parallèles pour ensuite les verrouiller en place.

Tatchka, déduisit Svetlana. Une brouette. Pour transporter des objets comme des outils. Et des roches. Chad était presque prêt.

La cosmonaute effleura le pistolet qu'elle gardait dans sa poche. Elle aussi était prête.

*

Derrière sa console à Simferopol, Gabdul actionna avec prudence le contrôleur manuel. À Moscou, le directeur Tchelomeï suivait le flux vidéo envoyé par *Lunokhod* et lui avait demandé à visionner les meilleures images possibles. Gabdul fit pivoter le robot avec précision pour filmer le module Apollo, en veillant à ne pas abîmer la roche *Ugol* juste en dessous.

Voilà ! Ça devrait le faire. Il interrompit alors sa manœuvre et attendit que l'image fixe en noir et blanc se rafraîchisse pour voir s'il avait bien positionné la caméra.

Le reflet métallique du vaisseau de la NASA se situait en plein centre de l'écran.

— *Atlitchna*, murmura Gabdul avec satisfaction. Parfait.

Il s'inclina vers l'écran. Il ne pouvait discerner qu'une tache blanche à côté des jambes du module. Sur chaque nouvelle image, la tache s'était déplacée. *C'est l'astronaute*, conclut Gabdul. Sur les images suivantes, la silhouette devenait plus claire et s'agrandissait. Il put même apercevoir les rayons du Soleil se réfléchissant sur le casque de l'Américain. *Le voilà qui se dirige vers nous, à présent.*

La voix sévère de Tchelomeï tira Gabdul de son observation :

— J'aperçois l'astronaute. Vous êtes prêts ?

— *Da*, nous sommes prêts.

Gabdul essuya ses mains moites sur son pantalon et vérifia rapidement les commandes sélectionnées pendant que l'astronaute se rapprochait de la caméra.

Non, pas un astronaute, ironisa-t-il, *un arpenteur de Lune*. Ça se dit « *Lunokhod* » en russe. *Comme notre robot.*

*

— Houston, ici Chad. Il faut que vous voyiez ça, annonça-t-il à Kaz d'une voix essoufflée par l'effort physique.

Sur l'écran principal, Chad avançait lourdement dans sa combinaison spatiale devant le paysage lunaire. Il se dirigeait vers *Lunokhod* avec sa brouette.

— Voir quoi, Chad ?

La silhouette s'immobilisa et pointa vers la droite.

— J'aperçois une zone très sombre au niveau de la surface, par là. À plus ou moins 60 mètres, difficile à dire. Je m'approche pour jeter un coup d'œil ?

Kaz énuméra dans sa tête les explications possibles et les priorités de la mission.

— Chad, tu vois des traces du robot à proximité ?

— Non. C'est intact. Rien que de la poussière de Lune. Je veux dire, du régolithe.

Selon Kaz, si les Soviétiques n'avaient pas examiné la fameuse tache, ils ne l'avaient sans doute pas vue. Il regarda le directeur de vol en attendant sa décision.

— CAPCOM, l'inspection de *Lunokhod* est prioritaire pour l'instant, décréta Gene. L'équipe de géologie peut patienter encore quelques minutes. Les roches ne vont pas se volatiliser. Dites à Chad qu'on va le faire passer à côté de la zone à son retour.

Lorsque Kaz lui transmit l'information, Chad haussa les épaules. Il essayait différentes démarches pour s'adapter à l'inhabituelle pesanteur lunaire dans sa combinaison spatiale épaisse et rigide. Enfin, il décida d'adopter la technique des astronautes qui l'avaient précédé sur la Lune : effectuer de grands bonds sur ses deux pieds.

À Houston, Kaz appela sa collègue géologue :

— Laura, j'imagine que tu as entendu ce qu'a dit Chad ?

— Et comment ! On pense distinguer une tache à l'endroit qu'il a désigné, mais il va falloir qu'on se rapproche pour en avoir le cœur net. Est-ce que Michael peut faire un zoom avant et nous dire s'il voit quelque chose quand *Pursuit* va passer au-dessus de la zone ?

— Bonne idée. Il est revenu de notre côté de la Lune, je vais lui demander.

Kaz s'adressa ensuite à Michael :

— *Pursuit*, ici Houston. Content de te revoir du côté de la Terre. Alors, c'était comment, derrière la Lune ?

L'enthousiasme dans la voix de Michael était palpable.

— Kaz, tu peux dire à Pink Floyd que je fais jouer la cassette de *Dark Side of the Moon* à fond dans le vaisseau !

Kaz sourit :

— Au moins, je n'ai pas à t'écouter chanter ! Tu as probablement entendu Chad, mais j'aimerais que tu observes de près le lieu d'alunissage par le télescope du sextant. Avertis-nous si tu aperçois quoi que ce soit d'intéressant.

— *Wilco*, c'est comme si c'était fait.

Michael se rendit jusqu'au panneau de navigation et saisit prudemment le petit manche du bout des doigts pour orienter le télescope.

Kaz eut alors une idée :

— Svetlana, ici Houston. Vous allez bien ?

L'interprète du département d'État traduisit la question.

— *Normalna*. Ça va.

Kaz fit signe à l'interprète de donner les indications à la cosmonaute. Svetlana s'exécuta : plissant les yeux devant le violent contraste entre la lumière du Soleil et l'obscurité du module, elle pointa son regard à la droite de *Lunokhod*.

— Je vois des collines de poussière et beaucoup de petites roches, décrit-elle. Les ombres sont longues parce que le Soleil n'est pas très haut.

Sois méthodique ! Elle suivit les empreintes de Chad et dirigea ses yeux vers la droite.

— Je vois une ombre bizarre, comme une sorte de zone creuse. Peut-être un petit cratère.

L'interprète fit part de la découverte de Svetlana au reste de salle.

— Bien reçu, merci, termina Kaz.

Svetlana regarda Chad de nouveau. *C'est le moment ou jamais.*

*

Tchelomeï écoutait attentivement la conversation. *Mais qu'est-ce que les Américains voient, au juste ?* Le compteur indiquait quarante minutes avant que l'antenne à Simferopol perde le signal en provenance de la Lune et, par conséquent, la communication directe. L'écran montrait l'astronaute qui avait presque atteint *Lunokhod*. Tchelomeï l'entendit parler :

— Houston, je m'approche du robot, et je commence à prendre des photos.

*

Chad fit pivoter tout son corps pour pointer la caméra Hasselblad motorisée fixée sur sa poitrine et appuya sur la gâchette de la poignée pistolet.

Kaz surveillait la silhouette se déplacer lentement autour du robot argent, qui semblait si minuscule à l'écran.

— Bien reçu, Chad. Ces photos vont beaucoup intéresser notre équipe aux renseignements.

— C'est pas mal ce à quoi on s'attendait, Kaz. Ça ressemble à une baignoire argentée à huit roues avec un panneau solaire ouvert et un paquet d'instruments montés sur des bras à l'avant.

Chad termina son inspection en l'examinant de plus près.

— Trois caméras sur le devant, avec quelques objectifs grands-angulaires sur le côté et à l'arrière.

Il leva les yeux vers la Terre :

— Je parie qu'ils me regardent, en ce moment.

*

Tchelomeï écouta les paroles de l'interprète en dodelinant la tête. L'astronaute allait-il obéir ? La menace de faire du mal à son frère suffirait-elle ? *Récupérez la roche et ne dites rien !*

*

Sur l'écran principal du centre de contrôle de mission, les images télé en provenance de *Bulldog* s'interrompirent tout à coup.

Gene Kranz se fia à sa longue expérience et patienta trente secondes, le signal étant peut-être simplement en train de passer d'une antenne au sol à l'autre. Mais le flux vidéo ne se rétablissait pas.

— INCO, pourquoi on a perdu la vidéo ?

— On vérifie, FLIGHT. Ça semble être une panne.

Gene passa en revue le système de circuits dans sa tête.

— Et les autres systèmes ?

Le casque d'écoute d'INCO cracha soudain le bavardage technique de l'équipe de la salle de planification. L'officier tenta de filtrer les renseignements pertinents.

— Je ne pense pas. La baisse de courant électrique correspond seulement à une panne de la caméra.

Pensif, Gene se frotta le menton. Lors de la mission Apollo 12, Al Bean avait pointé par accident la caméra vers le Soleil durant l'installation, endommageant ainsi le capteur interne. Sans captation vidéo, les sorties lunaires subséquentes s'étaient avérées particulièrement difficiles.

Difficiles, mais tout de même faisables.

— OK, tenez-moi au courant des options de dépannage. CAPCOM, avisez l'équipe d'EVA. Tout le monde, surveillez vos données de près. Il faut éviter toute succession d'anomalies.

Kaz résuma l'information à Chad, puis la transmit à Svetlana par l'entremise de l'interprète, avisant la cosmonaute que la panne était susceptible de nuire à l'événement médiatique avec Moscou.

Après une courte pause, JW prit la parole :

— FLIGHT, ici SURGEON. Il y a autre chose, mais ça n'a sans doute rien à voir. On a perdu les données biomédicales de la cosmonaute il y a quelques minutes. C'est déjà arrivé pendant d'autres vols, et je craignais que ses capteurs soient mal installés.

Gene réfléchit.

— TELMU, y a-t-il un lien quelconque entre les deux systèmes ?

Le spécialiste du système électrique de *Bulldog* secoua la tête :

— Aucun, FLIGHT. Les deux systèmes sont tout à fait indépendants. Probablement une coïncidence.

Gene Kranz grimaça. Il avait horreur des coïncidences.

*

La voix de Michael grésilla depuis l'orbite lunaire.

— Houston, ici *Pursuit*. Je viens de passer au-dessus de la zone et je suis prêt à vous communiquer mes observations.

Pourvu que ce soit de bonnes nouvelles, pria Kaz.

— On écoute, *Pursuit*.

— J'ai pu repérer sans effort la longue ligne droite de la rainure avec le télescope, et ça m'a aidé que les traces de pneus de *Lunokhod* captent la lumière différemment. En pointant le sextant, j'ai pu à peine distinguer la silhouette de *Bulldog* sur la surface.

La fierté de Michael était perceptible : la tâche s'était avérée particulièrement délicate. D'autres pilotes de module de commande avant lui n'y étaient pas parvenus.

— Beau travail. Tu as vraiment un œil de lynx !

— J'ai inspecté la zone que Chad avait indiquée, et j'ai aperçu des ombres. Il y en a une qui m'a semblé plus sombre et plus nette. En forme de croissant, ou quelque chose du genre.

— Bien reçu. Où elle se situe par rapport à *Bulldog* ?

Michael se remémora la longue rainure et la minuscule silhouette du module lunaire.

— Environ à mi-chemin de la rainure, un peu au nord. Il faudrait peut-être demander à Chad de se diriger à environ 30 degrés à gauche de *Bulldog* quand il va revenir.

— Excellent, Michael. *Wilco*.

*

Chad tira de longues pinces de la brouette. Comme la caméra vidéo était hors service, il savait que Houston ne le surveillait plus.

Trop facile !

Il s'inclina devant la caméra aux yeux de homard du robot et agita la main. Il était convaincu que la petite antenne montée sur le dessus de *Lunokhod* ne transmettait pas de flux vidéo en temps réel. À Moscou, ils ne verraient que des photos floues. Chad leva alors sa main dans les airs assez longtemps pour leur donner une image.

Je vais les laisser se creuser les méninges.

La roche tant convoitée était censée se trouver sous l'extrémité avant du robot. Il s'accroupit autant que le lui permettait sa combinaison, puis glissa la paire de pinces sous *Lunokhod*. Chad fouilla le sol rugueux qui opposait une certaine résistance, jusqu'à ce que les pinces se heurtent à un objet. Voulant savoir de quoi il s'agissait, il se pencha, et *Lunokhod* se mit tout à coup à bouger. Surpris, Chad recula avec maladresse et lâcha les pinces. Le robot fit marche arrière sur environ un mètre, pour enfin s'arrêter.

Merde !

— FLIGHT, ici SURGEON. La fréquence cardiaque de Chad s'est accélérée. Vu que la caméra est hors service, on vous recommande de l'appeler pour vérifier.

Gene fit signe à Kaz de communiquer avec l'astronaute.

— Salut Chad, c'est Kaz. Tout va bien ?

Chad sentit les palpitations dans sa poitrine. C'était sûrement la raison de l'appel.

— Oui, tout va bien sur la Lune, Kaz, merci, assura-t-il d'un ton délibérément calme. J'ai juste laissé tomber les foutues pinces et trébuché en récupérant des roches.

— Bien reçu, Chad, pas de problème. Comme on a perdu la vidéo, les géologues lunaires veulent que tu décrives ce que tu vois au fur et à mesure pour qu'ils puissent déterminer d'où vient chaque échantillon.

— *Wilco*, je m'y mets tout de suite.

Il récita le jargon que lui et l'équipage avaient répété durant les simulations, faisant part de ce qu'avait dévoilé le mouvement du robot.

— Le sol autour de *Lunokhod* a une texture plutôt fine et il est beaucoup plus foncé là où il y a des traces de roues…

Près du nez de *Lunokhod* apparut une roche noire anguleuse émergeant du régolithe poudreux.

Chad fit pivoter son torse et, malgré la rigidité de la combinaison qui limitait les mouvements de sa tête, repéra finalement les pinces par terre. Des astronautes l'avaient prévenu qu'il était difficile de ramasser des objets au sol sans tomber. Chad plia donc les genoux autant qu'il le put, tâtant à l'aveuglette, puis, lorsqu'il saisit enfin le manche de métal des pinces, son corps bascula vers l'avant. Il laissa la pression de la combinaison le faire rebondir et fit quelques pas pour retrouver l'équilibre.

— Ouais, Houston, j'ai perdu l'équilibre pendant un moment.

— Bien reçu, Chad. On est toujours dans les temps. Quand tu auras récolté assez d'échantillons pour qu'on sache ce que surveillait *Lunokhod*, tu pourras retourner au module.

— Compris. Je vais ramasser des pierres tout autour.

Chad ouvrit les pinces au maximum de ses deux mains, se plaça juste au-dessus de la roche et relâcha les manches qui se refermèrent dessus sous l'action des ressorts. Il la souleva avec précaution et la déposa dans la brouette.

À première vue, elle n'avait rien de spécial. Il la prit dans ses mains pour l'examiner. Cette fameuse roche était étonnamment légère. Ses cristaux internes scintillaient sous les rayons du Soleil, et Chad put déceler de nombreuses couches d'une couleur se situant quelque part entre le rouge foncé et le noir.

Il ne vit aucune autre roche semblable autour de lui.

Comment es-tu arrivée ici ? Et pourquoi les Russes s'intéressent-ils tant à toi ?

Il sortit un sac de plastique du gros sac en toile et y glissa délicatement la roche, puis le referma avec le fil de métal sur le dessus. Il avait apporté deux sacs à échantillons, dont un était réservé à la roche. Lui seul saurait dans quel sac elle se trouvait.

Il saisit alors un râteau dans la brouette, puis recueillit d'autres échantillons tout en décrivant ce qu'il voyait.

*

À Moscou, Tchelomeï surveillait le déroulement au ralenti de la séquence, qui lui parvenait une image à la fois. Il avait exhorté le technicien à Simferopol de faire reculer *Lunokhod*, et se trouvait à présent satisfait du résultat.

— *Atlitchna !*

Son plan avait fonctionné ! L'astronaute avait récupéré dans sa brouette la pierre qui s'apprêtait à entamer son long périple vers la Terre.

Il constata avec surprise qu'il était déjà passé minuit et, prenant soudain conscience de sa grande fatigue, bâilla bruyamment.

Kvatit. Ça suffit pour aujourd'hui. Il donna l'ordre de renvoyer le moine et son interprète à l'hôtel. Leur présence n'était plus justifiée pour l'instant, compte tenu de l'obéissance de l'astronaute américain.

Tchelomeï profiterait d'un bref moment de repos dans son bureau avant la conférence de presse conjointe avec la NASA. Il salua le directeur de vol d'un signe de tête en s'en allant, et son esprit se mit aussitôt à planifier les prochaines étapes.

Avant d'arriver à son bureau, il fut toutefois interpellé par la voix métallique de Gabdul dans le haut-parleur de la console du directeur de vol.

— On voit le deuxième astronaute descendre du module.

Quoi ? Tchelomeï se retourna d'un geste brusque vers le moniteur. Au loin, derrière l'Américain et sa brouette, il distingua une tache blanche bien définie contre la silhouette angulaire du module lunaire.

Il interrogea prestement le directeur de vol :

— Est-ce qu'on entend toujours l'astronaute ?

— *Da*, camarade directeur.

Il monta le volume du micro :

— Il parle de l'aspect géologique des échantillons qu'il recueille, expliqua l'interprète.

— A-t-il dit à la lieutenante Gromova de sortir ? Avons-nous eu de ses nouvelles récemment ?

Le fait de ne pas savoir ce que Houston avait communiqué à l'équipage l'irritait au plus haut point.

— *Niet*, directeur.

Mais qu'est-ce qu'elle fait ? Il fixa les images montrant la cosmonaute quitter le module et commencer à marcher sur la surface de la Lune. Vers *Lunokhod*.

CHAPITRE 46
Cratère Le Monnier

Svetlana tourna la tête avec précaution et promena son regard le long de la structure trapue du module lunaire, pour le perdre ensuite dans la noirceur du ciel. Elle cherchait à évaluer le degré de rotation de la Terre. Comme la frontière occidentale de la Russie était encore visible, elle en déduisit que Moscou pourrait les voir et les entendre pendant une heure encore environ.

Parfait.

En gigotant dans sa combinaison, elle avait réussi à déloger le capteur adhésif de sa poitrine, ce qui empêcherait les Américains de connaître sa fréquence cardiaque. Elle se félicitait d'ailleurs de l'avoir fait, puisqu'elle avait perdu pied en lâchant l'échelle de *Bulldog*. Il y avait des semaines qu'elle n'avait pas marché, et la combinaison trop grande pour elle la déséquilibrait davantage encore. Elle avait même dû s'agripper de nouveau à l'échelle jusqu'à ce que ses étourdissements passent.

Avec mille précautions, elle l'avait relâchée enfin et s'était éloignée à petits pas du module. *Comme un bébé qui apprend à marcher. Je porte même une couche !*

Elle se mit à suivre prudemment la série d'empreintes doubles des roues du robot, sentant la chaleur cuisante du Soleil à travers sa combinaison spatiale. *Reste calme, Sveta*, se raisonna-t-elle. Elle espérait que le blabla constant entre Chad et Houston suffirait à masquer le bruit de sa respiration haletante.

Ses yeux restaient braqués au loin sur Chad. Il tenait un long outil et, tour à tour, il creusait puis déplaçait le chariot à bras, inspectant *Lunokhod* et le sol à proximité. *A-t-il récupéré la pierre ?* À mesure qu'elle s'adaptait à l'atmosphère lunaire,

Svetlana se déplaçait plus vite, en imitant la démarche de Chad et en s'efforçant de lui interdire par télépathie de se retourner.

Elle avançait avec détermination : Moscou avait donné des ordres et Sveta était là pour veiller à ce que Chad les exécute.

*

— FLIGHT, on reçoit des données inhabituelles de la combinaison extravéhiculaire de Svetlana.

La confusion était perceptible dans la voix et sur le visage du TELMU lorsqu'il s'adressa à Gene Kranz par-dessus les rangées de consoles.

— C'est difficile de savoir exactement ce qui se passe, étant donné qu'on n'a pas sa fréquence cardiaque, mais on dirait qu'elle se déplace ou quelque chose du genre, continua l'agent. Elle respire davantage, consomme plus d'oxygène…

— Les données dépassent les limites ?

La question concise de Gene redonna de l'aplomb à TELMU, le ramenant en terrain connu.

— Non, FLIGHT, la combinaison est correcte, tout est largement dans les normes.

Gene visualisa la cosmonaute. Elle devrait simplement se trouver immobile, seule dans *Bulldog*. Qu'est-ce qu'elle tramait ?

— CAPCOM, demandez à l'interprète de vérifier ce qui se passe avec la cosmonaute, ordonna-t-il.

Kaz communiqua quelques instructions, attendant que le rapport géologique de Chad s'interrompe un instant. Puis la demande retentit en russe dans l'espace :

— Svetlana, ici Houston. Comment allez-vous ?

Svetlana s'arrêta net. Le fait d'entendre des mots en russe à cet endroit et à l'improviste lui donnait l'impression qu'elle avait été prise sur le fait.

Pourquoi me demandent-ils ça ? Ils avaient peut-être remarqué des données anormales provenant de sa combinaison. Elle devait seulement leur fournir une raison.

— *Normalna*. Je bouge mes bras et mes jambes pour me tenir éveillée.

Kaz et l'interprète interrogèrent TELMU du regard, qui leur répondit d'un haussement d'épaules, suivi d'un hochement de tête.

— Bien reçu, merci. L'événement avec le centre de contrôle de mission de Moscou va avoir lieu dans une heure environ.

Elle se força à adopter un ton las :

— *Gatova, spassiba*. Je suis prête, merci.

Elle n'avait pas quitté Chad des yeux durant l'échange. Il s'affairait à soulever un nouvel échantillon et lui tournait toujours le dos. Alors, elle se remit en marche en accélérant la cadence.

*

Tchelomeï avait cru comprendre que Houston acceptait en quelque sorte que la cosmonaute soit sortie. *Ne peuvent-ils pas la voir ?* Il scruta l'image que renvoyait la caméra de *Lunokhod* et vit la cosmonaute se remettre en mouvement.

Il consulta l'un des compteurs au-dessus de l'écran principal : la capsule en orbite serait alignée vers la Terre pendant encore trente minutes. S'il appelait maintenant, le pilote de *Pursuit* l'entendrait. Il fit le calcul : il disposait d'une fenêtre d'environ une demi-heure pour établir le contact, pendant que *Pursuit* serait derrière la Lune. C'était une carte qu'il pourrait jouer au besoin.

Patience. Excepté qu'il n'était pas parvenu aussi loin en usant de patience.

*

— Il y a un bon nombre de petites roches cristallines, un mélange de basalte et d'anorthosite, d'un diamètre d'à peu près 2,5 centimètres maximum. Leur couleur et leur morphologie semblent confirmer qu'elles sont en bonne partie faites du même matériau que le régolithe.

Chad poursuivait sa description tout en déposant son échantillon dans un sac.

— Bien reçu, Chad, fit Kaz d'un ton monocorde.

Pas étonnant, se dit Chad. *La géologie, il n'y a rien de plus ennuyeux.*

Après avoir scellé le sac à échantillons, il fit une pause pour admirer le paysage qui l'entourait, tournant complètement la tête à gauche puis à droite, tel un lion. Il scruta le terrain plat d'un gris brunâtre qui s'étendait à perte de vue, puis la noirceur parfaite du ciel lunaire au-dessus de lui. De toute l'histoire de l'humanité, personne d'autre n'avait mis le pied là où il était, personne n'avait vu ce qu'il voyait. Cette constatation qu'il était le *seul* à avoir jamais perturbé cette couche millénaire de régolithe lui procura un sentiment de puissance, la même sensation qu'un *rush* de narcotique. Une vague victorieuse déferla dans ses veines.

Il tordit le cou dans son casque et se retourna pour contempler la Terre. De tous ces ratés, lui seul était parvenu jusqu'ici.

Soudain, un mouvement l'arracha à ses réflexions.

À une quinzaine de mètres, une autre personne marchait sur la Lune et se dirigeait vers lui.

Mais comment... ? Comment elle est sortie ? Il rejoua mentalement sa dernière conversation avec Houston. Ils croyaient qu'elle était encore dans *Bulldog* !

Chad inspira et ouvrit la bouche pour la confronter, puis se ravisa. Il était bon de conserver des secrets.

Il leva les deux mains à la hauteur de sa taille, les paumes vers le ciel. *Qu'est-ce que tu fous ?*

Sans ralentir, Svetlana leva un doigt devant sa visière, lui signifiant de garder le silence.

Chad releva sa visière dorée pour dévoiler son visage, plissant fortement les yeux pour contrer l'éclat aveuglant du Soleil. Svetlana l'observa, puis l'imita. Ils pouvaient maintenant lire leurs expressions faciales.

Elle pointa le menton vers *Lunokhod* et fit le geste de ramasser un objet quelconque avec sa main, haussant ensuite des sourcils interrogateurs.

Chad la regarda, le visage impassible. *Aucune raison de lui faciliter la tâche.*

La cosmonaute soutint un instant son regard avant de se tourner vers le robot, frustrée. Elle se pencha à côté de Chad pour saisir les pinces se trouvant dans le chariot, puis s'approcha de *Lunokhod* en tentant de déchiffrer les marques sur le sol. Chad avait laissé ses empreintes de pas partout, mais les traces de pneus en dessous montraient que le robot s'était récemment avancé, puis reculé.

Pourquoi ?

Tandis qu'elle l'observait, *Lunokhod* s'anima et se dirigea vers elle, lentement, avant de s'arrêter. Svetlana risqua un coup d'œil vers Chad, qui la surveillait.

Ils me lancent un message, en déduisit-elle. Comme elle attendait la suite, elle vit une des perches graciles du robot pivoter vers le sol et toucher une zone excavée et plus sombre de la surface lunaire, comme pour indiquer quelque chose. Dix secondes plus tard, la perche reprit sa position initiale et *Lunokhod* se recula de nouveau.

Svetlana opina du chef. Elle s'approcha et tâta le sol remué à l'aide des pinces qu'elle serrait et relâchait, mais elle ne saisissait rien, que de la poussière.

C'est lui qui a la pierre.

Elle se tourna vers Chad et désigna le chariot du bout des pinces, le sommant de s'expliquer d'un signe du menton et d'un regard sévère.

L'astronaute sourit à pleines dents en haussant les épaules. Sans la quitter des yeux, il annonça :

— Houston, j'ai ramassé des échantillons assez représentatifs de tout ce qui se trouve dans cette zone. Ça vous va si je retourne dans *Bulldog* et si je commence à installer le drapeau pour la conférence de presse de la Rouskie ?

Il mit l'accent sur le dernier mot, prenant soin de bien le prononcer. Aux États-Unis, « Rouskie » était un terme péjoratif. Toutefois, en roulant le R initial et en mettant l'accent tonique au bon endroit, il avait dit le mot « Russe » dans la langue de Svetlana.

Celle-ci plissa le visage une seconde. Elle avait perçu le mot familier à la fin d'une phrase dans une langue incompréhensible. *Excellent*, pensa Chad.

— Bien reçu, Chad, bonne idée, répondit Kaz. En retournant vers le module, on aimerait que tu ailles voir la tache plus foncée que tu as repérée plus tôt. Selon nous, elle devrait être à 30 degrés à gauche de *Bulldog*.

— Compris, Kaz, je suis juste en train de sécuriser les échantillons, et je vais voir ça après.

Svetlana l'observait, tandis qu'il tirait les câbles extenseurs et les passait au-dessus des sacs et des outils entassés dans le chariot, s'interrogeant sur ce qu'il venait de dire. Elle avait distinctement entendu le mot *Russe*. De plus, il avait bougé la tête vers elle en le prononçant de manière qu'elle le remarque. Que leur avait-il dit ? *Impossible de lui demander sans me dévoiler à Houston.*

L'astronaute vrilla son regard dans le sien, puis rabaissa effrontément sa visière dorée par-dessus son visage, avant de se retourner et de s'éloigner avec le chariot.

Svetlana jeta un coup d'œil vers *Lunokhod*, toujours pointé vers elle, immobile. Elle en fit le tour pour l'inspecter de très près, s'assurant de pouvoir en décrire l'état à Moscou à son retour. *Poussiéreux mais entier*. Les pinces toujours en main, elle pivota sur elle-même et se hâta maladroitement vers l'astronaute.

Derrière elle, à l'insu des deux explorateurs, *Lunokhod* s'anima. Il gagna de la vitesse et se mit à les suivre, tel un énorme compagnon à huit roues talonnant avec lourdeur son maître.

Ou un animal sauvage, pourchassant sa proie.

*

— Houston, je reviens sur mes pas en maintenant *Bulldog* à une heure environ, mais je n'ai rien vu encore, indiqua Chad.

Il marchait lentement pour éviter que l'un de ses échantillons se dégage des câbles extenseurs et tombe du chariot. Surtout le sac contenant la roche.

Kaz forma un V de ses mains pour visualiser le parcours de Chad et pensa au temps qu'il lui avait fallu pour se rendre à *Lunokhod* :

— Garde le cap, Chad, ça semble être le bon. Tu devrais tomber dessus bientôt.

Laura était assise à ses côtés. Kaz lui avait demandé de venir à sa console afin de faciliter les discussions sur tout phénomène géologique que pourrait apercevoir Chad, surtout maintenant que la caméra de télévision était hors service.

— OK, Houston, je vois quelque chose là…

La voix de Chad s'éteignit peu à peu.

Laura maintenait les deux mains sur la console, les poings serrés. L'exaspération la gagna à mesure que s'écoulaient les secondes. Elle se tourna impatiemment vers Kaz avec un regard interrogateur.

Celui-ci hocha la tête :

— Qu'est-ce que tu vois, Chad ?

— Heu, c'est bizarre. On dirait une grosse cicatrice d'acné renfoncée dans la Lune. Y a une pente descendante tout autour et ce qui m'a l'air d'un rebord arrondi et rocheux. À l'intérieur, je ne vois rien d'autre que du noir. Je pense que c'est un des trous dont les géologues parlaient.

Un sourire triomphant illumina le visage de Laura.

— Bien reçu, Chad, approuva Kaz. C'est le premier que quiconque a pu observer de près. Garde ta position un moment pendant qu'on en discute.

Kaz se leva et invita Laura à faire de même. Ils se tournèrent tous deux vers la console du directeur de vol.

Gene s'adressa à Laura en premier :

— De quels risques parle-t-on ici, GEOLOGY ?

La géologue chercha nerveusement le bouton de son micro, mais parla ensuite d'un ton confiant :

— FLIGHT, selon la description de Chad, cette cavité semble similaire aux quatre trous qu'on a vus sur les photos prises en orbite lunaire. On n'avait pas repéré celui-là en particulier, cependant, selon nos hypothèses, il s'agit probablement d'un vieux tunnel de lave comme ceux qu'on a étudiés à Hawaï, avec une section effondrée où le tube s'amincit en surface. Il a sans doute aussi des côtés inclinés, mais je ne sais pas à quel point ils sont escarpés.

Gene réfléchit à la question. Cette découverte pourrait être l'une des plus importantes de toutes les missions du programme Apollo. Un accès souterrain sur la Lune, servant de refuge potentiel contre les températures extrêmes et les radiations de la surface exposée au Soleil : voilà qui pouvait régler un des problèmes d'une éventuelle colonisation lunaire. Et la clé pour comprendre la géologie de l'astre lui-même. Toutefois, l'ampleur de cette découverte ne suffirait pas à justifier les risques pour la vie de l'équipage. Surtout avec une seule personne à l'extérieur. Il fallait faire un compromis, comme pour toutes les décisions prises lors d'un vol spatial. Soupeser les objectifs et les risques qui leur sont associés.

— Quels renseignements vous seraient le plus utiles, GEOLOGY ? s'informa-t-il enfin.

Nom d'un chien ! pensa Laura. Le directeur de vol, Gene Kranz lui-même, lui demandait à elle quelles étaient ses priorités ! Elle s'évertua à les lui énumérer d'un ton professionnel :

— Les caractéristiques du trou : taille, différences des débris environnants, angle de talus naturel, substratum rocheux exposé. Un coup d'œil vers le fond directement à l'intérieur serait l'idéal, pour qu'on comprenne la structure interne de la paroi inférieure – lisse ou rugueuse. Si possible.

Gene la mit sur la sellette :

— Jusqu'à quelle distance du bord est-il sécuritaire de s'approcher ?

Laura se rendit compte qu'il s'agissait là d'un moment charnière dans sa vie. Toutes ces années à étudier, à travailler sur le terrain, à scruter des photos, à rédiger sans fin des rapports et des demandes de subvention… Tout ça pour la préparer à cet instant.

— Je recommande la prudence, FLIGHT. Personne n'a touché à ce régolithe depuis un milliard d'années peut-être. Il forme selon toute probabilité une couche compacte et solide, mais il pourrait aussi être propice à un glissement de terrain. Chad peut se déplacer en toute sécurité sur le sol plat. Toutefois, si j'étais à sa place, je resterais à l'écart de l'endroit où la pente se raidit, même un tant soit peu.

Vraiment, je resterais à l'écart ? douta-t-elle. Probablement pas. Les géologues étaient des explorateurs.

Gene acquiesça d'un signe de tête, puis s'adressa à Kaz :

— Passez le message à l'équipage.

*

Proche mais pas trop, résuma Chad dans sa tête. Classique. Tous ces gens assis confortablement à siroter leur café et à se féliciter en retour de leur bon jugement. En laissant à d'autres le soin de courir les vrais risques.

À moi.

Il lâcha le chariot et fit un pas en avant, décrivant ce qu'il voyait en avançant, très conscient que tout le monde était suspendu à ses lèvres.

— Difficile d'évaluer les distances, mais le trou semble avoir un diamètre de 15 mètres et s'enfonce à peut-être 4,5 mètres au-dessous de la plaine environnante. La pente se raidit en se rapprochant de l'orifice. Elle est interrompue par de petites lignes de crête faites de substratum rocheux qui sort du sol. Je vais marcher le long d'un de ces affleurements, vu qu'ils sont plats près du bord.

— D'accord, compris, Chad, mais on préfère que tu joues de prudence, l'avertit Kaz. Même tes observations sur le lieu où tu es, ça nous donne des infos qu'on n'a jamais eues avant.

Non, sérieux ? ironisa Chad.

— Je prends des photos en progressant, renseigna-t-il à voix haute. La couleur de la surface est la même, aucune différence visible dans le sol autour du trou. On a le même mélange de pierres et de poussière.

Il se dirigea à sa gauche, en longeant une ligne de crête plus haute qui menait vers le trou.

— OK, d'ici, je vois plus l'intérieur du trou, observa-t-il.

Il étira le cou dans sa combinaison pour mieux voir.

— J'aperçois le rebord du trou de l'autre côté dans le substratum rocheux, poursuivit-il. Le rebord est mince, peut-être un mètre, à peu près. Et en dessous, je vois juste du noir.

— CAPCOM, dites-lui de ne pas aller plus loin, ordonna Gene Kranz.

— Chad, reste là pendant qu'on en discute, indiqua Kaz.

Il se tourna vers Laura et lui demanda :

— Tu en penses quoi, toi ?

— À cause de l'angle des rayons du Soleil, il ne pourra pas voir le fond à moins d'être directement sur le bord, prévint-elle, laissant à Kaz le soin de prendre la décision qu'elle sous-entendait.

Kaz soutint son regard en transmettant à Chad les nouvelles instructions :

— Chad, quand tu auras fini avec les photos, on aimerait que tu t'éloignes de là et que tu retournes à *Bulldog*. On te renverra au trou plus tard pour recueillir des échantillons si on a le temps.

Chad avança d'un pas, puis d'un autre, ce qui le rapprocha suffisamment pour voir l'extrémité de la roche plus solide soutenant la crête étroite sur laquelle il se tenait.

— Bien reçu, Kaz.

Il tenta un autre pas, envahi d'une vague d'ivresse, celle-là même qui l'habitait lorsqu'il pilotait un avion à réaction en rase-mottes à grande vitesse, assez loin pour que ni les radars ni les yeux fouineurs ne puissent l'arrêter. Ce danger exaltant lorsqu'il apercevait les arbres et les rochers filer sous son appareil, c'était le résultat de risques dont lui seul avait la maîtrise souveraine. Ses compétences. Ses décisions. Il fit un autre pas.

Svetlana était en train de l'observer, angoissée, et conclut très vite que le risque de se dévoiler en valait la peine. Elle avait connu des pilotes comme lui et souvent, ils s'écrasaient. Elle estima que Houston croirait qu'elle le voyait depuis les hublots du module lunaire.

— *Ostorojna !*

La voix féminine interrompit la rêverie de Chad. Malgré tout, il lui tint tête. Il décida même de risquer un pas de plus, à quelques mètres seulement du bord. Là où il se tenait, le sol s'inclinait maintenant vers le trou.

À Houston, le traducteur précisa pour les agents présents :

— Elle a dit « Faites attention ».

Kaz imagina la cosmonaute qui observait Chad de loin, témoin d'une action dangereuse. Il n'avait encore aucune idée de la manière dont le commandant allait accomplir son nouvel objectif militaire. Avec la cosmonaute dans les parages, il semblait impossible de désactiver *Lunokhod* en toute discrétion.

— Chad, reprit calmement Kaz, pendant que tu retournes au module, peux-tu décrire ce que tu as vu pour les géologues, s'il te plaît ?

Assez, se dit Chad, le visage fendu d'un sourire victorieux. *Personne n'a jamais fait ça !* Il revint sur ses pas à reculons, puis se retourna dès que l'espace le lui permit. Sans un regard pour Svetlana, il reprit la poignée du chariot et se dirigea vers *Bulldog* comme si de rien n'était.

— Au point le plus proche du trou, j'ai pu voir assez creux pour distinguer un rayon de soleil sur la paroi interne. Celle-ci avait l'air lisse et incurvée.

Svetlana lui emboîta le pas en secouant la tête, incrédule. Quand se serait-il arrêté ? *Je suis sur la Lune avec un désaxé.* Tout en marchant, elle pouvait sentir le poids rassurant du pistolet qui bougeait dans la poche sur sa jambe.

Concentrés sur le trajet de retour vers *Bulldog*, ils étaient chacun plongés dans leurs pensées. Ni l'un ni l'autre ne se retourna pour apercevoir *Lunokhod*, qui s'avançait pendant dix secondes, puis s'arrêtait aux ordres des commandes successives.

Il les suivait.

*

À Simferopol, Gabdul jetait un regard angoissé à l'horloge. Plus que trente minutes avant qu'ils perdent le signal. Disposer d'une piste d'empreintes était utile, car ainsi, l'équipe n'avait pas à attendre chaque nouvelle image avant d'envoyer une autre commande de mouvement au robot. Le conducteur vérifiait simplement qu'il était sur la bonne voie, ajustait la direction, poussait le contrôleur manuel vers l'avant pendant dix secondes, puis le relâchait. Ensuite, il répétait la séquence.

Il voulait atteindre la zone que les astronautes avaient observée avant de perdre le contact radio. Une fois qu'il aurait aperçu l'objet de leur intérêt, il pourrait alors y réfléchir et leur transmettre une requête pendant qu'ils étaient toujours sur la Lune.

L'un des problèmes avec un robot compact et robuste, c'était que la caméra supérieure ne s'élevait pas bien haut. Comme la Lune était petite, sa ligne d'horizon s'effaçait rapidement et Gabdul ne pouvait pas voir très loin. C'était comme conduire la nuit avec ses phares réglés à la plus faible intensité, une situation qui le rendait nerveux lorsqu'il était pressé.

Le directeur Tchelomeï lui avait toutefois ordonné de le faire. Et c'était d'ailleurs ce pour quoi il s'était entraîné. Ses réactions promptes avaient aidé l'astronaute à trouver *Ugol*, et il avait même bougé le magnétomètre pour montrer à l'autre astronaute où fouiller pour découvrir d'autres fragments, s'il y en avait. Esprit de décision et de finesse.

Il poussa encore le manche vers l'avant et compta mentalement – *raz, dva, tri*... – jusqu'à dix, puis le relâcha et attendit que la nouvelle image apparaisse.

Quelque chose d'étrange y figurait. Une seule piste d'empreintes ici, au-delà de laquelle s'étendait une obscurité grandissante. Mieux valait se déplacer avec plus de précaution. Il décida d'avancer cinq secondes plutôt que dix. Poussant un peu le manche vers l'avant, il compta soigneusement et le relâcha.

Il consulta l'horloge : plus que vingt minutes, le temps de prendre une série de photos et quelques échantillons scientifiques. Ensuite, ils allaient devoir patienter, jusqu'à ce que la Terre effectue sa rotation pour les ramener à portée.

Jusqu'à ce que la Lune se lève sur Simferopol.

CHAPITRE 47
Cratère Le Monnier

— Chad, il faudrait que tu examines la prise pour l'alimentation de la caméra de télé et après ça, tu pourras installer le drapeau pour l'événement conjoint avec Washington et Moscou.

— Bien reçu, Kaz. Voulez-vous que je commence par faire sortir la cosmonaute pour dégager de l'espace dans *Bulldog* ?

Chad jeta un œil vers Svetlana, qui venait de surgir à côté de lui au pied du module.

Kaz consulta le directeur de vol du regard avant de répondre.

— On en a discuté et on préfère qu'elle descende de l'échelle au début de l'événement conjoint. Donc, elle doit rester à l'intérieur pour l'instant.

Chad haussa les épaules. *Qu'ils jouent leur petit jeu.*

— Bien reçu.

Il pointa Svetlana du doigt et lui fit signe de retourner dans l'habitacle de *Bulldog*. Elle ne pouvait se trouver sur la Lune lorsqu'il reconnecterait la caméra de télévision.

La voix de l'interprète voyagea depuis Houston jusqu'au casque d'écoute de Svetlana :

— Lieutenante Gromova, l'astronaute va remonter maintenant dans le module lunaire pour vérifier le système de télévision. Vous descendrez sur la surface pour parler au directeur Tchelomeï dans une dizaine de minutes.

Ah, voilà pourquoi il gesticule.

— *Poniala.*

Elle passa devant Chad pour gravir l'échelle et pénétra à quatre pattes dans l'écoutille.

Pour sa part, l'astronaute fit le tour de la caméra posée sur son trépied, à l'affût d'un raccordement lâche.

— Tout semble normal pour ce qui est de la caméra elle-même, Houston, rapporta-t-il. Je vais gravir l'échelle, maintenant.

À l'intérieur de *Bulldog*, Svetlana se redressa et releva sa visière dorée. *Mieux vaut feindre l'ignorance*, songea-t-elle en apercevant le disjoncteur TV déconnecté. Elle s'empressa de se reculer et de s'adosser contre le cadavre de Luke pour faire de la place à Chad, qui entrait en rampant.

Se remettant debout, ce dernier fit courir ses doigts le long des panneaux de commande, repérant vite les bandes noir et blanc du disjoncteur qui saillait. Il se tourna face à Svetlana et remonta sa visière en la fustigeant du regard. La cosmonaute ne broncha pas.

— Houston, je constate que le disjoncteur TV est déconnecté. Avez-vous remarqué une surintensité quelconque ? D'après moi, la cosmonaute l'a frappé ou accroché d'une façon quelconque. Elle est plutôt gauche dans l'habitacle.

Kaz avait déjà confirmé auprès des agents de la salle de contrôle électrique :

— Non, Chad, aucune anomalie, alors on pense comme toi. Tu as l'autorisation de réinitialiser.

— Bien reçu. À mon signal : trois, deux, un, *reset*.

Il repoussa le disjoncteur de son pouce et le sentit reprendre sa place d'un clic.

— Réussi, Chad, observa aussitôt Kaz. On voit la circulation de courant et le signal de réinitialisation de la caméra. On devrait avoir une bonne vidéo d'ici à ce que vous ressortiez. L'événement avec Washington et Moscou va avoir lieu dans dix minutes. Alors, il serait temps d'aller installer le drapeau, s'il te plaît.

*

Quand il est 17 heures à Washington, il est 1 heure à Moscou. L'heure tardive et la nature américocentrique de l'événement avaient dissuadé tous les politiciens de quitter le Kremlin pour se rendre au TSOUP. Ils avaient délégué la tâche à Tchelomeï, ainsi qu'à Anatoli Dobrinine, ambassadeur de longue date de l'Union soviétique à Washington.

Cette situation convenait tout à fait à ce dernier. En raison de l'embargo médiatique sur la mission Apollo 18, seule une version aseptisée des événements serait diffusée au public, qui plus est, seulement après l'amerrissage. Dobrinine s'était longuement entretenu, par poste téléphonique protégé, avec le président du KGB, Andropov. Il avait reçu des instructions claires de Brejnev : ils allaient trouver une façon de présenter ultérieurement cet événement sous un jour triomphal pour la postérité. Pour l'instant, ils n'avaient besoin que de quelques images fixes et enregistrements vidéo de la Lune.

Ainsi que du calme, toujours indispensable, de la diplomatie.

Dans le bureau ovale de la Maison-Blanche, Henry Kissinger attendait l'arrivée de Dobrinine. Au cours des années, les deux hommes s'étaient penchés ensemble sur des enjeux secrets au nom de leurs supérieurs, et le mandat qu'on leur avait confié ce jour-là n'était en rien différent : protéger les intérêts nationaux et préserver leur profonde et respectueuse amitié, tout en conservant la réputation de Nixon et Brejnev.

— Anatoli Fiodorovitch, annonça Kissinger de sa voix profonde et veloutée d'une sincérité chaleureuse. C'est un plaisir de vous voir, surtout en cette occasion particulièrement historique.

Nixon se redressa derrière son large bureau lustré pour accueillir l'ambassadeur, qui inclina la tête avec respect.

— Monsieur le Président, monsieur Kissinger, je suis honoré d'être invité ici aujourd'hui.

Dobrinine était ambassadeur aux États-Unis depuis la crise des missiles de Cuba, et son anglais, bien que relevé d'un léger accent russe, était impeccable. Il serra la main que lui tendait chacun des deux hommes, puis Nixon l'invita d'un geste à s'asseoir dans la chaise dorée qui occupait un angle de son bureau. Kissinger, quant à lui, prit sa place habituelle à l'autre coin.

Le décor du bureau ovale était guindé et masculin. Nixon avait détesté les rideaux pâles et translucides qu'affectionnait

Johnson, son prédécesseur. Il les avait remplacés par d'épais rideaux de brocart doré qui se mariaient parfaitement avec son nouveau tapis bleu marin. Il se rassit dans sa chaise de cuir noir, flanqué du drapeau présidentiel et de celui des États-Unis. Derrière lui, sur la commode qui bordait la fenêtre, étaient posés une grande photo encadrée de sa famille et un buste de Lincoln. Nixon préférait une surface de travail dégagée et ne gardait devant lui qu'un cahier de briefing soigné, un porte-plume, son agenda ainsi qu'un téléphone noir, dont l'un des petits boutons clignotait.

Pendant que les hommes rassemblés bavardaient d'un air désinvolte, Haldeman apparut par une porte latérale et adressa un signe de tête à Dobrinine avant de se poster derrière le président. Il enfonça ensuite le bouton clignotant et ajusta le volume sur le boîtier du haut-parleur. Il alluma le téléviseur qu'il avait apporté un peu plus tôt. Le signal vidéo provenant de la NASA montrait un astronaute debout sur la Lune entre le module lunaire et la bannière étoilée au bout d'un mât. Haldeman s'inclina pour chuchoter des mots à l'oreille de Nixon tout en désignant du doigt des notes dans son cahier de briefing. Le président hocha la tête et Haldeman reprit sa place debout derrière lui.

Puis la voix de Kaz jaillit du haut-parleur :

— Maison-Blanche et centre de contrôle de mission de Moscou, ici Houston. En attente pour l'événement.

Kissinger et Dobrinine se déplacèrent chacun dans leur chaise pour mieux voir l'écran.

À Moscou, Tchelomeï regarda sa montre.

— Apollo 18, ici Houston, lança Kaz. Vérification audio.

Chad faisait déjà face à la caméra. Il avait relevé sa visière dorée pour veiller à ce que son visage soit bien visible, et plissait les yeux dans la clarté aveuglante du Soleil.

— Apollo 18 vous reçoit cinq sur cinq, Houston, déclara-t-il.

Kaz consulta le scénario que lui avait envoyé la Maison-Blanche. Nixon d'abord.

— La ligne de communication est à vous, monsieur le Président.

— Major Miller, commença ce dernier après un coup d'œil sur son cahier de briefing. Ici le président Nixon, votre commandant en chef. En tant qu'Américain, je ne peux vous exprimer toute la fierté que j'éprouve à pouvoir vous parler, tandis que vous avez les deux pieds sur la Lune et que les couleurs du drapeau américain sont si éclatantes à vos côtés.

La voix de Chad leur parvenait éraillée après son passage à travers toutes les connexions :

— Je suis honoré d'avoir le privilège de vous parler, monsieur le Président.

— Chad, je sais que la mission que vous commandez s'est avérée éprouvante et a regrettablement entraîné la perte de vies. Tel est le prix à payer lorsqu'on voyage vers l'inconnu. La nation tout entière se joint à moi pour vous offrir toutes nos condoléances et notre gratitude, car vous œuvrez au nom de la découverte scientifique et de la paix.

Sachant que les Soviétiques seraient à l'écoute, Haldeman avait choisi ces mots en collaboration avec Kissinger.

— Je suis très heureux que nous ayons trouvé une façon de recourir à l'exploration spatiale, non seulement pour approfondir nos connaissances techniques, mais aussi pour nouer des liens de coopération internationale. Le monde a besoin d'emblèmes qui démontrent que nous sommes capables de travailler tous ensemble et, avec la NASA, vous êtes en train de paver la voie. J'ai des représentants soviétiques à l'écoute qui ont très hâte de s'entretenir avec une des leurs, qui est là avec vous.

Nixon revérifia son scénario, puis continua :

— Je vous prie maintenant d'inviter en leur nom la lieutenante principale Gromova, une femme cosmonaute, à descendre du module lunaire américain pour fouler la surface de la Lune.

À Moscou, Tchelomeï avait attendu ce moment avec impatience.

— Maintenant ! aboya-t-il.

L'ordre fut transmis à 1 200 kilomètres au sud et atteignit l'oreille attentive de Gabdul, posté à sa console de Simferopol. Celui-ci abattit avec force le contrôleur manuel vers l'avant et le maintint solidement en position. La prudence n'était plus de mise.

À Houston, l'interprète assis à côté de Kaz invita Svetlana à sortir de *Bulldog*. Sa silhouette blanche apparut à l'écran alors qu'elle descendait lentement l'échelle. En touchant le sol, elle se retourna et bondit jusqu'à Chad pour prendre place du côté opposé du drapeau américain. Elle glissa un regard vers le commandant, puis releva sa visière par souci de symétrie.

Nixon fit signe à Dobrinine, qui affirma sobrement :

— Monsieur le Président, puisque ce jour revêt une grande importance pour mon pays, je vais, si vous me le permettez, m'adresser à la cosmonaute en russe, puis en anglais.

Parfait, se dit Haldeman en voyant Nixon acquiescer de la tête. *Maintenant, tout le monde voit qui est aux commandes.*

Derrière les astronautes, une forme argentée émergeait lentement dans le champ de la caméra. Kaz le repéra le premier et s'exclama :

— FLIGHT, leur robot s'approche de *Bulldog* !

La mâchoire crispée vers l'avant, les yeux rétrécis, Gene Kranz gronda :

— Je le vois, CAPCOM.

Cette manœuvre des Soviétiques était de toute évidence intentionnelle. Il dressait déjà mentalement la liste des dangers et des réactions possibles.

Dobrinine se tourna vers l'écran et éleva la voix, afin qu'elle porte jusqu'au haut-parleur du téléphone :

— Majore Svetlana Evguenievna Gromova, ici l'ambassadeur Dobrinine. Au nom du secrétaire général Leonid Brejnev, chef d'État suprême de l'Union soviétique, je vous offre mes plus chaleureuses félicitations et vous rends les plus grands honneurs. Vos sacrifices, vos exploits ainsi que les aptitudes dont vous avez fait preuve sont déjà entrés dans la légende et seront à jamais une source intarissable de fierté pour la postérité. Nous vous saluons, vous qui êtes la première citoyenne soviétique à marcher sur la Lune.

Majore ? s'étonna Svetlana. *Je viens d'être promue de deux grades.*

Sa réponse demeura formelle :

— Merci, monsieur l'Ambassadeur. Je suis profondément honorée et éternellement reconnaissante d'être la première Soviétique à avoir le privilège d'être ici, en ce lieu rare.

À Simferopol, Gabdul faisait un décompte à voix haute. Comme il atteignit *tritsat chest*, trente-six, il relâcha le contrôleur manuel. À pleine vitesse, le robot devrait avoir parcouru 20 mètres. Il scruta l'image immobile qui s'était actualisée à l'écran, puis récita une brève prière.

Dobrinine était toujours en plein discours :

— Le secrétaire Brejnev m'a expressément chargé de vous dire qu'il a bien hâte de vous accueillir au Kremlin, lorsque vous nous reviendrez saine et sauve.

— Merci, monsieur l'Ambassadeur, répéta Svetlana.

Dobrinine se retourna vers Nixon. Ni l'un ni l'autre n'avait remarqué le véhicule argenté qui s'était insinué à l'arrière-plan. Haldeman, lui, l'avait vu. Il s'approcha du téléviseur à grandes enjambées, les sourcils froncés.

L'ambassadeur perçut son mouvement soudain, mais il avait l'habitude de sauver les apparences pendant que les sous-fifres géraient les distractions.

— Monsieur le Président, notre nation célèbre aux côtés de la vôtre à l'occasion de ce succès conjoint de coopération, tandis que nous menons l'humanité vers l'exploration spatiale. L'équipe de soutien à Moscou souhaiterait également adresser quelques mots à la majore Gromova.

Lunokhod occupait dorénavant le centre de l'écran.

Une multitude de cliquetis se firent entendre à mesure que les différents correspondants se joignaient à l'appel, puis la voix de Tchelomeï retentit haut et fort au milieu des interférences. L'interprète posté à Houston traduisit précipitamment au fil de son discours :

— Majore cosmonaute Gromova, ici le directeur Tchelomeï, du TSOUP. Nous saluons votre bravoure en tant que première humaine à explorer la Lune au nom de l'URSS. Vous êtes une vraie pionnière soviétique et constituez un modèle pour nous tous.

— Merci, *tovarichtch* directeur, déclara humblement Svetlana.

Haldeman se retourna vers le président :

— Monsieur, ils ont introduit leur robot dans le champ de la caméra, cracha-t-il, sa voix trahissant son dégoût.

Les trois hommes autour du bureau s'inclinèrent tous vers l'écran pour constater ses dires.

Tchelomeï choisit ce moment pour asséner le coup de grâce :

— Après votre alunissage historique sur ce site de découverte soviétique, avec *Lunokhod* – qui arpentait la Lune depuis trois mois déjà –dressé directement derrière vous, sachez que votre nom rejoindra à jamais ceux de Gagarine, Terechkova et Leonov. *Pozdravliaïem !*

Chad se retourna brusquement pour vérifier, stupéfait de voir Lunokhod, maintenant centré à moins de 5 mètres derrière les astronautes. Svetlana l'imita et hocha la tête d'admiration devant la stratégie des siens. Brillante manœuvre.

— C'est avec une immense fierté que je suis les traces de tels héros et de telles héroïnes de l'Union soviétique, de même que celles de *Lunokhod*, affirma-t-elle par la suite. Je vous remercie, directeur Tchelomeï, ainsi que tous les membres de l'équipe de soutien. C'est pour moi un grand honneur d'être ici en votre nom à toutes et à tous.

Elle se tut. Devant l'incertitude qui planait sur l'identité de la personne qui devait parler ensuite, Kaz prit les devants :

— À vous la parole, monsieur le Président.

Haldeman s'empressa de s'avancer pour murmurer des conseils à l'oreille de Nixon, qui prit la décision d'ignorer le robot.

C'étaient les gens qui importaient, pas les machines.

— Les États-Unis vous adressent aussi toutes leurs félicitations, Majore Gromova, pour votre admirable réussite historique. Major Miller, j'aimerais vous remercier personnellement d'avoir piloté votre vaisseau jusqu'à la surface lunaire avec une telle agilité, et d'avoir ainsi conduit une autre nation jusqu'à ce monde nouveau que représente la Lune.

Démontrer hors de tout doute à qui l'humanité doit vraiment la réussite de cet exploit.

— L'Amérique vous souhaite, à vous et à votre équipage, la réussite absolue dans vos tâches sur la surface lunaire, ainsi qu'un retour chez vous, sur Terre, en toute sécurité. Nous vous reverrons bientôt ici, à la Maison-Blanche.

— Merci, monsieur le Président, répondit Chad. Ce sera un plaisir.

Kaz compta jusqu'à cinq, au cas où quelqu'un aurait un dernier mot à ajouter. Silence radio.

— Monsieur le Président, monsieur l'Ambassadeur Dobrinine, directeur Tchelomeï, merci à vous tous. Apollo 18, Houston vous félicite à son tour. Voici qui met fin à notre événement, conclut-il.

Dans le bureau ovale, Kissinger serra vigoureusement la main de l'ambassadeur, qui était sur son départ :

— J'ai la conviction que vous nous l'auriez dit si vous aviez su qu'ils allaient faire avancer le robot dans le champ de la caméra, Anatoli Fiodorovitch, assura-t-il.

Les deux hommes avaient encore de nombreuses batailles à livrer côte à côte. Il ne valait pas la peine d'envenimer celle-ci.

Dobrinine sentit l'ouverture et répondit doucement, mais d'un ton assez fort pour que Nixon l'entende :

— Oui, toutes mes excuses pour l'excès de zèle de notre équipe de contrôle du robot. Malgré qu'ils soient demeurés à une distance sécuritaire, ils voulaient, semble-t-il, faire partie du spectacle eux aussi.

En se dirigeant vers la porte, il adressa un signe de tête au président, puis déclara :

— Le secrétaire Brejnev et moi-même vous remercions à nouveau de nous avoir offert l'occasion de prendre part à cet événement historique.

Nixon lui rendit son hochement de tête, sans toutefois lui tendre la main. Il détestait vraiment les surprises.

À Moscou, en dépit de la longue journée et de l'heure tardive, Tchelomeï affichait un sourire inhabituel, les muscles rarement sollicités refermant presque complètement ses yeux alourdis de fatigue. Ça avait marché !

Sa fusée, son robot, son ingéniosité et sa ténacité avaient démontré aux Américains, et au monde entier, toute l'étendue du savoir-faire soviétique. Il avait posé un cosmonaute sur la Lune. Une *femme*, prouesse jamais accomplie par les Américains ! Aux yeux de tous, sa présence était à jamais gravée là-haut, immortalisée près de la technologie soviétique que les Américains n'avaient su égaler. Un jour triomphal pour l'Union soviétique !

Il observa les derniers chiffres s'égrainer sur le compteur, jusqu'au clic sonore qui annonçait le détournement inexorable de la face de la Terre hors de portée de la Lune : la fin des communications de cette journée par l'intermédiaire de la gigantesque antenne érigée en Crimée. Il fit un signe de tête au directeur de vol en le remerciant, puis se retourna et sortit du TSOUP.

Au son de ses pas qui résonnaient dans le long couloir menant à son bureau, il concentra ses pensées vers l'avenir. *Lunokhod* avait fait une découverte de grande valeur sur la Lune, et lui, Vladimir Tchelomeï, avait trouvé un moyen pour que les Américains la rapportent sur Terre à leur insu.

Restaient tout de même de nombreux obstacles à surmonter… Cependant, il avait bien d'autres idées en réserve.

*

Après l'événement médiatique, Al Shepard gagna la console de Kaz au centre de contrôle de mission et lui demanda tout bas :

— Tu as une minute ?

Il pointa la tête vers la sortie.

Kaz confia temporairement les commandes de la console au capcom chargé du quart de soir, qui était arrivé à l'avance, et suivit Al jusqu'à une salle de réunion inoccupée. L'astronaute en chef alla droit au but :

— À quel point connais-tu Chad ?

Kaz haussa les épaules. Il s'était attendu à cette question.

— On s'est rencontrés à l'école de pilotes d'essai il y a de ça presque dix ans, et on s'est recroisés durant la sélection et l'entraînement pour le MOL. Mais il n'est pas vraiment mon genre de gars et on ne s'est pas beaucoup fréquentés.

Al opina lentement de la tête. Des rides profondes se creusèrent des deux côtés de sa bouche.

— Il ne t'a jamais rien raconté sur son enfance ? interrogea-t-il.

Kaz détourna le regard pour fouiller dans ses souvenirs.

— Pas grand-chose. Élevé sur une ferme, un *redneck* du Wisconsin. Il a fréquenté l'université d'État, je pense, a été dans le Reserve Officers' Training Corps, puis est entré directement dans l'armée de l'air. Assez standard comme parcours. La première fois que j'ai rencontré ses parents, c'était au lancement. Ils avaient l'air normaux, exactement ce qu'on s'imaginerait. Pas de frères ni de sœurs. Chad ne s'est jamais marié et il ne m'a jamais présenté aucune copine. Plutôt solitaire comme gars.

Kaz s'interrompit un moment avant de constater :

— Maintenant que tu me le demandes, Al, je dois admettre que je ne le connais vraiment pas si bien que ça.

— Ouais, moi non plus. Sais-tu s'il parle d'autres langues ? s'informa Al en vrillant son regard dans l'œil valide de Kaz.

— Je ne pense pas. Chad est tout ce qu'y a de plus américain. Typique du Wisconsin, pas vraiment… nuancé, si tu vois ce que je veux dire.

Al hocha de nouveau la tête.

— Dernière question, Kaz : connais-tu l'état de ses finances ?

— De mémoire, il n'a jamais rien acheté d'excentrique et il payait la tournée quand c'était son tour. Je ne l'ai jamais entendu parler d'argent.

À titre d'agent de liaison, Kaz avait récolté la paperasse juridique requise auprès des trois membres d'équipage.

— Le testament qu'il a remis avant le vol avait tout du formulaire militaire prérempli standard, d'une simplicité extrême. Il lègue tout à ses parents.

Kaz décida de poser une question à son tour :

— Est-ce que tu connais un détail qui pourrait influencer ma façon de penser pour le restant du vol ?

— C'est en partie pour ça que je n'ai pas invité Gene ou le Doc à participer à cette discussion, affirma Al en se mordant la lèvre inférieure. C'est à *moi* de gérer et de régler les préoccupations au sujet de l'équipage. La dernière chose que j'ai envie de faire, c'est sonner l'alarme et distraire tout le monde des objectifs de la mission. Mais l'enquête du shérif a révélé quelques détails troublants sur Chad. Rien de concluant encore, mais il se pourrait très bien qu'on doive bientôt mettre d'autres personnes dans la confidence. Pour le moment, je veux que tu observes de très près ce qui se passe avec Apollo 18.

Kaz acquiesça de la tête et pensa soudain aux doubles cliquetis qu'il avait entendus.

Alors que Al se retournait pour regagner le centre de contrôle de mission, Kaz l'arrêta. La récente découverte qu'ils avaient faite sur la Lune lui avait donné une idée pour un autre aspect de la mission, et il exposa rapidement son plan.

Al cligna plusieurs fois des yeux en soupesant la suggestion, puis l'approuva avec conviction.

— Bonne idée, Kaz. On doit juste appeler le vice-chef Mo Weisner pour obtenir son approbation des chefs d'état-major. Je m'en occupe et toi, discutes-en avec Gene et l'équipe d'EVA.

CHAPITRE 48
Cratère Le Monnier

Chad était encore sous le choc, tandis qu'il gravissait l'échelle de *Bulldog* chargé des deux sacs d'échantillons géologiques : le président des États-Unis l'avait appelé par son prénom et invité à la Maison-Blanche ! *On est bien loin de la petite ferme du Wisconsin. Et surtout de Berlin.* En rapprochant *Lunokhod* de la caméra, les Soviétiques facilitaient en fait la tâche de Chad pour le désactiver. De plus, il serait facile d'imputer la panne du robot au souffle provoqué par le décollage du module. *Imbéciles.* Sans le savoir, les Russes l'avantageaient.

Il glissa la roche qu'il avait récupérée sous *Lunokhod* dans un sac à part, normalement utilisé pour les outils de l'habitacle, et le fixa sous le panneau d'entrée de l'ordinateur. Personne d'autre que lui ne savait où elle se trouvait. Il transporta ensuite les deux gros sacs de toile sur les étagères à l'arrière de l'habitacle et déposa les autres échantillons dans des contenants rigides et hermétiques. Il rangea le coupe-boulon dans l'un des sacs vides, qui était juste assez grand, referma la fermeture à glissière puis, après s'être assuré que la cosmonaute n'était pas en dessous, le jeta à la surface de la Lune.

À présent, il fallait s'occuper de Luke et mettre le nouveau plan à exécution.

Houston avait proposé quelques façons de transporter la dépouille jusqu'à la surface, mais Chad avait opté pour la simplicité. Sur la Lune et dans la combinaison spatiale soviétique, plus légère que celle des Américains, Luke ne pesait que 14 kilos, environ le poids d'un chien de taille moyenne. Ce ne serait pas bien difficile.

Toutefois, Chad ne voulait pas être surveillé par Houston.

Il déplaça le corps le long du sol jusqu'à ce que les pieds ressortent par l'écoutille, puis éteignit le disjoncteur TV. Il se pencha pour pousser Luke, dont il avait replié les bras sur sa poitrine, et le regarda tomber en rebondissant sur l'échelle. Chad descendit alors à son tour et trouva le cadavre de son ancien collègue recroquevillé à la base du module. Svetlana vit l'Américain déplier le corps, pour ensuite remonter à bord et réenclencher le disjoncteur.

*

Le visage de Gene Kranz se renfrogna lorsque l'image télé disparut de nouveau. Il attendit que l'équipe l'informe de la cause du problème et, au moment où il s'apprêtait à appuyer sur le bouton pour poser la question, le signal de la caméra revint. Il vit deux silhouettes en combinaison spatiale debout à côté d'un grand sac posé sur le sol. Kranz mit quelques secondes à reconnaître le corps de Luke dans la combinaison Yastreb.

— FLIGHT, ici INCO. On a encore perdu le signal TV, mais comme vous le constatez, il est revenu. Tout a l'air normal, aucune action recommandée.

— Bien reçu, INCO, content que ça ne soit pas arrivé pendant la communication avec le président.

Derrière sa console, Kaz avait deviné que Chad n'avait pas voulu que soient enregistrées des images de la dépouille de l'astronaute tombant en bas de l'échelle. Avec raison, songea-t-il.

*

Svetlana avait observé avec étonnement le corps, poussé par l'astronaute, sortir de l'écoutille, puis glisser au ralenti le long de l'échelle. Les Américains étaient peut-être moins pointilleux qu'elle ne l'avait cru.

Chad lui fit alors signe de s'approcher. La cosmonaute leva les yeux vers la planète bleue : l'Union soviétique ne faisait plus face à la Lune.

Elle était maintenant seule. *Puisque c'est comme ça, autant l'aider.*

Ensemble, ils soulevèrent Luke pour le déposer sur le dos dans la brouette.

Chad désigna alors les pieds pendants du défunt, qui touchaient presque le sol, et indiqua à Svetlana de les saisir. Tous deux se mirent à avancer, dépassant *Lunokhod* pour se rendre jusqu'au trou.

Le lieu de repos éternel que les Américains avaient choisi pour leur astronaute disparu.

*

Près de la porte du centre de contrôle de mission, l'officier de la Marine détonnait dans le décor, vêtu de sa tenue de cérémonie bleu foncé dont les boutons en laiton reflétaient la lumière fluorescente. Son escorte attendit le signal du directeur de vol, puis dirigea l'officier vers Kaz à la console du capcom.

— Commandant Zemeckis, je vous présente le lieutenant Parham, aumônier de la Marine à la garde côtière de Galveston.

Ayant accompli son devoir, l'escorte salua les deux hommes d'un signe de tête et se retira.

L'aumônier esquissa un sourire contrit, son képi blanc sous le bras.

— Lieutenant de grade junior, en fait, monsieur, corrigea-t-il en pointant les deux barres – une épaisse et une étroite – et la croix stylisée sur sa manche.

— Pas de souci, mon père, je suis seulement lieutenant-commandant. Appelez-moi Kaz. Merci d'être venu malgré un si court délai. On vous a expliqué de quoi il retourne ?

Parham fit signe que oui de la tête.

— C'est un honneur de vous aider.

JW avait approché une chaise de sa console pour l'aumônier, qui fut invité à y prendre place et à mettre un casque d'écoute.

Kaz consulta l'horloge, puis le moniteur où apparaissaient les deux silhouettes en combinaison spatiale qui s'éloignaient vers l'horizon.

— On va commencer dans quelques minutes. Essayez d'être bref, si possible, mais on tient à ce que ça soit fait dans les règles.

L'aumônier acquiesça et sortit de sa poche avant des feuilles qu'il déplia sur la console.

— Entendu.

— Houston, on est presque arrivés au bord et on va se préparer, annonça Chad d'une voix haletante.

Le transport avait été plus difficile que prévu. Svetlana et lui avaient dû s'arrêter à quelques reprises pour replacer la dépouille dans la brouette.

— Bien reçu, Chad. Fais-nous signe quand vous serez prêts.

INCO zooma la caméra le plus près possible d'eux. À l'écran, Chad et Svetlana ressemblaient à de petits jouets se déplaçant devant l'horizon spatial.

Chad relâcha la poignée de la brouette, qui se stabilisa sur ses deux roues avant au bord de la pente descendant jusqu'à la fosse. Il sortit d'un des porte-bagages une épaisse laisse blanche munie de deux crochets. Il attacha l'un d'eux à un anneau sur la hanche de la combinaison Yastreb, et l'autre à un support de fixation sur le devant de sa propre combinaison. Il tira ensuite le drapeau américain de sous la dépouille, puis le déroula pour l'étendre sur la poitrine de Luke. Chad scruta alors la pente, s'inclinant vers la gauche et la droite pour s'assurer qu'il avait bien positionné le corps.

— Houston, Luke est en position, on est prêts.

Kaz et l'aumônier se levèrent, et tous les techniciens du centre de contrôle de mission firent de même. Les communications s'interrompirent.

Kaz appuya sur le bouton de son micro, sa voix résonnant dans toutes les salles de planification ainsi que dans le casque d'écoute de Chad et celui de Svetlana sur la Lune. *Pursuit* venait tout juste de réapparaître en orbite, et Michael écoutait lui aussi sans mot dire.

— Tous sur le pont pour honorer le mort.

Selon la tradition navale, ces paroles indiquaient aux navires de couper les moteurs et de mettre les drapeaux en berne.

L'aumônier Parham entama alors la lecture d'un passage des Saintes Écritures.

— « Je suis la résurrection et la vie, dit le Seigneur. Celui qui croit en moi, même s'il meurt, vivra ; et quiconque vit et croit en moi ne mourra jamais. »

Il s'interrompit pour regarder l'image des silhouettes solitaires sur la Lune à l'écran. Il avait pris l'initiative d'adapter légèrement la prière aux circonstances :

— Nous confions le corps du capitaine Luke Hemming aux profondeurs de l'espace pour qu'il soit corrompu en attendant la résurrection, quand l'Univers abandonnera ses morts et la vie des mondes à venir grâce au Seigneur Jésus-Christ qui, à son retour, transformera notre misérable corps pour le rendre semblable à son corps glorieux, capable de soumettre toute chose à son autorité.

Parham conclut par un « Amen » prononcé à voix basse, imité par tout le centre de contrôle de mission, ainsi que par Chad et Michael à 400 000 kilomètres de là. Svetlana pria aussi en silence, hantée par le souvenir de son coéquipier Andrei Mitkov, dont le corps flottait toujours en orbite, seul, près d'Almaz.

Kaz prit alors un ton digne d'un défilé militaire :

— Attention !

Il laissa s'écouler quelques secondes pour insister sur la solennité du moment, puis s'adressa au commandant :

— Chad, tu peux confier le corps de Luke aux profondeurs.

Chad retira le drapeau du corps, le tendit à Svetlana, puis bascula abruptement la brouette pour propulser Luke vers la fosse. Le corps culbuta sur plusieurs mètres dans le vide, retomba sur le sol et roula avant de s'arrêter à mi-chemin du bord du trou. Chad revint sur ses pas vers le promontoire, détacha sa laisse et la tint dans ses mains. Il se retourna pour avoir un bon effet de levier, puis souleva brusquement le corps, qui descendit la pente sur plusieurs autres mètres avant de s'immobiliser juste au bord.

Chad évalua la prise de pied et les angles, et retourna à la brouette. Il sortit deux laisses d'une poche qu'il attacha ensemble dans le sens de la longueur et fixa une des extrémités à sa combinaison, et l'autre à celle de Svetlana. Il fit signe à la cosmonaute de l'accompagner jusqu'au bord, mais celle-ci le stoppa net. Elle refusait d'obtempérer, levant sa visière et secouant la tête avec véhémence.

Chad saisit la laisse à deux mains et tira, faisant trébucher Svetlana vers lui. Il suivit ses propres traces, traînant la cosmonaute pour l'empêcher de s'enfoncer les pieds dans le sol lunaire. Elle fit alors un grand saut vers l'avant et atterrit sur un pied, posant l'autre derrière pour maintenir son équilibre, puis s'immobilisa.

Il est complètement fou ! Une fois de plus, elle lui exprima son désaccord d'un signe de tête. *Ça ne lui suffit pas de tomber dans la fosse, il veut m'entraîner avec lui en plus ?*

Chad posa son regard sur Svetlana, puis sur Luke qui gisait au sol, hors de portée. Il bondit alors en direction de la cosmonaute, les deux mains en l'air comme s'il s'apprêtait à la frapper. Alors qu'elle reculait d'instinct, il enfonça le pied dans le sol en tirant en sens inverse. Malgré la faible gravité lunaire, leurs corps n'en avaient pas moins un certain poids. La laisse qui les reliait se tendit, et Svetlana fit deux autres pas forcés vers le trou avant de retrouver son équilibre.

La distance était suffisante, décida Chad. Il se pencha pour ramasser le lien qui le rattachait au corps de Luke et l'enroula autour de son gant pour éviter qu'il glisse, puis se stabilisa avec la laisse tendue entre lui et la cosmonaute.

Il vit Svetlana observer furtivement la poignée de dégagement du crochet, et entama un compte à rebours en russe pour la décontenancer.

— *Tri, dva, adin, noul !*

Chad décrocha la laisse et tira de toutes ses forces. Le corps de Luke se souleva en un soubresaut avant de parcourir le reste de la distance, atterrissant enfin en position assise juste sur le bord de la fosse. Ses bras continuaient de s'agiter en direction du sombre trou béant. Lentement, le corps bascula vers le cratère, sa chute s'accélérant peu à peu. Soudain, Luke disparut, laissant une trace foncée dans la poussière de météorites accumulée depuis une éternité et jusque-là demeurée intacte.

Cependant, Chad avait mal évalué son équilibre. Lorsqu'il avait tiré pour libérer le corps, il avait perdu pied et s'était effondré sur le côté, rebondissant deux fois sur la pente. Son épaisse combinaison fit s'élever un petit nuage de régolithe, perturbé pour la première fois depuis des millénaires, qui fut projeté vers le fond du cratère. Malgré lui, Chad avait créé un léger glissement de terrain, momentanément stoppé dans sa course par la traction des laisses qui l'unissaient à Svetlana.

Le corps de Luke, quant à lui, poursuivait sa lente descente, en chute libre dans la faible gravité lunaire. Sur Terre, il aurait déjà parcouru une distance de 5 mètres en une seconde, mais sur la Lune il n'était qu'à moins d'un mètre de profondeur. En tirant sur la laisse et en descendant la pente, Chad avait malencontreusement donné au câble un mou supplémentaire de 1,80 mètre.

Les lois du mouvement de Newton s'appliquaient partout, même sur la Lune. En une seconde et demie, la chute de Luke avait utilisé tout le mou de la laisse, toujours enroulée autour de la main de Chad. Le câble se tendit et se resserra.

Tandis que Chad s'efforçait d'imaginer une façon de remonter la pente, son bras gauche se raidit, tiré par la corde. Il ouvrit alors sa main et la tourna frénétiquement, soulagé de voir la laisse se dérouler et se libérer pour ensuite disparaître dans la fosse.

Toutefois, le mal était fait. La secousse inattendue avait traversé la laisse et fait basculer Svetlana vers l'avant. La cosmonaute tentait à présent de reprendre son équilibre dans son encombrante combinaison spatiale mal ajustée.

*

À Houston, Kaz fixait son moniteur. Les mouvements des deux petites silhouettes à l'écran le laissaient perplexe : Luke ne se trouvait plus dans la brouette, mais l'une des combinaisons était hors de vue. Il avait entendu quelqu'un – Chad ? – faire un décompte en russe. Comme il devait observer un certain décorum en présence de l'homme d'église, il se contenta de jurer en silence : *Merde, qu'est-ce qui se passe ?*

*

— *Durok !* grogna Svetlana. Espèce d'imbécile !

Elle enfonça son pied gauche dans la poussière qui dégringolait vers le cratère, inclinant tout son corps vers l'arrière pour contrer la traction de la laisse. Chad était toujours sur le dos, le corps stabilisé par ses bras et ses jambes étendus. Les éclats de poussière, de roche et de sable lunaires arrêtèrent leur course sur le bord de la fosse.

Le glissement s'interrompit.

Plus bas, le corps de Luke tombait toujours vers le sombre cratère, sa chute s'accélérant et faisant onduler la corde. Il lui fallut onze secondes, dans le silence le plus total et sans friction d'air pour le ralentir, pour enfin aboutir au fond du trou. La forme inanimée, qui avait dévalé la pente à 64 kilomètres-à-l'heure, atterrit presque au milieu du tas de débris laissés par l'affaissement du toit du cratère. Le corps rebondit une dernière fois, se retourna, puis s'immobilisa sur le dos pour y demeurer à jamais, sans même une égratignure sur le plastique robuste de la visière de la combinaison Yastreb. Le regard sans vie de Luke était dirigé vers la faible lumière des étoiles filtrant à travers la noirceur de l'immensité spatiale.

Chad poussa de sa main gauche pour rouler sur le côté jusqu'en haut de la pente. Il s'appuya sur son épaule droite et plia les genoux autant que le lui permettait sa combinaison rigide. Il donna un peu de mou à la corde, et Svetlana recula lentement pour maintenir la tension.

D'un mouvement prudent, il élança son bras gauche par-dessus lui et se mit à quatre pattes, puis bascula la tête vers l'arrière dans son casque. Il pouvait à peine voir la laisse tendue reliée à la cosmonaute. Chad fit alors une tentative : il avança sa jambe gauche et son bras droit et réussit à grimper légèrement sur la pente. De son côté, Svetlana tirait toujours pour l'aider à progresser. Il déplaça ensuite son poids et avança l'autre jambe et l'autre bras, gagnant quelques centimètres à chaque tentative. On eût dit un tireur d'élite maladroit dans une combinaison pressurisée.

Au centre de contrôle de mission, la patience de Kaz avait atteint sa limite.

— Chad, ici Houston, comment ça se passe ?

— Ça va, Houston, répondit Chad, de toute évidence épuisé. J'ai trébuché et je suis tombé, c'est tout. Luke est en chemin.

Au fur et à mesure qu'il grimpait la pente à grand-peine, Svetlana bougeait vers l'arrière pour garder la corde bien tendue.

Kaz fit signe à l'aumônier de prononcer la dernière bénédiction, puis inclina la tête.

— Ô Dieu, dont la miséricorde permet aux fidèles disparus de trouver le repos, envoie ton Ange sacré veiller sur cette tombe lointaine. Par le Christ, notre Seigneur. Amen.

La cérémonie terminée, Parham échangea une poignée de main avec Kaz, puis avec Gene Kranz et le médecin, avant de quitter la salle.

Kaz reporta ensuite son attention sur l'écran principal : une des silhouettes se tenait debout, et l'autre se balançait de gauche à droite pour se relever.

— Apollo 18, il vous reste à plier le drapeau. Selon le protocole établi par les chefs d'état-major, il faut que vous le rapportiez pour qu'il soit remis aux parents de Luke.

Chad se déplaça vers l'avant sur ses mains, puis recula soudain en sautant sur ses pieds, faisant quelques pas pour retrouver son équilibre. Svetlana détacha la laisse de sa combinaison et la lança à Chad avec dédain, puis tourna les talons.

Le drapeau gisait toujours là où elle l'avait laissé tomber. Après avoir rangé les laisses, Chad se plaça devant la caméra pour qu'elle le capte en train de plier le drapeau.

Pas besoin de leur dire ce qui vient de se passer.

— Houston, on a fait descendre le corps de Luke dans la fosse. J'ai plié son drapeau et je le range.

— Bien reçu, Chad, merci. Récupérez le plus d'échantillons possible autour du trou pour les géologues. Ils veulent vérifier leurs théories sur sa formation. Je vous demanderais aussi de prendre plusieurs photos.

L'interprète répéta les instructions en russe à Svetlana.

— *Roger*, Houston.

Chad enleva la poussière sur l'appareil photo fixé à sa combinaison, soulagé de constater qu'il était toujours bien en place. Il tendit alors un sac pour recueillir la terre et une petite pelle à la cosmonaute, puis entama sa description :

— Le sol autour du trou ressemble beaucoup au terrain environnant, mais sans éjectas ni irrégularités visibles qui pourraient témoigner d'un impact.

Il saisit le râteau et remplit un sac tout en prenant des clichés autour de lui. Cette tâche lui rappela son enfance à la ferme, quand il ramassait des pierres que le gel hivernal avait fait remonter à la surface pour les déplacer vers les clôtures. *C'est moins éreintant sur la Lune, par contre.*

Chad réalisa qu'après cette collecte, il ne resterait plus qu'une chose à accomplir sur la surface de la Lune.

Il dut admettre que sa dégringolade vers la fosse l'avait décontenancé. Il avait toutefois prévu le coup en attachant la laisse à la cosmonaute, au cas où. Comme d'habitude, son ingéniosité avait sauvé la mise. L'idée de disposer du corps de Luke dans le cratère venait de Chad ; Houston s'était fié à lui pour trouver une solution. Comme d'habitude.

Il jeta un coup d'œil vers *Bulldog* et le robot soviétique, puis vers la cosmonaute qui remplissait un sac. À l'horizon, la Terre poursuivait sa rotation. Il ne voyait plus la Russie. *J'ai tout mon temps*, songea-t-il en consultant la montre attachée à sa manche pressurisée.

Tout le temps de faire ce pour quoi il était vraiment venu sur la Lune.

CHAPITRE 49
Cratère Le Monnier

Les ingénieurs soviétiques avaient conçu *Lunokhod* pour qu'il résiste aux températures extrêmes sur la Lune. Tous les appareils importants et fragiles étaient protégés tels des organes vitaux, bien cachés dans la structure pressurisée et isolée en alliage de magnésium. Durant le jour lunaire, un petit ventilateur fixé sous le radiateur du robot refroidissait l'engin, qui subissait les intenses rayons du Soleil. Le couvercle de protection était ouvert et le panneau solaire, déployé, ce qui permettait à la chaleur excédentaire de s'échapper dans l'espace. À la tombée de la nuit, le couvercle se rabattait sur le radiateur pour conserver la chaleur à la manière d'une fleur refermant ses pétales. À l'intérieur, une petite masse radioactive de polonium 210 diffusait de la chaleur, comme une bouillotte, et préservait le robot jusqu'à l'aube.

Les ingénieurs de la RAND Corporation à Santa Monica avaient préparé un résumé des systèmes de *Lunokhod*, que le département de la Défense avait ensuite analysé pour détecter toute vulnérabilité. En se dirigeant vers *Bulldog* avec la brouette remplie d'échantillons, Chad évalua les options qu'on lui avait données pour désactiver l'engin, sachant très bien qu'en fin de compte il lui incombait de trouver la meilleure méthode. Tout ça en étant surveillé par cette maudite cosmonaute.

Pendant qu'elle recueillait des échantillons près du trou, il en avait profité pour sortir le coupe-boulon du sac et l'attacher au fond de la brouette, hors de la vue de Svetlana. Il avait eu une autre idée pour désactiver *Lunokhod*.

Il se retourna pour attirer l'attention de la cosmonaute, et désigna le haut de l'échelle de *Bulldog*, en mimant le geste de soulever les sacs de roches.

Svetlana réfléchit. Il était logique qu'elle prête main-forte à Chad pour ramasser des échantillons, puisqu'elle avait ainsi pu acquérir une expérience scientifique pratique dont elle ferait profiter le programme de cosmonautes à son retour. Par ailleurs, l'Union soviétique pourrait exiger sa part des échantillons de roches et de poussière lunaires.

À présent, Chad voulait qu'elle l'aide à monter les sacs dans le module. *Pourquoi pas ?* Elle grimpa à l'échelle, se tourna pour lui faire face et se pencha le plus possible. Chad, à ses pieds, hissa un gros sac qu'elle saisit par une anse et souleva.

Même sur la Lune, ça reste lourd. Elle fit balancer le sac tel un pendule, se donna un élan, puis le projeta sur la plateforme. Elle gravit les barreaux pour ensuite le pousser à l'intérieur du module par l'écoutille. Chad lui fit signe d'entrer, indiquant qu'il la suivrait.

La voix de Kaz leur parvint alors de Houston :

— *Bulldog*, on vous voit transférer les échantillons à l'intérieur du module. Il vous reste une heure max à la surface. On pense que vous allez finir à temps.

L'interprète traduisit pour la cosmonaute, qui vit Chad grimper à l'échelle derrière elle. Elle monta donc à bord par l'écoutille.

Elle poussa alors le sac jusqu'à l'arrière, le soulevant de ses deux mains pour le déposer sur la plateforme surélevée, Chad à sa suite. L'astronaute pointa son doigt vers une boîte rigide ressemblant à une valise. Il s'adressa à Houston d'un ton neutre :

— Houston, vous pouvez demander à Svetlana de transférer les échantillons dans la caisse pendant que je ferme à l'extérieur ?

Svetlana écouta les instructions de l'interprète en russe, balaya du regard l'espace de travail étroit et remua la tête pour indiquer son assentiment, sachant qu'ainsi elle disposerait de quelques minutes pour chercher la roche trouvée sous *Lunokhod*. Elle saisit donc le premier sac pour le ranger dans la boîte pendant que Chad se tournait pour sortir du module.

Pour la troisième fois, le centre de contrôle de mission perdit l'image vidéo.

De son côté, Chad descendit l'échelle de reculons et, après un coup d'œil furtif vers les hublots de *Bulldog*, se dirigea vers la brouette, qu'il poussa en contournant le module pour se cacher de Svetlana. Lorsqu'il fut certain qu'elle ne pouvait le voir, il détacha l'extenseur et dégagea le coupe-boulon ainsi que la petite pelle. À l'abri de tous les regards, Chad se rendit rapidement jusqu'à *Lunokhod*.

Les recommandations des gros bonnets de l'armée étaient simples : s'assurer de mettre le robot hors service de façon permanente, tout en évitant de couper des câbles à haute tension.

Chad opta d'abord pour la solution la moins compliquée, celle qu'il avait imaginée en retournant au module. Il remplit la pelle de fine poussière lunaire pour ensuite la verser délicatement sur le radiateur du robot, constatant avec satisfaction que la couleur des grains était quasi identique à celle de la poussière qui s'était déjà accumulée sur l'engin. Il ajouta une autre pelletée, qu'il étala avec sa main, et recula pour évaluer son travail.

L'épaisse couche de poussière empêcherait le radiateur de fonctionner correctement en emprisonnant la chaleur, qui s'accumulerait à l'intérieur sous les rayons du Soleil. Les composants électriques internes ne tiendraient pas longtemps. Difficile de dire pendant combien de temps, mais c'était un bon début. Quand Chad réactiverait la caméra TV, on n'y verrait que du feu.

Il se rendit à l'avant du robot. De fines tiges en métal télescopiques pendaient à chacun des quatre coins de la structure de *Lunokhod*, telles les vibrisses d'un chat. *Trop petites pour la transmission à débit élevé*, conclut-il. Rien ne servait de les couper.

Il examina alors les multiples appareils électroniques montés à plusieurs endroits. Selon toute vraisemblance, il s'agissait de capteurs scientifiques qui n'avaient pas besoin d'être désactivés. *Les renseignements ont vu juste, on dirait.*

Fixé en hauteur et bien en vue se trouvait un appareil dont la forme conique rappelait un petit sapin de Noël argenté. À côté, un long cylindre ressemblant à une brochette de guimauves pointait vers la Terre. *Des antennes omnidirectionnelles et à gain élevé, sans aucun doute*, pensa-t-il. Il repéra les câbles qui alimentaient ces dispositifs sous une boucle en saillie. Il laissa tomber la pelle, puis se positionna avec le coupe-boulon, prêt à exécuter sa mission. Il fut vite interrompu par un cri :

— Stop ! *Smotri !*

Regarde-moi !

Entre lui et *Bulldog* se tenait la cosmonaute, qui braquait sur Chad un pistolet à canon court noir, dont la forme angulaire distinctive projetait un reflet menaçant. Son épais doigt ganté reposait sur la gâchette.

— *Niet !* proféra-t-elle en insistant sur chaque lettre du mot.

D'où sort ce foutu revolver ? se demanda Chad, sachant toutefois qu'elle ne tirerait pas. Svetlana ne pouvait pas piloter *Bulldog* seule. En blessant ou en tuant Chad, elle signerait son propre arrêt de mort. Il souleva sa visière teintée pour lui montrer son visage et la fixa longuement, un sourire narquois aux lèvres.

Kaz avait entendu l'appel de Svetlana et l'absence de réponse de Chad le laissa dubitatif. L'interprète traduisit à la hâte les paroles de la cosmonaute, mais Kaz ne comprenait toujours pas, et sans images télé, le mystère demeurait entier. Après avoir attendu plusieurs secondes, il communiqua finalement avec Apollo.

— Dix-huit, ici Houston. Vous avez appelé ?

Svetlana avança de deux pas, dirigea le pistolet sur sa cible et appuya sur la détente.

*

Le pistolet Makarov, un modèle standard qui avait fait ses preuves au sein de l'armée soviétique, faisait partie de la trousse de survie emportée par l'équipage dans la capsule de retour d'*Almaz*, en cas d'atterrissage hors cible. Inspiré du modèle Walther PP allemand, il était toutefois plus lourd, tout en acier et, par souci de simplicité, comportait moins de pièces mobiles. En appuyant sur la gâchette, Svetlana activa la tringle de liaison qui relâchait le chien, poussant ainsi le percuteur au centre de la cartouche 9,27 mm chargée dans la chambre. L'impact enflamma le fulminate de mercure dans l'amorce, envoyant une pluie d'étincelles sur la poudre. L'explosion gazeuse propulsa la cartouche d'acier au bout rond dans le court canon rayé. Le minuscule projectile de 6 grammes à gaine de métal fut expulsé à près de 305 mètres par seconde.

L'explosion projeta le verrou à coulisse contre un ressort qui éjecta l'étui métallique vide, permettant au magasin à huit cartouches de faire pénétrer une nouvelle balle dans la chambre. Le ressort fit basculer le verrou vers l'avant et la nouvelle cartouche s'installa, prête pour un deuxième coup de feu. Svetlana, qui s'était entraînée au champ de tir du centre d'entraînement des cosmonautes, à la Cité des étoiles, savait qu'elle devait serrer fermement le poing pour résister à l'effet de recul de l'arme. Dès que la deuxième cartouche eut atteint le canon, Svetlana braqua de nouveau le pistolet sur Chad.

Après son éjection, la douille d'acier vide décrivit un arc à la droite de la cosmonaute, pour finalement retomber derrière elle en soulevant un petit nuage de poussière à 35 mètres de là.

Chad vit un éclair sortir de la bouche du canon et, d'instinct, bascula vers l'arrière. La balle le rata de peu et retomba lentement dans la faible gravité, sans air pour ralentir sa course, formant un minuscule cratère à près de 400 mètres en arrière de lui.

Svetlana avait fait exprès de rater son coup. Elle avait simplement cherché à prouver qu'elle était capable de tirer, et que le revolver fonctionnait.

— *Serioznaïa*, lâcha-t-elle d'une voix plate.

Je suis sérieuse.

Au centre de contrôle de mission, JW s'adressa à Kaz :

— FLIGHT, ici SURGEON. La fréquence cardiaque de Chad vient de monter en flèche.

Kaz acquiesça de la tête et répéta :

— Dix-huit, vous avez appelé ?

Dans la tête de Chad, les pensées se bousculaient. *Merde ! J'ai failli être touché !* Il demeura immobile pour rassurer

Svetlana et évalua ses options. Il lui était impossible d'aviser Houston de ce qui se passait : il avait trop de secrets, et la cosmonaute en connaissait certains.

— Hé, Houston, dit Chad en s'efforçant d'adopter un ton normal, on est juste en train de régler un petit truc. Ne vous inquiétez pas.

Kaz se tourna vers JW, qui se contenta de hausser les épaules.

Svetlana agita le pistolet pour signifier à Chad de s'éloigner de *Lunokhod*, puis pointa l'arme sur lui de nouveau, visant sa tête. Il était temps pour elle de prendre le contrôle de la situation.

— Houston, ici la majore Gromova, dit-elle par l'intermédiaire de l'interprète. Les échantillons de sol lunaire sont rangés dans leur boîte de transport, et l'astronaute et moi-même sommes tous les deux de retour à l'extérieur. Comment puis-je vous aider à terminer la sortie lunaire de la façon la plus utile ?

D'un geste de sa main libre, elle fit signe à Chad de lui remettre le coupe-boulon.

Kaz s'adressa directement à Gene Kranz :

— FLIGHT, je ne sais pas si Chad a désactivé *Lunokhod* ni jusqu'à quel point la cosmonaute comprend l'anglais.

Gene passa nerveusement une main sur sa nuque rasée de près.

— Il est censé avoir eu assez de temps pendant qu'elle était à l'intérieur, et il faut pouvoir tout nier. Il connaît les priorités. On va le laisser choisir son moment.

Kaz acquiesça, puis enfonça le bouton de son micro :

— Majore Gromova, ici Houston. Bien reçu, on va vous confier des tâches sous peu.

Il fit signe à l'interprète de ne pas traduire ce qu'il s'apprêtait à dire.

— Chad, je te rappelle qu'il faut terminer les tâches prioritaires de la mission. Les outils de nettoyage t'attendent quand tu seras prêt.

Plutôt inoffensif.

— Bien reçu, répondit Chad en scrutant la femme pour deviner ses pensées.

La visière de la cosmonaute était toujours baissée, ce qui rendait le pistolet d'autant plus menaçant. Elle agita de nouveau sa main libre, cette fois avec plus d'insistance.

Ce n'est pas grave. J'ai encore du temps.

Chad lança le coupe-boulon d'un geste las aux pieds de Svetlana et s'éloigna d'elle. Son arme toujours pointée sur lui, elle s'inclina maladroitement pour ramasser l'outil. Elle rangea enfin le pistolet dans la poche de sa jambe.

Chad grimpa à l'échelle pour rallumer le disjoncteur TV.

— Houston, toutes les tâches prioritaires sont terminées. Je suis prêt à commencer le nettoyage final.

Il va bien falloir qu'elle dépose le coupe-boulon à un moment donné. Et elle ne peut pas me surveiller constamment.

*

Svolitch ! pensa Svetlana en suivant du regard Chad, qui remontait dans le module. Espèce de salaud ! Quelle arrogance ! Lui confier une tâche insignifiante pendant qu'il essayait d'endommager *Lunokhod* !

Elle s'éloigna en vitesse des hublots pour s'assurer que Chad ne la verrait pas, ensuite, avec son pied, creusa une petite tranchée dans le sol, à un endroit qui avait déjà été foulé. Elle y jeta le coupe-boulon et le recouvrit de terre en piétinant pour bien le camoufler. Elle fit quelques pas en arrière pour jauger son travail : que des empreintes dans la poussière, pareilles à celles autour du module.

Comme Chad n'était toujours pas redescendu, elle s'approcha de *Lunokhod* pour inspecter la zone que l'astronaute s'apprêtait à endommager. Aucun câble d'antenne coupé ou pendant. Elle recula d'un pas et fit un tour complet pour vérifier les câbles d'alimentation latéraux et les roues. Là aussi, tout semblait intact. Il faut dire que Chad n'avait pas eu beaucoup de temps : elle était intervenue pour l'arrêter dès qu'elle l'avait aperçu près du robot.

Elle saisit la petite pelle qui gisait à côté de *Lunokhod* et revint vers *Bulldog*, satisfaite pour l'instant. Elle devait rester aux aguets. Aucun doute qu'il allait réessayer.

Elle évalua alors ses options. Après avoir observé Chad pendant le vol et l'alunissage, elle savait pertinemment qu'elle serait incapable de piloter le module lunaire seule, même en suivant les instructions verbales de Houston. S'il mourait, elle mourrait aussi.

Valait-il la peine de risquer sa vie pour protéger *Lunokhod* ? En tant que soldate, elle avait prêté serment d'allégeance aux forces aériennes soviétiques. Ses héroïnes d'enfance, les as pilotes de chasse Lidia Litviak et Iekaterina Boudanova, avaient péri au combat pendant la Grande Guerre patriotique. *En quoi ma situation est-elle différente ?* Elle promena son regard sur le paysage vallonné, aride et désolé. *Mourir ici ?* Ils avaient déjà récupéré la roche que convoitait Moscou et *Lunokhod* explorait la surface lunaire depuis trois mois déjà. *Qu'est-ce que ma mort leur donnerait de plus ?*

Chad était ressorti du module et rangeait l'équipement. Elle en profita pour scruter la combinaison spatiale de l'astronaute. Elle pourrait tirer une balle sur son équipement autonome de survie ; ça le forcerait à retourner à l'intérieur et à se connecter aux liaisons ombilicales. D'un autre côté, elle risquait d'abîmer une conduite essentielle, de percer un réservoir à pression, ou encore de le tuer instantanément.

Svetlana chercha ensuite une quelconque vulnérabilité du module à exploiter pour précipiter leur départ. *Mais quoi ?* Les jambes et la section inférieure avaient été conçues pour l'atterrissage et allaient rester sur la Lune. Seule la section supérieure décollerait, et les câbles et les antennes étaient hors de portée.

La cosmonaute réfléchit alors à sa combinaison Yastreb, qui était munie d'un réservoir à oxygène d'urgence en cas de fuite. Nul doute que les ingénieurs américains avaient aussi paré à une telle éventualité. Mais comment allait-elle causer une fuite dans la combinaison spatiale de Chad sans mettre sa vie en danger ? Elle baissa les yeux sur la pelle dans sa main. Il lui fallait un objet tranchant.

Une voix s'exprimant en russe vint soudain interrompre ses réflexions :

— Majore Gromova, ici Houston. On voit que vous tenez la pelle. S'il vous plaît, remettez-la au major Miller pour qu'il la range. Quand vous serez prête, on a d'autres tâches pour vous.

— *Poniala, minutichkou.*

Compris, donnez-moi une minute.

Chad tendit la main pour qu'elle lui donne la pelle. En lui remettant l'outil, elle examina les conduites sur sa poitrine, un ramassis de connecteurs couverts. Jamais il ne la laisserait s'approcher suffisamment pour qu'elle puisse toucher quoi que ce soit. Résolue, elle invita l'interprète à poursuivre ses instructions.

Svetlana était coincée sur la Lune avec un homme au passé lourd de secrets et qui avait encore beaucoup de temps pour causer des dommages.

CHAPITRE 50
Centre de contrôle de mission, Houston

Le coude appuyé sur la console, Kaz reposait son front dans la paume de sa main. Il avait découvert qu'en massant le rebord extérieur de son orbite gauche du bout du pouce il pouvait atténuer la sensation de brûlure causée par son œil de verre. La journée avait été longue. Il cligna des paupières pour se soulager. L'équipage n'avait plus qu'à ramasser et ranger le matériel de sortie lunaire, rentrer dans le module et refermer la porte d'écoutille. Après ça, tout le monde pourrait s'accorder une pause, y compris les astronautes.

Kaz rouvrit grand ses deux yeux comme pour les étirer, puis se reconcentra. Il parcourut du doigt les points sur sa liste de vérification. Plus que quelques-uns.

— Chad, maintenant on a juste besoin que tu bouges la caméra de télévision dans une position qui va nous permettre de voir le lancement, indiqua-t-il. Vous devriez pouvoir rentrer tous les deux après ça.

— Bien reçu, Kaz.

Chad se tourna, remonta la longueur du câble immaculé qui serpentait hors de la caméra avant de récupérer le trépied. Il se recula lentement jusqu'à ce que le câble soit presque tendu au maximum, de sorte que l'appareil soit à une distance optimale de l'explosion que provoquerait le décollage. Ensuite, il eut une idée en observant *Bulldog* et *Lunokhod* à travers l'objectif. Il fit plusieurs pas de côté avec la caméra, le câble traînant dans la poussière derrière lui en un arc autour du module lunaire, puis il reposa le trépied pour revérifier.

— Houston, ça vous paraît bon, ici ?

Kaz avait suivi les sauts erratiques de la caméra durant son repositionnement. Depuis ce nouveau point d'observation, *Bulldog* se dressait au centre de l'image, alors que *Lunokhod* était sorti du champ, désormais hors de vue. Quels que soient les soupçons qui planaient sur Chad, Kaz dut admettre que l'homme était brillant.

— Ça a l'air beau, 18, approuva Kaz. Caméra parfaitement alignée pour qu'on assiste à votre décollage. Je te suggère de faire un dernier tour au cas où il resterait du matériel, et après ça, on estime que vous en avez fini sur la surface.

— *Wilco*, assura Chad en revenant vers le module.

Svetlana l'observait à la base de l'échelle. *Où a-t-elle caché le coupe-boulon ?* Il avait cherché partout pendant qu'il effectuait les dernières tâches de la sortie extravéhiculaire. Il avait même regardé au loin, au cas où elle l'aurait lancé au bout de ses bras. *La sale garce !* Il n'avait plus qu'une option.

Sans crier gare, il se retourna abruptement et se dirigea vers *Lunokhod* en faisant de grands bonds. Il avait vérifié les angles : c'était impossible qu'elle puisse l'intercepter à temps, du moins physiquement. Et elle n'allait quand même pas lui tirer dessus et signer leur arrêt de mort. Car sans lui, elle mourrait de façon horrible, suffoquant à petit feu à mesure que s'épuiserait son oxygène.

*

Svetlana avait peu de temps pour réagir. Elle fit plusieurs pas rapides vers *Lunokhod* pour tenter de lui barrer la route pendant qu'il était toujours en mouvement. Comme il atteignait le robot, elle se campa sur ses deux pieds écartés, puis tira avec précaution sur la section plus volumineuse de la cible. L'intention de Chad était évidente, et elle était une tireuse hors pair. Le jeu en valait la chandelle.

La balle de 9 mm pénétra le système de survie de base par le côté gauche, traversant le revêtement de tissu et ratant tout à fait la carcasse d'aluminium. Elle perfora toutefois la bonbonne d'oxygène, fendant l'acier inoxydable pour libérer instantanément dans le vide spatial les quelque 4 000 kilopascals restants du précieux gaz avec une brève éruption de flammes. Les minces parois de la bonbonne ralentirent à peine la balle, qui se fraya un chemin destructeur à travers le plastique et les fils du système omnibus de distribution du courant. Le projectile finit par ralentir sa course et voler en éclats dans les multiples couches denses de la batterie argent-zinc.

L'impact de la balle et la libération explosive d'oxygène poussèrent violemment l'unité dorsale vers la droite, mais Chad réussit à compenser le déséquilibre en plantant plus loin son pied droit, ralentissant déjà son élan. Il perçut le hululement indiquant une défaillance de sa combinaison et consulta les cadrans au-dessus du DCM – le module de commande et d'affichage – posé sur sa poitrine. Il constata une circulation d'oxygène faible. *Comment ça, merde ?*

Mais chaque chose en son temps. Face au robot, il saisit de sa main droite la longue antenne hélicoïdale et de sa main gauche, l'antenne plus courte surmontée d'un cône, puis les pressa l'une contre l'autre, comme s'il effectuait un écarté pectoral au gym. Il sentit les deux fragiles instruments céder, les antennes se crochissant autant que leur structure de montage. Il continua à les forcer jusqu'à ce qu'elles soient quasi en contact. *Ça devrait suffire !*

*

À Houston, Kaz ne pouvait voir que *Bulldog*. Il avait aperçu Chad se diriger hors du champ de la caméra à droite, puis Svetlana partir rapidement dans la même direction. Vers *Lunokhod*.

Une voix pressante s'immisça dans les boucles de communication du centre de contrôle de mission :

— FLIGHT, on a des problèmes avec la combinaison de Miller : une chute soudaine de pression de réservoir, et on a perdu tous les signaux. On ne reçoit plus aucunes données en ce moment.

La mâchoire inférieure de Gene Kranz se crispa. Il s'agissait d'un sérieux problème, surtout maintenant qu'ils ne voyaient pas l'équipage.

— CAPCOM, faites une vérification audio au plus vite, ordonna-t-il.

Kaz enfonça le bouton de son micro :

— Dix-huit, on voit une perte des données de la combinaison de Chad. Vérification des transmissions.

*

La tonalité s'était tue dans le casque d'écoute de Chad. Celui-ci vérifia la jauge de pression à son poignet droit : seulement 23,4 kilopascals, une valeur à la limite de la zone dangereuse. En se tournant vers le module, il vit Svetlana armée du pistolet et comprit enfin ce qui s'était passé. *Cette pute m'a tiré dessus !* Il fit un rapide diagnostic mental de son corps pour s'assurer qu'il n'était pas blessé. *Aucune douleur.*

— Du calme, chérie, gronda-t-il en levant les deux mains.

Il constata qu'il n'entendait pas sa voix dans son casque d'écoute, ni sa propre respiration, d'ailleurs. Son système de communication était mort. Chad scruta attentivement son DCM : la pression de sa bonbonne d'oxygène était à zéro. *Merde !* Il devait s'empresser d'ouvrir les réservoirs d'urgence au sommet de son unité dorsale avant de respirer les dernières vapeurs d'oxygène qui flottaient dans son casque. Il exécuta les étapes par pur instinct : il régla d'abord le levier de son DCM du côté droit de sa poitrine en position d'urgence, puis il saisit la valve de purge rouge du côté gauche et l'ouvrit promptement pour évacuer l'air vicié, permettant ainsi à l'oxygène de la bonbonne d'urgence de circuler dans son casque et d'expulser le dioxyde de carbone produit par sa respiration. Il disposait maintenant de trente minutes pour se raccorder au système d'oxygène du module lunaire. Moins que ça, s'il y avait une fuite dans la combinaison. Il entreprit aussitôt de se diriger vers *Bulldog*.

D'un signe du doigt, Kaz invita l'interprète à répéter sa vérification des transmissions en russe, et fut soulagé d'entendre la voix de Svetlana répondre d'un ton gonflé par la colère :

— Je vous entends bien, Houston.

— On vous entend bien aussi. Chad, tu nous entends ?

Aucune réponse.

Kaz se résolut à communiquer par l'intermédiaire de l'interprète :

— Majore Gromova, on a perdu les communications avec le major Miller. Pouvez-vous nous informer de son état ?

Svetlana se tenait devant *Lunokhod*, mesurant l'étendue des dommages. *Dermo !* Merde ! Elle n'avait pas réussi à protéger le robot et avait en plus causé du tort, dont elle ignorait la gravité, à la seule personne qui pouvait les faire décoller de cette roche.

Elle regarda l'astronaute. Il était peut-être indemne.

— Il marche en direction du module lunaire, mais je ne l'entends pas dire quoi que ce soit, affirma-t-elle.

Kaz se mit à évaluer les possibilités. Chad avait-il endommagé sa combinaison d'une quelconque manière en sabotant *Lunokhod* ? La cosmonaute avait dû voir ce qu'il était en train de faire. Était-elle à l'origine du problème de sa combinaison ? Comment gérer la situation du mieux qui soit ?

— Merci, Majore Gromova. Maintenant, on aimerait que vous mettiez tous les deux un terme à la sortie lunaire et que vous retourniez au module. Il faut qu'on branche Chad aux systèmes du vaisseau pour rétablir la communication.

— *Poniala*, répondit-elle avec effort en essayant de redonner à la longue antenne sa forme originale.

Le métal de sa structure de montage se tordit, et Svetlana tira, levant les yeux pour orienter l'antenne amochée vers la Terre. Elle déplia aussi la petite antenne jusqu'à ce que celle-ci soit presque à la verticale. *Suffisamment, j'espère !*

Elle se retourna et constata que Miller avait presque regagné le module. Après un coup d'œil sur la caméra de télévision au loin, elle rangea le pistolet en place dans sa poche, puis repartit vers *Bulldog* en faisant de longs sauts.

Un soupir de soulagement s'éleva au centre de contrôle de mission lorsque Chad fit son apparition dans le champ de la caméra. *C'était peut-être juste une perte temporaire des données*, espéra Kaz. Tous observaient, tandis que l'astronaute se dirigeait tout droit vers la base de l'échelle et entamait la montée, Svetlana sur ses talons. Malgré la mauvaise qualité des images de silhouettes en mouvement, ils purent voir Chad disparaître dans le module par la porte d'écoutille. La cosmonaute gravissait l'échelle à sa suite.

*

Une colère sourde bourdonnait dans les oreilles de Chad. *Salope!* Parvenu entièrement à l'intérieur de *Bulldog*, il se redressa, puis se retourna pour fermer et verrouiller la porte d'écoutille.

Aussitôt qu'il arriverait à faire circuler de l'oxygène dans le module, la pression grandissante à l'intérieur de la cabine pousserait contre la vaste surface carrée de l'écoutille, la maintenant encore plus solidement en place. Svetlana aurait beau tourner la poignée extérieure autant qu'elle le voulait, peu importe sa force, il lui serait bientôt impossible de bouger la porte.

Svetlana était piégée dehors.

*

Sa tête casquée atteignait tout juste le sommet de l'échelle lorsqu'elle vit la porte d'écoutille se refermer avec violence. *Niet!* S'agrippant aux mains courantes avec une énergie désespérée, elle se hissa et fit pivoter son corps sur l'étroite plateforme, s'étirant ensuite pour rouvrir l'écoutille d'une poussée, mais celle-ci était déjà fermement en place.

La cosmonaute se pencha en arrière pour tenter de voir quelque chose par les hublots, mais l'espace sur la plateforme était trop restreint pour le lui permettre. *Me laisserait-il vraiment ici?*

Elle étudia avec minutie la face métallique dénudée de la porte. À gauche s'étirait un demi-cercle recouvert d'une pellicule dorée réfléchissante, et à droite se trouvait un demi-cercle brun plus grand, tout en fibre de verre. Il y avait une inscription au centre de la porte d'écoutille, accompagnée de ce qui lui semblait être des instructions. *Des instructions, ça signifie que j'ai des options. Réfléchis, Sveta !*

Autour du demi-cercle de droite étaient peintes deux lignes orangées rappelant des positions sur l'horloge, de même que des mots en caractères d'imprimerie. Elle déchiffra les lettres anglaises : LOCK et UNLOCK. *Ça devrait équivaloir à OTKRIT et ZAKRIT : ouvrir et fermer.* Il devait y avoir une manière de manœuvrer la porte de l'extérieur. Comme elle cherchait à s'accrocher à un interstice rectangulaire dans la fibre de verre, une bande protectrice de velcro se détacha pour révéler une poignée métallique. Elle pointait vers le bas, alignée avec les lettres LOCK. Svetlana la saisit et essaya de la faire remonter, sans succès.

Elle s'inclina dangereusement en avant et glissa ses doigts derrière la pièce de métal jusqu'à ce qu'elle soit bien calée dans sa paume, puis l'agrippa et fit pivoter tout son torse en tirant de toutes ses forces. La poignée céda et, avec une poussée, la porte d'écoutille s'ouvrit. *Je suis entrée !*

Chad s'étirait pour tourner l'interrupteur rotatif responsable de la circulation d'oxygène lorsqu'il sentit la porte contre ses jambes. Il lança un regard irrité. *Fuck !* Il devait résoudre son problème de combinaison au plus vite.

Il fit un pas de côté pour permettre à la porte d'écoutille de s'ouvrir complètement, puis s'empara de l'unité dorsale de la cosmonaute pour l'entraîner sans ménagement à l'intérieur. Chad la contourna pendant qu'elle se relevait, puis se courba pour fermer et verrouiller la porte de nouveau. Il repéra ensuite le disjoncteur de pressurisation de la cabine à sa droite et l'enfonça. Une valve invisible s'ouvrit quelque part dans le vaisseau, faisant aussitôt circuler l'oxygène des réservoirs de *Bulldog* dans l'habitacle.

— FLIGHT, ils ont amorcé la pressurisation de la cabine, annonça l'agent des systèmes.

Sa voix calme fut accompagnée d'un soupir de soulagement dans la salle. Comme l'habitacle de *Bulldog* était de petites dimensions, les astronautes bénéficieraient d'une atmosphère respirable dans un peu plus d'une minute et ils pourraient alors ôter leurs casques.

Chad ne lâchait pas des yeux le cadran qui affichait la hausse progressive de la pression dans la cabine. Dès que l'aiguille atteignit 17,2 kilopascals, il descendit le levier sur sa combinaison à OFF, puis commença à retirer ses gants lorsque la pression se stabilisa à 29,6.

Svetlana imitait ses gestes prudemment, tout en l'observant depuis le fond de la cabine. Venait-il vraiment tout juste d'essayer de la tuer ? Ou bien fermer l'écoutille était-il sa manière de lui montrer qui était aux commandes ? Ses mains étaient endolories après toutes ces heures à combattre la pression dans ses gants mal ajustés. Elle fut donc soulagée de les enlever et de les placer dans la poche sur sa jambe gauche.

Chad, quant à lui, raccordait sa combinaison aux ombilicaux du vaisseau pour court-circuiter les systèmes défaillants de son unité dorsale endommagée, ses mains effectuant chaque geste avec assurance. Il se tourna et fit signe à la cosmonaute de s'approcher, désignant du doigt ses ombilicaux. Tous deux avaient relevé leur visière dorée et Svetlana put observer son visage pendant qu'il s'affairait. Curieusement, il n'affichait aucune expression, ne révélant absolument rien sur la nature de ses pensées.

Chad régla quelques interrupteurs sur le tableau de bord, puis tout d'un coup, elle put l'entendre de nouveau respirer.

— Houston, ici *Bulldog*, lança-t-il. On est de retour dans le module et connectés au vaisseau. Je ne sais pas trop ce qui s'est passé avec les communications de ma combinaison, dit-il en fixant Svetlana, mais on a fait tout ce qu'on avait à faire à l'extérieur et on est en train de ranger l'équipement ici. On est tous les deux en bonne santé et prêts pour la période de repos avant le décollage et l'amarrage à *Pursuit*.

Kaz résuma ensuite, patientant entre chaque phrase traduite en russe.

— L'équipe du centre de contrôle vous félicite tous les deux et vous remercie d'avoir collaboré durant votre sortie lunaire historique. Ce qui vous attend maintenant, c'est huit heures de sommeil bien méritées avant le décollage pour le réamarrage, prévu demain à 11 h 54, heure de Houston. Majore Gromova, on a un interprète avec nous en tout temps, alors n'hésitez pas à nous appeler si vous avez des questions.

Svetlana consulta la montre intégrée à sa combinaison, additionnant neuf heures pour correspondre au fuseau horaire de Moscou.

— *Poniala, spassiba bolchoï.* Compris, merci beaucoup.

En observant l'astronaute qui retirait son casque, elle planifiait déjà les étapes à venir, cochant dans son esprit les éléments essentiels. Trouver la pierre qu'il avait récupérée près de *Lunokhod*. Procéder au lancement et à l'amarrage, allumer le moteur pour revenir sur Terre, puis réussir la rentrée dans l'atmosphère. Et imaginer un moyen de retourner en Russie avec la pierre.

Le trajet de transfert vers la Terre durerait trois jours, ce qui lui laissait amplement le temps de concocter un plan.

Pour l'instant, elle était enfermée dans un espace exigu avec un homme en qui elle ne pouvait avoir confiance. Un homme sur qui elle avait tiré deux fois… et qui avait verrouillé la porte de *Bulldog* lorsqu'elle était encore à l'extérieur.

La première étape consistait donc à survivre à cette nuit, sur la surface de la Lune.

CHAPITRE 51
Bulldog

— Aide-moi, ordonna Chad en montrant les boucles des sangles de son unité dorsale.

Il s'était calé contre la cloison arrière de l'habitacle, le poids de son système de survie de base soutenu par le capot du moteur. Svetlana étudia les attaches quelques secondes, puis les déboucla. L'astronaute se dégagea et renversa aussitôt l'unité dorsale pour en détacher le revêtement thermique et inspecter les dommages causés par la balle.

Le projectile avait perforé un petit orifice bien net dans le flanc gauche et touché la bonbonne d'oxygène. De l'autre côté, le métal s'était tordu vers l'extérieur sous la pression qui s'en était échappée, créant une ouverture ovale aux rebords acérés. Des fragments de plastique brisé jaillirent de la carte de circuits imprimés et du boîtier de la batterie qui avaient volé en éclats, dégringolant lentement vers le sol du module.

Chad releva les yeux pour les plonger dans ceux de Svetlana, secouant légèrement la tête.

— Méchante fille.

Il fourra son équipement autonome de survie à côté du bâtimoteur, puis se retourna pour déboucler les sangles sur celui de la cosmonaute, avant de le ranger à côté du sien. Il se déplaça ensuite à l'avant de l'habitacle. Son pénis était gainé dans un brassard qui rappelait la forme d'un préservatif, et son urine s'était accumulée dans un sac interne toute la journée. Chad brancha donc un tuyau noir à un raccord sur sa combinaison et fit tourner une valve, créant un vide partiel qui aspira son urine dans le réservoir de stockage du module.

Il savait que Svetlana portait une couche sous sa combinaison et la lorgna pendant que son liquide biologique se transférait.

— Tu peux bien continuer à te pisser dessus, cracha-t-il avec sarcasme.

Elle lui répondit prestement dans sa langue maternelle :

— Je sais que tu parles russe. Pourquoi t'obstiner à tout radoter en anglais ? C'est stupide !

Le visage de l'Américain se déforma en un masque exagéré d'incompréhension.

— Ce n'est pas la Russie qui t'a amenée sur la Lune, chérie. Ce sont les États-Unis. C'est *moi*, ajouta-t-il en pointant son index vers sa poitrine.

Svetlana laissa échapper un lourd soupir d'exaspération, le scrutant alors qu'il remettait tout en place. Il lui tendit un paquet de nourriture, tout en faisant gicler de l'eau dans sa bouche asséchée à l'aide du pistolet distributeur. La cosmonaute réalisa qu'elle avait faim, elle aussi. Elle resta debout à mâchouiller la nourriture déshydratée pendant qu'il déballait les hamacs en la repoussant pour les fixer en place en prévision de la nuit.

Elle observa les environs à la dérobée, réfléchissant. Le contenant d'échantillons était vide lorsqu'elle avait commencé à y déposer les sacs de roches et de poussière. La roche de *Lunokhod* ne s'y était pas trouvée. Elle avait remarqué une deuxième caisse à flancs rigides sur l'étagère de la cloison arrière. La roche devait y être cachée. Elle décida finalement de poser simplement la question :

— Où as-tu remisé la pierre que la Russie a demandée ?

Chad l'ignora.

— Je sais qu'ils ont ton frère à Moscou. Les Américains ignorent son existence, ou celle de la pierre. Ou le fait que tu parles russe. Ou que Moscou nous parle en secret.

Il lui tournait toujours le dos.

— Arrête ! l'intima-t-elle en anglais d'une voix forte.

Il se retourna enfin et la dévisagea, ses sourcils exagérément relevés.

— Tu as besoin que je garde tes secrets, poursuivit-elle en russe. Pour faire parvenir cette pierre en Russie à laquelle elle appartient.

Elle comprit soudain l'avantage que ces informations lui procuraient et le danger supplémentaire qu'elle encourait en les détenant.

Chad remua la tête et répliqua, en anglais :

— Voilà qui te met dans une situation difficile, pas vrai, beauté ? Tu ne peux pas te passer de moi pour rentrer chez toi, et je suis le seul qui voie vraiment l'ensemble de la situation.

Un demi-sourire retroussa les commissures de ses lèvres, tandis qu'il inclinait son visage vers le sien pour susurrer un seul mot, distinctement, en russe :

— *Ostorojna.*

Fais attention.

*

Les rayons implacables du Soleil tombaient directement sur la coque métallique de *Lunokhod*, à proximité de *Bulldog*, et se reflétaient contre le sol lunaire pour remonter tout autour du robot. Si un thermomètre avait effleuré la surface exposée de son revêtement en alliage de magnésium, on y aurait lu 117 degrés Celsius. Le métal conduisait la chaleur jusqu'à l'intérieur, où l'énergie irradiée par la masse de polonium et les systèmes électroniques quiescents la décuplaient. Le petit ventilateur s'activait du mieux qu'il le pouvait pour aspirer l'air chargé d'azote à travers toutes les surfaces réchauffées et le pousser avec un peu de chance vers le radiateur afin qu'il refroidisse.

Cependant, la couche de poussière qu'avait étendue Chad sur le radiateur retenait la chaleur à l'intérieur, comme une couverture. La partie inférieure du radiateur commençait à devenir chaude. Au lieu de se refroidir avant de circuler à nouveau dans le robot, l'air de reprise se réchauffait davantage à chaque minute qui s'écoulait. Un cycle qui s'autoalimentait, dans lequel même la plus infime chaleur qui émanait du moteur du ventilateur empirait les choses.

Pourtant, la plupart des systèmes de *Lunokhod* étaient toujours en dormance, guettant patiemment le moment où l'énorme antenne à l'autre bout de la Terre reviendrait à sa portée. Aussitôt qu'elle apparaîtrait, de petits compteurs s'enclencheraient dans *Lunokhod*, son antenne à gain élevé s'orienterait exactement dans l'angle prévu et le robot se remettrait en marche, attendant la prochaine commande.

Dès la seconde où tous ses systèmes s'activeraient, la surchauffe allait vite s'intensifier, transformant le robot en un four à air pulsé posé sur la Lune, qui cuirait tous ses circuits délicats jusqu'à les anéantir. Sauf si l'équipe de Simferopol parvenait à détecter le problème et à trouver une façon de le résoudre.

Une course contre le thermomètre.

*

Kaz était crevé. Il avait dépassé le U-Joint sans s'arrêter, résolu à rentrer chez lui et à passer la soirée seul. Il en avait rudement besoin.

Une fois arrivé au bungalow, il ouvrit le réfrigérateur et opta pour ce qu'il y voyait : du bacon, des œufs, des tartines et de la bière. Le crépitement et l'arôme de la viande dans la poêle le firent saliver, et sa première gorgée de bière froide lui fit le plus grand bien. Il cassa deux œufs à côté du bacon, puis inséra deux tranches de pain dans le grille-pain.

Pendant qu'il attendait que tout soit prêt, Kaz regarda par la fenêtre en récapitulant les détails de la journée. Une journée sans précédent, mais au bout du compte, l'équipage était sain et sauf et la dépouille de Luke avait été inhumée dans l'honneur. Il leva sa bouteille, puis avala une autre gorgée de bière, portant un toast silencieux à son coéquipier disparu. *À ta santé, mon ami.*

Il remua légèrement la poêle pour empêcher les œufs encore coulants de coller et la reposa sur le feu. Il éprouvait une profonde inquiétude. La voix intérieure que son métier de pilote lui avait appris à écouter, celle qui repérait les subtilités, s'efforçait de relever les liens tortueux parmi ce qui semblait purement aléatoire pour lui envoyer des signaux d'alarme.

Qu'est-ce que j'ai manqué ? Il prit une autre gorgée de sa bière et permit à son cerveau de se détendre.

Les doubles cliquetis de micro récurrents lui revinrent à l'esprit. S'il les entendait de nouveau, il allait en chercher la cause avec acharnement, jusqu'à ce qu'il obtienne une réponse.

Toutefois, le problème majeur incontestable, c'était Chad. Aurait-il vraiment été capable de commettre un geste aussi épouvantable ? En considérant tous les obstacles qu'il avait dû franchir, comment avait-il pu se rendre aussi loin, tout en réussissant à conserver une telle aura de mystère ? Et pourquoi aurait-il tué Tom ? La seule raison qu'envisageait Kaz, c'était que Chad avait désespérément souhaité faire partie de cette mission. Mais cela avait-il du sens ? Le programme Apollo n'était pas encore terminé… Un astronaute aussi talentueux sur le plan technique que Chad aurait eu encore des occasions de s'envoler dans l'espace.

Les tartines de pain bondirent brutalement du grille-pain, au moment où Kaz vidait sa bouteille. Il sortit ensuite le beurre et une autre bière du réfrigérateur. Comme il glissait le contenu de la poêle dans son assiette, Kaz se rendit compte qu'il était affamé et engloutit rapidement son repas, essuyant le reste de ses œufs avec sa deuxième tartine. Ensuite, il inséra l'assiette et les ustensiles souillés dans le lave-vaisselle et emporta sa bière à demi vide dans le salon.

Il saisit sa Gretsch et laissa ses mains jouer librement tous les accords qu'elles choisissaient, pendant que son regard vagabondait dans l'obscurité. Il reconnut quelques mélodies tristes et poussa de longs soupirs, ressentant l'épuisement qui l'habitait.

Son restant de bière perdit tout à coup de son attrait et il laissa la bouteille de côté. Il replaça ensuite sa guitare sur son support pour se traîner enfin jusqu'à son lit.

CHAPITRE 52
Simferopol,
République socialiste soviétique d'Ukraine

Tandis qu'il attendait le lever de la Lune, posté à sa console à Simferopol, Gabdul s'autorisa un moment de fierté. C'était lui qui avait proposé de faire sprinter *Lunokhod* à vitesse maximale pour l'approcher du module américain. Il avait imaginé l'allure qu'aurait cette photo emblématique : la première cosmonaute à descendre l'échelle sur la surface de la Lune avec *Lunokhod*, posé héroïquement en arrière-plan. La présence établie de la technologie soviétique contrastait tout à fait avec le vaisseau américain atterri récemment sur la surface, *Lunokhod* apparaissant tel un explorateur russe aguerri déjà sur place pour accueillir les États-Unis. Gabdul regrettait seulement que personne n'eût pensé à peindre le symbole écarlate de la faucille et du marteau sur ses flancs.

À l'extérieur de la base des opérations, l'immense antenne parabolique était basculée à l'extrême, orientée exactement vers le point au sud-ouest où allait bientôt poindre la Lune. Comme l'astre parut à l'horizon par-delà l'atmosphère terrestre, la première séquence de commandes émit des pulsations qui traversèrent les amplificateurs, rebondirent contre l'énorme réflecteur parabolique, puis filèrent vers le ciel. À peine une seconde trente-cinq plus tard, le faible signal gagna la Lune et atteignit *Lunokhod*.

La longue antenne de réception hélicoïdale à gain élevé le rata toutefois complètement. Malgré les efforts déployés par Svetlana pour le redresser, le récepteur au faisceau focalisé et étroit n'était plus pointé dans la bonne direction. Cependant, la petite antenne omnidirectionnelle s'avéra plus robuste. Elle recueillit et transmit scrupuleusement les commandes provenant de la Terre. *Lunokhod* prit vie, telle une bête mécanique s'apprêtant à accomplir ses tâches quotidiennes.

Assise à sa console derrière Gabdul, l'opératrice radio fronça les sourcils. Aucun signal de systèmes ne lui revenait de l'antenne à gain élevé orientable. Pourtant, la veille, elle avait parfaitement fonctionné. Elle envoya une commande de test pour forcer l'antenne à entamer un cycle de détection, mais rien ne se produisit. Sans l'antenne à gain élevé, ils ne pouvaient recevoir que des données limitées transmises à faible débit.

À la console voisine, l'ingénieur spécialiste éprouvait lui aussi un sentiment d'appréhension grandissant. Au fur et à mesure que se compilaient les nouvelles données dans le tableau des systèmes sur son écran, il constatait que les températures étaient beaucoup plus élevées qu'elles ne devraient l'être. Certaines valeurs frôlaient même les limites acceptables. Les deux techniciens prirent la parole en même temps pour résumer leurs observations à Gabdul.

Celui-ci les écouta avec attention, sentant monter son inquiétude. Comment avaient-ils pu perdre le signal à gain élevé et la thermorégulation au même moment ? Sa course tumultueuse avait-elle endommagé *Lunokhod* ? L'équipe sortit rapidement les schémas de principe du robot, cherchant avec frénésie une corrélation et, plus important encore, une solution. Pendant ce temps, les températures internes continuaient de grimper dangereusement.

En examinant avec soin les données, l'ingénieur de systèmes reconnut la séquence, mais… ça n'avait aucun sens.

— Le refroidissement est quasi nul, comme si le panneau solaire par-dessus le radiateur était fermé. Pourtant, le réseau solaire fournit tout de même de l'énergie, et les systèmes indiquent qu'il est ouvert. Alors, ce n'est pas la source du problème. Peut-être que les Américains sont déjà repartis et que la poussière l'a recouvert, suggéra-t-il à Gabdul.

— Ils ne sont pas censés décoller avant encore quelques heures, répondit Gabdul, qui posa la question qui le taraudait. Est-ce possible que leur sortie lunaire ou notre parcours à grande vitesse aient soulevé assez de poussière pour causer cette surchauffe ?

— Peu probable mais possible, dit le technicien en examinant ses données. Si nous n'agissons pas très bientôt, nos systèmes vont commencer à lâcher.

Gabdul scruta son moniteur. La petite antenne omnidirectionnelle était dotée d'une capacité de débit très faible de transmission de données. Par conséquent, les images qui revenaient vers la Terre allaient être traitées très lentement. Peu importe ce qu'il faisait, il devrait agir à l'aveuglette. Il prit enfin une décision et en informa rapidement les membres de son équipe, qui l'acceptèrent avec réticence. Le plan d'action qu'il proposait était risqué, mais étant donné la catastrophe qui les guettait, il en valait le coup.

Gabdul saisit le contrôleur manuel et se mit au travail.

*

À son réveil, Chad n'ouvrit pas tout de suite les yeux. Il prit une minute pour écouter les bruits mécaniques rassurants des ventilateurs et des pompes du module lunaire alimentant les systèmes qui le maintenaient en vie, dans cette minuscule bulle d'air posée sur la Lune. *Comme si j'étais dans le ventre de ma mère, à écouter son cœur battre.*

Lorsqu'il s'était endormi, confortablement suspendu en état d'apesanteur dans son hamac, il avait rêvé de sa mère. C'était un rêve familier qu'il chérissait et redoutait à la fois. Son frère Oleg insistait pour faire quelque chose, accompagné d'une image aux couleurs délavées de sa mère, dont la voix véhiculait davantage une émotion que de véritables mots. Ils se trouvaient tous les trois dans une pièce quelque part à Berlin. Oleg pressait sa mère, mais elle exhortait discrètement ses fils à la prudence. Même aujourd'hui, en ouvrant les paupières, il pouvait sentir l'effet apaisant de sa voix aimante. Et l'injustice déchirante de l'avoir perdue.

Oleg… Qu'était-il arrivé au grand frère endurci et déterminé dont il se souvenait, dont il rêvait ? La guerre et le deuil l'avaient en quelque sorte changé, ramolli et transformé en moine, ce père Ilarion. Maintenant menacé par les Russes et exploité comme moyen de pression contre lui.

Chad consulta sa montre : c'était l'heure du lever.

Il se redressa sur un coude et s'étira pour détacher le couvre-fenêtre de son hublot triangulaire, laissant la lumière crue du Soleil inonder la cabine. Il se pencha ensuite en avant pour contempler le proche horizon. *De toute ma vie, c'est l'endroit le plus étrange où je me suis réveillé.* Il baissa son regard en diagonale vers la cosmonaute qui clignait des yeux dans la soudaine lumière aveuglante. *Avec une femme en plus, rien de moins. Pas une que j'aurais choisie, par contre.*

Un mouvement à l'extérieur capta tout à coup son attention. *Lunokhod* était en train de s'avancer. Sous l'œil attentif de Chad, il s'arrêta brusquement, comme si ses conducteurs avaient écrasé les freins. Il fit marche arrière, puis, une fois de plus, stoppa aussitôt. Un léger nuage de poussière s'en libéra et retomba lentement au sol.

Chad renifla narquoisement. *Pas fous, ces Russes.* Ils pouvaient encore transmettre des commandes à leur machine d'une quelconque façon, et s'acharner à secouer le radiateur pour le débarrasser de la poussière, comme une vache cherchant à chasser les mouches qui l'assaillent. Il observa le robot virer de façon saccadée et changer de direction encore à quelques reprises, mais il ne s'en dégagea plus qu'une quantité infime de poussière. *Avec tous ces moteurs en marche, il va surchauffer encore plus vite.* Savoir qu'il avait accompli son objectif, et même davantage, le satisfaisait pleinement. Même une balle n'avait pu l'arrêter, bordel.

Tant de secrets que je dois garder maintenant. Une main gagnante, qu'il tenait jalousement cachée contre lui. Et un trajet de trois jours pour décider comment il allait jouer ses cartes.

Il se fit rouler hors du hamac et se redressa en étirant ses muscles meurtris dans sa combinaison. Les péripéties de la veille avaient marqué ses genoux, ses épaules et son dos de contusions, et son corps protestait contre l'étirement. Pourtant, il ne se sentait pas bien différent de l'époque où il n'était encore qu'un adolescent au lendemain d'un tournoi de lutte. La douleur n'était qu'un souvenir de la victoire.

— FLIGHT, Chad est réveillé, annonça JW, qui avait surveillé la fréquence cardiaque de l'astronaute sur sa console.

— Bien reçu, SURGEON. CAPCOM, faites-leur commencer la liste de vérification aussitôt que possible en prévision du lancement.

Kaz acquiesça d'un signe de tête.

— Bonjour *Bulldog*, en espérant que vous ayez bien dormi. Quand vous serez prêts, on aimerait que vous allumiez le mesureur inertiel. Page 7-9 du carnet des tâches à exécuter sur la surface.

Chad confirma et actionna les interrupteurs nécessaires. *C'est le moment de faire ce que je fais le mieux. Piloter cet engin.*

*

À Moscou, Tchelomeï avait perçu la voix de Miller et attendait avec impatience que le vaisseau en orbite disparaisse derrière la Lune, pour éviter que l'autre astronaute, Esdale, puisse l'entendre. À la seconde même où le directeur de vol du TSOUP opina de la tête dans sa direction, il écrasa le bouton de son micro.

— Major Miller, écoutez-moi attentivement. J'ai un plan pour l'amerrissage à votre retour sur Terre.

Il exposa en peu de mots les éléments essentiels des mesures qu'il avait préparées avec ses contacts au sein du KGB et du Kremlin.

Chad tendait l'oreille, tout à fait immobile, soupesant rapidement le plan de Tchelomeï. Svetlana, aussi à l'écoute, l'observait.

— Vous devez vous tenir prêt à le réaliser, ordonna le Soviétique. Si vous refusez, nous révélerons à vos maîtres d'où provenait en réalité tout l'argent que vous pensiez recevoir de votre frère.

Il se tut brièvement, laissant à Chad le temps d'évaluer le poids de cette nouvelle menace, et reprit :

— Si vous avez compris, Major Miller, prononcez le mot « Russie » lors de votre prochain appel à Houston.

Tu as utilisé mon frère pendant toutes ces années pour me compromettre ? Sale trou du cul ! Chad abattit ses poings crispés sur la surface plane du tableau de bord.

Il faut que je reprenne le dessus ! Il s'efforça de rassembler les pensées éparses de son esprit surchauffé. Oui, il avait le moyen de s'en sortir vainqueur. En fait, cette nouvelle demande lui donnait encore plus de prise sur le cours des événements. Il toisa la cosmonaute, qui le scrutait déjà d'un air méfiant.

— Hé Houston, annonça Chad. C'était incroyable ici, sur la Lune, la Russie et l'Amérique qui collaborent comme jamais auparavant.

Kaz releva les yeux, ses sourcils froncés. *Drôles de paroles venant de Chad.*

— Bien reçu, Chad.

À l'autre bout de la Terre, Tchelomeï sourit.

*

Debout à la droite du commandant, Svetlana le regardait passer en revue chaque page de la liste de vérification préalable au lancement, en écoutant son échange technique avec Houston. Elle visualisait la géométrie de leurs manœuvres de décollage, de rendez-vous puis d'amarrage. Les Américains lui avaient proposé de traduire, mais elle avait refusé, estimant que c'était inutile. Mieux valait simplement observer, écouter et rester aux aguets. Elle vérifia sa montre : encore une heure à attendre.

Comme elle craignait que Chad tente de s'emparer de son pistolet durant la nuit, elle avait très mal dormi. Lorsqu'elle était enfin parvenue à s'assoupir, sa main agrippait convulsivement le pistolet à travers le tissu de sa poche, et quand l'astronaute l'avait réveillée en dégageant le hublot, le métal solide était toujours là sous sa main. C'était une victoire capitale, car une fois qu'ils se seraient amarrés, l'autre astronaute, Mikhail, serait toujours à proximité. Ce témoin réduirait le poids de la menace constante que personnifiait son collègue. Plus que trois jours et trois nuits à passer.

Chad semblait alerte et bien reposé, comme s'il avait dormi d'un sommeil ininterrompu. Malgré ce qu'avait dit Tchelomeï. *Un psychopathe*, jugea-t-elle.

Quand vint une accalmie dans la discussion avec Houston, une voix s'immisça dans leur casque d'écoute. Encore Tchelomeï.

— Major Miller, nous savons que vous entendez ceci. Ne répondez pas. Nous estimons que vos procédures habituelles exigent que vous ouvriez l'écoutille une dernière fois pour larguer le matériel inutile. Quand ce sera le moment, l'un de vous deux devra aller rapidement vers *Lunokhod* pour balayer la poussière accumulée sur le radiateur. Nous venons d'apprendre qu'il surchauffe. C'est une opération cruciale.

Même si Chad affichait la même expression, Svetlana remarqua que ses mains s'étaient immobilisées.

De la poussière sur le radiateur ! Elle s'inclina pour mieux voir le robot. Voilà pourquoi il s'activait tant ! Elle se remémora son inspection minutieuse. Y avait-il eu de la poussière sur le dessus ?

Tchiort ! Elle n'arrivait pas à se rappeler ! *Est-ce que c'est lui qui l'a déposée là ?*

Svetlana se retourna pour inspecter l'équipement empilé par terre derrière eux : deux sacs de sport remplis de déchets et leurs deux unités dorsales. Il était logique qu'ils les laissent derrière, afin que le moteur n'ait pas à soulever ce poids inutile en décollant de la surface lunaire. Toutefois, ni l'un ni l'autre ne pouvait sortir maintenant, car leurs ombilicaux étaient raccordés au vaisseau.

L'astronaute n'avait pas réagi à la demande de Tchelomeï et avait repris sa discussion avec Houston comme si de rien n'était. Elle scruta à nouveau *Lunokhod* au loin, imaginant ce qu'il subirait au moment du décollage. Avant que Chad n'éteigne son micro, Svetlana s'adressa à Houston à toute vitesse :

— Houston, est-ce que la déflagration du lancement soufflera de la poussière sur *Lunokhod* ?

Elle vit le bras de Chad surgir et désactiver violemment le bouton d'émission, son visage déformé par la furie.

— Ne t'avise pas de parler ! fulmina-t-il, un filet de bave embuant la moitié inférieure de sa visière.

Mais il avait pris trop de temps à réagir. L'interprète répondit, traduisant ce que lui avait transmis Kaz :

— Majore Gromova, les analystes ont étudié la situation et pensent que l'explosion locale du moteur de l'étage de remontée sera probablement à l'horizontale, à proximité de *Lunokhod*. Ainsi, le décollage ne devrait pas provoquer d'accumulation de poussière.

Excellent, songea-t-elle en fixant Chad avec un air de défi. Le souffle du lancement allait au contraire balayer la poussière du robot. *Si Tchelomeï et son équipe ont lu entre les lignes, ils approcheront le robot encore davantage !*

Chad s'apprêtait à réactiver les transmissions vocales lorsque la voix de Tchelomeï s'éleva à nouveau :

— Merci, Majore Gromova, nous avons compris. Et si…

Chad interrompit brusquement toutes communications externes. Fusillant Svetlana du regard, il cria dans l'intercom :

— Si tu essaies ça une autre fois, je te tue !

Son poing fusa droit vers elle et heurta violemment son casque, faisant valser sa tête qui percuta une main courante. La cosmonaute s'efforça de reprendre ses esprits et examina sa visière de plastique, à la recherche de fissures. Elle n'aperçut qu'une nouvelle égratignure profonde sur sa surface extérieure.

— *Poniala ?* demanda-t-il d'un ton menaçant.

Svetlana le dévisagea avec méfiance.

— *Da*.

Il lui tourna le dos et réactiva les sélecteurs de radiocommunication.

— La cosmonaute fait signe qu'elle a compris, Houston, annonça-t-il après avoir repris contenance. Désolé pour l'interruption. Je suis prêt pour la dépressurisation et le largage des rebuts, quand vous voulez.

Svetlana s'éloigna pour lui permettre d'ouvrir la porte d'écoutille et de pousser l'équipement à l'extérieur.

Elle regarda par les hublots pour vérifier si Moscou l'avait bien comprise et constata avec satisfaction que le robot s'avançait toujours par courtes saccades, chacune d'entre elles le rapprochant un peu plus du module lunaire.

Ses lèvres se comprimèrent en un fin sourire féroce.

Il ne faisait aucun doute que Chad était aux commandes, mais elle venait de remporter une autre bataille.

*

Étant donné la conception du module lunaire, l'équipage n'avait qu'une seule chance de quitter la Lune. Un unique moteur-fusée pour soulever la moitié supérieure de *Bulldog* et la dégager de ses lourdes jambes de train d'atterrissage, puis la faire accélérer suffisamment pour rejoindre Pursuit en orbite et s'y amarrer.

Pour y arriver, de nombreuses manœuvres devaient être effectuées à la perfection en suivant la séquence exacte. Si une seule d'entre elles échouait, Chad et Svetlana resteraient à jamais sur la Lune. Ou pire encore, ils y retomberaient pour s'y écraser. Que ce soit l'un ou l'autre des scénarios, Michael serait forcé de ramener en solo son vaisseau sur Terre.

La manœuvre délicate s'amorça avec deux détonations sonores lorsque le courant de la batterie déclencha l'allumage de plusieurs charges explosives, dont les plus puissantes désintégrèrent des écrous filetés et actionnèrent une longue lame qui sectionna tous les raccords mécaniques retenant l'étage de remontée à l'étage de descente. Ils étaient libres. La charge explosive de puissance inférieure ouvrit des soupapes qui laissèrent affluer de l'hélium sous haute pression dans de petits tubes connectés aux réservoirs de carburant. Le gaz força les liquides volatils dans le moteur, où ils se mélangèrent et explosèrent instantanément.

Le moteur s'alluma avec une pluie d'étincelles, propulsant *Bulldog* vers le ciel, loin de la surface lunaire.

— Je constate le basculement, Houston, confirma Chad d'une voix posée.

Seize petits propulseurs de contrôle d'attitude s'activèrent alors pour dévier *Bulldog* de sa trajectoire de décollage purement verticale et l'aligner avec précision vers *Pursuit*.

Sur Terre, Kaz examinait avec attention les données sur l'écran de sa console en écoutant la confirmation technique de Chad, qui leur parvenait par les boucles de communication.

— La poussée est bonne, *Bulldog*.

La mise à feu subite du moteur avait projeté Svetlana au sol, l'écrasant d'une pression égale au double de son poids. *C'est comme être de retour sur Terre*, pensa-t-elle en se redressant péniblement.

Elle s'inclina ensuite en avant afin de voir, par son hublot, l'effet qu'avait eu l'explosion du décollage sur *Lunokhod*. Impossible à dire. En quelques secondes, la moitié inférieure du module avait disparu de leur champ de vision et ils accéléraient maintenant pour rejoindre *Pursuit* en orbite.

Chad parcourait méthodiquement du doigt le tableau d'une liste de vérification énumérant les valeurs d'altitude, d'attitude et de vitesse de montée, et les comparait avec celles de l'ordinateur de navigation.

— Houston, *Bulldog* est sur la bonne voie, affirma-t-il.

Kaz n'entendit qu'un grésillement d'interférences. Calmement, il contacta *Pursuit* :

— Michael, on dirait que la fumée de leur tuyère brouille notre signal, comme prévu. Toutes les données ont l'air bonnes pour *Bulldog*. Peux-tu passer le message ?

Caméra en main, Michael avait observé la surface de la Lune dans l'espoir d'assister au décollage.

— Pas de problème, Kaz. Je ne les vois pas encore, mais je leur fais le message.

Il transmit les informations à Chad, qui surveillait scrupuleusement ses instruments.

— Merci, Michael. J'ai un bon verrouillage radar sur *Pursuit*. Le guidage semble bon. On devrait éteindre le moteur à 7 h 18, à l'heure prévue.

— J'ai hâte d'avoir un peu de compagnie ! Disons que ça a été pas mal silencieux ici. Mais la vue est superbe.

— Bien reçu, répondit Chad en consultant le calendrier. On va être amarrés dans quelques heures.

— Je prépare le café.

Ignorant l'échange des astronautes, Svetlana contemplait la surface étrange, rugueuse et ravagée de la Lune qui rapetissait à vue d'œil. Les ombres s'allongeaient, tandis que *Bulldog* accélérait vers le Soleil couchant, accentuant le profil déchiqueté des sommets et approfondissant les creux lisses des cratères qui défilaient en contrebas. *Je me sens comme une mouche qui survole un crâne*, se dit-elle en essayant de graver cette image dans sa mémoire. Elle se contorsionna alors pour observer la Terre au-dessus d'elle, cet orbe bleu improbable suspendu comme par magie dans l'obscurité totale.

Son vol spatial tirait à sa fin. Elle s'était envolée vers l'espace en s'attendant à passer des mois sur *Almaz*, mais elle serait déjà de retour dans trois jours. Son cœur se serra soudain au souvenir de la perte d'Andrei, son camarade. Diriger cette mission spatiale avait été le rêve de sa vie.

Elle regarda Chad, qui avait les yeux rivés sur les paramètres du moteur et les instruments de navigation.

Une chose à la fois. Ils devaient avant tout réussir l'amarrage.

CHAPITRE 53
Moscou

Le père Ilarion était bouleversé. Il avait été si impatient de parler à son frère Iouri et de lui rendre hommage depuis tout ce temps, mais la journée avait été des plus étranges. Sacha et lui étaient rentrés tard, et lorsqu'il sortit du lit pour chanter les matines après une trop courte nuit de sommeil, ses pensées se bousculaient dans son esprit. Les prières ne seraient pas de trop.

Alexandre était plus silencieux que d'habitude lorsqu'il apporta à Ilarion son déjeuner. Le moine lui demanda s'ils allaient communiquer de nouveau avec Iouri. L'interprète répondit qu'il n'en savait rien, mais qu'il leur faudrait passer encore quelques jours à Moscou, en fonction du déroulement de la mission spatiale.

— Pourquoi, Sacha ?

Alexandre considéra l'ecclésiastique : l'incertitude avait creusé des rides sur son doux visage, et la fossette entre ses deux sourcils trahissait son malaise à voir ses habitudes perturbées. Mieux valait le rassurer.

— Nous avons fait un si long voyage pour arriver ici, mon père. Le directeur Tchelomeï croit que votre présence pourrait réconforter Iouri s'il avait des problèmes jusqu'à la fin du vol, et il nous a priés de rester pour le bien de la mission.

Le visage d'Ilarion se détendit ; s'il pouvait lui fournir une aide quelconque, il se donnerait cette mission. Entre-temps, il garderait Iouri et son équipage dans ses prières, conclut-il en mordant dans sa rôtie sèche.

Alexandre esquissa une révérence et se retira de la chambre. Après avoir refermé la porte, il prit une profonde respiration. Tchelomeï avait clairement établi qu'il souhaitait continuer de se servir du moine pour faire chanter l'Américain et le pousser à lui obéir.

Il avait décidé de parler à son officier supérieur à Loubianka pour le tenir au courant de l'importance de son influence sur le déroulement de la mission sur la Lune et le retour de l'Américain. Sa loyauté et son ingéniosité de longue date seraient enfin reconnues par le KGB.

Alexandre aimait bien le père Ilarion et ne lui voulait aucun mal. Néanmoins, une occasion se présentait à lui, et il devait la saisir.

*

— OK, Michael, j'ai arrêté à environ 30 mètres. Feu vert pour la rotation de *Pursuit*.

— Bien reçu, Chad.

Bulldog s'était approché du vaisseau, tel un insecte de métal s'élevant de la surface de la Lune. Michael fit basculer le contrôleur manuel sur le côté pour faire tourner le vaisseau au ralenti, à la manière d'une broche sur un barbecue, et permettre à Chad d'inspecter l'extérieur en vue de détecter tout dommage éventuel causé par des micrométéorites. Il pourrait ensuite allumer le moteur qui les propulserait dans l'espace pour revenir sur Terre.

Svetlana contempla la danse de *Pursuit* devant eux : la pointe conique de la capsule à l'avant, le cylindre argent de la structure principale ainsi que l'énorme courbe brune de la tuyère d'échappement du moteur à l'arrière. *Strannaïa riba*. Quel drôle de poisson !

— Tout semble impeccable, Michael. Ne bouge plus, je m'approche pour l'amarrage.

— Parfait.

Michael recala les indices et réactiva le pilote automatique pour maintenir l'attitude.

— Tu peux y aller.

Chad saisit les contrôleurs manuels, un sourire de fierté aux lèvres. Il était le seul être dans l'Univers à faire ce qu'il faisait : l'amarrage d'un vaisseau spatial en orbite autour de la Lune.

Il approcha lentement le module lunaire de *Pursuit* sous le regard de Svetlana, tiraillée entre son admiration pour les compétences de l'astronaute et le dégoût profond que son nouveau collègue lui inspirait. Elle l'observa pendant qu'il corrigeait les légères erreurs d'alignement et tenta de prédire ses manœuvres, en les comparant à celles qu'elle aurait exécutées en tant que pilote.

À l'extérieur de *Bulldog*, au-dessus de sa tête, se trouvait une cavité de forme conique. Une sonde fixée au bout d'un trépied émergeait de la structure de *Pursuit*. Chad examinait sa cible pour l'alignement. Svetlana entendit la voix de Mikhaïl à la radio et reconnut les mots anglais désignant des nombres.

— Huit mètres, Chad.

— Bien reçu.

— Six mètres, les indices sont bons.

— Compris.

Dans le hublot du module lunaire, *Pursuit* se faisait de plus en plus imposant à mesure qu'il s'approchait, comme une fleur en train d'éclore.

— Trois mètres, bon alignement.

— *Roger*.

Chad se tut un instant pour entrer les dernières données. Svetlana entendit le métal des deux vaisseaux s'entrechoquer lors de l'amarrage.

— Contact et verrouillage ! Belle exécution, Commandant ! annonça Michael.

— Merci.

Amarrage parfait. Chad sécurisa le système de commande et écouta le son du mécanisme de rétraction de la sonde qui réunissait les deux modules.

Les spécialistes du centre de contrôle de mission étaient tous rivés sur l'écran. Kaz avait toutefois gardé le silence afin de laisser l'équipage se concentrer sur l'amarrage, l'une des dernières opérations critiques de la mission.

— Félicitations, Apollo 18, dit-il enfin. Content de vous voir de nouveau réunis. Vous survolez en ce moment votre lieu d'alunissage au cratère Le Monnier. Pour votre info, on compte déposer une demande auprès de l'International Astronomical Union pour nommer la vallée locale « Hemming Rille », en l'honneur de Luke.

L'idée venait de Laura, et Kaz l'avait trouvée appropriée.

— Bien reçu, Houston, répondit Michael. C'était un homme bien.

Le silence s'installa un instant.

— Bon, maintenant, on ouvre l'écoutille et on commence les préparatifs pour rentrer à la maison.

*

Michael avait nettoyé le module pour le retour de Chad et de Svetlana. Il avait rassemblé tous les objets inutiles et les déchets dans un grand sac de transfert qui serait laissé dans *Bulldog*, et avait ouvert les casiers de *Pursuit* où seraient entreposés les irremplaçables échantillons de roches et de sol lunaires. L'espace de rangement se situait sous les sièges afin de protéger ce poids supplémentaire contre les forces élevées auxquelles serait soumis le vaisseau lors de la rentrée dans l'atmosphère terrestre, et pour que celui-ci flotte de façon stable après l'amerrissage.

Le contraste avec *Bulldog*, crasseux et recouvert de la poussière que Chad et Svetlana avaient traînée avec eux, était frappant. Pour ne rien arranger, les mouvements en apesanteur faisaient flotter dans la cabine les minuscules éclats tranchants produits par les innombrables impacts de météorites sur la surface lunaire.

Lors de missions précédentes, les équipages avaient jugé nécessaire de dépoussiérer les objets avant de les sortir du module lunaire. Les ingénieurs de la NASA avaient donc conçu un aspirateur portatif au moyen d'un flexible de combinaison, d'un ventilateur et d'un filtre. Chad brancha l'appareil et le tira au bout de son long câble électrique à travers l'habitacle.

— Tiens, ma jolie. On l'allume par ici et on le passe sur les murs et le plancher. Allez, au travail, dit-il en tendant l'appareil à Svetlana.

Il me demande de passer l'aspirateur ?

Irritée, Svetlana croisa les bras. Elle se souvint alors qu'il lui fallait un prétexte pour se trouver dans le module lunaire et surveiller le transfert de chaque objet. Passer l'aspirateur était l'excuse parfaite.

— *Spassiba*, se résigna-t-elle en empoignant l'appareil.

Il faut continuer de jouer le jeu.

Elle alluma l'aspirateur qui se mit en marche avec un bruit métallique. Chad esquissa un sourire satisfait.

— Assure-toi de bien nettoyer dans tous les coins.

Il interpella alors Michael, qui se tenait de l'autre côté du tunnel :

— Prêt pour le transfert ?

D'une voix sourde, Michael répondit par l'affirmative et entreprit de ramasser le matériel des combinaisons, les appareils photo et les boîtes d'échantillons sous vide, confiant chaque objet à Svetlana pour qu'elle le nettoie avant de lui donner une poussée pour le faire flotter par l'écoutille de *Pursuit*.

— On est un vrai modèle de coopération internationale, tu ne trouves pas ? lança-t-il à la cosmonaute, qui l'ignora, trop concentrée sur sa tâche.

Si je me fie à la taille du trou devant Lunokhod*, la roche n'était pas très grosse*, songea-t-elle, convaincue que l'astronaute l'avait rangée séparément des autres échantillons. Tout en continuant d'aspirer la poussière, elle évalua les possibilités. Elle avait caché son pistolet sous la ceinture de son sous-vêtement, Chad en avait peut-être fait autant avec la roche ? Pourtant, elle ne distinguait aucune protubérance dans sa combinaison de vol. Comme les combinaisons de sortie lunaire étaient toujours rangées provisoirement sous des câbles extenseurs à l'arrière du module lunaire, Chad allait bien devoir les transférer, elles aussi. Ils devraient les remettre pour la rentrée dans l'atmosphère.

Entre deux objets qu'elle nettoyait, elle passait l'aspirateur dans l'habitacle pour enlever le plus possible de poussière en suspension. *Où peut-il l'avoir mise ?* La zone de rangement principale se situait à l'arrière, tandis que la partie avant de l'habitacle, davantage fonctionnelle, contenait très peu de choses. Svetlana inspecta les côtés du tableau de bord. Ses yeux se posèrent alors sur un petit sac blanc attaché sous le panneau d'entrée des données. *Ce sac est-il assez grand ? La roche se trouve forcément quelque part ici et il va essayer de l'emporter dans l'autre module à mon insu.* Il lui fallait être patiente. Et surtout, elle devait garder l'œil ouvert.

*

— Houston, ici *Pursuit*. Attitude de largage : roulis à 014, tangage à 038 et lacet à 344.

Kaz confirma les données sur l'écran de sa console.

— Tout semble OK, Michael. Feu vert pour armer les charges pyro. Séparation dans trente secondes.

Michael alluma le commutateur puis laissa ses mains près des manettes. Dès que les charges pyrotechniques s'allumeraient, la petite quantité de pression d'air restée dans le tunnel aiderait à repousser *Bulldog*, comme une bourrasque sur une voile. Par précaution, il activerait également les propulseurs de *Pursuit*.

Lorsque le minuteur numérique indiqua zéro, le mécanisme d'amarrage et le tunnel furent relâchés, en émet tant un grondement métallique.

— Séparation de *Bulldog* réussie, Houston.

Michael tira doucement la manette vers lui dans le vrombissement des propulseurs, tout en surveillant par le hublot le module lunaire qui reculait peu à peu. Enfin, il relâcha le bouton du contrôleur manuel, satisfait.

— Bien reçu, Pursuit… répondit Kaz. Ce vaisseau a bien accompli son travail.

Chad observait le module dériver dans l'obscurité spatiale.

— Ouais, tout à fait, Houston. À vous maintenant. Allez-y en douceur.

Au centre de contrôle de mission, les spécialistes entraient des commandes en liaison montante, prêts à mettre en marche les petits propulseurs qui dirigeraient *Bulldog* vers un crash contrôlé sur la Lune. La force de l'impact se répercuterait sur la roche lunaire, puis serait relevée par les capteurs sismiques installés lors de missions Apollo précédentes. Ces données serviraient à cartographier la forme du manteau inférieur et du noyau de la Lune.

Svetlana dévisagea les deux hommes, qui observaient la course de *Bulldog* par les hublots. *Ils sont tellement différents l'un de l'autre ! Comme le noir et le blanc*, pensa-t-elle, l'ironie lui arrachant un léger sourire.

Elle avait passé l'aspirateur sur les combinaisons pendant que Chad les tenait devant elle, mais elle n'avait rien senti dans ses poches. Il l'avait fait sortir du module lunaire avant de récupérer les derniers objets, réunis dans un grand sac qu'il avait ensuite rangé dans un casier sous l'appui-tête du siège de gauche. *La roche est sûrement là-dedans.*

Elle entendit une fois de plus la voix en provenance de Houston :

— *Pursuit*, si vous êtes prêts, je vais vous lire les données consultatives préliminaires pour votre retour.

Les deux astronautes s'éloignèrent à contrecœur du hublot afin de saisir les listes de vérification et les crayons qui y étaient attachés au bout d'une ficelle.

À bord de *Pursuit*, c'était Michael qui était aux commandes. Mais *Bulldog* ne faisant plus partie du vaisseau, Chad voulut de nouveau imposer son autorité et décida que c'était à lui de répondre.

— Allez-y, Houston, *Pursuit* vous écoute.

— OK, donc… TEI-74, SPS G&N, poids 35 768, plus 0,57, plus 0,88…

Kaz lut les données avec attention, en s'assurant de bien comprendre lui-même la signification de chaque mot. La moindre erreur, ne fût-ce qu'un chiffre ou une virgule au mauvais endroit, pouvait se révéler catastrophique. *Pursuit* ferait le tour de la Lune, puis, sans possibilité de communiquer avec la Terre quand il serait derrière, l'équipage orienterait le vaisseau dans la direction exacte pour la mise à feu du moteur principal, qui durerait cent quarante et une secondes. Sans le poids du module lunaire, il n'en faudrait pas plus pour le propulser hors de la gravité lunaire. Lorsque *Pursuit* réapparaîtrait, il survolerait déjà la Lune à haute altitude en direction de la Terre.

— J'attends la relecture. Terminé, annonça Kaz après avoir transmis toutes les données.

Chad fit signe à Michael de répondre et flotta jusqu'au hublot. *Bulldog* s'éloignait de plus en plus. Bientôt, il ne serait plus qu'un souvenir, un autre véhicule qu'il avait piloté avec brio. Un autre événement de son passé.

Il leva les yeux vers la Terre. Le passé n'avait pas d'importance, mais l'avenir, lui, l'attendait dans trois jours.

À cette pensée, la confiance le submergea à nouveau. Il lui suffisait de bien jouer ses cartes… et il avait une main gagnante.

RETOUR VERS LA TERRE

CHAPITRE 54
Pursuit

Pendant que *Pursuit* s'avançait peu à peu dans la lumière du Soleil, Michael observait la planète bleue par le hublot. Svetlana, de son côté, s'était assoupie, lâchement retenue à sa banquette par des sangles.

— Salut, chef.

— Quoi ? répondit sèchement Chad.

Il consultait les procédures d'entrée d'urgence imprimées sur des feuilles rouge pâle pour en souligner l'importance cruciale.

— Tu te rends compte que, depuis qu'on a allumé le moteur de *Pursuit* pour la manœuvre de retour vers la Terre, on ne fait qu'une longue chute ? Comme une roche qui tombe de très haut et qui accélère pendant que la gravité de la Terre l'aspire, fit remarquer Michael d'un ton émerveillé.

— Non.

— Ah bon. Je trouve ça plutôt cool, moi, dit Michael en haussant les épaules.

Chad retourna à sa liste de vérification.

Sérieusement ? C'est à ça qu'il pense ?

— *Pursuit*, annonça la voix de Kaz, vos données de mi-parcours sont prêtes quand vous l'êtes.

Les énormes antennes de Goldstone avaient suivi avec précision le vaisseau spatial, en calculant avec exactitude à quel endroit il entrerait dans l'atmosphère terrestre. Les ingénieurs de Houston voulaient maintenant une mise à feu des petits moteurs pour ajuster légèrement la trajectoire.

Chad tendit un casque d'écoute à Michael.

— Houston est prêt à nous transmettre les données de mi-parcours.

Michael prit une liste de vérification et appuya sur le bouton du microphone.

— Allez-y, Houston.

Après que Kaz eut lu l'information, Michael s'installa dans le siège central et saisit les données dans l'ordinateur.

— Pendant qu'on y est, Michael, poursuivit Kaz, il nous faut un inventaire à jour des objets dans l'espace de rangement pour que nos gars puissent calculer votre centre de masse pour l'entrée.

— Entendu, Kaz, je m'y mets tout de suite après la manœuvre de correction de trajectoire.

Tâche ennuyeuse, mais tout de même importante. La capsule allait atteindre le sommet de l'atmosphère terrestre à un peu moins de 40 000 kilomètres-à-l'heure et traverser elle-même l'air de plus en plus dense, en utilisant la friction pour ralentir. La seule façon de la diriger était de déplacer le centre de masse de quelques dizaines de centimètres, de sorte que la capsule volerait de biais, profitant ainsi d'une certaine portance. En faisant pivoter la capsule de gauche à droite, le pilote automatique pourrait contrôler l'orientation de la portance et la vitesse de descente, ce qui déterminerait la force g et le lieu exact de l'amerrissage. Dans l'éventualité d'une panne des ordinateurs, un système de secours permettrait à l'équipage de faire tourner manuellement le vaisseau, en se fiant seulement au temps et au facteur de charge. Mais tout dépendait de l'endroit où on avait rangé le poids supplémentaire des roches lunaires.

*

Une fois la manœuvre terminée, Michael fouilla méthodiquement sous les sièges, ouvrant les casiers un à un. Inutile de se presser : le vol de retour serait long.

— OK, Kaz, dans le casier A2, on a deux boîtes d'échantillons et plusieurs sacs.

Michael glissa ses pieds sous les sangles de maintien pour s'immobiliser et lança la première boîte de sa main droite à sa main gauche afin d'en estimer le poids, en fonction de la résistance et de l'effet de son torse.

— Selon moi, la boîte le plus à l'avant pèse entre 22 et 27 kilogrammes.

Estimation plutôt approximative, mais il ne pouvait faire mieux.

Les scientifiques s'intéressaient également aux caractéristiques des objets que l'équipage rapportait sur Terre. À leur demande, Michael détacha du panneau latéral un radiamètre, épais tube d'argent à l'apparence d'une longue lampe de poche. Il tint l'extrémité arrondie près de la boîte d'échantillons et observa attentivement le cadran de l'appareil.

— Houston, le compteur Geiger détecte uniquement des rayonnements de fond.

Il mesura la radioactivité de chaque échantillon, confirmant que les niveaux correspondaient à ce qui était attendu. La surface de la Lune absorbait les rayons cosmiques depuis des milliards d'années et on avait prévu que les lectures seraient légèrement plus élevées que sur la Terre.

Voyant Michael s'empêtrer dans les boîtes et le capteur, Svetlana s'approcha de lui.

— *Pomotch ?* demanda-t-elle pour lui offrir son aide.

Elle attrapa un sac qui flottait et le tint pour Michael.

L'astronaute la remercia, agréablement surpris. La tâche serait en effet plus facile à deux.

Feignant l'indifférence, Chad poursuivait sa lecture de la liste de vérification, tout en surveillant les deux autres membres de l'équipage du coin de l'œil. Il ne voulait pas qu'ils sachent où il avait caché la fameuse roche, mais il était convaincu que Michael ne la verrait pas. Il avait tout de même un plan, juste au cas.

*

À Moscou, Tchelomeï écoutait les transmissions à Houston avec une inquiétude croissante : les renseignements soviétiques n'avaient rien dit à propos d'un quelconque détecteur de rayons cosmiques portatif à bord du vaisseau américain. Quand il leur avait donné l'ordre de récupérer la roche, il avait délibérément omis d'informer Miller et Gromova de sa radioactivité, sachant qu'ils auraient sans doute été très réticents à l'idée de la transporter dans le module. Toutefois, Esdale, le troisième membre de l'équipage, risquait à présent de la trouver et d'aviser Houston.

L'heure était grave, et les options étaient limitées. S'il transmettait un avertissement, Esdale entendrait sa voix. C'était hors de question. Que pourrait-il dire de toute façon ?

Il se représenta mentalement la séquence des événements possibles au moment de l'amerrissage, évaluant les différentes actions des Américains s'ils venaient à découvrir la présence de la roche. Il se calma peu à peu. Le plan était assez solide.

*

Al Shepard descendit les gradins du centre de contrôle de mission et s'installa sur un siège libre entre les consoles de CAPCOM et de SURGEON faisant signe à Kaz et à JW de s'approcher.

— Prêts pour aller à Hawaï demain ?

Les deux hommes acquiescèrent.

— À quelle heure décolle le C-141 ? demanda JW.

— À 6 heures. Je vais être à Ellington à 5 h 30 au plus tard.

— Aïe, dit Kaz, compatissant.

— Ouep. Comme tu dis. Je compte dormir pendant le vol, plus quatre autres heures avec le décalage horaire. On atterrit à Hickam vers 10 heures, heure locale, puis l'hélico de la Marine nous emmène sur le *New Orleans*.

— On attend des passagers-surprises de Washington ? questionna Kaz.

— Ouais. Les Soviétiques veulent absolument qu'un représentant accueille leur cosmonaute à l'amerrissage. Ils vont envoyer un attaché de leur personnel consulaire, expliqua Al en levant les yeux au ciel. J'ai promis aux chefs d'état-major qu'on s'occuperait de lui, mais je ne crois pas que

Bob Carius, le capitaine du *New Orleans*, va se réjouir d'avoir un espion à bord.

JW fronça les sourcils.

— Et ça risque de chambouler les opérations de récupération en mer ?

— Nan, ça va se faire dans les règles, doc. En tant que médecin de l'équipage, tu vas monter dans l'hélico principal avec les plongeurs de la Marine et les techniciens médicaux, comme d'habitude. Kaz et moi, on va rester sur le navire avec l'attaché et se préparer à sourire pour les photographes du *Stars and Stripes* en compagnie de Michael et de Chad. Ensuite, le *New Orleans* va nous ramener à Pearl Harbor, et on va rentrer mardi en avion, avec l'attaché et la cosmonaute.

Al se frotta la tempe en grimaçant, comme s'il était pris d'un mal de tête.

— Il va falloir informer la famille de Luke et les médias, puis déterminer les protocoles militaires afin de lui rendre hommage, en plus de débriefer sur les leçons apprises grâce à la cosmonaute. Mais bon, on a encore quelques jours pour penser à tout ça.

JW esquissa un sourire :

— C'est pour ça qu'on te paie autant, Amiral.

— Ouais, ouais, c'est ça, répliqua Al. C'est la dernière mission vers la Lune et la fin de ma carrière à la NASA. Je vais enfin pouvoir aller gagner un vrai salaire après trente-deux ans au gouvernement. Tu nous excuses un moment, Doc ?

JW hocha la tête et roula sur sa chaise jusqu'à sa console. Al s'approcha de Kaz et s'adressa à lui tout bas, la voix presque étouffée par les bourdonnements dans la salle.

— Je voulais te parler de ce qu'a découvert le shérif. Des trucs que l'armée de l'air aurait dû remarquer il y a longtemps. Tu sais peut-être que Chad a été adopté. C'était un orphelin de guerre en Allemagne, élevé par un ancien soldat qui l'a emmené vivre sur sa ferme familiale dans le Wisconsin. À un moment donné, le shérif ne sait pas trop quand, Chad a reçu un appel d'un de ses frères qui a survécu à la guerre et qui habite Berlin-Est. Il se trouve qu'il est né en Russie, c'est un moine orthodoxe, en fait. Depuis des années, il lui envoie de l'argent. Et à en juger par les comptes bancaires de Chad et les liquidités dans sa maison, il a reçu des sommes beaucoup plus élevées récemment.

Il s'interrompit un instant et dévisagea Kaz.

— T'as déjà joué au poker avec Chad ?

— Non, le jeu, ça ne m'intéresse pas tellement.

— Ouais, moi non plus. Mais Chad, ça lui arrive de jouer, des trucs clandestins, tu vois le genre ? Il s'y échange d'assez gros montants, apparemment. Ça le rend vulnérable.

Kaz demeura muet, ne comprenant pas où Al voulait en venir.

— En gros, Heard n'a trouvé aucun lien direct entre Chad et le crash de l'hélico, ni une quelconque activité illégale. Mais plusieurs personnes vont vouloir lui parler à son retour. Y compris la Defense Intelligence Agency.

Kaz promena son regard dans la salle, avant de fixer brièvement Gene Kranz.

— Quelqu'un d'autre ici est au courant ?

— Non, je veux qu'on s'occupe de faire amerrir Chad et les autres dans le Pacifique en toute sécurité, puis de les ramener ici. La justice peut attendre.

CHAPITRE 55

Dans l'océan Pacifique

Le signal radio s'anima sur les rives boueuses du fleuve Amour, gonflé par les crues printanières, de l'autre côté de la ville militaire et industrielle de Khabarovsk. Le message avait été codé pour transmission au centre du renseignement de la flotte du Pacifique de la Bannière Rouge en aval, et l'impulsion électrique grimpait maintenant trente tours d'antennes reliées, mesurant chacune près de 250 mètres. À l'instar d'un orchestre de contrebasses, les antennes vibraient à l'unisson, envoyant un signal à basse fréquence dans l'air.

À très basse fréquence.

Les longues ondes radio se propagèrent dans l'atmosphère, rebondissant sur les plaines environnantes du delta de l'Amour et poursuivant leur course à 160 kilomètres dans l'ionosphère chargée d'électricité, pour finalement retomber. Piégé entre ciel et terre, le signal à très basse fréquence suivit la courbe de l'horizon, traversa l'île de Sakhaline et la mer d'Okhotsk et, enfin, l'océan Pacifique.

Des informations codées voguant au-dessus des eaux.

La plupart des antennes de navires étaient beaucoup trop courtes pour capter le signal, mais à 15 mètres sous la surface de l'eau, à plus de 6 000 kilomètres de là, un long fil le reçut cinq sur cinq. L'impulsion électrique traversa l'antenne déployée sous l'océan et fut transmise au navire, pour enfin aboutir à la station du chef des communications, qui vit le voyant jaune s'illuminer et l'aiguille d'ondes VLF bouger sur l'écran. L'imprimante se mit en marche, régurgitant peu à peu le long message décodé sur un mince rouleau de papier. L'homme parcourut les caractères cyrilliques au fur et mesure.

Encore des ordres, pensa-t-il en soupirant. Voilà qui ne plairait pas au capitaine. Le retour au port de Vladivostok avait déjà été retardé et, selon le message verbeux, l'équipage du navire en aurait encore pour au moins une semaine en mer, peut-être même deux.

Cependant, ce n'était pas à lui qu'incombait la tâche d'examiner les messages destinés au capitaine Serdioukov. Il attendit que l'imprimante s'arrête, puis détacha soigneusement le papier juste en dessous des mots « FIN DU MESSAGE » et glissa la feuille dans une pochette portant la mention « Réservé au capitaine ». Après avoir verrouillé la porte-écoutille de la salle de radio, il franchit un étroit couloir menant au poste central où se trouvait le capitaine du sous-marin *K-252*.

Ce sous-marin de type Nalim, que la marine américaine appelait « classe Yankee », faisait près de 130 mètres de longueur et transportait un équipage de cent quatorze hommes. Propulsé à l'énergie nucléaire, il était armé de seize missiles balistiques R-21 lancés à la verticale et de dix-huit torpilles de type 53-65M guidées par sillage. Le *K-252* avait été construit seulement deux ans auparavant en aval du fleuve Amour, près de Khabarovsk, et il effectuait son deuxième déploiement prolongé dans le Pacifique. Chaque fois, le capitaine Vassili Antonovitch Serdioukov avait été aux commandes.

Comme à presque toutes les heures du jour et de la nuit, le capitaine était installé dans son fauteuil de commande pivotant en cuir brun, entouré de panneaux de jauges et de leviers grâce auxquels il surveillait et contrôlait tous les systèmes. Le sous-marin avançait tranquillement à une vitesse de 16 nœuds sous la surface de l'océan Pacifique, à environ 645 kilomètres au nord-est d'Hawaï, en direction ouest. Le submersible rentrait au bercail.

Le chef des communications se campa à la droite de Serdioukov pour vérifier si le capitaine était occupé, ou peut-être assoupi. Son fauteuil était muni d'un appui-tête capitonné bien utile pour se reposer pendant les longs quarts de travail. Ce serait une erreur de le réveiller. Il se pencha pour voir si Serdioukov avait les yeux fermés.

C'était bien le cas. L'homme avait les paupières tombantes, un long nez, un menton proéminent, et surtout, une grande taille, ce qui était plutôt inhabituel pour un membre de l'équipage d'un sous-marin, où il était facile de se cogner la tête ou les genoux sur les plafonds bas ou les hautes écoutilles.

Cependant, compte tenu de l'importance du message, il fallait tout de même aviser le capitaine au plus vite. Il se racla la gorge. Les yeux de Serdioukov s'ouvrirent sur-le-champ et, par réflexe, parcoururent aussitôt les jauges et les affichages numériques.

— *Da, Pavel ?* interrogea Serdioukov de sa voix grave.

Comment a-t-il su que c'était moi ? s'étonna le chef des communications, qui remit la chemise à son supérieur, inclina la tête et regagna immédiatement son poste. Mieux valait ne pas être là quand le capitaine prendrait connaissance de la mauvaise nouvelle.

Serdioukov lut méthodiquement le message une fois, puis une seconde fois, et fit basculer sa tête vers l'arrière pour réfléchir. *Toute une surprise*. Les mois de patrouille le long de la côte américaine et canadienne s'étaient révélés fructueux mais monotones. Le sous-marin s'était bien comporté, aucun incident majeur n'était venu perturber le voyage. Les communications avec le monde extérieur étaient rares, et les membres de l'équipage, repliés sur eux-mêmes, se concentraient sur leurs tâches. En dehors des heures de travail hautement réglementées, ils trouvaient des façons de se divertir dans l'espace restreint du sous-marin. Depuis qu'il avait quitté le port, l'équipage n'avait aperçu aucun autre vaisseau, sauf par le périscope, et n'avait croisé personne. Les réserves de nourriture s'épuisaient, et il devenait de plus en plus ardu de motiver les troupes à traverser les journées qui se ressemblaient toutes. Les hommes attendaient le retour imminent à la maison avec impatience.

Le capitaine réfléchit aux répercussions du message pour l'équipage. Il lui faudrait demander à ses hommes d'exécuter des tâches qu'ils n'avaient répétées qu'au cours des exercices et des entraînements. Des tâches très différentes, porteuses de risques et de possibles conséquences graves. Une mission clandestine et de grande importance. *La raison d'être d'un sous-marin*, songea-t-il, un sourire se dessinant sur ses lèvres.

Il lut de nouveau les dernières lignes du message indiquant qu'on lui transmettrait d'autres détails sous peu.

Pour l'heure, on ne lui donnait qu'une destination précise, une date et une heure approximatives ainsi qu'une action attendue. Serdioukov dressa dans sa tête une liste des compétences de ses hommes et des exercices qu'ils devraient effectuer dans les jours à venir. C'était l'occasion pour le *K-252* de se distinguer en tant que sous-marin exceptionnel de la flotte du Pacifique, et pour son équipage de revenir au port avec d'autres mérites que de simples rapports et des patrouilles paisibles.

Serdioukov demeurait toutefois réaliste : il s'agissait de son second voyage aux commandes d'un même bateau, et il n'y en aurait pas de troisième pour lui, qui n'était que capitaine de deuxième rang. La réussite de cette nouvelle mission qu'on venait de lui confier l'aiderait grandement à être promu capitaine de premier rang. Il pourrait alors arborer sur son épaule l'épaisse ligne et les trois étoiles montrant qu'il était en voie de devenir amiral. Il fallait bien faire les choses.

Il appela le pilote pour lui transmettre les nouvelles coordonnées et le regarda entrer l'information dans le système de navigation inertielle. Le sous-marin répondit à la commande en changeant de cap.

Serdioukov allait devoir briefer le commandant en second et les quatre chefs de service, en plus de trouver du temps pour permettre à l'équipage spécialisé de s'entraîner à la surface de l'eau. Les nouveaux ordres exigeraient patience, précision et action rapide.

Il devait préparer ses hommes.

*

Les ports abrités sur l'île hawaïenne d'Oahu sont considérés comme une merveille de la nature. Les anses et les baies se faufilent loin à l'intérieur des terres, offrant aux insulaires l'accès à l'eau douce qui dévale les pentes abruptes du volcan Ko'olau et une protection contre les tempêtes océaniques. La nourriture abonde sur les terres luxuriantes de l'île, dont les baies aux eaux claires et calmes contiennent des huîtres perlières. Depuis des temps immémoriaux, les marins du

Pacifique ont trouvé refuge dans ce que les anciens Hawaïens appelaient Wai Momi, les « eaux de perles ».

L'entrée du port avait été draguée et élargie pour accommoder les vaisseaux de plus en plus gros, et l'*USS New Orleans*, un navire d'assaut amphibie, avait besoin d'au moins 9 mètres de profondeur. Le bateau quitta Pearl Harbor pour traverser Hammer Point et gagner la mer, effectuant un virage à gauche de 154 degrés pour rester au centre du canal de 300 mètres de largeur. Le capitaine Bob Carius, posté devant les fenêtres avant de la tourelle de commandement, fut soulagé de voir le sondeur passer rapidement de 15 à 30 puis à 300 mètres de profondeur, à mesure que le navire s'éloignait du rivage. Le bref séjour à Pearl Harbor avait été agréable pour l'équipage. Après une croisière de neuf mois consacrés aux victimes d'inondations aux Philippines et au déminage des eaux côtières du nord du Vietnam, les dernières troupes de combat américaines rentraient enfin au bercail. Carius était toutefois impatient d'exécuter la mission qu'on venait de lui confier : le *New Orleans* était en route pour récupérer l'équipage d'Apollo 18.

Bien que l'avenir après la guerre du Vietnam de la flotte du Pacifique fût incertain, son navire s'était bien acquitté de ses tâches, et l'équipage tirait une grande fierté de ramener les astronautes d'Apollo à la maison. Sans compter qu'Al Shepard, premier Américain dans l'espace et contre-amiral de la US Navy, allait monter à bord pour assister à l'amerrissage.

Une fois dépassées les bouées rouges et vertes du port, le capitaine se détendit et, en se promenant sur le pont, contempla son navire. La plupart des sept cents membres de l'équipage étaient montés sur le grand pont pendant le départ, et les hélicoptères de sauvetage d'Apollo trônaient fièrement sur la proue pour que tous sachent que ce bateau avait une importante mission à remplir. On s'était assuré de faire repeindre les engins de type Sikorski SH-3A Sea King d'un blanc éclatant, et l'escadron d'hélicoptères de combat sur mer HSC-6 avait répété les procédures de sauvetage pendant des semaines.

À Pearl Harbor, il avait attendu de connaître l'emplacement exact de l'amerrissage, et la NASA venait enfin de fournir ses coordonnées à la Navy : 480 kilomètres au nord, un peu à l'ouest d'Oahu. Une sortie en mer somme toute facile. Un peu plus d'une journée à terminer les préparatifs, et tout serait prêt.

Beaucoup de plaisir en perspective. On allait déployer les hélicoptères dès l'ouverture du parachute de la capsule, faire descendre les plongeurs sur le lieu d'amerrissage, attacher la bouée et aider les membres de l'équipage à monter dans le radeau de sauvetage, puis les hisser à bord du *New Orleans* pour célébrer leur retour sur Terre.

À moins que quelque chose ne tourne mal. Au port, on lui avait fourni tous les détails, et Carius évaluait à présent le degré de préparation de son équipage pour plusieurs scénarios. Au retour d'Apollo 11, des tempêtes s'étaient abattues sur l'océan et le bateau de sauvetage avait dû naviguer à pleine vitesse pour rejoindre la capsule, qui se situait à des centaines de kilomètres de son lieu d'amerrissage prévu. La capsule d'Apollo 12, quant à elle, avait frappé une vague de plein fouet à l'amerrissage et une caméra interne s'était détachée, assommant un astronaute et lui faisant perdre conscience. Le pauvre s'était retrouvé avec six points de suture. Du carburant hypergolique corrosif s'était échappé d'Apollo 15, faisant fondre des câbles de parachutes et causant l'affaissement de l'un des trois parachutes. Sans parler des capsules qui avaient amerri à l'envers, forçant les équipages à gonfler rapidement les ballons de flottaison pour les redresser. S'il fallait en croire ce qu'on lui avait dit pendant le briefing, Apollo 18 avait déjà connu plus que sa part d'incidents graves. Pourtant, Carius demeurait confiant que ses hommes et son navire seraient à la hauteur. Pendant cette croisière, ils avaient maintes fois démontré leur compétence, en temps de guerre comme en temps de paix, et ils disposaient encore de quelques jours pour s'entraîner. Peu importe les ordres de la NASA, ils seraient prêts.

Carius leva le regard vers le ciel bleu d'Hawaï. Cette mission serait un jeu d'enfant.

*

Sous le Soleil de plomb sur la surface de la Lune, *Lunokhod* se mourait. Tel un enfant pris d'un incontrôlable accès de fièvre, le robot subissait une lente extinction de ses systèmes, le laissant de moins en moins apte à survivre à sa température interne croissante.

Gabdul avait travaillé comme un forcené pour tenter de sauver l'engin juste avant le départ d'Apollo, faisant brusquement bouger et freiner *Lunokhod* pour déloger la couche de poussière sur le radiateur et s'approchant du module lunaire autant que possible, dans l'espoir que le coup de vent violent créé par le décollage viendrait nettoyer la surface plane. L'équipe avait brièvement abordé le risque de dommages causés par les débris, mais à présent, cela n'avait plus d'importance. À défaut de parvenir à éliminer la poussière, c'en serait fini de la mission.

On avait envoyé des commandes pour refermer les bouchons d'objectifs des caméras avant le décollage pour protéger les yeux du robot des bourrasques de poussière lunaire, mais l'étage supérieur, plus léger, avait quitté la surface rapidement et la poussière avait à peine bougé. La température du robot continuait donc de grimper, quoique plus lentement.

Dans une ultime tentative précipitée, Gabdul avait rouvert les caméras et écrasé le contrôleur manuel pour diriger le robot à toute allure vers un petit cratère aux parois abruptes, situé à quelques centaines de mètres, que le véhicule soviétique avait contourné en se rendant vers le lieu d'alunissage.

— Donnez-moi votre meilleur compte à rebours. Commencez à dix ! ordonna Gabdul à son navigateur.

Les images apparaissaient peu à peu, embrouillées par les soubresauts du robot et retardées par l'énorme distance.

Il fallait deviner juste, et le pilote s'efforçait tant bien que mal de fournir les meilleures données possibles en utilisant tous les outils à sa disposition : lecture de la vitesse de déplacement, carte de navigation, informations relatives au cap et dernières images de la surface lunaire.

— Dix ! annonça le pilote avec détermination. Neuf !

Poursuivant le décompte en fonction de ce qu'il voyait, il lança « huit, sept, six » promptement, puis « cinq, quatre, trois » à un rythme régulier. Son cœur battait à tout rompre ; il savait que c'était là leur dernière chance, et le salut de *Lunokhod* reposait uniquement sur des conjectures.

— *Dva... raz !* Freine, Gabdul !

Gabdul fit soudainement basculer le contrôleur manuel, le tint en place pendant deux secondes, puis le relâcha dans un grincement de ressorts. Tous fixèrent l'écran en retenant leur souffle.

L'idée était de faire bondir le robot par-dessus le rebord du cratère à toute vitesse, pour ensuite le freiner subitement dans sa course et l'immobiliser dans une pente raide, ce qui ferait glisser le sable.

L'image sur l'écran apparut une ligne à la fois. Que du régolithe lunaire, aucun horizon visible.

— On y est !

Gabdul jeta un coup d'œil sur le capteur d'attitude : *Lunokhod* penchait un peu vers la gauche, mais son nez pointait vers le bas.

— Trente-cinq degrés ! se réjouit-il d'un ton triomphal.

Essentiellement, il s'agissait de la limite physique pour une pente de régolithe. Impossible de faire mieux. Personne ne put garantir qu'on allait pouvoir sortir le robot du cratère, mais pour le moment, il faudrait s'en contenter.

Gabdul s'adressa à l'opérateur des systèmes de bord du véhicule au nom de tous :

— Alors ? Il continue de se réchauffer ?

Les données indiquèrent une température interne stable durant plusieurs secondes. C'était plus long que pendant toute la course sur la surface lunaire. L'espoir renaissait. Soudain, la température grimpa d'un dixième de degré. Puis d'un autre. Et encore d'un autre.

La manœuvre n'avait pas fonctionné. La secousse n'avait pas fait tomber suffisamment de poussière.

Après trois mois d'exploration, des milliers d'images et de données mesurées et la découverte de radioactivité concentrée sur la Lune, la mission était terminée.

Lunokhod était en train de s'éteindre à tout jamais.

*

À l'extérieur du bâtiment, l'immense antenne parabolique qui avait transmis la mauvaise nouvelle à l'équipe pivota presque imperceptiblement à la recherche d'un nouveau signal qui, aussitôt détecté, fit s'enclencher le verrouillage. L'antenne amorça alors son suivi précis. Les processeurs analysèrent les variations de temps et de fréquence des signaux, et firent le calcul. Au fur et à mesure que l'antenne poursuivait son balayage, les données se précisèrent, jusqu'à ce qu'un seuil de solution fiable soit atteint.

Un deuxième ordinateur récupéra l'information et la soumit à des équations comportant la masse et la position exacte de la Lune et de la Terre, puis utilisa des modèles de la friction qui serait causée par l'atmosphère et les ondes de choc. Il ajouta ensuite les caractéristiques connues des manœuvres de pilotage des missions précédentes et de la force g au moment de la descente.

En moins de deux minutes, l'ordinateur obtint un résultat, qu'il transmit automatiquement à l'officier de dynamique de vol du TSOUP à Moscou. L'homme scruta l'écran où s'affichaient des chiffres clignotants, qui se mettaient à jour et se précisaient davantage à chaque seconde. Il fit un signe au directeur de vol : on savait maintenant exactement où Apollo 18 allait amerrir.

CHAPITRE 56
Base aérienne d'Hickam, Hawaï

Kaz s'étira en bâillant, tandis qu'il quittait l'intérieur sombre de l'avion de transport C-141. Il balaya l'aire de trafic du regard, battant des paupières sous l'éclatant soleil hawaïen, et repéra facilement l'hélicoptère Sea King immaculé qui les attendait. Il avait réussi à dormir mais éprouvait une douleur lancinante dans le bas de son dos. Il fallait bien admettre que les sièges de l'armée de l'air étaient conçus pour le transport des troupes, pas pour leur confort. Alors qu'il descendait l'escalier incorporé d'un pas raide, il pouvait sentir la chaleur dégagée par l'asphalte, l'air humide de l'océan collant peu à peu sa chemise à son corps. Derrière lui, JW descendait avec fracas. Un matelot les attendait à terre et prit leurs bagages pour les transférer dans l'hélicoptère.

Al Shepard était descendu le premier et assistait déjà au salut de l'équipage du Sea King, suivi de Roman Stepanov, l'attaché soviétique. Le grand homme en complet foncé s'était brièvement présenté à Houston dans un anglais maîtrisé mais avec un fort accent. Il avait gardé le silence durant le vol, lisant de la paperasse tirée de son porte-documents et cognant des clous comme le reste d'entre eux. Malgré l'initiative des trois Américains de prendre, chacun son tour, un siège vide à proximité pour engager la conversation, l'attaché s'était montré plutôt taciturne.

Kaz lui avait tendu la main à travers les sièges, tout en se présentant :

— Salut, Kaz Zemeckis, agent de liaison avec l'équipage. J'ai travaillé au centre de contrôle de mission pendant toute la durée du vol.

L'homme aux larges épaules et au corps athlétique lui avait serré la main d'un mouvement sec et ferme, murmurant un

« Salut » laconique. Les cheveux épars de son crâne prématurément dégarni étaient bien coupés, surplombant ses épais sourcils arqués. Ses petites oreilles contrastaient avec son nez large et recourbé. Aucune expression ne pouvait se lire sur ses lèvres minces ou dans ses yeux gris clair. Un visage méditatif.

— Alors, ils vous ont expliqué ce qui va se passer pendant l'amerrissage ? tenta Kaz.

— Oui, répondit Stepanov en levant une liasse de papiers avec l'en-tête de la NASA à la hauteur de ses yeux.

Kaz opta pour une approche différente :

— Vous êtes déjà venu à Hawaï ?

— Non.

Sans être hostile, son ton exprimait qu'il s'affairait à une tâche importante et attendait poliment que Kaz s'en aille pour s'y remettre. Tel un professeur qu'on interrompt.

— OK, alors, vous me le direz si je peux vous être utile.

Le Russe avait remercié Kaz d'un hochement de tête.

Pas très loquace.

Kaz et JW montèrent à bord de l'hélicoptère et s'assirent face à Al et au Soviétique, prenant place sur le simple cadre de métal garni de sangles vertes qui longeait l'habitacle. Le chef d'équipage leur fournit des bouchons d'oreilles et un gilet de sauvetage gonflable. Tandis que les cinq longues pales du rotor se mettaient à tournoyer au-dessus de leurs têtes, il leur fit un bref exposé sur les mesures à prendre en cas d'urgence.

L'attaché écouta attentivement puis enfila avec aisance l'équipement de sûreté, avant de boucler sans assistance les lourdes sangles de sécurité et la ceinture sous-abdominale de son harnais.

À voir Stepanov, ce n'est pas son premier rodéo.

Le Sea King décolla en vacillant, pivota en place, puis s'inclina vers l'avant pour accélérer vers le large.

*

Chad regarda par le hublot de *Pursuit*. Derrière lui, la Lune s'était réduite à la taille d'une pièce de 10 cents avalée par l'obscurité. Devant, ce qui ressemblait à une bille bleue minuscule traversée de sillons blancs et vert-brun grossissait. Le contour des côtes et des continents se dessinait avec de plus en plus de précision. L'astronaute avait l'impression de marcher vers un globe terrestre illuminé, posé sur une tablette plongée dans les ténèbres.

Chad avait orienté le vaisseau de façon à atteindre avec précision le flanc de cette boule, où il frôlerait à peine les vrilles pendantes des farfadets, phénomènes de la haute atmosphère. Le coup ultime de cette partie déterminante de billard : s'il ratait sa cible, ils ricocheraient vers le néant spatial avec une quantité d'oxygène insuffisante pour leur permettre de revenir en vie. S'il heurtait l'atmosphère à un angle trop prononcé, le vaisseau s'y engouffrerait et se désintégrerait en un rugissement de flammes, victime de la violente décélération.

Le commandant sourit à son reflet, qui se dédoubla dans le verre feuilleté. Il avait tout fait à la perfection, relevé chaque défi qu'on lui avait jeté au visage. Et aujourd'hui, il était prêt pour l'épreuve finale.

Lançant un regard vers Michael et Svetlana, il songea à l'image incomplète dans leur esprit qui façonnait chacun de leurs choix, de leurs gestes prévisibles. Reportant son regard sur la Terre, il sentit son sourire s'élargir. Les Soviétiques croyaient qu'ils avaient la mainmise sur ce qui se passait – sur lui ! Et les Américains avaient établi avec arrogance les paramètres de la mission, mais ils avaient quand même besoin de quelqu'un qui puisse vraiment l'accomplir.

J'ai été choisi pour ça !

Depuis son enfance jusqu'à ce moment précis, sa vie entière avait été le scénario d'un film d'action dont il était l'inévitable héros.

Un héros. Les mots retentirent en écho dans sa tête. Il ne s'était jamais considéré ainsi auparavant. Pourtant, c'est ce qu'il était. Il en avait le profil parfait. À chaque revirement, il avait fait le bon geste, progressé, laissé les autres derrière, avant même qu'ils réalisent ce qui arrivait.

Et il était sur le point de recommencer. Il avait un plan qui lui permettrait d'atteindre tous les objectifs, et bien plus encore. Alors que les deux autres s'étaient contentés de somnoler et de se tourner les pouces pendant deux jours, Chad avait fait bon usage de ce voyage vers la Terre pour penser à chaque détail et décider des actions appropriées. Son équipage n'aurait aucun moyen de l'arrêter.

Les yeux mi-clos, Chad visualisa son plan, ses mains reproduisant subtilement les mouvements, tel un chef d'orchestre dirigeant ses musiciens. Saisir ceci, déplacer cela, voir ça, dire ces mots. Une symphonie de son cru à laquelle répondrait docilement le vaisseau. Ses gestes détermineraient le cours de l'histoire.

Toutefois, une pensée s'imposa dans ses rêveries, sans y être invitée. Son sourire s'effaça et il fronça les sourcils, mettant cette pensée impromptue en perspective afin d'en comprendre la portée. Il répéta mentalement les étapes de son plan, imaginant la manière dont il se déroulerait avec ce paramètre indésirable. Il parcourut les multiples hypothèses et leurs solutions, activant les rouages de ses méninges, vérifiant les données qui en ressortaient, avant de passer à la prochaine conjecture. Il répéta le processus jusqu'à trouver une façon de tout faire fonctionner. Il perçut enfin la solution et son sourire revint.

Il consulta sa montre : il avait assez de temps avant l'événement principal du lendemain.

Chad adressa un dernier regard à son reflet qui se découpait contre les ténèbres insondables, son visage souligné par la lumière croissante émise par la Terre.

Un vrai héros.

*

La première nuit que Kaz passait sur un navire le tenait toujours éveillé. Était-ce à cause des sons nouveaux, des mouvements différents de cette coque particulière sur l'eau ou de la fermeté du matelas mince fourni par les forces navales sur sa couchette ? Il l'ignorait. En revanche, il savait par expérience que la deuxième nuit serait plus reposante et qu'après quelques jours il dormirait comme une marmotte. Pour l'instant, son cerveau agité ne lui donnait aucun répit dans la noirceur de sa petite cabine à bord du *USS New Orleans*. Assailli par ses pensées, il ouvrit grand les yeux. *Bizarre*, se dit-il pour la énième fois. Une pièce intérieure sur un navire doté d'écoutilles étanches conçues pour fournir une obscurité totale. Il sentait que ses paupières étaient relevées, mais il ne voyait absolument rien.

Un bon endroit pour réfléchir.

Le shérif n'avait trouvé aucune preuve que Chad avait saboté l'hélicoptère de Tom, mais les autres informations à son sujet étaient troublantes. Pourquoi n'avait-il jamais confié à quiconque qu'il était né dans une famille russe ? Ou qu'il se rappelait assez cette langue pour garder contact avec ce frère dont ils venaient de découvrir l'existence ?

Kaz avait appris que, pour résoudre un problème, il fallait parfois le réduire à ses éléments essentiels et le reformuler comme une question d'examen. Il tenta de décortiquer ainsi l'épineuse situation.

Un module lunaire avec deux membres d'équipage, l'un Américain, l'autre Russe, se pose sur la Lune. Un autre Américain pilote un vaisseau spatial qui passe en orbite au-dessus d'eux toutes les deux heures. Ils sont à plus de 400 000 kilomètres de la Terre, qui effectue une rotation complète toutes les vingt-quatre heures. Le centre de contrôle de mission est situé à Houston, mais dispose d'antennes satellites réparties partout sur le globe pour communiquer sans interruption avec l'équipage. De temps en temps, Houston entend l'équipage enfoncer deux fois de suite le bouton de son micro. Pourquoi ?

Kaz cligna plusieurs fois des yeux dans la noirceur absolue, puis tourna la tête, perplexe. Il pouvait sentir la fraîcheur rigide de la taie qui recouvrait son oreiller dur. Un marin l'avait sans aucun doute lavée à forte température puis repassée grossièrement quelque part dans les entrailles industrielles du bateau.

Rien.

Il considéra la situation sous un autre angle. *Pourquoi les Soviétiques avaient-ils envoyé un officier du KGB ? La discrétion exagérée et le fond calculateur de l'homme ainsi que les membres musculeux sous son complet minable vendaient la mèche. Pourquoi ne pas avoir détaché un politicien, comme l'ambassadeur adjoint ? Quelqu'un dont l'identité pourrait être dévoilée publiquement sur les photos des relations publiques et qui leur permettrait de brandir le drapeau soviétique à la face du monde entier ?* Se figurant le visage de Stepanov, il convint que cet homme n'était pas là pour des raisons protocolaires. Alors, pour quelle raison était-il là ?

En principe, la cosmonaute serait toujours sur *Almaz*, à rester sagement en orbite et à photographier des secrets tout autour du globe, avant de renvoyer les films sur Terre dans des cartouches. Personne n'avait prévu qu'elle fasse partie de cette mission, ce qui signifiait que la présence de Stepanov était une réponse partielle des Russes à ce revirement, un autre moyen de tenter de tourner la situation à leur avantage. Mais quels éléments pouvaient-ils contrôler ? De quels avantages disposaient-ils ?

Kaz s'étira de toute sa longueur sur son matelas, ramassant son oreiller en boule sous sa nuque pour un meilleur soutien. La couchette était juste assez longue pour que sa tête et ses orteils ne touchent pas les cloisons. Fermant les paupières, il expira lentement pour se détendre.

Puis ses yeux se rouvrirent subitement dans l'obscurité. *Serait-il possible que… ?*

Il essaya de se souvenir du moment exact, se remémorant les heures auxquelles il avait été présent, reconstituant dans sa tête le cours des événements… pour réaliser que tout concordait.

Bordel !

Les Soviétiques avaient contacté l'équipage…

Et l'équipage avait répondu.

CHAPITRE 57
Rentrée dans l'atmosphère

Chad consulta le petit écran de son ordinateur : 11 025 mètres par seconde. Il fit mentalement le calcul. *Merde alors ! Je fais 11 kilomètres chaque seconde. Trente-deux fois la vitesse du son. Dans les dents, Chuck Yeager !*

Assis à la place du pilote, il se pencha en avant pour regarder Michael sanglé au siège voisin et la cosmonaute, au fond à sa droite.

— Préparez-vous à vivre les sept minutes les plus excitantes de vos vies, les enfants, jubila-t-il avec fierté.

L'équipage avait enfilé les combinaisons spatiales. La NASA avait instauré cette mesure de sécurité additionnelle pour Apollo 18 après avoir appris la mort de trois cosmonautes soviétiques lors de leur rentrée dans l'atmosphère à la suite d'une fuite dans la cabine, causée par les vibrations et la force d'accélération.

Pursuit filait à une altitude de 120 kilomètres, commençant tout juste à frôler l'exosphère. Chad saisit le code V06N43 du programme servant à vérifier la position prévue de l'amerrissage, et compara la latitude et la longitude avec les valeurs que leur avait fournies Houston. Elles étaient identiques. Ils se dirigeaient vers un point perdu dans l'océan, à seulement quelques kilomètres de l'endroit où les attendrait le *USS New Orleans*.

À l'extérieur de la capsule s'enchaînaient des réactions catastrophiques. L'énergie avec laquelle *Pursuit* percutait les molécules de l'air raréfié était si puissante qu'elle en arrachait les électrons aux atomes et déchirait le bouclier thermique sur le ventre du vaisseau, carbonisant sa couche externe. Le mélange de gaz ionisés s'accrochait au revêtement de *Pursuit*, telle une gaine de flammes. Un plasma entouré d'un champ électromagnétique, rougeoyant en un dégradé mortel de jaune, d'orange et de rouge, enveloppait le module dans une boule de feu hypersonique.

— Mon Dieu, regardez-moi ça ! On vole carrément dans un haut-fourneau ! s'écria Michael.

Il observait les flammes qui léchaient funestement les hublots, projetant des ombres dansantes à l'intérieur de la capsule.

Svetlana ne se laissa pas distraire par ses exclamations, se concentrant plutôt sur les sensations de son corps en prévision de ce qui était sur le point de se passer. Elle avait étudié la rentrée en détail à la Cité des étoiles et s'était exercée à de multiples reprises dans la centrifugeuse humaine. Pour réussir sa qualification de pilote au cours de son entraînement, elle avait dû prendre la relève des ordinateurs du vaisseau et piloter la capsule de simulation manuellement, jusqu'à l'ouverture des parachutes. Au cours d'une de ses premières simulations, elle avait mal évalué la rentrée et fait pénétrer le vaisseau dans un angle trop prononcé, entraînant aussitôt un échec. Cette manœuvre avait généré 14 g, une accélération de la pesanteur qui dépassait les limites du simulateur et à laquelle il était à peine possible de survivre, en réalité. Elle savait à quel point les marges dont ils disposaient étaient ténues.

Elle scruta la ligne d'horizon à travers les hublots supérieurs pour estimer leur angle d'entrée : il lui semblait bon. Ils pénétraient dans l'atmosphère ventre en avant, légèrement inclinés vers le haut, et avaient entamé un roulis vers la droite. L'ordinateur était prêt à manier l'angle pour maîtriser la force g. Elle hocha la tête en signe d'approbation. *Exactement comme je l'aurais fait.*

Chad surveillait le panneau de l'EMS, pour *entry monitoring system*, ou système de contrôle de rentrée. La grosse flèche noire montrait l'angle de roulis, tandis que le petit affichage numérique rectangulaire indiquait la force g et la distance à parcourir. L'astronaute fit glisser son pouce le long de la liste de vérification et mit ses coéquipiers en garde :

— Ça va secouer !

L'assaut soudain de la pesanteur s'avéra particulièrement brutal. En seulement quinze secondes, la force g fit passer de zéro à sept fois leur poids normal, plaquant violemment leur tête contre l'intérieur de leur casque, aplatissant leurs bras contre leur poitrine et écrasant leur corps dans leur siège.

Svetlana sentit la peau de son visage s'étirer vers l'arrière et se distendre sur ses pommettes. Ses yeux larmoyaient alors qu'ils tentaient de combattre la brutalité de ce qui leur était imposé.

— P-peux pas r-respirer ! haleta Michael.

À ce moment, aspirer de l'oxygène jusqu'à ses poumons était un exercice comparable à l'haltérophilie : il devait volontairement forcer sa poitrine à se gonfler en poussant ses côtes vers l'avant.

Cependant, cette pression s'envola aussi vite qu'elle avait surgi. Elle régressa à une force de 3 g, tandis que la capsule se redressait de sa plongée verticale initiale et adoptait un angle moins prononcé, fendant l'air en une descente vertigineuse. Chad, qui connaissait le profil, mentionna :

— Quelques minutes dans cet angle, et après on rechute en piqué.

Comme prévu, la défaillance du système de communication qui avait suivi le lancement était réapparue aussitôt qu'ils avaient largué le module de service. Et même si les radios avaient fonctionné, le champ de plasma incandescent qui les entourait bloquait le signal des antennes.

L'équipage d'Apollo 18 était laissé à lui-même.

La première étape de sa rentrée accomplie, *Pursuit* était une boule de feu chutant vers la surface terrestre, effectuant maintenant un roulis précis en prévision du deuxième pic de force g.

*

Depuis le jour du lancement du vaisseau Apollo, le *Kosmonavt Iouri Gagarine*, navire soviétique assurant le relais de communication, avait navigué dans l'océan Pacifique vers le nord afin d'être en position pour observer l'amerrissage. Il se trouvait à présent juste au-delà de l'horizon à l'opposé du *USS New Orleans*, ses deux gigantesques antennes de poursuite pointées vers la trajectoire de rentrée prévue du module. Alors que la capsule, toujours à plus de 50 000 mètres d'altitude, émergeait de la lourde charge G et poursuivait sa chute vers les navires en attente, elle fut repérée par les systèmes du *Gagarine*.

— Nous l'avons, Capitaine, annonça l'opérateur radio. Précisément à l'endroit prévu.

Le capitaine approuva de la tête et s'adressa à l'officier des communications en le désignant du doigt :

— Donnez-leur le message.

Le lieutenant saisit rapidement le message codé, qui s'éleva du navire, relayé par les lointains satellites, pour redescendre de l'autre côté de la Terre vers le TSOUP, à Moscou. Au centre de contrôle russe des vols habités, le directeur de vol fit signe à Tchelomeï de s'approcher et pointa son écran du doigt.

Celui-ci lut attentivement le texte en opinant de la tête, satisfait. *Pa pariadkeh*. Tout semble en ordre.

*

À 160 kilomètres au nord-est du *Gagarine*, Kaz se tenait sur la passerelle du *New Orleans*, flanqué d'Al Shepard et de Stepanov. Il consultait sa montre et vérifiait les échéanciers dans son cahier de notes pour fournir au capitaine Carius un compte rendu en temps réel.

— Ils sont à 965 kilomètres maintenant et doivent encore passer le deuxième pic de force g. On prévoit l'ouverture du parachute stabilisateur dans un peu moins de six minutes.

Carius hocha la tête puis demanda :

— Et combien de temps avant l'amerrissage ?

— Le parachute stabilisateur va déployer les trois parachutes principaux, qui vont faire descendre l'équipage pendant cinq autres minutes. Ils toucheront l'eau dans environ dix minutes.

Privé de communication radio, Kaz faisait simplement des estimations, en fonction des temps prévus. Le *New Orleans* recevrait le signal du radiophare de ralliement de la capsule dès le déploiement des parachutes. Ils sauraient alors avec certitude où elle allait amerrir.

Carius se tourna vers son commandant en second :

— Quelle est la situation du 501, Lieutenant ?

— Il a décollé du pont il y a dix minutes avec notre équipe et le doc de la NASA. Il est en service.

Le commandant en second pointa, à la gauche de l'étrave, l'endroit où le Sea King blanc surplombait l'horizon azur, à peine visible. Armé de ses jumelles, Carius put percevoir l'énorme 501 peint sur la queue de l'hélicoptère.

— L'équipage de l'hélico rapporte une mer assez hachée, chef, prévint-il. La houle monte à 1,5 mètre.

Shepard émit un léger sifflement, puis commenta :

— C'est pire que ce l'était pour mon équipage, Bob. Ça ressemble plus aux conditions qu'on a vues avec Apollo 12. Les pauvres vont dégueuler.

Un sourire fendit le visage de Bob Carius.

— C'est ce qui arrive quand on transporte des astronautes de l'armée de l'air, Amiral, railla-t-il.

Le capitaine avait une dernière question à poser à son commandant en second :

— Lieutenant, est-ce qu'on aperçoit quelqu'un d'autre dans les environs ?

En répondant, le second évita délibérément de regarder Stepanov, qui avait écouté la conversation avec un visage de marbre.

— On a le navire relais de communication soviétique, le *Iouri Gagarine*, à un peu plus de 160 kilomètres au large, le long de la trajectoire de rentrée. Plutôt normal, et il fallait s'y attendre cette fois, avec une cosmonaute à bord.

Il tut ce que le capitaine savait déjà : ils avaient déployé plusieurs bouées acoustiques et n'avaient perçu aucun son trahissant une quelconque activité sous-marine. À vrai dire, aucun sous-marin n'avait jamais traqué un amerrissage auparavant, mais le *New Orleans* était un navire de défense anti-sous-marine, et le commandant en second ne faisait que se montrer méthodique.

Carius sourit et annonça :

— Donc, à part un besoin potentiel de sacs vomitoires, je pense que le bon vieux *New Orleans* est prêt à faire retentir le sifflet de bosco pour accueillir trois nouveaux membres d'équipage.

*

Chad surveillait avec attention l'accéléromètre, attendant le moment critique. Il devait exécuter son stratagème à la seconde exacte : assez tôt pour obtenir l'effet escompté, mais trop tard pour que Michael puisse évaluer la situation et contrecarrer son plan. Il pouvait sentir la capsule se redresser légèrement sous lui, la pesanteur lui laissant un court répit, avant que l'appareil retombe dans une masse d'air plus dense et entame la prochaine charge G.

Maintenant !

De sa main gauche, il actionna l'interrupteur qui lui permit de se substituer à l'ordinateur de guidage pour prendre les commandes. De sa main droite, il tenait fermement le contrôleur manuel, qu'il rabattit violemment de côté, vers sa jambe. En réponse à sa commande de virage, de petits propulseurs situés sur la coque s'allumèrent, faisant pivoter la capsule vers la gauche comme une toupie au ralenti.

— Qu'est-ce que tu vois ? s'alarma Michael.

— Tu ne l'as pas vu ? s'exclama Chad en feignant l'incrédulité. Notre lacet augmentait rapidement ! J'ai pris les commandes pour l'instant. Je me prépare à entrer la combinaison P66 pour le mode balistique.

Michael scruta les afficheurs, médusé. *Notre glissement s'est accentué ? Merde ! Comment j'ai pu manquer ça ?* Il tourna la page de sa liste de vérification pour consulter les procédures balistiques de secours.

— OK, je suis avec toi, Chad, page 2-6, confirma-t-il.

Il y réfléchit brièvement, puis conseilla :

— Cependant, vu qu'on a un mauvais lacet, je ne recommande pas d'enchaîner avec le programme balistique. J'enchaînerais plutôt avec les commandes étoilées pour le contrôle manuel de l'EMS.

Tel que l'avait prévu Chad, Michael réagissait exactement comme à l'entraînement.

— Bien reçu, mais on va quand même essayer le P66, pour donner une autre chance à l'ordinateur, répliqua le commandant. Si ça ne donne rien, je vais simplement reprendre le contrôle manuel.

— OK, d'accord, concéda Michael après avoir évalué les probabilités. J'observe.

Chad relâcha le contrôleur manuel et raidit le bras sous la force d'accélération pour stabiliser son doigt et taper sur le petit clavier.

— Je vois P66, confirma Michael.

Chad enfonça le bouton ENTER. Instantanément, leurs yeux se rivèrent sur le panneau du système de contrôle de rentrée.

Michael tenta prestement de visualiser les prochaines étapes. Le vaisseau tournoyait lentement maintenant, et ne générait plus un courant ascendant continu le long de sa trajectoire de vol. Il était passé d'un vol contrôlé comme celui d'un avion à une simple chute, tombant vers le sol en suivant un arc comme une balle tombante au baseball.

— Accrochez-vous ! hurla l'astronaute en gesticulant vers Svetlana pour s'assurer qu'elle comprenait la gravité de la situation.

Ils étaient sur le point de s'engager dans une masse d'air densifiée en un piqué raide et allaient subir une force g beaucoup plus intense que prévu. Comme leur chute s'accélérerait, cet air plus dense allait ralentir d'autant plus leur vitesse longitudinale. Et Michael ne pouvait rien y faire.

Pursuit allait rater son site d'amerrissage.

*

À la pointe de Ka'ena, au sommet d'une haute crête battue par le vent à l'extrémité ouest d'Oahu, une antenne de poursuite radar de l'armée de l'air couverte d'un dôme détecta le changement subtil de mouvement de *Pursuit*. Les données furent automatiquement acheminées par câble sous-marin au centre de contrôle de mission à Houston, s'affichant en une série de nombres sur l'écran de la console de rentrée de GUIDO, l'agent de guidage.

— FLIGHT, ici GUIDO. La capsule a dévié de sa trajectoire.

Il observa les données pendant plusieurs secondes, suivant dans son casque d'écoute l'analyse expéditive des experts de sa salle de contrôle.

— On pense qu'elle est passée en mode balistique, ajouta-t-il.

Merde ! pensa Gene Kranz. Cela signifiait que l'équipage allait être dans l'eau plus longtemps que prévu, et le préposé à la météo leur avait rapporté une mer agitée.

— Bien reçu, GUIDO, lança-t-il. Je veux que vous m'avisiez dès que vous avez le nouveau site d'amerrissage.

Il s'adressa ensuite à son officier des communications :

— INCO, transmettez l'info au *New Orleans* aussitôt que possible.

À peine quatre-vingt-dix secondes plus tard, le téléscripteur se mit à crépiter dans la cabine de communication du *New Orleans*. Tout en la lisant, l'officier marinier arracha la page imprimée et s'empressa d'aller la remettre au commandant en second. Ce dernier la lut en silence, puis la tendit au capitaine, qui fronça les sourcils.

— Ça vient de vos gars à Houston, expliqua-t-il au petit groupe. La capsule est entrée dans ce qu'on appelle le mode balistique de secours et va apparemment amarrer plus loin que prévu.

Il remit la page au timonier.

— Cap vers ces nouvelles coordonnées, en avant toute ! ordonna-t-il.

— À quel point est-ce qu'ils ont dévié ? interrogea Kaz qui évaluait les causes du changement inattendu, devinant déjà la réponse.

— Un peu plus de 160 kilomètres, répondit le capitaine. On y sera dans quatre heures. L'hélico va s'y rendre en à peu près une heure.

Il fit rapidement le calcul puis indiqua à son second :

— Lieutenant, je crois qu'ils n'auront plus assez de carburant. Rappelez-les à bord pour un avitaillement moteur en marche.

Le capitaine s'adressa ensuite à Al Shepard :

— La situation vient de s'aggraver, Amiral. Le nouveau site d'amerrissage est beaucoup trop près du navire soviétique. Je vais envoyer deux hélicos pour qu'on ait quelques gars de plus sur place, en attendant que le *New Orleans* arrive. Qui est-ce que vous voulez dépêcher parmi votre équipe ?

— Le doc, évidemment, et Kaz, répliqua Al sans hésitation. On a besoin de quelqu'un sur place qui connaît les opérations de l'équipage.

La voix de Stepanov se fit entendre pour la première fois depuis la veille :

— Je dois y aller aussi.

Le second secoua immédiatement la tête avec véhémence et plongea son regard dans celui du capitaine.

— Non, chef, pas question, refusa-t-il. On a déjà toutes les compétences nécessaires et Kaz connaît les principes de la Navy. Je n'ai pas besoin d'un bureaucrate de l'ambassade dans les pattes.

Il dirigea son regard vers Stepanov et ajouta :

— Sans vous offenser.

L'expression de l'attaché confirma qu'il ne l'était pas du tout.

— La majore Gromova ne parle pas anglais et pourrait être blessée en raison de cette nouvelle situation, argumenta le Russe d'une voix calme. Il n'y a pas de discussion possible. Je dois y aller moi aussi.

Le capitaine se tourna vers son commandant.

— Il n'a pas tort, concéda-t-il, et on a reçu l'ordre clair d'offrir tout notre soutien à la cosmonaute. Faites-le monter dans le même hélico que Kaz, pour qu'il ne fasse pas de vagues.

Le second ouvrit la bouche comme pour répliquer, mais se ravisa et acquiesça.

— À vos ordres, Capitaine.

Il inclina la tête vers Kaz et Stepanov puis se dirigea d'un pas rapide vers l'échelle menant à la passerelle.

— Venez avec moi, dit-il. On va vous équiper en vitesse pour que vous soyez prêts. On a une capsule spatiale égarée à repêcher.

*

Kaz balaya des yeux l'intérieur du Sea King qui vrombissait bruyamment, se propulsant à vitesse maximale vers le sud-ouest, l'assiette en piqué. À son grand soulagement, ce n'était pas une équipe de récupération typique des missions Apollo, avec des plongeurs de sécurité et des docs. Les places qui les entouraient, lui et Stepanov, étaient comblées par six hommes imposants, tous vêtus de combinaisons militaires et de lourdes bottes. Chacun tenait un pistolet-mitrailleur MP-5 retenu par une sangle et portait un pistolet, un Colt M1911, fixé à son ceinturon de toile. Le commandant en second avait décidé que la proximité du navire soviétique ouvrait la porte à une réaction militaire, et ces hommes étaient les capitaines d'armes du *New Orleans*, les marins aux qualifications connexes qui se chargeaient de maintenir l'ordre sur les océans.

Un homme aux cheveux noir de jais affublé d'une large moustache noire était assis à la gauche de Kaz. Il était le plus haut gradé du groupe. Kaz l'avait vu aboyer des instructions pendant qu'ils se hâtaient de monter à bord de l'hélico. Il se pencha vers lui pour se faire entendre, malgré les bouchons d'oreilles et le vacarme ambiant.

— Lieutenant-commandant Kaz Zemeckis, détaché par la NASA. Votre équipe a eu droit à quel genre de briefing ?

— Colombo, maître de première classe, monsieur, se présenta le capitaine d'armes. On n'a pas vraiment eu de briefing. Le second nous a dit que la capsule Apollo avait deux astronautes et une cosmonaute à bord. On se tient à proximité pour une démonstration de force, et on intervient seulement si on n'a pas d'autre choix.

Il regarda ses hommes et confia à Kaz :

— On a vécu des temps particulièrement horribles le long de la côte du Vietnam et aux Philippines, et on s'est entraînés ensemble sur ce bateau pendant tout le trajet. S'il se passe quelque chose, on est prêts.

Kaz indiqua sa compréhension puis lança :

— Certains d'entre vous devront peut-être plonger.

— Ouais, on a l'équipement qu'il faut, assura Colombo en désignant du doigt plusieurs grands sacs de sport à l'arrière de la porte cargo. Je vais demander aux gars de l'enfiler quand on va se rapprocher. Pour l'instant, on va s'éviter de crever de chaud.

Kaz se pencha davantage afin de se soustraire aux oreilles indiscrètes :

— Au cas où le second ne vous l'aurait pas dit, le gars avec moi est un attaché soviétique, probablement militaire, l'informa-t-il. Il faut le garder à l'œil.

Colombo acquiesça sans lever les yeux :

— Mes hommes savent quoi faire.

Kaz se redressa, satisfait. Stepanov demeurait tout à fait immobile, le regard droit devant. Kaz se rappela qu'il n'avait montré aucun signe de surprise lorsqu'ils avaient appris que la capsule déviait. Et depuis son arrivée, il n'avait pas manifesté la moindre émotion. *Est-ce qu'il s'y attendait?* La veille, Kaz avait passé une heure complète dans sa couchette à décortiquer les possibilités avant de trouver le sommeil. Il avait informé Al Shepard de ses spéculations pendant le déjeuner. Ils avaient conclu qu'une communication directe entre Moscou et l'équipage américain avait pu avoir lieu, ce qui augmentait encore plus leurs inquiétudes.

Kaz se tourna de nouveau vers Colombo et réclama :

— Je voudrais une arme, moi aussi.

Colombo murmura à l'oreille de Kaz :

— On en a en réserve dans le sac. Je vous en donne une quand ce sera le bon moment.

CHAPITRE 58

Zone d'amerrissage

Cette fois, la charge gravitationnelle survint de manière encore plus soudaine, telle une pierre faisant des ricochets sur un étang après avoir été mal lancée. Au lieu de descendre en angle, *Pursuit* tombait presque à la verticale, traversant l'air de plus en plus dense. Michael lisait à voix haute les données sur l'écran numérique, ses grognements se multipliant à mesure qu'augmentait la pression sur les astronautes.

— Cinq. Et maintenant six. Sept, huit… et neuf !

Le seul fait de respirer lui demandait des efforts. Les flammes autour du module prenaient une teinte jaune vif en s'intensifiant, illuminant l'habitacle comme s'il était en feu. Sur le ventre de *Pursuit*, la plaque protectrice en fibre de verre et en résine époxy de 7,5 centimètres d'épaisseur se consumait à une chaleur de 2 700 degrés Celsius créée par la friction. Les trois astronautes observaient les flammes bouillonnantes et les étincelles de résine brûlée défiler avec rage devant le hublot.

Puis tout cessa. La force écrasante disparut et les membres de l'équipage sentirent tout à coup leur corps s'alléger. Le bleu du ciel inonda les hublots. La capsule n'était plus qu'un cascadeur plongeant dans le Pacifique à 400 kilomètres-à-l'heure, à 8 kilomètres de la surface, attendant l'ouverture du parachute.

Boum ! Au-dessus de *Pursuit*, de petites explosions firent sauter un couvercle métallique, d'où sortirent deux parachutes stabilisateurs qui se déployèrent, câbles tendus, sous la force du vent plus puissant encore qu'un ouragan et plaquant les membres de l'équipage contre leur siège.

Le calme s'installa un bref instant, comme une nouvelle normalité. La capsule plongeait maintenant à la verticale à une vitesse de 195 kilomètres-à-l'heure. Ne restait plus que l'acte final de la mission.

À 3 350 mètres, un minuscule capteur de pression envoya une commande pour couper les câbles des parachutes stabilisateurs et libérer trois autres petits parachutes, puis les gros parachutes rouge et blanc qui s'ouvrirent au-dessus de la capsule.

Soulagé, Michael leva ses deux poings :

— On a trois parachutes bien ouverts !

— *Slavou Bogou*, murmura Svetlana. Dieu merci.

Sur le dessus de la capsule, une petite antenne VHF émergea et transmit la bonne nouvelle, un signal de balise triomphal pour les équipes de sauvetage. Les deux hélicoptères, à 110 kilomètres de là, ne le reçurent toutefois pas.

En revanche, les haut-parleurs sur le pont du *Iouri Gagarine* recrachèrent clairement le signal. L'opérateur radio, qui avait suivi la rentrée dans l'atmosphère, détermina rapidement l'emplacement exact de la capsule :

— Relèvement 037, Capitaine, portée de 12 kilomètres.

Tous les marins tournèrent leur regard vers le ciel, que le capitaine scrutait avec ses puissantes jumelles.

— *Vijou*, déclara-t-il avec satisfaction. Je le vois.

Il fit un signe de tête à l'opérateur radio :

— Faites-leur passer le message.

*

L'impact fut violent. Le gros ventre plat de *Pursuit* s'écrasa à la surface de l'océan, telle une voiture fonçant dans un mur à 35 kilomètres-à-l'heure.

— Nom de Dieu ! jura Michael. C'est pire qu'un accident de la route !

Pursuit s'enfonça profondément dans l'eau. La capsule remonta tout de suite à la surface, comme un bouchon de liège, puis s'inclina, tirée sur les côtés par le vent dans les parachutes.

Les concepteurs d'Apollo avaient admis dès le début que la capsule pouvait servir de bateau, mais à peine. Dans l'idéal, elle flotterait à la verticale pendant que les membres de l'équipage seraient toujours allongés dans leur siège. Cette position était appelée *Stable One*. Néanmoins, au cours des tests, on avait aussi remarqué que la capsule pouvait facilement flotter à l'envers : la position *Stable Two*.

Pursuit plongea à l'envers, ballotté par de fortes vagues. Les membres de l'équipage s'accrochèrent à leurs sangles. Les listes de vérification tombèrent au plafond de l'habitacle, heurtant le métal de la porte-écoutille du tunnel.

— Stable Two ! annonça Michael.

Chad actionna les interrupteurs pour sectionner les câbles des parachutes.

— Ouais, je vois ça. Je vais déployer les sacs de flottaison.

Il alluma plusieurs disjoncteurs, activant ainsi deux petits compresseurs qui remplirent d'air trois sacs gonflables sur le dessus de *Pursuit*, conçus pour améliorer la flottaison de la capsule et la redresser.

Les ingénieurs n'avaient toutefois pas tenu compte de la force implacable de la grosse mer et des vagues, qui continuaient de se briser sur le dessous de *Pursuit*. L'eau pénétrait dans les entrées d'air comprimé et inondait les drains intégrés. Tiraillés et poussés contre leurs supports, les sacs ne se gonflaient pas assez vite.

Si le gonflage s'était effectué normalement, la capsule se serait peut-être redressée en position *Stable One*, mais les sacs à moitié remplis d'air ne pouvaient rien contre la fureur de la houle. Tendu jusqu'à la limite, le sac du centre se déchira, suivi des deux autres quelques secondes plus tard. Les compresseurs fonctionnaient toujours, crachant futilement de l'air dans l'océan, près des sacs en lambeaux. Des bulles montaient à la surface en suivant les parois évasées de la capsule puis éclataient entre les vagues.

C'était peine perdue. *Pursuit* demeurerait à l'envers, et l'équipage devrait attendre les plongeurs de sauvetage, dont l'hélicoptère Sea King qui se trouvait à 100 kilomètres de là.

*

— Merde ! C'est trop long !

Chad sentit la colère monter en lui au fur et à mesure que s'égrenaient les secondes. Dans les eaux sombres, il tenta d'apercevoir les sacs jaunes. Il vérifia les interrupteurs : il n'avait pourtant commis aucune erreur.

— Les sacs ne se gonflent pas, constata Michael. Et avec un amerrissage pareil, les plongeurs vont mettre un certain temps à arriver. Je pense qu'on devrait essayer de sortir d'ici par nos propres moyens.

Les astronautes et la cosmonaute étaient suspendus la tête en bas, leurs bras et leurs jambes ondulant au gré des ballottements de la capsule. Après une semaine en apesanteur, Michael, étourdi et désorienté, fut pris d'une légère nausée.

Fait chier ! pensa Chad. *J'ai piloté cet engin à la perfection, et ces cons d'ingénieurs ne sont même pas capables de fabriquer des sacs de flottaison qui fonctionnent ?* Il secoua la tête pour chasser le mal de mer qui commençait à le gagner, lui aussi.

— OK, j'amorce les mesures d'évacuation non assistées. Je vais ouvrir l'écoutille et sortir le radeau. Toi, tu t'occupes d'elle.

Chad débrancha les flexibles et les fils de communication de sa combinaison puis se contorsionna pour extirper de son casier l'embarcation de sauvetage, qu'il déposa près de l'écoutille. Le mouvement lui faisait tourner la tête et il dut cligner des yeux jusqu'à ce que sa vision se stabilise. Il détacha alors la boucle de son harnais et chuta aussitôt vers l'écoutille, effectuant un lourd atterrissage sur ses mains et ses genoux. L'air chaud et humide envahissait l'habitacle, embuant la visière de Chad, dont le corps était projeté d'un bord à l'autre sous la force des vagues. Il fut soudain submergé par une forte nausée, qu'il contint avec peine. Au moment où la porte-écoutille fut déverrouillée, l'eau déferla dans la capsule, et Chad ne put se retenir plus longtemps. La vomissure sortit en un jet puissant, éclaboussant sa visière ainsi que son nez et ses yeux.

— Merde ! s'écria-t-il encore.

Pris d'une toux grasse qui entraîna un second spasme, il saisit à tâtons le collier de sa combinaison et retira son casque à l'odeur nauséabonde afin d'essuyer l'acide gastrique qui l'aveuglait. Après une grande respiration, il repoussa la porte de l'écoutille, trousse de survie à la main, et plongea la tête la première dans l'océan noir.

Derrière lui, Michael vomissait dans son casque comme dans un seau. Il avait pris la précaution de l'enlever dès qu'il avait senti la nausée monter. Il aida Svetlana à déboucler son harnais après avoir détaché le sien.

Michael pressa la cosmonaute, qui portait toujours son casque, de quitter la capsule. *Qu'ils sont faibles, ces Américains ! Pourquoi sont-ils tous les deux malades ?* Elle qui s'était entraînée à effectuer des sorties d'urgence d'une capsule renversée sur la mer Noire se mouvait avec aisance, posant les mains de chaque côté de l'écoutille pour ensuite sauter les pieds en avant. Derrière elle, Michael balaya la capsule du regard une dernière fois, saisit sa trousse de survie et traversa à son tour l'écoutille.

Tous trois se trouvaient désormais dans l'océan.

*

Tête nue, Chad remonta vite à la surface, le joint étanche du collier empêchant l'eau de pénétrer dans sa combinaison spatiale. Serrant fermement la grosse trousse de survie sous son bras gauche, il se servit à plusieurs reprises de l'autre bras pour s'éloigner de la paroi de la capsule.

Les poumons en feu, Chad prit une longue inspiration au moment où s'abattait sur lui un mur d'eau de 1, 5 mètre de hauteur, qui le projeta sur le côté de *Pursuit*. Il leva ses mains pour protéger sa tête, lâchant sans le vouloir la trousse de survie, qui rebondit sur le ventre de la capsule.

Merde ! Il recracha de l'eau, les yeux irrités par le sel, et chercha frénétiquement à s'accrocher à la surface lisse et mouillée de *Pursuit*. Il finit par s'agripper à un trou de boulon et avança jusqu'à la trousse de survie qui dérivait, mais il fut encore une fois projeté sur la capsule par une autre vague. L'impact lui coupa le souffle. Chad tenta de nager, la rigidité de sa combinaison limitant ses élans, et de se concentrer sur ses mouvements. Lorsqu'une troisième vague frappa, il étira son bras droit au maximum et sentit enfin ses doigts se refermer sur la poignée de la trousse de survie. La vague éloigna Chad de la capsule, tandis qu'il tirait maladroitement sur la longue glissière pour ouvrir le sac et déployer l'embarcation de secours.

Svetlana flottait derrière lui, toujours casquée. Elle promena son regard sur l'horizon, résistant de toutes ses forces pour rester loin de la capsule. L'oxygène emprisonné dans sa combinaison s'épuiserait après quelques respirations et elle devrait bientôt retirer son casque. Poussée par les vagues, elle nagea jusqu'à Chad, qui se trouvait à une dizaine de mètres d'elle. L'Américain sortit d'un sac un objet gonflable jaune qui se déploya en une longue embarcation rectangulaire. Tirant sur les poignées, Chad surveillait l'arrivée des vagues pour se hisser sur le radeau au moment opportun. Il tomba au centre à plat ventre.

Svetlana attrapa une courroie qui flottait. Elle profita de la vague suivante pour se cramponner à deux mains au radeau et monter à bord, tombant sur les jambes de Chad. Tous deux se retournèrent sur le dos et se placèrent au centre de l'embarcation pour la stabiliser et éviter de chavirer dans les eaux turbulentes.

Lorsque la tête nue de Michael surgit à la surface, il chercha ses coéquipiers des yeux et se mit à nager vigoureusement sur le côté, traînant avec lui sa trousse de survie au bout d'une lanière passée dans son bras. Mais le radeau dérivait, poussé par le vent. Michael prit finalement conscience qu'il était en train de perdre le combat : la trousse le ralentissait.

— Hé ! hurla-t-il par-dessus le bruit des vagues et le souffle du vent pour attirer l'attention de Chad et de Svetlana.

Étourdie, la cosmonaute retira le casque de sa combinaison remplie de dioxyde de carbone pour respirer de l'air frais et entendit la voix de Michael. Elle étira la tête par-dessus le rebord du radeau et vit l'astronaute tenter de parcourir à la nage les 10 mètres qui les séparaient.

— *Morskoï iakor ?* demanda-t-elle en s'adressant à Chad. Y a-t-il une ancre flottante quelque part ?

Chad la dévisagea d'un air perplexe, toujours sonné après ses accès de nausée et ses collisions répétées avec *Pursuit*. *Oh, laisse tomber !* pensa-t-elle avec frustration, cherchant le petit paquet attaché à une épaisse courroie qui se trouvait sur chaque radeau utilisé pendant ses entraînements. Elle le repéra et l'ouvrit pour en sortir une ancre en forme de méduse, qu'elle lança de toutes ses forces par-dessus bord. Immédiatement, elle sentit le radeau pivoter et se stabiliser au milieu du vent et des vagues.

Elle s'appuya sur un coude pour se soulever et vit Michael essayer de les rejoindre, mais l'astronaute semblait plutôt s'éloigner.

— *Sioudah !* cria-t-elle en agitant la main. Par ici !

Merde, je n'y arriverai jamais ! se dit Michael avec découragement. Chaque fois qu'il apercevait le radeau, il semblait de plus en plus loin. Au moment où il allait se résigner à lâcher la trousse, il entendit la voix de Svetlana qui l'appelait et changea finalement d'idée. La cosmonaute lui faisait signe au loin. Avec son bras libre, il nageait le plus fort qu'il pouvait, en repliant sa main gantée en coupe pour optimiser chaque mouvement. Il jeta un autre coup d'œil sur le radeau, qui parut enfin plus proche.

Svetlana l'encourageait, criant « *Da ! Da !* ». Michael continua de nager, se laissant tant bien que mal porter par le courant entre chaque crête de vague. Les appels de la cosmonaute lui semblaient plus forts. En levant de nouveau la tête, il constata avec soulagement que le radeau ne se trouvait plus qu'à 3 mètres de lui.

— *Sioudah !* s'écria encore Svetlana en tendant une main, que Michael saisit dans un ultime effort.

La cosmonaute étira son autre bras pour prendre la trousse, pendant que l'Américain cherchait à s'accrocher au radeau. Ses forces le quittaient, mais il continuait de se battre, alors que Svetlana le tirait par le collier de sa combinaison pour l'aider à hisser son torse par-dessus le flanc courbe du radeau. Enfin, Michael s'écroula sur ses coéquipiers.

L'embarcation, balayée par le vent du Pacifique, transportait les trois corps entassés, laissant la capsule derrière.

— Merci ! haleta Michael en se tournant vers Svetlana. Comment on dit « merci » en russe, déjà ? *Spassiba* ?

— *Nie za chto*, répondit-elle.

Ce n'est rien.

Elle lui remit alors sa trousse, dont elle devinait le contenu.

Après quelques longues inspirations pour reprendre ses esprits, Michael ouvrit le paquet et en sortit deux boîtiers de métal vert militaire, qu'il montra à Svetlana :

— Radio !

Svetlana hocha la tête.

— *Ia znaiou.*

Je sais.

Michael retira ses lourds gants mouillés, puis les glissa dans ses poches avant d'insérer une pile cylindrique dans la radio pour l'allumer. Des parasites se firent immédiatement entendre et il installa l'antenne fouet. Il savait, grâce à son expérience en entraînement, que l'appareil transmettait un signal d'urgence et qu'il était possible de parler en poussant le bouton sur le côté.

— Donne-moi ça, dit Chad en tendant la main. Je m'occupe d'appeler les hélicos.

À l'autre bout du radeau, Michael le fixa du regard un moment, puis haussa les épaules en lui remettant la radio.

— Comme tu veux, chef.

Svetlana, qui observait l'échange, comprit ce qui venait de se passer. *Tipitchni*. Classique.

— Forces de sauvetage, ici l'équipage d'Apollo 18, annonça Chad. On a quitté le vaisseau et on est en sécurité dans le radeau.

À l'horizon, *Pursuit* flottait toujours à la dérive, pendant qu'ils étaient ballottés sur les vagues.

— On a été poussés à environ une centaine de mètres sous le vent vers le nord-est et on continue de dériver. L'ancre flottante a été déployée. On va bien, la cosmonaute aussi.

Chad relâcha le bouton, fit tourner la molette pour entendre les parasites et attendit une réponse.

Aucune ne vint.

Il portait la radio à sa bouche pour effectuer une nouvelle transmission lorsque l'océan se déchaîna entre le radeau et *Pursuit*. Michael et Svetlana, qui observaient Chad en train d'essayer d'établir la communication, se retournèrent brusquement en voyant son expression changer.

Autour du radeau, les vagues se calmèrent quelque peu et semblèrent se séparer. Dans les rayons du soleil, l'eau sombre devint soudain claire, se déformant bizarrement et se transformant en écume blanche au-dessus d'une forme peu visible.

La coque noire d'un énorme sous-marin émergea alors des profondeurs. Le regard des deux Américains et de la cosmonaute suivit la montée de la tourelle de commandement, dont les barres de plongée faisaient saillie, telles de courtes ailes. La coque luisante ne comportait aucune inscription. On eût dit une gigantesque baleine de métal qui venait à leur rencontre.

Une tête derrière un mégaphone apparut par-dessus la tourelle. Une voix masculine s'éleva au-dessus du bruit du vent et des vagues et s'exprima en russe :

— Majore Gromova, bienvenue de nouveau sur Terre. Nous allons envoyer un bateau de sauvetage. Tenez-vous prête à monter à bord.

*

— Bon Dieu ! s'exclama Michael. Chad, je ne sais pas ce qu'il vient de dire, mais les hélicos de la Marine feraient mieux de se pointer au plus vite !

Des hommes sortirent alors sur le pont avant du sous-marin.

Les pensées se bousculaient dans l'esprit de Chad. Il appuya de nouveau sur le bouton de la radio :

— Forces de sauvetage, ici l'équipage d'Apollo 18. Un sous-marin est arrivé pour emmener la cosmonaute. Demandons assistance immédiate.

À 40 kilomètres de là, le mécanicien de bord du Sea King sortit à la hâte de la cabine pour rejoindre Kaz.

— Commandant, on vient tout juste de recevoir une transmission de l'équipage d'Apollo. Vous êtes l'officier supérieur, le pilote a besoin de vous à la radio tout de suite, monsieur. Vous aussi, OM, ajouta-t-il à l'intention de l'officier marinier Colombo.

Dans la cabine, on tendit un casque d'écoute à Kaz en lui indiquant le bouton d'émission, et Colombo mit le sien pour écouter la communication.

— Apollo 18, Apollo 18, ici Kaz, vous m'entendez ? cria le commandant, la voix presque submergée par le vacarme de l'hélicoptère.

— Kaz ! s'exclama Chad. On est dans le radeau et il y a un sous-marin communiste qui déploie un bateau pour venir chercher la cosmonaute !

Merde !

— On arrive dans combien de temps ? demanda Kaz au pilote.

— On est à 38 kilomètres d'eux, donc neuf minutes.

Kaz enfonça le bouton de son micro :

— Bien reçu, Chad, on arrive dans neuf minutes. Avec deux hélicos, dont un qui…

Kaz s'interrompit soudain en se rappelant que le sous-marin russe écoutait probablement la communication. Il jeta un coup d'œil au second hélicoptère par le hublot latéral et se tourna vers le mécanicien de bord.

— L'autre hélico est sur cette fréquence ?

Le mécanicien opina de la tête.

— Hélico 501, mettez-nous en communication avec le docteur McKinley.

Pendant qu'il attendait, Kaz aborda les options qui s'offraient à eux avec le pilote et le mécanicien de bord.

La voix de JW résonna alors dans leur casque d'écoute.

— Docteur McKinley, j'écoute.

Kaz l'informa de l'état de la situation et des mesures à prendre.

— Bien reçu, Kaz. Je vais en parler à l'équipage.

Tous les regards scrutaient l'océan à la recherche du lieu d'amerrissage. Le mécanicien de bord tapota l'épaule du pilote et pointa un doigt vers la gauche :

— Il est là !

Le long sous-marin noir, à peine visible, luisait sous les rayons du soleil, sa tourelle s'élançant vers le ciel. Tout près du submersible, les passagers de l'hélicoptère aperçurent un radeau jaune. Kaz s'adressa en vitesse à Colombo, qui retourna briefer son équipe.

Dans le radeau, Chad tendit la radio à Michael.

— Donne-leur les directions.

Perplexe, Michael saisit l'appareil et ouvrit la trousse de survie.

— On arrive dans sept minutes, annonça Kaz. SITREP. Rapport de situation !

— Il y a un Zodiac noir sur le pont du sous-marin et deux hommes-grenouilles montent à bord pour venir nous rejoindre.

Michael plissa les yeux pour mieux voir :

— Ils semblent armés, Kaz !

Chad tourna le dos à Svetlana pour lui bloquer la vue et fouilla dans la trousse de survie. Il en sortit un objet qu'il glissa dans une poche sur la jambe de sa combinaison. Comme il se retournait, la cosmonaute lui demanda en russe :

— Où l'as-tu mise ?

Chad l'observa, l'air étonné.

— De quoi tu parles ? Elle répondit derechef :

— Arrête de faire le con, je sais que tu me comprends ! La pierre ! Où est la pierre qui se trouvait sous Lunokhod ?

Chad fronça les sourcils.

— Je ne comprends rien de ce que tu racontes, chérie. Tu as une idée de ce qu'elle veut ? ajouta-t-il en regardant Michael.

— Non, je n'en sais rien.

Le Zodiac soviétique venait d'être mis à l'eau.

— Qu'est-ce qu'on fait, alors ?

Le moteur du bateau pneumatique se mit en marche, provoquant un tourbillon d'écume blanche.

— Si l'hélico n'arrive pas à temps, on ne peut pas faire grand-chose. Elle est avec eux, et c'est pour elle qu'ils sont venus jusqu'ici ! vociféra Chad.

Svetlana promena son regard sur les deux hommes, puis sur l'embarcation. Le moment était venu de passer à l'action. Elle sortit le pistolet de sa poche et le braqua sur Chad.

— Je n'ai plus de temps à perdre. Donne-moi la pierre. Maintenant !

Incrédule, Michael la fixa un moment avant d'appuyer sur le bouton d'émission de la radio.

— Chad ! Elle est armée ! s'écria-t-il.

— Oui, je sais, répondit Chad d'une voix posée en dévisageant Svetlana. Je ne sais pas ce que tu veux, ma jolie, mais je ne l'ai pas. Aurais-tu laissé quelque chose dans la capsule ? Du maquillage ou… un truc commun ?

Il insista sur le dernier mot, qu'il prononça « kamen » avec l'accent russe.

Le visage de Svetlana se renfrogna. *Je rêve ou il vient de dire « kamen » ? Le mot russe pour « pierre » ?* La cosmonaute explosa de frustration.

— Arrête ton petit jeu ! La pierre est dans la capsule ?

Chad fit signe que oui de la tête.

— C'est ça, continue de babiller, princesse. La cavalerie arrive pour te sauver.

De son côté, Michael était cloué sur place, perplexe et terrifié. *Où est-ce qu'elle a trouvé ce pistolet, nom de Dieu ? Qu'est-ce qu'elle lui veut ?* Il garda le bouton de son micro enfoncé.

Le bruit du moteur hors-bord s'intensifiait à mesure qu'approchait le bateau pneumatique. Il s'arrêta enfin à côté du radeau, pendant que Svetlana tenait toujours Chad en joue. Le membre d'équipage à la carrure imposante dans sa combinaison mouillée pouffa de rire en découvrant la scène qui se jouait sur le radeau.

— Je crois qu'elle n'a pas besoin de notre aide ! lança-t-il en russe à son unique coéquipier.

Un large sourire aux lèvres, l'homme agrippa les poignées de l'embarcation jaune.

— Majore Gromova, nous sommes venus vous secourir.

Loin d'être d'humeur blagueuse, Svetlana déversa un torrent de mots en russe. Le sourire du Soviétique s'effaça aussitôt. Il observa la capsule au loin, puis le ciel, au nord-est. Sans attendre, il saisit de sa main libre une mitraillette Kalachnikov qu'il pointa sur Chad et Michael.

— Embarquez ! s'écria-t-il avec un accent à couper au couteau.

Michael lança un regard à Chad, qui leva ses mains en l'air. Le Soviétique prit la radio et la remit au timonier qui se tenait près du moteur, puis attrapa Michael par le bras pour le pousser dans le Zodiac.

Svetlana ordonna alors à Chad en russe :

— À ton tour.

Chad s'exécuta, haussant les épaules, tiré par le marin dans l'embarcation près de Michael.

Svetlana rangea finalement son pistolet, sortit l'ancre de l'eau pour remettre une extrémité de la corde au Russe et sauta dans le bateau pneumatique. Le timonier alluma le moteur et dirigea l'embarcation vers la proue du sous-marin, puis vers la capsule.

Le marin principal songea à ce que lui avait dit Svetlana et s'avança vers Chad, sa silhouette menaçante vêtue de noire.

— Où elle est ?

Où est quoi ? se demanda Michael, qui observait la scène. *Qu'est-ce qui se passe ?*

Un étrange sourire se dessina sur le visage de Chad. *Excellent ! Il parle anglais. Ça va simplifier les choses.*

— Je crois qu'ils veulent nos échantillons de roches lunaires, expliqua-t-il à Michael avant de se tourner vers le marin. Ils n'en ont jamais eu, ces pauvres Russes, et ils s'imaginent probablement que ces roches leur reviennent.

Il leva les yeux vers l'horizon, où il put apercevoir au loin les hélicoptères de la Marine qui s'approchaient.

— Mais on dirait que les Américains vont gagner la partie, Ivan. Tu comptes faire quoi, maintenant ?

Ça va marcher, exactement comme je l'avais prévu ! Les Soviétiques ramènent leur précieuse *cosmonaftka*, et les États-Unis, eux, auront le premier prix. Et tout cela grâce à lui.

Le marin lui administra alors une gifle magistrale, qui lui fit pivoter violemment la tête sur le côté.

— Je demande pour dernière fois, exhorta le marin. Où est radioaktivni kamen, pierre radioactive ?

— Hé ! Vous ne pouvez pas faire ça ! protesta Michael.

Le marin le poussa violemment vers la proue, et le timonier braqua sa kalachnikov sur lui. Chad secoua lentement la tête, frottant sa joue rougie.

— Quoi ? La pierre est radioactive ? s'enquit la cosmonaute.

— C'est ce qu'a dit Moscou, répondit le marin.

Svetlana pesta de frustration. *Imbéciles ! Pourquoi ne me l'ont-ils pas dit ?*

Elle se mit à tâter avec frénésie la combinaison de Chad dans l'espoir de sentir la forme ronde de la roche.

— Il ne l'a pas, annonça-t-elle au marin. Elle se trouve probablement dans la capsule.

Svetlana considéra les hélicoptères qui s'approchaient, puis les bouteilles d'air comprimé attachées au fond du bateau. *On a encore le temps !* Elle s'adressa alors au marin, qui revêtit immédiatement l'équipement, et se tourna de nouveau vers Chad :

— Réponds tout de suite, ou il va te flanquer une autre claque et te forcer à nager jusqu'à la capsule avec lui. Où as-tu caché la pierre ?

Comme Chad peinait à se remettre de la gifle, Michael répondit à sa place :

— Il ne comprend pas le russe, Svetlana ! Fous-lui la paix !

— *Moltchi !* lança-t-elle. Tais-toi !

— Dernière chance, Chad.

Il la fixa d'un air confus mais rempli de défi.

Exaspérée, elle se tourna vers le marin :

— Tant pis. Occupez-vous de lui. Et dépêchez-vous, les Américains vont bientôt arriver !

Les deux sous-mariniers installèrent de force l'équipement de plongée sur Chad, qui garda sa bouche fermée, refusant qu'on y insère le détendeur en caoutchouc. Le marin principal haussa les épaules. *Il devra respirer à un moment ou l'autre*, pensa-t-il. Puis, après avoir perforé le joint d'étanchéité près du cou de Chad avec un couteau tranchant, les deux hommes le jetèrent à la mer. Le marin rejoignit aussitôt Chad, qu'il tira par le collier de sa combinaison en nageant avec vigueur en direction de la capsule.

*

La voix de JW résonna dans le casque d'écoute de Kaz.

— Kaz, tu as entendu ça ?

La longue transmission d'Apollo 18 leur était parvenue par bribes.

— J'ai entendu quelque chose, doc, mais je n'ai pas compris.

— Je crois que Michael a parlé d'une arme !

— C'est sûr que les Soviétiques sont armés. C'était à prévoir. On est prêts, nous aussi.

— Bien reçu. Soyez prudents, ajouta JW après un moment.

— *Wilco*.

Kaz jeta un dernier coup d'œil par les hublots du Sea King. Le pilote avait ralenti. La prudence était de mise. Derrière lui, Kaz entendit la grande porte latérale s'ouvrir et sentit l'air projeté par les rotors lui fouetter le visage.

— Prêt ? demanda-t-il au pilote, qui, concentré à positionner l'engin à l'endroit prévu, acquiesça.

Kaz se déplaça vers l'arrière et se tourna vers Colombo.

— Ils sont tous dans le Zodiac soviétique et se dirigent vers la capsule. Vos hommes sont prêts ?

Kaz lança un regard en direction des silhouettes vêtues de leur combinaison isothermique. Elles se tenaient d'une main à des courroies au-dessus de leur tête et serraient leur arme de l'autre.

— Ouep, ils sont prêts.

Au sol, près de la porte ouverte, se trouvait un gros bloc. Le mécanicien de bord de l'hélicoptère se pencha sur le côté en écoutant les instructions de positionnement du pilote. Lorsque le Sea King se posa enfin sur l'océan, il projeta le bloc vers l'extérieur d'un coup de pied et tira sur la corde, libérant un grand radeau qui se gonfla rapidement.

Stepanov tapota l'épaule de Kaz, qui se retourna.

— Commandant Zemeckis, il faut que j'embarque dans ce radeau pour venir en aide à ma compatriote.

— Pas question, fit Kaz, catégorique.

Stepanov insista :

— Pensez-y : il vous faut un interprète.

Kaz songea à ce qui allait probablement se produire. *Et merde. Il a raison.* Il jeta un regard furtif vers les imposants hommes de la Marine. *Mais ça vaut le coup d'essayer.* À contrecœur, il indiqua son accord d'un hochement de tête, avant de lever la main. *Une seconde.*

Colombo faisait monter son équipe et le matériel dans le radeau secoué par la puissante houle. Il se tourna vers Kaz, qui désigna Stepanov en criant « Interprète ! ». Sans se poser de question, Colombo et ses hommes aidèrent le Russe à prendre place dans l'embarcation.

— À vous, monsieur ! lança Colombo.

Dans la poche de Kaz se trouvait le pistolet Colt de service de la Navy que lui avait remis l'OM. Il s'élança, puis s'écroula dans le fond du radeau pour se stabiliser. Colombo l'imita. Le vacarme des pales de l'hélicoptère s'intensifia lorsque l'appareil quitta la surface de l'océan, aspergeant l'équipage.

On avait déjà attaché des câbles à Pursuit. Ils flottaient sur les vagues qui se brisaient contre la capsule.

Première étape, pensa Kaz. *La capsule est renversée mais sécurisée*. Le Zodiac soviétique s'était arrêté à environ 15 mètres de là, maintenu en place par le petit moteur hors-bord, traînant le radeau jaune. Le sous-marin était toujours visible à l'horizon. Mais quelque chose n'allait pas : Kaz s'aperçut qu'il manquait des hommes en combinaison blanche et noire. Où étaient les autres ? *Merde !* De toute évidence, quelque chose lui avait échappé pendant que son équipe montait à bord du radeau.

Il se tourna vers Colombo :

— Il faut que j'aille dans la capsule. Tout de suite !

*

Comme il ne portait pas de masque, Chad était aveuglé par l'eau salée. Ses poumons s'enflammaient, exigeaient de l'air. Il saisit le tuyau de la bouteille d'air comprimé, inséra le régulateur dans sa bouche, souffla pour enlever l'eau et inspira profondément dans le bourdonnement familier de l'air provenant du réservoir.

Il se laissait tirer par le Soviétique. *Autant le laisser s'épuiser à faire tout le travail.* Il tâta la poche sur sa jambe : *Parfait. Elle est encore là.*

L'eau pénétrait dans sa combinaison par l'entaille dans le joint en caoutchouc. Des bulles remontaient jusqu'à son visage, alourdissant son corps dans l'eau. *Faut rester prudent. La piscine est profonde.*

Le marin s'arrêta soudainement. Clignant des yeux, Chad put deviner la silhouette de Pursuit qui scintillait dans les rayons du soleil. Il sentit de puissantes mains le pousser, puis sa tête traversa l'écoutille de la capsule, où de l'air était encore emprisonné. Chad recracha le régulateur et se hissa dans l'habitacle qu'il connaissait bien.

Je ne pensais pas revenir ici de sitôt.

Il se déplaça vers le côté en se tortillant pour laisser passer le marin, qui retira son masque et sortit de sa combinaison un long couteau de plongée incurvé, qu'il brandit près de la figure de Chad.

— Où est pierre ?

— Dans un sac, derrière le panneau R2, répondit Chad en pointant vers le haut.

Profitant de la distraction du marin qui s'était retourné, Chad glissa la main dans sa poche.

— Où ? Montre maintenant !

— Oh, ne t'en fais pas, je vais te montrer.

Il empoigna rapidement la machette qu'il avait sortie de la trousse de survie et l'abattit violemment sur la gorge vulnérable du Russe.

D'instinct, le sous-marinier voulut contre-attaquer, saisi par la douleur soudaine et le choc. Sous l'effet de l'adrénaline, ses muscles se contractèrent en un spasme et il se rua avec son arme sur Chad, qui fut pris par surprise. La pointe de la lame pénétra dans les couches de la combinaison spatiale de l'Américain, puis dans l'équipement de refroidissement, pour enfin plonger dans sa chair, ses muscles et ses entrailles.

Le sang se mit à gicler des blessures que s'étaient mutuellement infligées les deux hommes, qui retombèrent, abasourdis, chacun évaluant l'étendue des dégâts. *C'est la fin ? C'est comme ça que je vais mourir ? Mais comment je le saurai ?* Les mains de Chad relâchèrent la machette, qui tomba avec fracas sur le métal.

À cet instant qui semblait figé dans le temps, des bulles apparurent à la surface de l'eau près de l'écoutille, puis une tête surgit. Svetlana ôta son masque et fut stupéfaite de voir les deux hommes étendus au sol. Le sang jaillissait de l'artère sectionnée au cou de son compatriote, qui tentait de freiner l'hémorragie en pressant sa main sur sa blessure. Chad, quant à lui, était affalé le dos contre le tableau de bord, ses mains se cramponnant au manche d'un couteau enfoui dans son ventre.

— Pauvres imbéciles ! rugit-elle.

Elle s'avança vers le marin et retira sa main pour voir si elle pouvait exercer directement une pression pour stopper le flux de sang, mais elle se rendit vite compte qu'il n'y avait rien à faire. L'entaille était large et profonde, laissant s'échapper des bulles roses et exposant la trachée et la jugulaire. Le jet de sang se faisait de plus en plus mince à chaque battement de cœur. Le marin dévisagea Svetlana d'un air hébété. Il n'arrivait pas à parler, l'air de son corps s'échappant de la blessure mortelle.

La cosmonaute s'approcha ensuite de Chad, qui regardait d'un air inquiet le couteau planté dans son abdomen.

— Tu es gravement blessé, on dirait…

Il leva les yeux vers elle sans mot dire. À côté d'eux, le corps du sous-marinier s'immobilisa après un ultime spasme.

— Où est la pierre ? siffla-t-elle.

Chad posa de nouveau le regard sur le manche du couteau, perplexe, refusant de répondre.

Après le départ de l'Américain et du Soviétique en Zodiac, elle avait songé à un meilleur moyen pour chercher la pierre. Elle fouilla sur le côté du tableau de bord au-dessus de sa tête, à la recherche du détecteur de rayonnement que Michael avait utilisé. Ses doigts se refermèrent autour du cylindre en métal et elle tourna l'extrémité pour l'allumer. Le cadran du compteur Geiger se mit à cliqueter. Elle ouvrit alors chaque casier et tendit l'oreille, à l'affût d'une réaction du détecteur.

Une meilleure idée lui vint. Elle se tourna vers Chad, toujours immobile, qui la suivait des yeux. Svetlana déplaça l'extrémité arrondie du tube de gauche à droite sur la combinaison de l'astronaute, commençant à ses pieds puis remontant le long de ses jambes.

À mesure qu'elle s'approchait des cuisses, les clics de l'appareil s'intensifièrent, puis diminuèrent au niveau du torse, jusqu'à ce que Svetlana obtienne finalement le signal maximal en redescendant.

Ce salaud avait caché la pierre dans son entrejambe. Ils échangèrent un regard. Le visage blême, Chad réussit à esquisser un sourire :

— Ouais, c'est là que je l'ai mise. Avec mes bijoux de famille.

Comment vais-je la récupérer, maintenant ? La longue fermeture à glissière de la combinaison se situait à l'arrière, difficile à atteindre, et le temps pressait.

Ses yeux se posèrent alors sur le couteau. Elle eut l'estomac retourné à l'idée de devoir l'enlever du corps de Chad. *Une minute ! Il a blessé le marin, lui aussi, il y a sûrement un autre couteau quelque part !* Elle chercha autour de Chad et trouva la machette. Elle commença à couper chaque couche du tissu et le plastique recouvert de métal, puis plongea ses doigts dans le trou du nylon caoutchouté étanche.

Lorsque Chad tenta de la repousser, elle saisit le manche du couteau planté dans son ventre et le retourna dans la plaie, arrachant un cri de douleur à l'astronaute, puis elle se remit à la tâche.

La couche la plus profonde de la combinaison était la plus résistante : des centaines de tubes de refroidissement en plastique étaient entremêlés sur un filet serré contre la peau de Chad. Cependant, après avoir pratiqué un petit trou dans le tissu, elle put la déchirer. Du sang jaillissait de la jambe de l'astronaute. Elle l'avait accidentellement blessé avec le couteau. *Pas grave.*

Elle ouvrit la fente qu'elle venait de faire dans la combinaison autant que possible, puis glissa ses mains dans l'entrejambe de Chad. Ses doigts touchèrent enfin le tissu du sac et l'objet dur qu'il contenait. Tel un médecin extirpant un bébé du corps de sa mère, elle tira le sac entre les nombreuses couches de la combinaison pour enfin l'en sortir. Svetlana tint le compteur Geiger près du tissu maculé de sang. Le signal de l'appareil s'emballa.

Elle s'apprêtait à glisser le sac dans sa poche lorsque Chad saisit le collier de sa combinaison.

— *Daïe minïe !* somma-t-il avec effort, mais dans un russe parfaitement clair. Donne-moi ça !

Dans sa main libre, il tenait la machette que la cosmonaute avait déposée pour extraire le sac.

Svetlana referma le poing sur le manche du couteau planté dans son ventre, mais Chad fut plus rapide et lacéra ses jointures.

— Oh non, ma jolie, haleta-t-il. Je n'ai pas l'intention de crever ici.

Il répéta sa demande d'un ton encore plus ferme :

— *Daïe minïe !*

Elle se retourna dans l'étroit habitacle pour fouiller dans sa poche puis, faisant de nouveau face à Chad, braqua son pistolet sur lui.

— *Niet !*

Une voix forte leur parvint alors :

— Ne bougez pas !

Kaz grimpait dans l'habitacle, un revolver pointé sur la tête de Svetlana.

CHAPITRE 59
Pursuit

— On se retrouve dans une belle petite impasse mexicaine, on dirait, railla Chad en grommelant. Ou russe, plutôt.

Il rit de sa propre blague, en grimaçant de douleur.

Tout en gardant son arme braquée sur Svetlana, Kaz inspecta rapidement la cabine du regard. Il vit le couteau enfoncé dans le ventre de Chad, son corps ensanglanté dans sa combinaison mouillée.

— Ça va, Chad ?

— On ne peut mieux, mon gars, répliqua le blessé d'une voix rauque.

— Je sais que tu parles russe, révéla Kaz. Demande-lui ce qu'elle veut.

— Que je *quoi*, Kaz ? feignit le commandant. Comment tu veux que je sache parler russe ?

Svetlana maintenait Chad en joue en écoutant leur échange.

— Chad, ce n'est plus un secret, insista Kaz. On sait que tu es en contact avec ton frère de Berlin-Est depuis des années et que tu as communiqué avec les Soviétiques, même quand tu étais sur la Lune. Tu parles russe, bordel. Demande-lui !

— Je n'ai pas besoin de lui demander quoi que ce soit, Kaz, marmonna Chad. Elle a déjà ce qu'elle veut. Elle vient de le foutre dans sa poche !

En un éclair, Svetlana se tourna et tira à bout portant sur Kaz, qui avait appuyé sur la détente de son arme dès qu'il l'avait vue bouger. Les deux coups de feu retentirent en une succession rapide, provoquant une détonation assourdissante dans l'espace exigu. Sous l'impact brutal de la balle, Kaz pivota vers la gauche, offrant une ouverture à Svetlana, qui s'élança en le bousculant au passage. Elle raidit son corps et se laissa tomber dans l'eau par l'écoutille ouverte.

Kaz baissa les yeux, craignant le pire en voyant du sang frais sur son avant-bras gauche. Aucune douleur pour l'instant. *Merde !*

Soudain, la tête de Colombo apparut par la porte d'écoutille.

— Tout va bien, Commandant ? J'ai entendu des coups de feu et je viens de voir quelqu'un en combinaison spatiale partir à la nage…

Ses yeux s'arrondirent en constatant les dégâts dans la capsule.

— Bon Dieu de merde !

— Ouais, je viens d'être touché, l'informa Kaz. Mais Chad a besoin d'un médecin au plus vite, et il faut que j'arrête la cosmonaute. Retournez à la surface et appelez l'autre hélico pour une assistance médicale, tout de suite !

— À vos ordres, monsieur, obtempéra Colombo avant de disparaître.

Kaz se retourna vers Chad et lui déballa prestement :

— On n'en a pas encore la preuve, mais on sait que c'est toi le coupable, c'est toi qui as saboté l'hélico de Tom, et tu as accepté de l'argent des Soviétiques. C'est le moment de jouer cartes sur table, Chad. Tu n'aimeras pas ce qui t'attend.

Kaz remit maladroitement son masque en place d'une seule main, plaça le détendeur dans sa bouche et se laissa glisser hors de l'écoutille.

*

Moi, coupable ? C'est bien ce qu'a dit Kaz ?

Le mot résonna dans le crâne de Chad, le faisant gémir. Il n'était pas coupable ! Il était un héros ! Lui seul avait découvert ce que voulaient les méchants Soviétiques, et lui seul avait rapporté la pierre pour la remettre aux gentils. Son regard dévia vers le cadavre sanglant à l'autre bout de la cabine. *Je me suis fait poignarder à défendre cette roche de merde.*

Il baissa les yeux vers le manche du couteau saillant de ses entrailles. Une vague de douleur le submergea. Il souffrait le martyre comme si le centre de son corps était en proie aux flammes. Tandis que la vague lancinante se résorbait, Chad plongea la main dans la déchirure qu'avait tailladée la cosmonaute dans sa combinaison. Il la ressortit et agita ses doigts dégoulinant de sang. Il se rendit compte de ce que cela signifiait. Il prenait aussi conscience de ce qu'avait dit Kaz à propos du sabotage et de l'argent, et du sort qui l'attendait.

Jouer cartes sur table ! Assailli d'une autre vague de souffrance, Chad referma les yeux. Le monde derrière ses paupières disparut dans une blancheur cuisante, aveuglante. Cet assaut douloureux prit plus de temps à s'estomper.

Je suis un vrai héros ! Il visualisa les mots, comme s'ils flottaient devant lui sur la couverture d'une bande dessinée de superhéros. Puis il hocha la tête, et un sourire se dessina sur ses lèvres. *Je vais l'être jusqu'à la fin.*

Le temps était venu d'accomplir une ultime action.

Il s'étira pour déverrouiller le casier au-dessus de sa tête et défit la sangle fixée à l'un des conteneurs sous vide remplis de pierres lunaires. Ensuite, il en attacha l'extrémité à l'anneau de sa combinaison, puis s'allongea à nouveau pour tirer la lourde caisse. La douleur provoquée par l'effort lui arracha un hurlement désespéré. Malgré la souffrance qui montait en crescendo dans sa tête, il parvint à tirer assez fort sur le contenant pour qu'il bascule, heurte violemment le sol et déboule vers l'écoutille.

La laisse se tendit au maximum en entraînant Chad vers l'ouverture. Le manche du couteau cogna contre le métal de l'écoutille au passage, et l'astronaute poussa un tel cri qu'il vida complètement ses poumons. Le poids de la caisse le fit glisser dans l'océan et l'emporta loin de *Pursuit*. Le blanc de sa combinaison et le rouge de son sang captèrent la lumière déclinante tandis qu'il sombrait dans la noirceur insondable des profondeurs.

Comme il sombrait peu à peu dans l'inconscience, Chad porta ses doigts à son cou pour trouver, à travers l'épais tissu, le petit pendentif en argent. Rassuré, il eut une ultime pensée pour le doux sourire aimant de sa mère.

*

Perché dans le radeau pneumatique près de la capsule inversée, l'attaché soviétique avait écouté et observé. Il avait retiré ses chaussures et s'était frayé un chemin jusqu'à l'amas d'équipement de plongée. Lorsque Colombo fendit la surface des flots en réclamant une radio de toute urgence, Stepanov profita de la confusion. Une fois les regards détournés, il s'empara prestement d'une bouteille d'air comprimé, d'un masque et de palmes, puis s'éclipsa en roulant par-dessus bord. Il enfila aisément l'équipement sous l'eau, vida son masque et promena son regard aux alentours. Ayant repéré ce qu'il cherchait, il sortit de sa poche son couteau à cran d'arrêt, l'ouvrit et se mit à nager avec énergie.

*

Respirant bruyamment dans le détendeur, Kaz battait des jambes le plus vite possible et nageait de son bras valide, en tenant son pistolet dans l'autre main. Il sentait la brûlure aiguë de l'eau salée dans sa blessure. Levant les yeux pour s'orienter, il vit la capsule et le radeau contre les rayons du soleil, et espéra avoir pris la bonne direction pour rejoindre le Zodiac. *Elle a sûrement fait la même chose*, raisonna-t-il. Il plissa les yeux pour essayer de déceler les mouvements de la cosmonaute devant lui.

Comment j'ai pu la rater ? Elle était juste là ! Mais elle avait fait un pas de côté en tirant. Il espérait l'avoir au moins effleurée. Pour la ralentir.

Tout à coup, il aperçut un éclat blanc devant lui, puis un deuxième, et il constata qu'il la rattrapait. Ils avaient choisi de nager à la même profondeur, à environ 4,5 mètres. Suffisamment pour éviter d'être facilement repérés depuis la surface. Ils se déplaçaient tous les deux à la limite de leurs capacités, mais la Soviétique était considérablement ralentie par le poids de sa combinaison. Kaz écoutait sa respiration laborieuse, l'air couinant par les robinets de son scaphandre autonome, alors que ses poumons réclamaient de profondes respirations. Malgré tout, il la rattrapait à chaque coup de pied.

Soudain, il sentit sa jambe être brutalement tirée vers l'arrière. Ce qu'il devina être une main musclée avait empoigné son mollet. *Merde, qu'est-ce… ?* Il se retourna brusquement et reconnut le crâne luisant de Stepanov. L'homme immobilisait sa jambe d'une main et, de l'autre, il tenait un objet qui miroitait dans la lumière aqueuse.

Aussitôt, Kaz se plia à plusieurs reprises en deux, tournoyant et battant vigoureusement des jambes pour tenter de se libérer de l'emprise du Soviétique. Stepanov abattit son bras vers le ventre de Kaz, tenant fermement dans son poing serré un long couteau argenté. Heureusement pour Kaz, le mouvement fut ralenti par la résistance de l'eau. Il devait au plus vite se soustraire à la trajectoire de l'arme. Il saisit donc la courroie d'épaule de son attaquant et tira violemment, ce qui embrasa son bras de douleur. Leurs corps se percutèrent et le couteau heurta sa bonbonne.

Kaz entendit distinctement le cri de frustration qui s'échappa du détendeur de Stepanov. Comme Kaz continuait à se démener, l'autre relâcha sa jambe et s'accrocha à son ceinturon de toile pour se stabiliser. Ensuite, il pivota pour lui faire face.

Maintenant qu'ils étaient à la bonne hauteur, le couteau fendit l'eau de nouveau. Kaz martelait la tête de Stepanov avec le pistolet, parvenant même à lui arracher son masque à coups de crosse, mais sans effet… La lame allait l'atteindre.

À court d'options, Kaz appuya le canon métallique de son arme contre le crâne de Stepanov et tira.

L'explosion fit jaillir l'eau du pistolet en une intense onde de souffle, dont la grande vitesse projeta la tête du Soviétique en direction opposée de la gueule du canon. Cependant, la balle de calibre 45 qui suivit filait presque à sa vitesse habituelle d'éjection et lui défonça le crâne, broyant les os et le cerveau. Instantanément, le corps de Stepanov se ramollit, et son couteau coula vers l'abysse.

Kaz sentait son cœur battre à vive allure. *Seigneur !* Il repoussa Stepanov et se tourna pour chercher la cosmonaute.

Le blanc de sa combinaison la trahit au loin. Elle s'était retournée pour l'observer. *Elle a sûrement entendu le coup de feu*, comprit-il. Priant pour ne pas arriver trop tard, Kaz se remit à nager vers elle avec un regain d'énergie.

Il s'arrêta à une distance sécuritaire du pistolet qu'elle tenait braqué dans sa direction, puis leva son arme vers elle. Les balles ne parcouraient pas de longues distances sous l'eau, mais si elles refaisaient surface, ce serait une tout autre histoire. Une histoire qui pouvait mal finir.

Il remarqua soudain que Svetlana était en train de fouiller dans la poche à rabat de sa jambe. *Merde !* cria-t-il à travers son embout. Il se donna un élan, battant ardemment des pieds et des bras sous la cosmonaute pour s'enfoncer plus profondément. Redressant la tête, il vit que la Soviétique laissait échapper un objet et se mettait aussitôt à nager vers la surface.

L'objet sombrait très vite vers le fond. Kaz agita désespérément les membres pour l'intercepter. Il lâcha même le pistolet pour fendre l'eau de ses deux mains, ignorant la douleur qui rongeait son bras. Ses poumons n'arrivaient plus à soutirer assez d'oxygène de la bonbonne et sa vision se brouillait, tandis que le lourd objet descendait devant ses yeux. Il donna une ultime poussée combinée de ses jambes et de ses bras, s'étira au maximum et referma la main sur un sac en tissu, alourdi par son contenu.

Étourdi par la douleur et l'effort, Kaz se laissa flotter en suspension. Après avoir repris son souffle, il coinça avec soin de sa main valide le sac encombrant dans la poche à rabat de sa combinaison militaire. Plus haut, il entendait la plainte distincte d'un hors-bord. Il put voir Svetlana qui nageait directement au-dessus de lui. Et, à sa droite, la silhouette noire et pointue du Zodiac qui s'approchait.

Kaz agita de nouveau ses jambes fatiguées et remonta en soufflant l'air de ses poumons. Il aperçut le bateau pneumatique qui ralentit avant de s'arrêter, puis une silhouette vêtue de blanc pataugeant avec maladresse, comme si on l'avait jetée à l'océan. Alors même qu'il fendait la surface, Kaz entendit le moteur redémarrer à pleine vitesse et vit le bateau virer abruptement pour filer vers l'horizon.

Kaz nagea pour rejoindre la personne jetée à l'eau et ne fut pas surpris de reconnaître Michael, déployé en étoile et flottant grâce à sa combinaison, le visage vers le ciel. Kaz repéra le Zodiac qui se frayait un chemin vers le sous-marin contre les crêtes des vagues.

— Michael, tu vas bien ?

Sa propre voix lui paraissait étrange, ses mots emportés par le vent.

— Je vais bien, Kaz, le rassura l'astronaute. Ça fait tellement plaisir de te voir… C'était débile, tout ça !

Kaz sentait son bras irradier de douleur sous la turbulence des flots. Il s'accrocha à la bouée qu'était devenue la combinaison de Michael, se sentant envahi d'une onde d'étourdissement qui voilait sa vision. Le vacarme d'un hélicoptère enfla quelque part au-dessus d'eux, suivi d'éclaboussements bruyants.

— Voyons, Kaz, je te laisse seul dix minutes et regarde ce qui arrive ! le taquina JW.

Le médecin était dans l'eau à ses côtés et le soutenait, passant son bras intact dans un gilet de sauvetage. Deux plongeurs de la Navy entouraient Michael, bientôt rejoints par d'autres qui sautaient du Sea King, suivis d'un radeau de sauvetage. Plusieurs mains expérimentées saisirent Kaz par les aisselles, le hissèrent puis l'assirent à côté de Michael contre les rebords gonflés de l'embarcation. JW apparut à côté de lui et, muni de ciseaux, découpa avec précision la manche de sa combinaison au niveau de l'épaule. Lorsqu'il vit l'orifice de la balle qui avait traversé son biceps, son visage se rembrunit.

Il arrosa généreusement la blessure de désinfectant et la douleur qui en résulta suffit à éclaircir les idées de Kaz. JW enveloppa prestement son bras de gaze et d'un bandage, puis le positionna en écharpe.

Enfin, il contempla son œuvre d'un œil critique.

— Ça va suffire pour l'instant, convint-il.

De sa main indemne, Kaz farfouilla dans sa poche à rabat, tentant d'en retirer le sac blanc.

— Laisse-moi faire ! le réprimanda JW.

Il parvint à libérer le sac et le tint à la hauteur de leurs yeux. Sa trouvaille se berçait au rythme du radeau.

— Qu'est-ce qu'il y a là-dedans ? s'enquit Michael.

— Bonne question, répondit Kaz. Tu peux l'ouvrir, doc.

JW fit glisser la fermeture éclair et jeta un œil à l'intérieur. Les sourcils froncés, il posa des yeux perplexes sur Kaz.

Avec précaution, il mit la main dans le sac et en souleva un pistolet soviétique par le bout du canon.

— Où est-ce que t'as trouvé ça ? demanda le médecin.

Kaz cligna deux fois des yeux, se redressa maladroitement et se tourna tant bien que mal vers le sous-marin. Le Zodiac était déjà entreposé. Il restait encore quelques marins occupés à refermer l'écoutille avant, tandis que l'énorme sous-marin se mettait en branle.

Une silhouette plus petite, vêtue de blanc, lui faisait face. Sans crier gare, elle effectua un salut, agita sa main en l'air en signe d'au revoir puis disparut dans le submersible.

Kaz demeura figé durant plusieurs secondes. Puis il leva la main et apposa solennellement les doigts au coin du sourcil surplombant son œil intact. Il maintint cette position un moment, releva sa main ouverte et renvoya au vide son signe d'adieu.

CHAPITRE 60

Plage de Galveston, Texas

— Tu veux me tenir la main ?

Ils traînaient sur la plage à la tombée du crépuscule. Le soleil disparaissait à l'horizon, la riche lumière rouge de ses derniers rayons se reflétant contre les crêtes des vagues. À la lisière ouest de Galveston, il n'y avait rien d'autre que les hautes collines duveteuses, la surface impeccablement plane du sable grossier et l'immense étendue du golfe du Mexique au sud. De petits oiseaux aux pattes raides se hâtaient le long de la ligne des eaux, écumant le sable brun à la recherche d'une dernière bouchée avant que domine l'obscurité.

Laura glissa sa main dans la sienne, et ils marchèrent en silence sur la plage déserte, se délectant de l'atmosphère paisible.

Le cœur débordant de gratitude, Kaz regarda vers la voûte céleste, puis s'arrêta. La Lune n'était plus qu'un arc ténu, délicat, tel un tesson captant la lumière du Soleil. Dans le ciel qui s'obscurcissait, il pouvait à peine distinguer les ombres spectrales de ses plaines de lave inondées, et plissa les yeux pour tenter de voir le minuscule cercle de la *Mare Serenitatis*. Là où reposerait Luke pour l'éternité.

Laura suivit son regard :

— Comment ça s'est passé, ce matin ?

— Je déteste les funérailles, soupira Kaz. Le cimetière d'Arlington est un endroit si magnifique mais tellement triste. Pour les familles, c'était bien. Le vice-président était là, Sam Phillips aussi. Michael a livré un superbe discours autour de la tombe en l'honneur de ses coéquipiers.

Kaz plongea un regard lugubre dans les yeux de Laura.

— Les parents de Luke étaient juste là, dans leur chaise, à essayer de comprendre ce qui était arrivé à leur garçon…

L'amiral Weisner leur a présenté les médailles de Luke, dont la croix de la Navy…

Il se tut un moment.

— À titre posthume, ajouta-t-il enfin.

Il pouvait voir les yeux de Laura s'embuer.

— Les parents de Chad étaient assis à côté d'eux, reprit-il, le regard voilé. Vraiment de bonnes personnes. Si fiers de rendre hommage à leur fils, mais éternellement tristes de devoir le faire à Arlington.

Kaz reprit sa marche. L'armée avait décidé de rendre hommage aux deux hommes à l'endroit même où avaient été enterrés les autres astronautes tombés au combat. Al Shepard et lui y avaient consenti à contrecœur.

— Est-ce qu'il y avait une tonne de journalistes ? s'enquit Laura.

Kaz secoua la tête.

— Non. Aucun détail sur ce qui est arrivé n'a encore été divulgué, et ils ont demandé que la cérémonie soit réservée aux familles. Pour l'instant, leur mort est considérée comme « confidentielle, en cours d'enquête ». Aussitôt que Nixon aura eu l'occasion de rencontrer Brejnev, ils vont annoncer officiellement que Svetlana a visité la Lune et trouver une façon de présenter tout ça pour bien faire paraître les deux blocs.

Il agita la tête.

— Enfin, pour bien les faire paraître *eux*, rectifia-t-il.

Il glissa un regard furtif vers Laura.

— Tu as eu l'occasion de jeter un œil sur le contenant de roches lunaires qui a survécu au voyage ou pas encore ?

Elle acquiesça de la tête, gagnée par l'enthousiasme :

— Et comment ! Il contenait les échantillons qu'on a récupérés près de *Lunokhod*. C'est ce qu'on s'attendait à voir, en majeure partie. Mais il y avait deux petits fragments qui nous ont sidérés. Un type de morphologie tout à fait différent, comme s'il s'agissait de deux morceaux brisés d'un seul plus gros rocher. Et le plus incroyable, c'est qu'en les inspectant de plus près on a constaté qu'ils sont hautement radioactifs !

Elle secoua la tête.

— Évidemment, dès qu'on a fait cette découverte, l'armée a pris les choses en mains, et tout restera secret jusqu'à ce qu'ils décident quoi faire de l'info.

Kaz continuait de marcher, plongé dans ses pensées, les yeux perdus à l'ouest. Un demi-sourire éclairait son visage.

Laura posa la question qui brûlait les lèvres de tous ses collègues au labo de réception lunaire :

— Penses-tu qu'en raison de cette découverte il y aura une autre mission sur la Lune ?

Kaz approuva lentement de la tête, puis révéla :

— Je suppose que oui. Peut-être pas une autre mission Apollo, mais le département de la Défense ne pourra pas résister à l'exploitation d'une source potentielle d'énergie sur la Lune. Et vu que c'est *Lunokhod* qui l'a trouvée en premier, les Soviétiques vont se précipiter, eux aussi, pour l'examiner plus en détail.

Il lui offrit un sourire attendri.

— En principe, une vraie mine d'or pour les géologues lunaires.

Les dernières lueurs du soleil couchant s'éteignaient et les étoiles commençaient à poindre dans le ciel indigo. Tandis qu'ils changeaient de côté pour faire le chemin inverse, Laura regarda son bandage.

— Comment va ton bras ? s'enquit-elle en l'effleurant.

— Ça guérit bien. La balle a traversé sans trop de dégâts.

Il releva le coude, grimaçant légèrement.

— Ça fait encore un peu mal, mais JW m'a dit que je devrais pouvoir enlever l'écharpe dans quelques jours.

Laura secoua la tête en signe de désapprobation.

— Dès que tu pourras en parler, il va falloir que tu me racontes tout ce qui s'est passé à l'amerrissage.

— Je te le promets.

Ils se promenaient vers l'est maintenant, et Laura étira subitement un bras, le pointant juste au-dessus de l'horizon.

— Kaz, regarde ! s'exclama-t-elle. Mars !

La lumière chancelante de la lointaine planète formait une aura rougeâtre dans la noirceur du ciel.

— D'après ce que nous ont montré les sondes du programme Mariner, ça risque d'être une *vraie* mine d'or géologique, dévoila-t-elle. Et la NASA est en train de construire un atterrisseur martien qu'ils surnomment *Viking*. Il devrait y être dans deux ans !

— D'ici là, tu vas être trop occupée à t'entraîner en tant qu'astronaute pour la navette spatiale, lui rappela-t-il.

— C'est bien ce que j'espère.

Elle s'approcha de son visage que soulignaient les lumières distantes de Galveston, pour le contempler dans la quasi-obscurité.

— Et *toi*, mon cher, qu'est-ce que tu as en tête ?

Cette question tiraillait son esprit depuis un moment, mais elle la posa sur un ton léger.

— C'est drôle que tu le demandes, répondit Kaz en souriant. Ce matin, Sam Phillips m'a parlé d'un nouveau projet qui commence à l'ouest, dans le Nevada. Et… la NASA et lui veulent que je reste ici en soutien pour les prochains vols spatiaux vers la Lune et le projet Skylab.

Son sourire s'accentua et se fondit dans ses yeux.

— Ça fait beaucoup de bonnes raisons de rester ici.

Tandis qu'ils marchaient, la séquence d'événements de ce matin-là rejouait dans sa tête, comme un film d'actualités. Espérant s'en libérer, il les décrivit doucement à Laura.

— Le clairon a joué *La Sonnerie aux morts*, ensuite les Blue Angels ont fait le défilé aérien. Six F-4 Phantom – l'avion à réaction que je pilotais avant – ont survolé le cimetière bien bas, en formation serrée. Et au moment où ils passaient au-dessus de nous, un des ailiers a rompu brutalement les rangs vers le haut pour rendre hommage à Luke et à Chad, en laissant un vide dans la formation en hommage aux disparus.

La gorge serrée par le chagrin, il agita la tête.

— Ça me brise le cœur chaque fois.

Son regard s'éleva de nouveau vers la Lune. Les funérailles lui avaient rappelé un petit orphelin, seul et terrifié, à une époque révolue. Et un moine, de l'autre côté du mur de Berlin, tentant de comprendre ce qui était arrivé.

Kaz serra la main de Laura dans la sienne et la guida loin de la plage.

Deux silhouettes sous l'immensité du ciel parsemé d'étoiles.

MOT DE L'AUTEUR

Les faits qui sous-tendent *Apollo, mission meurtrière*

Comme il est écrit au tout début de ce roman, j'ai mis en scène dans *Apollo, mission meurtrière* de nombreux personnages, événements et phénomènes véridiques. J'ai pris grand plaisir à les intégrer à l'intrigue, mais ce fut aussi tout un défi. Pour vous épargner d'interminables recherches, je vous en offre un résumé ci-dessous.

Personnages ayant réellement existé

Andropov, Iouri. Président du KGB, qui devint ensuite secrétaire général du Parti communiste de l'Union soviétique et dirigeant du pays.

Bissell, Richard. Agent de la CIA et fondateur de la Zone 51.

Carius, Bob. Capitaine du *USS New Orleans*.

Cobrinine, Anatoli. Ambassadeur soviétique aux États-Unis de 1962 à 1986.

Haldeman, Bob. Chef de cabinet de la Maison-Blanche de 1969 à 1973.

Heard, Jack. Shérif du comté de Harris, au Texas, de 1973 à 1984.

Kissinger, Henry. Conseiller pour la sécurité nationale de 1969 à 1975.

Kranz, Gene. Directeur de vol à la NASA de 1962 à 1994.

Latypov, Gabdulkhai, surnommé « Gabdul ». Lieutenant principal des forces aériennes soviétiques et pilote à distance de *Lunokhod*.

Nixon, Richard. Président des États-Unis de 1969 à 1974.

Oufimtsev, Piotr. Mathématicien soviétique qui a fait progresser la technologie furtive.

Overholser, Denys. Programmeur en technologie furtive chez Lockheed.

Phillips, Sam. Général dans la USAF, les forces aériennes des États-Unis, directeur du programme Apollo de 1964 à 1969, et directeur de la National Security Agency de 1972 à 1973.

Schlesinger, James. Directeur de la Central Intelligence Agency en 1973.

Serdioukov, Vassili. Capitaine du sous-marin soviétique *K-252*.

Shepard, Al. Amiral de la US Navy, pilote d'essai et premier astronaute américain.

Tchelomeï, Vladimir. Constructeur général et directeur du bureau d'études expérimentales OKB-52, qui conçut la fusée Proton et la station spatiale *Almaz*.

Weisner, Maurice, surnommé « Mo ». Amiral de la US Navy et vice-chef des opérations navales de 1972 à 1973.

L'adoption d'enfants réfugiés aux États-Unis

Eleanor Roosevelt, l'épouse de Franklin Delano Roosevelt, 32e président des États-Unis, a contribué à la formation de l'USCOM, le United States Committee for the Care of European Children, qui, de concert avec la *Loi sur les personnes déplacées* (*Displaced Persons Act*), a permis aux États-Unis d'accueillir près de cinq mille enfants devenus orphelins en raison de la Seconde Guerre mondiale.

Apollo 18

À l'origine, les États-Unis avaient prévu de lancer Apollo 18 et 19, et avaient construit la grande partie du matériel nécessaire aux deux missions, y compris les fusées. Toutefois, après le désastre évité de justesse lors du vol d'Apollo 13, et en raison de pressions budgétaires et autres, le président Nixon les a annulées toutes les deux.

L'Église orthodoxe russe et l'espionnage

Dans les années 1970, le KGB a effectivement recruté des traducteurs au sein de l'Église, dans une tentative de manipuler des personnes d'intérêt en les amenant à se placer dans une situation compromettante.

Les femmes cosmonautes

En 1963, Valentina Terechkova a été la première femme à s'envoler dans l'espace et a navigué seule pendant près de trois jours lors de la mission Vostok 6. La seconde cosmonaute,

Svetlana Savitskaïa, a été pilote d'essai et championne du monde en voltige aérienne en 1970. Elle s'est envolée deux fois dans l'espace au début des années 1980 et a effectué une sortie extravéhiculaire, pour finalement se retirer des forces aériennes russes avec le grade de majore.

Le laboratoire orbital habité

Les États-Unis disposaient d'un programme de station spatiale militaire d'espionnage, le programme MOL, et avaient sélectionné et formé des pilotes d'essai pour y participer. En revanche, la station n'a jamais été lancée et on a mis fin au programme en juin 1969. Plusieurs des astronautes sélectionnés pour le MOL ont fait des vols spatiaux en tant que membres du corps des astronautes de la NASA. Le major Robert H. Lawrence Jr., premier astronaute afro-américain, aurait pu être du nombre s'il n'avait pas été tué en 1967 dans un accident aérien pendant son service dans la US Air Force.

Lunokhod

Les Soviétiques ont fait atterrir plusieurs sondes télécommandées sur la Lune. Le robot *Lunokhod* a réellement existé. Le 15 janvier 1973, il s'est posé dans la mer de la Sérénité, d'où il a exploré la surface en renvoyant des données substantielles aux Soviétiques. Cependant, le 9 mai 1973, il a effleuré par mégarde la paroi d'un cratère, faisant tomber de la poussière lunaire sur son radiateur et causant ainsi une surchauffe. Deux jours plus tard, il s'est désactivé à jamais.

Le pistolet de Svetlana

Pendant plusieurs décennies, le pistolet Makarov a été l'arme courte standard de l'armée et des forces policières de l'Union soviétique, et faisait également partie de la trousse de survie de ses capsules spatiales. En 1986, le TP-82, un pistolet spécialement conçu et doté de trois barillets, dont deux accueillant des balles de calibre 40, et l'autre, des balles de 5,45 mm, a remplacé l'arme précédente auprès des astronautes. D'ailleurs, c'est le pistolet qu'on m'a fourni lorsque j'ai suivi ma formation de pilote de Soyouz.

Polly Ranch

Une communauté en banlieue de Houston composée de maisons et de hangars, établie le long d'une route privée. Plusieurs astronautes y ont habité.

La radioactivité sur la Lune

Selon nos connaissances actuelles en géologie lunaire, il serait très peu probable de trouver sur la Lune une source de radioactivité supérieure à celle de roches faiblement radioactives. En revanche, forte de son volcan herculéen nommé Olympus Mons et des phénomènes hydriques qu'elle a subis, la planète Mars pourrait bien abriter des sources de radioactivité concentrée. Comme nous avons découvert sur Terre près de trois cents météorites martiennes, il est très plausible que certaines aient frappé la Lune.

La station spatiale *Almaz*

La station spatiale d'espionnage soviétique décrite dans le roman a bel et bien existé et était réellement munie d'une mitraillette R-23M Kartech. Lancée sans équipage le 3 avril 1973, elle a été endommagée de façon irréversible par une explosion après deux semaines dans l'espace. Dépressurisée, *Almaz* se dispersa en une traînée de débris avant même qu'un équipage puisse être envoyé pour s'y amarrer. Son orbite s'est détériorée jusqu'à ce qu'elle chute vers l'atmosphère terrestre et s'y désintègre, le 28 mai 1973. Une station subséquente avait aussi été munie d'une mitraillette R-23M, que les Russes ont mise à feu une seule fois au cours d'un essai réussi.

TSOUP, le centre de contrôle des vols habités de Moscou

Mieux connu sous l'acronyme TSOUP (*ЦУП*), le centre de contrôle des missions soviétiques puis russes est situé à Korolev, en banlieue de Moscou (à l'époque où se déroule ce roman, cette ville se nommait Kaliningrad). Fonctionnel depuis 1960, il héberge un bureau de la NASA qui soutient les missions conjointes. J'y ai travaillé à de multiples occasions.

U-Joint

Le Fort Terry's Universal Joint était l'endroit où tout le monde aimait se retrouver durant l'ère Apollo. Au cours des années d'activité des navettes spatiales, le bar a changé de nom pour devenir *The Outpost* (« L'Avant-poste »). J'ai passé plus d'une soirée dans ce lieu convivial, et ma photo a rejoint les centaines d'autres suspendues sur ses murs. Le U-Joint a malheureusement fermé ses portes en 2009 et l'édifice a complètement brûlé en 2010. Je n'ai aucune idée du sort de ses portes battantes.

Yastreb, la combinaison de sortie spatiale soviétique
La combinaison que portaient Svetlana et Andrei lors des sorties extravéhiculaires a bien été conçue et fabriquée dans le cadre du programme Almaz. Elle a été utilisée une seule fois dans l'espace, en 1969.

Zone 51
Une aire géographique au Nevada où fut établi un site secret consacré au développement de la technologie furtive et à la mise à l'essai d'avions de chasse soviétiques capturés.

REMERCIEMENTS

L'écriture de ce roman a exigé une quantité rébarbative de recherches qui, souvent, venaient solliciter une expertise que je ne parviendrai jamais à acquérir complètement. Je dois et je souhaite remercier chacune des personnes suivantes pour leur perspective, leur aide, leurs idées, leurs corrections, bref, pour s'être évertuées à mettre les faits au clair.

Shannon Abbott, en charge du planning
Syd Burrows, « cyclope », le pilote de chasse borgne original
Lindy Elkins-Tanton, scientifique planétaire
Paul Fjeld, artiste et fin connaisseur du programme Apollo
David Forster, résident du Polly Ranch
Tim Gregory, cosmochimiste
Kata Hadfield, fille adorée et lectrice de confiance
Kristin Hadfield, fille adorée et lectrice de confiance
Walter Heneghan, pilote d'hélicoptère
Cheryl-Ann Horrocks, lectrice de confiance
Alla Jiguirej, oracle de la Cité des étoiles
Heather MacDonald, assistante
Mildred McElya, résidente de longue date de Polly Ranch et secrétaire du Bureau des astronautes
Leland Melvin, astronaute
Aaron Murphy, responsable des finances

Destin Sandlin, celui qui explique tout
Rusty Schweickart, astronaute du programme Apollo
Judy Tanenbaum, lectrice de confiance
Anatoly Zak, auteur du site Russian Space Web

J'aimerais par-dessus tout adresser un immense merci et donner une accolade toute particulière à Jon Butler pour son initiative et son assurance, à Rick Broadhead pour son infinie patience, sa rigueur et sa minutie, ainsi qu'à Anne Collins, pour sa sincère ténacité, sa vision claire et son indéfectible soutien.

Composition réalisée par Belle Page

Achevé d'imprimer en janvier 2024
sur les presses de Normandie Roto Impression s.a.s.
61250 Lonrai (Orne)
pour le compte des éditions Fayard
13, rue du Montparnasse, 75006 Paris

PAPIER CERTIFIÉ

fayard s'engage pour l'environnement en réduisant l'empreinte carbone de ses livres. Celle de cet exemplaire est de :
2,000 kg éq. CO_2
Rendez-vous sur www.fayard-durable.fr

N° d'éditeur : 82-8690-1/01
N° d'impression : 2305619

Imprimé en France